HEYNE <

Das Buch

Die siebzehnjährige Friederike Thiele ist klug, mutig und kann zupacken. Als ihre Familie 1839 von Preußen nach Australien auswandert, baut sie sich nahe Adelaide eine eigene Blumenzucht auf. Mit ihrer großen Liebe an ihrer Seite ist Friederikes Glück perfekt. Bis einige merkwürdige Vorfälle den Verdacht nahelegen, dass jemand ihr schaden will. Aber wer trachtet der ehrgeizigen jungen Frau nach dem Leben? Und wer ist der geheimnisvolle Schutzengel, der seine Hand über ihr Leben zu halten scheint?

Die Autorin

Susanne Wahl wurde 1955 in Erlangen geboren. Sie studierte Ethnologie und Anthropologie in Frankfurt am Main. Heute lebt die Autorin mit ihrer Familie in der Nähe des Bodensees.

Lieferbare Titel

Kirschblüten im Wind

SUSANNE WAHL

Roter Eukalyptus

Australienroman

WILHELM HEYNE VERLAG
MÜNCHEN

FSC
Mix
Produktgruppe aus vorbildlich bewirtschafteten Wäldern und anderen kontrollierten Herkünften
Zert.-Nr. SGS-COC-001940
www.fsc.org
© 1996 Forest Stewardship Council

Verlagsgruppe Random House FSC-DEU-0100
Das für dieses Buch verwendete FSC-zertifizierte Papier
Holmen Book Cream
liefert Holmen Paper, Hallstavik, Schweden.

2. Auflage
Originalausgabe 12/2009

Dieses Werk wurde vermittelt durch die Literarische Agentur
Thomas Schlück GmbH, 30827 Garbsen.
Printed in Germany 2010
Umschlaggestaltung: Eisele Grafik-Design, München,
unter Verwendung des Gemäldes *Innocentia*, 1889 (oil on canvas),
von Franz Stuck (1863–1928) © Private Collection / Piccadilly
Gallery, London, UK / The Bridgeman Art Library und
Bridgeman/Royal Geographical Society, London, UK
Satz: Buch-Werkstatt GmbH, Bad Aibling
Druck und Bindung: GGP Media GmbH, Pößneck
ISBN: 978-3-453-40696-4

www.heyne.de

Bastian Schlück, dem besten aller Agenten

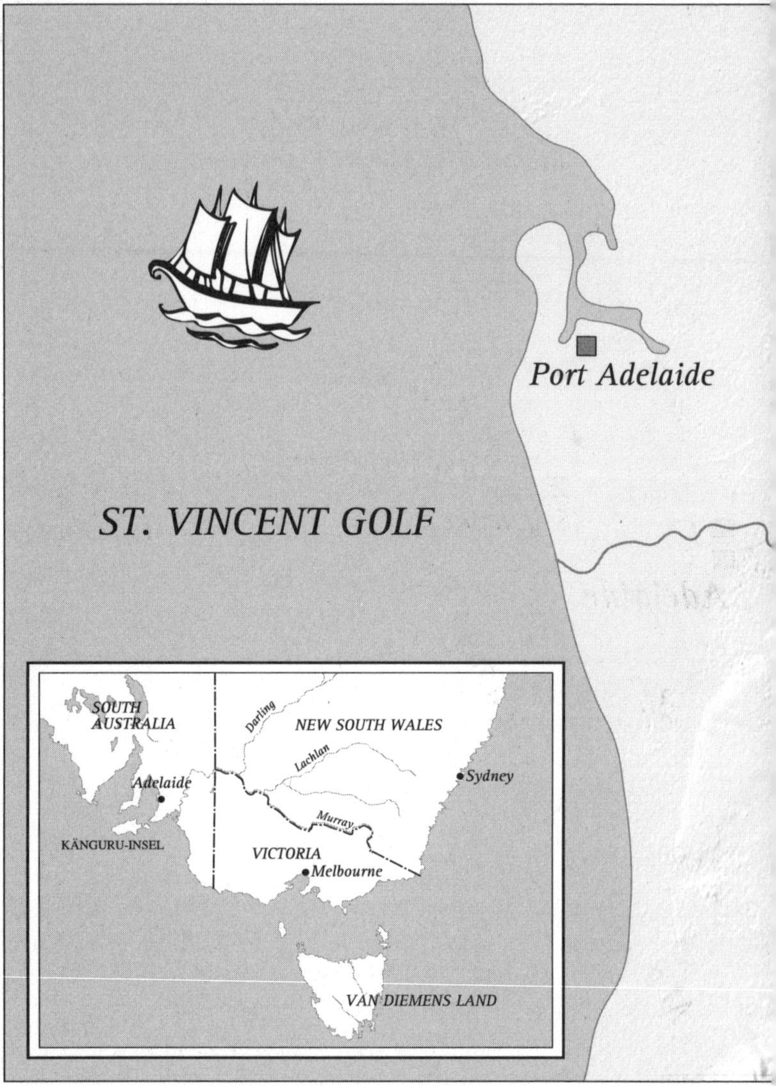
Port Adelaide
ST. VINCENT GOLF
SOUTH AUSTRALIA
Darling
NEW SOUTH WALES
Lachlan
Sydney
Adelaide
Murray
KÄNGURU-INSEL
VICTORIA
Melbourne
VAN DIEMENS LAND

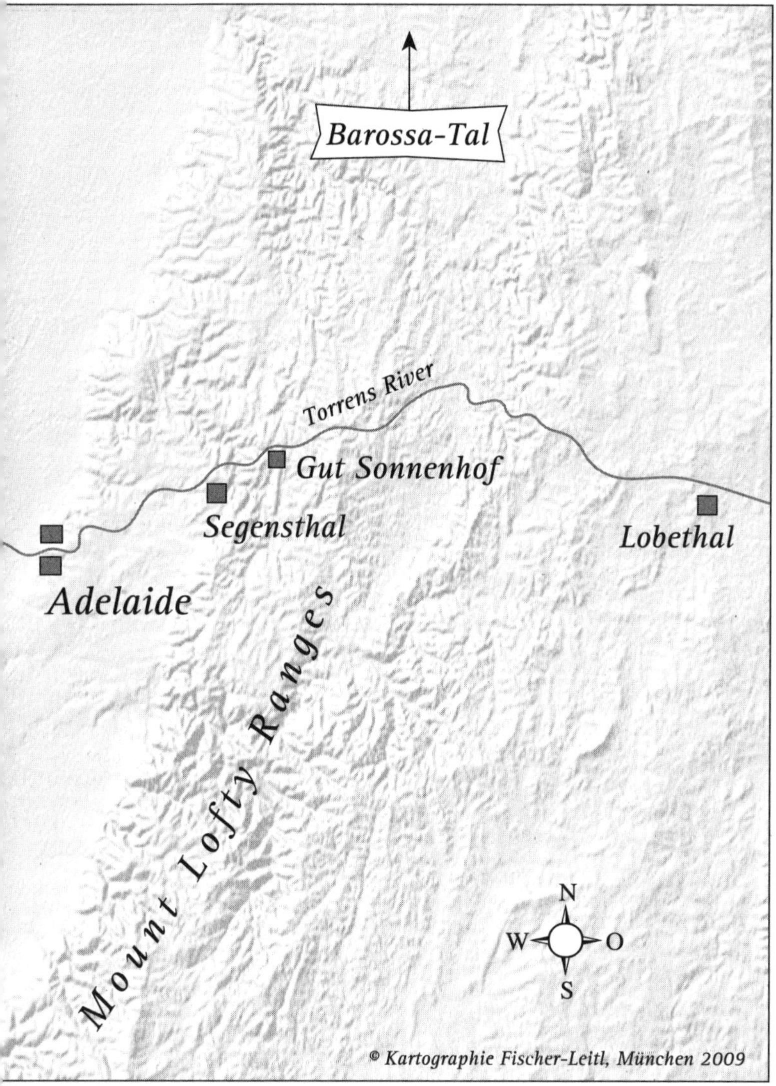
Barossa-Tal
Torrens River
Gut Sonnenhof
Segensthal
Lobethal
Adelaide
Mount Lofty Ranges
N
W
O
S
© Kartographie Fischer-Leitl, München 2009

Prolog

Heute war der Tag, an dem die Großmutter mit ihr zu den heiligen Steinen gehen würde. *Kartanya* hatte vor lauter Aufregung nicht schlafen können. Eng an ihren Dingo gekuschelt hatte sie auf das leise Schnarchen der alten Frau neben ihr unter dem Windschirm gehorcht und auf das gelegentliche Grunzen der älteren Männer auf der anderen Seite des Feuers. Dabei versuchte sie sich vorzustellen, wie es sein würde: Würden Geisterstimmen zu ihr sprechen? Oder würde sie Traumbilder sehen? Großmutter hatte nur gesagt, dass sie dort erfahren würde, welches Schicksal die Ahnengeister für sie ausersehen hatten.

Großmutter war keine gesprächige Frau. Die letzten Wochen, in denen sie mit ihr auf dem Traumpfad der Heilerinnen ihrer *Kararu-Moiety* gewandert war, waren sie meist schweigend hintereinander hergegangen. Nur wenn die alte Frau ihr einen der speziellen Orte zeigte, an denen Heilpflanzen zu finden waren, brach sie ihr Schweigen.

Kartanya wusste, ohne dass die Alte es ausgesprochen hatte, dass sie unzufrieden war, sehr unzufrieden. Es hatte etwas damit zu tun, dass ihr Vater die Mutter immer öfter den Schafhirten in der Umgebung anbot, um sich das Jagen zu sparen. Die weißen Männer gaben ihm dafür, dass sie den Körper der Mutter gebrauchen durften, totgeborene Lämmer. Oder das brennende Wasser, das ihren Vater in ein hilfloses Kleinkind verwandelte, das nicht einmal alleine urinieren konnte. Dabei bot ihr *Pangkarra*, das angestammte Revier der Sippe hier an den Ufern des großen Flusses, ausreichend Nahrung für die Familie. Niemand von ihnen musste Hunger leiden, selbst wenn Vater und Onkel ohne Jagdbeute oder nur mit einer Eidechse ins Lager kamen. Die Frauen hatten dann immer schon die Kochgruben voller Yamsknollen und anderer Pflanzenteile vorbereitet, und an den meisten Tagen erbeuteten Kartanya und die anderen Kinder zumindest ein paar Vögel.

Als sie vor ein paar Tagen von ihrem Traumpfad-Trail zurückgekehrt waren, war das Lager bis auf zwei alte Männer leer und verlassen gewesen. Die beiden hatten sich halb verhungert auf die unterwegs von den Frauen gesammelten Maden und Früchte gestürzt. Erst nachdem ihre Mägen gefüllt waren, berichteten sie ihnen, was sich im Lager abgespielt hatte.

Eine Familie aus dem Süden hatte darum gebeten, nur eine einzige Nacht im Schutz ihres Lagerfeuers übernachten zu dürfen. Sie waren auf der Flucht vor dem Dämon *Nokunna*, der bereits einige von ihnen getötet hatte, und sie hofften, bei Verwandten im Norden vor ihm in Sicherheit zu sein. Man hatte ihnen Unterkunft gewährt, und am nächsten Morgen waren sie wie versprochen weitergezogen. Aber der *Nokunna* musste ihre Spur aufgenommen haben und hatte sich andere Opfer gesucht: Kartanyas Familie.

Zuerst erkrankten die Kinder. Sie klagten morgens über bohrende Schmerzen im Kopf, bald danach fühlte ihre Haut sich glühend heiß an und in der darauffolgenden Nacht starben sie.

Auch die Erwachsenen konnten dem Dämon nur wenige Tage länger standhalten. Einer nach dem anderen war ihm erlegen. Aus Angst, die Toten zu berühren, verzichteten sie sogar auf die Totenzeremonien und übergaben die Gestorbenen einfach dem Fluss. Sie hofften, den tödlichen Geist so von den noch Lebenden abzulenken. Vergebens.

Starr vor Entsetzen lauschte Kartanya dem Bericht der Männer. Ihr Verstand schien sich zu weigern, das Gehörte zu begreifen. Das Blätterpaket mit den bunten Vogelfedern, die sie unterwegs für ihre kleine Schwester gesammelt hatte, glitt ihr aus den plötzlich schlaffen Händen. *Warooyoo* liebte es, sich zu schmücken, und Kartanya hatte sich schon auf das Strahlen in ihrem Gesicht gefreut, wenn sie ihr Geschenk auspacken würde. Stumme Tränen flossen ihr über die Wangen, als ihr bewusst wurde, dass sie auch ihre Mutter erst im Geisterreich wiedersehen würde.

Ihre Mutter mit dem fröhlichen Lachen und den geschickten Händen, die jeden Dorn fanden und aus der Haut ziehen konnten. Kartanya presste die Lippen zusammen, um die Schreie, die in ihrer Kehle aufstiegen, zurückzuhalten. Sie schloss die Augen, als könne sie so die Realität und die Worte der Alten für einen Moment aussperren. Dann fiel ihr Name und riss sie aus ihrer stillen Trauer.

»Jetzt, wo ihr wieder da seid, können wir Kartanya zu den Weißen schicken«, schlug der Großonkel ihres Vaters vor. »Sie ist alt genug, und die weißen Männer werden sicher auch mit ihr zufrieden sein.«

»Das kommt überhaupt nicht infrage«, wehrte die Großmutter entschieden ab. »Kartanya haben die Geister ein anderes Schicksal bestimmt. Sie wird nicht zu den Weißen gehen. Noch nicht.«

»Woher willst du das wissen?« Der weißhaarige Onkel mit den milchigen Augen legte den Kopf schief, als versuche er, durch den Schleier zu schielen, der seine Augäpfel überzog. »Haben die Geister zu dir gesprochen?«

»Ja, das haben sie.«

Verächtlich drehte sie ihnen den Rücken, eine unverzeihliche Geste der Missachtung gegenüber den ehrwürdigen Männern. Kartanya hielt den Atem an aus Furcht, der kräftigere der beiden würde die Großmutter gleich mit dem Wurfholz auf den Kopf schlagen. Aber nichts war geschehen.

Die folgenden Tage waren nicht einfach für sie gewesen. Großmutter hatte ihr die Versorgung der beiden Großonkel überlassen und aus Ärger darüber, dass Kartanya nicht zu den Weißen ging, kniffen oder schlugen die Männer sie bei jeder Gelegenheit. Sie wollten Fleisch, nicht die Wurzeln und Knollen, die Kartanya mit ihrem *Katta* mühselig aus dem steinharten Boden grub und in ihrem *Yammaru* aus geflochtenem Gras ins Lager schleppte. Dabei tat Kartanya ihr Bestes: Nicht eine der fetten Maden und Honigameisen behielt sie für sich. Aber alleine für das tägliche Essen von vier Menschen zuständig zu sein, war harte Arbeit. Warum half die Großmutter ihr nicht? Die verschwand im Morgengrauen und kehrte oft genug erst bei Anbruch der Nacht zurück. Achtlos aß sie dann, was Kartanya vor den gierigen Alten hatte verbergen können, aber sie wirkte dabei so geistesabwesend, dass Kartanya nicht wagte, sie anzusprechen.

Gestern allerdings war sie zum ersten Mal wieder so gewesen, wie Kartanya sie von früher kannte. Ihre hellen Augen unter den runzligen Lidern hatten wach und liebevoll auf ihrer Enkelin geruht. »Es ist so weit«, hatte sie fast erleichtert verkündet. »Morgen nehme ich dich mit zu den heiligen Steinen der Frauen.«

Der Schwarm Kakadus, der sich laut kreischend aus einem der nahen Eukalyptusbäume erhob, zog Kartanyas Aufmerksamkeit auf sich. Hatte eine Schlange auf Beutezug sie aufgeschreckt? Im fahlen Licht der Morgendämmerung flatterten die Vögel wie Geisterschatten, schwarze Silhouetten vor dem hellgrauen Horizont. Neben ihr begann die Großmutter sich zu regen und im Schlaf zu stöhnen. Gleich würde sie erwachen. Eilfertig schob Kartanya den Dingo beiseite und erhob sich möglichst geräuschlos, um mit den dafür vorgesehenen großen Muschelschalen Wasser zu holen. Mit ein paar Eukalyptusblättern und einigen heißen Kieselsteinen aus der Glut war der Trunk zum Tagesanbruch im Nu zubereitet.

Noch bevor die Alten fertig gehustet und ihren Auswurf in die nahen Büsche gespuckt hatten, stand der dampfende Tee neben dem Feuer.

»Nimm alles mit, was du für einen Trail brauchen könntest«, wies die Großmutter sie an, während sie langsam und genüsslich schlürfte. »Auch die Wurfhölzer und Speere! Von unserer Sippe lebt keiner mehr, dem sie etwas nützen.«

Kurze Zeit später folgte Kartanya ihr mit den gewohnten vier Schritten Abstand. Dass sie dabei neben ihrem gesamten Besitz auch die Waffen ihres Vaters trug, beschwerte sie nicht übermäßig. Außer der *kuntye*, der geflochtenen Taillenschnur, und dem Umhang aus Opossumfell ging sie nackt wie alle *Kaurna*-Frauen. Nur ihr *Yammaru* wog mehr als sonst. Die Utensilien zum Feuerbohren, einige Flintsteine und eine Wassermuschel waren darin verstaut. Die Speere, Wurfhölzer und ihr *Katta* hatte sie mit Bast umwickelt, und das Bündel trug sie in der Hand.

Das Frauenheiligtum lag in der einen halben Tagesmarsch entfernten Hügelkette verborgen. Niemand außer den erwachsenen *Kaurna*-Frauen durfte es betreten, und auch Kartanya würde es heute anlässlich ihrer Initiation zum ersten Mal sehen. Am liebsten wäre sie gerannt. Nur mühsam zügelte sie ihre Ungeduld über die Langsamkeit der Großmutter. Sonst schlich sie doch auch nicht wie eine Schnecke. Und jetzt blieb sie auch noch stehen!

Tatsächlich hatte sie sich auf die Fersen gehockt und betrachtete etwas, das vor ihr auf dem Boden lag. Auch der Dingo schien sehr interessiert daran, aber sie verscheuchte ihn mit ein paar gezielten Stockschlägen.

»Das ist ein weiteres Zeichen«, murmelte die alte Frau zufrieden. »Hier, schau!« Sie wies auf den dunkelbraunen Haufen, der auf den ersten Blick wie die Exkremente eines Kängurus aussah. Aber Kartanya wusste es besser: In dieser ekelerregenden Umhüllung versteckten sich äußerst wohlschmeckende Puppen. Erfreut streckte sie die Hand aus, um die dünne Blätterschicht beiseitezuschieben und sie einzusammeln.

»Nein, rühr es nicht an!« Die Großmuter schlug ihren Arm beiseite. »Es ist ein Zeichen der Geister.«

»Was für ein Zeichen?« Verständnislos starrte Kartanya auf das schmackhafte Mahl, auf das die Großmutter so ohne weiteres verzichtete.

»Du wirst es bald erfahren.« Mehr sagte sie nicht.

Die Sonne stand bereits hoch am Himmel, als sie endlich vor einem engen Felsspalt stehen blieben. Versteckt hinter dichtlaubigen Sträuchern war der Eingang erst aus nächster Nähe als solcher zu erkennen.

»Hier legen wir alles ab«, teilte die Großmutter ihr mit. »Zieh dich aus und binde den Dingo gut fest, damit er uns nicht folgt. Wir betreten die heilige Höhle so nackt, wie wir auf die Welt gekommen sind.« Ohne eine weitere Erklärung holte sie den Rindenbehälter mit dem geriebenen Ocker von Uluru, eine große Austernschale und den Stößel aus Känguruknochen aus ihrem *Yammaru* und winkte ihrer Enkelin, ihr zu folgen. Im nächsten Augenblick war sie zwischen den Felsen verschwunden, als hätte der Berg sie verschluckt. Mit klopfendem Herzen betrat Kartanya die Felsspalte. Es war eng im Tunnel; so eng, dass man sich manchmal fast mit Gewalt zwischen den unnachgiebigen Steinwänden durchzwängen musste. Und dunkel, beängstigend dunkel. Kartanya legte den Kopf weit in den Nacken und konnte dennoch keinen noch so schmalen Streifen Licht über sich erkennen. Je weiter sie sich vom Eingang entfernten, desto finsterer wurde es um sie. Die Dunkelheit schien sie zu verschlingen, aufzusaugen. Kartanyas Unbehagen steigerte sich. Was, wenn die Geister sie nicht mehr hinausließen? Auf einmal fielen ihr Erzählungen von Menschen ein, die im heiligen Felsen Uluru verschwunden waren und nie wieder gesehen wurden. Ihre Hände tasteten über kaltes, feuchtes Gestein, während sie immer zögernder ihre Füße auf dem harten Boden vorwärtsschob. Gerade, als ihre Furcht nahezu unerträglich wurde und sie schon den Mund geöffnet hatte, um nach der Großmutter zu rufen, nur um ihre tröstliche Stimme zu hören, nahmen ihre Augen allmählich wieder Umrisse wahr. Mit jedem Schritt wurde es heller. Die Wände wichen zurück, verbreiterten sich zu einer geräumigen Höhle, die sich auf eine sonnendurchflutete Lichtung hinaus öffnete.

Neugierig betrachtete Kartanya die Höhlenwände, die über und über mit Zeichnungen bedeckt waren. Sie erkannte die Regenbogenschlange und andere Tiergottheiten aus den Traumzeiterzählungen. Und in einem der hinteren Bereiche seltsame helle Figuren. Die Farbe leuchtete so frisch, als wären sie erst vor kurzem gemalt worden.

Gerade wollte sie die Malereien genauer betrachten, als die Großmutter sie zu sich rief. Die alte Frau hatte sich neben einem leise plätschernden Rinnsal niedergelassen. Es wurde von Quellwasser gespeist, das direkt aus dem Gestein zu sickern schien. Manchmal floss es wohl reichlicher als heute, denn am Fuß der Felswand hatte es ein flaches Becken ausgewaschen, in dem es sich sammelte.

Das Wasser darin war so klar, dass man jeden noch so winzigen Stein auf dem Grund erkennen konnte. Durstig beugte Kartanya sich vor, um direkt von der Oberfläche zu schlürfen. Das Wasser aus dem Bauch der Erde schmeckte erstaunlich frisch und süß. Als sie sich wieder aufrichtete, sah sie, dass die Großmutter gerade ein wenig von dem kostbaren, hellen Ocker vom Uluru-Berg in die Austernschale gab. Ocker vom Uluru war besonderen Gelegenheiten vorbehalten, und Kartanya verspürte Stolz darüber, dass sie seiner für würdig befunden worden war.

Mit ihren vom Alter steifen Fingern griff die Großmutter nach dem Stößel aus Känguruknochen und machte sich daran, das Pulver mit tropfenweise zugegebenem Quellwasser zu einer Paste zu verrühren. Dabei summte sie leise vor sich hin. Kartanya erkannte die Melodie eines Lieds, das gewöhnlich zu einer Heirat gesungen wurde. Das überraschte sie nicht. Sie hatte bereits erwartet, dass sie erfahren würde, in welche Sippe sie gehen müsste. Es war üblich, dass man sehr bald nach der Initiation einem Mann gegeben wurde. Deswegen hatte Großmutter sie ja wohl auch angewiesen, all ihre Habe mit sich zu nehmen.

Insgeheim hoffte sie, dass es der hübsche Cousin aus dem Norden sein würde, mit dem sie beim letzten Frühlingsfest zusammengelegen hatte, und nicht der Alte, der ebenfalls großes Interesse an ihr gezeigt hatte. Stumm und dem äußeren Anschein nach desinteressiert, wie es sich für ein Mädchen gehörte, hockte sie neben der Großmutter und wartete, dass diese das Wort an sie richtete. Schließlich ließ die alte Frau den Stößel sinken.

»Steig in das Wasser und reinige dich!«, befahl sie. »Kein Staubkorn von dort draußen darf noch an dir haften.«

Alles in Kartanya sträubte sich dagegen, so kostbares Trinkwasser zu verschmutzen, aber sie gehorchte. Erst als sie überzeugt war, vollkommen rein zu sein, stieg sie aus dem Becken. Die Großmutter saß mit zurückgelegtem Kopf und geschlossenen Augen an die Felswand gelehnt da. Kartanya erschrak bei ihrem Anblick. So gebrechlich und abgezehrt hatte sie die alte Frau bisher noch nie wahrgenommen. Würde sie bald zu den Geistern gehen?

»Ich bin so weit, Großmutter«, sagte sie leise und kniete vor ihr nieder, während die Tropfen noch an ihr hinunterrannen. Die alte Frau seufzte tief auf und öffnete die Augen. Dann griff sie bedächtig nach der Muschel mit der Ockerfarbe und fing an, Kartanya von Kopf bis Fuß damit zu bemalen.

»Mein Kind«, begann sie nach einer Weile stockend. »Was ich dir zu eröffnen habe, wird dich erschrecken. Aber wenn du nicht stark genug wärst, hätten die Ahnengeister dich nicht erwählt. Du bist von ihnen bestimmt worden, dein Volk zu verlassen und bei einer weißen Sippe zu leben.«

Kartanya konnte sie nur sprachlos anstarren. War die Großmutter verrückt geworden? Sie sprach klar und verständlich, aber was sie sagte, war so ungeheuerlich, dass Kartanya sich fragte, ob sie etwa von Dämonen besessen war, die ihren Geist verwirrten.

»Was ich sage, ist die Wahrheit«, fuhr die Großmutter fort, als hätte sie die Gedanken ihrer Enkelin gelesen. »Ich habe es erst nicht verstanden und die Trancesitzungen deswegen mehrmals wiederholt. Aber jetzt bin ich mir sicher: Die Ahnen wollen, dass du dich einer weißen Sippe anschließt.«

Kartanya hatte das Gefühl, den Boden unter den Füßen zu verlieren.

»Warum?«, brachte sie schließlich krächzend heraus.

»Das wissen nur sie.« Großmutter hob in einer Geste der Ratlosigkeit beide Hände und schüttelte dabei den weißen Lockenkopf. »Aber sieh selbst!« Sie zog ihre Enkelin vor den Abschnitt der Wand mit den frischen Malereien. Davor standen noch die Schälchen mit den Farbpulvern: schwarze Holzkohle, rote Erde, gelber Ocker und weißer Ton. Und ein Lederbeutel, den Kartanya gut kannte. Ihre Großmutter bewahrte darin das Opossumfett auf, das sie für Heilsalben benötigte.

»Hier, mein Kind«, flüsterte die Großmutter ehrfürchtig. »Hier habe ich gemalt, was die Geister unserer ehrwürdigen Ahnen mir in der Trance gezeigt haben.«

Verwirrt versuchte Kartanya sich einen Reim auf die Zeichnungen zu machen. Sie erkannte mehrere menschliche Figuren. Eine kleine, braune Figur stand da umringt von doppelt so großen weißen, die alle die Hände nach ihr ausstreckten. »Du wirst zu ihnen gehören«, sagte die Großmutter entschieden und übermalte die kleine, braune Figur sorgfältig mit dem letzten Rest Ocker, bis sie fast genauso hell leuchtete wie die anderen um sie herum. »Deine Kinder werden die Kraft der Weißen in sich tragen, und unser Blut wird in ihnen weiterleben.«

»Wie soll ich es denn anstellen, dass eine Sippe der Weißen mich aufnimmt?«, wandte Kartanya verzagt ein. Bei den *Corroborees* auf dem Tanzplatz vor der Stadt hatte sie weiße Frauen unter den Zuschauern gesehen. Sie waren äußerst seltsam gekleidet gewesen und hatten sehr darauf geachtet, ihnen nicht zu nahe zu kommen. »Ihre Sitten und Gebräuche sind mir fremd. Ich kann noch nicht einmal mit ihnen sprechen.« Die Frauen hatten keinen sehr freundlichen Eindruck gemacht. Bei ihnen zu leben würde sicher noch schlimmer sein als im Harem eines alten Mannes.

Die Großmutter verzog unwillig das Gesicht. »Hast du nicht begriffen? Du wirst dich versteckt halten wie die Schmetterlingspuppen, bis die Ahnengeister dich deiner neuen Familie zuführen werden. Wenn es so weit ist, werden sie dir auch einen Weg in ihre Mitte zeigen.«

Kapitel 1

Die Kirchenglocke von Friedrichsdorf, dem kleinen lutheranischen Weiler im Hinterland von Krossen an der Oder, hatte seit langem nicht mehr geläutet. Das geradezu verzweifelte Gebimmel, das der Ostwind an diesem kalten, klaren Märzabend des Jahres 1839 in die Küche der Thieles trug, sorgte daher für einige Irritation bei den fünf Personen, die sich darin aufhielten.

»Friederike, ich brauche unbedingt ein neues Hörrohr«, beschwerte Großmutter Thiele sich bei ihrer Enkelin, während sie verärgert den polierten Holztrichter gegen die Armlehne ihres Lehnstuhls schlug. »Ich höre schon die Glocke zum Gottesdienst rufen, und das kann doch gar nicht sein.«

Die siebzehnjährige Friederike hatte die Wollsocke mit dem riesigen Loch in der Ferse samt Stopfei in den Nähkorb fallen lassen und war zum Fenster gestürzt, um nach einer Rauchsäule Ausschau zu halten. Es konnte sich eigentlich nur um einen Feueralarm handeln, denn seit nunmehr fünf Jahren waren Gottesdienste nach der alten Agenda strengstens verboten. Pastor Fichte war entlassen worden, und an seiner Stelle hatte man ihnen einen jungen Pastor der unierten Kirche geschickt. Aber die Gemeinde hatte ihm die kalte Schulter gezeigt, und so war er zurückgekehrt nach Krossen. In der ersten Zeit hatten die Gemeindeältesten die Gottesdienste noch in der Kirche abgehalten. Nachdem eine Brudergemeinde für ihren Ungehorsam gegenüber der königlichen Kabinettsorder jedoch mit der exorbitant hohen Strafe von 3000 Talern hatte büßen müssen, war man dazu übergegangen, sich abwechselnd in den Wohnstuben der größeren Häuser zu treffen. Die Kirchentür war verschlossen geblieben, die Glocke stumm.

»Dein Hörrohr ist völlig in Ordnung, Großmutter«, sagte Friederike besänftigend, während sie sich den Hals verrenkte, um bis zur Straße zu sehen. »Die Glocke wurde geläutet. – Vielleicht ein Feuerschaden?«

»Wo? Wo? Siehst du etwas, Rieke?« Ihr Bruder Heinrich, ein magerer Junge mit wirren, braunen Locken, der am Küchentisch Schreibübungen gemacht hatte, steckte die Feder ins Tintenfass und drängte sich neben sie, um ebenfalls hinauszuspähen.

»Heinrich, hilf mir hoch«, befahl die Großmutter herrisch. Gehorsam eilte er zum Ohrensessel und bot ihr seinen Arm. Auf ihren Enkel und einen geschnitzten Gehstock gestützt, schlurfte die Großmutter ans Fenster. Friederike wich beiseite. Aus dem Kokon aus schwarzen Röcken stieg ein so aufdringlicher Geruch nach Patschouli und Urin auf, dass sie unbewusst den Atem anhielt. Die nächste Wäsche war überfällig. Großmutters Angewohnheit, üble Gerüche mit Unmengen Parfüm zu überdecken, war schon eine schwere Prüfung. Sie seufzte stumm und trat ein paar Schritte in den Raum zurück, um der Duftwolke zu entkommen.

»Rieke, es macht mir Angst«, klagte ihre jüngere Schwester Marie-Luise und schmiegte sich schutzsuchend an ihre Seite. »Warum ist es so laut?« Die Achtjährige hatte keine Erinnerung mehr an die Zeit, als die Glocke die Frommen täglich zum Gebet gerufen hatte.

»Das bedeutet nichts Gutes«, prophezeite ihre Großmutter düster, ehe Friederike die Kleine beruhigen konnte. Ihre klauenartigen, von der Gicht entstellten Hände umklammerten den Griff des Gehstocks. »Ach, warum sind sie nur so starrsinnig? Als ob es unserem lieben Herrgott wichtig wäre, mit welchem Buch wir ihn preisen. Sicher schicken sie jetzt Dragoner, um uns ins Gefängnis zu schleifen.«

Marie-Luise quiekte erschreckt auf und drückte sich noch enger an ihre große Schwester. Friederike strich ihr beruhigend über die blonden Zöpfe, während sie angestrengt lauschte. Inbrünstig hoffte sie, dass die Großmutter Unrecht haben möge. »Wenn es Dragoner wären, müsste man schon etwas hören«, meinte sie schließlich erleichtert. »Und ich kann auch keine Rauchsäule sehen. – Heinrich, du?«

Ihr Bruder schüttelte den Kopf. »Ich sehe auch nichts. Nicht das Geringste.«

»Nein?« Die Stimme der Großmutter klang fast enttäuscht. »Weshalb könnten sie sonst die Glocke läuten? Vielleicht ist jemand im Eis eingebrochen? – Jetzt, wo es zu tauen begonnen hat.«

»Ich will auch ans Fenster!« Der kleine Georg war so vertieft in das Spiel mit seinem neuen Kreisel gewesen, dass die Aufregung der Älteren nicht zu ihm durchgedrungen war. Doch jetzt ließ er die Peitsche fallen, mit der er den Kreisel auf dem Fliesenboden hatte tanzen lassen, und das Spielzeug rollte unbeachtet unter die Anrichte, während er sich zwischen Heinrich und die Großmutter drängte. Georg war gerade fünf geworden: Ein stämmiger, kleiner Bursche, der am liebsten mit den Nachbarshunden herumtollte.

»Ich habe doch schon gesagt, dass da nichts zu sehen ist, du Kindskopf!«, fuhr Heinrich ihn an, trat vom Fenster zurück und sah fragend zu Friederike hinüber. »Ich könnte schnell zur Kirche laufen und mich erkundigen. Was meinst du?«

Friederike überlegte kurz. Auch sie hätte zu gerne gewusst, weswegen die Glocke geläutet wurde. Aber falls tatsächlich Dragoner im Anmarsch sein sollten, wäre es nicht ungefährlich, sich auf der Straße aufzuhalten.

»Nein, bleib lieber hier«, entschied sie. »Ich bin sicher, wir werden es bald erfahren. – Ist das nicht schon Vater?«

Rasche Schritte näherten sich der Seitentür. Mit einem Schwall eisiger Luft, in der der Geruch nach aufgebrochener Erde schon den Frühling verhieß, stürmte Gärtnermeister Christian Thiele in die behaglich warme Küche. »Es heißt, unsere Bewilligung samt der Pässe sei da«, stieß er atemlos hervor, während er sich auf einen Hocker direkt neben der Tür setzte, um die mit Erde verkrusteten Arbeitsstiefel gegen ein Paar einfache, aber saubere Schnürschuhe auszutauschen. »Und dass Pastor Fichte alle in die Kirche ruft, um uns die frohe Botschaft zu verkünden.«

»Die Auswanderungspapiere?« Friederike stockte der Atem. Als im Frühjahr 1836 dieser seltsame Engländer auf dem Weg nach Klemzig bei ihnen in Friedrichsdorf Station gemacht hatte, war ihnen eine Auswanderung nach Australien, wie sie die Klemziger planten, noch viel zu abenteuerlich erschienen. Damals war allerdings auch noch nicht abzusehen gewesen, dass die Repressalien gegen die Lutheraner ein solches Ausmaß annehmen würde. Die Klemziger hatten den Unmut des Königs als Erste in voller Härte zu spüren bekommen. Fast zwei Jahre hatten sie auf ihre Ausreisepapiere warten müssen, und einige, die ihr Hab und Gut vorschnell verkauft hatten, waren völlig verarmt auf die große Reise gegangen. Viele andere Gemeinden waren ihnen inzwischen gefolgt. Nach einigem Zögern hatten auch die Friedrichsdorfer sich schweren Herzens dazu entschlossen, Preußen zu verlassen und dort, am anderen Ende der Welt, eine neue Heimat zu suchen. Nicht alle waren zu diesem Schritt bereit, aber der größte Teil der Familien wollte gemeinsam nach Südaustralien auswandern und dort siedeln.

Christian Thiele stand auf, streckte den vom stundenlangen Graben schmerzenden Rücken und wandte sich an seine Zweitälteste. Die Familienähnlichkeit der beiden war unübersehbar. Beide besaßen das gleiche nussbraune Haar, die gleichen wachen Augen, und Christian Thieles schön geschnittener Mund verzog sich zum gleichen strahlenden Lächeln wie die vollen Lippen seiner Tochter. »Endlich! – Sag Charlotte Bescheid. Und sputet euch!«

Mit diesen Worten eilte er aus der Küche, und gleich darauf schlug die Haustüre ins Schloss.

»Aber Charlotte ist doch gar nicht da. Sie ist vorhin zu Liebelts gegangen«, sagte Marie-Luise verständnislos. Charlottes Besuche bei Grete, der Schneiderstochter, waren ihren Geschwistern nur zu vertraut. Meist beschränkten sie sich auf das gemeinsame Studium der neuesten Modeblätter. Deren Anregungen hätten die beiden jungen Frauen nur zu gerne umgesetzt. Allerdings blieb es bei sehnsüchtigen Träumereien, denn für künstlichen Blumenschmuck oder Spitzenbordüren gab niemand in Friedrichsdorf auch nur einen Pfennig, geschweige denn zehn oder gar fünfzehn Silbergroschen aus! Heinrich schnaubte laut und verächtlich, enthielt sich jedoch eines weiteren Kommentars.

»Putz und Tand, Putz und Tand, reicht dem Leichtsinn Herz und Hand.« Großmutter Thiele schlurfte zu ihrem Sessel zurück und ließ sich erschöpft schnaufend in die durchgesessenen Polster fallen. »Euer Vater dachte sicher, sie wacht oben. Charlotte wird uns noch viele Sorgen bereiten!«

Friederike biss sich auf die Lippen. Ihre Schwester zu verteidigen, würde sie jetzt nur aufhalten, und sie brannte darauf, ebenfalls die Neuigkeiten zu erfahren. Sie riss ihr Umschlagtuch vom Haken und war schon fast draußen, als ein kaum hörbares Säuglingsgreinen aus dem oberen Stockwerk sie an der Haustür innehalten ließ. Im oberen Stockwerk lagen die Schlafzimmer und im größten ruhte Mutter Sabine mit dem vor drei Wochen geborenen Jüngsten, Friedemann. Nach Friedrichsdorfer Maßstäben war das Anwesen der Thieles großzügig angelegt. Zwei Stockwerke waren nicht die Norm, aber Großvater Thieles Freundschaft mit dem Hofgärtner Ferdinand Fintelmann in Berlin hatte ihm in den Jahren nach den napoleonischen Kriegen ein gutes Einkommen gesichert. Ein Großteil der lukrativen Georginen-Kultur wurde damals über die Gärtnerei Thiele abgewickelt. Hier, weit weg von Berlin und den gierigen Blicken der Konkurrenz, lagen die Versuchsfelder, auf denen die Sämlinge gezogen, begutachtet und die erfolgversprechenden Sorten vermehrt wurden. Jeweils im Herbst fuhr dann ein voll beladener Oderkahn nach dem anderen Richtung Berlin, wo die kostbaren Knollen an zahlungskräftige Kunden in aller Welt verschickt worden. Es war ein gutes Geschäft, denn eine einzige Georginen-Knolle wurde für zwei Goldstücke gehandelt!

Die erfolgreiche Zusammenarbeit hatte Großvater Thiele in die finanzielle Lage versetzt, die alte Kate abreißen und ein neues, aus gebrannten Ziegeln gemauertes Haus errichten zu lassen, wie es hier in der Umgebung nur wenige gab. Ja, er war sogar nicht davor zurückgeschreckt, im Elternschlafzimmer im ersten Stock einen Kachelofen einbauen zu lassen. Und so empfing Friederike dumpfe, feuchte Wärme, sobald sie die weiß gestrichene Tür aufstieß. Von dem Eimer neben der Tür, in dem die Windeln eingeweicht wurden, ging ein stechender Geruch aus. Eigentlich wäre es Charlottes Aufgabe gewesen, heute Nachmittag die Windeln zu waschen. Friederike kniff verärgert die Lippen zusammen, als sie den Eimer griff und auf den Flur hinausstellte. Charlotte verstand es immer, sich vor unangenehmen Arbeiten zu drücken.

»Was ist geschehen? Warum läutet die Glocke?« Ihre Mutter saß aufrecht im Bett, die Nachthaube verrutscht, das schlichte Leinennachthemd noch geöffnet, weil sie gerade den Säugling in ihren Armen gestillt hatte. In den vergangenen achtzehn Jahren hatte sie neun Kindern das Leben geschenkt, von denen sechs noch lebten: Charlotte, Friederike, Heinrich, Marie-Luise, Georg und der kleine Friedemann. Sie war noch keine vierzig, aber ihr hellbraunes Haar wurde von silbernen Strähnen durchzogen, und scharfe Falten der Erschöpfung ließen sie älter aussehen.

»Vater meinte, es gäbe gute Nachrichten aus Berlin.« Friederike nahm ihr den in ein Steckkissen eingeschnürten kleinen Bruder ab und legte ihn in die Wiege neben dem großen Pfostenbett. »Er ist schon zur Versammlung. – Möchtest du etwas Zuckerwasser?« Besorgt registrierte sie die blassen Wangen und fiebrig glänzenden Augen der sonst immer so lebhaften Mutter. Nach Georgs Geburt vor fünf Jahren war sie doch rasch wieder zu Kräften gekommen. Warum war sie jetzt so lange bettlägerig?

»Nein, lass nur. Mutter Weidner hat mir vorhin warmes Bier gebracht.« Mutter Weidners Kenntnisse heilkräftiger Kräuter und ihre geschickten Hände waren so bekannt, dass der Doktor aus Krossen stets sie rief, wenn in schwierigen Fällen eine erfahrene Pflegerin gesucht wurde. Als direkte Nachbarin der Thieles gehörte sie beinahe zur Familie. Selber hatte sie keine Kinder; umso größeren Anteil nahm sie an den Kindern der Thieles. Sabine Thiele ließ sich müde zurücksinken. »Geh du ruhig auch, ich sehe doch, dass du es kaum noch erwarten kannst, loszulaufen.« Mit einem Abglanz ihres früheren Lächelns fügte sie hinzu: »Aber wechsle vorher die Schürze, mein Kind. Sonst muss Pastor Fichte dich wieder wegen unbotmäßigen Betragens tadeln.«

Ihre Tochter verzog das Gesicht zu einer Grimasse des Widerwillens. »Er findet immer einen Grund, mich zu tadeln.« Eine Haarsträhne hatte sich aus dem zu einem Knoten am Hinterkopf gewundenen Zopf gelöst. Sie strich sie achtlos hinters Ohr zurück, bevor sie zärtlich die abgearbeitete Hand ihrer Mutter streichelte. »Aber heute wird er mich gar nicht beachten. Mach dir keine Gedanken, Mama!«

Ihrer Mutter zuliebe machte sie dennoch den Umweg über ihr Zimmer, das sie sich mit Charlotte teilte, um dort eine frisch gestärkte Schürze aus ihrer Kommodenschublade zu holen und ihr Haar neu zu flechten. Wie so manches Mal, wenn sie sich in dem halbblinden Spiegel betrachtete, so durchzuckte sie auch diesmal die Frage, warum sie nicht so hübsch war wie ihre Schwester. Friederike entsprach absolut nicht dem gängigen Schönheitsideal, das Charlotte so perfekt verkörperte. Schlank und rank wie eine Weidengerte fehlten ihr die begehrten Grübchen in Armen und Wangen; und ihr schmales Gesicht mit den intelligenten Augen und dem festen Mund strahlte wenig weibliche Ruhe und Sanftmut aus. Im Gegenteil: Der Körper in dem verschlissenen, dunkelblauen Wollkleid und der schwarzen Arbeitsschürze schien vor mühsam gebändigter Energie zu vibrieren, als sie die Treppenstufen hinunterhastete.

Die Sonne versank gerade hinter dem Horizont, als Friederike endlich die Hauptstraße erreichte, die geradewegs auf die Kirche zuführte. Vor ihr waren nur noch ein paar andere Nachkömmlinge unterwegs, die allesamt eilig auf das hell strahlende Portal zustrebten. Zahlreiche Wachskerzen erhellten das Kircheninnere, wie es früher nur zu Weihnachten und an den Adventssonntagen üblich gewesen war. Im kalten, abweisenden Grau der Abenddämmerung schien diese Lichtinsel alle anzuziehen wie eine Kerzenflamme die Motten. Der Küster fing bereits an, die schweren Torflügel zu schließen. Friederike raffte ihre Röcke und begann zu rennen. Atemlos keuchte sie die letzten Stufen hinauf und wurde mit einem missbilligenden Blick bedacht. Sie lächelte dem alten Mann entschuldigend zu und stellte sich bescheiden hinter die bis auf den letzten Platz gefüllten Bankreihen. Erregtes Gemurmel füllte den hohen Raum und erinnerte Friederike an die Geräusche in einem Bienenstock, wenn ein Teil des Volkes sich bereitmacht, einer neuen Königin zu folgen. Gerne hätte sie sich zu ihrem Vater gesetzt, aber in der Menge war er nicht auszumachen.

Das Gemurmel verstummte schlagartig, als ein magerer Mann mit Hakennase und lichtem Haar die Wendeltreppe zur Kanzel betrat: Pastor Fichte. Seit Jahren lebte er im Verborgenen, immer auf der Flucht, während er von einem Versteck zum anderen zog. Die Spuren dieses Vagabundenlebens waren unübersehbar. Seine Kleidung war abgerissen und notdürftig geflickt, sein Bart ungepflegt, die Wangen eingefallen – aber seine Augen strahlten immer noch so intensiv wie damals, als er zum ersten Mal hier gepredigt hatte. Ein strenger Gottesmann, aber von einer Belesenheit und Eloquenz, dass sein Ruf sogar viele Nachbarn aus der Umgebung angezogen hatte. In Scharen waren sie gekommen, nur um Pastor Fichtes Predigten zu lauschen.

In der erwartungsvollen Stille dröhnte jeder seiner Schritte auf den hölzernen Stufen wie ein schicksalhafter Paukenschlag.

»Brüder und Schwestern in Christo«, begann er, sobald

er oben auf der Kanzel angelangt war. »Ich habe euch heute davon in Kenntnis zu setzen, dass unser allergnädigster Herrscher, König Friedrich Wilhelm III. von Gottes Gnaden, uns seine endgültige Erlaubnis erteilt hat, Preußen zu verlassen. Ich werde nun verlesen, was er uns geschrieben hat.« In dem spannungsgeladenen Schweigen, das seinen Worten folgte, hörte man bis zur hintersten Reihe deutlich das Siegel brechen, als er feierlich den Brief des Königs öffnete und den Bogen schweren Büttenpapiers entfaltete.

»Es hat Mich tief geschmerzt, die Erfahrung machen zu müssen, dass einzelne Meiner Untertanen, sonst gute und religiös gesinnte Menschen, durch Fanatismus und Irrlehren verblendet und verleitet, nicht vertrauend Meinen väterlichen Erklärungen und Ermahnungen, sich hartnäckig dem Wahn hingeben, als solle die alte lutherische Lehre verdrängt werden, woran doch nie gedacht wurde, und nicht achtend auf alles das, was dazu hätte dienen müssen, sie vom Gegenteil auf das vollständigste zu überzeugen, sich jetzt sogar anschicken, ihre heimatlichen Wohnplätze zu verlassen, um, wie sie meinen, das alte Luthertum in Südaustralien, tausende von Meilen von ihrer Heimat entfernt, aufzusuchen, wohin fanatische Obere sie zu führen beabsichtigen, und dort ihren religiösen, fanatischen Plänen chimärischer Unabhängigkeit, wie sie sich in ihrer Phantasie ausgebildet haben, umso freieren Lauf lassen zu können, während die getäuschten, wenn sie Kraft besäßen, sich von diesen Scheinfrommen, welchen es gelungen ist, sie zu verstricken und durch Gewissensskrupeln zu ängstigen, loszureißen, nach wie vor der alten, wahren, unverfälschten lutherischen Lehre, wie sie in der Augsburgischen Konfession enthalten ist, treu und ergeben bleiben könnten.«

Als leises Protestgemurmel aufflammte und sich zu empörten Zwischenrufen steigerte, warf Pastor Fichte seiner Gemeinde einen strengen Blick zu.

»Silentium, liebe Brüder und Schwestern. – *Auf keinen Fall konnte die Furcht, im Glauben beeinträchtigt zu werden, entstehen, da ihnen bereits oftmals die Versicherung gegeben worden ist, dass, wenn sie es wünschen sollten, ihre Geistlichen sich förmlich gegen sie verpflichtet haben würden, keine andere als die oben genannte lutherische Lehre zu lehren und zu predigen. Kehrt also zurück, Ihr Irregeleiteten! Noch ist es Zeit, einen Schritt zu unterlassen, den Ihr künftig sicher zu bereuen haben werdet, und der weder Euer ewiges noch Euer zeitliches Heil fördern kann. Solltet Ihr aber dennoch in Eurem Starrsinn bei dem, was Ihr beschlossen habt, verharren, so habt Ihr Euch den über die Auswanderung bestehenden Vorschriften genau zu unterwerfen, da Ich Euch alsdann wohl bedauern und bemitleiden kann, Euch aber Euerm Schicksal überlassen muss.*«[1]

Einige Augenblicke lang schien die ganze Versammlung zu Stein erstarrt. Pastor Fichte nickte lächelnd auf seine Gemeinde herab, bevor er mit seiner tragenden Stimme fortfuhr: »Ja, so ist es: Unsere inbrünstigen Gebete haben beim Herrn Gehör gefunden und unsere Beharrlichkeit hat Früchte getragen. Unser König lässt uns endlich ziehen. Lasset uns den Herrn preisen!« Und damit stimmte er lautstark »Mir nach, spricht Christus, unser Held« an. Nach den ersten Takten fiel einer nach dem anderen in das Lied ein, bis das Kirchenschiff zu bersten schien von jubelnden Stimmen. Auch Friederike sang aus voller Kehle, ließ sich mitreißen von der Melodie, den anfeuernden Worten.

Bald schon würden sie das wunderbare, ferne Land Australien mit eigenen Augen sehen!

1 Originaltext der Kabinettordre vom 10.3.1838 an den August Fiedler und Konsorten zu Klemzig bei Züllichau, zitiert nach Wilhelm Iwan, Um des Glaubens willen nach Australien (Breslau, 1931), S. 129 f.

Die Erleichterung darüber, dass alle Sorgen nun ein Ende haben würden, überstrahlte alles andere. Es war für die Familie Thiele ein rabenschwarzer Tag gewesen, als die Gärtnerei Fintelmann vor nunmehr bald vierzehn Monaten ihre Zusammenarbeit aufgekündigt hatte. Solange sie denken konnte, hatten die Georginen zu Friederikes Leben gehört. Plötzlich aber hieß es aus Berlin, der Anbau rentiere sich nicht mehr. Seit jeder Bauer sie in seinem Garten hätte, ziehe die vornehme Kundschaft andere Pflanzen vor. Die Geschäfte gingen schlecht, man bedauere es zutiefst, aber für eine weitere Kooperation fehle es an den Voraussetzungen.

Christian Thiele hatte vergeblich versucht, mit Gemüseanbau und ein wenig Samenhandel die finanziellen Lücken zu schließen. Doch mit Blumenkohl, Gurken und Levkojen waren keine großen Gewinne zu erzielen. Notgedrungen hatte er auf die sorgsam gehüteten Ersparnisse zurückgreifen müssen. In der Hoffnung auf die baldige Abreise hatte ihn das anfangs noch nicht sehr belastet, aber in den letzten Monaten war er zunehmend niedergeschlagener gewesen. Wie gravierend die Sorgen waren, die er sich machte, hatte Friederike eher zufällig aufgeschnappt, als ihr Vater sich mit einem Nachbarn über das Ausbleiben der Reisepässe unterhalten hatte. »Das ist sicher das Werk von diesem Herrn von Altenstein!«, hatte der Nachbar im Brustton der Überzeugung behauptet. »Ein Onkel von mir lebt in Potsdam, und er schrieb mir neulich, dieser Herr Minister versuche dem König einzureden, wir würden dem Ansehen Preußens in der Welt Schaden zufügen.«

»Warum das denn? Wir sind alles rechtschaffene Leute!«, hatte ihr Vater entrüstet ausgerufen.

»Es wird nicht gern gesehen, dass wir unseres Glaubens wegen auswandern wollen. Man glaubt, es wirft ein schlechtes Licht auf Preußen. Von wegen Religionsfreiheit et cetera, et cetera«, hatte der Mann bedeutungsvoll gesagt.

»Warum lassen sie uns dann nicht einfach in Ruhe? Wir tun doch nichts Böses.« Christian Thiele hatte verständnislos den Kopf geschüttelt. »Außerdem sagte Pastor Fichte, dass wir seit Hunderten von Jahren das Recht zur Auswanderung aus Glaubensgründen hätten. Das können sie uns nicht einfach verweigern.«

»So sicher wäre ich mir da nicht, Nachbar Thiele. – Jedenfalls würde ich nichts unternehmen, bis wir tatsächlich die Pässe in Händen halten.«

»Wenn ich bis dahin überhaupt noch etwas zu verkaufen habe«, hatte ihr Vater bitter geäußert. »Wir leben jetzt schon von unseren Ersparnissen. Ich weiß nicht, wie lange ...« Plötzlich hatte er Friederike auf der Bank hinter dem Fliederbusch bemerkt und mitten im Satz abgebrochen.

Danach waren die beiden in den Schuppen gegangen. Friederike hatte noch einige Zeit über diesen Wortwechsel gegrübelt.

Ein lautes »Halleluja!« riss sie aus ihren Erinnerungen. Oben auf der Kanzel setzte Pastor Fichte zu einem fulminanten Dankgebet an, und Friederike konzentrierte sich darauf, an den richtigen Stellen voller Inbrunst in die Liturgie mit einzustimmen. Den Erwachsenen ging es anscheinend nicht besser als ihr. Auch von ihnen schienen die meisten noch halb betäubt von der Nachricht. So lange hatte man vergeblich darauf gewartet, dass man nun völlig überrumpelt worden war. Wie Schlafwandler erhoben sie sich von den Bänken, um den Abendsegen zu empfangen. Ihre Mienen waren seltsam erstarrt, als sie sich langsam nach draußen schoben. Friederike ließ sich mittreiben. Erst oben an der Treppe scherte sie aus und hielt Ausschau nach der hohen Gestalt ihres Vaters.

»Rieke, da bist du ja.« Charlottes helle Stimme ließ sie den Kopf wenden. Sie stand dicht neben ihrem Vater. Neben Christian Thiele, der seine Geschlechtsgenossen um beinahe Haupteslänge überragte, wirkte ihre Schwester noch zarter als sonst. Ihre Hände flatterten wie aufgeregte Vögel, als sie in Friederikes Richtung gestikulierte. Gespenstisch blass im fahlen Mondlicht schien sie die frohe Botschaft noch nicht so recht verinnerlicht zu haben. Auch das Friederike zugewandte Profil ihres Vaters, der gerade mit einem der Kirchenältesten sprach, zeigte statt Freude eher Besorgnis. Entschlossen drängte sie sich durch die zähe Menge der in dunkles Wolltuch gekleideten Körper; murmelte hier eine Entschuldigung, dort einen flüchtigen Gruß, bis sie endlich neben ihrem Vater stand.

»... nicht reisefähig. Was soll ich nur tun?«, hörte sie ihn sagen.

»Bruder Christian, unser aller Leben und Wohlergehen liegt allein in Gottes Hand«, beschied ihn der hagere Mann streng. »Er wacht auch über Eure Frau – immer und überall. Zweifelt nicht daran! Euch und Eurer Familie einen gesegneten Abend.« Mit diesen Worten nickte er dem Gärtnermeister kurz zu und ging davon. Christian Thiele sah ihm hilflos hinterher, ehe er schweren Schrittes den Heimweg antrat, ohne seine Töchter weiter zu beachten. Friederike packte Charlottes Ärmel, um deren Aufmerksamkeit auf sich zu ziehen. »Worum ging es? Um Mutter?«

»Vater macht sich große Sorgen um Mutters Zustand«, flüsterte Charlotte zurück. »Eine solche Reise könnte ihr Tod sein. Deshalb hat er gefragt, ob es möglich ist, sich einer späteren Reisegruppe anzuschließen.«

»Und?«

Charlotte schüttelte niedergeschlagen den Kopf. »Sie befürchten, dass es uns ergehen könnte wie den Klemzigern, deshalb will niemand warten. Pastor Fichte wird schon morgen nach Hamburg aufbrechen, um eine Überfahrt für uns zu suchen. Wir sollen dann nachfolgen, sobald die Oder wieder schiffbar ist. »

»So rasch?« Friederike stockte der Atem. Der März ging seinem Ende zu. Bald schon würden die täglich kräftigeren Strahlen der Frühlingssonne das Eis schmelzen lassen. Im Schutz des Mistbeets schoben sich bereits die ersten Triebe der frühen Tulpen ans Tageslicht, und die Knospen der Kirschbäume waren dick geschwollen. Auf dem Sims in der Küche standen in langen Reihen die Tongefäße mit den getopften Maiglöckchentrieben und auf allen Fensterbänken des Hauses mit Papierhütchen versehene Hyazinthenzwiebeln. Ware für den Verkauf in Krossen. »Wie sollen wir innerhalb weniger Wochen alle Vorbereitungen treffen?«

Charlotte hob bloß die Schultern. Bedrückt versuchten sie mit dem Vater Schritt zu halten, der in fast panischer Eile nach Hause strebte. Heinrich erwartete sie bereits in der offenen Haustür.

»Vater!« Seiner Stimme war deutlich die Aufregung anzuhören. Christian Thiele strich seinem Sohn geistesabwesend über die dichten Locken, blieb aber nicht stehen. Zwei Stufen auf einmal nehmend stürmte er die Treppe hinauf und verschwand im Elternschlafzimmer.

»Rieke, ich habe schrecklichen Hunger«, beklagte Marie-Luise sich weinerlich.

»Ich auch«, stimmte Georg ein.

»Was wurde beschlossen? Ging es wirklich um die Auswanderung? Lässt der König uns gehen?« Heinrichs Stimme überschlug sich fast in dem Bemühen, seine beiden jüngeren Geschwister zu übertönen.

»Kinder soll man nur sehen, nicht hören!«, ertönte Großmutter Thieles Stimme scharf aus ihrer Ecke. »Charlotte, hilf mir ins Bett. Dabei kannst du mir alles Wichtige erzählen. Friederike, sobald das Essen fertig ist, kannst du es mir von Heinrich hinaufbringen lassen.« Damit humpelte sie, auf Charlottes widerwillig gereichten Arm gestützt, zur Tür. Gleich darauf hörte man ihre schweren Tritte auf den Stufen.

Friederike hängte ihr Tuch an einen der Haken. »Ja, Heinrich, wir werden nach Australien fahren. Schon sehr bald.« Sie streckte sich, um die Kanne mit der Bunzlauer Glasur vom Bord zu holen, und gab eine Handvoll getrockneter Melissenblätter hinein. Dann griff sie nach der Schöpfkelle, um mit dem kochend heißen Wasser aus dem Wasserschiff den Abendtee aufzubrühen. »Hört auf zu jammern, ihr beiden. Ich hole uns das Schmalz aus der Kammer. Dann können wir sofort essen.«

»Schmalzbrot!« Die Augen von Marie-Luise strahlten vor Begeisterung über das unverhoffte Festmahl.

Jetzt im Frühjahr war der Speiseplan ziemlich eintönig geworden. Graubrot, Marmelade und Zichorienkaffee zum Frühstück, Kartoffeln und Sauermilch zum Mittag, Kartoffel- oder Graupensuppe zum Abend. Die Borde der Speisekammer, die sich im Herbst unter den Binsenkörben voller Trockenfrüchte und Säcken von Bohnen und Linsen gebogen hatten, waren nur noch spärlich bestückt. Dazu einige Leinwandsäckchen getrockneter Pilze und als besondere Kostbarkeit eine irdene Kasserolle mit Griebenschmalz. An die hatte Friederike sich eben erinnert. Gab es einen besseren Tag als heute, um sie anzubrechen?

»Zur Feier des Tages.«

Friederike schlüpfte durch die schmale Tür zur Speisekammer und griff behutsam mit beiden Händen den schweren Topf. Er war eiskalt und wog mehr, als sie erwartet hatte. Mit äußerster Vorsicht trug sie ihn zum großen Küchentisch, wo Heinrich bereits begonnen hatte, einen Laib Brot in Scheiben zu schneiden. Sobald sie die Schweinsblase, die den Steinguttopf verschlossen hatte, entfernt hatte, stieg ein würziger Duft auf, der allen das Wasser im Munde zusammenlaufen ließ. Von drei Augenpaaren scharf beobachtet bemühte Friederike sich, möglichst gleich große Schmalzhäufchen auf die acht Brotscheiben vor sich zu verteilen. Sorgfältig strich sie das Messer jedes Mal am Rand ab, um nur ja kein Bröckchen Schmalz zu verschwenden. Zuletzt gab sie auf jede Scheibe eine Prise Salz. Unter den ungeduldigen Blicken ihrer Geschwister richtete Friederike das Tablett mit dem Nachtessen für die Großmutter: Ein Schmalzbrot, von dem sie die Rinde abgeschnitten hatte, weil die alte Frau kaum noch beißen konnte, und einen Becher Tee.

»Hier, Heinrich, bring ihr das.« Friederike reichte ihm das Tablett. »Und frag Mutter, ob ich ihr noch einen Krug Bier wärmen soll.«

Sie mussten nicht lange auf Charlotte und Heinrich warten. Schon einige Augenblicke später polterte ihr Bruder die Treppe hinunter, Charlotte auf den Fersen. »Puh, ich habe das Gefühl, zu stinken wie ein Biber«, maulte Charlotte und schnüffelte demonstrativ an ihren Ärmeln. »Warum muss ich ihr immer helfen?«

»Weil du die Älteste bist«, erwiderte Friederike, nicht zum ersten Mal froh darüber, es nicht zu sein. »Sie ist eben altmodisch. Was ist mit Mutters Bier, Heinrich? Und sollen wir auf Vater warten mit dem Essen?«

»Mutter und Vater beten gerade«, sagte ihr Bruder entschuldigend. »Da wollte ich nicht stören.« Hungrig starrte er auf den Tisch mit den sechs Gedecken. Aus den Bechern dampfte der duftende Tee und überdeckte beinahe, aber nicht ganz, den würzigen Geruch des Griebenschmalzes.

Wie auf ein geheimes Kommando hin senkten sich fünf Köpfe über die gefalteten Hände, während Charlotte als die Älteste das Tischgebet sprach.

Komm, Herr Jesu, sei unser Gast,
und segne, was du uns bescheret hast.

»Amen«, stimmten alle lauthals ein, Stuhlbeine schurrten über den Boden, als sie sich um den Tisch verteilten, und dann wurde es still. Nichts war mehr zu hören als ein gelegentliches leises Schmatzen und genüssliches Schnaufen.

Ein kurzes Pochen an der Haustür ließ sie aufhorchen. Friederike, die dem unerwarteten Besucher die Tür öffnete, wich merklich zurück. »Einen gesegneten Abend, Onkel Georg. Was führt dich zu uns?«

Der jüngere Bruder ihres Vaters nahm die Mühen eines Fußmarsches von Krossen nach Friedrichsdorf nur selten auf sich. Und auch wenn er dann betonte, dass er sich nur seiner alten Mutter wegen von seinen zahlreichen Verpflichtungen in der Stadt freimachte, ging es doch meist um ein Darlehen. Georgs Tischlergeschäft lief schlecht, die Kinder waren ständig krank, das Geld reichte vorne und hinten nicht. Friederike mochte ihn nicht besonders. Er hatte die Angewohnheit, seine Neffen und Nichten zur Begrüßung äußerst schmerzhaft in die Wangen zu kneifen.

»Ich habe etwas mit deinem Vater zu besprechen«, sagte er kurz angebunden, ohne ihre Begrüßung zu erwidern. »Bring mich zu ihm.«

Alles in ihr sträubte sich dagegen, ihn in das Schlafzimmer ihrer Eltern, das Refugium ihrer Mutter, eindringen zu lassen. Am liebsten hätte sie sich geweigert, ihm die Tür vor der Nase zugeschlagen – aber das war natürlich unmöglich. Also biss sie die Zähne zusammen und führte ihn hinauf.

Im flackernden Licht der Petroleumlampe sah die Mutter noch kränklicher aus als vorhin. Der Vater ließ nur zögernd ihre schmale Hand los und erhob sich von der Bettkante. Beide wirkten nicht allzu erfreut, als Georg sich selbstzufrieden lächelnd ins Zimmer schob. Er hielt sich weder mit Fragen nach der Gesundheit noch mit Glückwünschen zur Geburt auf. »Ist das Gerücht wahr, dass die Auswanderung jetzt kurz bevorsteht?«

Beide nickten stumm.

»Dann muss ich dringend etwas mit dir besprechen, Bruder.«

Christian Thiele hob resigniert die Hände. »Dann sprich, Georg. Aber es ist kaum noch Geld da. Und das brauchen wir für die Reise.«

Georg musterte seinen Bruder unter gesenkten Lidern. Mit seinen rötlichen, struppigen Haaren und der spitzen Nase erinnerte er Friederike an einen Fuchs, der seine nichtsahnende Beute belauert.

»Es geht um das Anwesen«, sagte er schließlich heiser. »Hast du es schon jemandem versprochen?«

Christian Thiele verneinte, und Georg stieß einen Seufzer der Erleichterung aus. »Dann musst du es mir verkaufen«, forderte er. »Wie viel willst du dafür?«

»Mehr als du hast«, war die kurze Antwort. »Komm mit hinunter, meine Frau ist erschöpft und braucht ihre Ruhe.«

Friederike atmete auf, als die beiden Männer das Zimmer verlassen hatten. »Soll ich dir warmes Bier und ein

Schmalzbrot bringen, Mama?«, fragte sie eifrig. »Zur Feier des Tages?«

Ihre Mutter lächelte schwach. »Allmählich muss ich mir Mühe geben, wieder zu Kräften zu kommen, meinst du? Mach dir keine Gedanken, Kind, der Herr hält seine Hand über die, die ihm vertrauen. Es wird sich alles zum Guten wenden. Du weißt doch: ›Der Herr ist mein Hirte, mir wird nichts mangeln. Er weidet mich auf einer grünen Aue und führet mich zum frischen Wasser.‹«

»Amen«, sagte Friederike leise und wünschte sich insgeheim, Gott so zweifelsfrei vertrauen zu können wie ihre Mutter.

»Ich kann dir das Haus nicht lassen! Ich brauche einen ordentlichen Verkaufspreis«, sagte Christian Thiele gerade leise, aber entschieden zu seinem Bruder, als Friederike in die Küche zurückkehrte. Die beiden Männer saßen sich am Küchentisch gegenüber, und Georg Thiele ließ sich gerade das für seine Schwägerin vorbereitete Schmalzbrot schmecken. »Im letzten Brief schrieb Pastor Kavel, dass dieser Engländer von der Companie uns Land zu sehr günstigen Bedingungen verkaufen würde. Gutes, fruchtbares Land. Er rät jedem, der etwas Geld erübrigen kann, dort so viele Morgen wie möglich zu erstehen.«

Charlotte und die beiden Kleinen waren verschwunden. Friederike trat neben Heinrich, der am Spülstein das benutzte Geschirr abwusch. »Er versucht, Vater das Anwesen abzuschwatzen«, flüsterte ihr Bruder ihr mit vor Ärger blitzenden Augen zu. »Dieser Schlemiehl!« Die beiden Geschwister sahen sich an, einig in ihrer Ablehnung des gierigen Verwandten.

»Wie selbstsüchtig von dir!« Georg Thiele verzog verächtlich den Mund. »Also stimmt es, wenn behauptet wird, ihr, die ihr auswandern wollt, wärt nur auf euer eigenes Wohlergehen aus.«

»Wer sagt das?«, brauste Christian Thiele zutiefst gekränkt auf.

»Viele standhafte Fromme«, antwortete Georg ausweichend. »Und sie sind offenbar im Recht, wenn sie euch Schwäche im Glauben vorwerfen. Wenn ihr so fest davon überzeugt seid, dass es Gottes Wille ist, dass ihr nach Australien geht, warum klammert ihr euch dann an weltliche Güter? Der Herr wird schon für euch dann sorgen. Es soll dort nicht schwer sein, es mit seiner Hände Arbeit zu etwas zu bringen.«

»Auch in Australien wächst das Brot für meine Kinder nicht an Bäumen. Und die Überfahrt ist kostspielig«, wies Christian Thiele den Vorwurf zurück. Aber es war ihm anzusehen, dass die Worte seines Bruders ihn getroffen hatten.

Friederikes Blick schweifte über die Wände des Raums, der ihr, solange sie denken konnte, Geborgenheit und Wärme vermittelt hatte. Die meisten der Teller und Becher aus Steingut auf den Borden waren angeschlagen; die Eisenkessel, die an der Stange über dem Herd hingen, verbeult. Es fehlte das Geld, sie durch neue zu ersetzen. Aber alles blitzte vor Sauberkeit, kein Stäubchen trübte die Glasscheiben zwischen den grün gestrichenen Fenstersprossen. Hier war sie aufgewachsen, hier hatte sie sich zu Hause gefühlt. Bald würde es nur noch Erinnerung sein. Wie sie wohl in Australien leben würden?

Sie hatte versucht, sich aus den spärlichen Berichten, die nach Friedrichsdorf gelangt waren, ein Bild zu machen. Es sollte dort sehr viel wärmer sein als hier in der preußischen Provinz. Eis und Schnee gab es nicht. Der harte Winter, der sich eben seinem Ende zuneigte, würde wohl der letzte Winter sein, den sie erlebte. Es erschien ihr schwer vorstellbar, ohne die vertraute Abfolge der Jahreszeiten zu leben. Wie merkte man in Australien, ob es Frühling oder Herbst war?

Die Landschaft sollte angeblich der hiesigen ähneln. Mit lichten Wäldern und großen Weideflächen, auf denen riesige Schafsherden umherzogen. Es gab auch wilde Tiere, aber die bekäme man nicht oft zu Gesicht, hatte es geheißen. Kängurus, die auf den Hinterbeinen hüpften wie Hunde, die gerade Männchen machten; Vögel, die nicht fliegen konnten und Tiere, die halb wie ein Biber und halb wie eine Ente aussahen.

Am sonderbarsten aber waren ihr die Schilderungen der einheimischen Heiden erschienen: Angeblich gingen sie nackt, wie Gott sie geschaffen hatte, und wohnten nicht in Häusern, sondern in hohlen Baumstämmen. Und tagsüber streiften sie auf der Suche nach Nahrung umher wie ein Rudel Rehe. Eine seltsame Art zu leben!

Onkel Georg war nicht nach Krossen zurückgekehrt, wie sie am nächsten Tag feststellen mussten. Stattdessen hatte er sich einen Strohsack ins Zimmer seiner Mutter gelegt und war dort offensichtlich auf offene Ohren für seinen Plan gestoßen, das Anwesen von seinem Bruder zu übernehmen. Selbstverständlich nicht zum marktüblichen Preis. Den konnte er nicht aufbringen. Dafür aber würde die Witwe Thiele in ihren eigenen vier Wänden bleiben können, in ihrem eigenen Bett, umsorgt von ihrem jüngeren Sohn und dessen Familie.

Dreieinhalb Tage leistete Christian Thiele Widerstand, dann gab er dem vereinten Drängen von Mutter und Bruder nach.

»Ich wünsche denen viel Spaß mit dem Versorgen«, zischte Charlotte erbost ihrer Schwester zu, als sie den beiden Männern nachsahen, die am vierten Tag nach Krossen zum Notar gingen. »Der Duft aus ihren Röcken kann es mit der Schweinejauche von Nachbar Teichmann aufnehmen!« Angewidert drückte sie die anstößigen Kleidungsstücke mit dem Stößel tief in die dampfende Lauge. Bereits im Morgengrauen hatten sie damit begonnen, den großen Kessel in der Waschküche anzuheizen, in dem die Weißwäsche über Nacht in Sodalauge gelegen hatte, um die hartnäckigen Flecken einzuweichen. Sobald die Flüssigkeit blubberte und brodelte, dass einem angst und bange werden konnte, wurden die Wäschestücke mit dem hölzernen Rührholz immerzu im Kreis herum bewegt – eine mühselige Arbeit, bei der man sich abwechseln musste. Während Friederike rührte, übernahm Charlotte die Feinwäsche für den Zuber mit dem neuen Waschbrett. Auch das war keine angenehme Arbeit: Jetzt im Frühjahr, wo Zwiebelsaft nicht mehr zur Verfügung stand, mussten die Tintenflecken an Heinrichs Ärmelaufschlägen mit Schweinejauche herausgelöst werden und deren Gestank war ziemlich widerlich. Man musste lange spülen, bis auch der letzte Geruch nach Ammoniak verflogen war. Charlottes Schimpfen über die Leichtfertigkeit ihres Bruders, mit der er seinen Schwestern unnötige Mühe bereitete, war weithin zu hören. Zu seinem Glück war er, ebenso wie Marie-Luise und Georg, im Schulhaus, in dem der Gemeindeälteste die Kinder in Lesen, Schreiben, Rechnen und Bibelkunde unterrichtete. Seit sie die Auswanderung beantragt hatten, war der Lehrer aus Berlin nicht mehr erschienen. In Friedrichsdorf war man nicht unzufrieden mit dieser Entwicklung gewesen. Wie der Älteste Teichmann festgestellt hatte, bot sie ihnen die Möglichkeit, die empfindsamen Seelen vor dem schädlichen Einfluss der Moderne zu bewahren.

Als Christian Thiele aus Krossen zurückkehrte, wirkte er sonderbar abwesend. Charlotte und Friederike, die im Hinterhof in der frischen Frühlingsbrise die Wäsche aufhängten, wunderten sich über seine ungewohnt kurz angebundene Art.

»Meinst du, es reut ihn?«, fragte Charlotte nachdenklich.

»Was denn? Dass er dem Fuchsgesicht nachgegeben hat?«

»Nein, das Auswandern«, gab Charlotte zurück. »Es gibt nicht wenige Stimmen, die zum Bleiben raten. Man würde dabei mehr verlieren als gewinnen.«

»Das ist die Ansicht von Furchtsamen«, entgegnete Friederike. »Wenn Gott uns diese Möglichkeit bietet, dann dürfen wir nicht zaudern. Und Australien soll wunderbar sein. Du hast es doch auch gehört.«

»Ja, das habe ich. Dennoch würde ich lieber hierbleiben«, murrte Charlotte. »Dieses Land ist so schrecklich weit weg.«

Friederike sah verwundert ihre Schwester auf der anderen Seite der Wäscheleine an. Bisher war sie davon ausgegangen, dass diese sich genauso auf Australien freute wie sie selbst. »Na und? Das ist ja der Sinn vom Auswandern, dass man weit wegzieht.«

»Es macht mir Angst«, gestand Charlotte leise. »Die lange Reise, die Fremde.«

»Dann musst du doch nur sagen, dass du lieber hierbleiben willst!« Friederike schüttelte verständnislos den Kopf. »Du bist über achtzehn Jahre alt.« Die Behörden hatten verfügt, dass die Ehefrau und Kinder über achtzehn Jahren einer Auswanderung zustimmen mussten.

»Natürlich könnte ich mich weigern. Und was würde dann aus mir werden?« Charlotte kniff die Lippen zusammen, dass ihr rosiger Mund ganz hart und blass aussah. »Soll ich bei Onkel Georg bleiben und Großmutters Dienstmagd spielen, bis ich alt und klapprig bin?«

»Du wirst sehen: Es wird alles gut«, sagte Friederike ein wenig hilflos und legte ihr tröstend den Arm um die Schultern. Sie war sicher, wenn sie erst in Australien wären, würde Charlotte sich schon an das neue Leben gewöhnen. Bis dahin wollte sie sich ihre eigene Vorfreude nicht verderben lassen.

Kapitel 2

Christian Thiele war nicht der Einzige, der sein Anwesen weit unter Wert abgeben musste. Kaum machte in der Umgebung die Nachricht von der geplanten Auswanderung die Runde, stürzten sich die Aasgeier auf das waidwunde Dorf. Die Ersten waren die Viehhändler: eine Kuh nach der anderen wurde am Strick davongeführt. Dann die Schweine. Die Preise sanken von einem Tag zum anderen, und die Friedrichsdorfer gaben aus Angst, am folgenden Tag noch weniger zu bekommen, die Tiere für einen Spottpreis ab.

Dann kamen die Bauern der umliegenden Dörfer und die Verwalter der großen Güter. Wer Glück hatte, konnte wenigstens für sein Land noch einen erträglichen Preis erzielen. Wer kein Land zu verkaufen hatte, der musste erleben, wie sein Inventar von Trödlern geschätzt und für nahezu geschenkt übernommen wurde.

»Was wollt ihr?«, verteidigte sich einer von ihnen, als der Älteste Teichmann ihm vorwarf, sich an der Notlage der Friedrichsdorfer zu bereichern. »Was soll ich mit zwanzig, dreißig Hausständen? Niemand hier braucht so viele Sachen. Ich muss das Zeug also nach Frankfurt oder nach Berlin schaffen. Das kostet mich mehr, als es bringt. Seid froh, dass ich ein weiches Herz habe und euch überhaupt noch etwas dafür gebe!«

Und so verschwanden seit Generationen gehegte Familienschätze wie die Schäferin aus Meißener Porzellan, das Ölbild mit dem niederländischen Stillleben oder das silberne Kaffeeservice in den schmuddeligen Karren der Trödler.

»Wenigstens bleibt es uns erspart, diese Menschen durch unser Haus schleichen zu sehen«, seufzte Sabine Thiele, die gerade vor dem großen Schrank kniete und das Leinen sortierte. »Hier, Lotte, diesen Stapel nehmen wir mit. Pack ihn zuunterst in die schwarze Kiste. – Rieke, Kind, steh nicht herum und träum vor dich hin. Geh und hilf deinem Vater.«

»Sofort, Mutter. – Aber willst du dich nicht ein wenig hinlegen?«, schlug Friederike vor und musterte besorgt die roten Flecken auf den Wangen ihrer Mutter. Auch wenn diese ständig versicherte, wieder völlig genesen zu sein, bezweifelte Friederike im Stillen, dass das der Wahrheit entsprach. Im Medizinschrank im Kontor, in fest verschlossenen Steingutkrügen, bewahrten sie nicht nur getrocknete Kamillenblüten, gerebelten Beifuß und Bertramsgarbe gegen Magenbeschwerden, Holunderblüten für den Fiebertee und Mädesüßblüten für einen Tee gegen Schmerzen und Entzündungen auf. Daneben standen auch noch einige Flaschen mit Tinkturen des Apothekers in Krossen. Und eine dieser Tinkturen, die gegen starke Schmerzen, war in letzter Zeit rapide weniger geworden.

»Mir geht es gut«, sagte ihre Mutter mit solcher Entschiedenheit, dass Friederike nicht zu widersprechen wagte.

Als sie das Kontor betrat, stand ihr Vater vor den weit geöffneten Türen des wurmstichigen Holzschranks mit den Blumensamen und musterte die säuberlich beschrifteten Spanschachteln mit leiser Wehmut. »Was meinst du, Rieke, sollen wir auch davon welche mitnehmen?«, fragte er, ohne sich umzudrehen. »Sie sind zwar nicht gerade nützlich, aber vielleicht freut sich deine Mutter über eine Erinnerung an ihr altes Heim.«

»Ich kann sie in Papiertüten umfüllen und zwischen das

Leinen legen«, schlug Friederike vor. »Dann nehmen sie nicht so viel Platz weg wie die Gemüsesamen in den Blechkästen.« Gestern hatten sie gemeinsam, fast andächtig, all ihre Vorräte an Gemüse- und Kräutersamen – der Grundstock für die zukünftige Gärtnerei – in eigens angefertigte Blechkisten verpackt. Damit die Feuchtigkeit auf See sie nicht zum Keimen brachte, hatten sie sie zusammen mit einigen Stücken Holzkohle in Öltuch eingeschlagen, um sie trocken zu halten. Zur Sicherheit hatte Christian Thiele sogar die Lötnähte der Blechbehälter mit Pech verstrichen. Derart versiegelt müssten sie die lange Überfahrt unbeschadet überstehen.

Ein solcher Aufwand kam für die im Grunde unnützen Blumensamen selbstverständlich nicht infrage. Aber Friederikes Vorschlag wurde von ihrem Vater gutgeheißen. Während Christian Thiele ein letztes Mal die Bücher durchsah und penibel die mageren Beträge der Außenstände notierte, damit sein Bruder sie einfordern konnte, machte Friederike sich an die Arbeit. Beim Umfüllen der teilweise winzigen Samen sah sie die lebenden Pflanzen vor sich, die einmal daraus entstehen würden: die purpurrot und weiß blühenden Duftwicken, die ihre Mutter so liebte, den Goldlack mit den Blüten in allen Farbschattierungen von Bernstein, die pastellfarbigen Levkojen, die kräftig violetten Nachtviolen, die unscheinbaren und dabei so berauschend duftenden Reseden, und die leuchtenden Blüten der neuen Zinniensorten, deren Rottöne in der Abendsonne zu glühen schienen. Onkel Georg hatte schon verkündet, dass er nicht daran dächte, die Gärtnerei weiterzuführen, also wäre es sinnlos gewesen, die von ihr sorgsam gehüteten Samenschätze hierzulassen.

Friederike liebte Pflanzen. Schon früh hatte sie angefangen, ihrem Vater auf Schritt und Tritt zu folgen und mit wachen Augen alles genau zu verfolgen, was er tat. Das Wunder, dass Gott aus einem so winzigen Körnchen wie einem Goldlacksamen oder aus einem scheinbar vertrockneten erbsenähnlichen Gebilde, wie sie die Duftwicken hervorbrachten, solche wunderschönen Pflanzen entstehen ließ, hatte sie schon immer fasziniert.

»Ich werde auch einmal Gärtner wie mein Vater«, hatte sie selbstbewusst erklärt, als sie in der Schule einmal gefragt wurden, was sie vom Leben erwarteten. Das Gelächter der anderen Kinder und das Stirnrunzeln des Lehrers über diese Grille hatten ihr deutlich gezeigt, dass ihr Wunsch anderen Menschen unverständlich war. Mit den Jahren war auch ihr klargeworden, dass sie als Tochter unmöglich einen solchen Betrieb übernehmen könnte. Es war einfach nicht vorgesehen, dass Frauen, und schon gar nicht die Frauen der Altlutheraner, ein Geschäft führten. Ihre Bestimmung war es, später einmal einem Mann eine fromme und folgsame Ehefrau zu sein, seine Kinder großzuziehen und sein Haus blitzblank zu halten. Vielleicht war es diese niederdrückende Aussicht, die sie die Auswanderung nach Australien so freudig begrüßen ließ.

Drei Wochen nach Ostern brachen die Friedrichsdorfer auf. Ein Stück Wegs begleitet von denen, die sich dem Exodus nicht hatten anschließen wollen, zogen etwa hundert Personen, ihre Habe auf Handwagen aufgetürmt, Richtung Krossen. Familie Thiele hatte sich bereits am Abend zuvor von Georg und der alten Frau Thiele verabschiedet. »Gott halte seine Hand über dich, und wenn deine Stunde gekommen ist, schenke er dir einen leichten Tod«, hatte Christian Thiele leise gesagt und seiner Mutter demütig die Hände geküsst. »Ich reise beruhigt, weil ich dich in guter Obhut weiß.« Fiel nur Friederike auf, dass dieser Satz sich vielleicht nicht auf ihren Sohn Georg bezog, der zufrieden grinsend im Hintergrund an den Türrahmen gelehnt stand?

»Was für ein schrecklicher Tag«, jammerte die alte Frau, entzog ihm ihre Hände und schnüffelte mitleiderregend in ihr Taschentuch. »Ach, dass ich das noch erleben muss! Wäre ich doch schon tot!«

»Versündige dich nicht, Mutter«, bat Christian leise. »Es ist Gottes Wille, dass wir gehen, um in der Fremde nach seinem Wort leben zu können. Es wird dir an nichts fehlen.« Er sagte ihr nicht, dass er eine ansehnliche Summe als Kostgeld für sie hinterlegt hatte. Friederike wusste es, weil sie die Münzen abgezählt hatte. Ein Kind nach dem anderen trat vor, um der Großmutter pflichtgemäß einen Kuss auf die verkrümmte, von Altersflecken übersäte Hand zu hauchen.

Am nächsten Morgen bei Sonnenaufgang verließen sie das Haus. Vater Thiele und Heinrich zogen den ersten Handwagen mit den schweren Reisekisten, Charlotte und Friederike den zweiten mit den vier Federbetten und der Kleidung der Familie. Mutter Sabine folgte mit Friedemann auf dem Arm und den beiden Kleinen an ihrer Seite. Es war ein mühsamer Marsch. Der Weg, der normalerweise leicht in eineinhalb Stunden zu bewältigen war, zog sich endlos hin. An sonst kaum spürbaren Anstiegen schien das Gewicht der Handwagen sich zu verdoppeln. Nach einer Stunde stöhnte Charlotte jedes Mal laut, sobald das Rad wieder an einen Steinbrocken stieß. Die frische Kühle des Morgens wich einer stechenden Aprilsonne, was den Weg noch beschwerlicher werden ließ. Bald rann allen der Schweiß in Strömen über das Gesicht und durchweichte die Reisekleidung. Niemand hatte Augen für die Schönheit der Oderauenlandschaft: die mit einem zarten Spitzenschleier aus weißen und gelben Blüten überzogenen Wiesen; die wilden Kirschbäume, deren anmutige, wie mit Schneeflocken übersäte Zweige sich in der leichten Brise wiegten; oder das leuchtende Violett der Veilchen, die in dichten Tuffs den Weg säumten.

»Die Oder! Da vorne ist die Oder!« Der Ruf wurde weitergegeben und spornte auch diejenigen an, für die der Fluss noch außer Sichtweite lag. Charlotte und Friederike verdoppelten noch einmal ihre Anstrengungen, zogen den unhandlichen Wagen über die letzte Steigung – und da war es: Direkt vor ihnen erstreckte sich am flachen Ufer der Platz, von dem aus sie das Schiff besteigen würden.

»Fahren wir mit dem Schiff da nach Australien?«, fragte Marie-Luise und bestaunte den riesigen Oderkahn, der träge am Steg der Landestelle in den bräunlichen Fluten schaukelte.

»Nein, nur bis Hamburg«, schnaufte Heinrich und fuhr sich mit dem Jackenärmel über die schweißnasse Stirn. »Puh, bin ich froh, wenn wir alles verladen haben.«

Der Rest des Tages verlief vor allem für die Männer kaum weniger anstrengend, als er begonnen hatte, doch bei Sonnenuntergang hatte endlich auch die Fracht des letzten Friedrichsdorfer Handwagens Platz im erstaunlich geräumigen Bauch des Schiffes gefunden.

Im Morgengrauen wollte der Schiffer ablegen. Trotz der frühen Stunde hatten sich mindestens so viele Menschen wie am Tag zuvor eingefunden. »Das sieht man nicht alle Tage – so eine Massenauswanderung!«, hatte ein dickbäuchiger Mann mit Monokel zu Friederike gesagt, als er neben ihr stehend die Verladearbeiten verfolgte. »Ein historisches

Ereignis, da muss man doch dabei gewesen sein!« Ehrlich verwundert fügte er hinzu: »Und das alles, dieser ganze Aufstand, nur wegen eines neuen Gebetbuchs! – Ihr seid schon seltsame Leute, ihr Altlutheraner!«

Friederike hätte ihm erklären können, dass es nicht nur um ein Gebetbuch ging, sondern dass Leute wie ihre Eltern und die anderen Friedrichsdorfer Angst um ihr Seelenheil hatten; dass sie befürchteten, nach ihrem Tod nicht in den Himmel zu kommen, wenn sie die alten Riten zugunsten der reformierten Agenda aufgäben. Aber sie schwieg. Vielleicht, weil sie auch schon insgeheim gezweifelt hatte? Erschrocken verdrängte sie den gotteslästerlichen Gedanken.

Acht Tage dauerte die Fahrt bis Berlin, in denen die Ufer der Oder, des Kaiser-Wilhelm-Kanals und der Spree an ihnen vorüberzogen. Von der Landeshauptstadt aus ging es weiter über Potsdam, Brandenburg und Rathenow die Havel hinunter. Kurz hinter Havelberge glitt der Kahn aus den seichten Gewässern der Havel in die Elbe.

Nach weiteren drei Tagen auf dem majestätischen Strom erreichten sie Hamburg, wo Pastor Fichte sie bereits erwartete. Freudestrahlend berichtete er seiner Gemeinde, dass für die Überfahrt alles geregelt sei. »Gott ist mit uns, ich weiß es! Sagte nicht Paulus schon: ›Wir wissen, dass Gott bei denen, die ihn lieben, alles zum Guten führt‹? – Auf meiner Suche nach einer Passage habe ich die nähere Bekanntschaft des Herrn Homelius gemacht, der hier in Hamburg im Auftrag unserer lutheranischen Brüder allen Auswanderern hilfreich zur Seite steht, damit sie nicht Halsabschneidern und Gaunern in die Hände fallen. Bruder Homelius hatte Kenntnis von einem Schiff der südaustralischen Kompagnie, das eine Gruppe aus Schlesien aufnehmen sollte. Die sind aber nach Texas abgereist, und so war der Kapitän drauf und dran, unverrichteter Dinge nach London zurückzukehren. Bruder Homelius und ich haben nun mit dem Kapitän vereinbart, dass wir die Stelle dieser schlesischen Gruppe einnehmen.« Er faltete die Hände und blickte mit einem seligen Lächeln im Gesicht zum Himmel auf. »Ein deutlicheres Zeichen, dass unser Plan ihm gefällt, hätte Gott uns kaum schicken können! – Wir werden nicht ins Ungewisse aufbrechen, sondern an unserem Bestimmungsort mit Wohlwollen empfangen werden.«

Zaghafter Jubel kam auf, verstärkte sich sogar zu einigen Vivat-Rufen, bis Altbauer Schubert argwöhnisch nach dem Grund für dieses Entgegenkommen fragte. »›Seid achtsam, wenn ihr es mit Mächtigen zu tun habt, die Menschen zu ihrem eigenen Vorteil an sich binden. Sie erscheinen wie Freunde, solange man ihnen nutzt, stehen einem aber nicht zur Seite, wenn man in Not geraten ist.‹ – Es ist nämlich alles andere als üblich, dass die hohen Herren unsereinem entgegenkommen«, rechtfertigte er sein Misstrauen.

»Pfui, Bruder Schubert! ›Wohl dem, der gütig und zum Helfen bereit ist‹«, wies der Pastor ihn streng zurecht. »Es hat einen ganz einfachen Grund: Südaustralien ist ein zwar fruchtbares, aber wildes Land. Die Südaustralische Kompagnie ist deshalb überaus interessiert daran, fleißige und rechtschaffene Menschen wie uns dort anzusiedeln, die es gut bewirtschaften werden. Deshalb sollen auch die Pachtbedingungen über alle Maßen günstig sein.« Er wandte sich an den Schiffer: »Guter Mann, bringt uns zum Überseehafen.«

Schon von weitem war die *Unicorn* leicht auszumachen: Aus der Entfernung wirkte sie abweisend, fast feindlich mit ihrer schwarz gestrichenen Außenwand und den hoch aufragenden Masten, unerwartet kahl ohne die geblähten Segel. Auf den Abbildungen, die Friederike gesehen hatte, waren diese Schiffe immer in voller Fahrt dargestellt worden. Mit jeder Schiffslänge, die sie näher kamen, schien die *Unicorn* zu wachsen, bis die Bordwände so hoch vor ihnen aufragten, dass sie den Kopf in den Nacken legen mussten, um den Himmel zu sehen.

»Dieses Schiff sieht aus wie ein riesiger Sarg!«, flüsterte Charlotte Friederike zu. »Warum konnten wir nicht wenigstens in Europa bleiben!«

Gegen den majestätischen Hochseesegler wirkte ihr Oderkahn, der ihnen vor drei Wochen noch so groß erschienen war, geradezu winzig. Über der Reling tauchten Männerköpfe auf, Taue wurden heruntergeworfen und festgezurrt. Luken öffneten sich krachend und gaben den Blick in den nachtschwarzen Rumpf frei.

Ein Mann in feinem Tuch führte sie ins Zwischendeck, das für die Dauer der Überfahrt ihr Zuhause sein würde. Neugierig sah Friederike sich um. Es war düster hier unten, und die Decken waren bedrückend niedrig. Obwohl sämtliche Luken geöffnet waren, drang nur wenig Tageslicht bis in die Tiefen des Raums. Dicht an dicht reihte sich an der Schiffswand eine zweistöckige Schlafkoje an die andere. Platz war hier unten ein kostbares Gut und so hatte man nur dort, wo die Aborte und Waschzuber eingebaut waren, ein wenig Raum an der Schiffswand frei gelassen. Die Schlafstätten waren meist nur über die zum Inneren weisende Schmalseite her zugänglich. Um ein Minimum an Privatsphäre zu schaffen, trennten Vorhänge aus Segeltuch sie voneinander ab.

Lange Tische, von schlichten, stabilen Holzbänken flankiert, standen in der Mitte. Hier würden sie die nächsten

Monate zubringen. »Wie in einem Schrank!«, monierte Charlotte.

Ein Mann mit einer Namensliste in der Hand wies den einzelnen Familien ihre jeweiligen Plätze zu. Zu Friederikes Erleichterung erhielt die Familie Thiele Endkojen direkt neben einem der wenigen Freiräume an einer Luke. Hier würde es etwas heller und luftiger sein als bei den entfernter liegenden, wo die Konturen im Dämmerlicht fast verschwammen. Die Eltern richteten sich mit Friedemann in der unteren Schlafkoje ein, die obere teilten sich die beiden älteren Mädchen. Marie-Luise und Georg erhielten die Koje direkt neben ihnen, über den Schumanns, einem älteren Ehepaar. Heinrich allerdings wurde mit seinen vierzehn Jahren als zu alt befunden, um noch bei den Familien untergebracht zu werden. Er musste eine Koje im Bug bei den unverheirateten Männern beziehen. Tapfer fügte er sich, obwohl Friederike ihm ansah, dass er sich davor fürchtete.

Während die Kleinen begeistert die Strickleiter ausprobierten, mit deren Hilfe man in die oberen Kojen kletterte, war Charlotte alles andere als angetan von dieser Aussicht.

»Wenn wir im Schlaf herunterfallen, werden wir uns Arme und Beine brechen!«, beklagte sie sich halblaut bei ihrer Schwester.

»Dann binden wir uns eben fest«, gab Friederike ungeduldig zurück. »Anstatt zu jammern, hilf uns lieber mit dem Gepäck.«

Die großen Kisten aus dem Frachtraum im untersten Teil des Schiffes würden sie erst in Australien wieder zu Gesicht bekommen. Alles, was sie während der Reise benötigten, musste unter den untersten Bettstellen und in einigen Verschlägen verstaut werden. Keine leichte Aufgabe in dem überfüllten, engen Zwischendeck. Es grenzte an ein Wunder, aber bei Einbruch der Dunkelheit, als der Kapitän kam, um sich zu vergewissern, dass alles an seinem Platz war, sah es so aus, als hätten die Friedrichsdorfer schon immer im Bauch der *Unicorn* gelebt.

»Tüchtig, tüchtig«, brummte er anerkennend. »Wenn ihr in Australien so zupackt, werdet ihr bald euer Glück gemacht haben!«

Mit einsetzender Ebbe wurden sie am nächsten Tag von einem Dampfer aus dem Hafen gezogen und die Elbe hinuntergeschleppt. Bis auf die Nordsee brauchten sie drei Tage, weil das Lotsenboot sie nur bei Ebbe ziehen konnte. Sobald das Wasser flussaufwärts zu strömen begann, ankerten sie für die Dauer der Flut. Hinter Cuxhaven erreichten sie endlich die offene See. Friederike war hingerissen: Nicht einmal die gewaltigste Frühjahrsüberschwemmung konnte es mit diesem Bild aufnehmen. Das also war das Meer!

Rundherum, so weit das Auge reichte, eine Hügellandschaft aus frischem dunklen Grün. Auf den Wellenkämmen blütenweißer Schaum, der fortwährend seine Form veränderte. Am dunstigen Horizont schien das Wasser mit dem Himmel zu verschmelzen; ein Universum aus Blau und Grün. Wie gebannt starrte Friederike hinunter auf die Wellen, die alle in eine Richtung zu streben schienen, und versuchte zu ergründen, ob sie sich nach einer gewissen Ordnung auftürmten. Aber je länger sie auf das wogende Wasser hinabsah, desto schwindliger wurde ihr, bis sie haltsuchend nach der Reling greifen musste. Wie tief mochte es sein? Es erschien bodenlos, als führte es geradewegs ins Nichts.

»Auf dem Meer starrt einen überall die Unendlichkeit an, nicht wahr?«, bemerkte eine männliche Stimme neben ihr. Friederike wandte den Kopf und sah in das Gesicht des Kapitäns. »Sie packt einen und lässt einen nicht mehr los.

Ich fahre jetzt seit dreißig Jahren zur See und kann die Enge von Häusern und Städten nicht mehr ertragen.« Er nickte ihr zu und ging zu dem Mann, der mit beiden Händen das riesige Steuerrad umklammerte.

Als gegen Abend der Wind auffrischte, und das Stampfen und Rollen des Schiffsrumpfs zunahm, machte sich allgemeines Unwohlsein breit. Bis der Kapitän den Aufenthalt auf Deck untersagte, waren die Plätze an der Reling überaus begehrt. Besonders die Älteren hatten mit der Seekrankheit zu kämpfen. Gustav Weidner, den einsilbigen Ehemann von Mutter Weidner, erwischte es besonders heftig.

»Ich glaube, ich sterbe«, keuchte er, grün im Gesicht. »Tut mir leid, Liebchen …« Und damit beugte er sich erneut über den Blecheimer, den seine Frau ihm hinhielt.

»Das ist nur die Seekrankheit«, sagte sie tröstend. »Der Kapitän hat gesagt, dass sie vorbeigeht, sobald das Unwetter nachlässt.«

Ein schwacher Trost, der bei den wenigsten verfing. Auch Vater Thiele hatte sich leichenblass der Gruppe Männer angeschlossen, die sich im Junggesellenteil um den großen Bottich scharte, den der Schiffszimmermann in weiser Voraussicht dort aufgestellt hatte.

»Ich mag das Schiff nicht. Ich will nach Hause!« Georg verzog das Gesicht und begann laut zu weinen.

»Halt den Mund«, fuhr Charlotte ihn an. »Glaubst du, das wünschten wir nicht alle?«

Friederike stieß sie heftig an, aber es war zu spät. Ihre Mutter hatte es gehört. »Ist das wahr?«, fragte sie zutiefst betroffen. »Friederike – wir dachten immer, ihr freut euch auf Australien?« Friedemann eng an ihre Brust gedrückt, sah sie unsicher zu ihrer Zweitältesten auf.

»Das tun wir auch, Mutter«, versicherte Friederike ihr,

Charlotte einen wütenden Blick zuwerfend. »Ich kann es gar nicht mehr erwarten, Australien mit eigenen Augen zu sehen. – Meinst du, es stimmt, dass es dort Tiere gibt, die auf zwei Beinen hüpfen und ihre Jungen in einem Beutel bei sich tragen? Ich kann mir gar nicht vorstellen, dass solche Tiere tatsächlich existieren.«

Es gelang ihr, sowohl die Mutter als auch Marie-Luise und Georg mit solchen Überlegungen abzulenken, aber sie war ausgesprochen verärgert über die lose Zunge ihrer Schwester.

»Musstest du ihr so unnötigen Kummer bereiten?«, fuhr sie sie etwas später in ihrer Koje an. »Pass nächstens gefälligst auf, was du sagst.«

Charlotte kniff die Lippen zusammen und drehte ihr demonstrativ den Rücken zu.

Der Wind wurde immer stärker, bis ihnen ein ausgewachsener Sturm um die Ohren pfiff. In der Meerenge des Kanals vor England traf er sie mit voller Wucht. Zwar hatte der Kapitän alle Segel reffen lassen, aber der Wind türmte die Wellen haushoch auf. Das Schiff ächzte und stöhnte, und die Menschen im Zwischendeck, die dem Wüten hilflos ausgesetzt waren, schrien und beteten. Auf Anweisung des Kapitäns waren alle Luken verrammelt worden. Im Zwischendeck war es so dunkel, dass man die Hand nicht vor Augen sah. In dem infernalischen Lärm fiel das leise Knacksen niemandem auf.

Plötzlich sackte das Brett mit dem dünnen Strohsack unter Friederike nach vorne ab. Sie schrie auf und griff instinktiv nach dem Seil vor der Schlafkoje, um sich auf der schrägen Fläche zu halten. Auch ihre Schwester begann zu schreien. Schrill und durchdringend. Ein heftiger Tritt gegen ihre Hüfte ließ Friederike vollends aus der Koje rutschen. Schon als Kind hatte Charlotte die Eigenart gehabt, um sich zu schlagen und zu treten, wenn sie sich vor irgendetwas fürchtete. Außer sich vor Angst war sie dann nicht zur Vernunft zu bringen.

»Was ist?«, hörte sie die Stimme ihres Vaters fragen. »Unsere Koje, sie bricht zusammen«, schrie sie laut in die Richtung, in der sie ihn vermutete. Ein erneutes Aufkreischen von Charlotte signalisierte, dass unter ihren heftigen Bewegungen das Holzgerüst weiter nachgab.

»Sabine, raus aus der Koje!«, befahl ihr Vater hastig. Im nächsten Augenblick knirschte die Konstruktion ein letztes Mal, ehe sie in sich zusammenbrach. Charlottes hysterisches Geschrei verstummte abrupt. »Lottchen?«, fragte die Stimme ihres Vaters besorgt. »Sabine?«

Ein Stöhnen war die Antwort. »Mein Arm«, jammerte Charlotte dann laut und vernehmlich. »Und etwas sticht mich in den Rücken.«

»Friedemann!« Die Stimme ihrer Mutter klang ungewohnt hoch und schrill. »Er ist noch da drin!«

Friederikes tastende Finger fanden ihre Schwester, zogen sie trotz ihrer Schmerzensschreie von dem Trümmerhaufen, der einmal ihre Koje gewesen war.

»Kannst du alle Glieder bewegen?«, fragte sie hastig. Es war kein tiefer Fall gewesen, eigentlich dürfte Charlotte außer ein paar Kratzern keine ernsthafteren Verletzungen davongetragen haben. Sie schob sie in die nächste Koje und versuchte dann, ihrem Vater bei der Suche nach Friedemann zu helfen. Der zerrte in panischer Hast an den zerborstenen Brettern der Koje. Umsonst – die Hölzer hatten sich dermaßen ineinander verkeilt, dass sie ein undurchdringliches Bollwerk bildeten.

In dem allgemeinen Chaos bekamen die Bewohner der

angrenzenden Kojen nicht sofort mit, dass bei Familie Thiele etwas nicht stimmte. Bis klar war, dass ihre Schlafkoje zusammengebrochen war, dauerte es noch länger, denn man musste gegen den Sturm anbrüllen und in der absoluten Finsternis konnte man nur tastend versuchen, die Situation einzuschätzen. Nach einer Ewigkeit, wie es Friederike schien, glimmte endlich hinten im Deck ein Zündstein auf. Gleich darauf wurde eine Sturmlaterne von Hand zu Hand weitergegeben. Sie warf ihr flackerndes Licht auf die ehemalige Schlafkoje.

Stumm und verbissen begannen die Männer, die zersplitterten Holzbohlen Stück für Stück nach hinten durchzureichen.

Friederike und ihrer Mutter hatte man Unterschlupf in der Nachbarkoje geboten. Dort hockten sie eng aneinandergeschmiegt. Sabine Thiele zitterte in den Armen ihrer Tochter wie Espenlaub. Nur zu gerne hätte Friederike sie getröstet, ihr Mut zugesprochen, aber was hätte sie sagen sollen? Von dem Säugling war kein Laut zu hören. Das musste nichts bedeuten, versuchte Friederike sich einzureden. Das Toben des Sturms überdeckte jedes andere Geräusch. Ihre Mutter schluchzte unterdrückt, während sie zu beten versuchte. Auch Friederike betete so inständig wie schon lange nicht mehr. Obwohl sie längst ahnte, was alle anderen sicher ebenfalls vermuteten, aber nicht auszusprechen wagten.

Die erste Dämmerung kroch gerade durch die Spalten der Luken, als sie ihn fanden.

»Ich habe ihn!«, rief Christian Thiele, der sich ungeachtet der Schrammen, die die gesplitterten Bretter und Balken auf seinen Armen hinterließen, zur hinteren Kojenwand durchgewunden hatte. Friederike sah, wie der Triumph in seinen Zügen zu stummer Verzweiflung erstarrte, als er den schlaffen, kleinen Körper im Steckkissen aus den Trümmern zog. Reglos stand er vor den Resten des Holzgerüsts und hielt seinen Sohn an sich gepresst. Der winzige Hoffnungsfunke in Friederike, dass Friedemann entgegen aller Wahrscheinlichkeit doch am Leben geblieben war, erlosch.

Das zarte Geschöpf mit den winzigen Händen, dessen Vollkommenheit im Kleinen sie wie ein Wunder bestaunt hatte, war nicht mehr. Nie mehr würde sie erleben, wie ihr Bruder den zahnlosen Mund zu einem schiefen Lächeln verzog oder vor Vergnügen gluckste, wenn sie ihn unter dem runden Kinn kitzelte. Tränen brannten unter ihren Lidern und begannen ihr über die Wangen zu laufen, während sie unaufhörlich ein stummes Gebet an das andere reihte, um den Schmerz in ihrem Inneren in Schach zu halten.

»Gib ihn mir!« Die Stimme der Mutter klang immer noch schrill.

Das Schweigen, die gesenkten Köpfe der Männer sprachen eine deutliche Sprache.

»Er ist tot«, sagte Christian Thiele tonlos.

»Unsinn!«, Friederikes Mutter sprang auf und entriss ihm sein trauriges Bündel. »Schau ihn doch an: er ist unverletzt. Nur total durchgefroren. Ich werde ihn wärmen.« Ohne auf irgendjemanden zu achten, öffnete sie ihren Überwurf und entblößte ihre Brust. »Mein armer Kleiner«, murmelte sie zärtlich. »Du bist ja eiskalt. Sicher bist du halb verhungert und erfroren.« Sie lächelte ihn liebevoll an und strich ihm über die Wangen. Es war nur ein winziger Stupser mit dem Zeigefinger, doch er reichte aus, um den winzigen Kopf zur Seite fallen zu lassen wie bei einer Lumpenpuppe.

»Er will nicht trinken!«, sagte Friederikes Mutter und sah hilfesuchend zu ihrem Mann auf. »Was sollen wir tun?«

»Liebchen, er ist tot.« Die Stimme ihres Vaters klang gepresst, als er die Arme ausstreckte. »Gib ihn mir. Ich bringe ihn zum Doktor.«

Friederike schreckte vor der Wut in den sonst so sanften Gesichtszügen ihrer Mutter zurück. »Nein, er ist nicht tot!«, schrie sie mit sich überschlagender Stimme. »Er schläft nur tief und fest. Das sieht man doch. – Schert euch alle weg und lasst uns in Ruhe.«

Ungestüm schob sie die anderen aus der Koje. Auch Friederike fand sich plötzlich auf den Bodenplanken wieder. »Mama«, rief sie, vollkommen überrascht von der unerwarteten Kraft der Frau, die eben noch wie ein Häufchen Elend neben ihr gekauert hatte. Statt einer Antwort drehte ihre Mutter ihr den Rücken zu, schloss sie aus wie einen unliebsamen Zuschauer.

»Sie ist völlig außer sich. Wir sollten den Doktor holen«, sagte eine besorgt klingende Männerstimme aus dem Hintergrund. »Das Kind ist tot, daran besteht kein Zweifel!«

Noch ehe jemand sich auf den Weg machen konnte, öffnete sich die Luke zum Oberdeck, und der Kapitän erschien persönlich, um sich nach dem Zustand seiner Passagiere zu erkundigen.

»Alles heil und gesund?«, fragte er gut gelaunt. »Irgendwelche Probleme?«

Als man ihm die Unglücksstelle zeigte, war seine gute Laune wie weggeblasen. Fassungslos schüttelte er den Kopf. »So etwas ist mir in meinen ganzen Jahren auf See nicht untergekommen. Was für ein Pfusch! – Wie viele Verletzte?«

»Mein Jüngster«, sagte Christian Thiele dumpf und wies mit dem Kinn auf die Koje, in der seine Frau immer noch versuchte, Friedemann zum Trinken zu bewegen. »Ich fürchte, er ist …« Die Stimme brach ihm.

»Ich schicke sofort nach dem Schiffsarzt.« Der Kapitän rief dem Matrosen oben an der Treppe einen kurzen Befehl zu. Wenige Minuten später kletterte ein Mann mit Spitzbart und einer großen Arzttasche unter dem Arm die Stiege zum Zwischendeck hinunter.

»Gebt mir das Kind und lasst es mich untersuchen!«, sagte der gebieterisch zu Friederikes Mutter. Die Autorität in seiner Stimme schien zu Sabine Thiele durchzudringen. Widerwillig, aber ohne Gegenwehr ließ sie sich das Steckkissen von ihm abnehmen und verfolgte mit weit aufgerissenen Augen, wie er es zum großen Mitteltisch trug und darauf niederlegte. Mit professioneller Ungerührtheit zog er einen Taschenspiegel hervor und hielt ihn vor die blassen Lippen. Kein Hauch trübte das blanke Glas. Als er behutsam ein Augenlid anhob, sahen alle Umstehenden, dass die Pupillen bereits milchig eingefärbt waren. »Das Kind ist tot«, konstatierte der Arzt das Offensichtliche. »Vermutlich erstickt unter all dem Zeug. – Tut mir leid«, fügte er hölzern hinzu und trat vom Tisch zurück. »Wenn sonst noch jemand verletzt ist, möge er zu mir in die Kajüte kommen.« Mit diesen Worten stampfte er hinaus.

»Mein Beileid. Es ist schwer, ein Kind zu verlieren«, sagte der Kapitän zu Christian Thiele, der blicklos vor sich hin starrte, und legte ihm mitfühlend eine Hand auf die Schulter. »Wir legen morgen in Plymouth an, dann lasse ich das hier reparieren. Bei der Gelegenheit könntet ihr euer Kind auf dem Friedhof der dortigen Evangelikalen begraben. Ich kenne den Pfarrer. Er wird euch diesen Wunsch nicht abschlagen.«

»Danke, Herr Kapitän. Das ist sehr freundlich von Ihnen«, erwiderte Christian Thiele tonlos. Der Kapitän nickte ihm zu und ging mit schleppenden Schritten zur Treppe.

»Er ist nicht tot! Er kann gar nicht tot sein! Warum sollte Gott meinen kleinen Friedemann sterben lassen?«, schluchzte Sabine Thiele. Außer sich vor Schmerz warf sie sich über den kleinen Leichnam, küsste ihn immer wieder und weigerte sich strikt, ihn loszulassen.

»›Christus hat dem Tode die Macht genommen und das Leben und ein unvergängliches Wesen ans Licht gebracht‹«, rezitierte Pastor Fichte mit getragener Stimme, während er sich durch die Umstehenden schob. »Es ist nicht an uns, an Gottes Ratschluss zu zweifeln. Also trockne deine Tränen, Schwester Thiele. Ich werde mit euch beten.«

Der Gottesdienst, der sich anschloss, dauerte bis fast zum Mittag, und Friederike spürte allmählich, wie die Müdigkeit sie übermannte. Nur zu gern hätte sie sich in eine der Kojen verkrochen, aber Charlotte zog sie beiseite, kaum dass das letzte Amen gesprochen war, und bestand darauf, dass ihre Schwester sie zum Arzt begleitete. Als sie wiederkamen, war Friedemann bereits für das Begräbnis hergerichtet. »Wie ein kleiner Engel«, flüsterte Mutter Weidner ihnen andächtig zu, als sie beklommen vor die improvisierte Bahre traten, auf der ihr Bruder in seinem Steckkissen lag.

Der Aufenthalt in Plymouth zog sich einige Tage hin, weil zum Ärger des Kapitäns die hiesigen Zimmerleute länger benötigten als erwartet. Wenigstens konnten so alle am Begräbnis auf dem von Steinmauern begrenzten englischen Friedhof teilnehmen. Pastor Fichte hielt die Grabrede. Der englische Pastor richtete ebenfalls einige Worte an sie, aber niemand von ihnen verstand auch nur eine Silbe. Eine seltsame Sprache, dieses Englisch. Man schien ständig zu lispeln, sich zu verschlucken oder gar mit vollem Mund zu sprechen. Aber freundlich und großzügig waren sie! Der Kapitän sagte ihnen, die dortige Gemeinde hätte angeboten, ein Holzkreuz mit Friedemanns Namen aufzustellen und sich auch um das Grab zu kümmern.

Mutter Thiele schien ihn gar nicht zu hören. Seit jener schrecklichen Nacht wirkte sie wie eine Schlafwandlerin. Sie tat, was man ihr sagte, aber meist hockte sie vornübergebeugt in der neuen Koje und starrte blicklos vor sich hin. »Sie braucht nur etwas Zeit, um darüber hinwegzukommen«, sagte ihr Vater beschwörend zu Friederike, als sie sich einmal gemeinsam an Deck die Beine vertraten. »Bald wird sie wieder wie früher sein.« Das erwies sich als frommer Wunsch. Am Pfingstmontag passierten sie den Pic von Teneriffa, ohne dass sich die leiseste Besserung abgezeichnet hätte. Als sie am 25. Juni den Äquator erreichten, hatte man sich auf dem Zwischendeck daran gewöhnt, dass Mutter Thiele sich in eine Welt in ihrem Inneren zurückgezogen hatte, in der sie nicht einmal mehr ihre Kinder oder ihr Mann erreichen konnten. »Willst du nicht mit an Deck kommen, Mama«, versuchte Friederike sie aus ihrer Lethargie zu reißen. »Diese Äquatortaufe muss man gesehen haben! Es wird sicher eine überaus lustige Angelegenheit.« Ihre Mutter zeigte nicht die geringste Reaktion. Für einen Moment überkam Friederike der Wunsch, sie heftig zu schütteln, nur um zu erleben, dass ihre Mutter sie überhaupt wahrnahm. Stattdessen streichelte sie sanft über die schlaffen Schultern, die sich anfühlten, als sei jedes Leben aus ihnen gewichen und eilte dann den anderen nach, die über die Stiege auf das Oberdeck strömten.

Gespannt warteten alle, bis auf Pastor Fichte und den Ältesten Teichmann, auf das angekündigte Erscheinen des Meergottes Neptun. Die beiden Herren hatten vehement gegen den »albernen Mummenschanz« der Äquatortaufe protestiert. »›Ihr könnt nicht zugleich den Kelch des Herrn trinken und den Kelch der bösen Geister‹, wie Paulus sagt«, hatte Pastor Fichte sich so laut ereifert, dass der Disput aus der Kapitänskajüte bis aufs Deck zu hören war. »Neptun ist ein Götze, ein heidnischer Gott. Ihm zu huldigen, auch wenn es nur im Scherz geschieht, ist Blasphemie!«

»Wir sind jetzt seit zwei Monaten auf hoher See«, hatte der Kapitän ruhig erwidert. »Eure Leute haben sich vorbildlich verhalten, aber auch ihnen täte ein bisschen ›Mummenschanz‹, wie Sie diesen ehrwürdigen Seefahrerbrauch zu nennen belieben, ganz gut. ›Versage dir die Freude des Augenblicks nicht!‹[2] – Auch das steht in der Bibel. Überwinden Sie sich, gestatten Sie Ihren Leuten dieses harmlose Vergnügen.«

Schließlich hatten die beiden Männer sich überzeugen lassen und der Teilnahme aller, die es wollten, zugestimmt. Gestern, als sie die Äquator-Linie passiert hatten, hatte der Steuermann großzügig allen angeboten, einen Blick durch sein großes Fernglas zu werfen. Tatsächlich zeigte sich eine feine, aber deutlich erkennbare Linie vor dem Okular. Alle staunten über dieses wunderbare Naturphänomen, bis der Kapitän unter dem schallenden Gelächter der Mannschaft das Haar entfernte, das vor der Linse befestigt worden war.

Neptuns Erscheinen wurde vor allem von den Kindern gespannt erwartet. Aber auch die erwachsenen Friedrichsdorfer freuten sich auf das in ihren Augen exotische Fest am folgenden Tag. Eingeleitet wurde es von einem Trompeter, der eine unkenntliche, dafür aber sehr laute Melodie blies. Ihm folgten Gestalten in wunderlichen Kostümen: Neptun, der Gott des Meeres wurde von einem stämmigen Matro-

2 Sirach 14, 14

sen mit Harpune verkörpert. Seine Gattin Amphitrite ähnelte trotz der weißen Jacke eher einer alten Gastwirtin als einer antiken Göttin, wie Friederike sie sich vorgestellt hätte. Hinter dem Paar drängte sich der Hofstaat, bestehend aus Sekretären und Polizisten.

Die Matrosen hatten sich große Mühe mit ihrer Verkleidung gegeben. Alle trugen sie Perücken aus altem Tauwerk, hatten sich in diverse Gewänder aus Segeltuch oder Schaffell gehüllt und Arme und Gesichter mit roter und schwarzer Farbe bemalt. Die Polizisten waren zudem noch mit Holzschwertern ausgerüstet. Insgesamt boten sie einen dermaßen furchterregenden Anblick, dass Marie-Luise kreischend Schutz bei ihrer Schwester suchte.

»Es ist nur ein Spiel«, versuchte Friederike das völlig verschreckte Kind zu beruhigen. »Schau, das ist doch der Seemann, der dir den fliegenden Fisch gezeigt hat. Sie machen nur Spaß.«

Vorne am Hauptmast hatte Neptun mit dröhnender Stimme zu einer pathetischen Rede angehoben: »Hochverehrter Herr Kapitän, nicht minder verehrter Herr Steuermann, verehrte Passagiere und Seeleute. Am heutigen Tage, nachdem wir den Äquator wohlbehalten passiert haben, ist es Brauch und Sitte, dass diejenigen, die diesen zum ersten Mal überqueren, sich der tropischen Taufe zu unterziehen haben.« Sein Gefolge bestätigte laut johlend im Chor: »So ist es, so ist es, so war es schon immer, und so wird es immer sein! – Hoch lebe Neptun, der Fürst der Meere!«

»Meine Sekretäre werden nun diejenigen aufrufen, die der hochverehrte Herr Kapitän mir benannt hat. Und sie werden demütig und ehrfurchtsvoll hierhertreten.« Er wies vor sich auf ein großes Fass mit Seewasser. »Dorthinein werdet ihr dann getaucht und danach dürft ihr euch als zugehörig zur Gemeinschaft derer fühlen, die den Äquator überschritten haben.«

Die Sekretäre begannen daraufhin lautstark die Namen derer zu verlesen, die getauft werden sollten. Ausgenommen von der Taufe waren nur die, die glaubwürdig nachweisen konnten, nicht zum ersten Mal den Äquator zu überqueren und die beiden Familien, die einen Todesfall zu beklagen gehabt hatten. Vor drei Wochen war der alte Vater Kuchel friedlich eingeschlafen und am gleichen Tag noch dem Meer übergeben worden.

Um den Kapitän geschart verfolgten sie aus sicherer Entfernung, wie die Täuflinge nach ihrem Geburtsort und Familienstand gefragt wurden und auf einem über den Zuber gelegten Brett Platz nehmen mussten. Ohne Vorwarnung wurde das dann in einem Ruck von den Polizisten weggezogen, so dass der Täufling mit einem überraschten Schrei ins Wasser plumpste. Erst nach mehrfachem Untertauchen durfte er den Zuber verlassen und triefend nass das Weite suchen. Besonders die jüngeren, weiblichen Passagiere schienen mit besonderer Umsicht so untergetaucht zu werden, dass ihre Röcke sich bauschten und den Blick auf so manchen Knöchel freigaben. Anscheinend nahm das keine von ihnen den Matrosen übel, denn alle ließen sich danach, zwar unter leichtem Erröten, doch mit offensichtlichem Behagen, von kräftigen Männerhänden aus dem Wasser heben.

Plötzlich bemerkte Friederike ihre Schwester Charlotte, Arm in Arm mit ihrer Freundin Grete Liebelt in der Gruppe, die sich um den Sekretär mit der Namensliste scharte. Was hatte sie da zu suchen? Es war nicht schicklich, dass sie sich dort herumtrieb, und noch schlimmer: Es sah ganz danach aus, als ob sie es darauf anlegte, ebenfalls getaucht zu werden. Friederike versuchte, Blickkontakt zu ihr aufzunehmen, aber ihre Schwester vermied es sorgfältig, in ihre Richtung zu schauen. Was sollte sie tun? Marie-Luise umklammerte immer noch ihre Rechte, und Georg hielt sich eng an ihre linke Seite gedrückt. Heinrich hockte auf der untersten Rahe und war völlig vereinnahmt von dem Schauspiel, ihr Vater war nicht zu sehen. Unten auf Deck wetteiferten die beiden Mädchen darin, dem gut gebauten Sekretär kokette Augenaufschläge zuzuwerfen. Der Mann war nicht immun gegen diese geballte Überredungskunst, und so hieß es wenige Minuten später: »Charlotte Thiele! Wie ist dein Familienstand und wie alt bist du?«

»Ich bin neunzehn, ledig, und auch noch nicht versprochen«, war die kecke Antwort. Charlotte schien es zu genießen, dass die Augen der Männer sie mehr oder weniger versteckt musterten, bewundernd über ihren Körper glitten. Was war nur in sie gefahren? Die Art und Weise, wie sie sich umständlich auf dem Brett zurechtsetzte, und dabei ihre Röcke deutlich mehr als nötig schürzte, befremdete nicht nur Friederike. »Ihr fehlt eine feste Hand«, murmelte eine Stimme rechts hinter Friederikes Schulter. »Das Mädchen schießt ins Kraut!«

»Höchste Zeit, dass sie unter die Haube kommt, ehe es noch ein Unglück gibt«, stimmte jemand anders zu.

Ein kräftiges Platschen und nahezu zeitgleich ein durchdringendes Kreischen zogen die allgemeine Aufmerksamkeit auf sich. Charlotte nutzte die Gelegenheit, als die Polizisten sie nochmals unter Wasser tauchten, ihr Schultertuch zu lösen. Unter aufreizendem Gekicher ließ sie sich danach heraushelfen, nicht ohne tiefe Einblicke in ihr Dekolleté zu geben. Die Seeleute, mehr als empfänglich für derlei Angebote, prügelten sich beinahe um die Gunst, sie zur Treppe führen zu dürfen.

Hatte jemand ihn benachrichtigt, oder war es die ungewöhnliche Lautstärke gewesen, die ihn alarmiert hatte? Pastor Fichtes steif aufgerichtete Gestalt und das zornrote Gesicht ließen das Gelächter unvermittelt abbrechen. Betreten wie kleine Kinder, die man bei einer Untat ertappt hat, wichen die kräftigen Männer vor dem schmächtigen Mann in Schwarz zurück. Pastor Fichte zitterte vor Empörung: »Ihr Sünder vor dem Herrn!«, geiferte er. »Habt ihr denn jeden Sinn für Anstand und gute Sitten verloren?« Ohne eine Antwort abzuwarten, wandte er sich an Charlotte, die tropfend am Abgang zum Zwischendeck stand, den Kopf gesenkt, die Augen sittsam niedergeschlagen – ein Bild verfolgter Unschuld. »Wechsle sofort deine Kleidung! In diesem Aufzug vor den Blicken all der fremden Männer ...« Er schloss gequält die Augen, als könne er den Anblick keinen Moment länger ertragen. Charlotte beeilte sich, unter Deck zu flüchten. Pastor Fichte aber richtete sich kampflustig auf und fixierte die Männer vor sich mit offener Verachtung. »Wagt es nie wieder, euch einer unserer Frauen zu nähern! Ihr seid Abschaum vor dem Herrn, eure Nähe besudelt sie ...«

»Halt, Herr Pastor!«, donnerte die Stimme des Kapitäns. »Mäßigt euch. Eure Vorwürfe gegen meine Leute sind unpassend. ›Richtet nicht, auf dass ihr nicht gerichtet werdet.‹ Bitte folgt mir in meine Kajüte.«

»Wie bitte?« Der schneidende Ton, in dem die Frage gestellt wurde, hätte jeden Friedrichsdorfer erblassen lassen. Der Kapitän jedoch blieb ungerührt.

»Sie haben richtig gehört. Oder ziehen Sie es vor, unseren Disput hier zu führen?« Der Zorn des Pastors prallte an ihm ab wie die Gischt von einem Felsen. Gelassen ging er voraus, und dem verblüfften Pastor blieb nichts anderes übrig, als ihm zu folgen.

Obwohl niemand es ausdrücklich befohlen hatte, war das Neptunfest damit beendet, und die Zuschauer und Akteure des Schauspiels zerstreuten sich gleichermaßen kleinlaut. Erst in der relativen Abgeschiedenheit des Zwischendecks wurden kritische Stimmen laut.

»Es war nicht recht vom Pastor, die Seeleute so grob zu beschimpfen«, fand Mutter Weidner, die Arme kampflustig in die Hüften gestemmt. »Man kann ihnen nicht die Schuld dafür geben, dass gewisse Leute jeden Sinn für Schicklichkeit verloren haben.« Sie warf einen vorwurfsvollen Blick in Richtung der Thieleschen Koje, wo Charlotte hinter dem Sichtschutz aus Segeltuch gerade mit Grete Liebelts Hilfe die Kleidung wechselte. »Mich haben sie jedenfalls mit aller Zuvorkommenheit behandelt.«

»Was anderes hätten sie sich auch gar nicht getraut«, spottete ein Nachbar. »Aber es stimmt: Das Thiele-Mädchen hat es geradezu herausgefordert. Ich hoffe, ihr Vater wäscht ihr noch gehörig den Kopf.«

»Der arme Mann hat schon genug Sorgen«, warf eine Frauenstimme ein. »Behelligt ihn nicht auch noch damit.«

Zu Friederikes Erleichterung sprach niemand ihren Vater auf das unschickliche Betragen seiner Ältesten an. Es gab auch wahrhaftig genügend andere Dinge, die einem das Leben erschwerten: das Süßwasser in den Vorratstanks fing in der Hitze des südlichen Meeres an zu faulen; im Salzfleisch begannen sich Maden zu tummeln, worauf viele Friedrichsdorfer sich weigerten, es zu essen. Einige gutmütige Seeleute brachten ihnen frisch gefangene Fische als Ersatz, aber es reichte nie für alle. Die ständig steigenden Temperaturen ließen alle heftig schwitzen, was dazu führte, dass es im Zwischendeck allen Mühen der Frauen zum Trotz ziemlich aufdringlich zu stinken begann.

Zwar ließ der Kapitän Segel spannen, die den Fahrtwind ins Zwischendeck leiten sollten, die Seeleute versprühten Essig auf den Planken, und Mutter Weidner gab immer wieder handvollweise Wacholderbeeren ins Kochfeuer, aber nichts davon half wirklich.

Nach zwei endlos scheinenden Wochen wurde der Hafen von Rio de Janeiro daher mit einhelliger Begeisterung begrüßt. Selbst Pastor Fichte lächelte erstaunlich sanftmütig, als er auf dem Kai von einem der respektlosen dunkelbraunen Obstverkäufer angerempelt wurde, und murmelte nur: »›Der Herr hat uns geschaffen, nicht wir uns selbst.‹«

Lange hielten sie sich nicht in der brasilianischen Hafenstadt auf, denn der Kapitän drängte zur Weiterreise. Für die Strecke, die noch vor ihnen lag, musste man gut drei Monate Reisezeit ansetzen. Er hoffte, mit weiterhin günstigem Wind bis Anfang Oktober Australien zu erreichen. »Dann beginnt dort nämlich der Sommer«, erläuterte er ihnen im Anschluss an eine von Pastor Fichtes Sonntagspredigten. »In Australien ist es genau andersherum als in Europa: Wenn dort Sommer ist, ist es da Winter und vice versa.«

Südlich von Rio sanken zum Staunen aller die Temperaturen. Vor allem in den Nächten wurde es so frisch, dass die warmen Mäntel wieder hervorgeholt wurden und man sich mit klappernden Zähnen unter den Federbetten eingrub. In einer dieser kälteklirrenden Nächte, kurz bevor sie auf halbem Weg zwischen Rio und Kapstadt die Insel Tristan da Cunha passierten, verschwand Sabine Thiele.

Als die Familie erwachte, war der Platz neben dem Vater in der Koje leer. Zuerst vermuteten sie, dass die Mutter nur auf den Abort gegangen wäre. Als sie aber nach geraumer Zeit immer noch nicht zurückgekehrt war, begannen sie, alle Nachbarn zu befragen. Niemand hatte sie gesehen, nur bedauerndes Kopfschütteln aus allen Richtungen. »Vielleicht war ihr nicht gut, und sie ist zum Schiffsarzt gegangen?«, schlug Mutter Weidner vor. Also wurde Friederike zur Kajüte des Schiffsarztes geschickt. Ihr Klopfen wurde mit einem so verschlafenen Grunzen beantwortet, dass kein Zweifel bestand: Hier war ihre Mutter nicht. Aber wo konnte sie sein? Ratlos wandte Friederike sich zum Gehen, als die Tür der Kapitänskajüte aufschwang.

»Ist jemand erkrankt?«, erkundigte der Kapitän sich freundlich. »Klopfen Sie ruhig nochmals, der Doktor hat einen festeren Schlaf als ich.«

»Nein, ich glaube nicht«, stammelte Friederike, durch den Anblick des sonst so respekteinflößenden Mannes im Nachthemd etwas aus der Fassung gebracht. »Wir dachten nur, meine Mutter wäre vielleicht bei ihm.«

»Warum?« Er musterte sie genauer. Eine scharfe, senkrechte Falte furchte seine Stirn, als er sie wiedererkannte. »Die Schwermütige?«, forschte er nach. »Deren Kind in der Koje erschlagen wurde?«

Friederike nickte nur.

»Geh zurück zu deiner Familie. Richte deinem Vater aus, dass ich mich darum kümmere.« Er schlug hastig die Tür zu. Kurz nachdem sie ihrem Vater die Botschaft überbracht hatte, ertönte oben auf Deck der gellende Pfiff der Bootspfeife, gefolgt vom Getrappel eiliger Füße und Stimmengewirr, aus dem nur der sonore Bariton des Kapitäns deutlich herauszuhören war.

»Alle mal herhören: Wir vermissen einen Passagier. Hat jemand von euch eine Frau gesehen? Etwa vierzig Jahre alt.« Das Schweigen der Männer war Antwort genug.

»Sucht alles ab, auch die Vorratsdecks.« Die Stimme des Kapitäns klang ruhig, aber unten im Zwischendeck senkten sie die Köpfe, um Christian Thiele nicht in die Augen sehen zu müssen. Die Wartezeit zog sich endlos hin. Alle gaben sich den Anschein, mit irgendetwas beschäftigt zu sein.

»Hat Mama sich verlaufen?«, fragte Georg, der die gedrückte Stimmung zwar spürte, aber nicht begriff. Die Erwachsenen sahen sich hilflos an.

»Vielleicht ist sie an Deck gegangen, um ein wenig frische Luft zu schöpfen, und ist dort eingeschlafen », sagte sein Vater hoffnungsvoll, die Hände zwischen den Knien, um ihr Zittern zu verbergen. Niemand widersprach. Es war ja immerhin möglich.

Schließlich näherten sich die Schritte des Kapitäns. Langsam, fast schlurfend, als fiele die Aufgabe, die ihm bevorstand, ihm unendlich schwer. Christian Thiele sprang auf. »Habt ihr sie gefunden?«, flüsterte er, die Augen angstvoll geweitet. Der Kapitän schüttelte langsam den Kopf, nahm Friederikes Vater am Arm und führte ihn zu einem der Tische, wo er ihn behutsam auf die Bank drückte.

»Wir haben alles abgesucht, und ich habe die Nachtwache befragt. Der Mann hat niemanden an Deck gesehen, nur einen Schatten auf dem Wasser kurz nach Mitternacht, den er für einen großen Albatross hielt. Es tut mir mehr leid, als ich in Worte fassen kann«, sagte er leise, doch in der atemlosen Stille war jedes seiner Worte klar und deutlich zu verstehen. »Ihre Frau ist nicht mehr auf dem Schiff.«

Kapitel 3

Wenn Friederike sich daheim in Preußen Gedanken über ihre Ankunft gemacht hatte, hatte sie sich immer ausgemalt, wie die Küste Australiens am Horizont erschiene und dann langsam immer näher käme; wie die Einzelheiten der Topographie sich immer deutlicher abzeichneten. Sie würden darauf zu segeln und an Land gehen. Umso herber war ihre Enttäuschung, als Australien tatsächlich sichtbar wurde, der Seemann neben ihr auf die Frage nach der Landung aber in schallendes Gelächter ausbrach. »Mamsellchen, da müssen Sie sich noch ein paar Tage gedulden«, prustete er und wischte sich die Lachtränen von den sonnengegerbten Wangen. »Das da vorne ist erst die Känguruh-Insel. Wenn Sie die französische Küste sehen, sind Sie auch nicht gleich in Hamburg!«

Er ging, und Friederike stand allein an der Reling, die Augen fest auf den Horizont geheftet. Seit ihre Mutter sich ins Meer gestürzt hatte, vermied sie es möglichst, in die glasige Tiefe zu blicken. Sie hatte den Tod der Mutter zuerst einfach nicht wahrhaben wollen. Sicher hatten die Seeleute nicht ordentlich nachgesehen. »Sie ist hier irgendwo. Ich bin ganz sicher. Lassen Sie mich nach ihr suchen! Auf meine Stimme wird sie hören. Bitte!«, hatte sie den Kapitän angefleht. Sein Blick war mitfühlend, aber sein Ton fest gewesen, als er ihr den Zutritt zu den unteren Decks verweigerte. »Dort unten wirst auch du sie nicht finden, Kind. Sie ist jetzt bei ihrem Schöpfer. – Und sie ist sicher glücklich im Paradies«, hatte er rau hinzugefügt, und seine große Hand hatte Friederike unbeholfen über die Flechten gestrichen.

»Mama ist im Paradies? Wo ist das? Ich will zu ihr«, hatte Georg ausgerufen.

»Heißt das, Mama ist tot?«, hatte Marie-Luise zaghaft gefragt. »Sie wird nicht wiederkommen?«

»Ja, Herzchen, das heißt es. Sie ist zu Friedemann in den Himmel gegangen«, hatte Mutter Weidner erklärt und die beiden Kleinen auf ihren breiten Schoß gezogen. »Wollen wir zusammen für sie beten?«

Automatisch hatte Friederike die Worte des Fürbittgebets mitgesprochen, obwohl sie sich in ihrem Innersten an die Möglichkeit geklammert hatte, dass ihre Mutter gar nicht tot war. Erst als Tag um Tag verging, ohne dass sie in einem versteckten Winkel im Schiffsbauch entdeckt wurde, verlosch allmählich auch der letzte Hoffnungsfunke. Ihre Mutter war aus ihrem Leben verschwunden, hatte sie alle im Stich gelassen, ohne auch nur Lebewohl zu sagen! Diese Erkenntnis war so schmerzlich gewesen, dass eine Woge ungeheurer Wut sie überschwemmt hatte. »Wie konnte sie uns das nur antun! Wir brauchen sie doch viel nötiger als Friedemann!«, hatte sie in hilflosem Zorn zu Mutter Weidner gesagt. »Im Himmel gibt es genug Engel, die sich um ihn kümmern können.«

»Das mag sein, Kindchen«, hatte die Ältere leise erwidert. »Doch wer kann schon in das Herz eines anderen Menschen sehen? Deine Mutter hat viel durchgemacht. Allein Gott, der Herr, hat das Recht, über sie zu richten.«

»Ich vermisse sie so!«, war es aus Friederike herausgeplatzt. »Warum hat sie das nur getan? In Australien wäre sie sicher wieder gesund geworden.« Ihre Überzeugung, die geliebte Mutter würde in der neuen Heimat schließlich wieder zu sich selbst finden, hatte vor deren Tod vieles erträglicher scheinen lassen. Wenn Friederike nachts schlaflos in der Koje lag, grübelte sie immer noch darüber, was in ihrer Mutter vorgegangen sein mochte.

Charlotte starrte sie nur verständnislos an, als sie versuchte, mit ihr darüber zu reden. »Mutter war schwermütig, und schwermütige Menschen tun manchmal die seltsamsten Dinge. Das kann man nicht verstehen«, sagte sie abwehrend und ging davon, um Arm in Arm mit ihrer Freundin Grete den Seeleuten in der Takelage zuzusehen. Ihre Schwester hatte sich immer enger an die Tochter der Schneiderin angeschlossen. Inzwischen kam sie nur noch zum Schlafen zu ihrer Familie, tagsüber waren die beiden unzertrennlich.

Heinrich war noch zu jung, und ihrem Vater gegenüber wagte sie die Mutter nicht einmal zu erwähnen, weil sie nicht ertragen konnte, wie sein Blick dann vor Schmerz erstarrte.

»Bruder Christian, du solltest dich in aller Demut freuen, dass der Herr deine Frau und deinen Sohn zu sich gerufen hat!«, hatte Pastor Fichte ihn einmal scharf getadelt. »Sie sind jetzt im Paradies. Dort geht es ihnen besser als uns hier unten auf der Erde. Missgönne ihnen das nicht aus kleinlicher Selbstsucht. Denke daran: ›Des Menschen Herz erdenkt sich seinen Weg, aber der Herr allein lenkt seinen Schritt.‹«

Zum ersten und einzigen Mal hatte sie erlebt, wie ihr Vater die Beherrschung verlor: »Bleibt mir doch alle vom Leib mit euren hohlen Phrasen!«, hatte er den entsetzten Pastor angeschrien. »Die geben mir meine Frau und mein Kind nicht zurück!« Er war aufgesprungen und völlig außer sich nach draußen gestürzt. Niemand, nicht einmal Pastor Fichte, hatte es danach nochmals gewagt, Sabine Thieles Namen auch nur in den Mund zu nehmen.

»Es wird besser werden, wenn er keine Zeit mehr zum Grübeln hat, Herzchen«, sprach Mutter Weidner Friederike beim gemeinsamen Kartoffelschälen auf Deck Mut zu. »Anderen Leuten wird es auch guttun, wenn der Müßiggang endlich ein Ende hat!« Damit warf sie einen finsteren Blick in Richtung Charlotte und Grete, die an der Reling lehnten und kichernd den jüngeren Seeleuten schöne Augen machten.

Sehnsüchtig starrte Friederike jetzt auf die ferne Küste. Ihre Ungeduld, endlich in Australien anzukommen, wuchs von Tag zu Tag, von Stunde zu Stunde. Tatsächlich vergingen noch fast zwei Wochen, während derer sie vor dem St. Vincent Golf kreuzen mussten, bis der Wind auf südliche Richtung drehte. Diese letzte Verzögerung, das Ziel vor Augen, erschien nicht nur Friederike schwer erträglich. Jeder von ihnen brannte darauf, das Schiff zu verlassen und wieder festen Boden unter den Füßen zu spüren. Endlich ertönte eines Morgens das langersehnte Kommando: »Segel setzen und Kurs auf Nordost!«

Friederike spürte, wie ihr Herz stärker klopfte, während sie an der Reling stand und die Küstenlinie Meile für Meile näher kam. Schon konnte sie ausgedehnte Sandbänke erkennen, und im Hintergrund lichte Wälder. Als sie in die Flussmündung segelten, die zum Hafen von Adelaide, Port Adelaide führte, verspürte sie vage Enttäuschung. Sah so das gelobte Land aus?

Von dem Brackwasser, durch das der Kiel des Schiffes schnitt, stiegen nicht nur üble Gerüche, sondern auch jede Menge Insekten auf. Die Ufer waren großteils mit undurchdringlichem Gestrüpp überwuchert. Die dornenübersäten Sträucher erschienen ihr in ihrer Kompaktheit wie ein Bollwerk, das Eindringlinge fernhalten sollte. Direkt an der Wasserlinie, teils sogar mitten im Wasser, wuchsen Bäume, die einer von den Seeleuten »Mangroven« nannte: Auf mannshohen Wurzeln schwebten sie wie auf Stelzen im überfluteten Schlamm.

»Das sieht man sofort, dass hier noch kein Christenmensch seinen Fuß hingesetzt hat«, stellte Mutter Weidner abschätzig fest. »Das Gestrüpp da gehört alles gerodet.«

Die mangrovengesäumten Ufer des Port River, wie der bullige Engländer ihn nannte, rückten immer näher zusammen. Der Mann war gestern Abend mit einem kleinen Boot auf dem Schiff aufgekreuzt, um sie durch die Sandbänke und Untiefen bis zum einige Kilometer landeinwärts gelegenen Hafen Port Adelaide zu lotsen. »Willkommen, Willkommen«, hatte er sie breit grinsend begrüßt, kaum, dass er sein Bein über die Reling geschwungen hatte. »Adelaide braucht gute Leute wie euch.«

Als der Lotse sich endlich umdrehte und stolz verkündete: »Das da ist Port Adelaide!«, reagierten die meisten Friedrichsdorfer zutiefst enttäuscht. »Was, das soll ein Hafen sein?«, entrüstete sich ein Nachbar. »Die paar schäbigen Holzhütten?«

»Es ist schon eine wesentliche Verbesserung gegen früher, als er noch mit Fug und Recht Port Misery genannt wurde«, belehrte der Kapitän ihn ruhig. »Es ist noch nicht lange her, da gab es hier nur schlammigen Morast, in dem sich außer Moskitos nichts wohlfühlte. Die ersten Siedler mussten in der Holdfast Bay anlegen, wo man nur mit Booten den eigentlichen Strand erreicht, vorausgesetzt, der Seegang ist nicht zu hoch. – Natürlich ist er mit Hamburg oder Plymouth nicht zu vergleichen, aber wartet ab: In einigen Jahren wird das hier ein ganz veritabler Hafen sein.«

Tatsächlich waren die Gebäude keine Holzhütten, sondern recht stabile Bauten der südaustralischen Kompagnie, teils Lagerhäuser, teils provisorische Unterkünfte für neu eintreffende »immigrants«. Außer der *Unicorn* ankerte nur noch ein Frachtschiff namens *Strathisia* an der Reede. Alles wirkte verlassen und wenig einladend. Das Gestrüpp, wie Mutter Weidner das undurchdringlich wirkende Buschwerk genannt hatte, schien hier alles zu überziehen. Man hatte es nur so weit zurückgedrängt, wie zur Errichtung der Gebäude notwendig gewesen war, und jetzt umschloss es den offenen Platz wie eine lebende Mauer. Im Norden zeichneten sich in der glasklaren Luft bewaldete Hügelketten ab. Nach Osten hin wurde der freie Blick eingeschränkt von dichtem Wald. Dahinter musste irgendwo Adelaide liegen, denn ein von zahlreichen Füßen getretener, breiter Pfad lief schnurgerade darauf zu, um sich zwischen den Bäumen zu verlieren.

»Halloo... Irgendjemand hier? Mr. Flaxman? Ihre Siedler sind da«, brüllte der Lotse mit einer Stimme, die es mit den Posaunen des jüngsten Gerichts hätte aufnehmen können. Noch während die Seeleute das Schiff vertäuten, schwang eines der großen Tore auf und eine Gruppe modisch gekleideter Herren näherte sich dem Schiff. Schon von weitem winkten sie und schwangen ihre Zylinder. Mr. Flaxman, ihr Wortführer, erklärte ihnen nach der ersten Begrüßung in recht gut verständlichem Deutsch, wie es weitergehen würde. »Nun Sie werden zuerst hier untergebracht.« Er wies auf einen geräumigen Bau, an dessen Breitseite sich eine schlichte, überdachte Veranda entlangzog. »Viel, viel besser als auf dem Schiff!«, fügte er laut lachend hinzu. »In der Zwischenzeit gehen euer Pastor und ich nach Adelaide und machen den Vertrag für das Land. All right?«

Der Vorschlag fand breite Zustimmung. Während die Engländer und Pastor Fichte in zwei von kräftigen Pferden gezogenen Wagen nach Adelaide aufbrachen, begannen die Friedrichsdorfer damit, ihre Habe auszuladen und sich provisorisch einzurichten. »Die Unterkunft ist gar nicht so übel«, befand Mutter Weidner. »Auf dem Geländer kann man gut die Wäsche trocknen.« Nach der notgedrungenen Einschränkung auf See konnten die Frauen es gar nicht mehr abwarten, endlich wieder ausreichend Wasser für eine große Wäsche zur Verfügung zu haben.

In dem Durcheinander des Ausladens schlich Friederike sich für einen Augenblick davon. Hinter dem großen Gebäude, das die Männer das Lagerhaus genannt hatten, streckte sie ihr Gesicht der Sonne entgegen. Sie nahm die Wärme, das Summen der Insekten, die Gesänge der einheimischen Vögel in den umstehenden Bäumen in sich auf. Einige zwitscherten wie sie es gewohnt war, andere allerdings kreischten so misstönend wie der Papagei, der einmal in Krossen auf dem Jahrmarkt ausgestellt gewesen war. Aus dem Wald drang ein schwerer, süßer Duft. Lilienähnlich, aber etwas erdiger. Eine Spur muffig. Er schien von einer Baumgruppe zu kommen, die sich deutlich von den anderen Bäumen in ihrer Umgebung abhob, weil sie mit weißen Blüten übersät war. Gerne hätte sie sie näher in Augenschein genommen, aber sie hörte, wie jemand ihren Namen rief. Später, tröstete sie sich. Später würde sie alles Neue ausgiebig erkunden.

Die Kompagnie hatte ihnen Säcke mit Reis hingestellt und zur allgemeinen Begeisterung auch ein großes Fass Fleisch. Als es geöffnet wurde, rümpften die näher Stehenden allerdings die Nase und wichen ein Stück zurück.

»Ob das Fleisch in der Hitze verdorben ist?«, spekulierte

Mutter Weidner enttäuscht. »Es riecht so seltsam.« Sie griff nach dem Zettel, der auf dem Deckel befestigt gewesen war. »Mutton, preserved«, buchstabierte sie verständnislos. »Was mag das sein? – Engländer sind wirklich seltsam.«

»Ich glaube, es ist Schafsfleisch.« Heinrich hatte sich nach vorne durchgedrängt, um einen Blick auf den Zettel zu werfen. »Einer von den Seeleuten hat mir erzählt, Engländer äßen ständig Schafsfleisch, auch Hammel. Selbst wenn keine schlechten Zeiten sind.«

Wenn Friederike später an diesen ersten Tag zurückdachte, erinnerte sie sich vor allem an die trockene Hitze auf dem schattenlosen Gelände zwischen den Holzbauten; an den allgegenwärtigen rötlichen Staub; an das ohrenbetäubende Kreischen der Vogelschwärme, die der Kapitän »Kakadus« genannt hatte; und an die zahllosen Eidechsen, die Georg so entzückt hatten. Ihr Bruder und einige seiner Altergenossen hatten sich einen Spaß daraus gemacht, ihnen nachzujagen. Natürlich hatten sie keines der flinken Tiere erwischt, aber es war für alle eine Freude gewesen, ihrem unbeschwerten Spiel zuzusehen.

Als sie nicht nur von der Tagesarbeit, sondern auch von den zahllosen, neuen Eindrücken völlig erschöpft auf ihr provisorisches Nachtlager sank, konnte sie kaum noch ihr Nachtgebet zu Ende sprechen. Im Morgengrauen weckte sie irres Gelächter. Es klang ganz nah, als ob derjenige auf der Veranda säße. Und dann gesellte sich ein zweiter dazu. Beide schienen sie sich gegenseitig an Lautstärke übertrumpfen zu wollen. Friederike spürte, wie sich ihre Nackenhaare aufstellten. Solche Laute hatte sie noch niemals in ihrem Leben gehört. Das war schlimmer als das Heulen der Wölfe in frostigen Winternächten. Mit Entsetzen erinnerte sie sich daran, dass die Fensteröffnungen des Gebäudes zur besseren Durchlüftung nicht verglast oder mit Läden verschlossen waren. Jeder, ob Mensch oder Tier, der es darauf anlegte, konnte mühelos ins Innere gelangen. Marie-Luise neben ihr war ebenfalls erwacht und drängte sich zitternd an sie. »Was ist das?« flüsterte sie. »Wird es uns fressen?«

Friederike nahm sich zusammen. »Nein, wird es nicht«, sagte sie mit mehr Zuversicht, als sie verspürte. »Ich werde nachschauen.«

»Bleib hier«, bettelte Marie-Luise. »Was, wenn es nun ein Gespenst ist?«

»Es gibt in Australien keine Gespenster. Und auch keine Raubtiere«, sagte Friederike fest genug, um auch sich selber zu überzeugen. Auf bloßen Sohlen schlich sie zum nächsten Fenster und spähte vorsichtig hinaus. Auch wenn sie nicht an Gespenster glaubte, die Ängste der Kleinen hatten doch eine gewisse Wirkung auf sie. Wenn es kein Witzbold war, der sie alle foppen wollte, dann musste es etwas anderes sein. Aber was?

Im ersten Moment glaubte sie, an einer Sinnestäuschung zu leiden, aber das diffuse Licht der Morgendämmerung war hell genug, um Konturen sehen zu können. Direkt vor ihr auf dem Verandageländer waren deutlich zwei spechtgroße Vögel zu erkennen. Einer von ihnen legte gerade den Kopf schief und lachte erneut, laut und keckernd, ehe er die Flügel ausbreitete und davonflatterte. Vor Erleichterung hätte sie beinahe laut aufgelacht.

»Es sind nur Vögel«, raunte sie. »Was für ein seltsames Land.«

Außer den Eidechsen, die überall umherhuschten, waren Vögel die einzigen anderen Tiere, die sie zu Gesicht bekamen. Manche sahen so ähnlich aus wie die europäischen Arten. Einige jedoch, von denen ganze Schwärme in den umliegenden Bäumen saßen, schillerten in den aufsehenerregendsten Schattierungen. Entzückt von ihrem fremdartigen Farbenreichtum versuchte Marie-Luise ihr Federkleid mit etwas Vertrautem in Verbindung zu bringen: »Seht nur, die dort drüben in dem Baum sind so hellblau wie die Vergissmeinnicht am Bach daheim, und die dort gelb wie Schlüsselblumen!« Dabei rannte sie hin und her und verrenkte sich den Hals, um auch die Tiere in den obersten Wipfeln genau zu studieren. Georg versuchte derweil gemeinsam mit den anderen Jungen Fische zu fangen. Ihre Erfolge überraschten auch die Erwachsenen, die verblüfft die Berge gefangener Fische stetig anwachsen sahen.

»Es sieht so aus, als ob diese Fische ihnen geradezu in die Hände schwimmen würden«, bemerkte Großmutter Schulze, die Mutter des Stellmachers, schwärmerisch. Sie war eine überaus fromme Frau und gehässige Zungen munkelten, dass ihr Sohn ledig geblieben sei, weil es keine lebende Frau auf der Welt gebe, die den Ansprüchen seiner Mutter genüge. »Sicher ist es ein Zeichen vom Herrn, dass unser Tun ihm gefällt.«

»Oder die Fische sind einfach keine Menschen gewöhnt«, murmelte Mutter Weidner spöttisch und zwinkerte Friederike zu. »Jedenfalls werden wir sie uns heute Abend munden lassen.«

Die Frauen nutzten die Wartezeit bis zur Rückkehr des Pastors, ein Stück flussaufwärts die Leibwäsche zu spülen und in der Sonne zu bleichen. Bei den hohen Temperaturen und dem stetigen Wind trocknete alles im Nu, und Friederike atmete genüsslich den Geruch des duftenden Leinens ein. Der leicht faulige Geruch des Meeres, der sie rund um die Uhr umgeben, sich in Kleidung und Haaren festgesetzt hatte, bis er zum Leben untrennbar dazugehörte, verschwand allmählich. Er wurde überdeckt von den Wolken fremdartiger Pflanzendüfte, die der Südwind aus dem Landesinneren herantrug. Im Frühling waren sie aus der alten Heimat aufgebrochen, im Frühling kamen sie in der neuen an. Wenn die lange Seereise nicht gewesen wäre, hätte man glauben können, ein Zauberer hätte sie im Schlaf zu den Antipoden versetzt. Friederike freute sich schon darauf, die mitgebrachten Samen in die Erde zu bringen und zu sehen, wie die Pflanzen hier gediehen.

Während die Frauen mit der Wäsche beschäftigt waren, machten Stellmacher Schulze und alle anderen brauchbaren Hände sich an die mühselige Aufgabe, den halb zerfallenen alten Leiterwagen, den sie hinter einem der Lagerhäuser entdeckt hatten, wieder instand zu setzen. »Wir brauchen ein Fuhrwerk«, hatte der wortkarge Mann erklärt. »Ob ihn dann ein Ochse zieht oder wir.« Also wurde Heinrich zu dem Kontoristen ins Büro der südaustralischen Kompagnie geschickt, um die Erlaubnis zu erbitten. Er war der einzige Friedrichsdorfer mit spärlichen Englischkenntnissen. Diese verdankte er dem Matrosen John, mit dem er sich während der Schiffsreise angefreundet hatte.

Gegen Abend kehrten Pastor Fichte und Mr. Flaxman aus Adelaide zurück. »Es ist alles gutgegangen«, rief Pastor Fichte schon von weitem. »Gelobt sei der Herr!«

Jeder ließ fallen, womit er gerade beschäftigt gewesen war. Im Nu waren die Ankömmlinge dicht umlagert und wurden mit Fragen überhäuft.

»Wo liegt unser Land?«

»Wann können wir aufbrechen?«

»Wie hoch ist die Pacht?«

Pastor Fichte hob beschwichtigend beide Arme. Eine gelbliche Staubschicht überzog seinen Hut und Rock. Dicke Schweißperlen tropften ihm vom Gesicht, aber er schien sie gar nicht zu bemerken.

Seine Augen glühten, seine Stimme bebte vor Begeisterung: »Unser Land liegt etwa fünf Stunden Fußweg von hier, am Lauf des River Torrens. Wir werden aufbrechen, sobald alle unterschrieben haben. Und das sind die Bedingungen, hört gut zu:

1. *Die Herren Gouger und Brown verpachten im Namen der südaustralischen Compagnie den auf der* Unicorn *angekommenen Deutschen 120 Acker, das erste Jahr ohne Zins. Von diesem Land sollen 30 Acker als Bauplätze benutzt werden, die übrigen zum Landbau.*
2. *Die oben genannten Herren sagen zu, die besagten Einwanderer auf 1 Jahr mit Lebensmitteln zu versorgen.*
3. *All ihr Gepäck soll unter gleichen Bedingungen nach dem bestimmten Platz gebracht werden.*
4. *Gleich nach der Ankunft sollen der Gemeinde 6 Milchkühe gegeben werden. Im nächsten März kann jede Familie so viel junge Kühe erhalten, als sie will. Dieselben müssen aber, wenn sie zum Milchgeben gebracht, alle 3 Monate mit frischen Kühen vertauscht werden; doch soll jede Familie immer 2 Milchkühe behalten. Sie sollen den Gebrauch des Viehs und der Weide für dasselbe umsonst haben.*
5. *Hühner, Enten, Gänse, Schweine sollen ebenfalls den Einwanderern gegeben werden, in der Voraussetzung, dass durch ihre Produkte, wie Butter, Eier, Geflügel, Früchte und Gemüse, die sie zu Markte bringen, ihre Umstände sich bald bessern.*
6. *Dieses Übereinkommen gilt nur für das erste Jahr. Es soll als ein Versuch angesehen werden; wenn alles gut einschlägt,*

kann im folgenden Jahr jede Familie so viel Land zu einem gemäßigten Preis bekommen, als sie bebauen kann.

7. *Im nächsten Jahr soll den Einwanderern eine Kirche gebaut werden, jedoch müssen diese dabei jede Hilfe leisten.*
8. *Das nötige Geld zur Erhaltung eines Pastors und Lehrers soll den Einwanderern zur Verfügung gestellt werden, sobald die Kirche fertig erstellt ist.*
9. *Jeder Einwanderer, welcher sich selbst Kühe kaufen will, darf sie umsonst weiden lassen.*[3]

Diesen überaus großzügigen Vertrag verdanken wir der Fürsprache von Mr. Flaxman« – er verneigte sich leicht in Richtung des schlanken Mannes neben sich auf dem Kutschbock – »und der Hilfe des Herrn. Heute Abend werde ich einen großen Dankgottesdienst halten.«

Am nächsten Tag wurde in einer Gemeindeversammlung das Land verteilt. Dabei bestimmte die Größe der Familie, wie groß der Anteil ausfiel. Als besonderes Entgegenkommen wurde Heinrich mit seinen vierzehn Jahren als Erwachsener eingestuft und so erhielt die Familie Thiele Anteile für vier Erwachsene und zwei Kinder im zukünftigen Segensthal. Dieser Namensvorschlag Pastor Fichtes fand allgemeine Zustimmung, denn wenn man auch gerne Mr. Flaxman geehrt hätte, indem man dem Ort seinen Namen gab, so klang »Flaxmansdorf« in den Ohren der ehemaligen Friedrichsdorfer doch zu unpassend.

Der erste Trupp machte sich so rasch wie möglich auf den Weg. Die Vorhut bildeten zwei kräftige, mit Äxten bewaffnete Männer, die ihnen den Weg durch die Wildnis frei

3 Nur leicht verändert entspricht er im Großen und Ganzen dem Originalvertrag mit den Hahndorfer Siedlern von 1839 (vgl. Iwan, S. 55).

hacken mussten. Hinter ihnen marschierten der Landvermesser der südaustralischen Kompagnie, Mr. Flaxman und Pastor Fichte. Ihnen folgte der von einem kräftigen Ochsen gezogene, mit allem benötigten Werkzeug bepackte Leiterwagen.

Als nach einigen Tagen die Familie Thiele und das Ehepaar Weidner an die Reihe kamen, ihre Habe auf den Ochsenkarren zu laden, wäre Friederike dem Tross am liebsten vorausgerannt. In gemächlichem Tempo rumpelte der Wagen die breite Fahrspur entlang. Hohe Bäume mit hellen, fleckigen Stämmen säumten den Weg, und aus dem dichten Gestrüpp drangen von allen Seiten Vogelschreie. Friederike atmete tief ein und der Eukalyptusduft, den die Bäume verströmten, kitzelte sie in der Nase. Knapp zwei Stunden später lichtete sich der Wald und die ersten Häuser kamen in Sicht.

»Das sieht ja fast aus wie Krossen!« stellte Mutter Weidner leicht enttäuscht fest. »Der Fluss da könnte auch die Oder sein. Es fehlen nur noch die Oderkähne.«

»Warte nur ab, bis wir näher kommen«, sagte Nachbar Kuchel, der es übernommen hatte, den Ochsen zu führen. Als ehemaliger Ochsenknecht war er dafür prädestiniert und inzwischen hatte er den Weg schon so oft zurückgelegt, dass sie keinen einheimischen Führer mehr brauchten. »Ihr werdet staunen, wie akkurat sie die Straßen angelegt haben. Man kann von einem Ende der Stadt bis zum gegenüberliegenden sehen.«

Der Weg führte geradewegs auf den ruhig dahinplätschernden Fluss zu. An einer wackligen Holzbrücke begegneten sie den ersten Einheimischen: drei halbwüchsigen Jungen und einem struppigen Hund, die im Röhricht am Ufer Entennester ausnahmen. Alle vier musterten sie neugierig und verschwanden dann zwischen zwei Eukalyptusbäumen in dem Gestrüpp, das die Uferhänge bedeckte.

»Das da vor uns ist der River Torrens«, erklärte Nachbar Kuchel. »Es ist derselbe Fluss, an dem ein Stück weiter aufwärts auch unser Land liegt.«

Die Holzbohlen unter ihren Füßen knackten bedrohlich. Das Geräusch weckte in Friederike Erinnerungen an die schreckliche Nacht, als ihre Koje zusammengebrochen war, und sie beeilte sich, die wenig vertrauenerweckende Konstruktion hinter sich zu lassen.

»Was ist das für ein Haus dort?«, fragte sie den Ochsenknecht, um sich abzulenken, und wies auf ein kleines Steinhaus außerhalb der Stadtbegrenzung, vor dem mehrere Frauen mit Einkaufskörben über dem Arm beieinanderstanden und schwatzten. Eine von ihnen winkte ihnen freundlich zu.

»Das ist der Laden von Mr. Gilbert. Dort gibt es Zucker, Mehl und Kolonialwaren zu kaufen.«

Als sie die äußerste Häuserreihe von Adelaide erreichten, wurde deutlich, was Nachbar Kuchel gemeint hatte: Die Straßen waren tatsächlich schnurgerade. Gerne wäre Friederike wenigstens eine von ihnen entlanggegangen – nur um die Häuser rechts und links zu betrachten und zu sehen, wie die Menschen hier wohnten. Nachbar Kuchel lenkte die Ochsen auf den Weg, der am Stadtrand entlang flussaufwärts führte. Aus einigen Fenstern drangen Stimmen, aus anderen Arbeitsgeräusche, und aus einer der Straßen duftete es geradezu überwältigend nach Schinken. Offenbar gab es dort einen Fleischer, der sich aufs Räuchern verstand. Passanten waren nur wenige unterwegs; einzelne Männer in Arbeitskitteln oder dunklen Anzügen und Zylindern wandten den Kopf nach ihnen um, aber niemand sprach sie an.

»Was für ein prächtiges Haus«, sagte Mutter Weidner bewundernd und lenkte die allgemeine Aufmerksamkeit auf ein Gebäude, das zwischen der Stadt und dem Fluss in eine Art Parklandschaft gebettet lag. »Es muss einem vornehmen Mann gehören!«

»Dort residiert der englische Gouverneur«, sagte Nachbar Kuchel stolz, sich als Fremdenführer betätigen zu können. »Die langgestreckten Gebäude ein Stück weiter sind die Baracken der Soldaten. Aber die werden hier nur für Paraden gebraucht. Hört ihr, sie exerzieren gerade!« Tatsächlich wurde ganz in der Nähe ein Trommelwirbel geschlagen, und eine Stimme brüllte unverständliche Befehle.

Zu Friederikes Leidwesen hatten sie relativ schnell die Stadt passiert und kamen nun auf einen Weg, der eher als Pfad zu bezeichnen war. Der Ochse verlangsamte seine Gangart merklich, als der unebene Untergrund das Vorwärtskommen zu erschweren begann, und Nachbar Kuchel musste all seine Künste aufbieten, um das erschöpfte Tier anzutreiben.

Neugierig versuchte Friederike am Wegrand so viel Neues und Unbekanntes zu entdecken wie möglich. Einmal glaubte sie, in der Ferne einen großen Vogel auf zwei Beinen laufen zu sehen, aber er war zu schnell wieder im Unterholz verschwunden, als dass sie Genaueres hätte erkennen können. In einer Lichtung fiel ihr ein niedriger Strauch auf, der von handtellergroßen grauen Spinnen bedeckt schien. Erst als sie vorsichtig nähertrat, um das Phänomen in Augenschein zu nehmen, erkannte sie, dass es seltsam geformte Blüten waren. Auf den ersten Blick ähnelte die Landschaft einer europäischen. Erst bei genauerem Hinsehen zeigten sich die Unterschiede: Die Baumkronen waren lichter als in den märkischen Wäldern, das Blattwerk zierlicher. Und als sie den Blick zu Boden richtete, fiel ihr auf, dass der raschelnde Teppich unter ihren Füßen nicht aus trockenen Blättern, sondern aus Rinde bestand. Die hohen Bäume mit den silbern schimmernden, streng duftenden Blättern schienen sich regelrecht zu schälen und anstelle des Blattwerks ihre Rinde abzuwerfen. In Lichtungen wuchsen Farne und manchmal bedeckte dichtes Gras den Boden. Unwillkürlich hielt sie Ausschau nach den gewohnten Frühlingsblumen wie Waldanemonen, Schlüsselblumen oder Veilchen, aber kein violetter Tuff schmiegte sich an einen Baumstumpf, kein gelber Blütenstand reckte sich aus dem grauen Flickenteppich.

Die Sonne näherte sich bereits dem Horizont, als man allmählich wieder menschliche Stimmen sowie lauter werdendes Klopfen und Hämmern vernehmen konnte. Schließlich blieb Nachbar Kuchel stehen: »Wir sind da, hier ist es!« Vor ihnen erstreckte sich die Fläche, auf der Segensthal entstehen sollte. Die zukünftige Dorfstraße zeichnete sich bereits deutlich als Fahrspur in dem jungen Grün ab. Rechts und links davon waren die Flächen abgesteckt, die den einzelnen Familien zugeteilt worden waren. Auf den Grundstücken waren die Männer schon eifrig damit beschäftigt, die Gruben für die zukünftigen Keller ihrer Häuser auszuheben. In einiger Entfernung klopften andere Steine zurecht, und im Schwemmland einer Flussschleife schnitten die Frauen die Binsen für die Dächer. Aus dem angrenzenden Wald tönte mit der Beständigkeit einer Uhr das Tock-tock von Äxten.

»Es ist alles zur Hand, was wir zum Hausbau brauchen: Steine, Holz, Lehm und selbst Binsen für das Dach«, erklärte Kuchel zufrieden und zerrte den Ochsen, der die Pause genutzt hatte, um den Kopf zu senken und zu grasen, weiter.

Begeistert musterte Friederike ihre künftige Heimat: Alles wirkte so friedlich und gemütlich, als hätte es nur darauf gewartet, von ihnen in Besitz genommen zu werden. Der von mächtigen alten Bäumen beschattete Wasserlauf glitzerte verlockend in der Nachmittagssonne, die die rotbraunen Blätter der Baumriesen wie Kupfermünzen schimmern ließ. Ein leichter, warmer Wind strich sanft über Friederikes Gesicht. Vogelschwärme kreisten am blauen Himmel, und selbst das Gestrüpp, das noch ihre zukünftigen Felder bedeckte, sah nicht so dornig aus wie das am Hafen. Geschmückt mit zarten weißen, rosafarbenen und violetten Blüten schien es sie zu begrüßen.

Zu Friederikes Freude lag das Thielesche Grundstück auf der dem Fluss zugewandten Seite genau neben Weidners. Ihr Gartenland würde fast bis zum Ufer reichen. Dort, in einigen riesigen, hohlen Eukalyptusbäumen hatten die zuvor eingetroffenen Nachbarn sich vorläufig eingerichtet. Auch die Thieles und Weidners suchten sich einen von ihnen aus und richteten sich notdürftig darin ein. Keiner von ihnen hätte sich in Preußen je vorstellen können, einmal in einem Baum zu wohnen! »Bis das Haus fertig ist, ist es gar nicht übel hier drinnen«, stellte Heinrich fest, nachdem er mit großen Schritten den Durchmesser der Höhlung auf circa drei Meter bestimmt hatte und betastete neugierig die Innenwand des Stammes, die glatt und wie verkohlt wirkte. »Es riecht irgendwie ähnlich wie Möbelpolitur!« Tatsächlich ging von dem Holz ein ganz eigenartiger, aber durchaus angenehmer Geruch aus.

Diese erste Nacht in der australischen Wildnis würde Friederike für immer im Gedächtnis bleiben. Während all die anderen um sie herum laut oder leise schnarchten, lag sie auf ihrem Platz direkt an der Öffnung wach und konnte ihre Augen nicht vom Anblick des südlichen Sternenhimmels über sich losreißen. Schon auf dem Schiff war ihr aufgefallen, dass die Himmelskörper sich veränderten, nicht mehr den heimischen glichen. Der große Wagen war verschwunden und an seine Stelle waren Sternbilder getreten, die heller zu funkeln schienen. Als sei man hier dem Himmel näher als zu Hause.

Sah ihre Mutter jetzt auf sie herunter? Vom Paradies hinter dem Firmament? Friederike versuchte, sich ihre Züge ins Gedächtnis zu rufen. Das Gesicht ihrer Mutter war ihr so vertraut gewesen, dass sie es schon gar nicht mehr bewusst wahrgenommen hatte. Jetzt verschwamm es in ihrer Erinnerung wie ein verzerrtes Spiegelbild. Den ganzen Tag über war Friederike – überwältigt von all den neuen Eindrücken – von Hoffnung und Vorfreude erfüllt gewesen. Doch nun fühlte sich ihre Kehle plötzlich an wie zugeschnürt. Sie schluckte ein paarmal schwer, doch die Tränen ließen sich nicht zurückhalten. Was würden sie nur ohne die Mutter tun? Friederike sah sie vor sich, wie sie in der Küche geschäftig in den Kesseln rührte oder die jüngeren Geschwister tröstete, wenn sie Kummer hatten. Auch für die Probleme der Größeren hatte sie immer ein offenes Ohr und so manchen klugen Ratschlag gehabt. Sie hatte ihre Kinder doch geliebt! Wieso hatte sie sie so im Stich gelassen? Friedemanns Tod war für alle ein schrecklicher Schlag gewesen. Es wollte Friederike nicht in den Kopf, dass er der Mutter jeden Lebenswillen geraubt hatte, obwohl die anderen Kinder noch lebten und sie brauchten. Und dann die Art, wie sie aus dem Leben geschieden war: Still und heimlich hatten die eisigen Fluten des Atlantiks sie verschlungen. Friederike erschauerte beim Gedanken an die bodenlose Schwärze, in die ihre Mutter sich gestürzt hatte. Ob sie Angst verspürt hatte in dem Moment, als die Wassermassen über ihr zusammenschlugen? Oder war es ihr gleichgültig gewesen, waren ihr so menschliche Gefühle wie Furcht und Freude längst fremd geworden?

Und jetzt gab es nicht einmal ein Grab, an dem sie hätten trauern können.

Ach, Mama, flüsterte sie stumm, ich vermisse dich so sehr. Bist du jetzt wenigstens glücklich im Paradies?

Einer der Sterne schien plötzlich ein wenig heller zu funkeln als all die anderen um ihn herum. Friederike fühlte sich seltsam getröstet. Vielleicht würde sich wirklich alles zum Guten wenden, wenn sie erst hier lebten. Mit diesem Gedanken schlief sie schließlich ein.

Der Eindruck, als riefe jemand nach ihr, weckte sie. Anfangs wehrte Friederike sich dagegen, aufzuwachen. Es war noch viel zu früh. Schläfrig rollte sie sich fester in ihre Decke, und versuchte, den stummen Ruf zu ignorieren. Aber es war umsonst. Widerstrebend schlug sie die Augen auf. Was sie sah, ließ sie erstarren: über ihr schwebte ihre Mutter, Friedemann im Arm. Die von blendender Helligkeit umgebene Gestalt lächelte liebevoll auf sie herunter, doch obwohl Friederike sah, wie sie ihre Lippen bewegte, konnte sie kein Wort verstehen. »Mama?«, wisperte sie ungläubig. Die Erscheinung streckte in einer beinahe flehenden Geste die Hand nach ihr aus, schien sich verzweifelt darum zu bemühen, ihr eine Botschaft zu übermitteln. Was wollte ihre Mutter ihr so dringend mitteilen?

Angestrengt lauschte sie, hörte aber nichts als das Rascheln der Blätter im Wind. Trotzdem wusste sie auf einmal blitzartig, worum ihre Mutter sie bat. »Keine Sorge, Mama«, versprach sie. »Ich werde gut auf die Kleinen achtgeben.« Das Strahlen verstärkte sich, ließ das Bild der Mutter im gleißenden Licht zerfließen, bis es sich auflöste wie eine Wolke am Himmel. Verstört setzte Friederike sich auf. Die Sonne, die sich gerade über den Horizont schob, schien ihr genau ins Gesicht. War alles nur Einbildung gewesen? Ihre Augen gegen das grelle Licht zusammenkneifend fixierte sie den dunstigen Morgenhimmel über sich, als sie am Rande ihres Blickfelds eine leichte Bewegung wahrnahm. Sie drehte den Kopf, aber nur noch ein leichtes Zittern der Zweige verriet die Stelle, an der sich eben etwas ins Unterholz geflüchtet hatte. Verwundert rieb sie sich die Augen, weil ihr das, was sie nur undeutlich gesehen hatte, fast so sonderbar vorkam wie die Erscheinung ihrer Mutter – eine menschliche Gestalt, nackt wie Gott sie geschaffen hatte, mit holzbrauner Haut.

❖

Kartanya zog den angespitzten Stecken, mit dem sie gerade nach dem Opossum im hohlen Baumstamm gestochert hatte, zurück und lauschte angestrengt. Ihre Beute nutzte seine Chance und entkam mit einem Riesensatz. Mit leisem Bedauern sah Kartanya ihrem Fleischgericht nach. Es war noch nicht so schwer verletzt gewesen, dass es sich gelohnt hätte, ihm nachzusetzen.

Die Geräusche kamen näher. Sie unterschied menschliche Stimmen und etwas, das wie Donnergrollen klang. Aufgeregt griff sie nach ihrer Jagdausrüstung und zog sich hinter ein Dickicht zurück. Ob das ihre weiße Sippe war, auf die sie seit so vielen Monden gewartet hatte? Vorgestern Nacht war ihr im Schlaf ihre Großmutter erschienen. Sie hatte vor einem Feuer gehockt und hellen Ocker angerührt. Dabei hatte sie gelächelt und mit dem Kopf genickt, wie sie es zu tun pflegte, wenn sie mit etwas zufrieden war.

Zitternd vor Aufregung hockte sie in ihrem Versteck. Tatsächlich dauerte es nicht allzu lange, bis die ersten von ihnen aus dem Wald traten. Kräftige, gut genährte Männer in der Tracht der Weißen. Hinter ihnen kamen ihre Frauen und ein Wagen, der von einem riesigen Tier gezogen wurde. Ob man es essen konnte? Kartanya schwindelte bei der Vorstellung, wie lange ihre Sippe von einem solchen Fleischberg hätte leben können. Die Gruppe lagerte am Fluss unter den Eukalyptusbäumen.

Kartanya beobachtete, wie sie begannen, mit wunderlichen Gerätschaften zu hantieren und Pflöcke in den Boden zu schlagen. Es waren Weiße, aber ihr Instinkt sagte ihr, dass diese nicht ihre neue Familie waren. Enttäuscht zog sie sich tiefer in den Wald zurück.

In den folgenden Tagen kamen jeden Tag neue Gruppen, bis Kartanya den Überblick verlor. Was für eine unüberschaubar große Sippe!

Sie schrien herum, trampelten durch den Wald, fällten Unmengen Bäume, bis er aussah wie nach einem Großfeuer. Alles jagbare Wild flüchtete. Kartanya musste sich mit Engerlingen und Puppen begnügen. Sie traute sich nicht, auf den offenen Grasflächen nach essbaren Wurzeln und Knollen zu graben.

Eines Abends, als Kartanya schon an der Weisheit der Ahnen zu zweifeln begann, erschienen sie endlich. In dem Augenblick, in dem sie die junge Frau mit den braunen Augen und dem lachenden Gesicht sah, wusste sie, dass ihre neue Schwester eingetroffen war. Am liebsten wäre sie aus ihrem Versteck gestürzt, um sie willkommen zu heißen. Etwas in ihrem Inneren zog sie unwiderstehlich zu ihr hin, und es brauchte all ihre Selbstbeherrschung, um sich weiter verborgen zu halten. Aber Großmutter hatte ihr eingeschärft, zuerst die Gebräuche und die Sprache der Fremden zu erlernen, ehe sie sich ihnen anschloss.

Ihre weiße Schwester war in ihrem Alter. Sie gehörte zu einer Familie um einen älteren Mann. Vermutlich die Zweitfrau, denn es gab noch eine hellhaarige, die wenig tat. Für den jungen Mann kamen beide nicht als Mutter infrage. Ein Neffe? Und zwei Kinder. Gleichzeitig erleichtert und verwirrt ließ Kartanya ihre weiße Familie nicht aus den Augen. Wo war ihr Platz in dieser Sippe?

Im Morgengrauen schlich sie sich näher, um sie genauer zu betrachten. Obwohl sie so leise und geschickt vorging, dass nicht einmal ein Kookaburra sie bemerkt hätte, erwachte die Schwester. Oder war sie in Trance? Jedenfalls schien sie mit mächtigen Geistern zu sprechen.

Mit andächtigem Schaudern beobachtete Kartanya, wie sie zu jemand Unsichtbarem sprach, der über ihr zu schweben schien. Sie selber konnte nicht das Geringste erkennen, aber ihre weiße Schwester schien mit dem Geist sehr vertraut zu sein. Hatten die Weißen etwa ihre eigenen Geister mitgebracht?

Wenn er sie entdeckte, würde er sie für ihre Neugier bestrafen? Plötzlich überwältigte sie die Furcht, und in panischer Hast flüchtete sie in den Busch.

❖

Der gesamte Umzug zog sich noch einige Wochen hin. Als die letzten Friedrichsdorfer mit ihren Habseligkeiten auf dem mittlerweile gut ausgefahrenen Weg den Hang hinunterrumpelten, standen bereits die ersten Häuser. Holz gab es ja genug, das die Gruppe um Stellmacher Schulze aus dem Wald holte und unter seiner Anleitung zurechtsägte. Der lehmige Aushub der Keller eignete sich vorzüglich als Mörtel, um das Fachwerk mit Steinen auszufüllen, und das Schilf, das die Ufer säumte, wurde von den Frauen und Mädchen zu dichten Grasmatten für die Dächer geflochten.

Diese letzten Nachkömmlinge berichteten, dass in der Zwischenzeit schon wieder neue Siedler, diesmal Engländer und Leute aus Irland, eingetroffen seien. Außerdem hatten sich mit den steigenden Temperaturen Myriaden von Stechmücken auf Port Adelaide gestürzt.

»Eine Plage geradezu biblischen Ausmaßes«, seufzte Pastor Fichte, der bis zuletzt ausgeharrt hatte. »Gott sei Lob und Dank, dass wir hier in Segensthal von dieser Höllenbrut verschont bleiben.«

Das blühende Kraut, das die zukünftigen Felder bedeckt hatte, war vertrocknet. An seiner Stelle überzog nun kniehohes, saftiges Gras das Erdreich. »Gutes Weizenland«, hatte Mr. Flaxman versprochen, aber anderes würde ebenso gut gedeihen. Ende des Jahres 1839 standen zwanzig fertige Häuser entlang der staubigen Dorfstraße. Weihnachten würde jede Familie in ihrem eigenen Haus feiern können. »Irgendwie seltsam: Weihnachten im Hochsommer!« Mutter Weidner wedelte kräftig mit dem großen Stück Borke, das sie als Fächerersatz benutzte. »Kannst du dich überhaupt noch daran erinnern, wie Schnee sich anfühlt, Rieke?«

Friederike musste lachen und richtete sich, auf die Hacke gestützt, auf. Kaum, dass das Thielesche Haus fertig gewesen war, hatte sie jede freie Minute genutzt, das Stück Land dahinter von Wildwuchs zu säubern, bis der Boden in ihren Augen gut genug für die mitgebrachten Gemüsesamen war. Inzwischen standen die Buschbohnen handhoch, die Kartoffeln waren säuberlich angehäufelt. Friederike hatte von dem halben Sack, der ihnen zugeteilt worden war, die geeignetsten abgezweigt, sie zerschnitten und jedes Auge einzeln gesetzt.

»Euer Garten sieht fast schon wieder aus wie eure Gärtnerei daheim«, meinte Mutter Weidner etwas wehmütig.

»Warte ein wenig, dann wird er noch viel, viel schöner aussehen«, sagte Friederike. »Hier wächst alles tatsächlich viel besser. – Verschwinde, du Missgeburt!« Letzteres galt einer Gans, die keck ihren Hals durch den Zaun gestreckt hatte und versuchte, an dem frischen, jungen Grün zu zupfen. Die Gänse, die man ihnen geschickt hatte, hatten sich als ausgesprochen unternehmungslustige Kreaturen erwiesen. Die Kleinen, deren Aufgabe es war, sie zu hüten, waren meist überfordert. Und so traf man nicht selten eine schnatternde Gans in seinem Haus an, wenn man es versäumt hatte, die Türe sorgfältig zu schließen.

Die Schweine und die sechs Milchkühe versorgten sich unter der Aufsicht einiger Hütejungen selber. Nur für die Nächte hatte man aus dornigen Ästen eine Art Gehege erstellt, in dem die Tiere sich wohlzufühlen schienen. »Hier in Australien muss man keine Ställe bauen«, hatte Flaxman ihnen erklärt. »Ein Unterstand für die Regenzeit reicht aus. Nur das Hühnervolk, das muss eingesperrt werden. Schon wegen der Dingos und der Wilden.«

»Wie sehen Dingos aus?«, wollte Georg wissen. »Wie Wölfe oder wie Füchse?«

»Eher wie ein mittelgroßer Hund«, antwortete Flaxman und zerzauste dem Jungen die Locken. »Aber du musst keine Angst haben, sie sind überaus scheu.«

»Ich habe keine Angst.« Georg war ehrlich empört. »Ich habe vor keinem Tier Angst.«

»Das solltest du aber«, sagte Flaxman ernst. »Zwar gibt es

hier keine Löwen oder Tiger. Dafür aber scheußlich giftige Schlangen und Spinnen. Einige sind so giftig, dass du tot bist, ehe du ein Vaterunser beten kannst.«

»Hier in Segensthal auch?«

»Nein, die schlimmsten sind im Landesinneren und an der Ostküste. Aber Vorsicht ist auch hier besser.«

»Und die Wilden?«, fragte Charlotte ängstlich. »Neulich, als ich Feuerholz holte, hatte ich das Gefühl, belauert zu werden.« Sie erschauerte theatralisch. »Ich werde nicht mehr allein in den Wald gehen.«

Flaxman lachte. »Keine Sorge, Miss. Die paar Eingeborenen, die es jetzt hier noch gibt, sind absolut harmlos. Faul und hässlich wie die Nacht – aber sie würden es nie wagen, einer Weißen auch nur ein Haar zu krümmen.«

»Wohin sind sie denn verschwunden?«, erkundigte Friederike sich. »Weiter im Landesinneren ist doch angeblich nichts als Wüste.«

»Viele sind gestorben. Und viele sind zu irgendwelchen befreundeten Stämmen gezogen«, erwiderte Flaxman gleichgültig. »Hauptsache, sie lungern nicht mehr hier herum. – Aber bauen Sie trotzdem lieber feste Hühnerställe!«

Der Weihnachtsgottesdienst unter den großen Bäumen am Fluss ließ bei einigen doch so etwas wie Heimweh aufkommen. Weihnachten mitten im Sommer – das war irgendwie kein richtiges Weihnachten. Selbst die vertrauten Lieder klangen völlig anders, wenn Vögel und Zikaden mitsangen.

»Ich habe es so satt«, murrte Charlotte, als sie zurückkehrten, und trat missmutig nach den leeren Wassereimern. »Ich habe diese grässliche Hütte so satt. Die ewige Schufterei und die andauernde Hitze. Ich möchte endlich einmal wieder ein hübsches Kleid tragen können, nicht diese alten Lumpen, und einen Hut mit Blumen und …«

»Halt den Mund!« Heinrich stemmte aufgebracht beide Arme in die Seiten. In den letzten Monaten hatte er sichtbar breitere Schultern bekommen, und seine Hände hatten sich daran gewöhnt, kräftig zuzupacken. Mit seinen fünfzehn Jahren war er kein Kind mehr. »Wir sind hierhergekommen, um eine Gemeinschaft nach Gottes Wort zu leben. Wie kannst du da an billigen, hohlen Tand denken?«

»Lass gut sein, Heinrich«, sagte Christian Thiele beschwichtigend. »Du klingst schon wie Pastor Fichte! – Und du hab noch ein wenig Geduld, Lottchen. Wenn wir erst unsere Ware in Adelaide verkaufen können, werden bessere Zeiten anbrechen. Dann bekommst du dein neues Kleid.«

Wortlos griff Friederike nach dem Joch, das neben der Tür bereithing, schulterte es, hängte die beiden Wassereimer ein und machte sich auf den Weg zum Fluss. Ihre Pflanzen mussten gewässert werden, ob Weihnachten war oder nicht. Und insgeheim war sie dankbar für den Vorwand, der gereizten Atmosphäre im Haus entfliehen zu können. Die ständigen Streitereien zwischen Charlotte und Heinrich hatten inzwischen ein Ausmaß erreicht, das schwer erträglich war. Heinrichs strikte Frömmigkeit und Charlottes wachsende Unzufriedenheit mit den bescheidenen Lebensumständen prallten immer unversöhnlicher aufeinander. Friederike vermutete, dass Grete Liebelt daran keinen unbedeutenden Anteil hatte. Den Liebelts, die es nicht gewöhnt waren, eine Landwirtschaft zu führen, war die Umstellung besonders schwergefallen. Sie machten kein Geheimnis daraus, dass sie es vorziehen würden, wieder als Schneider in der Stadt zu leben.

»Bitte, Rieke, wenn du nach Adelaide auf den Markt

gehst – darf ich dann mit?«, fragte Marie-Luise, die ihr hinterhergelaufen war und sich nun bemühte, mit ihr Schritt zu halten. »Ich bin stark genug, ich kann dir helfen.«

Friederike sah auf ihr ernsthaftes kleines Gesicht hinunter. »Ich werde Vater fragen«, versprach sie. Ihre jüngere Schwester hatte sich angewöhnt, ihr wie ein Schatten zu folgen. Anfangs hatte es sie nervös gemacht. Es war, als ob sie ein Kind hätte, das ständig ihre Aufmerksamkeit forderte. Inzwischen ertrug sie es mit Gleichmut.

In den nächsten Monaten ging es stetig voran. Die englischen Vertragspartner aus Adelaide schickten Saatgut aller Art: Weizen, Gerste, Mais und Tabak sowie eine Ladung Obstbäume, darunter zahlreiche Zitronen- und Apfelsinenstämmchen, Weinstöcke und sogar ein paar Mandelbäumchen.

Als Mr. Flaxman zu Besuch kam, um sich persönlich von den Fortschritten ein Bild zu machen, zeigte er offen seine Anerkennung. »Das sieht hier schon haargenau wie ein deutsches Dorf aus«, lobte er bewundernd. »Alles so sauber und ordentlich. Selbst die Schweine.«

Auf den Kirchenbau angesprochen, sagte er zu, dass er, sobald die Straße fertiggestellt sei, das Baumaterial aus Adelaide schicken lassen würde. »Aber bauen müsst ihr selbst«, meinte er bedauernd. »Die Zeiten in Adelaide werden immer schlechter. Die Kompagnie kann nicht mehr alles wie früher bezahlen. Dieser Gouverneur Gawler ist ein – wie sagen Sie? – Verschwender. Wenn er so weitermacht, sind wir bald bankrott.«

»Und der Lehrer?«, erinnerte Pastor Fichte an die Abmachung. »Sobald die Kirche fertig ist, können wir mit dem Unterricht beginnen.«

Flaxman hob erneut entschuldigend die Schultern. »Auch das ist nicht mehr möglich. Geld ist rar geworden. Tut mir leid.«

Als ein paar Wochen nach Ostern der große Regen einsetzte, veränderte sich der neue Lebensraum der Friedrichsdorfer rapide. Statt des immerwährenden Sommers, der alle Feuchtigkeit aus dem Boden und den Pflanzen gesogen hatte und in dem der nächtliche Widerschein der Buschfeuer am Horizont nicht mehr erloschen war, prasselte nun Tag und Nacht der Regen auf das ausgetrocknete Land hernieder. Mit der gleichen Beharrlichkeit, mit der die Hitze das Land ausgedörrt hatte, kroch nun die Feuchtigkeit in jede Ritze, umhüllte einen mit klammer Kälte. Selbst die Luft schien so gesättigt davon, dass die Wolken wie ein schweres Federbett über den Baumgipfeln lagen. Obwohl es keinen Frost gab, froren alle erbärmlich. Glücklicherweise hielten solche Regenperioden nie lange an. »Wenn der Pastor nicht immer sagen würde, welcher Sonntag ist, würde ich denken, wir hätten bald Ostern«, seufzte Mutter Weidner mitten im August. »Es ist alles auf den Kopf gestellt! Zu denken: Bald ist Oktober, es wird Frühling …« Sie schüttelte den Kopf. »Man kommt ja noch völlig durcheinander bei diesem verrückten Wetter!«

Einige Wochen vor dem zweiten Weihnachtsfest in der neuen Heimat war es so weit: Die Bohnenhülsen waren erntereif; die Salatgurken drall; die in der Stadt begehrten Salatköpfe dick und rund. Auch die Kräuter hatten sich in dem günstigen Klima rascher als gewohnt entwickelt. Voller Stolz band Marie-Luise Petersilie, Dill, Kerbel und Majoran zu üppigen Sträußchen und legte sie ganz zuoberst in die kleine Kiepe, die ihr Vater extra für sie angefertigt hatte.

Im Morgengrauen, mit dem Erwachen der ersten Vögel, brach die Gruppe von fünfzehn Frauen auf. Neben Mutter Weidner, Friederike und Marie-Luise gingen noch Grete Liebelt, die wortkarge Frau vom Schmied Wenzel mit ihrer Ältesten, die Frau vom Ochsenknecht Kuchel, die Schwiegermutter von Schuhmacher Krüger sowie einige der Bäuerinnen mit. Im Austausch für die verkauften Waren sollten sie Kolonialwaren wie Zucker, Mehl und Reis mit zurückbringen.

Friederike hatte sich für die Münzen, die sie einnehmen würden, einen ledernen Beutel genäht, den sie in ihrem Mieder tragen wollte. Auch die anderen Frauen hatten entsprechend Vorsorge getroffen, denn alle hofften auf guten Gewinn. Schon bald stießen sie auf die im Bau befindliche neue Straße nach Adelaide. »Das ist aber eine feine Angelegenheit«, rief Mutter Weidner anerkennend. »Schaut einmal, wie hübsch ordentlich sie sie durch den Wald gehauen haben! Wieso ist es hier eigentlich so menschenleer? Ist ihnen auch dafür plötzlich das Geld ausgegangen?«

Tatsächlich war weit und breit kein Mensch zu sehen, kein Werkzeug lehnte an den Bäumen. Wie von Geisterhand gehauen zog sich die breite, für schwere Fuhrwerke und Wagen geplante und entsprechend befestigte Schneise zwischen den Bäumen hindurch. Während die anderen Frauen ohne einen Blick nach rechts oder links zu werfen ausschritten, nutzten Friederike und Marie-Luise jede Gelegenheit, sich eine besondere Blüte oder einen ungewöhnlichen Busch näher zu betrachten und kamen dabei immer weiter vom Wegesrand ab. Gerade bewunderten sie die dottergelben Blüten eines Schlinggewächses und überlegten, ob die Pflanze wohl ausgegraben und umgepflanzt werden könne, als eine männliche Stimme aus dem Unterholz sie fast zu Tode erschreckte. »Den ›snakevine‹ würde ich nicht ausgraben. Besser, man vermehrt ihn durch Stecklinge.« Es raschelte, Zweige knackten und dann trat der Besitzer der Stimme, seinen speckigen Filzhut in der Hand, auf sie zu. »Gestatten: Professor Johann Menge, Mineraloge und Prospektor in Diensten der südaustralischen Kompagnie.«

Verdutzt taxierte Friederike ihr Gegenüber. Nichts an seiner Erscheinung hätte auf einen Mann in einer solchen Stellung schließen lassen. Eher fühlte man sich an einen Strauchdieb oder Vagabunden erinnert: Von den abgelaufenen Sohlen seiner Stiefel bis zum offenen Kragen der von Staub überkrusteten Drillichjacke ähnelte er in nichts den feinen Herren in schwarzen Anzügen, als die sie sich Gelehrte immer vorgestellt hatte. An dem Seesack, den er locker über die Schulter geworfen trug, baumelte ein verrußtes Kochgeschirr. Hinter seiner Schulter ragte ein Flintenlauf in die Höhe und vervollständigte die abenteuerliche Ausrüstung. Wenn die hellen Augen unter den struppigen Brauen nicht so lustig gezwinkert hätten, wäre Friederike vermutlich dem Beispiel ihrer Schwester gefolgt, die wie ein aufgeschrecktes Reh zurück zur Straße rannte.

So aber verspürte sie nur leisen Ärger über sein – bewusst oder unbewusst – ungeschicktes Benehmen. »Tatsächlich?«, gab sie zurück. »Und was machen Sie dann hier, Herr Professor? Außer uns zu erschrecken.«

»Tut mir leid.« Er senkte reumütig den Blick. »Ich habe ein paar Wochen lang keine Menschenseele zu Gesicht bekommen und konnte einfach nicht widerstehen. Verzeihen Sie mein kindisches Betragen. Darf ich fragen, woher Sie kommen, schönes Kind?«

»Aus Segensthal, Herr Professor«, erwiderte sie und knickste leicht, als sie sich etwas verspätet an ihre Manieren erinnerte. »Etwa zwei Stunden in dieser Richtung.« Sie wies mit dem Arm in die Himmelsrichtung, aus der sie gekommen waren.

»Den Namen habe ich noch nicht gehört. Ein neuer Ort?«, erkundigte er sich interessiert.

»Wir sind im Oktober letzten Jahres angekommen.«

»Lutheraner?«

Friederike nickte.

»Pastor Kavel wird sich freuen, dass so viele ihm folgen. – Verraten Sie mir Ihren Namen, oder soll ich weiterhin ›schönes Kind‹ sagen?«

»Friederike Thiele, Herr Professor«, gab sie knapp zurück. »Und ich wäre Ihnen dankbar, wenn sie derlei Scherze auf meine Kosten unterließen.«

»Na, na, da fährt aber jemand seine Stacheln aus, was?«, brummte er amüsiert. » Kommen Sie, Fräulein Thiele, lassen Sie uns zur Straße zurückkehren. Ich fürchte, sonst wird gleich die Kavallerie hier sein, um sie zu retten.«

Tatsächlich hatte Marie-Luise die anderen Frauen alarmiert, und die ganze Gruppe kam ihnen entgegengestürmt, bereit, Friederike aus den Fängen des Buschräubers zu befreien. Dicke Stecken schwingend waren sie drauf und dran, kurzen Prozess mit dem vermeintlichen Angreifer zu machen.

»O Gott, steh mir bei gegen diese Erynnien«, murmelte Menge und ging hinter einem dicken Baumstamm in Deckung. »Fräulein Thiele, halten Sie sie zurück!«

Das Missverständnis war rasch geklärt, nur Mutter Weidner konnte sich eine kritische Bemerkung nicht verkneifen: »Sie müssen sich nicht wundern, wenn man Sie für einen

Strauchdieb hält«, erklärte sie dem Professor. »Von einem Forscher erwartet man schon eine respektablere Erscheinung. So wie Sie herumlaufen, erwecken Sie eher den Eindruck, in Bäumen und Höhlen zu wohnen.«

Der Professor lächelte verschmitzt. »Ihre Vermutung trifft ins Schwarze, gute Frau«, sagte er und kratzte sich ungeniert im Genick. »Oder sehe ich aus wie eine Schnecke, die ihr Haus stets bei sich trägt?«

Zum ersten Mal erlebte Friederike, dass Mutter Weidner eine Antwort schuldig blieb. Ihr Kontrahent, in völliger Unkenntnis seines historischen Sieges, wandte seine Aufmerksamkeit bereits dem Inhalt der Körbe zu, die sie alle auf dem Rücken trugen. »Aus Segensthal sind die Damen also. Klingt hoffnungsvoll. Heute ist euer erster Markttag?«

Alle bejahten.

»Lasst doch einmal sehen, was ihr Nettes in euren Kiepen habt.« Interessiert inspizierte Professor Menge die Feldfrüchte. »Hm. Besonders grüne Bohnen und Kopfsalat werden von den Engländern geschätzt und gut bezahlt. Ihr solltet sehen, euch Samen von Melonen zu besorgen. Die wachsen hier fast von selbst und bringen fünf Shillings das Stück.«

»Wie viel zahlen sie denn für einen Salatkopf?«, wollte Friederike wissen. »Oder für die Salatgurke da.« Sie zeigte auf ein besonders prächtiges, dunkelgrünes Exemplar, das aus einer der Kiepen herausragte. »Nur, um einen Vergleich zu haben.«

»Für einen Salatkopf müsstet ihr genau einen Shilling bekommen – jedenfalls war das der Preis, bevor ich Adelaide verließ. Und diese Königin einer Salatgurke dürfte den gleichen Erlös bringen.«

»Und was kann man für einen Shilling kaufen?« Da die

Pachtzinsen ja ausgesetzt worden waren, hatte niemand die Zeit und die Mühe dafür aufgebracht, sich näher mit den Feinheiten der englischen Währung zu beschäftigen. Jetzt wurde Friederike blitzartig klar, wie naiv und dumm das gewesen war. Sie waren einfach losgezogen, ohne auch nur einen Gedanken daran zu verschwenden, wie viel ihre Waren auf dem Markt in Adelaide wert waren.

»Kommt darauf an: Wenn ihr Glück habt und Weizenmehl während meiner Abwesenheit nicht exorbitant im Preis gestiegen ist, ein Brot. Oder drei Eier. Oder ein bis zwei Pfund Fleisch, je nach Qualität.«

»Wie viele von diesen Shillings muss man eigentlich für einen Acker, wie sie das hier nennen, bezahlen?«, erkundigte sich Mutter Weidner. »Ich würde gerne wieder auf meinem eigenen Land sitzen.«

Professor Menge wurde plötzlich ernst. »Das ist so eine Sache. Die englische Regierung verkauft ihn an gebürtige Engländer für ein Pfund. Das sind zwanzig Shillings. Als Deutsche müssen Sie aber von einem Agenten kaufen, und da steigt der Preis auf sieben Pfund.«

Mutter Weidner fiel der Unterkiefer herunter. »Das ist ja Wucher!«, platzte sie empört heraus.

Professor Menge zuckte fatalistisch mit den Achseln: »So ist es eben in der Welt. Die Spekulanten leben hier wie die Maden im Speck. Unser erster Gouverneur, Colonel Mindmarsh, war einer der schlimmsten. Der jetzige, ein gewisser Gawler, ist ein anständiger Kerl, aber er wirft die Staatsgelder mit vollen Händen zum Fenster heraus. Baut überall Straßen wie diese. Und den neuen Hafen, wo ihr angekommen seid, den will er auch zu einem großen Handelshafen ausbauen.« Er verzog spöttisch das Gesicht. »Rechnet wohl damit, dass ich hier auf Gold- und Silberadern stoße.«

»Sie suchen nach Schätzen?«, fragte Grete Liebelt mit glänzenden Augen. »Wie findet man sie?«

Professor Menge bedachte sie mit einem nachdenklichen Blick. »Als Geologe, indem man die Beschaffenheit des Bodens untersucht, einfach ausgedrückt. Im Märchen, indem man nett zu Zwergen ist. Und im wahren Leben, mein Fräulein, indem man einen Krösus heiratet«, gab er etwas spöttisch zur Antwort.

»Gibt es viele reiche Junggesellen in Adelaide?« Es war typisch für Grete, dass sie die eher scherzhaft gemeinte Antwort todernst nahm.

»Jetzt reicht es aber mit dem Unsinn, Grete Liebelt«, schalt Mutter Weidner. »Belästige den Herrn Professor nicht mit solch dämlichen Fragen. Was soll er denn von dir halten?«

»Wie rechnet man mit englischem Geld?«, fragte Friederike, auf das Wesentliche zurückkommend. »Ist es wie mit unseren Talern, Groschen und Pfennigen?«

Menge schmunzelte, als er sich ihr zuwandte. »Ich sehe schon, Sie sind ein helles Köpfchen, Fräulein Thiele. Es ist ein bisschen anders, aber sehr ähnlich. Wie gesagt: Ein englisches Pfund unterteilt sich in zwanzig Shillings beziehungsweise 240 Pence. Ein Shilling entspricht also zwölf Pence. – Könnt ihr euch das merken?«

»Wir sind ja nicht blöde!« Mutter Weidner schnaubte ungehalten. »Verratet uns lieber die Preise von dem restlichen Gemüse.«

»Zu Befehl!« Professor Menge salutierte im Spaß. »Immer gerne zu Diensten, meine Damen.« Bis sie die Stadtgrenze erreichten, ließ er sich geduldig nach den möglichen Erlösen für ein Sträußchen Petersilie oder einen Bund Möhren ausfragen und brachte ihnen bei, auf Englisch zu zählen.

Überrascht stellte Friederike fest, welches Vergnügen es ihr bereitete, die ungewohnten Laute nachzuahmen. »Sie haben eine rasche Auffassungsgabe und eine wendige Zunge, junge Dame«, lobte ihr Lehrer. »Sie werden im Nu auf Englisch parlieren.«

»Das würde ich für mein Leben gerne«, sagte Friederike sehnsüchtig. »Aber bei uns in Segensthal gibt es niemanden, der es mich lehren könnte, und einen Lehrer in Adelaide könnte ich nicht bezahlen.«

»Lassen Sie das mal meine Sorge sein«, schmunzelte Professor Menge. »Heißt es nicht so schön: Wo ein Wille ist, da ist auch ein Weg?« Damit wandte er sich erneut Mutter Weidner zu, die mit der richtigen Aussprache schwer zu kämpfen hatte.

Um zum Marktplatz im westlichen Parkland vor der Stadt, nördlich des Friedhofs, zu gelangen, mussten sie Adelaide durchqueren. Professor Menge führte sie eine breite Straße, schnurgerade wie alle, entlang, an deren Ende man bereits die Bäume erkennen konnte. »Diesen südlichen Teil hat Colonel Light, der Gründer und Architekt von Adelaide, für den Handel geplant. Hier leben vor allem Handwerker und Arbeiter«, erläuterte Menge, als sie auf einem weitläufigen begrünten Platz eine kurze Pause einlegten. »Die feineren Leute wohnen im Nordteil auf dem Hügel, von wo man einen schönen Blick auf den Torrens hat.«

»In dieser Stadt kommt man sich ganz seltsam vor«, sagte Mutter Weidner. »Überall sieht man ganz hindurch, ich bin schon völlig durcheinander. Aber die großen Plätze gefallen mir. Besonders dieser hier: Er erinnert mich an die Parkanlage auf Gut Reuss.«

»Das ist der Light Square«, erklärte der Professor ihr. »Benannt nach eben diesem Colonel Light. Er wurde sogar hier begraben – da vorne am unteren Ende des Platzes. Der Mann verstand sein Handwerk. War ein prima Bursche.«

»Ist er schon lange tot?«, wollte Marie-Luise wissen. Nachdem der Professor ihr den einen oder anderen Vogel gezeigt und benannt hatte, hatte sie ihre anfängliche Schüchternheit ihm gegenüber abgelegt und behandelte ihn jetzt, als seien sie alte Bekannte.

Menge schüttelte den Kopf. »Er ist erst letztes Jahr an Tuberkulose gestorben«, sagte er bedrückt. »Verarmt und halb verhungert. Hätten sie ihm lieber geholfen, als er noch am Leben war!«

»Es sieht nicht so aus, als ob die Leute hier viel Geld hätten«, stellte Grete Liebelt enttäuscht fest. Und tatsächlich: Die meisten Bauten an ihrem Weg waren einstöckig, manche ähnelten eher Lehmhütten. Ernüchtert betrachteten sie die rechts und links der ungepflasterten Straße errichteten Häuser. Die Bewohner schienen gerade erst zu erwachen. Hier und da wurde ein Fensterladen aufgestoßen und ein neugieriger Blick folgte ihnen.

»Wie viele Menschen leben hier?«, fragte Friederike, während sie sich umsah.

»Bei der letzten Zählung waren es etwa sechstausend.« Menge zog seinen Hut, um eine ältere Frau, die ihm von der Veranda ihres Hauses aus zuwinkte, zu grüßen. »Einige, etwa hundert davon, sind Deutsche. Die meisten von ihnen arbeiten als Bedienstete bei reichen Engländern. Aber die meisten Deutschen siedeln gemeinsam wie in Hahndorf, Klemzig oder Segensthal. Ihre Pastoren fürchten wohl, ihre Schäfchen sonst nicht unter der Fuchtel halten zu können. Und wem sollten sie dann von Hölle und Verdammnis predigen?«

Friederike sah ihn unsicher von der Seite an. Meinte er

diese spöttische Bemerkung ernst? Dieser Professor Menge war ein seltsamer Mann.

Der Platz, der ihnen als Marktplatz bezeichnet worden war, lag noch leer und feucht vom Morgentau vor ihnen. »Die Engländer sind wohl keine Frühaufsteher«, meinte Mutter Weidner spitz. »Nächstens können wir uns mehr Zeit lassen. Wollen doch mal sehen, ob wir sie nicht auf Trab bringen können.« Sie holte tief Luft, legte den Kopf in den Nacken und rief so laut sie konnte: »Griehn biehns, fresch sället, naiß hörbs!«

Tatsächlich dauerte es nicht lange, bis das erste Dienstmädchen in Arbeitsschürze auftauchte und den mitgebrachten Einkaufskorb bis zum Rand füllte. Es war eine Deutsche, mit der die Verständigung kein Problem darstellte. »Eigentlich bin ich ja mit der Gruppe von Pastor Kavel hergekommen«, erzählte sie ihnen. »Aber dann sind meine Eltern beide auf dem Schiff gestorben. Da bin ich lieber hiergeblieben. Seit damals bin ich jetzt hier in Stellung, und es könnte mir kaum besser gehen. Die Arbeit ist nicht schwer und die Bezahlung gut.« Sie zwinkerte Friederike und den anderen jüngeren Frauen zu. »Wenn ihr es satthabt, euch krummzuschuften: In Adelaide lebt es sich gut. Ich könnte ein gutes Wort für euch einlegen.«

Mutter Schulze schnaubte empört. »›Schafft das Eure und arbeitet mit euren eigenen Händen, damit ihr ehrbar lebt vor denen, die draußen sind, und auf niemanden angewiesen seid.‹« Mit einem Blick tiefster Verachtung drehte sie der jungen Frau den Rücken zu.

Deren Wangen färbten sich rosa. »Meine Arbeit ist genauso ehrbar wie eure«, verteidigte sie sich, sichtbar gekränkt. »Ihr seid ja noch schlimmer als Pastor Kavel!«

»Es war sicher nicht ihre Absicht, dich zu beleidigen«, sagte Friederike rasch und lächelte ihr zu. »Es ist sehr nett von dir, uns deine Hilfe anzubieten. Danke sehr.« Besänftigt machte die ehemalige Klemzigerin den Nachrückenden Platz. Zu ihrer freudigen Überraschung wurde den Segensthalerinnen ihr Gemüse tatsächlich geradezu aus den Händen gerissen. Es gab auch kein großes Feilschen: der geforderte Preis wurde ohne mit der Wimper zu zucken gezahlt.

»Dieser seltsame Kauz von Professor hatte Recht!« Mutter Weidner klimperte selig lächelnd mit dem Beutel voller Münzen. »Wo ist er eigentlich geblieben? Ich hätte ihm gerne gedankt.«

Diese Frage wurde schneller beantwortet, als sie erwartet hätte. Ein notdürftig gesäuberter Professor Menge drängte sich, die leisen Proteste der Beiseitegeschobenen ignorierend, durch die Menschenansammlung und winkte Friederike zu sich. »Ich habe eine Lehrerin für dich gefunden«, informierte er sie, ganz offensichtlich sehr mit sich zufrieden. »Eine Freundin von mir ist bereit, dir und deiner Schwester Unterricht zu erteilen – für einen Hausputz und einen Gemüsekorb die Woche. Na, was sagst du nun?« Ohne eine Antwort abzuwarten, packte er Friederikes Hand und zog sie mit sich. Verwirrt folgte sie ihm den Weg den Hügel hinauf, vorbei an einem kompakten Steinhaus, an dessen Vorderseite ein Schild mit der Aufschrift »STOREHOUSE« prangte, und vorbei an adretten, weiß gekalkten Häusern. Vor einem etwas kleineren, mit einer hölzernen Veranda zur Straßenseite hin, blieb er stehen. Auf einem hochlehnigen Rohrstuhl saß eine Frau in mittleren Jahren. Ihr dunkelbraunes, von zahlreichen weißen Strähnen durchzogenes Haar war zu einem festen Knoten hochgesteckt. Die ebenmäßigen Züge verzogen sich zu einem freundlichen Lächeln, als sie Friederike mit »Hello, my dear, nice to meet you« begrüßte.

»Darf ich vorstellen: Mrs. Willoughby«, sagte Professor Menge. »Und diese junge Dame ist Friederike Thiele.« Friederike trat vor und knickste wohlerzogen, wobei ihr der Gehstock in Griffnähe der Frau auffiel. An Friederike gewandt fügte er hinzu. »Mrs. Willoughby spricht etwas Deutsch, allerdings greift sie darauf nur ungern zurück. Na, was sagen Sie nun, meine kleine Waldelfe?«

»Danke!«, stammelte Friederike und fiel ihm spontan um den Hals.

Kapitel 4

Mrs. Willoughby war Witwe. Ihr Mann, Kapitän auf großer Fahrt, war vor einigen Jahren auf See geblieben und hatte sie nur mäßig versorgt zurückgelassen. Erschwert wurde ihre Lage durch ein angeborenes Hüftleiden, das sich im Laufe der Zeit verschlimmert hatte und ihre Bewegungsfähigkeit stark einschränkte. Die Hilfe der beiden Mädchen war ihr daher hochwillkommen. Das Haus war nicht groß, trotzdem schaffte sie es kaum mehr, es in Ordnung zu halten. Oft hatte sie für die letzten Münzen ihrer bescheidenen Monatsrente eine Zugehfrau kommen lassen müssen. Für einen Luxus wie frisches Gemüse hatte das Geld schon gar nicht ausgereicht.

So profitierte sie doppelt von der Verbindung zu den Thiele-Mädchen. Die bescheiden ausgestatteten Räumlichkeiten blitzten bald vor Sauberkeit, und Marie-Luise suchte ihr immer die festesten Salatköpfe, die knackigsten Bohnen und die dicksten Möhren aus. Die Mädchen wiederum kamen durch die Vereinbarung zu einer ausgezeichneten Lehrerin. Mrs. Willoughby begnügte sich nicht damit, ihnen bloß die englischen Bezeichnungen und nötigen Redewendungen beizubringen, sondern bemühte sich auch, sie die Grundzüge der Orthographie zu lehren. Hierbei stießen sie allerdings bald an ihre Grenzen, denn schon die Schreibweise von »Willoughby«, die sich so eklatant von der Aussprache unterschied, ließ Friederike seufzen: »Ich werde niemals auf Englisch einen Brief schreiben können!«

»Oh yes, dear, you will. I promise«, versicherte Mrs. Willoughby ihr zuversichtlich.

Mit der Zeit konnten es Friederike und Marie-Luise kaum erwarten, bis der Inhalt ihrer Kiepen verkauft war. Wenn die anderen Frauen sich auf den Heimweg machten, eilten die beiden mit dem Korb, den sie mit ausgesuchtem Gemüse gefüllt hatten, zu Mrs. Willoughby. Meist erwartete die sie schon mit einem Krug Limonade und selbst gebackenen Keksen.

An diesen Tagen schien die Zeit besonders rasch zu verfliegen.

Natürlich hatte es Unruhe gegeben, als bekannt wurde, dass die beiden Thiele-Mädchen Sprachunterricht nahmen, und noch mehr, weil sie an diesen Tagen alleine nach Segensthal zurückliefen. Als Erste hatte Charlotte Einspruch erhoben. Sie sah nicht ein, dass ihre beiden jüngeren Schwestern das Privileg von Sprachunterricht genossen und sie nicht. Das sei ungerecht.

»Es hat keinen Sinn, dich mitzuschicken, Lottchen«, hatte ihr Vater müde abgewehrt. »Schau, du kannst dir ja noch nicht einmal die Namen der Pflanzen merken, mit denen wir ständig zu tun haben. Wie willst du da eine fremde Sprache lernen?«

Als Nächster meldete Pastor Fichte Bedenken an. Zwei Mädchen stundenlang allein unterwegs, das sei doch viel zu gefährlich. Außerdem sei es nicht gut, wenn Frauen mehr wüssten als die Männer. »›Eine Frau lerne in der Stille mit aller Unterordnung.‹ Friederike ist sowieso schon viel zu halsstarrig. Welcher fromme Mann wird sie später zur Frau nehmen wollen, wenn sie weiter in ihrem Eigensinn bestärkt wird?«

»Rieke ist ein gutes Mädchen. Fleißig und klug. Jeder Mann könnte stolz darauf sein, sie nach Hause zu führen«, schnaubte Vater Thiele verächtlich. »Sagen Sie's frei heraus, Pastor: Was wollen Sie von mir?« Er lehnte sich zurück, die schwieligen Hände locker auf dem Tisch vor sich ausgestreckt, und fixierte den Pastor unter hängenden Lidern. Seit dem Tod seiner Frau war er »merkwürdig« geworden, wie die Nachbarn es nannten. Mitunter kam er nicht einmal mehr zu den Gottesdiensten, sondern zog es vor, reglos am Ufer des Flusses zu sitzen und in das klare Wasser zu starren, als warte er auf etwas.

»Dass du deinen Töchtern den Umgang mit dieser Engländerin verbietest, Bruder Thiele«, forderte Fichte. »Wenn jemand schon ihre Sprache lernen muss, dann sollte es Heinrich sein. Der Junge ist ein guter Schüler, und so könnte er seine bereits vorhandenen Kenntnisse vertiefen.«

»Den brauche ich auf den Feldern«, gab Thiele kurz angebunden zurück. »Außerdem hat diese Engländerin den Handel mit Friederike und Marie-Luise abgeschlossen. Abgemacht ist abgemacht.«

Und so blieb es dabei. Mit der Zeit gewöhnte man sich daran. Selbst Mutter Schulze murmelte nicht mehr jedes Mal etwas von Versuchung und Verdammnis, wenn die beiden Mädchen sich am Ende des Markttags lachend und winkend verabschiedeten. Jeder hatte mehr als genug mit seinen eigenen Geschäften zu tun. Das beständige Bewässern der Felder hatte sich bezahlt gemacht: Das Gemüse aus Segensthal genoss inzwischen einen so ausgezeichneten Ruf, dass es ihnen praktisch aus den Händen gerissen wurde.

Zusätzlich hatte Friederike hinter dem Haus die aus Deutschland mitgebrachten Blumensamen ausgesät. Einige gediehen ausgezeichnet, andere nicht. Immer reichte es jedoch für einige der Sträußchen, die in der Stadt so heiß begehrt waren. Friederike war eher zufällig auf diese Marktlücke gestoßen. Eines Tages hatte sie für Mrs. Willoughby ein kleines Bukett aus Zinnien und Reseden gebunden. Obwohl es offensichtlich nicht für den Verkauf gedacht war, überboten sich die Interessenten gegenseitig. Als ein vornehmer Herr in Gehrock und Zylinder ihr schließlich ein ganzes Pfund dafür bot, konnte sie nicht widerstehen. »Schau nicht so vorwurfsvoll«, wies sie Marie-Luise an, während sie die säuberlich gefaltete Pfundnote in ihren Geldbeutel schob. »Ob Mrs. Willoughby heute oder nächste Woche ihr Bukett bekommt, ist doch nicht so wichtig. Aber ein ganzes Pfund bloß für ein paar Blumen ...!« Natürlich erzielte sie nicht noch einmal einen solchen Gewinn. Doch die Blumen wurden zu einem wichtigen Pfeiler des wöchentlichen Einkommens. In der zerbeulten Blechdose, die im gleichen Schrank wie das kostbare Mehl und Salz aufbewahrt wurde, sammelte sich allmählich ein hübscher Haufen Münzen an.

Kurz vor Beginn der Regenzeit holten sie in Segensthal die ersten eigenen Kartoffeln aus der Erde. Es waren große Knollen, gesund und fest. Zufrieden begutachteten alle die Ernte. »Endlich wieder einmal Bratkartoffeln essen!« Mutter Weidner weinte fast vor Freude. »Ich hätte mir nicht träumen lassen, wie mir das fehlen würde.«

Der Weg nach Adelaide wurde von Woche zu Woche beschwerlicher. Auch wenn der Regen für ein paar Tage nachließ, reichte das nicht aus, um die zahlreichen Schlammlöcher auszutrocknen. Zwar gab es nur noch wenig zu verkaufen: Kohl, Rüben oder anderes Wurzelgemüse. Aber einige, wie die Liebelts, hatten eine weitere Verdienstmöglichkeit entdeckt. Sie gingen als Wäscherinnen in die größeren Häuser oder Gasthöfe. Waschen und Bügeln wurde gut bezahlt: »Stellt euch bloß vor: für ein Dutzend Taschentücher oder ein Hemd bekommen wir vier Shillings«, hatte Grete Liebelt bei ihrem letzten Besuch stolz erzählt und herausfordernd mit ihrem Beutel geklimpert. »Für das Leinen wird der Preis extra ausgehandelt. Und ich kann euch sagen: knausrig sind die Leute da nicht.«

Das waren sie wirklich nicht. Auch Mrs. Willoughby lehnte den Vorschlag Friederikes, den Unterricht zu kürzen, weil der Gemüsekorb immer kleiner wurde, vehement ab. »Nein, nein, auf keinen Fall, Liebes«, sagte sie entschieden. »Es macht mir viel zu viel Spaß, mit euch zu plaudern. Ich habe ja sonst wenig Gelegenheit zur Konversation.« Ihr Blick fiel auf das Vertiko zwischen den Vorderfenstern. Dort lag ein Briefkuvert. »Übrigens – mein Neffe hat mir geschrieben. Er wird hierher nach Adelaide kommen«, erzählte sie strahlend und mit vor Aufregung geröteten Wangen. »Ich bin ja so gespannt auf Michael. Das letzte Mal habe ich ihn gesehen, da trug er noch Kleidchen.«

Diese Vorstellung deckte sich nicht im Mindesten mit dem blendend aussehenden Herrn, der einige Monate später lässig in Mrs. Willoughbys bestem Sessel lümmelte und den schüchternen Gruß der beiden Thielemädchen mit einem Kopfnicken erwiderte. Marie-Luise huschte nach einem schnellen Knicks sofort in die Küche. Friederike hingegen konnte ihre Augen nicht von dem wie gemeißelt schönen Gesicht abwenden. »Werden Sie länger hierbleiben?«, fragte sie ihn und ärgerte sich insgeheim, dass ihre Sprachkenntnisse noch nicht ausreichten, um ihn geschickter nach seinen Plänen auszufragen.

»Hier in der Stadt nicht sehr lange«, antwortete er. »Ich werde ein wenig reisen und mir einen Überblick über die Flora Südaustraliens verschaffen.« Er griff nach der Teetasse auf dem Tisch neben sich und trank einen Schluck. Seine schmalen Hände mit den rosig polierten Nägeln wirkten nicht so, als hätten sie jemals Kontakt zu etwas so Profanem wie einer Schaufel oder einem anderen Arbeitsgerät gehabt. Sie fühlten sich bestimmt nicht so rau an wie die ihres Vaters oder Heinrichs – oder ihre eigenen. In einer plötzlichen Anwandlung von Scham versteckte Friederike ihre Hände unter ihrer Schürze.

»Zuerst werde ich zur Känguru-Insel übersetzen, und danach wollte ich mit einer kleinen Expedition ins Landesinnere vorstoßen. Interessieren Sie sich für Botanik?«

»Oh ja«, flüsterte Friederike. »Ich liebe Blumen.«

»Michael ist im Auftrag der Royal Horticultural Society hier.« Mrs. Willoughby war auf ihren Stock gestützt ins Zimmer gekommen und betrachtete ihren Neffen mit liebevollem Stolz. »Der neue Gouverneur Grey hat ihn auch schon gebeten, in der Gesellschaft für Literatur und Wissenschaft einen Vortrag zu halten. Denk nur, welche Ehre!«

»Ob das wirklich eine Ehre ist, liebste Tante, wage ich zu bezweifeln«, bemerkte Michael Pemberton trocken. »Dieser Grey steht im Ruf, ein schäbiger Pfennigfuchser zu sein. Kein Vergleich zu seinem Vorgänger Gawler, der wenigstens Visionen hatte.«

»Sei nicht so streng mit dem armen Mann, Michael«, wandte Mrs. Willoughby ein. »Was bleibt ihm denn übrig, als zu sparen? Gestern erst hat Stadtrat Brown in seiner Südaustralischen Zeitung geschrieben, es wäre höchste Zeit, die Verschwendung zu beenden und dem Spekulantentum einen Riegel vorzuschieben, ehe wir völlig bankrott seien. Jetzt schon sollen über tausend Menschen auf die Unterstützung der Regierung angewiesen sein. Das kann doch bald niemand mehr bezahlen.«

»Da predigt auch genau der Richtige«, bemerkte Pemberton. »Dieser Brown hat doch selber ein Vermögen mit Landspekulation gemacht, möchte ich wetten.«

»Darüber weiß ich nichts«, musste seine Tante zugeben. »Aber man hört überall, dass die Preise für Land fallen. – Vielleicht wird es bald dazu kommen, dass ihr euer Land kaufen statt pachten könnt«, sagte sie an Friederike gewandt. »Dann könntest du noch mehr Blumen anbauen. Wäre das nicht schön? – Übrigens müssen wir die nächsten zwei Wochen den Unterricht ausfallen lassen. Ich werde Michael ein Stück nach Süden begleiten.«

Ihre Ankündigung versetzte Friederike einen Stich der Enttäuschung. Ihr schöner Plan, sich bis zum nächsten Mal einige kluge Fragen auszudenken, um Michael Pemberton in ein Gespräch zu verwickeln, war damit zum Scheitern verurteilt. Und auch jetzt hatte sie eigentlich keinen Grund mehr, sich länger im Salon aufzuhalten. Widerstrebend verabschiedete sie sich und wünschte ihm eine gute Reise.

»Danke – und Ihnen alles Gute mit dem Land.« Das höfliche Lächeln, das er ihr schenkte, ließ Friederikes Herz hüpfen. Vielleicht kam er ja nach seiner Expedition wieder zurück nach Adelaide? Bis dahin würde sie fleißig die englische Sprache üben, nahm sie sich vor. Und vielleicht sollte sie auch diese Salbe für ihre Hände kaufen, die in dem Geschäft, an dem sie auf dem Weg hierher immer vorbeikamen, als wahres Wundermittel beworben wurde.

Als sie drei Wochen später wieder zu Mrs. Willoughby gingen, erinnerte zu Friederikes großem Bedauern nichts mehr an Michael Pemberton. Doch als sie nach dem Unterricht im Salon saubermachte, fand sie in einer Polsterritze des Sessels versteckt zufällig ein feines Batisttaschentuch. Mit klopfendem Herzen ließ sie es nach einem Blick auf die gestickten Initialen »M.C.P« verstohlen in ihrem Mieder verschwinden. Noch nie in ihrem Leben hatte sie etwas an sich genommen, das einem anderen gehörte, und die Ungeheuerlichkeit ihres Verhaltens erschütterte sie selbst. Richtig wäre gewesen, das Taschentuch Mrs. Willoughby zur Aufbewahrung zu geben – das war ihr absolut bewusst. Doch obwohl ihr Gewissen sich regte, brachte sie es einfach nicht fertig, sich von diesem unwissentlich gegebenen Pfand zu trennen. Es mochte sündhaft sein, aber etwas an ihrem Herzen zu tragen, das ihm so nah gewesen war, ließ sie wohlig erschauern.

Und wann immer sie das unscheinbare Batisttaschentuch hervorzog, und ihr Gesicht darin vergrub, sah sie sein schönes, lächelndes Gesicht vor sich.

Allzu viel Zeit zum Träumen blieb Friederike nicht. Charlotte hatte durchgesetzt, dass sie ihre Freundin Grete nach Adelaide begleiten durfte, was bedeutete, dass der allergrößte Teil der Hausarbeit von Friederike und Marie-Luise erledigt werden musste. »Ich wasche lieber fremder Leute Hemden, als hier in der Wildnis zu verkommen«, hatte Charlotte erklärt. Nun ging sie die Woche über in die Stadt in Lohnarbeit, und kam oft erst spät am Abend nach Hause. Wenn Friederike auffiel, dass Charlotte dann manchmal ein wenig zu gut gelaunt schien, so behielt sie es für sich. Insgeheim machte sie sich zwar Gedanken um ihre Schwester, deren Übermut und Unvernunft von Grete Liebelt noch angestachelt zu werden schien. Doch was hätte es für einen Sinn gehabt, Charlotte Vorhaltungen zu machen? Sie hätte ja doch nicht auf sie gehört.

Vater Thiele war so erleichtert, dass endlich wieder Friede im Haus herrschte, dass er ihr erlaubte, ihren Verdienst zu behalten. »Wenn sie sich davon auch Putz und Tand kauft, so ist es mir meine Ruhe wert«, hatte Vater Thiele der respektvoll, aber deutlich formulierten Kritik Heinrichs entgegengehalten. »Das war ja nicht mehr auszuhalten. Eigentlich sollte sie längst unter der Haube sein, aber ich habe keine Zeit, mich darum zu kümmern. Also soll sie sich in Gottes Namen ein paar Spitzenborten an ihre Hemden nähen, wenn es sie glücklich macht.«

Dass es sich vielleicht nicht darauf beschränkte, hätte er, auch wenn er darüber nachgedacht hätte, nie vermutet.

Vater Thiele hatte jedoch ohnehin genug anderes zu tun. Auf Heinrichs Hilfe musste er immer öfter verzichten, weil dieser sich schon während des Kirchenbaus stark Pastor Fichte angeschlossen hatte und nun, wo die Kirche fertig war, voller Eifer an jedem Gottesdienst, jeder Bibelstunde teilnahm. Zudem hatte der Pastor ihn mangels einer Alternative zum Hilfslehrer ernannt, und die Verantwortung sowie der Stolz auf seine neue Rolle ließen ihn noch steifer werden. »›Lerne zuvor selbst, ehe du andere lehrest‹[4]«, bemerkte Mutter Weidner spitz. »›Wer nichts erfahren hat, kennt wenig!‹[5]« So etwas sagte sie allerdings nur, wenn sie mit Friederike allein war.

Die Sorgen hinsichtlich der Finanzen von Südaustralien erwiesen sich als durchaus berechtigt. Es hatte so unauffällig begonnen, dass es niemandem aufgefallen war, aber im Sommer des Jahres 1842 konnte man es nicht mehr übersehen: Adelaide verwaiste. Ganze Straßenzüge standen leer, die Häuser befanden sich teilweise in einem unbewohnba-

4 Sirach 18, 19
5 Sirach 34, 10

ren Zustand. Immer weniger Kunden kamen zum Markt und die wenigen, die kamen, kauften immer weniger. Wer keine Schafherden besaß, deren Wolle gutes Geld brachte, oder Pachtzahlungen erhielt, der war auf die staatliche Wohltätigkeit angewiesen – und die war begrenzt. Viele zogen es vor, Südaustralien zu verlassen und wieder nach England oder an die Ostküste zu ziehen, wo es bessere Verdienstmöglichkeiten gab.

Doch was für die meisten eine Katastrophe war, erwies sich für einige als Glücksfall.

»Friederike, Friederike«, empfing Mrs. Willoughby sie eines Tages so aufgeregt, dass sie kaum sprechen konnte. »Stell dir vor, ich sprach gestern zufällig mit dem Gouverneur. Und weißt du was?«

»Nein, was denn, Mrs. Willoughby?« Friederikes Herz begann heftig zu klopfen, als die Hoffnung in ihr aufstieg, dass Michael Pemberton vielleicht seinen erneuten Besuch angekündigt hätte.

»Ich habe ihm von euch erzählt: wie gut ihr inzwischen Englisch sprecht und wie gern ihr euer Land kaufen würdet, das ihr von der Kompagnie gepachtet habt. Und da meinte er, wenn ihr bereit wärt, englische Bürger zu werden, dann könnte er euch das Land verkaufen. Ist das nicht wunderbar?«

Sprachlos starrte Friederike sie an. Damit hätte sie nie und nimmer gerechnet.

»Freust du dich denn gar nicht?« Mrs. Willoughby klang enttäuscht.

»Doch, natürlich – es ist nur eine solche Überraschung«, hauchte Friederike. »Ich weiß gar nicht, was ich sagen soll. Danke, Mrs. Willoughby, dass Sie sich für uns eingesetzt haben.«

»Das habe ich doch gerne getan«, wehrte die den Dank ab. »Es ist ja auch im Interesse der Stadt, dass ihr hierbleibt. Und man bleibt am ehesten auf eigenem Grund und Boden. – Übrigens hat die Zeitung über euch geschrieben. Hier, sieh einmal!« Mit diesen Worten hielt sie Friederike die aufgeschlagene Seite vor die Nase. Die ergriff das Blatt und las etwas stockend den überaus wohlwollenden Bericht.

»Allen unseren Lesern ist es wohlbekannt, dass ungefähr fünf Meilen von Adelaide ein deutsches Dorf mit Namen Segensthal existiert. Aber wir haben Grund zu glauben, dass diese kleine, anziehende Niederlassung nicht so bekannt unter uns ist, wie sie es verdient. Segensthal liegt an der Südseite des River Torrens im Besitztum der Südaustralischen Compagnie und ist umgeben von stattlichen Bäumen. Von einigen Punkten ist Aussicht auf die nahegelegene, prachtvolle Gebirgskette der Mount Lofty Ranges vorhanden. Der Fluss windet sich vorbei und enthält für die Jahreszeit eine beträchtliche Menge Wasser. Ein Anhauch von Heiterkeit durchdringt diesen Flecken, welcher ganz das ist, was die Einbildungskraft sich als einen Zufluchtsort der verfolgten Frömmigkeit ausmalen würde. Die ruhige, stille Beharrlichkeit des deutschen Charakters zeigt sich ganz in ihrer Vollkommenheit in Segensthal. Wenig mehr als zwei Jahre sind verflossen, seit des Menschen Hand dort den Sitz in der Wildnis zu richten begann, doch aber an die zwanzig Häuser sind schon erbaut, und einige von ihnen sind gut und geräumig; alle sind sauber und wohnlich. Das Flussufer ist mit Gärten bedeckt; diese bestehen aus schmalen, nicht eingezäunten Landstreifen, durch schmale Fußpfade abgesondert voneinander. In Betracht, dass die für Gartenarbeit günstige Jahreszeit noch nicht eingetreten ist, gibt die Zahl von Gemüse, welche die Deutschen in diesem Augenblick schon angebaut haben, eine starke Probe von Emsigkeit. Der ruhige Beobachter wird alle so geschäftig finden wie die englische Biene

im Frühjahr. Sie jäten oder begießen, bauen, fischen, melken, waschen, hauen Holz, holen Wasser außerhalb der Häuser. Im Hause versieht die Hausfrau mit gleicher Emsigkeit ihre häuslichen Geschäfte. Sie beschäftigt sich mit Brotbacken, Buttern, Kochen oder irgendetwas anderem. Keine Seele ist müßig. Sogar die Kinder, welche zu klein zum Arbeiten sind, doch groß genug zum Lernen, findet man in regelmäßigen Schulstunden den Unterricht ihres unermüdlichen und vortrefflichen Pastors empfangen. Wir denken, unsere Nachbarn sind sehr der Achtung wert von unserer Seite. Vertrieben aus ihrem Geburtsland, weil sie der schlimmen Art von Tyrannei sich nicht beugen wollten, die den Geist in Fesseln schmiedet und ihnen ihren Glauben aufzuzwingen sucht, kamen sie hierher, richten ihren Glaubensaltar unter uns auf und bieten uns jetzt ein Muster praktischer Kolonisten, die wohl unsrer Nachahmung würdig sind.[6]«

»Also, unermüdlich ist Pastor Fichte wirklich«, seufzte Friederike und ließ die Zeitung sinken. »Das also war der Grund für den Besuch dieses Engländers vorige Woche!«

Hier und da kamen Neugierige aus Adelaide, um sich in der Siedlung umzusehen und sich des Öfteren auch einen Korb Kirschen oder Aprikosen direkt vom Baum oder grüne Bohnen vom Strauch pflücken zu lassen. Die Segensthaler, zumindest der weibliche Teil, der auf den Markt ging, konnte sich inzwischen ganz gut auf Englisch verständigen, so dass das problemlos möglich war. Dieser Mann jedoch, an den sie sich gut erinnerte, hatte nur seine Nase in jedes der Häuser gesteckt und dabei eifrig in ein kleines Notizbüchlein gekritzelt.

6 Nur leicht verändert/angepasst entspricht der Text im Großen und Ganzen einem Artikel der Southern Australian vom 1. Mai 1839, »The Village of Klemzig«, auf Deutsch wiedergegeben in: Iwan, S. 46f.

»Ich könnte mir vorstellen, dass diese ein wenig überschwängliche Hymne dazu beigetragen hat, den Gouverneur euch gegenüber wohlwollend zu stimmen«, meinte Mrs. Willoughby schmunzelnd.

Zwei Wochen später war alles geregelt. Für die Audienz beim Gouverneur hatten alle ihren besten Sonntagsstaat angelegt. Das Leinen war frisch gewaschen und gestärkt. Die Anzüge und Hüte hatten die Frauen so sorgsam gebürstet, dass nicht das kleinste Stäubchen darauf zu sehen war. Und Friederike und Marie-Luise hatten Stunden damit zugebracht, kleine wohlriechende Sträuße zu binden, die die Männer ins oberste Knopfloch des schwarzen Rocks steckten, die Frauen ans Mieder.

»Wir wollen doch einen guten Eindruck auf den Mann machen«, hatte Mutter Weidner die allgemeine Gemütslage in Worte gefasst, während sie ihrem Gustav das ungewohnte Halstuch zurechtzupfte. »Und auf unsere neuen Landsleute.«

Die neuen Landsleute zeigten allerdings wenig Interesse an dem ungewöhnlichen Zug, der unter Führung von Pastor Fichte vor der Gouverneursresidenz Aufstellung nahm. Bis auf ein paar Soldaten aus den nahegelegenen Militärbaracken, die sich neugierig näherten, nahm niemand Notiz von ihnen. Die Einwohner von Adelaide waren augenblicklich vollauf mit sich selbst beschäftigt.

Pastor Fichte ließ sie »Großer Gott, wir loben dich« anstimmen, sozusagen als Reverenz an den englischen Gouverneur. Schmied Wenzel hatte vorgeschlagen, die englische Hymne zu singen. Das ließ sich jedoch nicht verwirklichen, weil keinem der Segensthaler der entsprechende Text oder die Melodie geläufig waren. So war die Wahl auf den feierlichen Choral gefallen. Kaum hatten sie geendet, öffnete sich das zweiflügelige Portal und Gouverneur Grey trat auf die Veranda. Friederike war überrascht, wie jung er noch war. Er erschien ihr kaum älter als Michael Pemberton. Seine Familie musste glänzende Verbindungen haben, dass er in so jugendlichen Jahren bereits einen Gouverneursposten erhalten hatte. Stocksteif aufgerichtet, mit ernster Miene, begrüßte er sie in stockendem Deutsch.

»Liebe Segensthaler«, las er so leise von dem Blatt Papier in seiner Hand ab, dass die hinten Stehenden die Ohren spitzen mussten, um seine Worte verstehen zu können. »Wir freuen uns, dass ihr euch entschieden habt, die englische Staatsbürgerschaft anzunehmen. Tüchtige Leute sind eine Zierde für jede Kolonie. Preußens Verlust ist unser Gewinn. Mit dem heutigen Tag seid ihr den gebürtigen Engländern gleichgestellt und könnt die gleichen Privilegien in Anspruch nehmen, speziell, was den Erwerb von Land betrifft. Mr. Gouger hat die Papiere so weit vorbereitet, dass jeder von euch das Land, das er momentan bearbeitet, für sich erwirbt. Wer mehr Land kaufen möchte, dem steht es frei, sich bei ihm über zum Verkauf stehende Flächen zu informieren.« Er hüstelte, warf einen Blick in die Runde und fuhr fort: »Ich bitte jetzt die Familien, die Mr. Gouger aufruft, zu mir zu kommen, und die Einbürgerungsurkunde in Empfang zu nehmen. Anschließend können Sie bei Mr. Gilles, unserem Schatzmeister, in dem Raum hinter mir Ihren Landkauf abschließen.«

Bauer Gottfried Bartel war der Erste, der schwerfällig, seine schmächtige Frau und die fünf flachshaarigen Kinder im Gänsemarsch hinter sich, die Stufen hinaufstolzierte und dem Gouverneur feierlich die Hand schüttelte.

Tatsächlich ging dann alles so rasch, dass Friederike vage enttäuscht war. Ehe sie es sich versah, hatte der Gouverneur ihr die Hand gereicht, und schon wurde sie weitergeschoben. Der Schatzmeister, ein dicklicher Mann mit mürrischem Gesicht und einer Geldkassette, die er niemals aus den Augen ließ, nahm das Geld entgegen und händigte ihnen im Austausch die Besitzurkunden aus.

»Wenn ich denke, was für ein Aufstand es war, Preußen verlassen zu dürfen, dann ist das hier doch irgendwie sehr nebenbei!«, stellte Christian Thiele fest und musterte ratlos die Papiere mit der ihm unverständlichen englischen Beschriftung. »Na schön. Hauptsache, das Land gehört jetzt uns. – Lottchen, wo wir schon einmal hier sind, willst du uns nicht die Häuser zeigen, in denen du arbeitest?«

»Ach, Vater, nicht jetzt«, wehrte sie ab. Stattdessen winkte sie einem jungen Mann zu, der Friederike schon aufgefallen war, weil er so offensichtlich abwartend an der Straßenecke gegenüber herumgelungert hatte. Auf Charlottes Zeichen hin kam er mit raschen Schritten auf sie zu. Seine äußere Erscheinung ließ keine Rückschlüsse auf seine Profession zu, aber Friederike gefiel der verschlagene Ausdruck seiner Augen nicht, als er höflich den Hut zog und sich dann als »Hans Schumann, Drogist und Dentist aus Port Adelaide« vorstellte.

»Angenehm«, brummte Vater Thiele und streckte ihm die Rechte hin.

»Das sind Friederike und Marie-Luise, Heinrich und Georg.« Er wartete ab, bis Hans Schumann jedem feierlich die Hand geschüttelt hatte, ehe er sich erkundigte: »Was verschafft uns die Ehre?«

»Hans und ich wollen heiraten«, platzte Charlotte glückstrahlend heraus. »Gibst du uns deinen Segen, Vater?«

Christian Thiele rang sichtlich um Fassung. Auch Friederike war völlig vor den Kopf gestoßen. Zwar hatte sie schon vermutet, dass ihre Schwester hier und da heimlich zum Tanzen in eines der englischen Wirtshäuser gegangen war, die sich an der Westterrasse etabliert hatten. Dass sie aber anscheinend einen Mann so gut kennengelernt hatte, dass von Heirat die Rede war, hätte sie niemals für möglich gehalten.

Noch ehe jemand von ihnen etwas sagen konnte, schob sich Pastor Fichtes hagere Gestalt zwischen sie. »Ich habe mich eben wohl verhört. Du hast davon gesprochen, diesen Mann heiraten zu wollen, Charlotte Thiele?«, schnarrte er. »So einfach geht das nicht. Wer ist er überhaupt? Gehört er der lutheranischen Kirche an? – Nun, Bursche, zu welcher Gemeinde gehörst du?«

»Ich wüsste nicht, was Sie das anginge«, gab der junge Mann unbeeindruckt zurück und streckte angriffslustig das Kinn vor. »Ich lasse mich doch nicht von einem dahergelaufenen Pfarrer ausfragen wie ein Schuljunge.«

Die Umstehenden schnappten nach Luft. Pastor Fichte lief so rot an, dass Friederike fürchtete, ihn würde gleich der Schlag treffen.

»Hans ist ein Freigeist, er gehört keiner Kirche an«, erklärte Charlotte und schmiegte sich an ihren Verlobten. »Aber ich liebe ihn trotzdem, und er liebt mich. – Und wir werden heiraten, ob es euch passt oder nicht«, fügte sie in einer Aufwallung von offenem Trotz hinzu.

In einem Winkel ihres Herzens bewunderte Friederike ihre Schwester dafür, wie sie der geballten Missbilligung um sich herum die Stirn bot.

»Ein Freigeist, ha!« Pastor Fichte hatte sich gefangen und durchbohrte das Paar mit einem mörderischen Blick. »Schlimmer noch als Papisten und Unierte. ›Die Toren sprechen in ihrem Herzen: Es ist kein Gott.‹ Du Unglückseliger, willst du dieses Mädchen ins Unheil stürzen?«

»Davon kann keine Rede sein. Ich will sie heiraten, Mann!« Hans Schumann war sichtlich beleidigt. »So, wie Sie sich hier aufführen, könnte man glatt meinen, ich wollte sie in einem Freudenhaus unterbringen.«

Das entsetzte Schweigen, das seinen Worten folgte, wurde durch Pastor Fichte gebrochen. »Über derartige Dinge spricht man nicht leichtfertig!« Seine Stimme bebte vor Empörung. Er räusperte sich ausgiebig, ehe er mit klarer, tragender Stimme fortfuhr: »Charlotte Thiele, um deiner unsterblichen Seele willen: entferne dich von diesem Mann! Bitte deinen Vater um Vergebung. ›Bedenke, dass du ohne deine Eltern nicht wärest, und wie könntest du ihnen vergelten, was sie dir taten?‹[7] Aber vor allem bete zu Gott, dass er dir den rechten Weg aufzeigt. Denn: ›Glaubt ihr nicht, so bleibt ihr nicht.‹ Jage diesen Versucher Satans in das Loch zurück, aus dem er gekrochen ist!«

Charlotte schüttelte nur verbissen den Kopf und klammerte sich noch fester an den Arm des jungen Mannes. Hans Schumann jedoch hob drohend die Fäuste. »Hüte deine Zunge, du alte Giftspritze! Sonst vergesse ich noch, dass du ein Geistlicher bist.«

»So spricht niemand zu unserem Pastor!« Schmied Wenzel schob sich durch die Umstehenden nach vorne und baute seine breite Gestalt dicht vor dem freigeistigen Jüngling auf. »Du solltest jetzt besser das Mädchen loslassen und sehen, dass du wegkommst. Sonst könnte ich mich vergessen …«

Das Pärchen wich unwillkürlich ein paar Schritte zurück, allerdings ohne einander loszulassen. Fest aneinandergeklammert suchte einer beim anderen Schutz und Un-

7 Sirach 7, 28

terstützung. Hans Schumann ignorierte den Schmied, so weit das bei einem Mann von dessen Größe möglich war, und wandte sich direkt an Christian Thiele, der hilflos und stumm danebenstand.

»Herr Thiele, als Lottes Vater bitte ich Sie ein letztes Mal darum, uns Ihren Segen zu geben. Ich weiß nicht, ob Ihnen klar ist, dass das alles ist, was wir von Ihnen wollen. Um als Mann und Frau anerkannt zu werden, genügt seit kurzem das englische Register hier. Zu einem solchen Humbug wie einer kirchlichen Trauung habe ich mich nur Lotte zuliebe bereiterklärt.«

»›Ein heilloser Mensch gräbt nach Unheil‹«, murmelte Mutter Weidner düster.

»Vade retro, Satanas!«, keuchte Pastor Fichte. »Eine solche Blasphemie ist unerträglich!«

»Ach wirklich, du bigotter Pfaffe?«, höhnte Hans Schumann. »Keine Angst, von dir würde ich mich nicht einmal unter die Erde bringen lassen.«

Schmied Wenzel lockerte die Schultern und warf Pastor Fichte einen bittenden Blick zu. »Darf ich ihm eine auf sein gottloses Maul geben, Herr Pastor?«

»Nein«, entgegnete der entschieden. »›Selig sind die Friedfertigen, denn sie werden Gottes Kinder heißen.‹ Gott wird ihn strafen, wenn er es für richtig hält.«

»Da bin ich aber einmal gespannt, was er sich einfallen lässt«, gab Schumann mit einem verächtlichen Schnauben zurück. »Komm, Lotte, mit diesen Betbrüdern ist ein vernünftiger Wortwechsel unmöglich.«

»Lottchen, mein Kind, komm mit uns«, bat ihr Vater leise. »Vielleicht finden wir ja eine Lösung.«

Charlotte sah von einem der Männer zum anderen. Ihr Vater stand ihr gegenüber und streckte ihr flehend die Hand entgegen. Sie musste sie nur ergreifen und wäre wieder eine von ihnen gewesen. Ihr Rücken versteifte sich. »Nur, wenn Hans mitkommen darf.« Charlottes Stimme klang fest, und sie wich keinen Millimeter von Schumanns Seite. »Wenn du ihn erst einmal näher kennenlernst, wirst du ihn gerne als Sohn willkommen heißen.«

Christian Thiele rang sichtlich mit sich. Wenn nicht ganz Segensthal um sie herumgestanden hätte, hätte er vermutlich Charlottes Entschlossenheit nachgegeben. So aber wurde ihm die Entscheidung von anderen aus der Hand genommen.

»Christian Thiele, wenn du diesen Menschen in dein Haus lässt, ist dein Platz nicht mehr in unserer Mitte«, drohte Pastor Fichte mit sich vor Wut überschlagender Stimme. »Dann schließe ich dich und deine Familie von der heiligen Kommunion aus. Besser einen faulen Ast beizeiten abhacken, als den ganzen Weinstock erkranken zu lassen.«

Vater Thiele zuckte zusammen, und jede Spur von Farbe schwand aus seinem Gesicht. Die Androhung der Exkommunikation war das stärkste Druckmittel gegenüber unbotmäßigen Gemeindemitgliedern. Entsprechend selten wandten die Pastoren der Lutheraner es an. Dass Pastor Fichte so weit ging, überraschte sogar seine Gemeinde. Aber niemand wagte zu protestieren. Niemand kam Christian Thiele zu Hilfe. In schockiertem Schweigen standen die Segensthaler vor der Residenz des Gouverneurs, regungslos wie ein Tableau.

»Vater, bitte«, drängte Heinrich schließlich, neben ihn tretend. »Charlotte ist verloren. Denk an uns.«

Friederike sagte nichts. Was hätte sie auch sagen sollen? Die Lage war so schon verfahren genug. In unversöhnlichem Schweigen wartete Pastor Fichte auf eine Antwort.

Christian Thieles Schultern sackten herab, als sei die Last, die er zu tragen hatte, zu schwer geworden. In Wahrheit hatte er nicht die Freiheit der Wahl. Es gab nur eine einzige Entscheidung, die er treffen konnte. So schwer sie ihm auch fallen mochte.

»Es tut mir leid, Lottchen«, flüsterte er kaum hörbar, als schämte er sich für seine Worte. »Es tut mir schrecklich leid, aber ich kann dir meinen Segen nicht geben. Nicht, wenn der Pastor ...« Er hob die Hand, ließ sie in einer Geste der Resignation wieder fallen und drehte sich auf dem Absatz um. Die Menge teilte sich vor ihm und ließ ihn wortlos ziehen.

Charlotte stand reglos da und starrte ihm mit großen, ungläubigen Augen hinterher.

»Na, da brat mir doch einer nen Storch!«, murmelte Hans Schumann verblüfft. Dann warf er den Kopf in den Nacken und lachte schallend. »So viel zu christlicher Nächstenliebe. Hab ich dir nicht immer gesagt, dass das pure Heuchelei ist? Komm, Herzchen.« Er zog sie mit sich, fort von den Segensthalern, die sich langsam für den Rückweg formierten. Friederike fühlte sich wie erstarrt. Ihre Augen wanderten zwischen der sich entfernenden Gestalt ihrer Schwester und dem Rücken ihres Vaters hin und her. Erst in letzter Sekunde, als das Pärchen schon beinahe in einer nahen Gasse verschwunden war, schüttelte sie die Lähmung ab und rannte den beiden hinterher.

»Lotte, warte!« Charlotte hielt an, drehte sich aber nicht um, als wollte sie es vermeiden, den Segensthalern ihr Gesicht zu zeigen. »Lotte«, sagte Friederike hastig, »wenn du etwas brauchst, kannst du mir eine Nachricht über Mrs. Willoughby schicken. Ich wünsche dir Gottes Segen.« Eine flüchtige Umarmung, mehr wagte sie nicht. Zu deutlich spürte sie die Blicke der Segensthaler in ihrem Rücken.

Der Tag, der ein Festtag hätte sein sollen, war zu einem Fiasko geworden. Während des gesamten Rückwegs wurde Familie Thiele gemieden, als sei ihre Nähe gefährlich. Niemand richtete das Wort an sie. Alle täuschten vor, in anderweitige Gespräche vertieft zu sein. Dabei wäre das gar nicht nötig gewesen. Vater Thiele stapfte mit verbissener Miene, ohne einen Blick nach rechts oder links zu werfen, voran; die Lippen zusammengepresst, die Augen auf einen fernen Punkt gerichtet, den niemand sonst sehen konnte.

»Warum ist Vater so zornig?«, flüsterte Georg ängstlich Friederike zu. Ehe die etwas sagen konnte, geriet Heinrich geradezu außer sich. »Er hat allen Grund, zornig zu sein! Wie konnte Charlotte uns das nur antun!«, zischte er und hieb mit einem Stecken nach dem Gesträuch am Wegesrand, dass Blätter und Borke in alle Richtungen flogen. »Vater hätte strenger mit ihr sein müssen. Es ist seine Schuld, dass sie jetzt diesem Hallodri nachläuft. Dabei gibt es weiß Gott genügend brave Männer in den deutschen Siedlungen. Ich weiß, dass Witwer Sommer seit längerem überlegte, Vater zu fragen.«

»Warum hat er es dann nicht getan?«, wandte Friederike nüchtern ein. »Außerdem ist der Mann uralt, stinkt aus dem Mund und hat ständig Blähungen. Du kannst doch nicht ernsthaft annehmen, dass Charlotte seine Werbung überhaupt in Betracht gezogen hätte!«

»Darum geht es doch gar nicht«, wischte Heinrich ihren Einwand beiseite.

»Natürlich!« Wütend über so viel männliche Ignoranz blitzte sie ihren Bruder an. »Dieser Hans Schumann mag ein Hallodri sein, aber er ist jung und von angenehmem Äußeren. Und du kennst Charlotte genauso gut wie ich. Glaubst du, sie hat sich allzu viele Gedanken darüber gemacht, was sie anderen antut? Sie setzt immer ihren Kopf durch. Du denkst doch nicht ernsthaft, dass Vater etwas daran hätte ändern können?«

Heinrich blieb ihr darauf die Antwort schuldig, aber er beeilte sich, sich ihrem Vater anzuschließen.

Das einzige Mal, dass Vater Thiele sich Friederike gegenüber äußerte, war zwei Tage später, als sie ihn unschlüssig im Garten bei Sabine Thieles geliebten Duftwicken stehen sah. Es machte den Eindruck, als suche er dort Trost. Stumm trat Friederike neben ihn. »Nur gut, dass deine Mutter das nicht mehr erleben musste«, sagte er leise und streichelte behutsam über die weiß-purpurnen Blütenblätter. »Es hätte ihr das Herz gebrochen.«

Kapitel 5

Die erste Zeit erwartete Friederike ungeduldig jeden Markttag, weil sie auf eine Nachricht von Charlotte hoffte. Aber Woche um Woche verging, ohne dass bei Mrs. Willoughby eine Mitteilung hinterlegt worden wäre. Als Liebelts ihr Land an den Schwiegersohn von Bauer Krüger verkauften, um nach Adelaide zu ziehen, nahm sie sich ein Herz. Zwar mochte sie Grete und ihre stets lamentierende Mutter nicht, doch sie waren die Einzigen, zu denen Charlotte ein engeres Verhältnis gehabt hatte. Also passte sie Grete am Wasserloch ab.

»Ich habe gehört, ihr wollt nach Adelaide ziehen?«, begann sie zögernd.

»Was dagegen?«, gab Grete schnippisch zurück. »Wenn du mir auch noch ins Gewissen reden willst, kannst du dir die Mühe sparen. Wir gehen auf jeden Fall.«

»Nein, wieso sollte ich?« Friederike suchte verzweifelt nach den richtigen Worten. »Nein, Grete, es ist wegen Charlotte …«

Grete Liebelt stellte den Eimer hin und sah Friederike leicht beschämt ins Gesicht. »Tut mir leid, dass ich dich so angefahren habe. Aber Pastor Fichte hat uns die letzten Abende so ausgiebige Predigten gehalten, dass ich … Das mit Charlotte tut mir wirklich leid. Ich hätte nicht gedacht, dass sie so weit gehen würde.«

»Du wusstest nichts von diesem Schumann?«, fragte Friederike überrascht.

Grete schüttelte den Kopf. »Nein, wir haben uns kaum noch gesehen.«

»Sie hat uns gesagt, sie wäre mit euch zusammen, wenn sie in der Stadt blieb!« Friederike stockte der Atem, als ihr blitzartig das Ausmaß von Charlottes Täuschungsmanöver klarwurde. Die beiden Mädchen sahen sich stumm an. Keine wagte auszusprechen, was sie dachten. Es wäre zu ungeheuerlich gewesen.

»Könntest du dich umhören?«, bat Friederike. »Ich möchte nur wissen, ob es ihr gutgeht.«

Der australische Sommer war in diesem Jahr besonders heiß und trocken. Der Widerschein der Buschfeuer im Hinterland ließ in den Nächten den Horizont wie kurz vor Sonnenaufgang glühen. Anfangs hatten die Segensthaler sich davor gefürchtet, aber nach einigen Wochen gewöhnten sie sich daran. »Australisches Wetterleuchten«, nannte Mutter Weidner es.

Friederike hatte dicht am Waldrand ein Feld mit Monatserdbeeren angelegt, weil sie davon ausgegangen war, dass der lichte Schatten den Pflanzen zumindest ein wenig Schutz vor der sengenden Sonne bieten würde. Doch nun musste es ständig gewässert werden.

»Ich weiß nicht, Rieke, ob der Aufwand sich lohnt«, meinte ihr Vater. »Schau, die Weinstöcke blühen überreich; die Aprikosen, Kirschen und Pfirsiche haben gut angesetzt, und die Zitronen- und Orangenbäume scheinen hier immerwährend zu blühen und zu fruchten. Ich weiß, dass dein Herz an den Erdbeeren hängt, weil du die Samen selbst ausgewählt hast, aber sie sind einfach nicht geeignet für die hiesigen Bedingungen.« Er bückte sich, pflückte eine der roten, ziemlich harten Früchte und zerrieb sie prüfend zwischen den Fingern. »Sie sind nicht saftig«, urteilte er abschließend. »Ich fürchte, du wirst damit keine guten Geschäfte machen. Vergrößere lieber deine Blumenfelder.«

Tatsächlich war der Blumenhandel inzwischen ein zweites Standbein der Thieles geworden. Weizen war nicht mehr so rar wie noch einige Jahre zuvor. In der Umgebung von Adelaide und weiter nach Norden zu waren zahlreiche deutsche Siedlungen entstanden. Weizen- und Gerstenfelder bedeckten ganze Landstriche. Ja, es hieß sogar, bald werde man Weizen aus der Kolonie exportieren und damit dringend benötigte Einnahmen erzielen können. Dabei wuchs das Getreide praktisch von selbst. Anfangs hatten sie nicht glauben wollen, was die anderen Frauen auf dem Markt erzählten, aber es stimmte: Nach der Ernte ließ man einfach die Körner, die beim Abschneiden der Halme zu Boden gefallen waren, liegen; pflügte sie mitsamt der restlichen Stoppeln flach unter; und sobald die Regenzeit begann, war das Feld im Handumdrehen mit frischem Grün bedeckt.

Auch der Rat von Professor Menge, den Kohl stehen zu lassen, hatte sich bewährt. Mutter Weidner hatte eine Pflanze hinter dem Haus, die nun schon im dritten Jahr ausgetrieben und fünf ordentlich große Köpfe angesetzt hatte.

Das große Angebot an landwirtschaftlichen Produkten hatte die Preise sinken lassen. Einzig Friederikes Blumenhandel war konkurrenzlos, weil die deutschen Siedler für derlei »Firlefanz« keinen Sinn hatten. So war wie selbstverständlich ihr die Ehre zuteilgeworden, den Blumenschmuck für die Weihnachtssoiree des Gouverneurs zu liefern. Friederike, Marie-Luise und Mutter Weidner hatten Girlanden geflochten, bis ihre Finger steif und wund waren. Selbst Vater Thiele hatte seine Hilfe angeboten und ein wenig wehmütig gemeint: »Fast wie damals in der Gärtnerei, wenn eine Hochzeit anstand.«

Er hatte sich auch bereiterklärt, die Girlanden und Buketts mit dem Ochsenwagen nach Adelaide zu kutschieren. Ohne dass Friederike und ihr Vater darüber ein Wort verloren, war beiden klar, dass sie die Gelegenheit nutzen würden, sich in der Stadt nach Charlotte umzuhören.

Die Nachricht kam von unerwarteter Seite: Gerade hatten sie die Girlanden in die Residenz getragen und zeigten nun den Bediensteten, wie sie sie mit frischem Wasser besprühen mussten, um sie frisch zu halten, als einer der Lakaien mit schmerzlich verzogenem Gesicht und angeschwollener Backe den Weinhändler fragte, ob er ihn mit zurück nach Port Adelaide nehmen könnte. Er müsse jetzt doch den deutschen Dentisten aufsuchen. Friederike spitzte die Ohren, als der Name »Schumann« fiel und trat unauffällig näher an die beiden heran.

Was sie hörte, war allerdings nicht das, was sie erhofft hatte. Der Weinhändler erklärte, der Dentist sei schon vor einigen Wochen aufgebrochen. »Er will seine Dienste in den umliegenden Ortschaften anbieten. Wenn die Leute nicht zu ihm kommen, muss er eben zu ihnen gehen, hat er gemeint.« Er rümpfte missbilligend die Nase. »Ob das seiner jungen Frau gefällt? Ist doch nicht das Richtige für eine Frau – solch ein unstetes Leben. Na ja, er meinte, vor der Regenzeit wäre er zurück. Solange musst du wohl oder übel warten.«

Wenigstens war Charlotte verheiratet. Friederike fiel ein Stein vom Herzen. Als sie ihrem Vater die Neuigkeit mitteilte, schüttelte der nur traurig den Kopf. »Auf was hat sie sich da nur eingelassen? Der Pastor tadelt mich zu Recht, dass ich meine Familie nicht sorgfältig genug hüte. Du kommst jetzt auch in das Alter, Rieke.« Er sah sie fast ängstlich von der Seite her an. »Hast du dir schon einmal

Gedanken darüber gemacht, wen du heiraten möchtest? Der Sohn von Staudes ist ein freundlicher, fleißiger Junge. Was hältst du von ihm?«

Dieser Vorschlag ihres Vaters kam so überraschend, dass Friederike ihn bloß sprachlos anstarrte.

»Weißt du, ich spreche nicht ohne Not davon«, fuhr er fort und streichelte dem Ochsen verlegen über das Nasenbein. »Pastor Fichte dringt seit einiger Zeit in mich. Er ist der Ansicht, dass du zu ungebärdig seist. Höchste Zeit, dass du eine feste Hand spürst, meint er.«

»Simon Staude ist da aber nicht der passende Kandidat«, lachte Friederike. Sie mochte Simon. Er war immer höflich und geduldig, behandelte seine Tiere gut und auch sonst war nichts an ihm auszusetzen. Ganz sicher entsprach er nicht der Vorstellung Pastor Fichtes von einem strengen Ehegatten. Ihr Vater lächelte verhalten.

»Ich möchte, dass du glücklich wirst«, sagte er schlicht. »Ein strenger Mann, wie er Pastor Fichte vorschwebt, würde dich aber nicht glücklich machen.«

Würde Simon Staude das tun? Friederike versuchte sich vorzustellen, mit ihm verheiratet zu sein. Es würde ihr sicher nicht schlecht bei ihm gehen, aber wäre ihr das genug?

»Ich werde es mir durch den Kopf gehen lassen, Vater«, versprach sie.

Die nächste Katastrophe deutete sich erst nur ganz langsam an. Als bei ihrer Rückkehr nur Marie-Luise im Haus war, beunruhigte das weder Christian Thiele noch Friederike sonderlich. Heinrich war ja fast schon bei Pastor Fichte eingezogen, und Georg pflegte nach dem Unterricht durch den Busch zu streifen und Wallabys zu beobachten. Diese possierlichen Tiere lebten in ganzen Rudeln im Umland von

Segensthal. Ihre Angewohnheit, sich am frischen Grün der Felder gütlich zu tun, hatte ihnen die Feindschaft der Bauern eingebracht, aber Georg mochte sie und suchte jede freie Minute ihre Nähe.

Erst als er zum Nachtessen nicht auftauchte, begann seine Familie sich Sorgen zu machen. Es begann zu dämmern, und Georg wusste, dass er spätestens bei Einbruch der Dunkelheit zu Hause zu sein hatte. »Geht bei den Nachbarn fragen«, wies Vater Thiele die Mädchen an. »Ich werde den Waldrand abgehen und dort nach ihm rufen.«

Das Verschwinden des Jungen klärte sich bei den Kuchels. Der Jüngste, Georg im Alter am nächsten stehend, zeigte so deutliche Anzeichen eines schlechten Gewissens, dass seine Mutter ihn am Ohr hinter dem Herd hervorzog, ihm sicherheitshalber noch eine Kopfnuss verpasste und dann in strengem Ton befahl: »Traugott Kuchel, sofort wirst du uns alles sagen, was du weißt!«

Der Junge warf Friederike unter gesenkten Lidern einen schuldbewussten Blick zu, schniefte laut und flüsterte dann: »Er wollte auch nach Adelaide, Charlotte besuchen, aber er wollte eine Abkürzung durch den Wald nehmen.«

»Warum hast du nicht gleich etwas gesagt?«, fuhr seine Mutter ihn an und hob erneut die Hand. »So eine Dummheit!«

Traugott wich mit der Geschicklichkeit jahrelanger Übung der mütterlichen Hand aus. »Niemand kennt sich so gut im Wald aus wie Georg«, verteidigte er sich. »Außerdem musste ich ihm versprechen, niemandem etwas zu sagen.« Er schluckte verlegen, sah zu Boden, und flüsterte dann: »Wegen Charlotte …«

»Schon gut, das verstehe ich«, sagte Friederike schnell, um einem weiteren Ausbruch Mutter Kuchels zuvorzukommen. »Was man versprochen hat, muss man auch halten. Ich danke dir, dass du es uns trotzdem gesagt hast.«

»Jetzt in der Dunkelheit können wir nicht viel machen«, entschied Vater Thiele, als er von Georgs kühnem Plan erfuhr. »Nun gut, dann wird er die Nacht im Wald verbringen müssen. Was für ein Glück, dass es hier keine wilden Tiere gibt. So ist er wenigstens nicht in Gefahr. Hoffentlich wird ihm das eine Lehre sein!«

Alle waren fest davon ausgegangen, dass der Junge im Lauf des nächsten Tages zwar schmutzig und hungrig, aber wohlbehalten wieder auftauchen würde. Erst als Stunde um Stunde verging, ohne dass sich ein kleinlauter Georg sehen ließ, wuchs ihre Besorgnis. Christian Thiele, Friederike und einige hilfsbereite Nachbarn gingen immer wieder den Waldrand ab und riefen nach dem Jungen, aber ganz offensichtlich war er außer Hörweite. »Morgen früh werde ich gleich nach Adelaide gehen und den Gouverneur darum bitten, einen Suchtrupp Soldaten auszusenden«, entschied Vater Thiele am Abend. »Wenn ihm nun doch etwas zugestoßen ist? Oder wenn die Wilden ihm etwas angetan haben?«

»Das glaube ich nicht«, versuchte Friederike ihn zu beruhigen. »Die Schwarzen sind völlig harmlos. Es ist nichts Schlimmeres über sie bekannt, als dass sie hier und da stehlen. Die, die ich in der Stadt gesehen habe, waren armselige Gestalten, die eher Mitleid als Furcht erregen.«

»Du magst Recht haben, aber ich habe Angst um ihn«, bekannte Vater Thiele und vergrub sein Gesicht in den Händen. »Ich möchte ihn nicht auch noch verlieren!« Als er die Hände sinken ließ, waren seine Wangen nass, und Friederike fielen zum ersten Mal die scharfen Falten auf, die sich in die vertrauten Züge gegraben hatten.

Es war Glück im Unglück, dass ihnen am frühen Morgen auf dem Weg nach Adelaide eine Reisegesellschaft zu Pferde entgegenkam.

»Gott zum Gruß«, rief der Mann, der auf einem hochbeinigen Braunen vorneweg ritt, gut gelaunt und schwenkte seinen Jagdhut. »Sind wir hier richtig auf dem Weg nach Lobethal?«

Der nervös schnüffelnde Jagdhund in seiner Begleitung brachte Friederike auf eine Idee. »Kann Ihr Hund Spuren verfolgen?«, erkundigte sie sich hastig, ohne auf seine Frage zu antworten.

»Natürlich. Dafür ist er ja da«, erwiderte er etwas von oben herab und musterte sie befremdet.

»Entschuldigen Sie bitte das Benehmen meiner Tochter«, mischte Vater Thiele sich ein. »Thiele ist mein Name. Christian Thiele aus Segensthal. Wir sind in größter Sorge um meinen Sohn, der sich wohl im Wald verlaufen hat. Wenn Ihr Hund seine Spur verfolgen könnte, wäre uns sehr geholfen.«

In den dunkelgrauen Augen blitzte Verständnis auf. »Angenehm, Aldenhoff«, sagte er freundlich, den Hut lüftend. »Die Herren Schurmann und Teichelt von der Mission und ihr Bursche. – Natürlich helfen wir bei der Suche. Allerdings braucht Ajax dafür ein Kleidungsstück, das der Junge am Körper getragen hat. Wir müssen also zurück. Ist es weit?«

»Eine Wegstunde zu Fuß.«

»Dann werden wir uns besser trennen.« Die Missionare, sichtlich ungeübte Reiter, waren sofort einverstanden, und so saß Vater Thiele hinter dem Burschen auf, der unverkennbar ein Aborigine war. Aldenhoff beugte sich im Sattel nach vorne und streckte Friederike auffordernd eine Hand hin. »Kommen Sie, Fräulein Thiele. Steigen Sie auf.« Sie ergriff die Hand. Im nächsten Moment war sie hinter ihn auf die Kruppe des Pferdes katapultiert worden und thronte in schwindelerregender Höhe über dem Erdboden. »Festhalten«, befahl er und zog ihre Arme um seine Mitte. Noch nie war Friederike in so engem Körperkontakt mit einem Fremden gewesen. Im ersten Augenblick schreckte sie davor zurück, einen fremden Mann zu umarmen. Aber sobald das Pferd sich in Bewegung setzte, schlossen ihre Arme sich fest um seine Taille. Schließlich war er der einzige Halt, der sich hier oben bot, denn bei dem Tempo, in dem sie ritten, wurde sie wie ein hilfloses Bündel hin und her geworfen. Die Bäume sausten nur so an ihr vorbei. Unwillkürlich verstärkte sie ihren Griff. Der Oberkörper des Mannes fühlte sich so vertrauenerweckend an. Fest und warm. Dicht vor ihrer Nase bewegten sich die Muskeln unter dem leichten Stoff des Reitrocks, und sie hätte um ein Haar die Wange dagegen gelehnt, nur um zu erfahren, wie es sich anfühlte. Der leichte Schweißgeruch, der ihr, vermischt mit dem nach Iris und Lavendel, in die Nase stieg, gefiel ihr ausnehmend gut.

Seltsam, wie angenehm ein Mann riechen konnte!

Die Ankunft der Reitergruppe trieb die Segensthaler aus ihren Häusern. Als sie vor dem Haus der Thieles absaßen, drängten sich fast alle Familien um den ungewöhnlichen Besuch.

»Der Herr hat euch geschickt!«, rief Pastor Fichte entzückt und kam mit wehenden Rockschößen die Dorfstraße herunter auf sie zugeeilt. »Meine Gebete sind erhört worden.«

»Nein, nein, Herr Pastor«, wehrte Aldenhoff ab, während er Friederike eine Hand reichte und sie vorsichtig vom

Pferderücken rutschen ließ. »Bemühen Sie dafür nicht den Himmel. Ich war nur zufällig zusammen mit zwei Missionaren auf dem Weg nach Lobethal. Die Herren kommen nach. Würden Sie so freundlich sein, sie zu beherbergen, bis wir von unserer Suche zurückkommen?«

»Selbstverständlich, Herr ...?«

»Aldenhoff. Daniel Aldenhoff.« Sie wechselten einen kurzen Händedruck. »Lassen Sie uns jetzt keine Zeit mit Artigkeiten vergeuden.« Er nickte in die Runde. »Je schneller wir aufbrechen, umso eher werden wir den kleinen Ausreißer gefunden haben.« Er wandte sich zu Friederike um, die gerade, Georgs rotes Sonntagshalstuch in der Hand, aus der Türe trat. »Sie haben etwas Geeignetes gefunden? – Sehr gut, Fräulein Thiele. Genau das Richtige. Lassen Sie Ajax daran schnuppern.«

Unter den gespannten Blicken der Nachbarn schnüffelte der Hund ausgiebig an dem Stück Stoff, ehe er mit der Nase am Boden begann, wie ziellos zwischen den Häusern umherzulaufen. »Keine Sorge, er wird die Spur finden«, sagte Aldenhoff zuversichtlich. Die Zügel in der Linken saß er so ruhig da, als warte er auf das Signal des Jagdführers zum Losreiten. Nur das Tänzeln seines Pferdes verriet die nervöse Anspannung.

Lautes Bellen vom Waldrand zeigte an, dass der Hund die Spur aufgenommen hatte. »Habe ich es nicht gesagt? Ajax ist ein erstklassiger Spürhund«, sagte Aldenhoff stolz. »Wir werden das Kind bald gefunden haben.«

Gefolgt von dem stummen Eingeborenen galoppierte er los.

»Ein ausgesprochen schmucker junger Mann«, meinte Mutter Weidner bewundernd. »Was für ein schöner Anblick auf seinem prächtigen Pferd!«

Pastor Fichte runzelte die Stirn. »›Der Mensch sieht auf das Äußere, aber der Herr sieht auf das Herz‹«, erinnerte er sie und presste die Lippen zusammen.

»Ich bin sicher, an seinem Herzen ist nichts auszusetzen, Herr Pastor«, sagte Mutter Weidner bestimmt. »Nicht viele der reichen Herrschaften, die hier vorbeikommen, hätten so bereitwillig die eigenen Pläne hintangestellt.«

❖

Kartanya hatte geduldig auf ein weiteres Zeichen gewartet. Nichts war geschehen. Weder war die Großmutter ihr in der Nacht erschienen, noch hatten die Ahnengeister ihr einen Hinweis zukommen lassen, was sie von ihr erwarteten. Neugierig verfolgte sie, wie die weißen Siedler das Land ihren Gewohnheiten anpassten. Sie hatten wirklich seltsame Sitten. Schafherden, die über das Grasland zogen, waren Kartanya vertraut. Aber die Tiere, die diese Menschen hielten, waren ihr völlig unbekannt. Es gab einige kleinere Exemplare des Fleischbergs, den sie am ersten Tag bestaunt hatte. Sie schienen kostbar zu sein, denn sie wurden tagsüber bewacht. Am meisten verwunderten sie allerdings die schwerfälligen Tiere mit den schütteren Borsten, die sich so gerne im Schlamm wälzten.

Im Schutz der Dunkelheit schlich sie sich gerne näher an die Häuser, um hineinzuspähen. Wieso machte man sich all die Mühe, wenn es doch viel einfacher war, einen Windschirm zu errichten? Ständig waren die Frauen mit Waschen und Putzen beschäftigt. Kartanya hatte sich vorzustellen versucht, wie es sich anfühlen mochte, immer so viele Schichten Stoff um sich herum zu tragen.

Nach einiger Zeit hatte sie gelernt, die Gesichter der einzelnen Familien zu unterscheiden und die Namen, mit denen sie sich riefen, herauszuhören. Das war nicht so einfach gewesen, weil sie wie die *Kaurna* verschiedene Namen trugen. Die junge Frau, ihre weiße Schwester, wurde von den jüngeren »Riehka« genannt, von den älteren »Friehderikke«. Es war aber nicht sie, die ihr endlich geschickt wurde, sondern der kleine Junge, den sie »Keork« riefen.

Sie war ihm schon oft gefolgt, wenn er die Wallabys beobachtete. Diesmal ging er jedoch in die entgegengesetzte Richtung. Was hatte das zu bedeuten? Ihren Dingo auf den Fersen setzte sie sich auf seine Fährte. Im unbekannten Terrain schien er sich weniger sicher zu bewegen. Immer wieder wechselte er die Richtung. Als es dämmerte und er keine Anstalten machte, umzukehren, nahm Kartanya all ihren Mut zusammen. Ohne ein Feuer war er im Wald in großer Gefahr. Der *Kuinyo* lauerte auf alle diejenigen, die so leichtsinnig waren, auf den Schutz eines Lagerfeuers zu verzichten. Um den Jungen nicht unnötig zu erschrecken, räusperte sie sich laut, ehe sie die Zweige teilte und sich ihm zeigte.

»Oh, hallo«, sagte er überrascht und betrachtete sie neugierig. Ohne Scheu glitten seine Augen über ihre Gestalt, ehe er ihr die Hand entgegenstreckte. »Ich bin Georg. Und wer bist du?«

Kartanya erwiderte zuerst höflich seine Begrüßung auf Art der Weißen, dann legte sie ihre flache Hand auf das Brustbein und sagte so langsam und deutlich, wie möglich: »Ich Kartanya. *Ngai* Kartanya.« Mit den Fingerspitzen wies sie auf ihn: »Du Keork. *Ninna* Keork.«

Der Junge schien sie zu verstehen. Offenbar hatte sie aus den belauschten Gesprächen die richtigen Worte aufgeschnappt. Er nickte. »Ich bin Georg. Du bist Kartanya«, wiederholte er. »Und wer ist das?« Er zeigte fragend auf den kleinen Dingo, den sie *Karko* nannte, weil die Färbung seines Fells haargenau der des roten Ockers entsprach. Sie hatte ihn erst vor ein paar Wochen halb verhungert neben seiner toten Mutter gefunden. Ihr erster Impuls, ihm den Hals umzudrehen und eine anständige Fleischmahlzeit zu sich zu nehmen, war in dem Augenblick verflogen, als sich sein kleiner pelziger Körper vertrauensvoll in ihre Hände geschmiegt hatte. Stattdessen hatte sie den größten Teil ihrer gesammelten Nahrung an den hungrigen Welpen verfüttert. Ihr alter Dingo war vor einigen Monden nicht mehr von einem seiner nächtlichen Streifzüge zurückgekehrt. Es war schön, wieder einen Gefährten zu haben.

Kartanya deutete auf ihren Dingo und beschrieb mit der Rechten einen großen Kreis, um anzudeuten, dass sie sich nicht nur auf Karko bezog. »*Warrukadli*«, sagte sie. »*Warrukadli*.« Dann zeigte sie mit ausgestrecktem Zeigefinger auf Karko und sagte entschieden: »*Pa* Karko!«

Keork nickte wieder. »*Ngai* Georg. *Ninna* Kartanya. *Pa* Karko. Richtig?«

Erfreut, dass ihr kleiner Bruder von so rascher Auffassungsgabe war, ließ Kartanya ihr *Yammaru* zu Boden gleiten und fragte: »*Maiimpi?*«, wobei sie so tat, als ob sie sich Essen in den Mund schieben würde. »Essen. Ja, gerne.« Keork nickte und folgte ihr bereitwillig zu einem geeigneten Lagerplatz an einem Wasserloch. Dort beobachtete er genau, wie sie die trockene Rinde beiseiteschob, um eine Feuerstelle anzulegen. Sobald er begriffen hatte, was sie tat, verschwand er im Busch, um Holz zu sammeln. Erst als die Flammen stetig loderten, war Kartanya beruhigt. Jetzt waren sie vor dem *Kuinyo* in Sicherheit.

»Essen«, sagte sie und holte aus ihrem *Yammaru* eine Handvoll eigroße rote Karkalla-Früchte. Dazu ein paar geröstete Wurzeln und Knollen, die sie sich von gestern aufgehoben hatte. Die Larven der Kumbulya-Ameise, die sie ihm anbot, wies er angeekelt zurück. Sein Widerwille erstaunte sie, denn sie hatte gesehen, wie er die Milch trank, die sie aus den großen Tieren pressten. Niemals hätte Kartanya etwas derart Ekliges zu sich genommen.

Als ihm vor Müdigkeit die Augen zufielen, schob sie Karko zu ihm hinüber. Der junge Dingo kuschelte sich ohne Zögern an den Jungen, als gehörten sie bereits seit langem zusammen. Er rührte sich auch nicht vom Fleck, als sie sich am nächsten Morgen leise erhob, das Feuer schürte und sich auf die Suche nach Beeren und Früchten machte. Es war ein schöner Tag. Kartanya genoss es, wieder mit einem menschlichen Gefährten zusammen zu sein. Eigentlich hatte sie vorgehabt, Keork im Lauf des Tages zu seiner Familie zurückzubringen. Aber er war so begierig, von ihr zu lernen, wie man Essen sammelte, wie man Vögel mit dem *Wirri* jagte, oder wie man Tierspuren las, dass die Zeit geradezu verflog. Ehe sie es sich versahen, sank die Sonne hinter den Horizont. Gleich morgen früh würde sie ihn in sein Dorf begleiten, nahm sie sich vor. »Nach Hause«, wie er es nannte. Aber für diese Nacht blieb sie lieber im gestrigen Lager, im Schutz des Feuers.

❖

Aldenhoff hatte nicht zu viel versprochen: noch vor dem Mittagsläuten kündigte lautes Hufgetrappel ihre Rückkehr an. Eine rötlich-gelbe Staubwolke hinter sich herziehend trabten die zwei Pferde die Dorfstraße entlang und hielten vor dem Haus der Thieles. »Da ist der Ausreißer!«, sagte Aldenhoff und reichte Christian Thiele einen betreten dreinblickenden Georg herunter. »Seien Sie nicht zu hart zu ihm: Der kleine Kerl dürfte so einiges ausgestanden haben.«

»Wie kann ich Ihnen nur danken?« Mit verschleierten Augen sah Christian Thiele zu dem Jüngeren auf, Georg fest an seine Brust gepresst. »Darf ich Sie und Ihren ... Burschen hereinbitten? Das Mittagsmahl ist gerade fertig geworden.«

»Die Einladung nehme ich gerne an.« Aldenhoff schwang sich aus dem Sattel. »Vorher allerdings würde ich gerne Brutus tränken. Der arme Kerl ist den ganzen Staub hier nicht gewöhnt.« Er wandte sich an den Aborigine. »Danke für deine Hilfe, Goolagong«, sagte er auf Englisch und reichte ihm die Hand. »Richte den Herren aus, sie sollen ruhig weiterreiten und nicht auf mich warten. Ich käme später nach.«

Der Mann nickte wortlos, grinste dann breit und übergab Aldenhoff den Sack, den er in der Armbeuge gehalten hatte. Etwas Lebendiges war darin, etwas Zappelndes.

»Das hier war bei dem Jungen, als wir ihn fanden«, sagte Aldenhoff amüsiert. »Sehr ungewöhnlich. – Sitz, Ajax«, befahl er dem Jagdhund, der mit aufgestellten Ohren und schief gelegtem Kopf den rätselhaften Sack beäugte. Sobald die Schnur aufgezogen wurde, schob sich eine spitze Schnauze aus dem groben Stoff, witterte in alle Richtungen und zog sich blitzschnell wieder in die Falten zurück, als Marie-Luise einen Schritt darauf zu tat. Aus Ajax' Brust drang ein tiefes Grollen, aber er blieb reglos wie eine Statue sitzen.

»Was ist das?« Christian Thiele war verwirrt.

»Mein Dingo«, erklärte Georg und entwand sich dem Griff seines Vaters. »Er heißt Karko, und Kartanya hat ihn mir geschenkt.« Damit griff er ohne zu zögern in den Stoff und zog einen jungen Dingo hervor, der sich ängstlich in seine Arme schmiegte.

»Wer ist Kartanya?«, fragte Friederike, die gerade eine

Schüssel Wasser gefüllt hatte, und diese nun vor Ajax hinstellte. »Und was hast du da Seltsames um den Hals, Georg?«

»Mir scheint der arme Junge mit der Beantwortung all dieser Fragen etwas überfordert«, meinte Aldenhoff. »Es ist sehr freundlich von Ihnen, dass Sie an Ajax gedacht haben, aber er ist dazu erzogen, nur aus meiner Hand etwas anzunehmen«, sagte er, an Friederike gewandt. »Würden Sie mir zeigen, an welchem Wasserloch ich Brutus und Ajax tränken kann, Fräulein Thiele?«

In der Trockenzeit führte der Torrens River nicht durchgängig Wasser, daher waren die einzelnen Wasserstellen bestimmten Zwecken zugeordnet. Offenbar kannte Aldenhoff sich mit diesen Gepflogenheiten gut genug aus.

»Wissen Sie etwas von dieser Eingeborenen?«, erkundigte er sich, während sie an den Gartenstreifen entlang Richtung Flusslauf gingen. »So wie er über sie sprach, schien Georg recht vertraut mit ihr.«

»Sie vermuten, es war keine zufällige Begegnung?«, fragte Friederike verwirrt.

»Ich bin mir nicht sicher«, sagte Aldenhoff. »Wir fanden ihn an einer noch glimmenden Feuerstelle, direkt neben einem Wasserloch, unter einem Windschirm aus Zweigen, einen Haufen Wildfeigen vor sich, und diesem jungen Dingo als Spielgefährten. Er war bestens versorgt worden, würde ich sagen. Und er konnte uns auch genau erzählen, von wem: Einer kleinen, schwarzen Frau mit Haaren wie Goolagong, die sich Kartanya nannte.«

»Aber warum sollte eine Eingeborene so etwas tun?«, wunderte Friederike sich. »Es gibt doch keinen Sinn.«

Aldenhoff hob die Schultern. »Keine Ahnung. Ihr Verhalten ist wohl oft schwer einzuschätzen. Goolagong ist der Ansicht, dass das Amulett, das der Junge um den Hals trägt, eine Art Schutzzauber darstellt. Er ist mit den hiesigen Bräuchen nicht so vertraut, aber er meinte, ihr Bruder sei von dieser Kartanya sozusagen adoptiert worden.«

»Das wird ja immer seltsamer!« War es möglich, dass Georg bei seinen Ausflügen in den Wald die nähere Bekanntschaft einer Eingeborenen gemacht hatte? Neugierig genug war er, um sich von ihrem hässlichen Äußeren nicht abschrecken zu lassen. Ein wenig besorgt sah Friederike zu Aldenhoff auf. »Sollen wir ihm verbieten, in den Busch zu gehen?«

»Ich denke nicht, dass irgendeine Gefahr für ihn besteht«, sagte Aldenhoff bedächtig. »Die Eingeborenen sollen äußerst kinderlieb sein. – Vertreten Sie schon lange Mutterstelle an ihren Geschwistern? Georg hat mir erzählt, dass seine Mutter seit so langer Zeit im Himmel wäre, dass er sich kaum noch an sie erinnern könnte.«

»Sie ist auf der Reise vom Schiff gestürzt«, sagte Friederike knapp. Über ihre Mutter war so lange geschwiegen worden, dass es ihr geradezu skurill erschien, dass jemand auf einmal nach ihr fragte.

»Das tut mir sehr leid«, murmelte er mitfühlend. »Es war für Ihre Familie sicher eine schreckliche Tragödie.«

Friederike schluckte, als die Erinnerung schlagartig über sie hereinbrach. Erneut konnte sie den eiskalten Seewind spüren, der an dem Tag alles hatte erstarren lassen. »Ja, aber Georg war gerade erst sechs«, brachte sie, trotz der erstickenden Hitze um sie herum fröstelnd, mühsam heraus. »Kinder in dem Alter vergessen schnell.«

Aldenhoff schien zu spüren, dass er einen wunden Punkt berührt hatte, und schwieg, während er Brutus das Zaumzeug abstreifte, um ihm das Trinken zu erleichtern. Ajax, der ihnen vorausgelaufen war, schlabberte bereits begeistert von dem schlammigen Wasser. Sein Anblick erinnerte Friederike wieder an den Dingo, den Georg aus dem Busch mitgebracht hatte, und an das seltsame Ding, das er um den Hals trug.

»Ich muss unbedingt daran denken, dieses Ding, dieses Amulett zu verstecken, ehe Heinrich es sieht«, rief sie aus. »Du meine Güte, das gäbe eine Predigt!«

»Auf die Gefahr hin, unangebracht neugierig zu sein: Wer ist Heinrich?« Aldenhoff sah sie fragend an. »Und warum sollte dieser Heinrich Ihnen eine Predigt halten?«

»Entschuldigen Sie!« Friederike spürte, wie sie errötete. Dieser Mann musste ja denken, sie wäre nicht ganz bei Trost. »Heinrich ist mein Bruder«, erklärte sie. »Und er ist so fromm, dass es manchmal ein wenig unbequem ist – wenn Sie verstehen, was ich meine.«

»Ich denke schon«, sagte er heiter. »War Heinrich der ernsthafte junge Mann hinter Pastor Fichte mit der Bibel in der Hand?«

»Das klingt ganz nach Heinrich«, seufzte Friederike. »Sein glühender Wunsch ist es, Missionar zu werden und Heiden zu bekehren.«

»Werde ich ihn näher kennenlernen? Ich muss gestehen, Sie haben mich neugierig auf ihn gemacht. Ein jüngerer Bruder, der Sie in der Furcht des Herrn hält …« Er stieß einen leisen, anerkennenden Pfiff aus.

»Ganz sicher!«, entfuhr es ihr. »Heinrich wird es bestimmt für seine Pflicht halten, Ihnen förmlich zu danken. Und das wird kein Vergnügen …«, fügte sie düster hinzu.

Aldenhoff lachte. »Danke für die Warnung! Ich werde mich bemühen, es mit Anstand über mich ergehen zu lassen.«

Friederike unterdrückte bei der Vorstellung, wie Aldenhoff einen von Heinrichs schwerfälligen Sermonen ertrug, ein Kichern. »Seit Heinrich sich so eng an Pastor Fichte angeschlossen hat, ist er von einer unerträglichen Selbstgefälligkeit«, sagte sie, wieder ernst werdend. »Und es wird immer schlimmer.«

»Wie alt ist der junge Mann denn?«

»Heinrich wird im Juli achtzehn.«

»Dann würde ich die Hoffnung noch nicht aufgeben, dass es sich bessert«, sagte Aldenhoff aufmunternd. »Junge Männer in dem Alter kaschieren ihre Unsicherheit gerne mit einer gewissen Engstirnigkeit. Wenn sie nicht von Natur aus spärlich mit geistigen Gaben versehen sind, gibt sich das mit der Zeit.«

Seine Hände spielten mit dem Zaumzeug und zogen so Friederikes Blick auf sich. Es waren schöne Hände, mit langgliedrigen, sehnigen Fingern, die vermutlich genauso geschickt Klavier spielen wie die Zügel eines Pferdes halten konnten. Auch Gesicht und Hals waren leicht gebräunt, als hielte er sich gerne und häufig draußen auf, und sein muskulöser Körper war nicht der eines Stubenhockers. Er trug kein Halstuch, und Friederikes Blick wurde von seiner nackten, behaarten Brust im Ausschnitt seines Leinenhemdes wie magisch angezogen. Ob er am ganzen Körper so behaart war?

»Einen Penny für Ihre Gedanken«, neckte er sie. Erneut schoss Friederike das Blut in die Wangen. Ahnte er etwas von ihren unzüchtigen Überlegungen? Oder war diese leichtfertige Art, miteinander umzugehen, in höheren Kreisen normal? Er hatte diese sorglose Ausstrahlung, die Reichtum offenbar hervorrief; sie war ihr auch schon an manchen Engländern aufgefallen. Unsicher sah sie zu ihm auf.

»Zwei Pence?« Der leise Spott in den grauen Augen forderte sie heraus, sich auf diese irritierende Konversation einzulassen. Ihr fiel auf, dass seine Nase ein klein wenig zu groß war. Aber obwohl dadurch die restliche Symmetrie seiner Züge gestört wurde, verlieh dieser kleine Schönheitsfehler dem Gesicht erst seinen Reiz. Sonst hätte es schön und leblos wie das einer Statue gewirkt.

»Noch mehr?« Er hob übertrieben bestürzt die Brauen. »Ich fürchte, meine Neugier muss unbefriedigt bleiben.«

»›Mancher schweigt, weil er keine Antwort weiß; mancher schweigt, weil er die rechte Zeit beachtet‹[8]«, gab Friederike übermütig zurück. Zu ihrer eigenen Überraschung begann sie an dieser Art Unterhaltung Gefallen zu finden.

»Sie klingen wie meine Großtante Amalie!« Er schmunzelte. »Für deren erdrückendes Maß an Weisheit dürften Ihnen aber noch einige Jährchen fehlen.«

»Ich bin letzte Woche einundzwanzig geworden«, bemerkte Friederike leicht gekränkt.

»Fast schon eine alte Jungfer«, gab er zurück, ohne eine Miene zu verziehen. Friederike musterte ihn argwöhnisch. Bei diesem Mann konnte sie einfach nicht einschätzen, ob er scherzte oder im Ernst sprach. Sie entschied sich zu einer Gegenfrage, die sie glühend interessierte.

»Und Sie, Herr Aldenhoff, sind Sie verheiratet?«

»Zum steten Kummer meiner Mutter und Großtante Amalies: nein.«

Zu gerne hätte Friederike nach dem Grund gefragt, aber das wäre unverzeihlich impertinent gewesen. Brutus hob schnaubend den Kopf und signalisierte damit, dass er genug getrunken hatte. Auch Ajax schüttelte sich kräftig und glitzernde Wassertröpfchen stoben in alle Richtungen.

»Gibt es im Ort ein Gasthaus?«, erkundigte Aldenhoff

8 Sirach 20, 6

sich, während er Brutus wieder sein Zaumzeug anlegte. »Ich würde mich gerne ein paar Tage hier aufhalten.«

»Leider nein«, sagte Friederike bedauernd. »Auf Gäste sind wir in Segensthal nicht eingerichtet. Ich könnte allerdings Pastor Fichte fragen. Das Pfarrhaus ist ja gerade fertig geworden.«

Aldenhoff schüttelte sich unwillkürlich. »Bitte tun Sie das nicht«, bat er mit gespieltem Entsetzen. »Da schlafe ich lieber im Freien.« Sein Blick fiel auf die riesigen hohlen Eukalyptusbäume am Flusslauf. »Oder in den Baumstämmen dort.«

Friederike nickte zustimmend. »Da haben wir auch alle geschlafen, bevor die Häuser fertig waren. Es ist erstaunlich wohnlich. Und zum Essen kommen Sie selbstverständlich zu uns.«

»Ein sehr großzügiges Angebot.« Aldenhoff neigte dankend den Kopf mit dem dunkelbraunen Filzhut. »Aber vielleicht sollten wir das Ihrem Vater überlassen.«

Peinlich berührt von der indirekten Zurechtweisung, suchte Friederike hektisch nach einem anderen Gesprächsthema. »Sind Sie ein Prospektor?«

Überrascht sah er sie an. »Wie kommen Sie denn darauf?«

»Sie sehen sich nicht um wie einer der normalen Besucher aus Adelaide. Sie scheinen nach etwas Bestimmtem Ausschau zu halten«, erklärte Friederike unverblümt. »Sonst würden Sie nicht auf die Hügel da hinten starren, sondern hätten mich gefragt, wann die Aprikosen reif sind, oder meine Dahlien und Zinnien bewundert. Sie sind sehr begehrt in der Stadt.«

Aldenhoff warf den Kopf in den Nacken und lachte, dass seine weißen Zähne blitzten. »Touché! – Was für eine scharfsinnige junge Dame Sie doch sind, meine Liebe!« Sie waren mittlerweile wieder am Haus der Thieles angekommen. Immer noch leise vor sich hin lachend, band Aldenhoff Brutus an dem Pfosten neben der Vordertür fest und hielt Friederike mit einer galanten Geste die Tür auf. »Nach Ihnen, Fräulein Thiele.«

Der restliche Abend verlief nicht ganz so, wie Friederike es befürchtet hatte. Zwar stürzte Heinrich sich tatsächlich auf den Gast, doch der erwies sich als überraschend geschickt darin, die Unterhaltung in seinem Sinne zu steuern. Als die Frage der Übernachtungsmöglichkeit aufkam, schlug Heinrich sofort das neue Pfarrhaus vor.

»Das ist überaus freundlich von Ihnen, aber ich schnarche leider ganz fürchterlich«, wies Aldenhoff das Angebot entschuldigend zurück. »Ich werde lieber in einem der hohlen Bäume nächtigen. Dort stört es auch nicht, wenn ich für Ajax und mich eine Ente am Lagerfeuer brate.«

»Das kommt überhaupt nicht infrage!« Vater Thiele war entrüstet. »Unser Haus steht Ihnen jederzeit offen, und wir bitten Sie herzlich, unsere Mahlzeiten mit uns zu teilen, so lange Sie möchten.«

»Danke sehr. Die Einladung nehme ich gerne an, wenn Sie mir erlauben, hier und da eine Wildente oder ein Moorhuhn beizusteuern«, sagte Aldenhoff und verneigte sich elegant im Sitzen.

»Darf ich fragen, welchen Geschäften Sie hier nachgehen?«, erkundigte Heinrich sich gestelzt. Da er aussprach, was alle gerne wissen wollten, richteten sich fünf neugierige Augenpaare auf den jungen Mann.

»Oh, das ist kein Geheimnis«, gab Aldenhoff lächelnd zurück. »Ich suche geeignetes Land für einen Weinberg. Deswegen war ich auch auf dem Weg nach Norden. Dort soll es ausgezeichnete Böden geben.«

»Einen Weinberg?« Friederike hatte als Erste die Sprache wiedergefunden. Deswegen also hatte er sich so interessiert umgesehen! »Sind Sie denn ein Winzer?«

Mrs. Willoughby hatte ihr erzählt, dass es Bestrebungen gebe, in Südaustralien den Weinanbau zu propagieren. Das Klima, die fruchtbaren Böden, das reichlich vorhandene Land – alles sprach dafür.

»Nein, aber sobald ich das richtige Gelände gefunden habe, werde ich vielleicht einen nachkommen lassen«, erwiderte Aldenhoff zuversichtlich. »Diese Hügel im Norden von hier«, wandte er sich an Vater Thiele. »Was meinen Sie? Ob die Hänge dort wohl geeignet wären?«

»Das kann ich wirklich nicht sagen.« Vater Thiele hob bedauernd beide Hände. »Ich bin Gemüse- und Blumengärtner. Vom Weinbau verstehe ich nichts. Aber die Rebstöcke, die wir hier angepflanzt haben, tragen reichlich Trauben. Teilweise sogar schon im ersten Jahr!«

»Sie sollten Professor Menge fragen. Der würde es sicher wissen«, riet Friederike.

»Ein ausgezeichneter Ratschlag.« Aldenhoff nickte ihr anerkennend zu. »Leider ist der Mann verschwunden. Am mechanischen Institut hat man seit Monaten nichts von ihm gehört. Angeblich ist er auf der Suche nach Gold. Ich werde mich also wohl auf mein eigenes Urteil verlassen müssen.«

In den folgenden Tagen gewöhnte Segensthal sich allmählich an den Anblick des Reiters, der jeden Morgen, seinen Jagdhund auf den Fersen, aufbrach, die Hügelkette im Norden zu erkunden. Daniel Aldenhoff hatte sich eine Hängematte in einem der hohlen Eukalyptusstämme aufgespannt, der geräumig genug war, um zusätzlich auch noch Platz für Brutus und Ajax zu bieten. Die beiden begeisterten nicht nur Georg, sondern auch die übrigen Kinder und Jugendlichen, die den Fremden und seine tierischen Begleiter neugierig umlagerten. Dabei fütterten sie den Hengst so reichlich mit Karotten, dass Aldenhoff ihnen Einhalt gebieten musste. Ansonsten ertrug er es mit Langmut, hob die entzückten Kinder sogar reihum auf Brutus' Rücken.

»Was machen Sie eigentlich den ganzen Tag dort draußen?« forschte Friederike nach einigen Tagen nach. »Sie jagen doch nicht nur?« Fragend hielt sie die frisch geschossenen Wachteln hoch, die er ihr eben überreicht hatte.

»Kommen Sie, ich zeige es Ihnen«, sagte er, trat zum großen Esstisch und öffnete den Lederköcher, den er an einem Riemen über dem Rücken getragen hatte. Neugierig verfolgte Friederike, wie er eine große Karte entrollte und die Ecken mit dem Milchkrug, dem Salzfässchen, dem Brotmesser und der Bibel beschwerte. Zum ersten Mal schaute Friederike auf eine Landkarte ihrer neuen Heimat. Auf den ersten Blick erkannte sich so gut wie nichts: wirre Linien schienen sich ohne jede Ordnung über das Pergament zu ziehen wie das sinnlose Gekritzel eines Kindes. Nur an manchen Stellen lag darüber ein Gitterwerk gerader, wie mit dem Lineal gezogener Linien.

»Hier liegt Adelaide, hier Port Adelaide, und hier Segensthal«, zeigte Aldenhoff ihr nacheinander die wichtigsten Punkte. »Hier fließt der Torrens – wenn er fließt –, und diese dicken schwarzen Striche sind die Straßen, die die Company inzwischen fertiggestellt hat oder in nächster Zeit fertigstellen wird.«

Auf einmal erkannte sie, dass die Straßen einem Plan zu

folgen schienen. Sie verbanden nicht nur die einzelnen Ortschaften miteinander, sondern führten teilweise auch weit ins Landesinnere. Wie suchende Finger, die sich nach dem noch unentdeckten Land ausstreckten.

Wenn man die Straße, die von Segensthal nach Adelaide führte, in entgegengesetzter Richtung weiterverfolgte, gelangte man zu einem Gewirr von parallelen Linien, in deren Durcheinander sie nur das Wort »Hills« entziffern konnte. Das Durcheinander lag nicht weit entfernt von Segensthal.

»Dort reiten Sie immer hin?«, fragte sie und wies mit dem Finger auf die unleserlichen Buchstaben.

»Genau. Diese haarfeinen Linien nennt man Höhenlinien, weil sie immer Höhenunterschiede anzeigen. Und genau dort möchte ich meinen Weinberg anlegen.« Sein gebräunter Zeigefinger tippte energisch auf eine Stelle des Plans. »Der Fluss kommt direkt aus Norden und führt selbst derzeit noch Wasser; genau richtig, um in der Nähe das Gut anzusiedeln.« Stolz klang in seiner Stimme mit, eine gewisse Erregung, endlich gefunden zu haben, was er gesucht hatte.

Sie konnte es ihm nachempfinden, denn auch Friederike verspürte Stolz. Stolz darauf, auf diesem Vexierbild etwas erkannt zu haben, denn tatsächlich war auf einmal vor ihrem inneren Auge die Landschaft entstanden, die auf dem Papier nur symbolisiert dargestellt wurde.

»Das ist ja gar nicht weit von hier«, stellte sie fest, nachdem sie flüchtig die Entfernung zwischen Adelaide und Segensthal mit der Entfernung zu seinem zukünftigen Weinberg verglichen hatte.

»Nein«, stimmte er ihr zu, und seine weißen Zähne blitzten in der dämmrigen Stube. »Nicht mehr als eine Stunde zu Pferd. – Soll ich Ihnen beim Rupfen der Wachteln helfen?«

»Ihre Suche beschert uns eine üppige Tafel«, stellte Vater Thiele fest. »Gebratene Wachteln – ich weiß schon gar nicht mehr, wie sie schmecken. Das letzte Mal gab es sie zu unserer Hochzeit.« Ein Schatten glitt über sein Gesicht, und er schob seinen Vogel unauffällig Georg zu, der begeistert zugriff.

»Es ist so etwas wie ein Abschiedsessen«, sagte Aldenhoff heiter, als habe er nichts bemerkt. »Morgen werde ich nach Adelaide zurückreiten und den Kauf abschließen.«

»Morgen schon?« Erschrocken ließ Georg den Schenkel sinken, an dem er gerade genagt hatte.

»Ich möchte nicht, dass jemand mir zuvorkommt, weißt du«, erklärte Aldenhoff. »Momentan ziehen die Landpreise wieder an, und ich bin nicht Krösus.«

Jetzt meldete sich Marie-Luise zu Wort. »Wer ist eigentlich dieser Herr Krösus?«, fragte sie ein wenig verlegen. »Professor Menge hat auch von ihm gesprochen. Lebt er hier in Australien?«

Aldenhoff verschluckte sich um ein Haar an dem Bissen, den er gerade kaute. Friederike sah ihm an, dass er nur mühsam die Fassung bewahrte.

»Nein, Mariechen«, erwiderte er dann jedoch vollkommen ernst. »Krösus war ein König, der vor langer, langer Zeit in einem fernen Land lebte. Und er war so reich, dass man sagt: ›reich wie Krösus‹, wenn man meint, jemand habe so viel Geld, dass er sich alles kaufen kann, was ihm gefällt.«

»Ach so«, hauchte Marie-Luise. »Das wusste ich nicht.«

»Das macht doch nichts«, sagte Aldenhoff freundlich. »Man kann nicht alles wissen. – Ich habe ein Abschiedsgeschenk für dich. Damit du fleißig weiterüben kannst.« Mit diesen Worten zog er ein kleines Päckchen aus seiner Rocktasche und reichte es ihr über den Tisch. Es entpuppte sich als ein in schwarzes Leder gebundenes Notizbüchlein sowie eine Kollektion Kohlestifte. Geradezu ehrfürchtig hielt Marie-Luise es in den Händen. »Danke, vielen Dank«, stammelte sie und dann sprang sie auf, lief auf ihn zu und umarmte ihn stürmisch.

Georg erhielt einen weichen Lederstreifen als Halsband für seinen Dingo; Heinrich das kleine Schnappmesser, das er bei Tisch immer sehnsüchtig bewundert hatte, wenn er sich unbeobachtet geglaubt hatte. Gespannt wartete Friederike, dass sie an die Reihe käme. Aber nichts geschah. Hielt er sie für zu erwachsen? Hatte er Bedenken, ein Geschenk für sie könnte falsch aufgefasst werden? Oder war ihm einfach nichts Passendes eingefallen? Sie versuchte, ihre Enttäuschung zu unterdrücken, aber sie wurde doch ziemlich einsilbig. Jetzt, wo seine Abreise unmittelbar bevorstand, verspürte sie einen sonderbaren Widerwillen dagegen, ihn so einfach wieder aus ihrem Leben verschwinden zu lassen.

Sie fühlte sich wohl in seiner Gegenwart. Am Anfang hatte seine ungewohnte Art sie verunsichert. Inzwischen jedoch genoss sie es ungemein, seine Neckereien zurückzugeben, mit ihm die Klingen zu kreuzen. Mit keinem der jungen Männer in Segensthal hatte sie sich jemals so lebendig gefühlt wie in der Gesellschaft von Daniel Aldenhoff.

Sobald das Abendgebet gesprochen worden war, verabschiedete er sich förmlich. Friederike nahm seine Dankesworte höflich entgegen, während sie fieberhaft Überlegungen anstellte. Ein geradezu wahnwitziger Gedanke hatte in ihrem Kopf Fuß gefasst. Sollte sie es wagen? Es wäre unerhört, aber was hatte sie zu verlieren?

Kaum konnte sie es erwarten, dass endlich alle übrigen Familienmitglieder zu Bett gingen. »Ich muss noch einmal hinaus«, flüsterte sie der bereits halb schlafenden Marie-Luise zu und schlüpfte aus der Hintertür. Der Mond schien hell genug, um die Umgebung klar erkennen zu können. Eine sanfte Brise strich zwischen den Häusern hindurch und durchmischte die unangenehmen Gerüche der Exkremente von Tier und Mensch mit dem süßen Duft der Levkojen und Wicken am Gartenzaun. Jetzt, nach Sonnenuntergang, schien er viel intensiver als in der glühenden Hitze des Tages. Die trockenen Blätter in den Eukalyptusbäumen am Flussufer raschelten und schimmerten wie versilbert. Aus dem Busch drangen die Schreie von Jägern und Gejagten. Ganz wohl fühlte sie sich nicht, aber nichts würde sie jetzt noch von ihrem Plan abbringen.

Sie zog ihr Schultertuch fester um sich und ging zielsicher auf den hohlen Baum zu, in dem Aldenhoff sein Lager aufgeschlagen hatte. Er schlief doch nicht etwa schon? Vorsichtig schlich sie näher. Ein leises Schnauben verriet ihr, dass zumindest Brutus sich an seinem Schlafplatz aufhielt. Noch während sie überlegte, wie sie ihn am besten auf sich aufmerksam machen sollte, hörte sie seine Stimme ein Stück flussaufwärts. »Du verflixter Kerl«, schimpfte er halb verärgert, halb lachend. »Bring sofort meinen Stiefel wieder her!«

Lautes Platschen zeigte an, dass Aldenhoff offenbar die Badestelle benutzte. Im nächsten Moment kam ihr Ajax mit etwas Großem, Unförmigem im Maul auf dem schmalen Pfad entgegen. Geistesgegenwärtig griff sie zu. Sein leises Knurren verriet, dass der Hund seine Beute nur ungern hergab, aber Friederike kannte ihn inzwischen gut genug, um streng »Ajax, sitz!« zu sagen. Prompt gehorchte er und öffnete die Lefzen, die den Lederstiefel umschlossen hatten. »Guter Hund«, lobte Friederike. »Komm, wir bringen den deinem Herrn zurück. Nicht, dass er barfuß gehen muss.«

Aldenhoff stand neben dem großen Wasserloch, den verbliebenen Stiefel in der einen, sein Hemd in der anderen Hand haltend. »Fräulein Thiele!«, rief er erstaunt, sobald er sie erkannte. »Was machen Sie denn hier?«

»Ihnen den Stiefel zurückbringen«, gab sie eine Spur schnippisch zurück. Jetzt wurde es ihr doch mulmig zumute.

»Danke sehr.« Er nahm ihn entgegen und sah ihr dabei prüfend ins Gesicht. »Kommen Sie, das war doch nicht der eigentliche Grund. Was haben Sie auf dem Herzen?«

»Ich wollte Ihnen einen Vorschlag unterbreiten«, sagte sie, nervös an den Fransen ihres Tuchs zupfend.

»Aha. Und welchen?« Er setzte sich auf einen der großen Steine am Flussufer, um die Stiefel anzuziehen. Friederike konnte die Augen nicht von ihm abwenden. Er trug nur seine Reithose aus Hirschleder und schien sich nicht daran zu stören, dass sein Oberkörper nackt war. Die dunklen Haare, die damals, als sie ihn zum ersten Mal genauer betrachtet hatte, ihre Neugier geweckt hatten, bedeckten tatsächlich seine Brust. Etwa auf Höhe der unteren Rippen verschmälerte die Behaarung sich zu einem Streifen, der im Hosenbund verschwand.

»Das ist ein wenig diffizil«, wich sie aus und zwang sich, den Blick von ihm zu lösen und stattdessen den Widerschein des Vollmonds auf der Wasserfläche zu fixieren. »Ich weiß nicht so recht, wie ich anfangen soll.« Erst als sie aus den Augenwinkeln sah, dass er sein Hemd zuknöpfte, wagte sie, sich umzudrehen.

»Sind Sie eigentlich schon jemandem versprochen?«, platzte sie, entschlossen, den Stier jetzt bei den Hörnern zu packen, heraus.

»Wie bitte?« Seine Verblüffung über die unerwartete Frage war ihm anzuhören.

»Sie haben mich ganz genau verstanden«, erwiderte sie. »Haben Sie schon Pläne für eine Heirat?«

»Nicht, dass ich wüsste.« Er hatte sich wieder gefangen und musterte sie argwöhnisch. »Wieso interessieren Sie sich dafür?«

»Das wollte ich Ihnen gerade erklären.« Sie biss sich auf die Lippen. So etwas war doch viel schwieriger, als sie es sich vorgestellt hatte. »Ich dachte, wenn Sie sowieso nicht wissen, wen Sie heiraten sollen ...« Sie stockte, holte tief Luft. »Dann kann es Ihnen doch egal sein, wer sich um Sie kümmert.«

»Fräulein Thiele!« Plötzlich funkelten seine Augen amüsiert. »Irre ich, oder kann es sein, dass Sie mir einen Heiratsantrag machen?«

»Und warum nicht?«, fauchte sie, auf einmal wütend darüber, dass er sich über sie lustig machte. »Irgendjemanden muss ich ja heiraten, sonst lässt Pastor Fichte meinem Vater keine ruhige Minute mehr. Und ehe ich Simon Staudes Kühe melke, führe ich lieber Ihnen den Haushalt.«

Seine Mundwinkel zuckten. »Das ist natürlich ein gewichtiges Argument«, gestand er ihr zu. »Jedenfalls für Sie. Aber was hätte ich für Vorteile aus unserer Verbindung?«

Friederike lächelte siegessicher. »Ich bin eine gute Hausfrau. Ich verstehe etwas von Gemüseanbau und verdiene gut mit meinen Blumen. Wir wären also nicht auf Ihren Verdienst angewiesen. Und ...« präsentierte sie ihm ihre Trumpfkarte, »... wir sind naturalisierte Engländer. Das heißt, Sie können das Land über mich kaufen und müssen keinem Makler seine Wucher-Provision zahlen. Die Ersparnis können Sie als meine Mitgift betrachten.«

»Was für eine durch und durch bemerkenswerte Argumentation«, murmelte Aldenhoff beeindruckt. »Wer könnte da wohl widerstehen?«

»Sie sind einverstanden?« Friederike sah fragend zu ihm auf.

»Es ist mir eine Ehre und ein Vergnügen, Ihnen zu Willen zu sein, Fräulein Thiele«, sagte Aldenhoff und verneigte sich mit der Grazie eines erfahrenen Diplomaten.

»Gut, dann schlagen Sie ein.« Sie streckte ihm auffordernd ihre Rechte entgegen. »Der Handel gilt!«

»Der Handel gilt!«, bestätigte er kopfschüttelnd. »Wer hat nur behauptet, Frauenzimmer seien romantisch?«

Kapitel 6

Vater Thiele reagierte ausgesprochen erfreut, als seine Tochter ihm am nächsten Morgen bedeutete, dass Herr Aldenhoff etwas Wichtiges mit ihm zu besprechen hätte.

»Bist du dir sicher, mein Kind, dass du das wirklich willst?« Er sah ihr forschend ins Gesicht. »Nicht nur, um mir einen Gefallen zu tun?«

Erst als Friederike ihm versicherte, sie sei hochzufrieden mit dieser Lösung, umarmte er sie erleichtert, seufzte und meinte, er sei sehr froh, jetzt endlich vor Pastor Fichtes seelsorgerischen Besuchen Ruhe zu haben. »Diese ständigen Sprüche! ›Eine ungeratene Tochter lässt man sitzen und sie bekümmert ihren Vater.‹[9] Ich konnte es allmählich nicht mehr hören. Du hast mich nie bekümmert!«

Entgegen allen Gepflogenheiten wurde Friederike nicht hinausgeschickt, als Aldenhoff erschien, um bei ihrem Vater, wie es sich gehörte, um ihre Hand anzuhalten. »Es muss ja niemand wissen, dass unsere Beziehung eigentlich eine geschäftliche ist«, hatte er mit leichter Ironie in der Stimme gemeint. »Lassen wir den Leuten ihre romantischen Vorstellungen.«

Und so empfing ihn eine aufgeregt knicksende Marie-Luise und führte ihn in den Garten, wo Vater Thiele und Friederike in der Weinlaube warteten.

Überrascht stellte Friederike fest, dass ihr zukünftiger Bräutigam ungewöhnlich sorgfältig gekleidet war. Irgendo

9 Sirach 22, 4

aus den Tiefen der Satteltaschen hatte er sogar ein Halstuch gezogen, und selbst ihr, die mit männlicher Mode nicht vertraut war, fiel auf, dass es äußerst raffiniert gebunden war. »Einen schönen guten Morgen, Fräulein Thiele, Herr Thiele.« Aldenhoff verbeugte sich. »Aus der Anwesenheit von Fräulein Thiele schließe ich, dass Sie sich über den Grund meines Besuchs nicht im Unklaren befinden?«

»Rieke hat mir gesagt, dass Sie sie gebeten haben, Sie zu heiraten«, bestätigte Vater Thiele. Ihm lag es nicht, um etwas herumzureden.

»So, hat sie das?« Aldenhoffs Mundwinkel zuckten leicht, und Friederikes züchtig gefaltete Hände verkrampften sich. Er würde sie doch nicht bloßstellen?

»Tja, dann bleibt mir nur, mich für mein unangemessenes Benehmen zu entschuldigen und Sie in aller Form um die Hand Ihrer Tochter zu bitten«, sagte Aldenhoff ruhig. »Ich hoffe, Sie nehmen meinen Antrag an.«

»Wenn Rieke Sie mag, soll es mir recht sein«, sagte Vater Thiele. »Meinen Segen habt ihr. – Mit der Mitgift sieht es allerdings mager aus. Ich weiß, dass es üblich ist, Mädchen eine Ausstattung mitzugeben, aber von solchem Frauenkram verstehe ich nichts. Und Rieke hat auch keine Zeit gehabt, Leinenzeug zu nähen«, fügte er bekümmert hinzu. »Ich werde ihr die Blumenfelder überschreiben, mehr kann ich ihr nicht mitgeben. Ich habe ja noch drei andere Münder zu stopfen.«

»Machen Sie sich darüber keine Gedanken«, Aldenhoff lächelte verhalten. »Glücklicherweise bin ich nicht auf eine Mitgift angewiesen.«

»Dann ist es ja gut.« Vater Thiele war die Erleichterung anzuhören. »Nehmen Sie Platz und trinken Sie einen Becher Tee mit uns. Wie soll es denn jetzt weitergehen?«

»Zunächst werde ich das Land kaufen, dann Arbeiter kommen und das Haus errichten lassen. Sobald es fertig ist, werden wir heiraten.«

»Und Ihr Weingut?«

»In den nächsten Monaten erwarte ich eine große Ladung Rebstecklinge. Ich hoffe sehr, dass wir sie noch in der Regenzeit pflanzen können.«

»Kennen Sie sich mit dem Weinbau denn aus?« Vater Thiele waren nun doch Bedenken anzusehen.

»Ich bin kein Dilettant, wenn das Ihre Sorge ist!«, versicherte Aldenhoff ihm. »Die Familie meines Vaters baut seit fast hundert Jahren Wein an. Ich bin quasi in Weinbergen und -kellern aufgewachsen.«

»Außerdem haben wir ja immer noch meine Blumenfelder«, sagte Friederike stolz. »Selbst wenn wir Schiffbruch erleiden – hungern werden wir nicht.«

»Das ist äußerst beruhigend, meine Liebe!« Ihr Bräutigam lächelte ihr fast zärtlich zu. »›Ehret die Frauen! Sie flechten und weben himmlische Rosen ins irdische Leben.‹[10] – Aber ich bin durchaus in der Lage, meiner Frau einen angemessenen Lebensstil zu bieten. Wir werden später darüber sprechen.«

Zum ersten Mal streifte Friederike der Gedanke, dass Daniel Aldenhoffs bodenständiges Auftreten sie zu falschen Schlüssen verleitet haben könnte. Wie selbstverständlich war sie davon ausgegangen, dass er zwar besser gestellt war als die Segensthaler – sonst könnte er ja nicht einen Weinberg planen –, aber sehr viel weiter hatte sie nicht gedacht. In Preußen wurden keine Reben angebaut. Weinstöcke hat-

10 Friedrich Schiller, »Würde der Frauen«, zitiert nach Duden: Zitate und Aussprüche (Mannheim: Bibliographisches Institut & F. A. Brockhaus AG, 2002)

te sie zum ersten Mal in ihrem Leben hier in Australien gesehen, und Weinreben waren für sie Nutzpflanzen wie Getreide oder Obstbäume. Ob Aldenhoff nun Weinreben oder Apfelbäume anbauen wollte, hatte für sie keinen Unterschied gemacht. Jedenfalls hatte sie ihren zukünftigen Gatten nicht der feinen, städtischen Gesellschaft zugeordnet. Dass er nun von »angemessenem Lebensstil« sprach, verursachte ihr ein leises Unbehagen. Was verstand er darunter? Er war doch nicht etwa reich? Dann müsste er ja denken, sie hätte sich ihm deswegen an den Hals geworfen!

Aber wieso war er dann so bereitwillig auf ihren Vorschlag eingegangen?

In ihre Überlegungen versunken, hörte sie gar nicht hin, was ihr Vater mit ihm besprach, bis er sie fragte: »Rieke, was ist mir dir? Hast du überhaupt gehört, was wir ausgemacht haben?«

»Doch, doch«, sagte sie hastig. »Ich bin sicher, Herr Aldenhoff wird alles bestens regeln.«

»Ich glaube, es ist unter Verlobten üblich, sich mit dem Vornamen anzusprechen«, erinnerte Aldenhoff sie. »Du solltest dich allmählich daran gewöhnen, mich Daniel zu nennen. Herr Aldenhoff klingt so schrecklich distanziert.«

»Ich werde mich bemühen«, versprach Friederike. »Daniel.«

Man war übereingekommen, dass sie sich am nächsten Markttag treffen würden. Dann wollte Aldenhoff sie zu einem Notar bringen, der den Ehevertrag aufsetzen »und den ganzen anderen juristischen Kram« erledigen sollte.

»Ein Ehevertrag. Was sind das denn für neumodische Sitten?«, Mutter Weidner schüttelte entrüstet ihr graues Haupt. »Unsereiner hat doch auch keinen abgeschlossen!

Der Herr Pastor trägt einen ins Kirchenbuch ein, und das gilt.«

»Nicht mehr hier in Südaustralien«, berichtigte Friederike sie. »In Adelaide führen sie jetzt ein Register mit allen Eheschließungen und Geburten und Todesfällen. Dort muss man sich eintragen lassen. Daniel meinte, dann sollten wir auch gleich einen Ehevertrag schließen, weil nach englischem Recht Ehefrauen nicht besonders gut gestellt wären.«

Das »Daniel« ging ihr immer noch recht stockend über die Lippen. Wie jedes Mal, wenn sie von ihrem künftigen Ehemann sprach, verspürte sie auch jetzt eine gewisse Unsicherheit, die eigentlich gar nicht zu ihr passte. War es richtig gewesen, ihrem Gefühl nachzugeben und jeden Anstand und jede Zurückhaltung außer Acht zu lassen? Sie tröstete sich damit, dass ihr Verlobter keineswegs entsetzt über ihre Eigenmächtigkeit gewesen war. Im Gegenteil: Er schien ausgesprochen zufrieden mit der Entwicklung. Jedenfalls hatte er beim Abschied, als sie verlegen zu Boden gestarrt und überlegt hatte, ob es sehr unschicklich wäre, ihn zu umarmen, es einfach getan. Mehr als ihr einen keuschen Kuss auf die Stirn zu drücken, hatte auch er angesichts neugieriger Zuschauer nicht gewagt, aber sie schwelgte immer noch in der Erinnerung an das aufregende Gefühl, von seinen Armen umfangen und an eine harte Brust gedrückt zu werden.

»Ich habe es ja immer gesagt: ein vortrefflicher, junger Mann!«, lobte Mutter Weidner. »Nicht viele Männer würden sich über die Rechte ihrer Ehefrau Gedanken machen. – Rieke, ich freue mich so für dich!« Mit diesen Worten umarmte sie sie so fest, dass Friederike laut japste. »Du musst mir alles darüber erzählen!« Damit zog sie sie zu der Bank unter dem Weidnerschen Zitronenspalier.

»Eigentlich gibt es nicht viel zu erzählen«, wehrte Friederike leicht verlegen ab. »Wir haben festgestellt, dass wir gut zusammenpassen, und da hat er um meine Hand angehalten.«

Mutter Weidner starrte sie mit offenem Mund an. »Sehe ich aus, als wäre ich eine Idiotin, Herzchen?«, murrte sie dann deutlich gekränkt. »Ein solches Gewäsch kannst du vielleicht deinem Bruder Heinrich auftischen, aber nicht mir!«

»Es stimmt aber«, beharrte Friederike, und versuchte die Hitze, die ihr in die Wangen stieg, zu ignorieren. »Es war im Grunde mehr ein Abkommen zwischen uns. Er braucht eine Haushälterin, und ich brauche einen Mann. Außerdem kann ich ihm als naturalisierte Engländerin bei seinen Geschäften nützlich sein.«

»Du willst mir weismachen, er hätte um deine Hand angehalten, als ob er einen Ochsen kaufen wollte?« Mutter Weidner sah richtiggehend erschüttert aus. »Das kann ich mir einfach nicht vorstellen.«

»Das hat er auch nicht.« Friederike seufzte versonnen und stand plötzlich wieder im Mondschein an jenem Wasserloch. »Irgendwie war es ganz anders …«

»Das will ich doch hoffen«, brummte Mutter Weidner, durch Friederikes verträumten Gesichtsausdruck wieder mit der Welt versöhnt. »Offenbar willst du nicht mit der Sprache heraus. Na, du wirst schon wissen, warum. Aber zeig so ein Gesicht nicht Pastor Fichte! Er hat ziemlich strenge Ansichten über voreheliche Keuschheit …«

Tatsächlich zitierte Pastor Fichte sie nach der Bibelstunde zu sich nach vorne. »Friederike Thiele!« Seine hellblauen Augen musterten sie streng, als suchten sie nach Anhaltspunkten eines liederlichen Lebenswandels. »Stimmt es, dass dieser Herr Aldenhoff um deine Hand angehalten hat?«

So wie er es sagte, hätte man meinen können, es handele sich dabei um eine äußerst dubiose Angelegenheit. Friederike verkniff sich die kecke Erwiderung, die ihr auf der Zunge lag, senkte sicherheitshalber den Kopf und bestätigte den Sachverhalt.

»Das ist nicht der Ehemann, den ich mir für dich gewünscht hätte. Er hat ein ausgesprochen leichtfertiges Auftreten. Ich hoffe, du hast dich nicht auf irgendwelche Freiheiten eingelassen?« Die unbarmherzigen Augen bohrten sich in ihre, forschten nach Anzeichen von Schuldbewusstsein. Würde Pastor Fichte die rasche Umarmung bereits als unziemlich betrachten? Und was würde er erst dazu sagen, wenn er wüsste, dass es umgekehrt und sie diejenige gewesen war, die eine Heirat vorgeschlagen hatte? Friederike bemühte sich um ein möglichst nichtssagendes Gesicht und erwiderte steif: »Herr Aldenhoff hat mich immer mit dem größten Respekt behandelt. Ich glaube, wir werden sehr gut miteinander auskommen.«

Pastor Fichte zog ein Gesicht, als litte er an Magenschmerzen, enthielt sich aber eines Kommentars. »Dann erwarte ich dich demnächst mit deinem Verlobten zum Ehegespräch«, sagte er stattdessen. »Welcher Kirche gehört er denn an?«

»Darüber haben wir noch gar nicht gesprochen«, musste Friederike zugeben.

»Mir scheint, es ist höchste Zeit, dass ich den jungen Mann einmal examiniere«, befand Pastor Fichte. »Dein Vater mag nichts an ihm auszusetzen haben, aber das besagt wenig.«

Drei Tage später war es so weit. Heute würde sie mit Daniel Aldenhoff den Ehevertrag abschließen. Friederike war ziemlich nervös gewesen, als sie am Abend zuvor ihre Kleidung zurechtgelegt hatte. Zum ersten Mal hatte sie es bedauert, über keine reichhaltigere Garderobe zu verfügen. Mit dem dunkelblauen Barchentrock und dem schlichten schwarzen Samtmieder, das normalerweise dem Kirchgang vorbehalten war, war nicht viel Staat zu machen. »Vielleicht findest du etwas in der Kleiderkiste deiner Mutter«, hatte Vater Thiele vorgeschlagen. »Das hellgrüne Atlaskleid, das sie so gerne gemocht hat, würde dir sicher gut stehen.«

Mit klopfendem Herzen hob Friederike den Deckel der schmalen Seekiste hoch und erstarrte vor Schreck! Sie war nahezu leer. Keine Spur von den Kleidungsstücken ihrer Mutter. Nichts befand sich mehr darin als ihr schwarzer Pelzmuff. Friederike erinnerte sich, dass sie damals in Friedrichsdorf ihren einzigen kostbaren Besitz nicht hatte zurücklassen wollen.

»Wo sind denn all die Sachen hin?«, fasste Georg die allgemeine Verblüffung in Worte.

»Ich vermute, unsere liebe Schwester Charlotte hat sie heimlich ausgeräumt.« Heinrichs Stimme klang kalt und verächtlich. Ihr Vater schwieg dazu, wurde aber ganz blass.

»So schnell hätte ich die Sachen sowieso nicht umnähen können«, sagte Friederike, um die Angelegenheit herunterzuspielen, und schob die Truhe hastig wieder an ihren Platz.

Notgedrungen begnügte sie sich damit, ihre beste Batistbluse sorgfältig zu bügeln und den Strohhut mit frischen Rosen zu schmücken.

»Da ist er! Dort hinten bei den Hahndorfern!« Marie-Luises unbeherrschter Ausruf ließ Friederike zusammenzucken.

Mit fahrigen Fingern rückte sie ihren Hut zurecht, während sie in die angegebene Richtung spähte. Es war tatsächlich Daniel Aldenhoff, der, seinen Spazierstock schlenkernd, mit großen Schritten auf sie zusteuerte.

»Du meine Güte, er sieht ja aus wie ein richtig feiner Herr!«, staunte Marie-Luise und beobachtete ungeniert, wie ihr zukünftiger Schwager sich seinen Weg durch die Menge bahnte, hier kurz anhielt, um ein paar Worte zu wechseln, da nur im Vorbeigehen den Hut lupfte. Tatsächlich hätte er es mit jedem der Stutzer, die an Markttagen zwischen den Ständen umherstolzierten und sich von den Damen bewundern ließen, aufnehmen können. Zu einer schmal geschnittenen Hose aus hellem Merinowollstoff trug er einen dunkelblauen Frack mit großen Silberknöpfen. Eine dezente gestreifte Weste in Hellblau und Silber sowie ein schneeweißes Halstuch und ein schwarz glänzender Zylinder komplettierten die elegante Erscheinung.

»Glotz nicht so, was soll er denn von dir denken!«, zischte Friederike ihrer Schwester zu und war auf einmal sehr beschäftigt damit, die Aprikosen abzuzählen.

»Gott zum Gruß, die Damen!« Sein strahlendes Lächeln schloss alle Anwesenden ein: von Mutter Weidner bis zur jüngsten Wenzel-Tochter, die ihn mit offenem Mund anstarrte. »Friederike, meine Liebe, bist du so weit?«

»Sofort.« Hastig riss sie sich die Arbeitsschürze herunter, wobei sie sich unauffällig die Hände daran abwischte, und trat auf ihn zu. »Du siehst bezaubernd aus«, stellte er galant fest und stürzte sie in schreckliche Verlegenheit, als er ihre Rechte an seine Lippen führte. »Nicht«, wisperte sie. »Ich bin ganz schmutzig.«

»Ehrliche australische Erde«, schmunzelte er, während er ihren Handrücken flüchtig mit den Lippen streifte. »Du siehst übrigens ganz bezaubernd aus. Besonders dieses Spinatblatt an deinem Kragen …« Er zupfte es ab und hielt es ihr unter die Nase. »Ist das die neueste Mode in Segensthal?«

»Natürlich nicht.« Sie musste über seine Albernheit lachen. Und sie lächelte immer noch, als er ihre Hand in seine Armbeuge zog und Arm in Arm mit ihr davonschlenderte. Es war ungewohnt, so dicht neben einem Mann zu gehen. So nah, dass die Wärme, die sein Körper ausstrahlte, sich mit ihrer eigenen vereinte. Ihr Unterarm, quasi gefangen zwischen seinem Ellenbogen und dem Rumpf, schien jede Bewegung seines Körpers aufzunehmen, ja sogar seinen Herzschlag. Unter ihren Fingerspitzen fühlte sie durch den dünnen Wollstoff hindurch die harten Muskeln und musste unwillkürlich daran denken, wie er ohne sein Hemd ausgesehen hatte.

»Also, wir gehen jetzt zuerst zu Mr. Charles Mann«, sagte er in leichtem Plauderton, als schlüge er einen Ausflug vor. »Du wirst ihn mögen. Er ist nicht ganz so skurril wie der gute Menge, aber auch er hat seine Eigenheiten. Danach habe ich uns einen kleinen Imbiss bestellt, und anschließend haben wir eine Verabredung mit George Strickland Kingston.«

Die beiden Herren waren bekannte Honoratioren der Stadt. So bekannt, dass ihre Namen selbst ihr geläufig waren. Mr. Charles Mann, ehemaliger Kronanwalt der Kolonie, wurde immer noch als oberste Instanz in allen Rechtsfragen angesehen. Selbst die Stadtverwaltung erließ keine Verordnung, die nicht von ihm abgesegnet worden war. George Strickland Kingston, ein junger Architekt aus Irland, hatte mit seinen Entwürfen diverser eindrucksvoller Bauten für reichlich Gesprächsstoff gesorgt. Nachdem einige der reichsten Männer der Kolonie ihre Häuser von ihm hatten planen lassen, war er zum begehrtesten Architekten Süd-Australiens avanciert.

»Du kennst sie persönlich?«

»Mit Strickland war ich ein paarmal auf der Jagd«, erklärte Daniel. »Und Mr. Mann ist ein guter Freund der Familie meiner Mutter. Habe ich vergessen zu erwähnen, dass meine Mutter Engländerin ist?«

Es brauchte einige Momente, bis ihr die Bedeutung dieser beiläufigen Bemerkung aufging. Friederike stockte der Atem. »Dann brauchst du meine Hilfe ja überhaupt nicht! Warum hast du das nicht gleich gesagt …« Sie biss sich auf die Lippen. Sie war wütend auf sich selbst und wütend auf ihn, obwohl sie nicht genau zu sagen gewusst hätte, was sie eigentlich so verärgert hatte.

»Du vergisst deine Qualitäten als Hausfrau«, erinnerte er sie, und seine Lippen kräuselten sich bei der Erinnerung an jenes ungewöhnliche Gespräch im Schatten der Eukalyptusbäume. »Außerdem bist du eine sehr erfolgreiche Geschäftsfrau. Diese Kombination macht dich zu einer äußerst erstrebenswerten Partie für einen angehenden Geschäftsmann. Du willst doch wegen einer solchen Lappalie jetzt nicht kneifen, oder?« Er zog herausfordernd eine Augenbraue hoch. »Ich bin davon ausgegangen, dass wir einen Handel abgeschlossen haben. Gilt er noch?«

»Er gilt.« Friederike bemühte sich, ihre Stimme fest klingen zu lassen.

Mr. Mann residierte in einem der neuen, dreistöckigen Steinhäuser an der North Terrace, die der Straße ein geradezu weltläufiges Flair verliehen. Er öffnete ihnen höchstpersönlich die aus importierter englischer Eiche geschnitzte Tür. Im ersten Moment wirkte er ausgesprochen einschüchternd: hochgewachsen, mit dichtem grauen Haar und Augen, unter deren Blick man das Gefühl hatte, auf Zwergengröße zu schrumpfen. Aber dann erhellte ein strahlendes Lächeln sein Gesicht. »Danny, mein Junge!«, rief er und breitete die Arme aus, um Aldenhoff herzlich zu umarmen. »Wer hätte gedacht, dass ich noch einmal einen solchen Vertrag für dich aufsetzen darf!« Er löste seinen Griff und bedachte Friederike mit einem prüfenden Blick. »Und das ist also die glückliche Braut. Sehr erfreut, Sie kennenzulernen, Fräulein Thiele.« Wie viele der ansässigen Engländer benutzte er die deutsche Anrede. Es schien ihnen besonderes Vergnügen zu bereiten, sich an diesem für sie schwierig auszusprechenden Wort die Zunge zu verrenken. Er streckte ihr die Hand entgegen. »Sie sind Lutheranerin?« So wie er es sagte, klang es fast, als zweifelte er daran.

»Aus Segensthal. Aus der Gemeinde von Pastor Fichte«, bestätigte sie und hätte fast artig geknickst. Erst im letzten Augenblick besann sie sich auf ihren neuen Status und reichte ihm mit der damenhaften Zurückhaltung, die Mrs. Willoughby mit ihr geübt hatte, ihre Rechte. »Blumenschmuck ist meine Spezialität. Die Girlanden und Buketts bei der Weihnachtsfeier des Gouverneurs waren von mir!«, fügte sie mit offenem Stolz hinzu.

»›Anmut und Schönheit entzücken das Auge, doch mehr als beide die Blumen des Feldes‹[11]«, schmunzelte Mr. Mann. »Mein Kompliment, die Arrangements sind mir tatsächlich aufgefallen. Sie waren ungewöhnlich kunstvoll für hiesige Verhältnisse.«

Sie hatte sie sich auch ungewöhnlich gut bezahlen lassen, aber weder Ort noch Zeitpunkt – noch Gesprächspart-

11 Sirach 40, 22

ner – schienen passend, um mit ihrer Geschäftstüchtigkeit zu prahlen. So begnügte sie sich damit, ihm bescheiden für das Kompliment zu danken.

Ein solches Kontor wie das, in das er sie führte, hatte Friederike noch nie zuvor gesehen. Als Erstes fielen ihr die schweren königsblauen Samtvorhänge auf, die die raumhohen Fenster umrahmten. Jadefarbene Seidentapeten mit fremdartigen Mustern schmückten die Wände. Die Böden waren teilweise mit schimmerndem Parkett bedeckt, teils schritt man über dicke Perserteppiche, die jeden Laut schluckten. Mann führte sie zu einer Sitzgruppe aus dick gepolsterten Ledersesseln. »Kann ich Ihnen ein Tässchen Tee anbieten, Fräulein Thiele, oder lieber einen Sherry? Ich habe auch Rheinwein da …«

Friederike warf ihrem Verlobten einen hilfesuchenden Blick zu. »Tee, bitte«, entschied der für sie beide. »Wir haben noch einiges zu erledigen.«

»Perkins«, wandte Mann sich an einen Bediensteten, der mit ausdruckslosem Gesicht auf Anweisungen wartete, »bringen Sie uns doch bitte Tee für drei Personen. Und dann bin ich für niemanden mehr zu sprechen.«

Der Tee wurde in hauchdünnen Tassen aus chinesischem Porzellan serviert. So fragil, dass Friederike ehrlich erleichtert war, ihre Tasse nach dem ersten Schluck wieder unbeschädigt abgesetzt zu haben. Ob in feinen Haushalten viel zu Bruch ging?

»Dann wollen wir einmal medias in res gehen«, sagte Mann, lehnte sich zurück und betrachtete das junge Paar nachdenklich. »Beginnen wir mit dem Ehevertrag. Vermutlich ist Ihnen, Fräulein Thiele, nicht bekannt, dass nach englischem Recht alles Eigentum der Braut bei der Heirat in den Besitz des Ehemanns übergeht. Wenn ich dich richtig verstanden habe, Danny, möchtest du das jedoch ausschließen. Lassen Sie uns also Ihr Vermögen auflisten, Fräulein Thiele.« Er griff zur Feder, tunkte sie ins Tintenfass und sah sie abwartend an.

»Ich besitze kein Vermögen«, sagte sie leise. »Mein Vater wird mir ein paar Acker Land überschreiben. Mehr kann er nicht erübrigen.«

»Grundbesitz ist sehr wohl eine Art von Vermögen«, belehrte er sie. »Sobald bei der Registratur die Umschreibung erfolgt ist, würde ich Sie bitten, mir die genaue Bezeichnung Ihrer Landstücke mitzuteilen, damit ich sie in den Vertrag einarbeiten kann. – Wie hoch würden Sie den Wert Ihres Unternehmens beziffern?«

»Wie bitte?«

»Können wir das nicht einfach außen vor lassen?«, mischte Aldenhoff sich ein. »Formuliere es einfach so, dass Friederike ihr eigenes Geschäft weiterführt und ich nichts damit zu schaffen habe.«

»Ungewöhnlich, aber soweit mir bekannt ist, juristisch möglich.« Mit nachdenklich gespitzten Lippen ging er zur Bücherwand, zog einen mächtigen Folianten heraus und blätterte darin. »Ja, das habe ich mir gedacht«, murmelte er, nickte zufrieden und kritzelte rasch, mit spritzendem Federkiel, ein paar Notizen.

»Kommen wir nun zu der Höhe ihres Nadelgelds, Fräulein Thiele.« Friederike, die die Zeit genutzt hatte, vorsichtig an ihrem Tee zu nippen, sah verständnislos auf. Erklärend fügte er hinzu: »Das Nadelgeld bezeichnet eine gewisse Geldsumme, die pro Quartal oder auch jährlich der Ehefrau für ihre weiblichen Bedürfnisse wie Kleidung, Schuhe oder Sonstiges zur freien Verfügung steht.«

»So etwas brauche ich nicht«, wehrte Friederike ab. »Warum soll Daniel meine Kleider bezahlen? Ich verdiene genug mit meinen Blumen und kann mir alles Nötige selber kaufen. Ich will kein Geld von ihm.«

Die beiden Männer wechselten einen Blick, den sie nicht verstand. Daniels Augen funkelten amüsiert, während Mann verblüfft, ja geradezu entgeistert wirkte.

»Fräulein Thiele, Sie sind die ungewöhnlichste Frau, die ich bislang die Ehre hatte kennenzulernen«, konstatierte der Ältere schließlich mit leicht schwankender Stimme. »Aber Sie sollten sich das vielleicht noch einmal überlegen.«

»Du kannst mir das Geld ja zurückgeben, wenn du es nicht benötigt hast«, schlug Aldenhoff vor. »Aber ich werde mir nicht nachsagen lassen, dass ich meiner Frau gegenüber knausrig bin!«

»Mumpitz! Wer soll es denn erfahren?«, beharrte Friederike.

»Ganz Adelaide, meine Liebe. Hast du eigentlich die geringste Ahnung, wie Klatsch funktioniert? Du brauchst nur einmal versehentlich bei deiner Schneiderin davon zu sprechen, dass du deine Kleider selber bezahlst – und am nächsten Morgen weiß es bereits die halbe Stadt. Zwei Tage später auch der letzte Kutscher.«

»Er hat Recht«, bestätigte der Anwalt. »Es wäre für ihn ausgesprochen peinlich, wenn sich das herumspräche.«

Widerstrebend fügte Friederike sich den männlichen Bedenken. Einen großen Teil der sich anschließenden Verhandlungen verstand sie nicht mehr. Ausdrücke wie »share certificate«, »dividends« und »apanage« hatte sie noch nie gehört. Aldenhoffs Vermögensverhältnisse schienen ungleich komplizierter zu sein als ihre. Anfangs versuchte sie noch angestrengt, sich einen Reim darauf zu machen, aber allmählich schweiften ihre Gedanken ab. Ob solche Stühle wie die vor dem Schreibtisch wohl sehr kostspielig waren? Ihr gefiel die anmutige Form sehr. Sie wirkten leicht, fast schwerelos mit den geschwungenen Beinen und dem zerbrechlich anmutenden Rückenteil. Ob Daniel etwas dagegen einzuwenden haben würde, einige davon zu kaufen? Und wie gelang es den englischen Schreinern nur, dass die Oberfläche der Tischplatte wie Seide glänzte?

Sie schreckte aus ihren Überlegungen hoch, als Mr. Mann sich laut räusperte und fragte, ob sie bestimmte Wünsche in Bezug auf die Verfügungen im Todesfall, allgemein als Testament bezeichnet, hätte.

»Äh, nein. Sollte ich?«, stammelte sie verunsichert.

»Herr Aldenhoff wünscht, dass, falls ihm etwas zustößt, Sie alles erben, solange die Ehe kinderlos bleibt. Sobald Kinder da sind, wird es zwischen ihnen aufgeteilt, Sie behalten aber als Testamentsvollstreckerin die Verfügungsgewalt über das Vermögen«, bemühte Mr. Mann sich, den juristischen Sachverhalt in einfache Worte zu fassen. »Im umgekehrten Fall: Möchten Sie alles, was Sie besitzen oder in Zukunft besitzen werden, Ihrem Mann hinterlassen oder gibt es jemanden in Ihrer Familie, den Sie bedenken möchten?«

Friederike warf Aldenhoff einen fragenden Blick zu. »Bist du einverstanden, wenn Marie-Luise dann meine Blumengärtnerei bekommt?« Der Lebensunterhalt ihrer Schwester wäre damit auf jeden Fall abgesichert.

Aldenhoff lächelte. »Natürlich! Ich wüsste niemanden, der besser dafür geeignet wäre. – Und nun komm zum Ende, alter Freund, das ist ein ziemlich morbides Thema.«

»Ich habe die Erfahrung gemacht, dass es besser ist, sich eine kurze Zeit mit diesen zugegebenermaßen unerfreulichen Fragen zu beschäftigen, als später, im Falle eines Falles, eine noch unerfreulichere juristische Auseinandersetzung führen zu müssen«, sagte Mr. Mann gemessen. »›Bestelle dein Haus, denn du wirst sterben.‹ Das gilt für einen jeden von uns.«

Als sie wieder auf die Straße hinaustraten, flimmerte die Mittagshitze zwischen den Häusern, und die Sonne brannte mitleidlos auf alles herunter, das es wagte, sich ihr um diese Tageszeit auszusetzen. Ein knochiger Hund auf der Suche nach einem kühlen Plätzchen schlich hechelnd an den Hauswänden entlang. Friederikes Blick folgte mit leisem Neid einer jungen Dame, die sich mit einem zierlichen Parasol aus weißer Seide vor den sengenden Strahlen schützte. Draußen vor der Stadt, in Segensthal, blies immer eine frische Brise, die die Temperaturen erträglicher erscheinen ließ. Hier, in den stickigen Straßen, in denen jeder Lufthauch Staubwolken aufwirbelte, fühlte sie sich wie in einem Backofen gefangen.

Hoffentlich war dieser Gasthof, in dem ihr Verlobter den Imbiss bestellt hatte, nicht am anderen Ende der Stadt!

»Es ist ganz nah, gleich um die Ecke«, sagte Aldenhoff aufmunternd, als hätte er ihre Gedanken gelesen. Tatsächlich waren es nur ein paar Häuserlängen, bis sie vor einem von zwei steinernen Wachhunden flankierten Portal standen. Über dem Eingang hing eine kunstvoll gravierte Steinplatte mit der so nüchternen wie selbstbewussten Inschrift: »Adelaide Hotel«.

Erleichtert, der brütenden Hitze zu entkommen, beeilte Friederike sich, die drei Stufen hinaufzusteigen. In dem Augenblick, als sie ihren Fuß auf die oberste Steinstufe setzte, drang aus dem Inneren ein so ungehemmtes, dröhnendes Gelächter, dass sie wie angewurzelt stehen blieb. »Bist du sicher, dass das hier ein anständiges Gasthaus ist?«, wandte sie sich mit gerunzelter Stirn an ihren Verlobten.

»Absolut sicher. Über jeden Verdacht erhaben«, gab er unbekümmert zurück. »Hier tagt die Südaustralische Literatur- und Wissenschaftsgesellschaft, und hier finden an jedem ersten Mittwoch eines Monats die Tanztees statt.« Er schob sie weiter durch den dämmrigen Hausflur, vorbei an der halb offen stehenden Tür zum Schankraum, auf eine weitere Tür mit der Aufschrift »Dining Hall« zu. »Tanzt du gerne?«

»Das weiß ich nicht. Ich habe es noch nie probiert«, sagte sie und versuchte, einen Blick auf die Gesellschaft zu werfen, die sich so lautstark amüsierte. »Pastor Fichte sagt immer, Tanzen sei sündhaft und auf dem Tanzboden wäre der Teufel zu Hause.«

»Dieser Pastor Fichte scheint mir ein ausgesprochen sauertöpfischer Geselle zu sein! – Ich werde es dir beibringen«, versprach er. »Zu unserer Hochzeit werden wir ihn schockieren und Walzer tanzen.«

Im Speisesaal wurden sie bereits von der Bedienung erwartet. Ein älterer Mann in schwarzem Frack, der von Aldenhoff mit Miles angesprochen wurde, begrüßte sie mit einer tiefen Verbeugung und führte sie zu einem gedeckten Tisch an der Fensterfront. Neugierig sah Friederike sich um. Der Speisesaal wirkte nicht pompös, aber sehr gediegen. Das Mobiliar – dunkles, poliertes Holz, die Stühle mit einer Polsterung aus moosgrünem Samt –, ließ das Weiß der Tischtücher noch strahlender wirken. Die Dielenbretter zeigten den seidigen Glanz, der nur durch den häufigen Einsatz von Bohnerwachs zu erreichen war. Vor den Fenstern hingen luftige Musselinvorhänge, die die Luft frei zirkulieren ließen, aber lästige Insekten fernhielten.

»Eine Limonade für die Dame und für Sie das Übliche?«, schlug Miles vor und rückte umständlich Friederikes Stuhl zurecht. Friederike dankte ihm und versuchte, ihre abgetragenen Schnürstiefel unter den Röcken zu verbergen. Obwohl sie ihr bestes Mieder trug, fühlte sie sich auf einmal irgendwie schäbig. Bestimmt war ihre Bluse inzwischen verschwitzt und völlig zerknittert. Die Rosenblüten an ihrem Hut hingen welk herunter. Ob dieser Miles insgeheim die Nase über sie rümpfte? Anmerken ließ er sich nichts. Aber sie war sich sicher, wenn sie nicht in Daniel Aldenhoffs Gesellschaft wäre, würde derselbe Miles, der gerade so beflissen davoneilte, um die Getränke zu holen, sie vermutlich auf den Dienstboteneingang verweisen.

»Was ist mit dir? Du wirkst so bedrückt«, fragte Aldenhoff und reichte ihr eines der feuchten Tücher, die zusammengerollt auf einer Porzellanplatte lagen. »Hier, das ist eine überaus praktische Sitte aus Indien.« Er demonstrierte ihr, wie man sich mit dem Tuch Gesicht und Hände abrieb. »Du wirst dich danach gleich besser fühlen«, ermutigte er sie und warf sein Tuch in einen bereitstehenden Eimer. Sie tat es ihm nach, und tatsächlich hoben sich ihre Lebensgeister auf wunderbare Weise.

»Hat der gute alte Mann dich mit seinen juristischen Spitzfindigkeiten verschreckt? Ich versichere dir, es besteht nicht der geringste Grund, sich Sorgen zu machen«, sagte er und trank einen großen Schluck aus dem Humpen, den Miles vor ihn hingestellt hatte.

»Was wird deine Familie zu unserer Heirat sagen?«, platzte sie heraus, und ihre Finger verkrampften sich um das Glas Limonade. In Segensthal war ihr nicht klar gewesen, wie tief die Kluft war, die ihre Welten trennte. Erst der Besuch in Mr. Manns Kanzlei und nun dieser vornehme Speisesaal hatten es ihr bewusst werden lassen. Jetzt hingen ihre Augen fast ängstlich an seinem Gesicht, während sie auf seine Antwort wartete.

»Meine Eltern werden sich freuen, dass ich endlich eine Frau gefunden habe«, sagte er lächelnd. »Und meine Schwester . …«, er verzog geringschätzig den Mund. »Nun, der könnte ich es sowieso nicht recht machen. Seit sie einen englischen Grafen geheiratet hat, ist sie unerträglich hochnäsig geworden.«

»Du hast eine Schwester? Älter oder jünger?« Friederike war wie gebannt. Tatsächlich hatte sie ihren Verlobten bisher nur als Einzelperson wahrgenommen. Dass er selbstverständlich auch eine Familie hatte, machte ihn auf unerklärliche Weise menschlicher, ließ ihn ihr näher sein.

»Sophia ist ein paar Jahre älter als ich«, sagte er ausweichend. »Bei Gelegenheit werde ich gerne all deine Fragen beantworten, aber jetzt sollten wir das Nächstliegende nicht aus den Augen verlieren. Ich habe extra einen kalten Imbiss bestellt, damit wir uns selbst bedienen und ungestört über unsere Pläne sprechen können. Ich empfehle dir die glasierten Rebhuhnbrüste und die Krebspastete.«

Während er ihr auflegte, bewunderte sie die Gewandtheit, mit der er das Besteck handhabte. Wie bei allem, was er tat, wirkte er auch hierbei vollkommen in seinem Element.

»Ich hätte gerne mit dir über deine Wünsche gesprochen, bevor wir Kingston treffen«, sagte er und häufte dabei eine große Portion Krebsschwänze auf den Teller. »Was meinst du, wie viele Schlafzimmer wir brauchen werden?« Friederike war um eine Antwort verlegen. Wollte er damit andeuten, dass sie getrennte Schlafzimmer haben würden? Irgendjemand hatte ihr einmal erzählt, dass feine Leute nicht in einem Ehebett schliefen, sondern getrennt. Ohne ihre

Antwort abzuwarten, fuhr er bereits fort: »Wenn du keine Einwände hast, werde ich Kingston anweisen, zehn einzuplanen. Das müsste reichen.«

Friederike verschluckte sich fast an ihrem Bissen Pastete. »Zehn Schlafzimmer? – Aber für wen denn? Das sind doch viel zu viele!«

Ehrlich erstaunt sah er auf. »Findest du? – Meine Mutter war immer der Ansicht, dass jedes Kind sein eigenes Zimmer haben sollte. Und außerdem brauchen wir ja auch noch ein paar Gästezimmer. – Nein, ich denke, zehn werden gerade ausreichen.«

Sie fühlte den Drang, in hysterisches Gelächter auszubrechen. Zehn Schlafzimmer! Damit war klar, dass das geplante Haus sich deutlich von allem unterscheiden würde, was sie sich vorgestellt haben mochte. Aldenhoff schien gar nicht bemerkt zu haben, welche Wirkung seine Worte auf Friederike hatten. »Im Erdgeschoss dann Salon, Esszimmer und für jeden von uns ein Kontor«, sprach er bereits weiter. »Im Wirtschaftsbereich Küche, Vorratskammer, Hausarbeitsraum. – Vielleicht noch ein Herrenzimmer; aber nur, wenn der Salon dadurch nicht zu viel an Platz einbüßt.«

In Friederikes Kopf schien sich alles zu drehen. Wenn sie richtig mitgezählt hatte, sprach er von wenigstens vierzehn Räumen, die regelmäßig gelüftet und gereinigt werden mussten – von den Wirtschaftsräumlichkeiten ganz zu schweigen. Wie sollte sie dann noch die Zeit für ihre Blumengärtnerei erübrigen können? Sie würde von Sonnenaufgang bis Sonnenuntergang vollauf mit Hausarbeit beschäftigt sein.

»Ich glaube nicht, dass ich das schaffen kann«, wandte sie, nun doch recht verzagt, ein. »Bitte, kannst du das Haus nicht etwas kleiner bauen lassen?«

Im ersten Augenblick starrte Aldenhoff sie nur verdattert an, dann verstand er plötzlich, wovor sie zurückschreckte. »Natürlich werden wir Bedienstete einstellen. Du hast doch nicht ernsthaft geglaubt, dass ich meine Frau wie eine Sklavin schuften lassen würde!« Lachend griff er nach ihrer Hand und drückte sie. Die vertrauliche Berührung hatte auf Friederike eine eigenartige Wirkung. Plötzlich verspürte sie den Wunsch, sich an ihn zu schmiegen, die Augen zu schließen und sich diesen merkwürdigen Gefühlen zu überlassen, die schon in jenem Moment aufgeblitzt waren, als er sie beim Abschied an sich gezogen hatte.

»Sind die Herrschaften zufrieden, oder kann ich noch etwas bringen?« Miles' Frage riss sie aus der Verzauberung des Augenblicks. Sofort verschwand der weiche Ausdruck aus Aldenhoffs Augen, und zu Friederikes Bedauern drehte die restliche Konversation sich einzig und allein um praktische Fragen.

Die Häuser und Bäume warfen bereits lange Schatten, als Aldenhoff seine Verlobte zum Haus von Mrs. Willoughby brachte. Dort sollte ihre Schwester auf sie warten, damit sie nicht alleine den Rückweg antreten musste. Die Stunde bei dem jungen, aufstrebenden Architekten hatte Friederike geradezu eingeschüchtert. In ihren kühnsten Träumen hatte sie sich nicht ausgemalt, einmal in einem herrschaftlichen Haus mit einer von Steinsäulen begrenzten Veranda und repräsentativem Treppenaufgang zu leben. Mit unverhohlenem Stolz hatte Kingston ihnen einige Aquarelle vorgelegt, die ihren Verlobten impulsiv hatten ausrufen lassen: »Kingston, Sie sind genial! Dieser italienische Stil passt perfekt in die Landschaft.«

Friederike hatte schweigend die duftigen Bilder betrachtet, auf denen ein weißes Haus sich strahlend von der mit Grün und Ocker angedeuteten Hügelkette abhob. Das also würde ihr zukünftiges Zuhause werden. Ihr Heim, in dem sie mit ihrem Ehemann leben, Kinder bekommen und aufziehen würde. Immer noch fühlte sie sich wie in einem jener Träume gefangen, die einem so vollendet eine andere Wirklichkeit vorspiegeln, dass man nach dem Erwachen Traum und Realität nicht mehr zu unterscheiden vermag.

Zwei Querstraßen von Mrs. Willoughbys Haus entfernt blieb Aldenhoff plötzlich vor einer Toreinfahrt stehen. »Ich habe eine Überraschung für dich«, verkündete er geheimnisvoll. »Mach die Augen zu!«

Friederike gehorchte, obwohl es fast unmöglich war, nicht zwischen den Wimpern hindurchzublinzeln. Ihr Verlobter verschwand im Hof und gleich darauf hörte sie das leise Trappeln von Hufen.

»Augen auf!«, befahl er. Vor ihr stand ein ungewöhnlich kleines, stämmiges Pferd, das vor einen stabilen, aber dabei zierlich wirkenden Wagen gespannt war, und beäugte sie mindestens so interessiert wie umgekehrt.

»Mein Verlobungsgeschenk«, erklärte Aldenhoff ihr, sichtlich zufrieden mit sich und seiner Überraschung. »Ich dachte mir, dass du etwas Praktisches mehr zu schätzen wüsstest als irgendwelchen Schmuck.«

»Für mich? Du schenkst mir ein Pferd?« Friederike trat näher an das Tier heran und streckte versuchsweise eine Hand aus.

»Ein Pony«, berichtigte Aldenhoff. »Sie heißt Daisy, und ihr Vorbesitzer schwor Stein und Bein, dass sie das lammfrommste Geschöpf ist, das jemals zwischen Deichseln ging.«

Wie zur Bestätigung schnaubte Daisy zart und stupste

Friederike mit ihrer samtweichen Schnauze an. Friederike sah ihr in die sanften braunen Augen und schloss die Stute umgehend ins Herz. »Hallo, Daisy«, sagte sie leise und strich ihr behutsam über den Nasensporn. »Ich hoffe, wir werden uns gut verstehen.«

Wie zur Bestätigung wieherte Daisy kurz. Friederike musste lachen und wandte sich ihrem Verlobten zu. »Ich danke dir«, sagte sie und fiel ihm spontan um den Hals. »Das ist ein ganz wunderbares Geschenk!«

»Was hältst du dann von einem Kuss als Dank?« Aldenhoffs Stimme klang ein wenig heiser. Als Friederike scheu zu ihm aufsah, glitzerte etwas in seinen Augen, das ihr Herz schneller schlagen ließ. Sie bot ihm ihre Wange, aber er schüttelte entschieden den Kopf. »Einen richtigen.«

Im nächsten Moment schlossen seine Arme sich um sie, zogen sie eng an sich. »Schau mich an«, wisperte er und verlieh seiner Bitte Nachdruck, indem er ihr Kinn mit zwei Fingern anhob. Bereitwillig suchte sie seinen Blick. Für einige Augenblicke stand die Zeit still, dann senkte er seinen Mund auf ihren. Warm und weich strichen seine Lippen über ihre, liebkosten sie sanft, ehe er den Kuss vertiefte. Statt zurückzuschrecken wurde Friederike von einer geradezu fiebrigen Aufregung ergriffen. An ihn geklammert überließ sie sich dem Rausch, den der Kuss in ihr auslöste.

Er war es, der fast gewaltsam den Kuss unterbrach, widerwillig den Kopf hob und flüsterte: »Ich fürchte, wir müssen hier aufhören, mein Herz. Aber ich verspreche dir, wir werden das sehr bald wiederholen.«

Mühsam kämpfte Friederike sich in die Gegenwart zurück. Ihre Knie schienen ihr zu wacklig, um sie zu tragen, und sie hatte das Gefühl, alles um sie herum schwanke wie auf hoher See. Das Kinn auf ihren Scheitel gestützt hielt er sie, bis ihrer beider Atem wieder ruhig und regelmäßig ging. Dann schob er sie sanft von sich. »Ich werde Kingston bitten, sich zu beeilen, damit die Hochzeit so rasch wie möglich stattfinden kann«, sagte er, sichtlich um einen lockeren Tonfall bemüht. »Hinauf mit dir auf den Bock! Ich werde nebenher gehen.«

Kapitel 7

Daisy erwies sich tatsächlich als so lammfromm wie behauptet. Gutmütig trottete sie dahin, und wenn Friederike die Zügel so zaghaft betätigte, dass Daisy nicht klar war, wohin sie sich wenden sollte, dann blieb sie einfach stehen,

»Du machst so ein seltsames Gesicht. Freust du dich denn gar nicht?« fragte Marie-Luise schüchtern, nachdem sie Adelaide hinter sich gelassen hatten. »Wenn ich einen Verlobten hätte, der mir gerade ein Pferd und eine Kutsche geschenkt hat, würde ich mich wie eine Prinzessin fühlen!«

Friederike schob die unzüchtigen Gedanken, die Daniels Kuss in ihr ausgelöst hatte, beiseite. »Wenn ich jetzt vor Freude fortwährend auf und ab hüpfen würde, würde das Daisy sicher nicht gefallen«, sagte sie leichthin. »Aber du hast Recht: es ist ein äußerst großzügiges Geschenk.« Nachdenklich krauste sie die Stirn. »Was soll ich ihm nur jetzt als Gegengeschenk geben? Mit fällt einfach nichts ein.«

»Ich glaube nicht, dass er ein Gegengeschenk erwartet«, meinte Marie-Luise hellsichtig. »Ich glaube, er schenkt gerne. Denk an meine Zeichenausrüstung. – Willst du mir nicht erzählen, was ihr den Tag über gemacht habt?«

»Du wirst staunen«, versprach Friederike und begann spitzbübisch grinsend ihren Bericht. Nur die eigentümlichen Gefühle für ihren Verlobten behielt sie lieber für sich.

Die Regenzeit nahte und mit ihr der australische Winter. Auch wenn er nicht mit dem europäischen zu vergleichen war, erinnerte der Anblick der abgeernteten Felder und vertrockneten Wiesen doch an den Herbst in der alten Heimat.

Tagelang hing der Rauch der zahlreichen Kartoffelfeuer im Tal, und täglich rumpelten Ochsenkarren zwischen Segensthal und Adelaide hin und her. Die Ernte war gut gewesen. Nachdem die Vorratskeller gefüllt waren, blieb mehr als genug zum Verkauf.

Auch Familie Thiele hatte ein hübsches Sümmchen zur Seite legen können. Ein guter Teil davon war für Heinrichs Ausbildung am theologischen Seminar bestimmt, das es zwar noch nicht gab, das aber in Hahndorf oder Langmeil errichtet werden sollte. Ein weiterer Teil davon klirrte in dem Lederbeutel, den Vater Thiele eines Abends vor seiner Zweitältesten auf den Tisch legte. »Das ist für deine Aussteuer, mein Kind«, erklärte er fast verschämt.

Überrascht sah Friederike von Georgs Jacke auf, an der sie gerade einen großen Riss zusammengenäht hatte. Der Beutel war prall gefüllt, es musste sich um eine respektable Summe handeln. Gerührt schob sie das Kleidungsstück beiseite und warf ihrem Vater beide Arme um den Hals. »Wie kann ich dir nur dafür danken, Vater? Du bist viel zu gut zu mir!«

Er erwiderte die Umarmung liebevoll, schob sie dann behutsam von sich und sagte: »Nein, mein Kind, es ist nur recht und billig. Du hast die ganzen Jahre für zwei gearbeitet und niemals geklagt, obwohl du wahrhaftig Grund dazu gehabt hättest. Jetzt ist es an der Zeit, dass du einmal auch an dich denkst. Kauf dir etwas, das dir Freude macht. Deine liebe Mutter«, er schluckte, ehe er mit belegter Stimme fortfuhr, »deine liebe Mutter hing besonders an einer mit Plauener Spitze besetzten Nachthaube.« Er blinzelte, ehe er sich rasch abwandte und durch die Hintertür verschwand.

»So viel Geld! Wirst du dir davon Kleider kaufen?«, fragte Marie-Luise. »Mrs. Willoughby hat neulich davon gesprochen, dass in der Gouger Street eine neue Schneiderin aufgemacht hätte. Wenn du da hingehst, nimmst du mich mit?«

»Versprichst du mir, es für dich zu behalten, wenn ich dir ein Geheimnis erzähle?«, fragte Friederike lachend zurück.

»Ich schwöre es bei meinem Seelenheil!« Feierlich legte Marie-Luise eine Hand dorthin, wo sie das Herz vermutete.

»Ich war mit Daniel schon dort«, sagte Friederike. »Letzte Woche haben wir dort einiges bestellt.«

Tatsächlich hatten ihr Verlobter und sie über Friederikes neue Garderobe eine hitzige Debatte geführt.

»Ich sehe nicht ein, wieso man so viel Geld für Kleider ausgeben soll«, protestierte sie, als Daniel vorschlug, sich den erfahrenen Händen der englischen Schneiderin in der Gouger Street anzuvertrauen. »Ich habe gehört, was für horrende Preise sie verlangt!«

»Das muss dich nicht kümmern. Die Rechnungen gehen sowieso an mich«, erinnerte Daniel sie. »Du hast bei Mann zugestimmt, mein Gesicht zu wahren. Weißt du noch?«

»Das ändert doch nichts an der Tatsache, dass sie zu teuer ist«, erwiderte Friederike ärgerlich. »Außerdem soll sie grässlich hochnäsig sein. Ich habe keine Lust, mich von ihr herablassend behandeln zu lassen.«

»Das wird sie nicht, dafür garantiere ich«, sagte Daniel trocken. »Eine hoffnungsvolle neue Kundin wird sie mit aller erdenklichen Zuvorkommenheit empfangen.«

»Nein! Ich gehe lieber zu Liebelts. Die wissen, wie ich meine Sachen haben möchte.«

»Aber sind sie auch imstande, etwas mondänere Kleider zu nähen?«, gab Daniel zu bedenken. »Du bist dir hoffentlich darüber im Klaren, dass du zu gesellschaftlichen Anlässen eine entsprechende Garderobe benötigst.«

»Du meinst, der Gouverneur wird uns zu seiner nächsten

Weihnachtssoiree einladen?«, spottete sie. Daniels Antwort schockierte sie dann doch etwas.

»Davon gehe ich aus«, erwiderte ihr Verlobter ernsthaft. »Wir werden jede Menge Einladungen erhalten. Natürlich werden wir nicht überall hingehen, aber ich habe keine Lust, das Leben eines Einsiedlers in der Wüste zu führen. Und – um auf das eigentliche Thema zurückzukommen – ich möchte, dass meine Frau dann elegant gekleidet ist.«

Diese Eröffnung musste sie erst einmal verdauen. Schließlich einigten sie sich auf den Kompromiss, dass Liebelts die einfachen Teile nähen würden und der Salon in der Gouger Street Friederikes Gesellschaftskleidung liefern sollte. Tatsächlich war Mrs. Taylor nicht im Entferntesten so furchteinflößend, wie Friederike sie sich vorgestellt hatte. Im Gegenteil: die kleine, korpulente Dame erinnerte so frappierend an einen Mops, wie sie eilfertig aus den hinteren Räumlichkeiten nach vorne gehastet kam, dass Friederike sich das Lachen verbeißen musste.

»Es tut mir schrecklich leid, aber der letzte Hut ist eben weggegangen«, sagte sie entschuldigend. »Wenn ich gewusst hätte, dass man mir die Dinger aus den Händen reißen würde, hätte ich mehr davon bestellt.«

»Wir wollen keinen Hut kaufen«, stellte Daniel richtig. »Wir benötigen eine komplette Garderobe.«

»Sie wollen gar keinen Panamahut?« Ihre kurzsichtigen Augen blinzelten verwirrt hinter den dicken Brillengläsern ihres Pincenez. »Eine komplette Garderobe? – Bitte, nehmen Sie doch Platz.« Sie wies auf zwei zierliche Sessel. »Ich hole nur schnell mein Auftragsbuch.«

Während ihr Verlobter und Mrs. Taylor die Anzahl der benötigten Tages-, Nachmittags- und Abendkleider besprachen, wanderte Friederikes Blick durch das kleine Atelier. Im hinteren Teil, vom Verkaufsraum durch einen jetzt gerade halb offen stehenden Vorhang aus schwerem Samt getrennt, lagerten in langen Regalen Stoffballen in allen erdenklichen Farben und Qualitäten. Schwerer, dunkler Jaquard, leuchtender Damast, dezent gemusterte Baumwollstoffe, bis hin zu Rollen voll duftigen Batists in Pastelltönen. An einem Ständer aus Schmiedeeisen hingen jede Menge Schnittmusterteile aus Papier und gestärktem, ungebleichtem Leinen. Und auf einer Schneiderpuppe prangte ein halbfertiges Kleid aus schimmernder smaragdgrüner Seide, das Friederikes Blick magisch anzog. Vor ihrem inneren Auge formte sich ein Bild ihrer selbst, gekleidet in diese Robe, mit kunstvoll aufgestecktem Haar, wie sie an Daniels Arm die Freitreppe zur Residenz des Gouverneurs hinaufschritt. Die Vorstellung nahm sie so gefangen, dass sie erschreckt zusammenfuhr, als ihr Verlobter laut sagte: »Also, meine Liebe, ich überlasse dich dann den Händen von Mrs. Taylor. In zwei Stunden hole ich dich wieder ab.«

Durch verzweifeltes Augenrollen versuchte sie ihm zu signalisieren, sie nicht allein mit der Schneiderin zu lassen, aber er lachte nur, tätschelte ihr beruhigend den Arm und meinte: »Du wirst dich wohler fühlen, wenn ihr Damen unter euch seid. Ich würde doch nur stören.«

»Er hat ganz Recht, wissen Sie«, stimmte die Schneiderin zu, schloss die Tür hinter ihm und hängte ein Pappschild mit der Aufschrift »Closed« ins Fenster. »Männer in einem Damensalon sind irgendwie immer im Weg. – Wenn Sie bitte schon einmal ablegen, hole ich schnell mein Maßband.«

»Ich soll mich auskleiden?« Frau Liebelt hatte die Maße immer in voll bekleidetem Zustand genommen. Wieso konnte diese Frau das nicht? Friederike war es nicht gewöhnt, sich vor anderen Menschen zu entkleiden.

»Nur das Mieder und den Rock«, sagte Mrs. Taylor beschwichtigend. »Die Maße müssen genau sein, sonst sitzen die engen Roben später nicht.«

Widerstrebend, aber einsichtig begann Friederike, ihr Mieder aufzuschnüren und den Rockbund zu lösen. Als die Schneiderin mit dem Maßband und einigen Stoffmustern zurückkam, stand sie in Hemd und Strümpfen da und fühlte sich äußerst unbehaglich. Jetzt wünschte sie, doch eine der neumodischen Unterhosen aus Batist angezogen zu haben, die sie und ihre Schwester sich letzten Winter angeschafft hatten. Aber bei der augenblicklichen spätsommerlichen Hitze hatte sie darauf verzichtet. Schon Rock und Unterrock umgaben sie mit mehr Stoffschichten, als ihr lieb war. Das Leinenhemd endete gut eine Handbreit oberhalb der Knie. Mrs. Taylors Blick glitt mit professionellem Interesse über ihre leicht bekleidete neue Kundin. »Sie haben eine ausgezeichnete Figur«, stellte sie erfreut fest. »An Ihnen werden meine Modelle wunderbar aussehen!«

Mit diesen Worten griff sie zum Maßband und eine ermüdende Prozedur nahm ihren Anfang. Bei Liebelts war das Maßnehmen immer eine recht oberflächliche Angelegenheit gewesen. Die Akkuratesse, mit der Mrs. Taylor sich abschnittsweise vom Halsansatz bis zu ihren Hüften abwärts arbeitete, strapazierte Friederikes Geduld aufs Äußerste. Im Bemühen, ihre Kundin ein wenig abzulenken, plauderte die Schneiderin über alles und nichts. Friederike erfuhr, dass die Keulenärmel der feineren Damenroben ihrer Ansicht nach bald aus der Mode kommen würden, dass ein berühmter Arzt in Deutschland gegen die Wiedereinführung des Korsetts wetterte, und dass die Beutel, die man am Handgelenk trug, im »Wiener Stil« bestickt sein mussten.

Kein Wunder, dass ihr Verlobter es vorgezogen hatte, sich zu verdrücken!

Als Mrs. Taylor endlich ihr Pincenez zurechtrückte und verkündete: »Ich bin so weit fertig«, seufzte Friederike erleichtert auf.

Die Auswahl der Stoffe machte ihr dann doch mehr Spaß als erwartet. Der Stapel an farbenprächtigen Ballen, die für ihre zukünftigen Kleider beiseitegelegt wurden, wuchs und wuchs. Friederike kamen Bedenken. »Werden Sie das denn alles fertigbekommen bis zur Hochzeit?«

Mrs. Taylor zuckte gleichmütig mit den Schultern. »Ich werde mir eine oder zwei zusätzliche Näherinnen suchen«, beruhigte sie ihre Kundin. »Sie bekommen Ihre Ausstattung pünktlich zur Hochzeit, das garantiere ich Ihnen.«

»Ich hätte nicht gedacht, dass ich mir so viele Gedanken über Kleider machen könnte«, gestand sie ein paar Wochen später ihrer Schwester. »Erst bei der Anprobe heute ist mir so richtig bewusst geworden, wie armselig dieser Rock wirkt.« Sie zupfte verächtlich an dem schlichten Barchent, während sie sich im Stillen bereits in dem smaragdgrünen Abendkleid sah, das sie vor zwei Stunden anprobiert hatte. Marie-Luise schwieg, schnalzte nur mit der Zunge, um Daisy zu schnellerer Gangart anzutreiben. Das Schweigen der normalerweise so zugänglichen Schwester war beredter als alle Worte.

»Findest du, ich klinge schon wie Charlotte?«, fragte Friederike kleinlaut.

»Fast«, gab ihre Schwester trocken zurück. »Wenn wir in Segensthal sind, solltest du besser nicht ständig von Kleidern sprechen und das andere lieber ganz verschweigen.«

Damit spielte sie auf die Tanzstunden an, die Daniel seiner Verlobten seit kurzem gab. Mrs. Willoughby war es gewesen, die sie vorgeschlagen hatte. Seit sie vor einiger Zeit in den Genuss eines überraschenden Aktiengewinns gekommen war, beschäftigte sie wieder ein Hausmädchen. Damit waren die wöchentlichen Besuche der Thiele-Mädchen eigentlich überflüssig geworden, aber Mrs. Willoughby hatte darauf bestanden, die alte Gewohnheit beizubehalten. »Ich möchte unsere gemeinsamen Nachmittage nicht mehr missen«, hatte sie gesagt. »Bitte, kommt mich weiterhin besuchen wie üblich. Wir werden dann ein Tässchen Tee trinken und ein bisschen plaudern, und ich werde in eurer Gesellschaft für ein paar Stunden vergessen, dass ich eine nutzlose alte Frau bin.«

Friederike und Marie-Luise hatten sich nicht lange bitten lassen. Marie-Luise hatte in Mrs. Willoughbys Bücherschrank einen Folianten mit Kupferstichen skurriler Tiere entdeckt, aus dem sie mit Hingabe kopierte. Wie Aldenhoff belächelte Mrs. Willoughby ihre Zeichenmanie nicht als bloße Marotte, sondern ermutigte sie nach Kräften. Und Friederike betrachtete ihre frühere Lehrerin und Mentorin schon längst als eine Freundin, mit der sie Dinge besprechen konnte, die sie Mutter Weidner nicht unbedingt anvertrauen wollte. So war es naheliegend, dass sie ihr eines Tages auch von der Ankündigung ihres Verlobten, auf seiner Hochzeit mit ihr Walzer tanzen zu wollen, erzählte. »Ist es schwer zu lernen?«, fragte sie etwas ängstlich. »Ich möchte Daniel nicht blamieren, indem ich mich wie ein Bauerntölpel aufführe.«

»Männer!«, schnaubte die sonst so sanfte Mrs. Willoughby aufgebracht. »Männer! – Mein lieber Vater scheute auch die Ausgaben für einen Tanzlehrer, und es war der peinlichste Augenblick meines Lebens, als mein Mann –

damals war er noch nicht mein Mann, noch nicht einmal mein Verlobter – mich zum Walzer aufforderte und ich unter dem Gekicher der anderen Debütantinnen nur hilflos herumstolperte. Gut, dass du es ansprichst: Wenn ihr am gesellschaftlichen Leben teilnehmen wollt, ist es unumgänglich, tanzen zu können. Bitte, meine Liebe, mach mir die Freude, dir meine Räumlichkeiten und meine bescheidenen musikalischen Fähigkeiten anbieten zu dürfen!«

Tanzlehrer gab es nicht in Adelaide, also musste Daniel Aldenhoff als Ersatz herhalten. »Ich werde die Schritte ganz langsam vormachen«, kündigte Mrs. Willoughby an und stellte sich vor Aldenhoff in Positur. »Sieh her: wenn er mit dem einen Fuß vortritt, gehst du mit dem entsprechenden zurück.« Sie demonstrierte es, indem sie Aldenhoff energisch hin und her dirigierte. »Dann setze ich mich jetzt ans Piano und ihr beide übt es zusammen.«

Anfangs war Friederike vor Befangenheit tatsächlich ständig über ihre eigenen Füße gestolpert. Ihrem Verlobten so nahe zu sein, hatte sich auf ihr Körperbewusstsein geradezu verheerend ausgewirkt. »Ich kann mich nicht auf die Schritte konzentrieren, wenn du mich so eng an dich gedrückt hältst«, hatte sie entschuldigend gemurmelt.

»Das tue ich nicht. Nicht einmal die strengste Sittenwächterin könnte etwas an meiner Haltung auszusetzen haben!«, hatte Daniel protestiert. »Mrs. Willoughby, bitte bestätigen Sie meiner Verlobten, dass man Walzer nicht mit ausgestreckten Armen tanzen kann!«

Mrs. Willoughby hatte nur leicht gelächelt. »Er hat Recht, meine Liebe«, hatte sie heiter gesagt, ohne die Finger von den Tasten zu nehmen. »Überlass dich einfach der Musik und Herrn Aldenhoffs Führung. Übung macht den Meister.«

Tatsächlich war es ihr mit der Zeit gelungen, sich an die beunruhigende körperliche Nähe so weit zu gewöhnen, dass sie sich führen lassen konnte, ohne bei jedem Richtungswechsel den Takt zu verlieren. Aber es machte sie immer noch nervös, wenn er sie bei den schnellen Drehungen fest an sich presste, und sein muskulöser Oberschenkel sich zwischen ihre Röcke zu drängen schien.

Hatte Pastor Fichte vielleicht nicht ganz Unrecht, wenn er das Tanzen als sündig verdammte? Die Vorstellungen und Wünsche, die es in ihr auslöste, waren jedenfalls nicht von der Art, dass sie sie irgendjemandem anvertraut hätte.

»Ich werde mich hüten, es zu erwähnen«, versicherte sie ihrer Schwester. »Möchtest du nicht auch Tanzen lernen?«, setzte sie übermütig hinzu. »Das würde Pastor Fichte sicher die Sprache verschlagen!«

»Ganz sicher nicht! Du hast gut lachen, du bist nach deiner Hochzeit in Sicherheit«, entgegnete Marie-Luise mit einer Spur Bitterkeit in der Stimme. »Aber wenn du auch nicht mehr an Charlotte denkst – die Nachbarn tun es bestimmt und warten nur darauf, Vater daran zu erinnern.«

»Ich denke sehr wohl an Charlotte«, verteidigte Friederike sich ehrlich gekränkt. »Aber ich kann auch nichts daran ändern, wenn sie wie vom Erdboden verschluckt ist.«

Grete Liebelt hatte nur bedauernd den Kopf geschüttelt, als Friederike wie jede Woche den Kopf durch die Ladentür gesteckt hatte, um sich nach einem Lebenszeichen ihrer Schwester zu erkundigen.

Mit dem Einsetzen der Regenzeit wurden die Intervalle zwischen den Stadtfahrten länger. Wegen ein paar Kisten Kohl oder Endivien lohnte die Mühe nicht mehr. Und Daniel Aldenhoff war nur noch selten in der Stadt. Nachdem die Rebensetzlinge eingetroffen und nach Sonnenhof, wie das Gut heißen sollte, gebracht worden waren, hielt er sich meistens auf der Baustelle oder an den Hängen der zukünftigen Weinberge auf. Tag für Tag wuchsen die Reihen immer weiter den Hang hinauf. Wenn alles gesetzt wäre, würden sie die niedrigen Hügel der Umgebung bedecken, so weit das Auge reichte, hatte er Friederike erklärt.

An Tagen, an denen es nicht allzu stark regnete, spannte sie manchmal Daisy an und machte sich auf den Weg nach Gut Sonnenhof. Da die Ochsenwagen mit dem Baumaterial auf ihrem Weg nordwärts die Dorfstraße von Segensthal entlangrumpelten, war sie stets über die Baufortschritte auf dem Laufenden.

Die Männer, die Aldenhoff angestellt hatte, waren eine bunt gemischte Truppe: Waliser, Iren, drei deutsche Maurer, ein englischer Zimmermann mit seinem Gehilfen sowie ein chinesischer Koch bevölkerten das Gelände. Friederike unterhielt sich gerne mit den Männern, wenn sie sich auf dem Platz zwischen den rasch errichteten Rindenhäusern um den großen Kessel versammelten, aus dem immer appetitliche Düfte aufstiegen.

Besonders interessant fand sie die Waliser – kleingewachsene, dunkelhaarige Männer, die sich untereinander in einem unverständlichen Kauderwelsch unterhielten. Das Englisch, das sie sprachen, klang fremdartig. Eigentlich waren sie Bergleute, hatte einer Friederike erzählt, als sie nach ihren Berufen gefragt hatte. Daheim in Wales hatte es keine Arbeit mehr für sie gegeben, und so hatten sie sich entschlossen, nach Südaustralien auszuwandern. Hier sollte es angeblich von ergiebigen Erzlagerstätten nur so wimmeln. Die Silbermine von Glen Osmond würde sicher nicht die einzige bleiben. Sobald sie Nachricht von einem neuen Bergwerk erhielten, würden sie dorthin aufbrechen. Aber bis dahin schadete es nicht, eine gut bezahlte Arbeit zu haben.

»Werdet ihr es schaffen, das alles rechtzeitig zu setzen?«, fragte Friederike und ließ ihren Blick skeptisch zwischen den inzwischen fertig bepflanzten Hängen, denen die endlosen Reihen der Pflanzgerüste ein fremdartiges Aussehen verliehen, und dem Berg noch in Sackleinen eingeschlagener Rebenstecklinge hin und her wandern.

»Angst, dass wir die Hochzeit verschieben müssen?«, neckte Aldenhoff sie gut gelaunt und fuhr sich mit dem Unterarm über die schweißfeuchte Stirn. »An mir soll es nicht liegen. Die Männer und ich arbeiten von Sonnenaufgang bis Sonnenuntergang.«

Tatsächlich ging es mit Riesenschritten voran. Als Friederike sich einige Zeit später erneut auf den Weg machte, leuchteten ihr die weißen Mauern des Hauses schon von ferne entgegen. Sie zog die Zügel an, um den Anblick auf sich wirken zu lassen. Tatsächlich ähnelte es von weitem frappierend der Aquarellzeichnung, die sie beim Architekten Kingston so bewundert hatte. Besitzerstolz stieg in ihr auf, während ihr Blick über die zierliche Säulenreihe der Veranda, die sich die gesamte Vorderfront entlangzog, und die breite, fast majestätisch wirkende Freitreppe glitt. Das Dach war noch nicht ganz fertig gedeckt, und die dunkelgrün lackierten Fensterläden mit den verstellbaren Lamellen – eine Feinheit, auf die Mr. Kingston besonders stolz gewesen war –, lehnten neben den noch unverglasten Fensteröffnungen an der Wand.

Sie gab Daisy mit einem Zungenschnalzen das Signal,

sich wieder in Bewegung zu setzen. »Du kommst wie gerufen«, begrüßte ihr Verlobter sie, während er ihr galant vom Kutschbock half. »Kingston hier schlägt vor, in der Küche einen dieser neumodischen Kitchener einzubauen. Was meinst du dazu?«

»Ich bin sicher, Mr. Kingston hat gute Gründe dafür«, sagte Friederike und begrüßte den jungen Architekten herzlich. »Wären Sie so freundlich, mir die Unterschiede zu unseren gewohnten Herden zu erklären?«

»Gerne: Ein Kitchener ist ein geschlossener Herd. Das Feuer brennt in einem separaten Feuerraum. Das Verrußen der Töpfe wird dadurch komplett vermieden. Auf der Gusseisenplatte werden sie zwar heiß, bleiben aber absolut sauber. Meiner Ansicht nach eine geniale Technik!«, begeisterte er sich. »Kein Ruß, kein Rauch – und die Brandgefahr ist auch deutlich vermindert.«

»Das klingt herrlich«, seufzte Friederike und dachte dabei an die langen Stunden, in denen sie und ihre Schwestern mit feinem Sand und Zinnkraut die pechschwarzen Topfböden geschrubbt hatten. Eine mühselige und im Grunde nutzlose Arbeit, denn bereits nach dem ersten erneuten Gebrauch war der Boden genauso rußig wie vorher.

»Gut, dann nehmen wir ihn«, entschied Aldenhoff kurz entschlossen. »Was ist eigentlich in diesem Korb, an dem Ajax ein so deutliches Interesse zeigt?«

Seine Frage erinnerte Friederike an das Picknick, das sie eigentlich nur für Daniel und sich geplant hatte. Je näher die Hochzeit rückte, desto unruhiger wurde sie. In den letzten Nächten hatte sie sich stundenlang unruhig hin und her geworfen und keinen Schlaf gefunden. Immerzu hatte sie an Daniel denken müssen, wie er mit offenem Hemd, verschwitzt und lachend vor ihr stand. Allein in ihrem Bett war ihr der Gedanke unwiderstehlich verlockend erschienen, noch einmal so von ihm geküsst zu werden wie damals, als er ihr Daisy geschenkt hatte. Zwar hatte er sie danach noch mehrmals geküsst, aber sie hatte deutlich eine Art Zurückhaltung in ihm gespürt; eine Reserviertheit, die sie nur zu gerne wieder überbrückt hätte.

»Ich dachte, wir könnten vielleicht unser Esszimmer einweihen«, sagte sie zögernd. »Ich habe geröstete Hühnerschenkel dabei und frisches Brot, Butter und ein paar Orangen.«

»Mir läuft das Wasser im Munde zusammen!«, verkündete Aldenhoff. »Darf ich Sie ins Esszimmer geleiten, gnädige Frau?« Er verbeugte sich, griff nach dem Henkel des Korbs und führte Friederike feierlich, als geleite er sie zu einer Audienz beim Gouverneur, die Freitreppe hinauf.

Zu Friederikes Erleichterung verabschiedete Kingston sich, sobald der Picknickkorb geleert war.

»Zeigst du mir den Rest des Hauses?«, fragte sie scheu, als die Silhouette des Architekten auf seinem Pferd zwischen den Bäumen verschwunden war.

»Natürlich. – Du musst ja noch entscheiden, welche Stoffe du haben möchtest«, erwiderte Daniel, ohne sie anzusehen.

Das Untergeschoss war fast komplett fertig: Den Boden bedeckten säuberlich gehobelte Bohlen aus dem rötlich schimmernden Holz des Roten Eukalyptusbaums. An den Wänden hatte der Stukkateur wahre Wunder vollbracht: Wenn man nicht ganz nahe herantrat, hätte niemand einen Unterschied zu echtem italienischem Marmor festgestellt. »Kingston meinte, Tapeten wären in diesem Klima unpraktisch«, erklärte Aldenhoff. »Außerdem können sich so keine Insekten einnisten.«

Die Eingangshalle war mit einem Steinmosaik ausgelegt, das genau in der Mitte eine Sonne zeigte und an darüber verschlungenen Banderolen ein »D« und ein »F«.

Eine breite Treppe, ebenfalls aus Eukalyptusholz, führte ins Obergeschoss. Noch fehlten die Türen, und so war der Korridor lichtdurchflutet. »Wie schön!«, entfuhr es Friederike. »Es ist alles so hell! Hier könnte man tatsächlich im Zimmer nähen!«

In den Häusern von Segensthal war es selbst bei strahlendstem Sonnenschein so düster, dass man sich für Näharbeiten nach draußen setzen musste. Zum Teil lag es an der Bauweise der niedrigen Häuser, die unter der Last der Dächer aus Kängurugras beinahe erdrückt zu werden schienen, zum Teil aber auch an den winzigen Fensteröffnungen. Glas war teuer.

»Komm, ich zeige dir unser zukünftiges Schlafzimmer«, sagte Daniel und zog sie mit sich. »Du wirst begeistert sein!«

Es war das größte Zimmer am Ende des Korridors, und die Aussicht, die man auf das Tal hatte, war überwältigend. »Dort, genau hinter diesem Eukalyptus, geht derzeit die Sonne auf.« Daniel wies mit dem Arm auf einen etwa zwanzig Meter hohen Baum in direkter Nachbarschaft zum Haus. »Ich habe extra verboten, ihn zu fällen. Im Sommer wird er uns als natürlicher Sonnenschirm dienen.«

Friederike warf einen Blick auf den Baum und schauderte. Jetzt, wo er allmählich aus seiner Winterruhe erwachte, wirkte sein mächtiger rindenloser Stamm wie ein riesiges abgehäutetes Tier. In den schrägen Strahlen der Nachmittagssonne ähnelten die leuchtend roten Rinnsale aus Harz, die aus dem Stamm sickerten, echtem Blut zum Verwechseln. Sie wusste nur zu gut, dass das gespenstische Schauspiel nicht allzu lange anhielt. Spätestens in einigen Wochen würde neue Rinde nachgewachsen sein. Aber diese blutenden Bäume waren schon unheimlich.

❖

Kartanya war starr vor Entsetzen: Der Vater ihrer weißen Sippe schien gerade von Dämonen überwältigt zu werden. Am helllichten Tag! Scheuten die Dämonen der Weißen sich nicht vor der Sonne?

Wie so oft war sie ihm zu dem abgelegenen Platz unter den alten Eukalyptusbäumen gefolgt. Von ihm unbemerkt hatte sie beobachtet, wie er mit dem Geist im Wasser sprach. Es war immer der gleiche Name, den er flüsterte. Die Verzweiflung in seiner Stimme war so groß, dass sie sie bereits verstanden hatte, als sie noch kein Wort der Sprache beherrschte. Inzwischen wusste sie, dass er um seine Frau, die Mutter seiner Kinder, trauerte. Keork hatte ihr erzählt, dass sie mitten auf dem großen Meer verschwunden war. War sie deshalb hier im Wasser gefangen?

Keork hatte ihr auch erzählt, dass seine Schwester bald den Mann heiraten würde, der hier mit seinen Tieren gelagert hatte. Ein großer, starker Mann. Sie freute sich für ihre Schwester, dass sie einen solchen Ehemann gefunden hatte. Sie würde in der Nähe siedeln. Nicht wie die Ältere mit den hellen Haaren, die eines Tages einfach verschwunden war.

Kartanya schlich näher heran. Der Vater hatte nie auf seine Umgebung geachtet, deshalb war sie vielleicht achtloser als sonst. Jedenfalls knackte ein Ast unter ihrer Fußsohle. Der alte Mann sah auf, und ihre Blicke trafen sich. Sie sah, wie seine Augen sich weiteten, sein Mund sich zu einem stummen Schrei öffnete. Sie öffnete schon den Mund, um ihn zu begrüßen, wie Keork es ihr beigebracht hatte, als er plötzlich hektisch mit den Armen ruderte und nach hinten fiel wie ein Käfer.

Erschreckt flüchtete sie zurück hinter den Busch. Er schlug um sich, als ob er sich gegen unsichtbare Angreifer verteidigte. Kartanya traute sich nicht aus ihrem Versteck. Sie schloss die Augen und umklammerte mit beiden Händen ihr Schutzamulett. Vielleicht bemerkten die Dämonen sie dann nicht. Böse Geister, die das Tageslicht nicht scheuten, waren zu mächtig, um sich ihnen in den Weg zu stellen!

Erst als sie von dem alten Mann abzulassen schienen, wagte sie sich näher. Er sah erschreckend weiß aus, noch heller als seine normale Gesichtsfärbung. Außerdem schienen sie ihn gelähmt zu haben. Er lag dort auf der Eukalyptusrinde wie ein Toter. Kartanya stieß den speziellen Pfiff aus, den sie Karko beigebracht hatte, bevor sie ihn Keork geschenkt hatte. Hoffentlich erinnerte er sich noch daran.

❖

»Ist dir kalt?« Daniel hatte ihr Schaudern zum Anlass genommen, von hinten beide Arme um sie zu schlingen und sie an seine Brust zu ziehen. »Lass dich von mir wärmen«, fügte er leiser hinzu und drehte sie um, so dass sie Brust an Brust standen. Friederike protestierte nicht. Würde er sie jetzt wieder so küssen wie damals? Entschlossen schob sie ihre Arme unter seinen Rock, umschlang seine Taille, drückte sich an ihn. Wie deutlich sollte sie ihm denn noch zu verstehen geben, was sie von ihm wollte? In tollkühner Verzweiflung stellte sie sich auf die Zehenspitzen, reckte sich, so hoch sie konnte, und küsste ihn auf die Kinnspitze. Zwar hatte sie mit einer Reaktion gerechnet, aber die

Heftigkeit, mit der er seinen Mund auf ihren presste, ließ sie doch erschrocken aufkeuchen. Das war nicht der sanfte, fürsorgliche Daniel – das war ein Mann, der ihr fast Angst einjagte. Im ersten Moment hatte sie instinktiv ihre Hände flach gegen seine Brust gepresst, um ihn wegzustoßen. Aber seine Zunge, die geschickt die ihre umspielte, ließ die Sehnsüchte, die sie nächtelang geplagt hatten, mit einem Schlag stärker denn je wieder aufflammen. Sie erwiderte den Kuss mit hemmungsloser Leidenschaft.

Weder achtete sie darauf, dass seine Hand sich an ihrem Mieder zu schaffen machte, noch, dass sich eine Art Beule gegen ihren Bauch drückte. Ein muskulöser Oberschenkel drängte sich zwischen ihre Röcke, rieb sich an der Stelle, an der ihre Beine zusammentrafen, und setzte damit ihren gesamten Unterkörper in Brand. Nichts zählte mehr für sie als die überwältigenden Gefühle, die er in ihr auslöste. Nicht einmal die unerwartete Berührung fremder Finger auf ihrer bloßen Brust ließ sie zurückweichen. Stattdessen drängte sie sich noch enger an ihren Verlobten, wäre am liebsten von Kopf bis Fuß mit ihm verschmolzen. Seine Finger begannen zärtlich ihre Brust zu streicheln, und sie glaubte, den Verstand zu verlieren. Sie war kurz davor, mit eigenen Händen ihr Mieder aufzureißen, als Daniel plötzlich alarmiert den Kopf hob und sie sanft von sich schob. »Ich fürchte, wir bekommen Besuch«, flüsterte er bedauernd und schon begannen seine geschickten Finger, ihr Mieder wieder zu verschnüren.

Mit verschleierten Augen sah sie zu ihm auf, unwillig, das Paradies, das er ihr eben gezeigt hatte, so umgehend wieder verlassen zu müssen. »Es sieht so aus, als sei Heinrich im Anmarsch«, erklärte er und küsste sie leicht auf die Nasenspitze. »Ich wage nicht, ihm Anlass zu brüderlichem Zorn und sittlicher Empörung zu bieten.«

»Heinrich? Was will der denn hier?« Friederike kämpfte sich in die Wirklichkeit zurück. Mit gerunzelter Stirn folgte sie Daniels Blick. Tatsächlich näherte sich ein ziemlich erhitzter Heinrich dem Haus im Laufschritt. »Er scheint sehr in Eile. Warum hat er nicht eines der Pferde genommen?«

»Das wird er uns sicher gleich erzählen«, sagte Aldenhoff und ging bereits auf die Treppe zu. »Ich hoffe nur, er sieht uns nicht an, wie unpassend der Moment seines Auftritts gewählt war!«

Diese Sorge erwies sich als vollkommen unbegründet. Hochrot im Gesicht und kaum fähig zu sprechen, taumelte der Junge die Freitreppe hinauf. »Was ist geschehen?« Aldenhoff packte Heinrich am Arm und drückte ihn auf einen der Baumklötze, die als Sitzgelegenheit auf der Terrasse standen. »Friederike, etwas zu trinken!«

Automatisch gehorchte sie. Ihr Bruder stürzte den Becher hinunter. Allmählich normalisierte sein keuchender Atem sich wieder und die besorgniserregende Röte verblasste. »Vater!«, brachte er heiser heraus. »Wir fanden ihn, besser gesagt, Georgs Dingo. Er lag am Flussufer und konnte kaum sprechen. Du musst sofort mit zurückkommen. Er fragte nach dir …«

»Ich spanne Daisy an«, sagte Aldenhoff und war schon auf dem Weg.

»Wurde er angegriffen?«, erkundigte Friederike sich ängstlich. Bisher hatten sie sich so sicher gefühlt in Segensthal.

»Er war unverletzt, wenn du das meinst«, sagte Heinrich und schien zu zögern, ob er weitersprechen sollte.

»Was war noch?«, drängte seine Schwester. Sie kannte ihn gut genug, um zu wissen, dass er ihr noch nicht alles gesagt hatte. Etwas machte ihm zu schaffen. Heinrich wich ihrem Blick aus.

»Georg fantasierte etwas von diesem Geist, von dem er immer spricht«, sagte er. »Angeblich hätte der den Dingo an die Stelle gerufen. Aber das muss ja Unsinn sein. Oder?« Der zweifelnde Blick stand im Gegensatz zu dem herausfordernden Ton, in dem er die Frage stellte. »Es gibt keine Geister«, schloss er dann bestimmt.

Friederike rang mit sich, ob sie ihm von Daniels Verdacht erzählen sollte, eine Eingeborene hätte sich damals Georgs angenommen. Es wäre doch sehr unwahrscheinlich, wenn diese jetzt erneut in die Familiengeschicke eingegriffen hätte. Was hätte sie mit ihnen zu schaffen haben sollen?

»Du hast sicher Recht«, sagte sie mit fester Stimme. »Georg neigt manchmal ein wenig zum Aufschneiden. Komm, Daniel hat den Wagen fertig.«

Es sprach für die Qualität der Konstruktion, dass auf der wilden Rückfahrt weder die Achse brach noch eines der Räder sich löste. Mit zusammengebissenen Zähnen trieb Friederike die widerwillige Daisy über die schlammige Piste, durch Schlaglöcher und über vom Regen bloßgelegte Steine. Heinrich neben ihr auf dem Bock klammerte sich schweigend an seinen Sitz. Nach einigen Minuten folgte Aldenhoff in gestrecktem Galopp auf Brutus, Ajax hechelte hinterher. »Ich reite voraus«, rief er ihnen zu. »Wenn nötig, werde ich dann gleich den Arzt aus Adelaide holen.«

Friederike nickte nur. Sie musste sich auf den holprigen Weg konzentrieren. So rasch hatte sie die Strecke zwischen Sonnenhof und Segensthal noch nie bewältigt. Vor dem Haus der Thieles stand eine Menschenansammlung. Als der Wagen die Dorfstraße entlanggerast kam, wichen die Nachbarn auseinander. Ohne jemanden eines Blickes zu würdigen, sprang Friederike vom Bock und rannte mit geschürzten Röcken ins Haus.

»Vater!«

Ihr Schrei ließ die Menschen, die sich um die Bettstatt von Vater Thiele drängten, erschrocken die Köpfe drehen. Man hatte ihn bis aufs Hemd entkleidet, und er lag wie aufgebahrt da, die Hände kraftlos auf dem Leinentuch. Vor dem strahlenden Weiß des gebleichten Leinens wirkten sie braun und verwittert wie altes Holz. Seine Augenlider waren geschlossen, und nur die scharfen Falten um seinen Mund verrieten etwas von den Schmerzen in seinem Inneren.

»Vater, da bin ich«, flüsterte Friederike und griff nach einer der schlaffen Hände. Der kaum spürbare Druck, mit dem seine Finger darauf reagierten, ließ sie erleichtert aufatmen. Er lebte!

»Dein Verlobter ist schon unterwegs nach Adelaide«, sagte Mutter Weidner leise und legte ihr einen molligen Arm um die Schultern. »Bis er mit dem Doktor zurückkommt, können wir nichts tun, als ihn warm zu halten.«

»Was ist denn überhaupt passiert? Weiß irgendjemand etwas Näheres?« Ohne die erschreckend kraftlose Hand des Vaters loszulassen, sah sie auf. Die Umstehenden schüttelten nur die Köpfe.

»Als Vater nicht zum Essen kam, habe ich Georg losgeschickt«, erklärte Marie-Luise schließlich mit tonloser Stimme. »Er hat ihn am Fluss gefunden.«

»Nicht ich. Karko!«, berichtigte sie ihr jüngerer Bruder. »Du weißt doch, wo Vater immer so gerne sitzt. Unter dem großen Baum.«

Friederike wusste genau, welchen er meinte. Der uralte Rote Eukalyptus sah vermutlich zurzeit ganz genauso schaurig aus wie der auf Gut Sonnenhof. Entschlossen schob sie das Bild beiseite. Sie wollte nicht daran denken, wie der leblose Körper ihres Vaters unter dem blutüberströmten Baum gelegen hatte.

»Die Nachbarn haben ihn sofort ins Haus getragen«, berichtete Marie-Luise weiter und unterdrückte tapfer ein Schluchzen. »Seitdem betet Pastor Fichte für ihn.« Tatsächlich saß die dunkle Gestalt des Geistlichen wie eine Unglückskrähe am Kopfende des Bettes und murmelte ohne Unterlass Psalmen und Fürbitten. Als sein Name fiel, sah er auf und durchbohrte sie alle mit seinem brennenden Blick. »›Ich bin der Herr, dein Arzt.‹ So steht es geschrieben. Ihr tätet besser daran, euch meinen Gebeten anzuschließen, denn nur das Gebet des Glaubens kann dem Kranken jetzt noch helfen. Seid ihr blind? Seht ihr nicht, dass menschliche Kunst hier nichts mehr ausrichtet?«

Zorn stieg in Friederike auf, heißer Zorn. Am liebsten hätte sie den selbstgerechten Mann aus dem Haus gewiesen, aber das wagte sie nicht. Unglücklicherweise hatte er ja zudem noch Recht. Und wenn es sie noch so sehr schmerzte: Auch ihr schien es, als läge ihr Vater in den letzten Zügen. Warum so plötzlich? Heute Morgen noch hatte sie sich vor der Wegbiegung umgedreht und ihm von der Anhöhe aus zugewinkt, und er hatte zum Gruß seinen Hut geschwenkt. Nichts, nicht das geringste Anzeichen hatte darauf hingewiesen, dass er nicht bei allerbester Gesundheit war. Und nun lag er wie aufgebahrt vor ihr. Nur das kaum spürbare Heben und Senken des Brustkorbs unterschied ihn von einem Toten.

Heinrich hatte in die Gebete Pastor Fichtes eingestimmt, und das monotone Gemurmel ließ sie erbittert die Zähne zusammenbeißen. Fast zufrieden wirkten sie, wie sie da Seite an Seite neben dem hilflosen Mann saßen.

»Kommt zu uns herüber«, wisperte Mutter Weidner. »Hier

könnt ihr nichts mehr ausrichten, und auf den Doktor warten könnt ihr auch bei uns. Ich mache uns einen schönen heißen Eierpunsch. Na, wie hört sich das an?«

»Danke, das ist wirklich gut gemeint. Aber ich kann Vater jetzt einfach nicht allein lassen. Wenn er zu sich kommt, möchte ich bei ihm sein«, gab Friederike zurück, ohne den Blick von den kalkweißen Gesichtszügen zu wenden.

Allerdings bestand keine Notwendigkeit, dass Marie-Luise und Georg ebenfalls hier ausharrten. Nur zu gern folgten sie der Nachbarin.

Friederike stellte sich an das Fußende der Bettstatt, die Hände so fest geballt, dass die Knöchel hell durch die gebräunte Haut schimmerten. Sie wagte nicht, den Blick vom Gesicht des Vaters abzuwenden, in dumpfer Furcht, seine Seele könne den Körper verlassen, sobald ihre Augen ihn losließen. Bitte, Gott, lass ihn nicht sterben, flehte sie stumm und inbrünstig. Mach, dass der Doktor noch rechtzeitig kommt, um ihm zu helfen und ihn gesund zu machen!

Sie zweifelte keinen Augenblick daran, dass Daniel Himmel und Hölle in Bewegung setzen würde, einen der Ärzte von Adelaide herzubefördern, aber dazu musste er ihrer erst habhaft werden. Wenn sie Hausbesuche außerhalb der Stadt machten, musste man warten, bis sie wiederkamen, und das konnte einige Stunden dauern. Ob ihr Vater dann noch leben würde?

Die Angst schnürte ihr die Brust zu. Gerne hätte sie sich jetzt dicht neben ihren Vater gesetzt und seine Hand gehalten, aber Pastor Fichte und Heinrich hatten ihre Stühle an beide Seiten des Kopfendes gestellt und ihre Rücken in schwarzem Tuch erschienen ihr wie ein massives Bollwerk, das sie von ihrem Vater trennte. Feindselig starrte sie auf die beiden Männer. Tatsächlich währte es nicht so lange, wie sie befürchtet hatte, bis das Trommeln von Hufen auf weicher Erde Daniel und den Doktor ankündigte.

Mit einem Schwall kalter Luft stürmten der Arzt und Daniel Aldenhoff in den Raum. »Dr. Woodforde hat sich freundlicherweise sofort bereiterklärt, mir zu folgen«, sagte Daniel hastig und trat neben Friederike. Der Arzt schien kein Freund vieler Worte. Er nickte den Anwesenden nur kurz zu, während er seine schwarze Ledertasche auf dem Esstisch abstellte.

»Ist der Patient seit dem Zusammenbruch irgendwann einmal zu sich gekommen?«, erkundigte er sich. »Gibt es Hinweise auf einen Auslöser für den Anfall? Litt er an irgendwelchen Krankheiten?«

»Unser Vater war bis heute kerngesund«, sagte Heinrich steif und machte dem gedrungenen Mann nur zögernd Platz. »Ich kann mich nicht erinnern, dass er je einen Tag krank war.«

»Ich muss ihn untersuchen«, sagte Dr. Woodforde, griff nach dem Federbett und sah Friederike auffordernd an. Sie verstand ihn erst, als Daniel sie sanft am Arm ergriff und hinausführte. Hinter dem Haus breitete er wortlos die Arme aus, und sie schmiegte sich wie selbstverständlich hinein, dankbar für den Trost, den er anbot.

»Wird Vater wieder gesund?«, flüsterte sie kaum hörbar gegen seine Hemdbrust.

»Warten wir Dr. Woodfordes Diagnose ab«, sagte Daniel ruhig. »Er ist ein ausgezeichneter Arzt. Wenn einer deinem Vater helfen kann, ist er es.«

Die Wartezeit schien Friederike endlos. In Wahrheit dauerte es keine halbe Stunde, bis Dr. Woodforde sie wieder hereinbat. Seine mitfühlende Miene ließ jede Hoffnung, die sie noch gehabt haben mochte, im Keim ersticken. »Es tut mir leid«, sagte er leise. »Ihr Vater hat einen Schlagfluss erlitten.«

Friederike fühlte sich, als hätte jemand ihr alle Luft zum Atmen genommen. Ein Schlagfluss war so gut wie ein Todesurteil. Wer ihn überlebte, vegetierte ohne Sinn und Verstand dahin, bis Gott ihn aus seinem Elend erlöste.

»Sind Sie sicher?«

Er nickte bedauernd, aber entschieden. »Die Diagnose Apoplexie ist eindeutig. Selbst wenn er das Bewusstsein wiedererlangen sollte, wird er höchstwahrscheinlich bettlägerig bleiben. Es gibt einige wenige Fälle, in denen die Patienten sich so weit erholen, dass sie wenigstens das Bett verlassen können, aber das ist nicht vorhersehbar.«

Der vertraute Raum begann sich um Friederike zu drehen. Daniel packte ihren Arm, als sie haltsuchend nach der Tischkante griff, und drückte sie auf einen Stuhl.

»Heißt das, dass er ständig eine Pflegerin brauchen wird?«, fragte Heinrich und runzelte ungehalten die Stirn. »Wie sollen wir das bezahlen?«

»Wie kannst du jetzt an so etwas denken?« Friederike funkelte ihren Bruder wütend an und ballte die Fäuste, als wolle sie sich wie in Kinderzeiten auf ihn stürzen. »Vater wird wieder gesund, ich weiß es.«

»Lass uns das alles später besprechen, Liebes.« Daniel beugte sich vor und strich ihr beruhigend über die Schulter. Dann wandte er sich an ihren Bruder: »Eins nach dem anderen, Heinrich. – Doktor, auf ein Wort …« Der Arzt nickte gleichmütig und folgte Daniel hinaus zu seinem Wagen.

Friederikes Zorn war so rasch verraucht, wie er aufgeflammt war. Stumm und verzweifelt hockte sie auf ihrem Platz und starrte blicklos vor sich hin. Was sollte sie jetzt nur machen? Sie konnte doch ihren Vater und die Kleinen nicht einfach sich selbst überlassen! Nur zu gut wusste sie, dass sie auf Sonnenhof vor lauter Sorge keine ruhige Minute hätte. Marie-Luise war tüchtig, aber noch viel zu jung, um die Verantwortung für einen kranken Vater und einen jüngeren Bruder zu tragen. Und Heinrich ... Sie warf dem Rücken ihres Bruders einen verächtlichen Blick zu. Heinrich wusste zwar kunstvoll die Bibel auszulegen und hatte immer einen klugen Spruch parat. Dafür hatte er nicht die geringste Ahnung vom Landbau. Er konnte die Gemüsegärtnerei nicht übernehmen!

Was tun? Sie vergrub das Gesicht in den Händen, um ihre Umgebung auszusperren. Alles um sie herum schien in sich zusammenzubrechen.

»Ich muss zur Bibelstunde«, verkündete Pastor Fichte gewichtig. Seine Worte rissen Friederike aus ihrer dumpfen Betäubung. »Nein, mein Junge, du bleibst besser hier und stehst deiner Familie bei«, wehrte er ab, als Heinrich Anstalten machte, sich ihm anzuschließen. Bevor der protestieren konnte, kehrte Daniel Aldenhoff zurück. Mit ernstem Gesicht wartete er ab, bis Pastor Fichte außer Hörweite war. Dann sagte er halblaut: »Ich habe nachgedacht, und es gibt eigentlich nur eine Lösung.«

Friederikes Augen schimmerten feucht, aber es gelang ihr, mit halbwegs fester Stimme zu sagen: »Welche?«

»Deine Geschwister und dein Vater ziehen zu uns nach Sonnenhof.«

»Das ist eine wunderbare Lösung!«, rief Friederike, während Heinrich gleichzeitig ausstieß: »Das geht nicht!«

»Warum bist du dagegen?«, fauchte Friederike ihren Bruder an. »Hast du einen besseren Gedanken? Dann verrate ihn uns, oh Herr Neunmalklug!«

Heinrich stieg die Röte ins Gesicht, aber er beherrschte sich und erwiderte mit gepresster Stimme: »Wir gehören hierher, zu den Nachbarn und Pastor Fichte. Es reicht, dass du und Charlotte …« Er verstummte, und die Röte vertiefte sich noch um einige Grade.

»Befürchtest du, dass deine Geschwister ebenfalls unter meinen unsittlichen Einfluss geraten könnten?«, erkundigte Daniel sich ironisch.

»Ja!«, stieß Heinrich hervor. »Nein, so wollte ich das nicht ausdrücken.« Es war mehr als deutlich, dass er zwischen dem Bedürfnis, ehrlich zu sein, und den Gesetzen der Höflichkeit hin- und hergerissen war.

»Vielleicht sollten wir die beiden einfach fragen?«, schlug Daniel vor. »Sie sind doch alt genug, um selber entscheiden zu können.«

Mit der tatkräftigen Unterstützung von Daniel Aldenhoff gelang es, die Lebensumstände der Familie überraschend schnell neu zu ordnen. Das Thielesche Land wurde an Nachbarn verpachtet, auch die Blumenfelder. »Wir werden dir beim Sonnenhof neue anlegen lassen«, hatte Daniel versprochen, als Friederike betrübt auf ihre prächtigen Levkojenpflanzen hingewiesen hatte, die drei Jahre gebraucht hatten, um ihre jetzige, stattliche Größe zu erreichen. »Diese Felder wären sowieso unpraktisch weit weg. Du wärst ja immer nur mit Daisy unterwegs gewesen.« Mit den Pachteinnahmen wurde Mutter Weidner entlohnt, die sich bereiterklärt hatte, die Pflege von Vater Thiele zu übernehmen und sich auch um Heinrichs Wohlergehen zu kümmern, der eigensinnig darauf bestand, im alten Haus wohnen zu bleiben.

»Mach dir keine Sorgen«, hatte sie zu Friederike gesagt. »Bei mir ist dein Vater in guten Händen, und dein hochnäsiger Bruder wird auch immer saubere Wäsche und ein warmes Essen auf dem Herd vorfinden. Kümmere du dich mal lieber um deinen eigenen Haushalt.«

Der nahm Tag für Tag deutlicher Gestalt an. Inzwischen waren die Zimmer bis auf einige wenige noch nicht gelieferte Möbel fertig, und Friederike wanderte geradezu andächtig durch die Räume: das Esszimmer mit den schweren Portieren aus venezianischem Samt und der Garnitur aus poliertem Kirschholz; den Salon mit seinem kunstvollen Parkett und den mit weinrotem Leder bespannten Sesseln; Daniels Arbeitszimmer mit dem schweren Schreibsekretär aus englischer Eiche, von dessen Fenstern man einen so schönen Blick auf die langen Reihen der Weinstöcke hatte; und die Küche mit ihrem schwarz-weiß gefliesten Boden und dem modernen Kitchener. Immer noch kam es ihr unwirklich vor, dass dieses elegante Anwesen sehr bald schon ihr Haus sein sollte.

Im Schlafzimmer stand bereits das Bett: ein großes Bett mit einem duftigen Himmel aus zartem Voilestoff, der in den Sommermonaten Schutz vor Moskitos und anderen Insekten bieten würde. Der Unterschied zur Schlafkammer der Mädchen im Thiele-Haus war beträchtlich. Insgeheim bezweifelte sie, sich jemals daran zu gewöhnen, in einem Zimmer von der Größe eines Tanzsaals zu nächtigen.

Das Mobiliar war vom tüchtigen Mr. Kingston ausgewählt worden. Sobald sie ihm die Stühle, von denen sie in der Kanzlei von Mr. Mann so beeindruckt gewesen war, beschrieben hatte, nickte er fachmännisch und sagte: »Ah, ich verstehe: Sie möchten Ihr Esszimmer im Hepplewithe-Stil. Und die anderen Räume?«

»Die auch«, erwiderte sie entschieden. »Ich finde, es sollte alles zusammenpassen. Sie nicht?«

»Doch, natürlich«, stammelte er und warf Daniel einen unsicheren Blick zu. »Aber wollen Sie denn nicht wenigstens …«

»Nun, damit scheint mir die Frage nach dem Mobiliar endgültig und umfassend geklärt«, wurde er von Daniel unterbrochen. »Sie haben es doch gehört: Es soll alles zusammenpassen. Kriegen Sie das hin?«

»Das war geschickt von mir, nicht wahr?«, fragte Friederike später, äußerst zufrieden mit sich. »Ich hatte nämlich Angst, mich zu blamieren. Ich habe doch keinen blassen Schimmer von Stilen und Moden.«

»Ich bin sicher, es war ein äußerst ungewöhnliches Erlebnis für Kingston, dass eine seiner Klientinnen es abgelehnt hat, ihr zukünftiges Mobiliar Stück für Stück selber auszusuchen«, stellte Daniel trocken fest. »Du überraschst mich immer wieder aufs Neue, meine Liebe!«

Zwei Wochen vor dem angesetzten Hochzeitstermin bestand Pastor Fichte darauf, endlich das Brautgespräch[12] zu führen. »In Anbetracht der Umstände habe ich es so lange wie möglich hinausgezögert. Ich erwarte dich und deinen zukünftigen Mann nach dem Sonntagsgottesdienst!«, ließ er Friederike wissen.

»Muss das sein?«, hatte Daniel gestöhnt. »Die Konifere schlägt mir immer so furchtbar aufs Gemüt. Können wir uns nicht einfach nach der Registrierung gleich in Adelaide trauen lassen? Der englische Pastor von der Holy Trinity soll ein sehr umgänglicher Mann sein.«

»Auch ich mag Pastor Fichte nicht besonders«, hatte sie

12 angelehnt an den Bericht von Christian Erdmann Jaensch aus: David Schubert, Kavel's People (Adelaide: Lutheran Publishing House, 1985), S. 16

zugegeben. »Aber ich wage nicht, ihn zu verärgern. Meines Vaters wegen sind wir auf sein Wohlwollen angewiesen.«

Dr. Woodforde hatte geraten, den Kranken in seiner gewohnten Umgebung zu lassen, da größere Veränderungen jede mögliche Heilungschance zunichtemachen würden. Und sie wollte auf jeden Fall einen Bruch mit den Segensthalern vermeiden. Den Mut oder vielleicht auch die Rücksichtslosigkeit, die Charlotte bewiesen hatte, brachte sie nicht auf. Es ging ja nicht nur um sie. Sie konnte Marie-Luise und Georg nicht leichtfertig den Rückhalt der Menschen nehmen, unter denen sie aufgewachsen waren, mit denen sie jeden Tag ihres bisherigen Lebens verbracht hatten.

Nein, sie konnte und wollte nicht riskieren, von Pastor Fichte mit dem Bann belegt zu werden, der mit der Ausstoßung aus der Gemeinde verbunden war.

Pastor Fichtes langatmige Predigt schien ihr mit Spitzen gegen sie und ihre Familie gespickt. Es fehlte nur noch, dass der Pastor den Schlaganfall ihres Vaters als Strafe Gottes bezeichnete!

Innerlich kochend betrat sie an Daniels Arm das Arbeitszimmer im Anbau neben dem Gebetsraum. Pastor Fichte begrüßte sie mit ernster Miene und bat sie, auf den unbequem harten Besucherstühlen Platz zu nehmen. Umständlich ordnete er seine Schreibutensilien und rückte das schwere, in schwarzes Leder gebundene Kirchenbuch zurecht, als ob es immer noch die einzige Instanz zur Registrierung elementarer Ereignisse darstellte.

»Meine erste Frage an euch ist auch die wichtigste: Seid ihr keusch geblieben?«

Friederike spürte, wie ihr die Röte in die Wangen schoss, teils aus Verärgerung über die unverschämt anmaßende Frage, teils aus Scham, weil ihr in diesem Moment jener Augenblick im zukünftigen gemeinsamen Schlafzimmer nur allzu präsent war, in dem es nur Heinrichs überraschender Ankunft zu verdanken gewesen war, dass sie jetzt mit »Ja« antworten konnten.

»Selbstverständlich«, erwiderte ihr Verlobter kühl und ziemlich von oben herab. »Oder halten Sie mich für einen Lüstling, der den Weinberg plündert?[13]«

»Keineswegs, Herr Aldenhoff. Aber Sie werden verstehen, dass die Frage nach dem, was in der Familie Thiele bereits vorgefallen ist, durchaus ihre Berechtigung hat.«

Friederike ballte die Hände. Als spüre er ihre unterdrückte Wut, legte ihr Verlobter, ohne den Pastor aus den Augen zu lassen, seine große Hand über ihre und drückte sie besänftigend. »Was hätten Sie getan, wenn wir mit Nein geantwortet hätten?«, erkundigte Aldenhoff sich neugierig. »Hätten Sie sich dann geweigert, uns zu trauen?«

Pastor Fichtes Lippen verzogen sich zu einem dünnen Strich. »Als Hirte dieser Gemeinde ist es meine Pflicht, auch wenn es mich noch so sehr schmerzt, die Spreu vom Weizen zu trennen. Paulus sagt: ›Nehmt euch in Acht vor denen, die Zwietracht und Ärgernis anrichten entgegen der Lehre, die ihr gelernt habt, und wendet euch von ihnen ab!‹«

»Nun, glücklicherweise bleibt Ihnen diese schmerzliche Pflicht ja erspart«, bemerkte Aldenhoff sarkastisch. »Bitte fahren Sie fort, Herr Pastor.«

Pastor Fichtes Gesichtszügen war deutlich anzusehen, dass er alles andere als glücklich mit diesem renitenten

13 Vgl. Sirach 36, 27: »Wo der Zaun fehlt, wird der Weinberg geplündert; wo die Frau fehlt, unstet und flüchtig ist der Mann.«

Bräutigam war. Er tunkte die Feder ins Tintenfaß und hielt sie bereit, während er sein Gegenüber im Auge behielt.

»Ihre Taufnamen?«

»Daniel Jakob Mortimer Aldenhoff.«

»Der Name Ihres Vaters?«

»Jakob Martin Johannes Aldenhoff.«

»Lebt er noch?«

»Das will ich schwer hoffen! Als ich ihn das letzte Mal sah, erfreute er sich bester Gesundheit.«

Pastor Fichte verkniff sich einen Tadel über den ungehörig leichtfertigen Tonfall und konzentrierte sich stattdessen darauf, die Angaben in seiner gestochen scharfen Schrift ins Kirchenbuch einzutragen.

»In welcher Gemeinde sind Sie getauft worden?«

»Ich glaube, in England, auf dem Sitz der Familie meiner Mutter. Aber ich fürchte, Ihnen da eine genaue Auskunft schuldig bleiben zu müssen«, sagte Aldenhoff entschuldigend. »In meiner Kindheit bin ich ständig zwischen Deutschland und England hin und her gereist.«

»Sind Sie überhaupt konfirmiert?« Pastor Fichtes sandfarbene Brauen schoben sich angriffslustig zusammen, während er sein Gegenüber mit zusammengekniffenen Augen fixierte.

»Natürlich.« Aldenhoff schlug gelassen ein Bein über das andere. »›Gott kennt mich durch und durch‹ war der Spruch, den Bischof Kluge mir als Konfirmationsspruch ausgewählt hat. Er trug seinen Namen zu Recht. Kannten Sie ihn vielleicht? Soviel ich weiß, hat er sich eine Zeit lang in Breslau an der theologischen Fakultät aufgehalten.«

»Ich bin ihm dort ein paarmal begegnet«, gab Pastor Fichte zu. »Gut. – Was die Braut betrifft, bin ich über alle nötigen Dinge informiert. Kommen wir zum Hochzeitsspruch.

Haben Sie sich darüber schon Gedanken gemacht oder sollen wir gemeinsam in der Heiligen Schrift nachschlagen?«

»Das wird nicht nötig sein«, wehrte Aldenhoff ab. »Ich hätte gerne aus dem Buch der Sprüche: ›Haus und Habe vererben die Eltern; aber eine verständige Ehefrau kommt vom Herrn.‹ – Was hältst du davon, meine Liebe?« Ungeachtet seiner Unschuldsmiene glitzerten die grauen Augen, die Friederike zuzwinkerten, herausfordernd.

»Ganz wie du willst«, sagte sie und senkte gespielt sittsam den Blick auf ihre im Schoß gefalteten Hände. »Ich hatte allerdings eher an das Buch Johannes gedacht: ›Ihr habt nicht mich erwählt, sondern ich habe euch erwählt.‹« Aus den Augenwinkeln heraus beobachtete sie gespannt, wie sein schöner Mund sich zu einem leichten Lächeln verzog.

»Touché!«, murmelte er anerkennend. »Wirklich gut. – Können wir uns vielleicht als Kompromiss auf: ›Sie sind nicht mehr zwei, sondern eins‹ einigen?«

Pastor Fichte verfolgte misstrauisch von seiner Seite des Schreibtisches aus den ihm unverständlichen Disput. Nicht zuletzt seinetwegen gab Friederike ihr Einverständnis.

Kaum, dass sie außer Hörweite waren, brach sich das angestaute Gelächter in ihr Bahn. »Ich hätte nicht gedacht, dass du so bibelfest bist«, gab sie zu. »Wie konntest du nur!« Beim Gedanken an Pastor Fichtes indignierten Gesichtsausdruck musste sie erneut hilflos kichern. »Wenn ich denke, wie ich mich vor diesem Gespräch gefürchtet habe …«

Daniel zog sie eine Spur fester an sich. »In Zukunft wirst du dich wenigstens nie mehr alleine fürchten müssen«, sagte er, und trotz des neckenden Tons erkannte Friederike die Ernsthaftigkeit seines Versprechens.

Kapitel 8

Das Zirpen der Grillen drang mit geradezu ohrenbetäubender Lautstärke durch die halb offen stehenden Fenstertüren des Schlafzimmers. Fast so laut rauschte das Blut in Friederikes Ohren. Vermutlich lag das an dem Glas Champagner. Es war der erste Champagner ihres Lebens gewesen, und sie fand, dass es ein sehr seltsames Getränk war. Wenn man von dem Schaum und den vielen Bläschen absah, die einem beim Trinken Mund und Gaumen kitzelten, schmeckte es fast wie alter Most. Warum also wurde solch ein Aufhebens darum gemacht?

Daniel hatte darauf bestanden, mit ihr auf eine glückliche Ehe anzustoßen. Nachdem er sie theatralisch ächzend die Freitreppe hinaufgetragen hatte – eine eigenartige, englische Sitte –, hatte er sie in den Salon geführt, wo in einem Kübel die Flasche bereitstand. »Eigentlich ist es eine Sünde und eine Schande, guten Champagner lauwarm zu trinken, aber Eis ist hier ja nicht zu bekommen.«

Mit jedem Yard, den sie sich von Segensthal entfernt und Gut Sonnenhof genähert hatten, war sie nervöser geworden. Das ganze Getuschel und die zweideutigen Anspielungen hatten ihre Wirkung nicht verfehlt. Obwohl sie sich darauf freute, Daniels Körper endlich gründlich kennenzulernen, ihn berühren und erkunden zu dürfen, hatten die Andeutungen ihr zu verstehen gegeben, dass der Beischlaf für die Frau, zumindest am Anfang einer Ehe, alles andere als angenehm wäre. Da hatte es auch nichts genützt, dass Mutter Weidner sie kurz und heftig an ihren fülligen Busen gedrückt und ihr ins Ohr geflüstert hatte: »Mach dir keine unnötigen Gedanken, Herzchen! Bei deinem vortrefflichen, jungen Mann bist du in besten Händen.«

Es war nicht ihre Art, etwas Unangenehmes hinauszuschieben, und so hatte sie ihr Glas so eilfertig hinuntergestürzt, dass sie sich um ein Haar verschluckt hätte. »Bringen wir es hinter uns. Du weißt, was man zu tun hat?«, hatte sie ihren Mann gefragt. Daniel hatte sie mit einem Ausdruck in den Augen betrachtet, den sie nicht zu deuten wusste, leise geseufzt und bemerkt: »Ich denke schon. Dann komm.« Er hatte ihr die Rechte hingestreckt, und Hand in Hand waren sie schweigend die Treppe ins Obergeschoss gestiegen.

Gerade schloss er die Flügeltüren, und sie beobachtete ihn dabei, während sie mit fahrigen Fingern am Kleiderverschluss in ihrem Rücken nestelte. Entgegen dem Segensthaler Brauch, in Schwarz zu heiraten, hatte sie sich von Daniel zu einem von Mrs. Taylor angefertigten weißen Hochzeitskleid überreden lassen. Das hatte sie nun davon: Die winzigen Knöpfe der Kreation waren eine Herausforderung!

Daniel drehte sich zu ihr um, und sie ließ die Hände sinken, als sie seinen Gesichtsausdruck wahrnahm. Seltsamerweise beruhigte es sie, dass seine gewohnte Gelassenheit einer deutlichen Anspannung gewichen war. Ohne zu zögern trat sie auf ihn zu, schlang ihre Arme um seine Taille und hob ihr Gesicht, um sich von ihm küssen zu lassen.

Wie oft hatte sie sich gefragt, ob die Magie seiner Küsse sich noch steigern ließe. Ob der Zauber nicht verflöge, wenn sie nicht mehr verstohlen, heimlich, dem Augenblick abgerungen werden mussten. Mit klopfendem Herzen überließ sie sich jetzt ganz und gar den lustvollen Empfindungen. Daniel küsste sie so leidenschaftlich, dass das Zimmer sich um sie zu drehen schien. Haltsuchend klammerte sie sich an seine Schultern, während seine Finger begannen, die Knopfleise in ihrem Rücken zu öffnen. In dem Spiel ihrer Lippen und Zungen versunken, bemerkte sie gar nicht, wie er das Kleid über ihre Schultern schob und das traumhafte Modell zu Boden sank. Sie achtete auch nicht darauf, dass er die Bänder des Jupons öffnete, der schwere Taft sich um ihre Knie bauschte.

Erst als Daniel sie auf die Arme nahm, um sie zum Bett zu tragen, fiel ihr auf, dass sie nur noch ihre Unterwäsche trug. Es war ihr gleichgültig. Jede Schamhaftigkeit, die sie empfunden haben mochte, war verschwunden, hatte einer Gier Platz gemacht, die sie erschreckt hätte, wenn sie sich ihrer bewusst gewesen wäre. Hektisch riss sie an den Knöpfen seines Rocks, um ihn gleichfalls zu entkleiden, seine nackte Haut freizulegen. Das hatte sie sich schon seit langem gewünscht: seinen Körper von oben bis unten zu erforschen, ihre Hände über seine Brust, seine Arme, seinen Bauch gleiten lassen. Sie hatte sich nicht erlaubt, ihre Fantasie tiefer wandern zu lassen. Einem Landmädchen, das mit Vieh aufgewachsen war, waren die biologischen Vorgänge an sich selbstverständlich bekannt. Einfach übertragen ließen sie sich, wie sie aus verschiedenen Bemerkungen älterer Frauen aufgeschnappt hatte, jedoch nicht. Ein großer Teil war geheimnisvoll geblieben.

Sie gab einen protestierenden Laut von sich, als er den Kuss unterbrach, um sie aufs Bett zu legen. Ungeduldig suchte sie seine Lippen, aber statt auf ihren Mund senkte er sie auf ihre Kehle. Friederike schloss die Augen und warf den Kopf zurück, während seine Lippen eine glühende Spur über ihren Hals und weiter ihr Dekolleté hinunter zogen. Ein Zittern überlief sie, als er das Mieder öffnete und sein

Mund hungrig über ihre Brüste wanderte. Sein Mund schien sie geradezu zu versengen. Unruhig warf sie den Kopf hin und her, wie von Sinnen im Wirbelsturm dieser überwältigenden Gefühle. Als seine Lippen sich behutsam um eine Brustwarze schlossen, sie liebkosten und zart daran saugten, bäumte sie sich laut stöhnend auf.

Er murmelte irgendetwas Unverständliches, schob ein Knie zwischen ihre Schenkel, spreizte sie und glitt zwischen ihre Beine. Sein Gewicht lastete schwer auf ihr, aber sie drückte ihn noch fester an sich. Nichts zählte mehr als sein Körper, der mit ihrem zu verschmelzen schien. Der kurze Schmerz, als er in sie eindrang, drang kaum in ihr Bewusstsein durch. Wie eigenständige Wesen umklammerten ihn ihre Schenkel, feuerten ihn an. Sie spürte, dass etwas auf sie wartete, etwas Wundervolles, nie Erlebtes. Ihre Fingernägel krallten sich in seine Schultern, jeder Muskel ihres Körpers gespannt wie eine Bogensehne – und dann schien sie tatsächlich wie ein Pfeil in den Himmel zu schnellen. Immer höher, bis sie das Firmament erreichte und sich dort mit den funkelnden Sternen vereinigte.

Es dauerte eine Weile, bis ihre Wahrnehmung wieder funktionierte. Nur undeutlich fühlte sie Daniels Körper erstarren, seinen harten Griff um ihre Hüften, und schließlich, wie er mit einem leisen Keuchen über ihr zusammensackte. Im nächsten Moment war er von ihr heruntergeglitten, und küsste sie eher liebevoll als leidenschaftlich auf die Lippen. »Fühlst du dich gut?«, fragte er mit deutlicher Besorgnis in der heiseren Stimme.

»Ich habe mich noch nie besser gefühlt«, gestand Friederike. »Ist es immer so?« Sie zuckte zusammen, weil ein unerwarteter Schmerz zwischen ihren Beinen sie daran erinnerte, dass sie eben ihre Jungfernschaft verloren hatte. Daniel stand auf, ging zum Waschständer und kam mit einem feuchten Tuch zurück. »Versprechen kann ich es dir nicht«, sagte er lächelnd. »Aber ich werde mein Bestes tun!«

Friederike wandte ihm den Rücken zu, während sie die schmerzende Stelle vorsichtig abtupfte. Taktvoll trat er ans Fenster und schaute hinaus. Erleichtert stellte sie fest, dass sie kaum geblutet hatte. Sie wandte den Kopf und studierte die nackte Rückenansicht ihres Mannes mit einem gewissen Besitzerstolz. Bewundernd glitt ihr Blick über seine breiten Schultern, die schlanke Taille und die festen Hinterbacken. Die Aussicht, in Zukunft jede Nacht mit ihm das Bett zu teilen, ließ einen ganzen Reigen unzüchtiger Gedanken in ihr aufsteigen. Wirklich, diese Aspekte des Ehelebens gefielen ihr ausnehmend gut.

Überhaupt war die Hochzeit, wenn man den besonderen Umständen Rechnung trug, ein voller Erfolg gewesen. Mutter Weidner hatte die Rolle der Brautmutter übernommen und sich selbst übertroffen. Ihr war es zu verdanken gewesen, dass es bei dem Festmahl, das die Segensthaler zur Feier des Tages ausgerichtet hatten, an nichts gefehlt hatte. Friederike nutzte Daniels Abwesenheit, während er die neuen Dienstboten aus Adelaide holte, um mit dem Bericht über ihre Hochzeit das Tagebuch, das Mrs. Willoughby ihr geschenkt hatte, zu beginnen. »Schreiben Sie alles auf, Liebes«, hatte sie gesagt, als sie ihr das hübsch verpackte Geschenk überreicht hatte. »Halten Sie darin all die schönen Stunden fest, an die Sie sich später gerne erinnern würden. Ich wünsche Ihnen, dass es viele schöne Stunden sein werden.«

Es war ein sehr hübsches Buch, in einen indischen Brokatstoff gebunden, dessen glühendes Rot von zahlreichen

Goldfäden durchzogen wurde. Friederike schlug es auf, tunkte die Feder ein und begann: »Am ersten Sonntag der Adventszeit im Jahr 1843 habe ich Daniel Aldenhoff geheiratet. Wie es Brauch ist, kamen am Abend vor der Hochzeit alle Frauen aus der Nachbarschaft zu uns ins Haus, um Federn zu spleißen und meine Aussteuerbetten zu stopfen. Eine von den Wenzel-Töchtern hatte auf dem Markt ein ziemlich albernes Lied aufgeschnappt, das wir wieder und wieder sangen, bis die alte Witwe Schulze sagte, wir sollten endlich mit dem Unsinn aufhören und lieber anständige Lieder singen. Es ging folgendermaßen:

Meine Mutter, die thut grumbeln
Dass ich marryen will mein John.
Und sie sagt, ich thu bloß humbeln,
und er spoked at mir bloß fun.
Ich glaubs nicht, dass er's thun wird.
Nein, mein Johnny, er ist kein flirt.

Abends wenn ich Kühe treibe
In den paddocks, wenn's schon dark
Oder wenn ich greenfeed schneide
Haben wir so manch ein lark.
Und er spricht dann: »Mary, dear,
sag, mein dear, wann marryen wir?«

Plenty money hat mein Johnny
Wenn's nur nicht so wenig wär.
Und er sagt, es sei so funny,
dass die pockets immer leer.
Und er works, zum Gott erbarm,
in den scrub auf seiner farm.

Wenn er erst ein crop wird reapen,
wird er builden dann ein Haus.
Und wir wer'n ein wedding keepen,
halten einen großen Schmaus.
Wenn auch Mutter grumbelt viel
Ich mein Johnny doch marryen will.[14]

Es gab Tee und kleine Brötchen mit Rosinen, und wir saßen noch lange zusammen, bis Mutter Weidner uns alle zu Bett schickte, weil sie meinte, ein Hochzeitstag wäre eine überaus anstrengende Angelegenheit. Damit behielt sie, wie meistens, Recht.

Am Hochzeitsmorgen halfen mir Marie-Luise und Mutter Weidner mit dem Kleid. Mrs. Taylor hat es nach der neuesten Mode angefertigt. Ein wirklich schönes Kleid, nur leider furchtbar unpraktisch. Alleine kann ich es wegen der endlosen, winzigen Knopfleisten weder an- noch ausziehen. Marie-Luise steckte mir die Haare auf, und Mutter Weidner meinte, ich sähe jetzt aus wie eine der feinen Damen aus der Stadt.

Der Gottesdienst dauerte über drei Stunden. Die Frauen wurden schon unruhig, weil sie Angst hatten, dass es mit dem Festmahl Schwierigkeiten geben könnte.

Als Pastor Fichte endlich sein ›Amen‹ gesprochen hatte, waren wir alle rechtschaffen hungrig. Die Nachbarn hatten unten am Fluss Tische und Bänke aufgestellt. Für Vater hatten wir einen Handwagen mit Federbetten ausgepolstert. So konnte er doch wenigstens dabei sein, wenn ich auch nicht weiß, ob er etwas von alldem mitbekommen hat.

14 Lied aus dem Barossatal, zitiert nach J. H. Voigt, Australien und Deutschland (Hamburg: Institut für Asienkunde, 1988), S. 44

Es gab Nudelsuppe, Schweinebraten, Gänsebraten, Kartoffelklöße, verschiedenes Gemüse und zum Nachtisch Streuselkuchen, weil es noch kein geeignetes Obst für Obstkuchen gab. Georg aß so viel davon, dass er fürchterlich Bauchgrimmen bekam. Daniel sagte, er hätte seit Jahren nicht mehr so gut gegessen und hat sich bei jeder einzelnen Nachbarin bedankt. Er weiß, wie man den Menschen eine Freude macht. Danach hat sogar die alte Witwe Schulze zu mir gesagt, es sei ein großes Glück für mich, von solch einem Mann erwählt worden zu sein. Wenn die wüsste …«

Friederike ließ die Feder sinken und lächelte spöttisch. Ihr Lächeln wurde zärtlich, als ihr Blick auf den Kleiderständer fiel, auf dem Daniels Anzug zum Auslüften hing. Sie konnte nicht widerstehen, hinüberzugehen und ihre Nase in dem feinen Stoff zu vergraben. Unter den Gerüchen des gestrigen Festmahls konnte sie seinen persönlichen Duft erschnuppern: leicht moschusartig, mit einer Note Sandelholz, seinem Lieblingsduft. Sie schloss die Augen und versuchte, jene Momente erneut in sich wachzurufen, in denen sie Mann und Frau geworden waren.

Fröhliche Stimmen rissen sie aus ihrer Versenkung. Sie trat ans Fenster. Der große Wagen, der eben vor der Treppe vorgefahren war, war voll besetzt mit Marie-Luise, Georg und seinem Dingo, zwei unbekannten weiblichen Gestalten und einigen Reisekisten. Als ob er gespürt hätte, dass sie hinuntersah, blickte Daniel zu ihr hoch und warf ihr eine Kusshand zu. Sie winkte zurück und beeilte sich dann, nach unten zu laufen und die Neuankömmlinge zu begrüßen.

Die Köchin, Mrs. Burkett, knickste zwar pflichtschuldig, wirkte aber sonst nicht übermäßig respektvoll. Ihre neue Dienstherrin betrachtete sie aus zusammengekniffenen Augen und knurrte in einem seltsam harten Englisch: »Dann will ich mir mal die Küche ansehen, Madam. Aber ich sage Ihnen gleich: Französischen Firlefanz werden Sie von mir nicht bekommen!«

Verblüfft starrte Friederike die massige Frau an. Was sollte sie darauf erwidern?

»Mrs. Aldenhoff ist keine Anhängerin der Haute Cuisine«, mischte Daniel sich begütigend ein. »Ich dachte, das hätten wir alles geklärt, Mrs. Burkett?«

»Schon«, gab sie kein bisschen eingeschüchtert zurück. »Aber ich sage der Dame des Hauses lieber gleich, was sie von mir erwarten kann und was nicht. Manche haben da komische Ideen, wenn der Herr Gemahl den Rücken gedreht hat. Das habe ich vorhin auch zu Molly gesagt ...« Sie wandte sich zu dem Mädchen, das sich hinter ihr zu verstecken schien. »Na los, Molly, sie sieht nicht so aus, als ob sie dich fressen würde.«

»Wo hat er dieses seltsame Paar denn nur aufgetrieben«, erkundigte Mutter Weidner sich mit großen Augen, als Friederike einige Zeit später nach Segensthal kam und ihr glucksend vor Lachen den ungewöhnlichen Dienstantritt beschrieb. »Ein solcher Dragoner würde selbst mir gehörig Angst einjagen! Taugen sie wenigstens etwas?«

»Oh, Mrs. Burkett ist ungeheuer tüchtig«, sagte Friederike bewundernd. »Stell dir vor, sie hat innerhalb einer Stunde eine Mahlzeit auf den Tisch gezaubert, dass Georg sich vor lauter Begeisterung schon wieder den Magen verdorben hat. Gut, dass Heinrich nicht da war, sonst hätte er lauthals gegen Völlerei gewettert!«

»›Beschwerden und schlechter Schlaf, Unbehagen und Atemnot und Grimmen im Leibe sind des törichten Essers

Teil‹[15]«, nickte Mutter Weidner wissend. »Gut, dass du Hilfe hast, Herzchen. Ein solcher Haushalt und nebenbei noch die Blumengärtnerei – das könntest du allein mit deiner Schwester gar nicht bewältigen. Sonst bist du zufrieden?« Der scharfe Blick, der die Frage begleitete, zeigte klar, worauf sie anspielte. Friederike errötete bis in die Haarspitzen. Gerade letzte Nacht hatten Daniel und sie sich so lange und ausgiebig geliebt, dass sie danach im vertraulichen Dunkel, eng an ihn geschmiegt, atemlos gemurmelt hatte: »Ich hätte nicht gedacht, dass das Eheleben so viel Spaß macht!« Daniel hatte nichts darauf erwidert, nur leise gelacht und sie noch enger an sich gezogen.

Sie wich Mutter Weidners inquisitorischen Augen aus und strich mit unnötiger Sorgfalt die Bettdecke ihres Vaters glatt. »Sehr zufrieden«, sagte sie. »Ich hätte es nicht besser treffen können.«

Tatsächlich schien ihr zurzeit jeder Tag ein Sonntag zu sein. Sie hätte von morgens bis abends vor Glück singen und tanzen können. Das Leben der Bewohner auf Gut Sonnenhof hatte sich überraschend schnell eingependelt. Die Frühjahrsarbeiten in den Weinbergen hielten Daniel tagsüber in Atem. Ein paar der Männer, die ihm beim Rebenschnitt halfen, waren abgestellt worden, um das Land für Friederikes Gemüse- und Blumenfelder zu roden, und ihre kräftigen Arme schafften in wenigen Tagen, wofür sie und Marie-Luise Wochen gebraucht hätten.

Trotzdem blieb mit der Aussaat und dem Pflanzen der aus Segensthal mitgebrachten Sämlinge viel zu tun, und so fiel Friederike erst nach einiger Zeit auf, dass Molly sich praktisch niemals außerhalb des Hauses aufhielt. »Sie ist so blass,

15 Sirach 31, 20

es täte ihr auch gut, ein wenig draußen zu sein«, sagte sie zu Mrs. Burkett. »Vielleicht könnte sie Marie-Luise beim Wässern zur Hand gehen.«

Die massive Gestalt der Köchin, die gerade am Küchentisch damit beschäftigt war, Mandeln zu schälen, erstarrte. Einige Augenblicke schien sie mit sich zu ringen, dann wies sie auf den ihr gegenüberliegenden Stuhl und sagte rau: »Setzen Sie sich, Mrs. Aldenhoff, und ich werde Ihnen erzählen, wieso Molly sich nicht aus dem Haus wagt!«

Die Bitterkeit, die in ihrer Stimme mitschwang, ließ Friederike frösteln.

»Molly ist meine Nichte«, begann Mrs. Burkett. »Ihre Eltern waren bei einer sehr vornehmen Familie im Dienst. Als sie mich voriges Jahr besuchen wollten, wurden sie von einer Bande Straßenräuber überfallen. Ihre Eltern kamen dabei ums Leben. Als man Molly halbnackt und völlig verstört im Gebüsch fand, war sie auch beinahe schon tot. Die Kerle hatten sie einer nach dem anderen vergewaltigt und dabei fast umgebracht.«

Mrs. Burkett kniff die Lippen zusammen. »Als man sie befragte, behauptete Molly steif und fest, die Männer wären keine echten Straßenräuber gewesen. Sie hätte die Stimmen wiedererkannt. Es wären Saufkumpane vom Sohn und Erben des Hauses gewesen.«

»Männer, die sie kannten?« Friederike war zutiefst schockiert. Vergewaltigung war kein Thema, das in Segensthal je zur Sprache gekommen wäre. Es erschien ihr kaum vorstellbar, dass der gleiche Akt, den sie mit Daniel so genoss, schmerzhaft und erniedrigend sein konnte. Doch Mrs. Burkett war keine Frau, die dramatisierte. Und Mollys völlig verängstigte Art sprach eine deutliche Sprache.

»Kamen sie vor Gericht?«, fragte Friederike leise.

»Pah!« Mrs. Buketts Stimme troff vor Verachtung. »Natürlich nicht. Der Friedensrichter erklärte Molly für wahnsinnig und drohte damit, sie einweisen zu lassen. Also ging ich zum Vater von diesem üblen Kerl und erklärte ihm, dass ich Molly mit nach Australien nehmen würde, wenn er uns die Überfahrt bezahlte und einen Notgroschen lockermachte. Und wie ich es geahnt hatte: Er war heilfroh, uns loszuwerden.« Sie sah Friederike direkt ins Gesicht. »Die Stelle hier habe ich ausgesucht, damit Molly zur Ruhe kommt. Weit weg von der Stadt und englischen *Gentlemen*«, sie betonte das Wort höhnisch. »Lassen Sie ihr Zeit, Mrs. Aldenhoff. Es ist schon viel besser mit ihr geworden.«

In Gedanken immer noch bei Mollys bedrückender Geschichte versuchte Friederike gerade, sich auf die Bestellungen für die Buketts und Girlanden für die Weihnachtsfeiern zu konzentrieren, als eine ungewohnte Lautäußerung sie aufhorchen ließen.

»Verflucht!«, drang es so laut aus Daniels Kontor, dass sie erschrocken zusammenfuhr. Dann folgten ein Geräusch, als ob Papier zerknüllt würde, und der Ausruf »Hat sie jetzt völlig den Verstand verloren?«

Friederike eilte über den Flur und verfolgte erstaunt, wie ihr Mann mit zornrotem Gesicht einen Papierball aufhob und oberflächlich glättete. »Wer hat seinen Verstand verloren?«, fragte sie. »Ich hoffe, du meinst nicht mich?«

Rasch drehte er sich zu ihr um. »Natürlich nicht«, knurrte er sie ungewohnt übellaunig an. »Meine Mutter! Stell dir vor, sie hat angekündigt, uns eine Hauslehrerin zu schicken.«

»Hält sie mich für eine Wilde, die nicht Lesen und Schreiben kann?« Friederike war zutiefst gekränkt.

Daniel starrte sie einen Moment verblüfft an, ehe der Ärger aus seinen Zügen wich und er in schallendes Gelächter ausbrach. »Nein, natürlich nicht. – Liebes, schau nicht so empört. Ich habe ihr geschrieben, dass deine jüngeren Geschwister bei uns leben werden, und offenbar habe ich mich etwas missverständlich ausgedrückt, was ihr Alter betrifft.« Er suchte in dem wirren Gekritzel, das den Briefbogen bedeckte, die relevante Stelle. »Mutter schreibt: Da du nun also Vaterstelle an diesen armen Kindern vertreten willst, will ich das Meine dazu beitragen. Es ist mir gelungen, eine bestens geeignete Person zu engagieren, die nicht nur Sprachen, Historie und auch ein wenig Naturwissenschaften unterrichten, sondern ihnen auch den nötigen gesellschaftlichen Schliff vermitteln kann. Du wirst zufrieden sein zu hören, dass ihre Honorarforderungen bescheiden sind. Sie wird mit dem nächsten Schiff aufbrechen. Sieh also bitte zu, dass du sie angemessen in Empfang nimmst. In Liebe, deine Mutter.« Kopfschüttelnd starrte er auf den Bogen. »Mutter war schon immer ein wenig impulsiv. Aber hiermit hat sie wirklich den Vogel abgeschossen! – Uns einfach jemand Wildfremdes zu schicken, der hier bei uns im Haus leben soll! Was, in Dreiteufelsnamen, sollen wir mit dieser Person anfangen?«

»Fluch nicht!«, wies Friederike ihn zurecht. »Uns wird schon etwas einfallen. Notfalls kann sie vielleicht in Segensthal unterrichten.«

Noch bevor die unwillkommene Hauslehrerin eintraf, wurde Friederike mit einer völlig neuen Facette ihres Ehemannes konfrontiert. Georg war die Sorge um die Tiere aufgetragen worden – eine Aufgabe, der er mit großer Sorgfalt nachkam. Da Brutus zu edel war, um als Zugpferd zu dienen, hatte Daniel zusätzlich zu Daisy noch ein Paar kräftiger Wallache angeschafft, die sowohl als Reittiere wie auch als Kutschpferde einsetzbar waren. Die vier teilten sich die Stallungen, die der Architekt Mr. Kingston in einiger Entfernung vom Haupthaus hatte errichten lassen. Dies hatte sowohl einen praktischen als auch einen ästhetischen Hintergrund: Erstens zogen die Tiere lästige Insekten an, und zweitens sollte die Anmut der Hausfront nicht durch ein profanes Holzbauwerk gestört werden. Gleich neben den Stallungen und der Remise für den großen Wagen und Friederikes kleines *Gig* war die Kelterei geplant. Gleich dahinter lag die Felsformation, in die Stollen für die Lagerung der Weinfässer getrieben werden sollten.

Das war Georgs Welt, die er praktisch nur zu den Mahlzeiten und zu seinen Streifzügen mit Ajax und Karko verließ. Im Sommerhalbjahr gab es keinen Unterricht in Segensthal, und so genoss Georg seine Freiheit in vollen Zügen.

»Wenn diese Gouvernante nicht käme, müssten wir uns ernsthaft Gedanken über seinen Schulbesuch machen. Die englische Schule in Adelaide soll recht ordentlich sein«, sagte Daniel eines Abends nachdenklich. »Der Junge ist ja mehr im Busch als zu Hause.«

Wie zur Bestätigung brach in diesem Moment eine kleine halbnackte Gestalt, gefolgt von Ajax und dem Dingo, aus dem Unterholz. Im Eilschritt näherte Georg sich der Treppe, auf den Armen eine bräunliche Form, die sich bei seinem Näherkommen als junges Wallaby entpuppte, das er in sein Hemd gewickelt hatte. Daniel stellte sein Weinglas ab, und Friederike sprang aus dem Schaukelstuhl, in dem sie sich träge hin- und hergewiegt hatte.

»Ajax hat doch nicht etwa gewildert?«, fragte Daniel besorgt.

Georg schüttelte vehement den Kopf. »Natürlich nicht! – Die beiden haben's nur gefunden«, verteidigte er die Hunde. »Es ist in eine Falle geraten. Schau …«

Er schlug den Stoff zurück. Der eine Hinterlauf des Tiers war blutüberströmt und hing schlaff herunter. Die dunklen Augen wirkten trübe, und es hechelte nur noch mühsam.

»Dem armen Tier ist nicht mehr zu helfen«, beschied Friederike nach dem ersten Blick. »Geh zu Mrs. Burkett, die soll ihm den Hals umdrehen. Es gibt sicher noch einen guten Braten.«

Der Blick, mit dem Georg sie bedachte, ließ sie zurückweichen. »Nein, ich lasse nicht zu, dass Peter geschlachtet wird«, schrie ihr Bruder sie an. »Ich will, dass er wieder gesund wird!«

»Peter?« Daniel legte Friederike eine Hand auf den Arm, um ihr zu bedeuten, dass sie schweigen sollte. »Hast du es gezähmt?«

Georg nickte unglücklich. »Ich bringe ihm manchmal Leckerbissen, Rosinen und so«, gestand er mit hängenden Schultern. »Und er lässt sich von mir streicheln.«

Daniel nickte, als sei er zu einer Entscheidung gekommen. »Lass Mrs. Burkett den großen Küchentisch freiräumen und heißes Wasser bereitstellen«, wandte er sich an Friederike. »Außerdem brauche ich Verbandszeug, Holzspäne zum Schienen und frische Blätter von der Wundpflanze.« Friederike nickte und eilte ohne ein weiteres Wort davon.

»Du kannst Peter helfen?« Georgs schmutziges Gesicht strahlte vor Erleichterung.

»Ich kann es jedenfalls versuchen. – Aber erwarte keine Wunder, Georg«, sagte Daniel leise.

Mrs. Burkett davon zu überzeugen, ihren geheiligten Küchentisch für ein »wildes Tier aus dem Wald« freizugeben, kostete Friederike einiges an Überredungskunst. Glücklicherweise war Molly entzückt von dem jungen Wallaby, das sich schwach und verängstigt in Georgs Arme schmiegte. Ihre Bitten und der mitleiderregende Anblick erweichten auch das Herz der Köchin. Georg durfte es auf die sauber geschrubbte Tischplatte legen.

»Ich muss es zuerst untersuchen«, sagte Daniel. »Haltet es gut fest, denn es wird ihm wehtun.«

Mrs. Burkett weigerte sich, das Tier anzufassen, also trat Friederike näher heran, packte das Wallaby bei den Vorderbeinen und hielt seinen Oberkörper flach auf die Tischplatte gedrückt. Es atmete flach und sehr schnell. Kein gutes Zeichen. Sie war skeptisch, ob Daniel das Leben des Tieres tatsächlich würde retten können, aber Georgs verzweifeltes Gesicht ließ sie gegen ihre Überzeugung laut sagen: »Keine Bange, Daniel macht deinen Peter wieder gesund!«

Fasziniert beobachtete sie Daniels schlanke, geschickte Finger, die behutsam das verletzte Hinterbein abtasteten. »Das habe ich fast vermutet«, murmelte er vor sich hin. »Der Oberschenkelkopf sitzt nicht in der Hüftpfanne. Offenbar hat es sich losgerissen und sich dabei sein Gelenk ausgekugelt. Deshalb kann es das eine Bein nicht bewegen. Die Fleischwunde scheint mir nicht so schlimm zu sein. Sie ist zwar leicht entzündet, aber nicht vereitert. Ich werde sie zuerst behandeln.«

Er streute eine großzügige Portion Silberpuder auf den hässlichen Riss, legte dann Wundpflanzenblätter darüber und fixierte sie mit einem Verband. »So, jetzt kommt der schwierige Teil. Wenn ich nur mehr über die Anatomie von Wallabys wüsste …«

Mit vor Konzentration gerunzelter Stirn glitten seine Fingerspitzen über das weiche, braune Fell, während er sich den Verlauf der Sehnen und Muskeln darunter vorzustellen versuchte.

»Ich glaube, ich hab's«, hörte Friederike ihn flüstern. Er holte tief Atem, als müsse er sich ein Herz fassen, ehe er den Hinterlauf packte, kurz zog und mit einer entschlossenen Drehung den Kopf des Knochens in die Hüftpfanne gleiten ließ. Das Wallaby quiekte so laut auf, dass Friederike es um ein Haar vor Schreck losgelassen hätte. Doch sein Bein, das eben noch schlaff heruntergehangen hatte, zuckte, als wollte das Tier jeden Moment aufspringen und davonhüpfen.

»Du hast es geschafft!«, jubelte Georg mit sich vor Freude überschlagender Stimme. »Peters Bein ist wieder heil.«

»Langsam, langsam. So schnell geht das nicht«, bremste Daniel seinen Enthusiasmus. »Ein ausgerenktes Gelenk tut erst einmal höllisch weh. Wir werden das Bein für ein paar Tage ruhigstellen müssen. Hilf mir, es zu schienen, und danach bringen wir ihn am besten in einer der leeren Pferdeboxen unter.«

»Wo hast du so etwas gelernt?«, fragte Friederike neugierig, während sie sich abends vor dem Spiegel mit den Verschlüssen in ihrem Rücken abmühte.

»Meinst du das?«, fragte ihr Mann unschuldig zurück. Seine geschickten Finger hatten im Nu die Knopfleiste bewältigt, und nun fuhren seine Hände liebkosend über ihre Schultern, wobei sie wie unabsichtlich das dünne Batisthemd herunterschoben. Er beugte den Kopf und hauchte verführerisch zarte Küsse auf die empfindsamen Stellen hinter ihren Ohren.

»Nein, nicht das.« Friederike erschauerte unwillkürlich

und schloss die Augen, sich genüsslich seinen erfahrenen Zärtlichkeiten überlassend. Nicht, dass sie nicht des Öfteren darüber gerätselt hatte, unter welchen Umständen ihr Mann eine solche Kunstfertigkeit als Liebhaber erworben hatte. Nach den Äußerungen anderer verheirateter Frauen zu schließen, konnte man keineswegs davon ausgehen, dass der körperliche Teil der Ehe ein pures Vergnügen war. Aber augenblicklich drängte es sie mehr, ihn nach seinen unerwarteten medizinischen Kenntnissen auszufragen.

»Woher weißt du, wie man ein Gelenk einrichtet?«, fragte sie und packte seine Hände, die begonnen hatten, ihre Brüste unter dem dünnen Stoff zu streicheln. »Es war sehr nett von dir, Georg zuliebe dieses Tier zu behandeln. Du hast so etwas doch nicht zum ersten Mal gemacht, nicht wahr?« Sie drehte sich, entschlossen, eine Antwort zu erhalten, zu ihm um. Daniel sah mit einem schiefen Lächeln auf sie herunter.

»Irgendwie schon: Ein Wallaby hatte ich noch nie als Patient. Aber du hast richtig geraten. Als ich in Georgs Alter war, hing ich ständig in den Ställen herum. Dort gab es einen alten Knecht, der mir beibrachte, wie man verletzte Tiere behandelt. Wir hatten ein ganzes Tierlazarett hinter der Sattelkammer.«

Deshalb also hatte er so viel Verständnis für Georg gehabt. »Du wärst sicher ein wunderbarer Tierdoktor geworden«, sagte sie in neckendem Tonfall und war überrascht, als er spürbar zusammenzuckte. »Was ist? Habe ich etwas Falsches gesagt?«

»Nein, ich habe mich nur gerade an jemanden erinnert, der das Gleiche zu sagen pflegte«, gab er tonlos zurück, während seine Augen ins Leere starrten.

»Es tut mir leid. Ich wollte keine traurigen Erinnerungen wachrufen«, sagte Friederike leise. »Es gibt Dinge, über die man nicht gerne spricht.« Sie schluckte hart beim Gedanken an ihre Mutter und ihre unheimliche Veränderung bis hin zu ihrem Verschwinden. Wie alle es sorgsam vermieden hatten, darüber auch nur ein Wort zu verlieren, als würde man es durch Schweigen ungeschehen machen können. Schleppte auch Daniel solche hässlichen Erinnerungen mit sich?

Wortlos zog er sie so fest an sich, dass sie deutlich seinen schnellen Herzschlag an ihrer Wange spürte. »Eines Tages werde ich dir alles erzählen«, versprach er heiser. »Aber jetzt haben wir Besseres zu tun.« Warme Lippen folgten dem Schwung ihrer Brauen, schwebten über ihren Nasenrücken, um sich endlich verlockend sinnlich auf ihren Mund zu pressen. Friederike seufzte auf und drängte sich dichter an ihn. Die harte Beule an ihrem Bauch sprach eine deutliche, ihr inzwischen liebgewordene Sprache.

Mitten in der Nacht schlug sie plötzlich die Augen auf. Etwas hatte sie geweckt. Neben sich hörte sie die regelmäßigen, tiefen Atemzüge ihres Mannes. Er schlief tief und fest.

Friederike trat ans Fenster und sah zum sternenübersäten Nachthimmel auf. Der Mond war fast voll und überzog die Landschaft mit einem Silberschimmer. Hier und da raschelte es im Unterholz, gefolgt von aufgeregtem Vogelgeschrei, wenn eine Beutelratte ein volles Nest gefunden hatte. Der Wind, der tagsüber wie ein Gluthauch über das Land strich, hatte sich zu einer lauen Brise abgeschwächt, die den würzigen Duft der frischen Eukalyptusblätter mit sich trug.

Ob ihre Mutter jetzt tatsächlich dort oben war? Früher hatte Friederike dem Pastor Fragen gestellt. Beispielsweise, ob man im Himmel die gleichen Leute wiedertraf, die man vom irdischen Leben her schon kannte. Und wie man die Verwandten in der Menge überhaupt wiederfinden könne. Pastor Fichte hatte sie dann immer finster fixiert und mit erhobenem Zeigefinger ermahnt, nicht solche ketzerischen Überlegungen anzustellen. Also hatte sie mit der Zeit gelernt, ihre Gedanken lieber für sich zu behalten.

Fast erwartete sie, wieder die Erscheinung ihrer Mutter zu sehen. Sie hätte ihr gerne gesagt, dass sie sich keine Sorgen mehr um sie und die Kleinen machen müsste. Aber vielleicht wusste sie das ja auch so.

Daniel hatte nicht gescherzt: Sie waren tatsächlich zur Weihnachtsparty des Gouverneurs am 26. Dezember 1843 eingeladen worden! Als Molly den Briefbogen aus schwerem Bütten so feierlich hereingetragen hatte, als handele es sich um eine empfindliche Kostbarkeit, hatte Friederike ihren Augen nicht trauen wollen.

»Wieso bist du so überrascht? Ich habe es dir doch gesagt«, hatte ihr Mann augenzwinkernd bemerkt, das Siegel gebrochen und ihr das Blatt mit der verschnörkelten Handschrift präsentiert. »Gouverneur George Grey Esq. wäre es eine Freude, den ehrenwerten Herrn Daniel Aldenhoff und seine Gattin zu seiner Soiree begrüßen zu dürfen. – Et cetera, et cetera. Na, hoffentlich ist das Büfett besser als letztes Jahr!«

Am Heiligen Abend fuhren alle, bis auf Mrs. Burkett und Molly, zum Gottesdienst nach Segensthal. Zu Friederikes Enttäuschung hatte sich am Zustand ihres Vaters nicht das Geringste geändert. Immer noch lag er vor sich hin starrend in seinem Bett. Obwohl seine Brust sich hob und senkte und seine Lider regelmäßig schlugen, erschien er Friederike wie ein lebender Leichnam. War das noch ihr Vater? Der Erscheinung nach, ja, aber wo war sein Geist? Als sie sich über ihn beugte, um ihn auf die eingefallene Wange zu küssen, kam es ihr einen Lidschlag lang so vor, als blitzte etwas vom alten Christian Thiele in seinen Augen auf. Aber es war so schnell wieder verschwunden, dass sie den kurzen Eindruck als Einbildung abtat.

»Dr. Woodforde meinte, es würde nicht mehr lange dauern«, sagte Mutter Weidner leise und wischte behutsam einen Speichelfaden ab, der ihm aus dem Mundwinkel rann. »Vielleicht ist es das Beste für ihn. Seit dem Tod deiner Mutter war er nicht mehr derselbe. Als wäre ein Teil von ihm mit ihr gestorben.«

Mutter Weidners Worte gingen Friederike nicht aus dem Kopf. Während Pastor Fichtes Predigt schweiften ihre Gedanken ständig ab, und so bemerkte sie erst beim Hinausgehen, dass die gesamte Familie Staude mit allen Schwiegersöhnen und -töchtern fehlte. Ihre Frage nach dem Verbleib der Sippe ließ die ältere Frau finster das Gesicht verziehen. »Die Staudes sind allesamt nach Lobethal umgesiedelt«, zischte sie. Mit einem raschen Blick vergewisserte sie sich, dass Pastor Fichte außer Hörweite war, ehe sie unterdrückt weitersprach. »Der Pastor soll viel weniger streng sein. In Lobethal darf getanzt werden, und sie spielen sogar sonntags Karten. Überhaupt heißt es, dass es in den neuen Siedlungen hinter den Hügeln recht munter zuginge. Kein Wunder, dass die jungen Leute lieber dort leben wollen.«

»Eine gesegnete Weihnacht!« Ungeachtet des frommen Wunsches funkelten Witwe Schulzes kleine, dunkle Knopfaugen boshaft. »Dass du dich auch noch mal hier blicken lässt, Friederike Thiele! Man könnte meinen, du willst mit uns nichts mehr zu tun haben, so selten, wie du deinen armen Vater besuchst. Ja, ja: ›Verwöhne dein Kind, und es wird dein Schreck werden, tändle mit ihm, und es wird dir Kummer bereiten.‹[16]« Mit dem Kopf nickend wie eine Jahrmarktspuppe trippelte sie weiter.

»Mach dir nichts aus dem alten Giftbeutel«, sagte Mutter Weidner tröstend. »Was würde es nützen, wenn du von morgens bis abends an seinem Bett sitzen würdest? Gar nichts. Da kannst du genauso gut deine Girlanden für den Gouverneur binden. – Ich freu mich so für dich, Herzchen!« Impulsiv zog sie Friederike an ihren mächtigen Busen. »Zu denken, dass eine von uns tatsächlich dort eingeladen ist«, strahlte sie so stolz, als sei diese Ehre ihr höchstpersönlich zugefallen. »Was sagst du dazu, Heinrich?«

»›Wer sich selbst erhöht, der wird erniedrigt, und wer sich selbst erniedrigt, der wird erhöht‹«, dämpfte Friederikes Bruder sofort ihre Begeisterung. »Ich hoffe, Schwester, dass du dich nicht von der Hoffart der sogenannten feinen Gesellschaft anstecken lässt.« Sein missbilligender Blick glitt über ihr elegantes Nachmittagskleid, den mit Blumen geschmückten Hut, und blieb an den Handschuhen aus weißem Ziegenleder hängen. »Aber wie ich sehe, bist du bereits auf dem besten Weg dorthin.« Er schenkte ihr ein knappes Nicken und verschwand in der Menge.

»Mein geschätzter Schwager scheint nicht allerbester Laune heute Abend«, stellte Daniel belustigt fest und zog sie dicht an seine Seite. Dankbar schmiegte sie sich an ihn, während sie gemeinsam die Weihnachtsgrüße der anderen Nachbarn entgegennahmen und erwiderten. Waren Pastor Fichtes Predigten immer schon so langatmig gewesen? Und Witwe Schulze immer schon so bösartig? Auch ihr Bruder

16 Sirach 30, 9

erschien ihr auf einmal seltsam fremd. Der junge Mann mit dem verkniffenen Gesicht – war das noch derselbe Heinrich, mit dem sie als Kind Vogelnester ausgenommen und Krebse gefangen hatte?

Geradezu erleichtert verabschiedete sie sich von den Segensthalern und drehte sich nicht einmal um, während sie zurück nach Gut Sonnenhof fuhren.

❖

Inzwischen konnten Keork und sie sich schon recht gut verständigen. Seine Kenntnisse in *Kaurna* waren fast so gut wie ihre in Deutsch. Seit einiger Zeit hatte er begonnen, ihr auch die englische Sprache beizubringen. Kartanya fand sie einfacher als die deutsche.

Keork hatte ihr erklärt, dass nur der kranke Vater und der älteste Bruder in ihrem alten Haus wohnen bleiben würden. Der Rest der Familie würde nach der Hochzeit zum Ehemann seiner Schwester ziehen. Eine seltsame Hochzeit war das gewesen! Zuerst riefen sie in der heiligen Hütte die Geister an und sangen. Kartanya sah eine Zeit lang durch ein Fenster zu, aber dann wurde es ihr zu langweilig, und sie besichtigte stattdessen den Festplatz. Auch der entsprach nicht ihren Erwartungen. Sie wusste inzwischen, dass die Weißen es nicht schätzten, auf dem Boden zu sitzen. Aber dass sie sich damit zufriedengeben würden, das ganze Fest hindurch auf diesen Holzbrettern zu hocken, zu essen und zu singen – das fand sie doch enttäuschend.

So beschloss sie, die Zeit zu nutzen, um sich einen guten neuen Lagerplatz nahe an der zukünftigen Wohnstatt ihrer Familie zu suchen. Ihre spärliche Habe war schnell zusammengesucht. Ohne einen Blick zurück brach Kartanya auf.

Die Schafhirten, deren Lager sie auf ihrem Weg passierte, machten einen netten Eindruck. Sie saßen um ihr Feuer, und beim Geruch des Fleisches, das sie darüber brieten, lief Kartanya das Wasser im Munde zusammen. Sie hatte nicht gewagt, von den Speisen, die für die Hochzeit ihrer Schwester vorbereitet worden waren, auch nur einen Bissen zu nehmen. Bis der Duft in ihre Nase drang, war ihr gar nicht bewusst gewesen, dass sie seit morgens nichts gegessen hatte. Es war ein großes Stück Fleisch. Mehr als genug für die Männer und für sie. Und sie müsste kein eigenes Feuer zum Schutz vor dem *Kuinyo* anzünden.

Im Vertrauen auf ihre Sprachkenntnisse trat sie aus den Büschen und kam hungrig näher. Immerhin vertrieben sie sie nicht mit Steinwürfen.

»Guten Abend«, sagte sie langsam. »Darf ich mich zu euch setzen?«

Ihr Erstaunen darüber, dass sie ihre Sprache sprach, war so offensichtlich, dass Kartanya ein übermütiges Kichern nicht unterdrücken konnte. Sie schienen ihr freundlich gesinnt zu sein, denn ein Mann mit Bart sagte zu ihr: »Na klar doch, Mädchen. Bist du von der Mission?«

Kartanya schüttelte den Kopf und konnte dabei ihren Blick nicht von dem fetten Fleischstück abwenden.

»Hast du Hunger?« Er war ihrem Blick gefolgt.

»Großen Hunger!« Kartanya hockte sich in höflichem Abstand von ihnen auf die Fersen und ließ ihr *Yammaru* und die Jagdwaffen zu Boden gleiten.

»Komm doch näher. Trink mit uns«, forderte ein anderer sie auf.

»Danke, ich trinke kein brennendes Wasser«, lehnte sie höflich ab. Der Mann runzelte ungehalten die Brauen.

»Wenn du mit uns sitzt, trinkst du auch mit uns. Es wäre

sehr unhöflich von dir, es nicht zu tun«, sagte der Mann mit Bart und warf dem anderen einen warnenden Blick zu. Kartanya erinnerte sich daran, dass ihr Vater immer große Mengen von diesem Dämonenzeug in sich hineingeschüttet hatte. Wenn sie nur wenig trank, war die Wirkung vielleicht nicht so verheerend? Kartanya nahm den Becher entgegen und nippte vorsichtig daran. Es brannte tatsächlich wie Feuer in ihrer Kehle, fraß sich in ihr Inneres. Entsetzt rang sie nach Luft. Die Männer lachten schallend. »Na los, Mädchen, runter damit«, befahl der Bärtige. »Du wirst sehen, du fühlst dich danach gleich besser.« Er zog sein Messer, schnitt ein großes Stück Fleisch ab und reichte es ihr. »Da, probier mal.«

Kartanya schlang gierig das Fleisch hinunter, ließ den Becher jedoch unberührt. »Danke«, sagte sie höflich und leckte auch noch den letzten Rest von den Fingern. »Das war sehr gut.« »Unser Schnaps ist auch gut«, sagte der Bärtige und fixierte sie auf eine Art und Weise, die ihr Angst machte. Vielleicht sollte sie sich doch lieber eine eigene Lagerstelle suchen …

In dem Augenblick stürzten sich bereits zwei der Männer auf sie. »Du undankbare schwarze Hure wirst unseren Schnaps nicht zurückweisen«, sagte der Bärtige und grinste bösartig. »Haltet sie fest, Leute!«

Sie zwangen sie, Unmengen von dem brennenden Wasser zu schlucken. Zuerst war es schrecklich, dann verschwammen ihre Gesichter um sie herum, und eine große Gleichgültigkeit verdrängte alles andere. Sie empfand nichts mehr. Erleichtert überließ sie sich der Schwärze, die sie einhüllte, aufsaugte wie die Felsspalte im heiligen Berg.

Als sie am nächsten Morgen das Bewusstsein wiedererlangte, hatte sie das Gefühl zu sterben. In ihrem Kopf hämmerten Dämonen, andere wühlten sich durch ihre Eingeweide. Kartanya wimmerte, als ein Sonnenstrahl ihr ins Gesicht fiel. Scharf wie ein Messer schien er mitten durch ihren Kopf zu schneiden. Sie konnte nicht aufstehen, alle Glieder schmerzten. Auf allen vieren kroch sie mühsam in den Schatten der Büsche und fiel erneut in eine Art Betäubung.

Als sie zum zweiten Mal zu sich kam, hatte das Hämmern etwas nachgelassen. Sie konnte die Augen öffnen. Der Lagerplatz war verlassen. In der Asche des Feuers lagen noch ein paar verkohlte Knochen. Und dort, wo sie sie gestern niedergelegt hatte, ihre Habseligkeiten. Sonst hatten die Männer nichts zurückgelassen.

Großmutter hatte Recht gehabt. Sie hätte sich von den Schafhirten fernhalten sollen.

Bis zum Einbruch der Nacht war es Kartanya wenigstens gelungen, das Feuer wieder in Gang zu bringen. Zu einer zitternden Kugel zusammengerollt dämmerte sie neben seiner knisternden Wärme vor sich hin, immer auf der Hut und bereit, in den Busch zu flüchten, sollten die Männer zurückkehren.

Nichts geschah, und am nächsten Morgen fühlte sie sich kräftig genug, einen geeigneten Lagerplatz in der Umgebung der neuen Wohnstatt ihrer Familie zu suchen. Nach ein paar Tagen waren die Schmerzen verschwunden, und Kartanya versuchte, nicht mehr an die Männer mit dem brennenden Wasser zu denken. Sie lebte. Das allein zählte.

Sie begann, die neue Wohnstatt ihrer Familie auszukundschaften. Neue Gesichter waren aufgetaucht: eine dicke Frau und ein junges Mädchen. Keork hatte ihr erklärt, dass es keine Verwandten seien, sondern Dienstboten. Die Weißen hatten Dienstboten, wenn sie ihre Arbeit nicht mehr allein bewältigen konnten. Die dicke Frau war für die Versorgung mit Essen zuständig und wurde Köchin genannt. Kartanya sorgte sich ein wenig, ob ihre Schwester mit ihr zurechtkäme: Ältere Frauen ließen sich normalerweise nichts von jüngeren sagen. Zumindest war das bei den *Kaurna* so.

Kapitel 9

Aus der Residenz des Gouverneurs waren schon von weitem Musik und das für eine große Gesellschaft typische Stimmengewirr zu vernehmen. Daniel ließ die beiden Braunen vor der Außentreppe halten, warf die Zügel den bereitstehenden Pferdeknechten zu und sprang vom *Gig*. Eine Spur ängstlich sah Friederike in sein zu ihr emporgewandtes Gesicht, ehe sie sich vom Bock helfen ließ. Für ihn mochte es nur eine Party unter vielen sein – für sie war es eine Art Feuerprobe.

»Du siehst großartig aus«, murmelte Daniel ihr zu, während sie Arm in Arm die Stufen hinaufschritten. »Die Herren werden dir in Scharen zu Füßen liegen, warte nur ab.«

Friederike musste über diese alberne Bemerkung lachen. »Das kommt nur von Mrs. Taylors Kleid und dem wundervollen Schmuck, den du mir geschenkt hast.« Andächtig berührte sie das Collier aus indischen Smaragden und kleinen Diamanten – Daniels Weihnachtsgeschenk – mit den Fingerspitzen und spürte, wie eine verräterische Hitze in ihre Wangen stieg. Die Kette würde sie immer an einen denkwürdigen Weihnachtsmorgen erinnern.

Wie gewöhnlich war sie vom unmelodischen Lärmen der Vogelschwärme in den Eukalyptusbäumen geweckt worden. Als sie die Augen aufschlug, blickte sie genau in das Gesicht ihres Mannes. »Fröhliche Weihnachten!«, rief er und befahl ihr dann: »Mach die Augen zu!« Verwirrt gehorchte sie, riss die Augen aber sofort wieder auf, als etwas Hartes, Kaltes sich um ihren Hals schmiegte. Eine Halskette! Keine der Segensthalerinnen trug Schmuck, auch die Thiele-Frauen hatten nie welchen besessen. Ohne in ihrer Aufregung darauf zu achten, dass sie nackt war, glitt sie vom Bett und stürzte zur Waschkommode.

»Das ist doch viel zu kostbar für mich!«, entfuhr es ihr. Behutsam, als könne die kunstvolle Juweliersarbeit Schaden nehmen, betastete sie das harte Metall, das schon ihre Körperwärme angenommen hatte und sich nicht mehr ganz so fremd anfühlte.

»Keineswegs. Ich finde, es passt perfekt zu dir.« Daniels Gesicht schob sich in ihr Blickfeld, und die offene Bewunderung darin schmeichelte ihr. »Es ist doch nur eine Kleinigkeit. Nichts Besonderes. Trag es in Gesundheit.«

Spontan drehte sie sich um und schlang die Arme um ihn. »Ich habe kein Geschenk für dich«, sagte sie betrübt. »Mrs. Burkett hat erzählt, dass die Kinder in England am ersten Weihnachtsmorgen Süßigkeiten bekommen, aber sie hat nichts davon erwähnt, dass auch die Erwachsenen sich beschenken würden.«

»Mach dir nicht so viele unnötige Gedanken«, murmelte Daniel und beugte den Kopf, um sie auf die nackte Schulter zu küssen. »Ich wüsste da etwas, womit du mir eine riesengroße Freude bereiten könntest ...« Mehr als bereitwillig folgte sie ihm zum Bett, wo er sich auf den Rücken fallen ließ und sie spitzbübisch angrinste.

An diesem Morgen waren sie ziemlich verspätet zum Frühstück erschienen, und Friederike hatte sich die ganze Zeit gefragt, ob man ihnen nicht ansehe, wie verrucht sie den Weihnachtsmorgen begonnen hatten. Seltsamerweise fühlte sie sich immer noch wunderbar, sobald sie daran dachte.

»Ich freue mich sehr, dass Sie kommen konnten«, begrüßte Gouverneur Grey sie und lächelte mit der aufgesetzten

Überschwänglichkeit des routinierten Gastgebers, der sich vollkommen darüber im Klaren ist, dass eine Einladung in seine Residenz von jedem Einwohner Südaustraliens als Ehre aufgefasst würde. »Nun, meine Liebe, haben Sie sich auf Gut Sonnenhof schon eingelebt?« Ohne wirklich an ihrer stotternden Antwort interessiert zu sein, tätschelte er väterlich Friederikes Hand. »Amüsieren Sie sich gut!« Und schon wandte er sich dem Paar hinter ihnen zu.

Eine Spur beklommen ließ Friederike sich von Daniel in den großen Saal führen, wo alles, was in der Gesellschaft von Adelaide Rang und Namen hatte, versammelt war. Es war ein beeindruckender Raum, der sich über die gesamte Ostfront des Gebäudes hinzog. An den mit strohfarbener Duppionseide aus China bespannten Wänden hingen Unmengen von Bildern. Liebliche Landschaften und Jagdszenen wechselten mit Porträts hochnäsig auf den Betrachter hinunterschauender Männer und Frauen in altmodischer Kleidung. Friederike hätte sie gerne genauer betrachtet. Schon um Mariechen eine genaue Beschreibung geben zu können. Wie begeistert wäre die Kleine von diesen farbenprächtigen Gemälden!

Vielleicht würde sich später eine Gelegenheit dazu ergeben?

Die Lamellentüren, die auf die Veranda im indischen Stil hinausführten, standen weit offen, um jede Brise des erfrischenden Abendwinds einzufangen. Später würden die glitzernden Kronleuchter angezündet werden, aber im Augenblick reichte das Licht noch aus, um jeden Neuankömmling kritisch begutachten zu können. Auch Friederike war sich der prüfenden Blicke, die ihnen unauffällig zugeworfen wurden, nur allzu bewusst. Am liebsten hätte sie auf dem Absatz kehrtgemacht. Die Phalanx würdevoller Herren in schwarzen Gesellschaftsanzügen und Damen in raschelnder Abendtoilette erschien ihr furchteinflößend, geradezu feindselig. Eine ältere Dame hob sogar ihr Lorgnon, um sie ungeniert genauer in Augenschein zu nehmen. Unwillkürlich erinnerte sie sich daran, wie sie sich damals in Michael Pembertons eleganter, ein wenig überheblicher Gegenwart gefühlt hatte: als linkisches, ungebildetes Bauerntrampel.

Sie umklammerte den Arm ihres Mannes fester. Musste Daniel ausgerechnet auf die Gruppe um den Mann mit dem fleischigen Gesicht zusteuern, der sie mit den Augen zu taxieren schien wie ein Stück Vieh?

»Aldenhoff! Schön, Sie zu sehen«, dröhnte er und kam mit ausgestreckten Händen auf sie zu. »Ich habe gehört, Sie haben sich von einer kleinen Lutheranerin einfangen lassen?«

»Sie haben richtig gehört, Mr. Morphett«, erwiderte Daniel leichthin und ertrug, ohne mit der Wimper zu zucken, dass der Mann seine Hand ergriff und schüttelte, als betätigte er einen Pumpenschwengel. »Darf ich Ihnen meine Frau, Mrs. Friederike Aldenhoff, vorstellen?«

Unerwartet galant beugte der massige Mann sich über ihre Rechte und hauchte einen Kuss auf ihren Handrücken. Selbst durch den Satin ihrer Abendhandschuhe konnte sie seinen heißen Atem spüren und musste alle Selbstbeherrschung aufbieten, um ihm ihre Hand nicht zu entreißen, die er einfach weiter in seiner hielt, als hätte er vergessen, sie loszulassen.

»Mir scheint, Sie sind ein echter Glückspilz, mein Lieber«, stellte Morphett fest, während seine Blicke tief in Friederikes Dekolleté tauchten. »Gratulation! – Das muss begossen werden. Her mit dem Champagner!«

Auf seinen herrischen Wink hin beeilte der zunächst stehende Diener sich, ihnen das Getränketablett zu präsentieren. »Auf eine glückliche Ehe und viele gesunde Kinder. Die deutschen Frauen sollen ja sehr fruchtbar sein.« Er hob sein Glas und trank mit einem großen Schluck Friederike zu. Dabei blinzelte der grässliche Mensch Daniel so anzüglich zu, dass sie spürte, wie ihre Wangen glühend heiß wurden.

Den mit Stentorstimme vorgetragenen Trinkspruch hatte nun wirklich niemand der Anwesenden überhören können, und so war ein wahrer Ansturm von Gratulanten die Folge. Zuerst war Friederike dankbar, dadurch Mr. Morphetts unangenehmer Nähe zu entkommen, aber bald schon verschwammen die Gesichter vor ihren Augen zu einem Kaleidoskop aus Augen und Mündern. Wie sollte sie sich jemals die zahllosen Namen der neuen Bekannten merken?

»Friederike, Liebes, wie schön, Sie hier zu sehen!« Mrs. Willoughbys vertraute Gestalt schob sich mithilfe ihres Gehstocks energisch durch die Menge. Erleichtert begrüßte Friederike die alte Freundin.

»Sie sehen einfach bezaubernd aus«, stellte Mrs. Willoughby fest. »Ich werde Sie nicht fragen, wie es Ihnen geht – es steht Ihnen auf die Stirn geschrieben.«

Friederike spürte, wie dank Mrs. Willoughby ihre Anspannung allmählich nachließ. »Ich freue mich ganz schrecklich, Sie wiederzusehen«, murmelte sie und erwiderte die Umarmung der Älteren herzlich. »Es kommt mir vor, als hätten wir uns seit einer Ewigkeit nicht mehr gesehen.«

»Ja, ich habe unsere Plauderstündchen auch vermisst«, gab Mrs. Willoughby eine Spur wehmütig zu. »Möchten Sie sich nicht unserer Runde anschließen?« Sie wies auf eine kleine Sitzgruppe in der Nähe des Büfetts. »Die Damen von der literarischen Gesellschaft können es kaum erwarten, Sie kennenzulernen.«

Allmählich begann Friederike, sich tatsächlich zu amüsieren. Mrs. Willoughbys Freundeskreis nahm sie mit so unverfälschter Herzlichkeit auf, dass sie rasch ihre anfängliche Zurückhaltung aufgab. Die Damen waren überaus interessiert daran zu erfahren, wie es in einer streng-lutheranischen Gemeinde zuging und revanchierten sich mit angeblichen und echten Abenteuergeschichten aus dem australischen Busch. Dabei fiel auch der Name Menge. »Was den Mann nur immer in den Busch treibt? Angeblich soll er dort barfuß umherstreifen, unter freiem Himmel schlafen und mit den Wilden fraternisieren«, wunderte eine jüngere Dame sich. »Dabei ist er doch ein gebildeter, kultivierter Mann.«

»Oh ja, das ist er«, bestätigte eine andere. »Er spricht über dreißig Sprachen fließend. Sogar Eingeborenendialekte, die man ja nur als eine Art Kauderwelsch bezeichnen kann.«

»Es heißt, er lebt sogar bei ihnen. Wie hält er diesen Gestank nur aus? Und außerdem stehlen sie wie die Raben! Es wird wirklich Zeit, dass der Magistrat endlich Schritte ergreift, um sie zumindest von der Stadt fernzuhalten«, empörte sich eine Matrone in pflaumenfarbenem Taft. »Meine Cousine Millie schrieb mir neulich, dass sie bei sich eine Strafexpedition ausgeschickt hätten, die ordentlich unter den Kerlen aufgeräumt hat. Seitdem sei kein einziges Schaf mehr verschwunden. – Haben Sie auch so unter dem Diebsgesindel zu leiden?«, wandte sie sich mitfühlend an Friederike.

»Nein, nicht, dass ich wüsste«, stammelte die unangenehm berührt. Die Elendsgestalten, die hier und da um Essen bettelten, waren ihr immer eher bemitleidenswert erschienen.

»Es heißt, dass Menge seine Erfolge bei der Erzsuche diesen Kontakten zu den Eingeborenen verdankt«, warf die sanfte Stimme Mrs. Willoughbys ein. »Gerade heute Morgen erst habe ich gehört, er hätte im Süden riesige Goldfelder entdeckt. Weiß jemand etwas darüber?«

»Gold im Süden? Darüber ist mir nichts zu Ohren gekommen. Ich weiß nur etwas von Kupfer nördlich von Adelaide«, mischte ein Herr sich interessiert ein. »Bei einem Ort namens Tanunda soll er ein Vorkommen entdeckt haben, das zu den schönsten Hoffnungen berechtigt. – Ich wette, Morphett streckt bereits seine Finger danach aus«, fügte er mit gesenkter Stimme hinzu.

»Mr. Morphett besitzt weit und breit das meiste Land«, flüsterte Mrs. Willoughby Friederike erklärend zu. »Deswegen mögen ihn viele nicht.«

»Ich kann nur hoffen, dass diese Goldgeschichte sich nicht als wahr erweist«, bemerkte eine alte Dame mit knochigen Gesichtszügen düster. »Gott bewahre uns vor den Glücksrittern, die dann über Südaustralien hereinbrechen werden wie Heuschreckenschwärme!«

Die ersten zarten Geigenklänge der Tanzkapelle ließen alle Gespräche verstummen.

»Darauf habe ich mich seit Tagen gefreut«, raunte Daniels Stimme Friederike ins Ohr. »Darf ich bitten?« Wie aus dem Nichts war er hinter ihr aufgetaucht.

»Können wir nicht ein wenig warten? Bis mehr Leute tanzen …« Nervös rekapitulierte sie im Stillen die Schrittfolge.

»Der Gouverneur tanzt schon. Komm, lass es uns ausnutzen, dass man sich noch nicht auf die Füße tritt.« Damit zog er sie auf die Tanzfläche. »Und: eins, zwei, drei, eins, zwei, drei … Na, siehst du, es geht doch.«

Nach den ersten Momenten der Unsicherheit überließ sie

sich der Musik und Daniels Führung. Tatsächlich trug der Dreivierteltakt sie fast wie von selbst durch den Raum. Gestalten, Kerzen, Bilder verschwammen zu einem Reigen aus Farbe und Licht. Sie fühlte sich wie verzaubert, leicht wie eine Feder, die durch die Luft schwebte. Und immer noch wirbelte Daniel sie im Kreis herum, bis sich alles um sie herum zu drehen schien. Längst hatte sie jede Orientierung verloren, überließ sich ganz dem berauschenden Schwindel. Als die Klänge verstummten, blickte sie atemlos zu ihm auf. »Ich hätte nicht gedacht, dass Tanzen so viel Spaß macht!«, stellte sie strahlend fest.

Er lächelte verhalten. »Dann dürftest du heute Abend auf deine Kosten kommen. Die ersten Bewerber auf die nächsten Tänze sind bereits im Anmarsch.« Mit einem Kopfnicken wies er auf eine Gruppe junger Männer, die ungeduldig darauf warteten, dass er Friederike zu ihrem Platz bei Mrs. Willoughby zurückbegleitete. Tatsächlich kam sie im weiteren Verlauf des Abends kaum zum Ausruhen. Kaum hatte ein Herr sie zu ihrem Platz zurückgeführt, verbeugte sich schon der nächste und bat um einen Tanz. Selbst Mr. Mann geleitete sie feierlich zu einem der Reigentänze, die für die älteren Herrschaften gedacht waren. »Meine alten Knochen vertragen das Herumgehopse nicht mehr«, erklärte er in entschuldigendem Tonfall. »Wäre mir aber eine Ehre, mit Ihnen etwas Gemächlicheres zu absolvieren.«

Kurz vor Mitternacht, als sie gerade wieder neben Mrs. Willoughby Platz genommen hatte, kam es plötzlich zu einer Art Aufruhr an einer der Verandatüren. Zuerst achtete sie nicht weiter darauf. Zwei Bedienstete in der Livree des Gouverneurs schienen in eine Rangelei verstrickt. Erst als eine Frauenstimme laut Einlass forderte, horchte Friederike auf. War das möglich? Sie ließ den Fächer sinken, stand auf und ging wie von unsichtbaren Fäden gezogen auf die breiten Rücken der Männer zu, die die Frau dort draußen verdeckten.

»Ich will zu meiner Schwester, Mrs. Aldenhoff. Lasst mich gefälligst durch, ihr Kanaillen«, keifte eine vertraute Stimme. Der quengelige Unterton war unverkennbar. Trotz der durchklingenden Erschöpfung hatte Charlotte nichts von ihrer Unverfrorenheit eingebüßt. Die Lakaien wechselten einen unsicheren Blick, ehe sie beiseitetraten und eine abgerissene Gestalt durchließen. Im ersten Augenblick erkannte Friederike ihre Schwester nicht wieder. Barfuß, in zerschlissener Kleidung, erinnerte sie eher an eine Bettlerin als an die stets so eitle Charlotte!

Fassungslos starrte Friederike auf die armselige Erscheinung. Immer mehr Köpfe wandten sich neugierig dem Eindringling zu. »Bist du es wirklich, Charlotte?«, wisperte Friederike ungläubig und trat zögernd ein paar Schritte auf sie zu, als wolle sie sich aus der Nähe vergewissern. Die Frau fuhr herum und fixierte sie mit Augen, die wie im Fieber glühten.

»Wer sollte es sonst sein?«, fauchte sie. »Bist du so fein geworden, dass du deine Familie nicht mehr erkennst?« Sie lachte rau auf. »Kein Wunder. Mir ist es nicht so gut ergangen wie dir, Schwesterherz.« Herausfordernd warf sie den Kopf zurück und sah in die Gesichter der Umstehenden, als genieße sie auf perverse Art das Aufsehen, das sie erregte. Immer mehr Gäste hatten ihre anfängliche Scheu abgelegt und beobachteten nun in unverhohlener Neugier das Schauspiel. Es schien sich da ein saftiger Skandal anzubahnen, und die Gesellschaft von Adelaide war sich nicht zu fein, den Ablauf interessiert zu verfolgen.

»Bitte, lass uns hinaus auf die Terrasse gehen«, flüsterte

Friederike, entsetzt über Charlottes Auftreten. So schrecklich hatte sie sich früher nie benommen. Was war nur mit ihrer Schwester los?

»Bin ich dir vor deinen vornehmen Freunden peinlich?«, höhnte diese jetzt und streckte provozierend ihren deutlich gerundeten Bauch vor. »Guter Hoffnung nennt man so etwas. Guter Hoffnung – was für ein Witz!« Ein plötzlicher Schluckauf unterbrach die Tirade. Charlottes Blick wurde glasig und plötzlich stürzte sie wieder hinaus, wo sie sich heftig über das Geländer erbrach.

»Ich denke, es ist besser, wenn wir deine Schwester schleunigst in eine ruhigere Umgebung bringen«, sagte Daniels ruhige Stimme. Beruhigend drückte er Friederikes trotz der Wärme plötzlich eiskalte Hand. »Ich bitte Sie alle, uns zu entschuldigen.« Er verneigte sich in die Runde. »Meine Schwägerin leidet unter einer seltenen Nervenerkrankung, die sie manchmal unberechenbar werden lässt.« Er griff Friederikes Ellenbogen und dirigierte sie ebenfalls hinaus auf die Veranda. Mithilfe des Stallburschen gelang es, die stöhnende Charlotte auf den Bock des *Gigs* zu hieven. »Schaffst du es, sie festzuhalten?«, fragte Daniel Friederike. »Vermutlich wird sie noch ein paarmal vom Branntwein übermannt werden.«

»Du hältst sie für betrunken?« Entsetzt sah sie zu ihrem Mann auf.

»Voll wie eine Haubitze«, bestätigte der Stallbursche ungefragt und grinste so breit, dass seine schwarzen Zahnstummel sichtbar wurden. »Damit kenn ich mich aus, kleine Lady. Wär wahrscheinlich besser, sie ihren Rausch in einer der Stallungen ausschlafen zu lassen. Passen Sie bloß auf, dass Sie Ihnen nich über das schöne Kleid kotzt!«

»Danke, wir werden schon damit fertig.« Daniel half seiner Frau hinauf und dachte sogar daran, dem hilfsbereiten Burschen noch eine Münze in die Hand zu drücken, bevor er sich selber auf den Bock schwang und die Pferde antraben ließ. Mit einer Mischung aus Faszination und Mitleid packte Friederike ihre auf dem Sitz in sich zusammengesackte Schwester um die Schultern. Von ihren Kleidern ging ein muffiger Geruch aus. Nicht nach Branntwein. Eher erinnerte er an alte Kräuter.

»Wir können nur hoffen, dass sie wenigstens noch nicht süchtig ist«, bemerkte Daniel düster, während er den Wagen langsam aus Adelaide hinauslenkte. »So wie sie stinkt, hat sie die letzten Wochen in einer Opiumhöhle verbracht.«

»Woher willst du das wissen?« Automatisch fühlte sie sich genötigt, ihre Schwester zu verteidigen. »Warst du schon einmal in einer Opiumhöhle?«

Er seufzte leicht. »In London gibt es mehr als genug davon. Und wer Opium einmal gerochen hat, wird den Geruch nie mehr vergessen. – Aber ich hätte nicht gedacht, dass diese Unsitte auch hier schon Fuß gefasst hat. Ich werde mit dem Gouverneur darüber reden müssen.«

Eine Zeit lang fuhren sie in brütendem Schweigen, hier und da unterbrochen von Charlottes Übelkeitsanfällen.

»Hast du mir nicht erzählt, deine Schwester wäre mit einem biederen Dentisten verheiratet?«, fragte Daniel schließlich zögernd, als widerstrebe es ihm, nachzuforschen.

»Hans Schumann hat sich damals Vater gegenüber als Drogist und Dentist bezeichnet. Und später habe ich gehört, dass er seine Praxis in Port Adelaide zeitweise aufgegeben hätte und in der Umgebung umherzöge«, erwiderte Friederike leise. »Aber niemals wäre ich auf den Gedanken gekommen, dass er Charlotte einfach auf die Straße setzen würde.« Wut auf diesen jungen Mann mit dem überheblichen Mundwerk stieg in ihr auf. Was hatte er sich dabei gedacht, Charlotte ihrer Familie und Nachbarschaft zu entfremden, um sie dann fortzuwerfen wie einen alten Lumpen?

»Wir wissen noch nicht, was wirklich geschehen ist«, erinnerte ihr Mann sie. »Ich fürchte, wir werden warten müssen, bis deine Schwester wieder ansprechbar ist.«

Bei ihrer Ankunft auf Gut Sonnenhof waren alle Fenster dunkel. Daniel trug Charlotte in das am weitesten von den Kinderzimmern entfernte Gastzimmer und ging dann hinaus, um sich um Pferde und Wagen zu kümmern. Friederike blieb allein mit ihrer Schwester zurück. Sie zog ihr die stinkenden Lumpen aus, legte sie auf das Bett und ging in ihr Schlafzimmer, um ein Nachthemd für Charlotte zu holen. So rasch wie möglich tauschte sie ihre Abendgarderobe gegen den schlichtesten Morgenrock, den sie besaß. Mit leisem Bedauern streifte ihr Blick kurz das große Bett, an dessen Annehmlichkeiten sie sich so gewöhnt hatte, ehe sie über den Flur zurück zu Charlotte ging.

Die hatte sich auf den Rücken gedreht und lag nun völlig nackt in einem hellen Streifen Mondlicht, der quer über das Bett verlief. Früher hätte Friederike schamhaft die Augen abgewandt. Jetzt betrachtete sie den Körper ihrer Schwester mit besorgtem Interesse. Der runde Bauch wölbte sich wie ein harter Hügel aus ihrem Leib. Auch die Brüste wirkten ungewohnt massig. Von violetten Adern durchzogen, die Warzenhöfe dunkel konturiert, lagen sie schwer auf ihrem Brustkorb, als wollten sie sie erdrücken. Nichts an dieser unförmigen Gestalt erinnerte mehr an die porzellangleiche Anmut von früher. Mitleid wallte in Friederike auf. Sie breitete ein Leintuch über Charlotte und versuchte, es sich in dem Sessel neben dem Bett so bequem wie möglich zu machen. Die Nacht würde sie wohl oder übel hier verbringen müssen.

Ein schüchternes Klopfen an der Tür ließ sie aufschrecken. Steif und mit schmerzendem Genick ging sie zur Tür. »Daniel lässt fragen, ob sie schon wieder bei Bewusstsein ist«, flüsterte Marie-Luise mit weit aufgerissenen Augen, während sie an Friederike vorbei auf das Bett starrte. »Und ob er Dr. Woodforde rufen lassen soll.«

Charlotte stöhnte laut auf, wälzte sich schwerfällig zur Wand und begann leise röchelnd zu schnarchen. »Ist sie sehr krank?«, erkundigte die Jüngere sich.

»Ich hoffe nicht«, sagte Friederike. Daniels Bemerkung über die Opiumsucht kam ihr wieder in den Sinn, aber auch ihre eigene Sorge, die Schwester könnte zur Branntweintrinkerin geworden sein. Beides wäre katastrophal in ihrem Zustand. Sie trat ans Fenster, um die schweren Samtvorhänge vorzuziehen. Im gnadenlosen Tageslicht wirkte Charlottes plumpe Form noch erschreckender.

»Was hat sie eigentlich?«, fragte Marie-Luise naserümpfend von der Tür her. Sie scheute sich offensichtlich, das Zimmer zu betreten. »Sie stinkt fast so schlimm wie der alte Bettler am Markt. Außerdem scheint sie schrecklich dick geworden zu sein.«

Friederike überlegte kurz, welche Ausflüchte sie der Kleinen auftischen sollte, ehe sie sich für die Wahrheit entschied. Früher oder später würde es ja doch jeder erfahren. »Sie ist guter Hoffnung«, erklärte sie kurz angebunden. »Und sie stinkt so, weil sie zu viel Branntwein in sich hineingeschüttet hat.«

Marie-Luise starrte sie mit offenem Mund an. Friederike fasste einen Entschluss: »Geh zu Mrs. Burkett und bitte sie, mir alles zu schicken, was man braucht, wenn jemand sich einen Rausch angetrunken hat.« In Segensthal war Alkohol verpönt, deswegen verfügte sie über keine Erfahrung, was in einem solchen Fall angebracht war. Sie hoffte, die Köchin würde besser Bescheid wissen. Und Mrs. Burkett enttäuschte sie nicht. Kurze Zeit später erschien sie mit einem Krug, aus dem Übelkeit erregende Dämpfe aufstiegen, gesalzenem Fisch, trockenem Brot und einer Handvoll Limetten. Über dem Arm trug sie ein Sammelsurium diverser Leinentücher und Lappen. Der zusammengekniffene Mund und der finstere Blick verrieten deutlich ihre Missbilligung. »Ich habe das hier immer für einen anständigen Haushalt gehalten«, murrte sie. »Stimmt es, dass diese Person da ihre Schwester ist?«

»Diese Person, wie Sie sie nennen, ist in der Tat meine ältere Schwester Charlotte, Mrs. Burkett«, sagte Friederike mit fester Stimme und richtete sich kerzengerade auf. »Und ich würde Sie bitten, sie nicht im Voraus zu verdammen. Wir wissen noch nichts darüber, aus welcher Verzweiflung heraus sie gestern übermäßig getrunken hat.«

»Nach meiner Erfahrung braucht es dazu nicht viel«, gab die Köchin unbeeindruckt zurück. »Aber weil Sie es sind, Madam, werde ich mein Bestes tun. Gehen Sie nur derweil sich ein wenig hinlegen. Sie sehen ja völlig erschöpft aus.«

Tatsächlich hätte sie sich nur zu gerne auf die kühlen weißen Laken gelegt, die leichte Seidendecke über sich gezogen und wäre eingeschlafen. Aber dafür war jetzt keine Zeit! Hastig wechselte sie den Morgenrock gegen eines ihrer leichten Baumwollkleider, die sie auch auf den Blumenfeldern trug. So wie Charlotte gestern auf ihr Abendkleid reagiert hatte, wollte sie sie nicht damit provozieren, dass sie ihr in eleganter Garderobe gegenübertrat. Ein Blick in den Toilettenspiegel erinnerte sie daran, dass ihr Haar immer noch zu einer aufwändigen Abendfrisur hochgesteckt war. Ungeduldig zog sie die Nadeln heraus und flocht es so rasch wie möglich zu einem schlichten Zopf, den aufzustecken sie sich nicht die Mühe machte.

»Bist du sicher, dass wir nicht doch besser Dr. Woodforde kommen lassen sollten?« Daniel stand in der offenen Tür und rieb sich das Kinn. »Wenn sie tatsächlich opiumsüchtig ist, kann es hier sehr schnell sehr unangenehm werden. Damit ist nicht zu spaßen.«

»Ich bin mir sicher, dass Charlotte nicht opiumsüchtig ist«, erklärte Friederike voller Überzeugung. »Und ich kann mir auch nicht vorstellen, dass sie eine Trinkerin geworden ist.

Charlotte hat Branntwein niemals angerührt. Ihr liederlicher Ehemann muss sie dazu verführt haben. Diese Kanaille! Wenn sich der hier blicken lässt …« Sie ballte die Fäuste. Ihr Zorn auf den Schwager übertünchte den klitzekleinen Zweifel an Charlottes eigenem Anteil an der gegenwärtigen prekären Situation.

Daniel hob in offener Skepsis die Augenbrauen, aber ein weicher Schimmer lag in seinem Blick, als er meinte: »Wie du willst, meine Liebe. Hoffen wir also, dass dein Vertrauen gerechtfertigt ist.«

Mrs. Burkett hatte in der Zwischenzeit wahre Wunder vollbracht. Charlottes zerlumpte Kleider, die einen so unangenehmen Geruch verbreitet hatten, waren verschwunden. Im Zimmer roch es jetzt nach Zitrusfrüchten und frisch gemähtem Heu. Die Flügeltüren standen weit offen, so dass sich die moosgrünen Damast-Gardinen, die das helle Sonnenlicht aussperrten und das Zimmer in ein diffuses Dämmerlicht tauchten, in der Morgenbrise bauschten.

Charlotte selbst lag, frisch gewaschen und mit einem Nachthemd bekleidet, die Haare zu einem lockeren Zopf geflochten, in den Kissen und wirkte so erbärmlich und elend, dass Friederikes Wut auf Hans Schumann prompt wieder aufloderte. Mühsam zwang sie sich zu einem Lächeln, während sie auf das Bett zutrat und in dem betont heiteren Tonfall, den man bei Krankenbesuchen normalerweise anschlägt, fragte: »Wie fühlst du dich heute Morgen, Lottchen?«

Charlotte verzog das Gesicht. »Mein Kopf schmerzt unerträglich, und meine Gliedmaßen fühlen sich an wie Pudding. Und ich habe schrecklichen Durst.«

»Mrs. Burkett wird dir gleich eine Limonade machen«, versprach Friederike und sah die Köchin, die gerade ihre Sachen wieder zusammenpackte, bittend an. Die nickte mürrisch und verschwand. »Ich möchte dir Daniel, meinen Mann, vorstellen.«

Charlottes Augen glitten mit aufkeimendem Interesse über Daniel Aldenhoff, der neben Friederike ans Bett getreten war. »Ich habe gehört, dass du es ausgesprochen gut getroffen hast«, sagte sie langsam. »Nicht so wie ich.« Die Bitterkeit in ihrer Stimme war unverkennbar. »Ich hätte dich gerne unter anderen Umständen kennengelernt, Schwager.« Mit einer Spur ihrer früheren Koketterie senkte sie die Wimpern.

»Nun, das lag wohl nicht in unserem Ermessen«, erwiderte er, während er sie aufmerksam musterte.

»Wieso starrst du mich so an?«

»Ich versuche zu erkennen, ob deine Pupillen normal sind«, sagte Daniel kühl, ging zum Fenster und zog mit einem Ruck die Vorhänge auf.

»Warum sollten sie das nicht sein?« Charlotte schien eher verwirrt als schuldbewusst. »Zieh die Vorhänge wieder zu. Es geht mir schon schlecht genug ohne das Licht.« Mit einem schmerzlichen Stöhnen griff sie nach der Blechschüssel neben dem Bett.

»Du erinnerst dich nicht an letzte Nacht?«, fragte Friederike besorgt. Ihre Schwester schüttelte nur schwach den Kopf und bat darum, endlich in Ruhe gelassen zu werden.

»Mir scheint nicht, dass sie unter etwas Schlimmerem leidet als einem gewaltigen Kater«, sagte Daniel leise zu Friederike, als sie auf den Flur traten. »Ich wette, in ein paar Stunden ist sie wieder gesund und munter.«

Tatsächlich besserte sich Charlottes Zustand bis zum Abend in erstaunlichem Maß. Marie-Luise hatte sich bereiterklärt, in regelmäßigen Abständen nach der Patientin zu sehen, denn Friederike hatte derzeit alle Hände voll zu tun. Momentan kam sie kaum mit den Lieferungen nach, da eine Festivität die andere jagte und »Thiele-Blumen« bei keinem Ereignis fehlen durften. Neben ihren geliebten Dahlien und den anderen aus der alten Heimat mitgebrachten Pflanzen waren Blütenbuketts aus französischen Rosen zum letzten Schrei avanciert. Als Daniel ihr von diesen neuartigen Rosen, die angeblich den ganzen Sommer über blühten, erzählte, hatte sie es nicht glauben wollen. Glücklicherweise hatte sie sich überreden lassen, eine Sendung zu bestellen, und zu ihrer freudigen Überraschung erfüllten die Rosen von der Île de Bourbon tatsächlich alle Erwartungen. Da sie in ihrer Heimat als Zaunersatz gepflanzt wurden, hatte Friederike sie als Umfriedung ihrer Blumenfelder gesetzt, und zurzeit standen sie bereits in voller Blüte. Die niedrigen Sträucher waren geradezu übersät von zart-pastellfarbenen

Blüten, die so betörend dufteten, dass die Gastgeberinnen jeden Preis dafür zahlten, ihre Räume damit parfümieren zu dürfen. Wenn es zutreffen sollte, dass sie die ganze Saison durchblühten, würden sie ihrer Besitzerin einen stolzen Gewinn einbringen.

Friederike streifte die Lederhandschuhe ab und inspizierte ein letztes Mal kritisch die fertigen Buketts, die gleich von einem Boten abgeholt werden würden. Es war eine gute Idee von Marie-Luise gewesen, australische Gräser und Eukalyptuslaub mit zu verarbeiten! Das silbrig schimmernde Blattwerk verlieh den Gestecken eine dezente Vornehmheit und ließ die Blütenfarben erst so richtig strahlen. Sorgfältig tränkte sie das Moos, das die Stängel frischhalten sollte, mit Wasser, als auch schon das Trappeln von Pferdehufen den Boten ankündigte. Der Mann war nicht zum ersten Mal da. Ohne nachzufragen akzeptierte er die versiegelte Rechnung. Eine weitere Neuerung, zu der ihr Mann ihr geraten hatte. Anfangs hatte sie der Idee eines eigenen Bankkontos ablehnend gegenübergestanden, aber inzwischen wusste sie die Vorzüge zu schätzen und ging wie selbstverständlich in den Räumen der *First Bank of Adelaide* ein und aus.

Friederike fegte die Pflanzenreste zusammen, die den großen Arbeitstisch und teilweise auch den Boden des Schuppens bedeckten, in dem sie ihren Blumenschmuck fertigte. Dabei sammelte sie die besonders saftigen Abschnitte auf und packte sie für Peter in ein großes Blatt. Georgs Wallaby hatte im Lauf der letzten Wochen seine Scheu vor Menschen weitgehend abgelegt. Vermutlich war das auf die ständigen Besuche der drei Kinder zurückzuführen, die jede freie Minute nutzten, ihm Leckerbissen vorbeizubringen und sein weiches Fell zu streicheln. Molly war seit der Ankunft des hilflosen Tiers auf Gut Sonnenhof regelrecht aufgeblüht und schien genauso vernarrt in ihn wie Georg und Marie-Luise. Jeden Abend hoppelte Peter, zwar noch etwas unsicher, aber ausgesprochen zutraulich, auf die Veranda, wo die Familie die Abendkühle zu genießen pflegte, und bettelte um Futter.

Auf dem Weg zurück zum Haupthaus lief Friederike eine aufgebrachte Marie-Luise entgegen. »Charlotte besteht darauf, zum Essen nach unten zu kommen«, rief sie ihr schon von weitem zu. »Ich habe ihr gesagt, sie solle gefälligst liegen bleiben. Aber du kennst sie ja: Sie will nicht auf mich hören.«

»Fühlt sie sich denn schon kräftig genug, um mit uns zu essen?«, fragte Friederike, erstaunt über die unerwartet schnelle Genesung. Sie hatte angenommen, dass die Schwester es möglichst lange auskosten würde, sich bedienen zu lassen.

»Jedenfalls möchte sie, dass du ihr ein Kleid leihst«, sagte Marie-Luise erbost. »Ganz wie früher. Mir scheint, Lotte hat sich kein bisschen verändert.«

Der Gedanke drängte sich auch Friederike auf, als Charlotte ins Esszimmer rauschte. Es war nicht so einfach gewesen, etwas zu finden, das ihrer Schwester in ihrem Zustand passte. Die vortreffliche Mrs. Taylor hatte sehr genau gearbeitet, und so gab es nicht ein einziges Kleid in Friederikes Schrank, das locker genug saß, um einer Schwangeren gerecht zu werden. Ratlos hatten sie vor dem prall gefüllten Schrank gestanden. »Du wirst wohl mit den Arbeitsblusen und einem der festen Röcke vorliebnehmen müssen«, hatte Friederike gerade gesagt, als die Hand ihrer Schwester vorgeschossen war. »Und das da?«

Den kostbaren, federleichten Kimono aus chinesischer Seide hatte Daniel ihr erst vor kurzem geschenkt, und eigentlich widerstrebte es Friederike, ihn herzugeben. »Früher hast du immer alles mit mir geteilt«, bemerkte Charlotte vorwurfsvoll. »Offenbar stimmt es, dass die Reichen ihren Reichtum gerne für sich behalten.« Es lag Friederike auf der Zunge, ihre Schwester daran zu erinnern, dass das Teilen immer ausgesprochen einseitig ausgefallen war. Stets war es Charlotte gewesen, die genommen, und sie, die gegeben hatte. Aber sie unterdrückte die Bemerkung. Es wäre wohl wirklich schäbig gewesen, Charlotte in ihrer Lage ein schönes Kleidungsstück vorzuenthalten, und so half sie ihr, den Kimono um ihren plumpen Körper zu wickeln.

Die Verspätung, mit der sie zum Dinner, wie sie das Abendbrot inzwischen nannten, erschien, war gut berechnet. Alle saßen bereits, aber die Platten mit den warmen Gerichten standen noch zugedeckt auf der Anrichte.

»Entschuldigt, ich habe nicht absichtlich getrödelt«, sagte Charlotte mit der auffallend hellen Jungmädchenstimme von früher. »Wo ist mein Platz?«

Nur noch ein Stuhl war unbesetzt, daher war die Frage eigentlich überflüssig. »Hier, neben mir«, rief Georg und sprang auf, um seine älteste Schwester stürmisch zu umarmen. »Ich wollte schon vorhin zu dir, aber sie haben mich nicht gelassen. Als ob ich ein Baby wäre! – Bist du wieder gesund? Hast du ordentlich Hunger? Mrs. Burkett hat Roastbeef gemacht!«

»Roastbeef?« Charlotte sah erstaunt in die Runde. »An einem ganz normalen Werktag? Du hast es wirklich gut getroffen, Rieke!« Vielsagend streifte ihr Blick über die Reihe der silbern glänzenden Speisehauben. »Was wohl Heinrich dazu sagen würde?«

»Verdirb uns nicht den Appetit«, bat Friederike. »Mrs. Burkett besteht auf ihren alten Gewohnheiten, und du wirst sehen, diese englischen Sitten sind überaus angenehm, wenn man sich erst einmal an sie gewöhnt hat.«

»Bleibst du jetzt auch hier?«, erkundigte Georg sich, nachdem sein erster Hunger gestillt war. »Wie Mariechen und ich?«

»Bisher wurde ich noch nicht eingeladen«, erwiderte sie gekünstelt lachend, wobei sie es sorgsam vermied, Friederike oder Daniel anzusehen.

»Hast du nicht geheiratet?«, fragte Marie-Luise mit einem für sie ungewöhnlich boshaften Unterton. »Wo ist eigentlich dein Mann?«

Das Besteck glitt aus Charlottes plötzlich kraftlosen Fingern, fiel klappernd auf ihren Teller und dunkelbraune Bratensoße spritzte auf die weiße Kimonoblende.

»Pass doch auf, das ist Friederikes bester Morgenmantel!«, fuhr Marie-Luise die Schwester an.

»Es tut mir so leid«, stammelte Charlotte, während sie hektisch mit ihrer Serviette an den Flecken herumrieb, was den Schaden nur vergrößerte. In ihre vergissmeinnichtblauen Augen traten Tränen und rollten über ihre schmal gewordenen Wangen.

»Was anderes als heulen kannst du auch nicht. Du bist wirklich zu nichts nutze!«, zischte ihre jüngere Schwester.

»Das reicht, Marie-Luise«, sagte Daniel ruhig. »Wenn du dich nicht zivilisiert benehmen kannst, gehst du besser auf dein Zimmer. Haben wir uns verstanden?«

»Entschuldige, Daniel.« Das Mädchen senkte beschämt den Kopf.

Friederike war ausgesprochen erleichtert, als sie nach dem Dessert endlich ihren Stuhl zurückschieben und damit die Mahlzeit beenden konnte. Die Konversation war mühselig gewesen. Marie-Luise hatte eisern geschwiegen und damit auch Georg verunsichert, der unbehaglich auf seinem Stuhl herumgerutscht war. Was war nur in ihre normalerweise so liebenswürdige jüngere Schwester gefahren?

Sie verspürte ein leichtes Pochen in den Schläfen. Die lange Nacht forderte ihren Tribut.

»Geht jetzt zu Bett, ihr beiden. Wir Erwachsenen müssen noch einiges bereden«, hörte sie Daniel freundlich, aber entschieden sagen. Am liebsten hätte sie ihn gebeten, diese Aussprache zu verschieben. Andererseits war es wohl besser, es hinter sich zu bringen. Sie folgte Daniel und Charlotte in den Salon.

Der Salon wurde jetzt im Sommer nicht benutzt, weil sie abends lieber auf der luftigen Veranda saßen. Daniel schloss die Fenstertüren und zog die Vorhänge vor. »Ich denke, es ist in unser aller Sinn, diese Aussprache möglichst ohne Lauscher zu führen«, bemerkte er beiläufig, während er den Kerzenleuchter auf dem Kaminsims entzündete. »Ich finde, du bist uns einige Informationen schuldig, Schwägerin.«

»Ja, natürlich.« Unschlüssig zupfte Charlotte an den Säumen des Kimonos. »Ich weiß nur nicht so genau, was …«

»Die Wahrheit wäre nett«, warf Daniel ein und griff nach der Brandykaraffe. »Das werde ich wohl brauchen«, murmelte er fast unhörbar, während er sich einen Drink eingoss.

»Was ist geschehen?« Friederike setzte sich neben ihre Schwester auf die Chaiselongue und legte ihr einen Arm um die Schultern. »Das letzte Mal haben wir uns gesehen, als wir im vorletzten Herbst zur Naturalisierung beim Gouverneur waren. Weißt du noch?«

»Wie könnte ich das jemals vergessen?«, sagte Charlotte. Bitterkeit ließ ihre Stimme rau klingen. »Feige wie die Hasen habt ihr mich meinem Schicksal überlassen.«

»Das stimmt nicht!«, protestierte Friederike erschreckt.

»Pastor Fichte hat Vater mit der Exkommunikation gedroht. Ihm blieb keine andere Wahl, als sich zu fügen!«

»Ach ja?«

»Ja!« Friederike spürte Ärger über die Engstirnigkeit ihrer Schwester in sich aufsteigen. »Er musste auch an uns denken. Es ging ja nicht nur um dich. Was glaubst du wohl, wie wir hätten leben sollen: Ausgestoßen aus der Gemeinde, als Aussätzige!«

»Aber mir habt ihr es zugemutet.«

»Wenn ich mich recht erinnere, warst du es, die unbedingt diesem Hans Schumann nachrennen musste«, widersprach Friederike ihr vehement. »Du hättest die Möglichkeit gehabt, dich uns wieder anzuschließen, und mit uns nach Segensthal heimzukehren. Aber du hast es ja darauf angelegt. Du wolltest gar nicht zurück.«

»Zu diesen langweiligen Frömmlern? Nie im Leben!« Charlotte schürzte verächtlich die vollen Lippen. »Aber darum geht es doch gar nicht.«

»Da muss ich dir Recht geben, liebe Schwägerin«, warf Daniel mit seidenweicher Stimme ein. »Um endlich zum Kernpunkt zu kommen: Wo ist dieser nebulöse Herr Schumann eigentlich verblieben?«

»Ja, stimmt. Ihr habt doch geheiratet.« Friederike starrte sie Bestätigung heischend an. Der Weinhändler hatte von dem Dentisten und seiner jungen Frau gesprochen. Sie mussten also zumindest zivilrechtlich Mann und Frau gewesen sein.

»Wir waren beim Magistrat«, gab Charlotte gleichgültig zu. »Und die erste Zeit mit Hans war auch ganz lustig. – Nicht, dass es mir so gutgegangen wäre wie dir, aber wir hatten unseren Spaß. Seine Drogerie lief gut, und er war so geschickt im Zahnziehen, dass die Leute von weither zu ihm kamen.« Sie verstummte, in Erinnerungen versunken.

»Das klingt nach einem aufstrebenden jungen Geschäftsmann. Was ging schief?«, fragte Daniel.

Charlotte seufzte theatralisch. »Ein Seemann verkaufte ihm Opium. Hans wollte daraus Laudanum herstellen. Das ist eine Tinktur, die bei Engländern sehr beliebt ist und gegen fast alles hilft. Gegen Kopfweh, Bauchweh, Durchfall ...«

»Ich weiß, was Laudanum ist«, unterbrach Daniel sie brüsk. »Ein Teufelsgebräu. Wer es einmal gewohnt ist, kommt nicht mehr davon los.« Sein Gesichtsausdruck verfinsterte sich. »So ein Zeug hat er hergestellt und verkauft?«

»Ja, und die Geschäfte liefen anfangs ganz ausgezeichnet«, bestätigte Charlotte naiv. »Die Flaschen wurden ihm aus den Händen gerissen. Bis Hans anfing, es selber zu nehmen. Da wurde er seltsam.«

»Was meinst du damit?«, flüsterte Friederike.

»Eben seltsam.« Charlotte hob ratlos die Schultern, suchte nach Worten für etwas, das zu beschreiben ihr offenbar schwerfiel. »Er aß kaum noch etwas. Er achtete nicht mehr auf sein Äußeres. Manchmal verschenkte er seine Flaschen, und manchmal beschimpfte er jeden, der den Laden betrat, aufs Übelste. Die Leute kamen nicht mehr zu ihm, auch nicht zum Zahnziehen. Sie gingen lieber zu den englischen Ärzten in Adelaide. Schließlich warf der Hausbesitzer uns auf die Straße.«

»Warum seid ihr nicht zu uns gekommen?« Friederike war den Tränen nahe. »Wir hätten euch doch geholfen.«

»Hans wollte nicht«, erwiderte Charlotte. »Er meinte, wir würden es auch ohne meine frömmelnde Familie schaffen. Er setzte sich in den Kopf, ins Barossa-Tal zu gehen und dort neu anzufangen.«

Das war wohl die Zeit gewesen, in der Friederike die Unterhaltung zwischen dem Domestiken und dem Weinhändler aufgeschnappt hatte. Aber hatte der nicht gesagt, der Dentist wäre nur vorübergehend auf Wanderschaft?

»Das mit der Wanderschaft habe ich überall herumerzählt«, erwiderte Charlotte auf Friederikes Frage, wandte den Kopf und starrte in die Kerzenflammen. »Ich wollte nicht, dass alle wissen, wie schlecht es um uns steht.« Ihre Hände ballten sich zu Fäusten, als sie mit gepresster Stimme leise hinzufügte: »Ihr hättet es doch alle nur für gerecht gehalten, dass ich für meine Sünden bestraft wurde.«

Friederike öffnete schon den Mund, als sie einen warnenden Blick ihres Mannes auffing und den Protest, zu dem sie angesetzt hatte, hinunterschluckte. Er hatte Recht: So aufgewühlt, wie Charlotte gerade war, hatte es keinen Sinn, ihr zu widersprechen.

»Der Plan mit Neu-Schlesien – er funktionierte nicht?«, warf Daniel sachlich ein.

Charlotte schüttelte den Kopf.

»Warum nicht? War er schon so süchtig nach dem Zeug?«

»Ich weiß nicht, ob das der Grund war.« Seine Schwägerin hob in einer Geste der Ratlosigkeit beide Hände. »Jedenfalls hielt er es ohne Branntwein nicht mehr aus. Was er verdiente, wanderte ins nächste Wirtshaus. Ich hielt uns mit Waschen und Näharbeiten gerade so über Wasser. Aber es wurde immer schlimmer.« Sie schluckte hart. »Zum Schluss war er nur noch betrunken.«

»War? – Wo ist er jetzt?« Daniel wirkte irritiert.

»In der Hölle, hoffe ich!« Das klang so hasserfüllt, dass Friederike bei der Vorstellung, was ihre Schwester offensichtlich hatte erleiden müssen, schauderte. »Eines Morgens wachte ich auf und war allein. Keine Spur von ihm, keine Nachricht. Sogar meine letzten Münzen hatte er mir aus dem Beutel gestohlen.«

»Oh nein«, hauchte Friederike, entsetzt über so viel Niederträchtigkeit. »Was hast du dann gemacht, allein und ohne einen Penny?«

»Im nächsten Ort traf ich eine Gruppe Landarbeiter und habe sie überredet, mich mitzunehmen«, erzählte Charlotte nicht ohne Stolz. »Wir waren gerade dabei, miteinander ein Abschiedsgläschen zu trinken, als am Nachbartisch jemand von einer Blumenhändlerin sprach, die einen reichen Engländer geheiratet hätte. Ich dachte gleich an dich und fragte nach. Als ich erfuhr, dass du gerade in Adelaide bist, kam mir das wie ein Wink des Himmels vor.« Sie dachte angestrengt nach. »Seltsam, ich kann mich gar nicht mehr genau daran erinnern, wie ich dich gefunden habe.«

»Leider wird Adelaide sich noch monatelang daran erinnern«, bemerkte Daniel sarkastisch. »Du hattest einen Rausch wie ein Seemann beim ersten Landgang, als du in den Ballsaal spaziert bist! –Was du sonst noch konsumiert hast, wage ich gar nicht zu fragen, liebe Schwägerin.«

»Betrunken? Ich?« Charlotte schnappte empört nach Luft. »Wie kommst du dazu, das zu behaupten? Ich habe bestimmt nicht mehr als zwei Gläschen getrunken und hier und da an der Pfeife gezogen, die herumging. Es war sicher die Hitze, die mir nicht bekommen ist. Die Nacht war ungewöhnlich schwül.«

»Schon gut!« Daniel hob abwehrend beide Hände. »Lassen wir das. Was es auch war – du scheinst es ja gut überstanden zu haben. Und nun?«

»Was: Und nun?« Friederike sah ihn erstaunt an. »Mir

scheint alles sonnenklar zu sein: Charlottes Mann hat sie verlassen und ist spurlos verschwunden. Also werden wir uns um sie kümmern. Das ist doch selbstverständlich.«

»Ist es das?« Einige endlos scheinende Augenblicke sahen sie sich in die Augen, dann war er es, der die Lider senkte und leichthin bemerkte: »Wie du meinst, meine Liebe. Dann werde ich mich jetzt auf meine Runde zu den Ställen begeben. Gute Nacht.« Ein Kopfnicken, und die Tür schloss sich hinter ihm.

»Rieke, ich bin dir wirklich dankbar, dass ich hier bei euch bleiben kann. Ich war so verzweifelt…« Charlotte tupfte sich mit dem Spitzentaschentuch, das sie aus dem Ärmel gezogen hatte, über die Augen. Dann fügte sie hinzu: »Aber dein Mann möchte mich nicht hier haben, das hat man ihm angemerkt.«

»Unsinn! Daniel sagt manchmal Dinge, die anders klingen, als er sie meint«, sagte Friederike energisch und zog ihre Schwester in eine feste, beschützende Umarmung. »Mach dir darüber keine Sorgen, Charlotte. Du wirst dich schon noch an ihn gewöhnen und er sich an dich.«

Kapitel 10

Friederikes Vorhersage erwies sich als etwas zu optimistisch. Daniel begegnete seiner Schwägerin mit ausgesuchter Höflichkeit, doch unter seinen tadellosen Manieren verbargen sich Ablehnung und Misstrauen. Friederike konnte es ganz deutlich spüren. Einmal hatte sie versucht, ihn darauf anzusprechen, aber er war ihr geschickt ausgewichen.

Marie-Luise hingegen machte keinen Hehl aus ihrer Abneigung. »Warum hackst du eigentlich ständig auf Charlotte herum?«, fragte Friederike ihre jüngere Schwester, während sie die Samenschoten der Duftwicken abpflückten. Der Samenhandel war zwar nur noch ein kleiner Anteil ihres Geschäfts, sie wollte ihn jedoch nicht aufgeben, weil es die unscheinbaren Samentütchen gewesen waren, die den Grundstein ihres Erfolgs gelegt hatten. »Musst du sie ständig an ihre unangenehme Lage erinnern? Das ist nicht nett, Mariechen.«

»Ich kann sie eben nicht leiden«, gab Marie-Luise mürrisch zurück. »Seit sie da ist, ist es hier auf Gut Sonnenhof nicht mehr so lustig wie früher. Nur weil sie behauptet, dass sie Angst vor Karko hat, darf Georg ihn nicht mehr ins Haus bringen. Dabei ist das Blödsinn – nicht einmal Molly fürchtet sich vor Karko! Und dieses ständige Getue um ihren delikaten Zustand …«

Überrascht von dieser Tirade schob Friederike ihren Strohhut zurück und musterte Marie-Luises gerötetes Gesicht. Das Mädchen war tatsächlich ausgesprochen verärgert.

»Gehst du da nicht ein bisschen zu streng ins Gericht mit Charlotte?«, gab sie behutsam zu bedenken. »Eine Schwangerschaft ist nie einfach, und in ihrer Situation ist es doch nur zu verständlich, dass sie nicht sie selber ist. Das soll bei vielen Frauen so sein.«

»Oh, ich denke eher, dass Charlotte erst jetzt so richtig sie selber ist«, widersprach Marie-Luise vehement. »Siehst du nicht, wie sie uns alle ausnutzt? Wir arbeiten im Schweiße unseres Angesichts, und sie hockt nur in ihrem Zimmer und näht.«

Tatsächlich verbrachte Charlotte den größten Teil des Tages in ihrem Zimmer, wo sie damit beschäftigt war, für sich und das Baby zu nähen. Daniel hatte eine Auswahl von Stoffballen aus Adelaide mitgebracht, die Charlotte mit Begeisterung in Empfang genommen hatte. Sie hatte schon immer gerne genäht, und unter ihren geschickten Fingern entstanden nicht nur einige luftige Kleidungsstücke für sie selbst, sondern auch winzige Jäckchen, Mützchen sowie ein Wickelkissen. Der Stapel gesäumter Mullwindeln wuchs von Tag zu Tag.

»Ich für meinen Teil bin froh, dass sie sich selber um die nötige Ausstattung kümmert«, sagte Friederike mit fester Stimme. »Oder hättest du Lust, mit ihr zu tauschen?«

Marie-Luise schwieg, aber ihr bockiger Gesichtsausdruck verriet nur zu deutlich, dass sie keinesfalls von ihrer Überzeugung abgerückt war.

Gerade schien man sich auf Gut Sonnenhof einigermaßen miteinander arrangiert zu haben, als ein Neuankömmling das fragile Gleichgewicht wieder gründlich ins Wanken brachte. »Daniel hat Besuch dabei!«, schrie Georg in den Schuppen, wo seine Schwestern gerade damit beschäftigt waren, eine kunstvolle Girlande zu winden, die bei einer Hochzeit die Kirchentür schmücken sollte. Er machte auf den Fersen kehrt und rannte auf das *Gig* zu, das sich in gemächlicher Geschwindigkeit näherte. Ajax, Karko und der immer noch leicht humpelnde Peter folgten ihm auf den Fersen.

»Besuch?« Die beiden tauschten einen ratlosen Blick, bevor sie die Blumenscheren sinken ließen und gegen das blendende Sonnenlicht blinzelnd in die Tür traten. Neben Daniel thronte eine steif aufgerichtete, ganz in Schwarz gekleidete, weibliche Person. Selbst der ausladende Hut war unter der Staubschicht, die ihn augenblicklich bedeckte, schwarz. Hinten aufgeschnallt kündigten zwei voluminöse Reisekisten an, dass der Aufenthalt dieses Gastes nicht von kurzer Dauer sein würde. Die beiden Wallache trabten vor die Freitreppe und senkten erschöpft die Köpfe, während Daniel vom Bock kletterte und der Frau beide Hände reichte, um ihr beim Absteigen behilflich zu sein.

»Das muss die Gouvernante aus England sein!« Friederike streifte hastig die Handschuhe ab, riss sich die Arbeitsschürze herunter und warf beides in die nächste Ecke. »Wie sehe ich aus?«

»Wie immer«, meinte Marie-Luise verständnislos. »Warum fragst du?«

»Weil ich ihr nicht als Hinterwäldlerin gegenübertreten möchte«, erklärte ihre Schwester. »Wie ärgerlich, dass sie gerade jetzt kommt! Das Schiff sollte doch erst in zwei Wochen eintreffen.« Insgeheim hatte sie geplant, die Engländerin in ihrem besten Nachmittagskleid zu empfangen. Und nun trug sie ausgerechnet ihren ältesten Rock und die Bluse mit dem Riss im Ärmel.

»Wir können hier warten, bis sie im Haus sind, dann

schleichst du dich auf euer Zimmer und ziehst dich schnell um«, schlug Marie-Luise vor.

»Nein«, entschied Friederike. »Es wäre unhöflich, sie nicht bei erster Gelegenheit willkommen zu heißen. Was soll's? Sie wird mich noch öfter in Arbeitskleidung zu sehen bekommen.« Mit diesen Worten setzte sie sich Richtung Haus in Bewegung, und nach kurzem Zögern folgte auch Marie-Luise.

Die Frau war deutlich jünger, als Friederike erwartet hatte. Statt einer ehrfurchtgebietenden Matrone sah ihr eine junge Dame entgegen, die ihr nicht allzu viele Jahre voraus zu haben schien. Eine Schönheit war sie nicht: Dazu war ihr Kinn zu groß, die Nase zu lang und der Mund zu schmal. Überhaupt wirkte sie ein wenig knochig. Mutter Weidner hätte sie wohl als »schlechten Futterverwerter« bezeichnet. Aber sie verstand es, ihre knabenhafte Schlankheit elegant zur Geltung zu bringen. Mit jedem Schritt, den Friederike ihr näher kam, fühlte sie sich bäurischer, ja geradezu ungeschlacht.

»Herzlich willkommen auf Gut Sonnenhof«, rief sie herzlicher als angemessen, um ihre Verlegenheit zu überspielen. »Ich hoffe, Sie hatten eine einigermaßen angenehme Reise?«

»Danke, es war erträglich«, erwiderte die Frau in fließendem Deutsch. Ihre Stimme klang metallisch, scharf akzentuiert. Nicht der Hauch einer Dialektfärbung milderte die Schärfe.

»Es freut mich, Sie kennenzulernen. Sind Sie hier dauerhaft beschäftigt?« Sie musterte Friederike mit unbewegtem Gesicht, nur ihre Mundwinkel verzogen sich kaum erkennbar.

»Darf ich dir Fräulein Mathilde von Rosen vorstellen, Friederike?«, sagte Daniel hastig. »Fräulein von Rosen, das ist meine Frau Friederike, und die junge Dame neben ihr ist ihre Schwester Marie-Luise, einer Ihrer zukünftigen Zöglinge.«

Fräulein von Rosen hob zwar leicht erstaunt die Augenbrauen, zeigte sonst aber keine weitere Gefühlsregung. Sie streckte Friederike mit der Herablassung einer fürstlichen Hoheit die Rechte entgegen und bemerkte nur: »Entschuldigung, ich bin mit den hiesigen Gepflogenheiten offensichtlich noch nicht vertraut. – Guten Tag, Marie-Luise.«

Marie-Luise knickste wohlerzogen. »Wir dachten, Sie wären Engländerin«, platzte sie dann mit der Frage heraus, die auch Friederike beschäftigte. »Daniel sagte immer, wir würden eine englische Lehrerin bekommen.«

»Ich bedaure, deinen Vorstellungen nicht zu entsprechen.« Fräulein von Rosen bedachte sie mit einem steifen Lächeln. »Wir bekommen im Leben nicht immer das, was wir erwarten.«

»Die Dame, die meine Mutter ursprünglich für den Posten vorgesehen hatte, ist plötzlich erkrankt«, warf Daniel hastig ein. »Fräulein von Rosen war so freundlich, für sie einzuspringen. – Wo steckt eigentlich Georg? Eben habe ich ihn doch noch gesehen …« Er sah sich suchend um. »Georg!«

Etwas verlegen kam der Junge hinter dem Gespann hervor. Eine Mütze, die er hätte ziehen können, trug er nicht, aber er verbeugte sich artig.

»Ein richtiger Wildfang«, lächelte die Gouvernante etwas schmallippig, und ihr Blick wanderte vielsagend über Georgs nackte, schmutzige Füße, die ausgefransten Hosenbeine und die nicht gerade alltäglichen Spielgefährten in seiner Begleitung. »Was für ein niedliches Hündchen!« Sie bückte sich, um Karko über den Kopf zu streicheln. »Wie heißt er denn?«

Ehe jemand ihre Frage beantworten konnte, sträubte der Dingo plötzlich sein Fell, bleckte die spitzen Zähne und knurrte so drohend, dass Fräulein von Rosen erschreckt zurückwich.

»Vorsicht! Ein Dingo lässt sich nicht von Fremden anfassen«, warnte Georg sie etwas verspätet.

Fräulein von Rosen betrachtete das Tier mit offenem Abscheu. »Dann solltest du dafür sorgen, dass dieses kleine Biest niemandem zu nahe kommt.« Ihre hellblauen Augen verzogen sich zu schmalen Schlitzen. »Wenn es jemanden verletzt, muss man es erschießen.«

»Entschuldigung, ich habe nicht daran gedacht«, flüsterte der Junge und sah betreten zu Boden. Mit einer schmutzigen Hand packte er das Lederhalsband und zog Karko dicht an sein Bein.

»Georg wird dafür Sorge tragen, dass sich so etwas nicht wiederholt, nicht wahr, Georg?«, sagte Daniel begütigend. »Karko ist weder bösartig noch gefährlich. Sobald er gelernt hat, dass Sie zu uns gehören, wird er sie akzeptieren.«

»Und diese seltsame Kreatur?« Fräulein von Rosen wies mit spitzem Zeigefinger auf Peter, der neben Friederike gehoppelt war und mit schief gelegtem Kopf um die saftigen Pflanzenabschnitte bettelte, die sie ihm sonst immer mitbrachte. »Ist es ebenfalls gefährlich, sich ihr zu nähern?«

Georg starrte sie entgeistert an, Marie-Luise kicherte hemmungslos, und auch Friederike konnte nicht anders, als in Lachen auszubrechen, während sie das Wallaby abwehrte, das sie auffordernd mit der Schnauze anstupste und dabei laut schnaufende Laute von sich gab.

»Ruhig, Peter! – Er sucht nur die Stängel, die ich ihm immer mitbringe«, erklärte Friederike und warf ihrer Schwester einen warnenden Blick zu. Eine so auf Formen bedachte Dame wie Fräulein von Rosen würde es sicher nicht schätzen, von einer Schülerin ausgelacht zu werden. »Peter ist völlig ungefährlich, nur aufdringlich. Wallabys gibt es hier massenhaft, vor allem im jungen Weizen.«

»Wenn die Schäden, die sie auf den Feldern anrichten, zu groß werden, veranstaltet der Gouverneur eine große Treibjagd«, fügte Daniel hinzu.

»Gibt es in der australischen Tierwelt auch nützliche Arten?«, erkundigte sich Fräulein von Rosen. »Diese beiden Exemplare stellen ja wohl hoffentlich nicht die Krone der hiesigen Schöpfung dar?«

»Ich fürchte, doch. Aber zumindest die Vogelwelt ist ausgesprochen schmackhaft«, lachte Daniel. Seine Bemerkung erinnerte Friederike daran, dass Mrs. Burkett sofort über den zusätzlichen Gast informiert werden musste. »Marie-Luise, sagst du bitte Mrs. Burkett Bescheid, dass wir von nun an sechs Personen zum Dinner sind? – Einen kleinen Augenblick bitte, Fräulein von Rosen, ich bin gleich wieder da und führe Sie auf Ihr Zimmer.«

Glücklicherweise hatten sie es bereits vor über einer Woche hergerichtet. Molly hatte täglich gelüftet und Staub gewischt. Auch eine so offensichtlich anspruchsvolle Dame wie Fräulein von Rosen dürfte nichts an ihrer Unterbringung auszusetzen haben. Friederike hatte lange überlegt, welches der noch freien Zimmer ihr wohl am meisten zusagen würde. Die drei Schlafzimmer im östlichen Teil des Hauses, gegenüber dem großen Elternschlafzimmer, waren als Kinderzimmer geplant und derzeit noch unbewohnt. Eines davon war als provisorischer Unterrichtsraum hergerichtet worden mit einer Tafel, einer Weltkarte und einem

Regal voller Lehrbücher und Schreibutensilien. Daniel hatte alles extra aus Melbourne kommen lassen und Friederikes Einwände gegen diese Extravaganz mit dem Argument zerstreut, dass alles ja später auch ihren Kindern zugutekommen würde.

Als Marie-Luise und Georg eingezogen waren, hatten sie zwei benachbarte, nach hinten hinaus liegende Räumlichkeiten gleich rechts vom Treppenaufgang gewählt.

Charlotte bewohnte das Zimmer neben Friederike und Daniel. Damit standen noch zwei Zimmer zur Talseite und eines zum Weinberg hin frei. Friederike hatte sich schließlich für das nach vorne hinaus liegende Eckzimmer entschieden. Es dürfte besser sein, das Zimmer neben Charlottes nicht zu belegen. Manche Menschen reagierten empfindlich auf Babygeschrei.

»Ich hoffe, Sie werden sich hier wohlfühlen«, sagte Friederike leicht gezwungen, denn der kritische Blick, mit dem Fräulein von Rosen ihre neue Unterkunft inspizierte, machte sie nervös. Erleichtert trat sie zur Seite, um Daniel Platz zu machen, der keuchend die erste der beiden schweren Reisekisten hereintrug.

»Es erinnert ein wenig an Surrey, nicht wahr, Herr Aldenhoff?«, bemerkte Fräulein von Rosen, die zum Fenster getreten war und nun die Aussicht in Augenschein nahm.

»Nur auf den ersten Blick«, gab ihr Mann ausweichend zurück. »Wenn man genauer hinschaut, sieht man die Unterschiede.« Und schon war er wieder verschwunden.

»Sie kennen meinen Mann aus England?«, fragte Friederike, verblüfft darüber, dass die beiden offensichtlich über gemeinsame Erinnerungen verfügten.

»Wir haben uns des Öfteren bei Freunden dort getroffen«, sagte Fräulein von Rosen, die ihren Blick nicht vom Fenster abgewandt hatte und mit unergründlicher Miene verfolgte, wie Daniel Aldenhoff die zweite Kiste vom Wagen wuchtete. Sie sprach nicht weiter, und Friederike scheute sich, nachzufragen. So sagte sie nur: »Wir essen um sieben. Wenn Sie irgendetwas brauchen, zögern Sie nicht, es zu sagen.«

Fräulein von Rosen neigte dankend den Kopf, meinte aber, außer reichlich Wasser zum Waschen fürs Erste nichts zu benötigen. »Molly wird es Ihnen bringen«, versprach Friederike. »Und Sie können ihr auch unbesorgt das Reisekostüm zum Ausbürsten mitgeben. Sie ist sehr ordentlich.«

»Irgendetwas an diesem Fräulein von Rosen ist seltsam«, stellte sie nachdenklich fest, als sie Charlotte darüber informierte, dass eine neue Mitbewohnerin eingezogen war.

»Was denn?«, fragte Charlotte mäßig interessiert zurück und musterte mit zusammengekniffenen Augen die eben fertiggestellte Naht an dem Wickelkissen. »Ich weiß nicht, ob ich sie nicht besser noch einmal auftrenne …«, murmelte sie vor sich hin. »Was meinst du mit seltsam?«

Friederike überlegte. »Zum Beispiel, dass sie und Daniel sich aus England kennen. Oder dass sie eingesprungen ist, weil die echte Gouvernante erkrankt ist. Kannst du dir vorstellen, dass jemand sich einfach so bereiterklärt, eine Stelle am anderen Ende der Welt anzutreten?«

»Es wird schon einen Grund dafür geben«, mutmaßte ihre Schwester. »Vielleicht ein Skandal oder eine unglückliche Liebe oder beides …«

»Das kann ich mir bei ihr einfach nicht denken!« Friederike musste bei der Vorstellung eines unglücklich verliebten Fräuleins von Rosen lachen. »Warte ab, bis du sie kennenlernst.«

Vielleicht sah sie ja Gespenster. Heute Morgen hatte sie wieder ihren Monatsfluss bekommen. Vermutlich war sie deshalb so gereizt und missmutig. Sicher hatte Charlotte Recht, und es war alles nur Einbildung.

Mrs. Burkett hatte sich mit dem heutigen Dinner alle Mühe gegeben. »Ein richtiges Willkommensessen«, stellte Daniel fest, als Molly ihm den riesigen Burgunderbraten zum Anschneiden hinstellte. »Auf eine gute Zeit. Möge Ihr Aufenthalt hier für alle eine Bereicherung sein.« Er hob sein Weinglas und trank ihr zu.

»Vielen Dank, Herr Aldenhoff. Ich bin überzeugt davon, dass es sehr interessant werden wird.« Sie nippte an ihrem Glas, stellte es hin und fuhr fort. »Ich vermute, Sie möchten Georg später auf eine englische Schule schicken?«

Friederike und ihre Geschwister sahen sie überrascht an. »Ich will nicht in eine englische Schule, ich will hier bei euch bleiben«, protestierte Georg mit zitternder Stimme.

»Mein Junge, es gilt als überaus ungezogen, wenn Kinder sich in die Konversation Erwachsener einmischen«, tadelte Fräulein von Rosen mit sanfter Stimme. »Beherzige bitte in Zukunft, dass man Kinder bei Tisch nur sehen, nicht aber hören soll! Dein Vormund weiß am besten, was gut für dich ist.«

Friederike versuchte, am Gesicht ihres Mannes am gegenüberliegenden Tischende seine Gedanken abzulesen. Aber er schien vollkommen in Anspruch genommen von der Aufgabe, hauchdünne Scheiben von dem duftenden Bratenstück abzuschneiden und sie auf die Teller zu verteilen.

Die Gouvernante schien nicht im Mindesten davon davon aus der Ruhe gebracht, dass alle sie entgeistert anstarrten. Stattdessen sprach sie schon weiter. »Nicht ganz klar ist mir, welche Ausbildung Sie für Marie-Luise anstreben. Ich fürchte, in Hauswirtschaft sind meine Kenntnisse recht lückenhaft.«

»Ich dachte eher an eine rudimentäre künstlerische Ausbildung. Ein wenig Aquarelltechnik, Kohlezeichnen, und so weiter«, sagte Daniel ruhig. »Aber diese Themen würde ich lieber in Ruhe morgen besprechen, wenn es Ihnen recht ist, Fräulein von Rosen.«

»Selbstverständlich ist mir morgen genauso lieb. Ich war nur interessiert an meinen zukünftigen Aufgaben«, erwiderte sie gelassen. »Ich soll Sie übrigens ganz besonders herzlich von Sir John und Lady Isobel grüßen. Es wird Sie sicher interessieren zu hören, dass sie tatsächlich den Wintergarten angebaut haben, wie Sie damals vorgeschlagen haben. Sie hätten miterleben sollen, wie stolz Sir John auf seine erste selbst gezogene Ananas war!«

»Selten in meinem Leben bin ich mir so überflüssig vorgekommen«, beklagte Friederike sich ein paar Tage später bei Mutter Weidner. »Wir hätten genauso gut Wachspuppen sein können! Ununterbrochen ging es um Lord und Lady Sowieso oder irgendwelche Häuser oder Gesellschaften. Diese Person scheint mit allen nahen und entfernten Bekannten von Daniel auf vertrautem Fuß zu stehen.«

»Was meinte dein Mann denn dazu?«, wollte Mutter Weidner wissen.

Friederike zögerte mit der Antwort. Daniel hatte höflich den endlosen Erzählungen gelauscht, ohne irgendwelche Versuche zu unternehmen, ihnen ein Ende zu setzen. Interessierten ihn diese ganzen Geschichten und Anekdoten tatsächlich? Vermisste er vielleicht sein früheres Leben? Langweilte er sich mit ihr?

Diese Frage beschäftigte sie seit neuestem immer wieder. Schließlich verging kein Tag, an dem Fräulein von Rosen nicht auf ein Theaterstück anspielte, von dem sie niemals gehört; aus berühmten Werken von Goethe oder Schiller zitierte, die sie nie gelesen; oder mit Daniel über Politik diskutierte, von der sie keine Ahnung hatte. Dank Mrs. Willoughbys Lektionen war sie durchaus imstande, sich in der gehobenen Gesellschaft zu bewegen, ohne unangenehm aufzufallen – aber ihre Wissenslücken wurden ihr immer schmerzlicher bewusst.

»Hast du überhaupt mit ihm darüber gesprochen?«, hakte Mutter Weidner nach. »Oder ärgerst du dich bloß, weil er sich mit ihr so gut unterhält?« Unvermittelt lachte sie laut auf und schlug sich auf die Schenkel. »Das ist es: Du bist eifersüchtig, Herzchen!«

»Das bin ich nicht!«

»Klingt aber ganz danach«, beharrte die Ältere schmunzelnd. »Das macht doch nichts. Ich denke, dass dir mächtig viel an deinem Mann liegt und dass du glaubst, du wärst nicht gut genug für ihn.«

»Und wenn das auch noch andere glauben?« Unglücklich sah sie Mutter Weidner in die Augen. »Manchmal geniere ich mich fürchterlich wegen meiner Unwissenheit«, gestand sie leise. »Ich habe gar nicht gewusst, wie ungebildet ich bin!«

»Wenn es dir so zu schaffen macht, dann musst du eben etwas dagegen tun!«

»Was denn?«

»Du bist doch nicht dumm: Lies das Zeug, über das sie sich so unterhalten, eben selber. Dann kannst du auch mitreden. – Wie geht es denn Charlotte?«, kam Mutter Weidner dann unvermittelt auf das Thema zu sprechen, das sie eigentlich viel brennender interessierte. »Gibt es irgendwelche Neuigkeiten über diesen Hallodri?«

Friederike schüttelte bloß den Kopf. Daniel hatte zwar dezente Erkundigungen einziehen lassen, aber Hans Schumann war und blieb wie vom Erdboden verschwunden. »Unter uns, es wäre das Beste, wenn sich daran nichts änderte«, hatte er Friederike anvertraut.

»Und das Kind? Wann soll es kommen?« Mutter Weidner liebte Babys.

»Charlotte ist sich nicht sicher«, erwiderte Friederike trocken. »Sie meint, es könnte im Mai so weit sein – aber vielleicht auch früher. Nach meiner Schätzung dürfte es eher früher sein.«

»Nur schade, dass dein Vater sein erstes Enkelkind nicht in den Armen halten kann!«, sagte Mutter Weidner und sah mitleidig zu der reglosen Gestalt im Bett hinüber. »Ich glaube nicht, dass er es noch lange macht«, murmelte sie so leise, als fürchtete sie, dass er sie hören könnte. »Und es wäre ihm auch nicht zu wünschen. Ich reibe ihn zwar immer mit Kräuterabsud und Eichenrindentee ab, wie der Doktor mich geheißen hat, aber es bilden sich schon erste Druckstellen.«

Daniel hatte sie darauf vorbereitet, dass es sich als nötig erweisen könnte, ihren Vater mit starken Opiaten zu betäuben, wenn sich die Geschwüre bildeten, die bei längerer Bettlägerigkeit unausweichlich waren. Insgeheim hoffte sie, dass ihr Vater vorher in Gottes Reich heimginge. Seit keine Hoffnung auf Genesung mehr bestand, betete sie täglich, dass Gott ihn endlich von seiner irdischen Last befreite und ins Paradies holte, wo er wieder mit seiner geliebten Frau vereint sein würde.

Ein rasselnder Atemzug ließ beide Frauen auffahren und

zum Bett stürzen. Aber Vater Thieles ausgemergelte Gestalt lag genauso bewegungslos in dem weißen Leinen wie vorher.

»Solche Geräusche gibt er in letzter Zeit manchmal von sich«, erklärte Mutter Weidner und strich unnötigerweise das Laken glatt. Eine stumme, hilflose Liebkosung. »Doktor Woodforde meinte, es sei ein Zeichen, dass es bald zu Ende ginge.«

Friederikes Hals wurde eng bei der Vorstellung. Unbewusst griff sie wie früher, wenn sie Trost gesucht hatte, nach der Hand ihres Vaters. Aber die knochigen Finger, die kraftlos in ihren lagen, fühlten sich erschreckend fremd an. Behutsam legte sie sie zurück auf die Bettdecke.

»Und Heinrich, ist er wohlauf?« Friederike hatte den Bruder bei ihren letzten Besuchen nicht gesehen. Fast konnte man meinen, er wollte ihr nicht begegnen. Und sie hatte sich auch nicht dazu durchringen können, am Pfarrhaus anzuklopfen. Dann hätte sie erklären müssen, wieso die Bewohner von Gut Sonnenhof sich seit Weihnachten nicht mehr beim Sonntagsgottesdienst hatten blicken lassen. Da Charlotte sich strikt geweigert hatte, nach Segensthal zu gehen und Daniel ihr unerwarteterweise Recht gegeben hatte, weil er fand, man müsse »die Konifere«, wie er Pastor Fichte im Scherz manchmal nannte, nicht unnötig provozieren, hatten sie die Gottesdienste in der Holy Trinity Church in Adelaide besucht. Die Gemeinde war als liberal bekannt, und tatsächlich waren sie dort freundlich aufgenommen worden.

»Er ist jetzt viel hier bei seinem Vater«, sagte Mutter Weidner wohlwollend. »Ich musste ihm ein paarmal gehörig den Kopf waschen, aber nun benimmt er sich, wie es sich gehört. Jedenfalls meistens. Gestern hat er ihm abends sogar die Sonntagspredigt von Pastor Fichte vorgelesen …«

»Die ganze …?!«

Mutter Weidner nickte. »Die ganze. Es dauerte fast zwei Stunden. Wenn ich nicht sicher wäre, dass dein Vater nicht mehr bei Sinnen ist, hätte ich ihn hinausgeworfen. Aber ich hatte den Eindruck, dass es ihm guttat. Vielleicht hat ihn der Klang der vertrauten Stimme beruhigt. Jedenfalls hat er keinen Mucks von sich gegeben, solange Heinrich an seinem Bett saß.«

Auf der Rückfahrt durchs Dorf sah Friederike sich suchend nach ihrem Bruder um, aber nirgends war eine Spur von ihm zu entdecken. Hier und da hielt sie an, um mit einer der ehemaligen Nachbarinnen zu plaudern. »Ach Rieke, es ist nicht mehr wie früher«, jammerte die inzwischen zahnlose Mutter von Stellmacher Schulze und verzichtete ausnahmsweise auf ein passendes Bibelzitat. »Ständig zieht jemand weg. Von uns alten Friedrichsdorfern sind nur noch eine Handvoll übrig geblieben. Es heißt, Pastor Fichte wäre zu streng. Woanders lebte man besser und lustiger. Wir sind doch nicht aus unserer alten Heimat fortgezogen, um jetzt hier besser und lustiger zu leben! Wir wollten nach Gottes Willen leben. Dafür haben wir sogar unseren guten König Friedrich gegen uns aufgebracht, Gott sei seiner Seele gnädig …«

Was sollte sie darauf antworten? Dass ein Leben nach Gottes Willen, so wie Mutter Schulze und Pastor Fichte es verstanden, nicht jedermanns Sache war? Dass die Möglichkeiten, die dieses Land unternehmungslustigen Gemütern bot, viel verlockender waren als Bibelstunden und endlose Gottesdienste?

Sie selbst war nach den Regeln der Lutheraner erzogen worden – wenn es in der Familie Thiele auch nie so streng zugegangen war wie in anderen Familien – und konnte daher Mutter Schulzes Verunsicherung wenigstens im Ansatz verstehen. Aber sie hatte auch erlebt, wie gnadenlos dieses Regelwerk in den Händen eines harten Mannes angewandt werden konnte. War es wirklich Gottes Wille gewesen, Charlotte auszustoßen, oder nicht doch eher Pastor Fichtes?

Nicht erst seit damals nagte der Zweifel an ihr, ob es einem Menschen überhaupt möglich war, Gottes Willen zweifelsfrei festzustellen.

Ihr Mann, Mrs. Willoughby, Professor Menge – sie alle hatten, ohne es zu beabsichtigen, den Zweifel verstärkt. Man konnte ein guter Mensch sein, ohne sich strikt an die lutheranische Agenda zu halten. Davon war sie inzwischen überzeugt. Aber das würde Mutter Schulze niemals akzeptieren können. Jeder Versuch, sie davon zu überzeugen, wäre zum Scheitern verurteilt. So murmelte Friederike nur pflichtschuldig ein paar mitfühlende Worte und schnalzte dann mit der Zunge, um Daisy zum Aufbruch anzutreiben.

Ja, wenn man genauer hinsah: Die Zahl der Häuser, deren Türen verschlossen blieben und deren Fensterscheiben mit der Zeit blind und dunkel wurden, wuchs ständig. Ein großer Teil der Ackerfläche lag brach, einzig das Weideland war von den ständig wachsenden Schafherden bevölkert. Der dünne Ton, mit dem das Glöckchen der Segensthaler Kirche zum Gebet läutete, klang in ihren Ohren wie die schrillen Stimmen der alten Frauen, die unbeirrt ihre überkommenen Lieder sangen. Fast verspürte Friederike so etwas wie Erleichterung, als sie das Dorf schließlich hinter sich ließ.

»Gibt es hier eigentlich gar keine Wilden?«, erkundigte Fräulein von Rosen sich beim Abendessen. »Auf dem Schiff erzählte mir ein Gentleman, sie seien abgrundtief hässlich. Ich muss gestehen, ich bin neugierig genug, um den Wunsch zu verspüren, selber welche zu betrachten. Wo kann man sie finden?«

»In Adelaide lungern immer ein paar herum und betteln«, sagte Daniel, ohne von seinem Teller aufzublicken. »Aber wenn Sie sie besichtigen wollen, sollten Sie sich beeilen. Der Magistrat plant, sie allesamt nach Port Lincoln umzusiedeln.«

»Warum? Sie haben doch nichts Böses getan!« Georg war ehrlich empört.

»Ich bin auch der Ansicht, dass man sie in Frieden lassen sollte«, stimmte Daniel ihm zu. »Aber der Druck vor allem von Seiten der Schafzüchter wird immer stärker. Seit sie vermehrt die wertvolle Merinorasse halten, ist es eben auch eine Frage des Geldes geworden. Jedes verschwundene Schaf ist ein finanzieller Verlust, der den Eingeborenen angelastet wird. Grey meinte, ehe man damit anfängt, sie abzuschießen, lässt er sie lieber deportieren. Dort drüben wären sie wenigstens in Sicherheit.«

»Ist dieser Ort weit weg von hier?«, fragte Georg.

»Auf der anderen Seite des St. Vincent Golfs«, erwiderte Daniel. »Aber dorthin kommt man eben nur per Schiff. Auf dem Landweg bräuchte man Monate und eine erstklassige Konstitution.«

»Über welche die meisten Schwarzen leider nicht mehr verfügen«, sagte Friederike. »Neulich hat mir jemand erzählt, dass der Alkoholismus unter ihnen immer stärker um sich griffe. Dabei hatten die Herren von der Dresdner Mission schon große Fortschritte erzielt: Einige ihrer Zöglinge haben sogar Lesen und Schreiben gelernt!«

»Tatsächlich?« Fräulein von Rosen wirkte ehrlich überrascht. »Was mich daran erinnert, Sie zu fragen, Herr Aldenhoff: Wo kann ich meine Briefe abgeben?«

»Ich kann sie mit nach Adelaide nehmen, oder Sie fahren selber hin. Es ist nicht mehr als eine Wegstunde. Eine offizielle Poststelle gibt es noch nicht. Bisher nimmt sie ein Mitarbeiter des Gouverneurs entgegen und leitet sie nach Port Adelaide weiter, wo sie dann dem nächsten passenden Schiff mitgegeben werden.«

»Danke, ich werde gerne selber fahren, wenn Frau Aldenhoff bereit wäre, mir ihren Wagen auszuleihen?« Fräulein von Rosen sah fragend zu Friederike, und der blieb nichts anderes übrig, als ihr Daisy samt Gefährt zur freien Verfügung anzubieten. Schon am nächsten Tag machte die Gouvernante Gebrauch von dem Angebot. »Na, ob Daisy von dem flotten Fahrstil wohl begeistert ist?«, bemerkte Marie-Luise kritisch, während sie gemeinsam der Staubwolke nachsahen. »Bis sie in der Stadt sind, wird sie schweißgebadet sein. Hoffentlich denkt die Rosen daran, sie zu tränken.«

»Ich habe auch kein gutes Gefühl. Aber was hätte ich tun sollen? Ihr sagen, sie könne zu Fuß gehen?« Friederike wandte sich um. »Wenigstens ist sie für ein paar Stunden weg«, rutschte es ihr heraus.

»Du magst sie also auch nicht«, stellte Marie-Luise mit Genugtuung fest. »Ich verstehe nicht, was Daniel an ihr findet.«

»Vermutlich genießt er es, sich mit ihr über alte Zeiten zu unterhalten«, versuchte Friederike sich an einer Erklärung. Marie-Luise verzog nur verächtlich das Gesicht und griff nach der Arbeitsschürze aus festem Köperstoff. »Wo soll ich anfangen?«

»Hast du deine Übungen denn schon fertig?«, vergewisserte sich ihre Schwester. Fräulein von Rosen hatte sich erst letzte Woche bei Daniel beschwert, ihre Schüler würden sich zu häufig mit anderweitigen Pflichten entschuldigen. Friederike war völlig überrumpelt gewesen, als er beim Zubettgehen mit unüberhörbarem Tadel in der Stimme fragte: »Stimmt es, dass du den Kindern gesagt hast, sie bräuchten nachmittags nicht zu lernen?«

Sie ließ die Haarbürste sinken und drehte sich um, um ihm ins Gesicht sehen zu können. »Ich dachte, es reicht, wenn sie den ganzen Morgen im stickigen Schulzimmer zubringen müssen«, verteidigte sie sich. »Ist es wirklich so wichtig, dass sie alle englischen Flüsse aufsagen können?« Ihr erschien es jedenfalls absolut überflüssig. »Überhaupt finde ich, dass sie lauter unnötiges Zeug lernen. Was gehen uns die englischen Könige an? Georg hat neulich eine Strafarbeit schreiben müssen, weil er die unzähligen Frauen von diesem Unhold nicht mehr in der richtigen Reihenfolge wusste. Das ist doch lächerlich!«

»Für Engländer, wie ihr es jetzt seid, ist es absolut nicht lächerlich, solche Dinge zu wissen. Außerdem untergräbst du Fräulein von Rosens Autorität, wenn du ihre Anweisungen widerrufst«, warf er ihr vor. »Das geht nicht. Ich möchte dich bitten, dich in Zukunft mit ihr abzusprechen.«

Friederike biss die Zähne zusammen und nickte stumm. In diesem Ton hatte Daniel noch nie zuvor mit ihr gesprochen! Zum ersten Mal seit ihrer Hochzeitsnacht tauschten sie keinen Gute-Nacht-Kuss. Stundenlang lag sie noch wach und lauschte dem infernalischen Konzert der Grillen. Auch Daniels Atemzüge fielen erst spät in den regelmäßigen Rhythmus des Schlafs. Aber keiner von beiden konnte sich in dieser Nacht dazu aufraffen, das verstockte Schweigen zu brechen.

Am nächsten Morgen vereinbarte sie mit Fräulein von Rosen, dass die Vormittage prinzipiell dem Unterricht vorbehalten blieben, die Nachmittage dagegen nach Bedarf geregelt würden. Seitdem achtete Friederike peinlich genau darauf, der Lehrerin keine weitere Gelegenheit zu bieten, sich bei Daniel zu beschweren. Es war schon so schwierig genug mit ihm. Der zärtliche, liebevolle Ehemann der ersten Zeit war einem oft schlecht gelaunten Hausgenossen gewichen. Auf Fragen, was ihn verärgert hätte, pflegte er mit einer mürrischen Ausflucht zu antworten. Die Missstimmung hatte auch ihr eheliches Verhältnis getrübt.

Und wenn sie genauer überlegte, hatte es mit der Ankunft von Fräulein von Rosen begonnen. »Seit dieses Fräulein von Rosen da ist, ist Daniel irgendwie anders«, hatte sie dem Tagebuch von Mrs. Willoughby anvertraut. Hatte die ihr nicht geraten, es als verschwiegene Freundin zu betrachten, bei der man alle Dinge ablud, über die man sonst mit niemandem sprechen konnte oder wollte? »Als ich ihn fragte, ob es in England üblich wäre, dass man sich nur mit einem einzigen Menschen unterhält, meinte er, sie täte das bloß aus Unsicherheit. Sie sei aus gutem Haus und gewohnt, sich auf höherem Niveau zu unterhalten als hier üblich. Und es würde Marie-Luise und Georg nicht schaden, ein wenig gesellschaftlichen Schliff zu bekommen.

Gesellschaftlichen Schliff, pah! Wenn das bedeutet, so geziert und albern zu tun wie dieses Fräulein von Rosen, dann verzichte ich darauf! Immer tut sie so damenhaft und von oben herab, aber dabei ist sie sich nicht zu fein, ihre Haarbürste nach Molly zu schmeißen. Als Mrs. Burkett damit zu mir kam, hielt ich es zuerst für ein Missverständnis. Aber sie hat es noch nicht einmal geleugnet! Molly sei zu langsam gewesen. Die Bediensteten in England tun mir leid, wenn es dort viele solcher Damen gibt.

Aber Daniel meinte, ich solle nicht alles so dramatisieren, unsere primitiven Verhältnisse seien für eine Dame aus besseren Kreisen gewöhnungsbedürftig. Warum ist sie dann hier? Meiner Meinung nach ist sie überhaupt keine Lehrerin. Als ich nach ihren früheren Anstellungen fragte, hat sie ganz freimütig zugegeben, dass dies ihre erste Anstellung sei. Ich frage mich, welche Referenzen sie vorzuweisen hatte, als sie sich als Ersatz vorstellte! Diese Zweifel habe ich auch Daniel gegenüber geäußert, aber er hat nur gelacht und gemeint, wir könnten froh sein, dass eine gebildete, kultivierte Dame wie Fräulein von Rosen überhaupt die Reise auf sich genommen und eine Stellung in einer Kolonie am Ende der Welt angetreten hätte. Ich habe den Mund gehalten, aber am liebsten würde ich sie wieder dahin zurückschicken, woher sie gekommen ist.«

Seitdem hatte dieses Gefühl sich eher noch verstärkt. Friederike griff nach der kleinen Handsichel und begann mit übertriebenem Kraftaufwand die Haupttriebe der Zinnien zu kappen, um die Seitenzweige zu verstärkter Blütenbildung anzuregen.

»Wenigstens scheinen sie und Charlotte sich gut zu verstehen«, bemerkte Marie-Luise nachdenklich, während sie zwei Reihen weiter den verkrusteten Boden um die Dahlienbüsche lockerte. »Stell dir vor, wenn die beiden sich nicht ausstehen könnten!« Friederike musste lachen. Das wäre tatsächlich eine äußerst ungemütliche Vorstellung.

»Ich frage mich allerdings, was die beiden gemeinsam haben?«, überlegte ihre Schwester. »Charlotte ist ja nicht gerade ein Blaustrumpf!«

»Und die Rosen wirkt auf mich nicht wie jemand, der über ein Wickelkind in Verzückung gerät!«, stimmte Friederike ihr zu. »Wie auch immer: Ich bin ihr dankbar, dass sie Charlotte hier und da zu einem Spaziergang überredet.

Sie ist einfach zu träge geworden. Das ist nicht gut für die Geburt.«

Das mit Spannung erwartete Ereignis kündigte sich in den Abendstunden des 15. März an, als Charlotte ihren Teller zurückschob und erklärte, sie hätte wohl am Nachmittag zu viele überreife Aprikosen gegessen. »Es kneift mich ganz grässlich in den Eingeweiden«, stöhnte sie und hielt sich den prall gerundeten Bauch. »Oh, es ist schon wieder besser«, stellte sie gleich darauf erstaunt fest und griff wieder zur Gabel.

»Du solltest besser nicht mehr weiteressen«, sagte Daniel ruhig und gab Molly einen Wink, Charlottes Teller abzutragen. »Bei deinen Bauchschmerzen dürfte es sich nämlich um Wehen handeln.«

Erschreckt sah Charlotte auf: »Es ist noch viel zu früh«, protestierte sie. »Du musst dich irren.«

Natürlich behielt Daniel Recht. Auch Friederike war nicht überrascht. Sie wusste von Mutter Weidner, dass die Geburt innerhalb des nächsten Monats zu erwarten war, sobald der Bauch sich senkte. Und das war vor ziemlich genau vier Wochen der Fall gewesen, als Charlotte erfreut festgestellt hatte, dass ihre Taille wieder etwas schmaler geworden war. Eigentlich hätte auch Charlotte diese Dinge wissen müssen, aber Friederike war schon mehrfach der Verdacht gekommen, dass ihre Schwester einfach nicht zur Kenntnis nahm, was ihr missfiel.

»Soll ich losreiten und Doktor Woodforde holen?« Georg sprang so eifrig auf, dass der Stuhl hinter ihm zu Boden polterte.

»Georg! Wo bleibt deine Contenance?«, mahnte Fräulein von Rosen.

»Setz dich wieder hin«, sagte Friederike. »Es ist noch Zeit genug, ihn zu holen, wenn die Wehen stärker werden. Sonst sitzt der arme Mann nur die ganze Nacht hier herum. Beim ersten Kind geht es in der Regel nicht so schnell, sagt Mutter Weidner.«

»Rieke, hilf mir auf mein Zimmer. Ich muss mich sofort hinlegen«, verlangte Charlotte und erhob sich schwerfällig. Kaum stand sie aufrecht, krümmte sie sich mit einem lauten Schrei zusammen und keuchte: »Au! Das Kind! Es zerreißt mich. Helft mir!« Blitzschnell war Friederike aufgesprungen, um sie zu stützen. Konnte es wahr sein? Mutter Weidner hatte einmal von Sturzgeburten gesprochen. Es kam eher selten vor und nahezu nie beim ersten Kind. Aber wenn nun doch?

Ehe sie sich fassen und die anderen aus dem Zimmer schicken konnte, hatte Daniel bereits Charlottes anderen Arm ergriffen. »Ruhig Blut, Schwägerin. Es ist gleich vorbei. Dann bringen wir dich auf dein Zimmer.« Tatsächlich hielt die Wehe nicht lange an. Es nahm allerdings einige Zeit in Anspruch, Charlotte, die bei jedem Schritt innehielt und ängstlich auf die nächste Wehe wartete, in ihr Zimmer zu verfrachten. Mit einem Seufzer der Erleichterung trat Daniel vom Bett zurück. »Soll ich dir Mrs. Burkett schicken, damit sie dir hilft, sie auszukleiden?«, fragte er Friederike.

»Nein, das schaffe ich schon allein«, wehrte diese ab. Vermutlich würde Charlotte sich ohne weitere Zuschauer eher beruhigen. »Geh du nur zu den anderen zurück.«

»Bist du sicher? Sollten wir nicht doch lieber gleich nach Doktor Woodforde rufen?«

»Das wird nicht nötig sein«, sagte Friederike mit mehr Zuversicht, als sie empfand. Ungeachtet ihrer zur Schau getragenen Selbstbeherrschung hätte sie zu gerne Mutter Weidner neben sich gehabt. Zwar hatte die erfahrene Frau ihr alles gesagt, was bei einer Geburt berücksichtigt werden musste. Aber es bestand doch ein immenser Unterschied zwischen ihren Beschreibungen und der laut stöhnenden Charlotte, die sich auf der Matratze hin und her wälzte. Es gelang ihr, sie zu überreden, sich auskleiden und ein Nachthemd überstreifen zu lassen. »Wenn sie starke Schmerzen hat, massier ihr den Rücken, hier unten«, hatte Mutter Weidner empfohlen und mit den abgearbeiteten Fingern die Stelle bezeichnet. Aber Charlotte weigerte sich, sich aufzusetzen.

»Freust du dich denn gar nicht? Bald wirst du dein Kind in den Armen halten können«, versuchte Friederike sie von den unangenehmen Empfindungen abzulenken. »Lass dich nicht so gehen. Atme ruhig und …«

»Halt die Klappe«, fauchte ihre Schwester sie unvermutet an und verzog vor Schmerzen das Gesicht. »Dieser verfluchte Bastard … – Glaubst du, ich habe ihn gewollt?«

Ihre mütterliche Freundin hatte sie darauf vorbereitet, dass Frauen während der Geburt oft sehr ungewöhnliche Verhaltensweisen an den Tag legten: »Manche fluchen, dass man sich die Ohren zuhalten müsste. Das darf dich nicht abstoßen, eine Frau im Kindbett ist nicht ganz bei Trost, sozusagen. Deswegen sollten Männer Geburtszimmer meiden.« Mutter Weidner war nicht sehr angetan gewesen, als entschieden worden war, dass Doktor Woodforde Charlotte entbinden würde. »Nichts gegen den Doktor. Ein vortrefflicher Mann. Aber eine Geburt ist Frauensache.«

Charlotte jedoch hatte Mutter Weidners Angebot, ihr beizustehen, entschieden abgelehnt. »Ich will kein Kräuterweib als Hebamme«, hatte sie naserümpfend erklärt. »Ich will den Doktor aus der Stadt.«

»Und wie ich sie kenne, wird der Doktor um diese Ehre

nicht zu beneiden sein«, hatte Mutter Weidner geknurrt. »Aber mir soll's recht sein. Dann muss ich mich wenigstens nicht mit dem Pastor herumschlagen.« Seit in Segensthal bekannt geworden war, dass die verstoßene Sünderin auf Gut Sonnenhof Aufnahme gefunden hatte, schien Pastor Fichte stets einen Anlass zu finden, seine Predigten mit abschreckenden Schilderungen Sodom und Gomorrhas zu würzen. War er früher schon äußerst streng in der Auslegung von Gottes Wort gewesen, so wurde er jetzt geradezu fanatisch in seinem Hass auf die sogenannten Gottlosen. Darunter fielen nach seiner Auslegung inzwischen auch die Bewohner von Gut Sonnenhof. Hatten sie sich nicht seinem Urteil widersetzt und die missratene Thiele-Tochter aufgenommen, anstatt sie dem ihr von Gott zugedachten Schicksal zu überlassen?

»Diese übertriebene Frömmigkeit ist nicht mehr zum Aushalten«, hatte Mutter Weidner bereits mehr als einmal gestöhnt. »Wenn er so weitermacht, füllen bald nur noch die Alten und Eiferer wie der schreckliche Schwiegersohn vom alten Teichmann die Kirchenbänke! Wer will schon ständig bei jedem noch so nichtigen Anlass mit dem himmlischen Zorn bedroht werden?«

Während jeder neuen Wehe umklammerte Charlotte mit der Kraft der Verzweiflung die Hand ihrer Schwester oder warf sich vor Schmerzen stöhnend von einer Seite auf die andere. Aber auch in den Wehenpausen ließ sie Friederike nicht von ihrer Seite. »Ich will dieses Kind nicht«, schrie sie. »Ich verfluche es für das, was es mir antut!«

»Versündige dich nicht!«, entfuhr es Friederike. »Hans Schumann kannst du verfluchen, solange du willst – aber nicht das unschuldige Kind.«

Eine geradezu abergläubische Angst ergriff von ihr Besitz, dass der Hass der Mutter dem Kind tatsächlich Schaden zufügen könnte, und so schickte sie ein inbrünstiges Gebet an Gott, den Herrn, seine schützende Hand über dieses Kind zu halten. »Lass nicht zu, dass sein Eintritt in diese Welt von Hass und Ablehnung bestimmt wird!«, flehte sie stumm.

»Rieke, ich habe solchen Durst«, klagte Charlotte, um im nächsten Moment erneut um sich zu schlagen. Friederike wartete ab, bis die Krämpfe nachließen, ehe sie ihr vorsichtig den Kopf anhob und eine Tasse mit Limonade an ihre Lippen hielt. Ihre Schwester trank ein paar Schlucke, nur um sich gleich darauf in den Nachttopf, den Friederike ihr geistesgegenwärtig hinhielt, zu übergeben.

»Ich kann nicht mehr! Ich sterbe …«, keuchte Charlotte und brach in Tränen aus.

»Beruhige dich. Du wirst nicht sterben.« Friederike griff nach dem feuchten Tuch, das sie bereitgelegt hatte und tupfte ihrer Schwester das schweißnasse Gesicht ab. Allmählich verlor sie die Geduld mit ihr. Die Wehen schienen jetzt schneller hintereinander zu kommen, aber es war schwer zu beurteilen, weil Charlotte ununterbrochen stöhnte und jammerte.

Ein Klopfen an der Tür rief sie auf den Flur. Dort stand Daniel und musterte besorgt ihr gerötetes, verschwitztes Gesicht und die zerzausten Haare. »Kommst du zurecht?«

»Ich wünschte, Charlotte wäre nicht ganz so empfindsam«, gestand sie. »Du schickst jetzt besser nach Doktor Woodforde. Ich war nicht darauf vorbereitet, dass sie sich aufführt wie ein krankes Kind.«

»Soll ich vielleicht Mrs. Burkett bitten, dass sie dich für ein Weilchen ablöst?«, bot er mitfühlend an. »Du siehst völlig erschöpft aus.«

»Nein, bloß nicht«, wehrte sie hastig ab. »Wenn ich nicht an ihrer Seite bleibe, wird sie völlig hysterisch.«

»Dann müssen wir wohl abwarten, dass Dr. Woodforde kommt und die Zügel übernimmt.« Er strich ihr zärtlich eine Haarsträhne hinters Ohr und ging wieder nach unten, wo die restliche Familie im Salon beisammensaß und gespannt auf die erlösende Nachricht wartete. Glücklicherweise dauerte es nicht lange, bis Doktor Woodforde eintraf. Zufällig hatte er in der Nähe einen Krankenbesuch gemacht, und so war Georg dem Arzt bereits auf der Straße nach Segensthal begegnet.

Daniel hatte ihn offenbar vorgewarnt, denn als er das Zimmer betrat, hielt er sich nicht lange mit Höflichkeitsfloskeln auf. »Ich brauche ein Schiff warmes Wasser und eine Flasche Wein«, teilte er Friederike kurz und knapp mit. »So rasch wie möglich.« Nur zu froh, ihm den Platz an Charlottes Seite überlassen zu können, eilte sie nach unten in die Küche, um dort das Gewünschte zu holen. Als sie das Zimmer wieder betrat, saß Charlotte manierlich aufrecht und nippte brav an einem Glas mit einer milchigen Flüssigkeit, das der Arzt ihr an die Lippen hielt.

»Die junge Dame ist übermäßig erregt«, erklärte er Friederike und sah sie bedeutungsvoll an. »Das ist nicht gut. Ich verabreiche ihr gerade ein leichtes Nervenstärkungsmittel und würde vorschlagen, ihr danach heiße Kompressen zur Linderung der Schmerzen aufzulegen.«

Zutiefst dankbar, dass Doktor Woodforde das Kunststück fertiggebracht hatte, Charlotte zu beruhigen, unterdrückte Friederike ihre Zweifel an dem therapeutischen Sinn der Maßnahme.

»Natürlich«, murmelte sie. »Ich werde sofort welche vorbereiten. – Wo soll ich die Flasche hinstellen?« Sie nahm an, dass auch der Wein einem medizinischen Zweck dienen sollte.

»Wenn Sie so freundlich wären, mir ein Glas davon einzugießen«, bat der Arzt. »Draußen im Busch war es scheußlich staubig. Meine Kehle kann jetzt einen tüchtigen Schluck vertragen. – Danke sehr.« Er leerte das Glas in einem Zug und stellte es mit einem zufriedenen Seufzer ab. »Schenken Sie sich auch ein Schlückchen ein«, ermunterte er Friederike. »Sie sehen aus, als ob Sie's brauchen könnten!«

Während sie seinem Rat folgte, fühlte Doktor Woodforde Charlottes Puls und setzte ein Hörrohr aus poliertem Holz auf ihren gewölbten Bauch. »Gut, der Herzschlag ist regelmäßig und kräftig«, verkündete der Arzt. »Dann wollen wir mal sehen, wie weit es ist.« Damit schob er seine Hände unter das Leintuch, das Charlottes Unterleib bedeckte. Offenbar ging er äußerst geschickt zu Werk, denn sie ließ ihn widerspruchslos gewähren. Gespannt beobachtete Friederike sein Gesicht, aber an dem war nichts abzulesen. Während der Untersuchung plauderte er so munter, als befänden sie sich in einem Salon zum Tee, über die Vorzüge der Merinoschafe gegenüber anderen Schafsrassen und über die diesjährige Ernte. Zuerst war Friederike befremdet, aber dann merkte sie, wie geschickt er ihre Schwester ablenkte. Tatsächlich hatte sie, seit er den Raum betreten hatte, nicht ein einziges Mal laut geschrien oder um sich geschlagen. Selbst als die nächste Wehe ihren Bauch hart werden ließ, stöhnte sie nur leise auf.

»Keine Angst, es wird nicht mehr lange dauern, dann halten Sie Ihr Kindchen in den Armen«, versprach er mit sonorer Stimme. »Sie müssen nur tun, was ich Ihnen sage. Haben Sie mich verstanden?«

Charlotte nickte, und obwohl sich gleich darauf ihr Gesicht zu einer schmerzverzerrten Grimasse verzog, während die Hände sich in das Betttuch krallten, ließ sie sich sanftmütig wie ein Lamm die Kompressen auflegen.

Dr. Woodfordes Einschätzung erwies sich als zutreffend. Jetzt eröffnete sich Friederike auch der wahre Sinn der Kompressen: Diese schienen die Wehen noch anzuregen. Bald folgten sie so rasch aufeinander, dass Charlotte zwischendurch kaum noch zur Ruhe kam. »Es ist so weit«, entschied der Arzt. »Schieben Sie ihr ein festes Kissen in den Rücken und helfen Sie ihr, so aufrecht wie möglich zu bleiben«, wies er Friederike an. Dann wandte er sich seiner Patientin zu, und gab ihr die zwei Enden des weichen Stricks aus gerolltem Tuch in die Hand, den er um die beiden Bettpfosten am Fußende geknotet hatte.

»So, schön festhalten, und wenn Sie das Gefühl haben, pressen zu müssen, dann tun Sie's. – Nicht hinlegen«, befahl er in strengem Ton. »Das wird jetzt anstrengend, aber anders geht's nicht, junge Dame!«

Charlottes Gesicht lief puterrot an. Hemd und Leintuch klebten bald an ihrem schweißüberströmten Körper, aber sie schrie nicht, sondern presste, als hinge ihr Leben davon ab. Friederike, die ihre Schultern stützte, spürte mit einer Art ehrfürchtigem Staunen, wie der Körper ihrer Schwester von den Geburtswehen in Besitz genommen wurde. Immer wieder wurde der sich hoch aufwölbende Bauch steinhart, während gleichzeitig Charlottes Muskeln vor Anspannung unter ihren Händen zitterten.

»Und noch mal, Madam! Noch mal – gleich haben Sie's geschafft«, feuerte der Arzt sie an.

Ein Geräusch, fast wie ein Maunzen, zeitgleich mit dem Erschlaffen von Charlottes Körper zeigte an, dass das Kind da war. Behutsam zog Dr. Woodforde das winzige Wesen unter dem Laken hervor ans Licht. Augenblicklich begann es laut und verzweifelt aus voller Kehle zu schreien.

»Ein Knabe«, verkündete der Arzt mit väterlichem Wohlwollen und reichte das zappelnde, rote, verschrumpelte Kind Friederike. »Gesund und wohlgestalt. Herzlichen Glückwunsch, Madam.«

Während Friederike ihren neugeborenen Neffen entgegennahm, um ihn zu säubern und in sein Steckkissen zu wickeln, kümmerte der Arzt sich um die Nachgeburt, die er in einer Schüssel auffing und dezent an der Tür deponierte, um sie später genauer zu untersuchen. Er nahm noch einmal Charlottes Puls, nickte zufrieden, wünschte Mutter und Kind alles Gute und verabschiedete sich dann mit den Worten: »Es gibt doch nichts Schöneres, als einem neuen Erdenbürger ans Licht der Welt zu verhelfen.«

»Ich für meinen Teil könnte mir durchaus etwas Schöneres vorstellen«, murrte Charlotte schläfrig, kaum dass sich die Tür hinter ihm geschlossen hatte.

»Wie willst du ihn nennen?«, fragte Friederike, während sie die Windeln um die zappelnden Beinchen wand. Unwillkürlich musste sie an ihren auf der Seereise verstorbenen Bruder Friedemann denken. Sie hatte ihn so oft gewickelt, dass sie die Handgriffe immer noch beinahe automatisch ausführte.

»Ich weiß nicht. Darüber habe ich mir noch keine Gedanken gemacht.« Ihre Schwester gähnte herzhaft und rollte sich auf die Seite. »Endlich wieder ohne dicken Bauch!«

»Hier ist er!« Friederike band die letzte Schleife des Steckkissens und präsentierte Charlotte ihren Sohn. »Ich finde, er sieht dir ähnlich. Er hat deine Augen.«

Gespannt wartete sie auf eine Reaktion. Sie selber wäre außer sich vor Glück gewesen. Charlotte warf nur einen kurzen Blick auf das kleine Bündel. »Findest du? Leg ihn doch bitte in seine Wiege. – Oder nimm ihn besser mit. Ich brauche jetzt Ruhe, um mich zu erholen.«

Ob es an dem Pulver lag, das Doktor Woodforde ihr verabreicht hatte? Jedenfalls zog sie die Decke über sich, schloss die Augen und war bereits eingeschlafen, als Friederike mit ihrem Neffen im Arm so leise wie möglich die Türe hinter sich schloss.

❖

In dem Augenblick, als sie die schwarze Frau zum ersten Mal gesehen hatte, war ihr klar gewesen, dass sie aus dem Dämonenreich gekommen war. Eine Wolke aus Kälte und Zorn umgab sie wie einen Kokon. Auch wenn sie freundlich tat, konnte Kartanya die Wut in ihrem Inneren so deutlich spüren, dass sie am liebsten geflüchtet wäre. Weit weg, sehr weit weg. Aber das durfte sie nicht. Ihre Aufgabe war es, ihrer weißen Familie beizustehen und dafür zu sorgen, dass ihnen nichts geschah.

Doch wie sollte sie, Kartanya, das alleine schaffen? Sie versuchte, die Ahnen anzurufen und um ihre Hilfe zu bitten. Zu ihrem Entsetzen blieben sie stumm. Auch als sie die Menge der Geisterkräuter verdoppelte und so lange fastete, bis ihr Magen knurrte wie ein wütender Dingo. Wollten sie ihr nicht antworten, oder konnten sie nicht?

Nicht einmal Keork nahm ihre Sorge ernst, als sie ihm klarzumachen versuchte, dass diese Person nur über eine menschliche Gestalt verfügte, in Wirklichkeit jedoch ein Dämon war, der Böses im Schilde führte.

»Du meinst, sie ist eine Hexe?« Sein leichtfertiger Tonfall machte ihr deutlich, dass er blind wie alle Weißen war.

Er grinste übermütig: »Ich würde zu gerne einmal sehen, wie sie auf ihrem Besen reitet!«

Er war noch zu jung, um zu wissen, dass es Dinge gab, die man besser nicht sah.

Zuerst hatte Kartanya sich große Sorgen um das ungeborene Kind gemacht. Die schwachen Kinderseelen waren beliebte Opfer der Dämonen. Aber sie schien nicht an dem Kind interessiert zu sein. Jedenfalls spürte Kartanya keine Bedrohung in dieser Richtung.

Als die Zeit weiter fortschritt, wurde sie von einer anderen Erkenntnis überwältigt: Ein *Kindgeist* hatte sich auch in ihr eingenistet! Sie hatte es nicht sofort erkannt, denn seit ihr hübscher Cousin sie beim letzten großen Treffen mit in den Busch genommen hatte, hatte sie bei keinem Mann gelegen. Deswegen hatte sie der Tatsache, dass ihr Blutfluss seit geraumer Zeit ausgeblieben war, keine weitere Bedeutung zugemessen. Erst die andauernde Übelkeit am Morgen öffnete ihr die Augen. Ihre Mutter hatte ihr gesagt, dass sich ein *Kindgeist* oft auf diese Art bemerkbar machte, und ihr die Teekräuter gezeigt, die dagegen halfen. Wie der *Kindgeist* allerdings zu ihr gefunden hatte, war Kartanya ein Rätsel.

Großmutter hatte ihr einmal anvertraut, dass es nicht aus Zufall geschah, wenn ein *Kindgeist* sich eine Mutter erwählte. Es brauchte einen Mann dazu, der ihm den Weg bahnte. Mit seiner Hilfe gelangte der kleine Geist in die Frau und wuchs dort zu seiner endgültigen Gestalt heran. In ihrem Bauch nährte er sich von dem Blut, das bei denjenigen Frauen, die keinen *Kindgeist* in sich trugen, sonst regelmäßig ausgeschieden wurde.

Seit der Zeit der Akazienblüte, der Hochzeit ihrer weißen Schwester, war ihr Blutfluss ausgeblieben. Sollten ausgerechnet die groben Schafhirten ihrem Kind den Weg gebahnt haben? Kartanya konnte sich an nichts erinnern, aber vielleicht hatten sie sich an ihr vergriffen, während sie bewusstlos war. Dass sie sich an dem Morgen danach so krank und zerschlagen gefühlt hatte, hatte sie damals einzig und allein dem brennenden Wasser zugeschrieben.

Die Wege der Ahnengeister waren wirklich nicht vorhersehbar. Schützend legte sie eine Hand auf ihren noch flachen Unterleib. Bald würde er sich runden wie der zunehmende Mond, wie der Bauch der hellhaarigen Schwester.

Im Schatten unter der Veranda lauschte Kartanya auf den ersten Schrei des Neugeborenen. Wie heute blieb sie manchmal nachts bei ihrer weißen Familie und beobachtete sie, wie sie beisammensaßen und aßen oder redeten. In ihrer Nähe hatte sie keine Angst vor dem *Kuinyo*. Als Buschgeist mied er die Siedlungen und festen Häuser der Weißen. Das Haus auch von innen zu erforschen hatte sie sich versagt. Man betrat nicht ungebeten anderer Leute Lager, auch wenn es ihre Familie war. Kartanya wollte nicht aufdringlich sein. Bescheiden und wohlerzogen hatte sie sich damit begnügt, von außen in die Räume zu spähen. Wenn die Zeit gekommen wäre, würde auch sie dort wohnen. Bei der Vorstellung, wie ihre Kinder und die ihrer Schwester später gemeinsam hier unter einem Dach aufwachsen würden, hüpfte ihr Herz vor Freude.

Kapitel 11

Charlotte schlief bis weit in den Tag hinein. Immer wieder schaute Friederike ins Zimmer, aber stets vernahm sie nur leises, regelmäßiges Schnarchen. Als sie im frühen Morgengrauen, das kleine Bündel im Arm, auf Zehenspitzen ins Schlafzimmer geschlichen war, hatte Daniel vollkommen bekleidet am Fenster gestanden und in die Nacht gestarrt.

»Du bist noch wach?« Im gleichen Moment, in dem sie die Frage stellte, wurde ihr klar, wie dumm sie klingen musste.

»Natürlich«, hatte er erwidert. »Das ist er also ...« Er hatte den zerknautschten Neugeborenen mit einer Mischung aus Anteilnahme und Staunen betrachtet. »Sie sehen immer aus, als ob sie einiges hinter sich hätten. – Na, der kleine Wicht wird in nächster Zeit den Haushalt sicher ganz schön beschäftigen!«

Diese Prophezeiung sollte sich voll und ganz erfüllen: Mrs. Burkett, Molly und Marie-Luise waren ganz vernarrt in den kleinen Christian, wie Charlotte ihn nach seinem Großvater nennen wollte. Molly und Marie-Luise wachten eifersüchtig darüber, dass sie sich beim Wickeln auch tatsächlich immer gerecht abwechselten. Und die Köchin ging sogar so weit, spezielle Leckereien für Charlotte zuzubereiten, damit ihre Milch gehaltvoller würde. Nur Fräulein von Rosen zeigte nicht die geringste Spur mütterlicher Instinkte. Als Christian einmal besonders langanhaltend schrie, schlug sie vor, ihn einfach in das entfernteste Zimmer zu legen. »Wenn er erschöpft genug ist, hört er schon wieder auf. Und er lernt gleich, dass man nicht alles bekommt, was man will.«

»Sie ist eine herzlose Person«, befand Mrs. Burkett und ließ den Fleischklopfer mit besonderer Härte auf das Stück Ochsenschwanz vor sich herabsausen. »Hoffentlich bekommt sie nie Kinder, denn die täten mir unendlich leid!«

Glücklicherweise hatte Charlottes anfängliche Ablehnung der Mutterrolle nicht angehalten. Und auch Friederikes geheime Befürchtung, sie würde an dem Kind ihren Hass auf den Vater auslassen, erwies sich zu ihrer Erleichterung als unbegründet. Die Aufmerksamkeit, die der Säugling ihr verschaffte, schien sie mit seinen Ansprüchen zu versöhnen. Trotzdem war es sicherlich gut, dass der kleine Christian kein schwieriges Kind war. Nach einigen Wochen schlief er die Nächte durch und machte sich sonst nur bemerkbar, wenn er nach der mütterlichen Brust verlangte. Sonst lag er still und friedlich in seiner Wiege und betrachtete die Welt um sich herum mit großen, staunenden Augen. Nichts erinnerte mehr an das rötliche, runzelige Wesen der ersten Stunden. Erstaunlich schnell hatten sich die Züge geglättet, die dunklen Haare zu seidigen Löckchen geformt und das strahlende zahnlose Lächeln, mit dem er bald schon jeden beglückte, der sich über ihn beugte, entzückte nicht nur Friederike. Immer öfter träumte sie davon, wie es sein würde, wenn sie selbst Mutter wäre. Wenn sie den kleinen Christian in den Schlaf wiegte, stellte sie sich manchmal vor, dass es ihr eigenes Kind wäre, das sie im Arm hielt. Entsprechend niedergeschlagen reagierte sie auf ihre monatliche Blutung, die ihr mit frustrierender Regelmäßigkeit signalisierte, dass sie immer noch kein Kind empfangen hatte.

Einen schweren Schlag versetzte ihr noch dazu Daniels Reaktion, als er sich nach dem Grund für ihre Trübsinnigkeit erkundigte. »Sei doch froh, dass du nicht schwanger bist«, sagte er sichtlich erleichtert. »Mir jedenfalls reicht das Affentheater um dieses eine Wickelkind im Haus vollkommen.«

»Du hast doch gesagt, du wolltest Kinder!« Friederike konnte kaum glauben, was sie gehört hatte.

»Natürlich«, wiegelte er rasch ab. »Aber nicht gerade jetzt. Ich für mein Teil bin ganz froh, dass du nicht so fruchtbar bist, wie man es den deutschen Frauen nachsagt.«

Diese eigentlich harmlose Bemerkung hatte sich in Friederike festgesetzt und beunruhigte sie zunehmend. Konnte es vielleicht sein, dass sie unfruchtbar war? Wie die arme Mutter Weidner?

Nach Georgs Geburt, bei der die patente Nachbarin Sabine Thiele nicht von der Seite gewichen war, hatte Friederike ihre Mutter gefragt, warum Mutter Weidner keine eigenen Kinder hatte. Ihre Mutter hatte mitleidig geseufzt und erklärt, dass der liebe Gott manchen Frauen keine Kinder schenkte. Warum, wisse nur er, und man müsse es in Demut ertragen. Es überlief Friederike heiß, als ihr eine andere mögliche Ursache in den Sinn kam: In frommen Kreisen hieß es, zu großes Vergnügen im Ehebett sei reichem Kindersegen nicht zuträglich. War das Vergnügen, das sie empfand, so groß, dass es einer Empfängnis im Wege stand? Verhinderte die fleischliche Lust, die sie so selbstsüchtig genoss, dass Gott ein Kind in sie einpflanzen konnte?

Das würde bedeuten, dass sie in Zukunft die Ehe vollziehen müssten, ohne Vergnügen dabei zu empfinden. Wenn Daniel sie überhaupt noch als Ehefrau betrachtete! Es kam ihr vor, als sei eine Ewigkeit vergangen, seitdem sie zum letzten Mal in sein leidenschaftliches Gesicht geblickt hatte. Meist kam er ins Schlafzimmer geschlichen, wenn sie bereits die Kerzen gelöscht hatte. Wenn sie zu diesem Zeitpunkt noch wach war, täuschte sie vor, bereits in tiefem Schlaf zu liegen – zu quälend war das Schweigen, das offenbar keiner von ihnen zu brechen vermochte. Und auch morgens ergab sich keine Gelegenheit, ihre einst so vertraute Leidenschaft neu zu entfachen: Stets war Daniel bereits aufgestanden, noch bevor sie die Augen nach einer weiteren Nacht voller quälender Träume aufschlug.

Tagsüber bekamen sie einander meist kaum zu Gesicht. Die Arbeiten am Bau der neuen Weinpresse mussten überwacht werden. Zudem waren gerade wieder die Waliser auf dem Gut und trieben die Stollen in den Hang, in denen später die Weinfässer gelagert würden.

Friederike hatte manchmal den Eindruck, dass ihr Mann absichtlich das Haus mied. So oft es ging, aß er mit den Arbeitern an ihrem Lagerplatz.

»Wenn Sie so weitermachen, wird man Sie bald nicht mehr von einem gewöhnlichen Landarbeiter unterscheiden können«, hörte Friederike Fräulein von Rosen sagen, als sie eines Abends gerade vom Wässern kam. »Morgen würde ich gerne in die Stadt fahren und diesen neuen Buchladen aufsuchen, von dem Sie gestern Abend sprachen. Hätten Sie Zeit, mich zu begleiten, Herr Aldenhoff?«

Tatsächlich hatte Fräulein von Rosen sich neulich beim Dinner über die magere Auswahl an Lektüre auf Gut Sonnenhof beklagt. »Wie halten Sie das nur aus – so ganz ohne geistige Zerstreuung?«, hatte sie Daniel mit vorwurfsvollem Unterton gefragt. »Fragen Sie mich das im Winter wieder«, hatte der lachend erwidert. »Vorher werde ich kaum die nötige Zeit erübrigen können, um Bücher überhaupt zu vermissen! Aber in Adelaide gibt es seit neuestem einen Buchhändler, der ein sagenhaftes Sortiment führen soll. Machen Sie doch die Probe aufs Exempel!«

Das hatte die Gouvernante nun offenbar vor. Ohne Friederike, die gerade die Treppenstufen hinaufstieg, zu beachten, warf sie Aldenhoff einen koketten Blick zu. »Sie haben jetzt so viel gearbeitet, dass Sie sich ruhig einen Tag Pause gönnen können. Sonst vergessen Sie noch, dass es im Leben andere Dinge gibt als Weinstöcke.«

»Tut mir leid, ich bin hier unabkömmlich«, entschuldigte Daniel sich. »Aber es steht Ihnen ja jederzeit frei, den Ponywagen zu nehmen.«

»Ich fürchte, morgen brauche ich ihn selber«, warf Friederike rasch ein. »Ich habe in der Stadt einige dringende Geschäfte zu erledigen.« Das stimmte zwar nicht, aber es bereitete ihr eine diebische Freude, Fräulein von Rosen in die Parade zu fahren. Dann würde sie eben Mrs. Willoughby besuchen. Sie hatten sich lange nicht gesehen, und sicher wäre ihre Freundin höchst entzückt über einen Überraschungsbesuch. Außerdem hatte sie sich selber insgeheim vorgenommen, diesen Buchhändler aufzusuchen. Sie brauchte unbedingt ein Buch über diese heidnischen Götter, auf die die Engländer sich so gerne bezogen. Neulich hatte die Gouvernante die Arbeit im Weinberg als »Sisifuss-Arbeit« bezeichnet, und sie hatte sich gescheut, ihre Unwissenheit zuzugeben, indem sie Daniel nach der Bedeutung fragte.

»Würden Sie mich dann mitnehmen?«, bat Fräulein von Rosen, ohne mit der Wimper zu zucken. »Ich werde Ihnen auch bestimmt nicht zur Last fallen.«

»Wann soll ich Sie hier wieder treffen?«, fragte Friederike höflich, als sie Daisy in den Hof des Mietstalls in Adelaide lenkte. Während der Fahrt hatten sie nicht viel geredet. Die neue Straße war zwar nicht mehr so voller Schlaglöcher wie die alte, aber sie war genauso staubig. Keine der beiden

Frauen hatte unnötig den Mund geöffnet. Wer hatte schon gerne Sandkörner zwischen den Zähnen?

»Selbstverständlich richte ich mich nach Ihnen«, gab die Gouvernante zurück. »Wie lange werden Sie denn beschäftigt sein?« Es klang ziemlich von oben herab, aber die Aussicht, in Kürze ihre alte Freundin wiederzusehen, ließ Friederike vergnügt erwidern: »Ach, sagen wir um 16 Uhr.« Das sollte Zeit genug sein, einige Besorgungen zu erledigen, und anschließend noch bei Mrs. Willoughby Tee zu trinken. Daniel hatte ihr Briefe für die Poststelle mitgegeben; Marie-Luise brauchte neues Kobaltblau und Indigo; und Georgs alte Lederstiefel, die er während seiner Ausflüge in den Busch trug, mussten dringend geflickt werden. In welchen Dornenhecken treibt der Junge sich nur immer herum?, fragte sie sich, während der Schuhmacher ihr in epischer Breite darlegte, welche Probleme es ihm bereitete, hier Leder in der gewohnten Qualität aufzutreiben. Es würde nicht leicht sein, aber ja, er würde es schaffen, die Schuhe bis zum frühen Nachmittag fertigzuhaben.

Bevor sie zu Mrs. Willoughby ging, wollte sie zuerst noch in diesem neuen Buchladen in der Hindley Street nach Lektüre suchen, die nicht so fade war wie die in Daniels Schrank. Übermütig ihren Sonnenschirm schlenkernd machte sie sich auf den Weg.

»Snyder's Bookshop« hatte erst vor kurzem eröffnet. Traugott Schneider, wie der Buchhändler aus dem Schwäbischen eigentlich hieß, bot nicht nur englische Literatur an, sondern verfügte auch über ein gut sortiertes Regal deutscher Autoren. Deutsche Landsleute, denen die Lektüre der Bibel nicht genügte, fanden hier einen ansprechenden Querschnitt. Neben dem immer noch umstrittenen Skandalroman *Die Leiden des jungen Werther* des großen Dichters

Goethe standen seine Gedichtbände und die Theaterstücke Friedrich Schillers, aber auch noch vielerlei andere Bücher.

Als Friederike den Laden betrat, war der Besitzer gerade in einen angeregten Disput über die Vorzüge einer Indianergeschichte aus Amerika – ein Buch namens *Lederstrumpf* von Mr. James Fenimore Cooper – gegenüber dem Roman *Ivanhoe* von einem Mr. Walter Scott verstrickt. »Ich gebe Ihnen Recht, dass Scott sich äußerst sorgfältig der Ritterzeit angenommen hat«, rief er gerade mit der Leidenschaft des Kenners. »Nichtsdestotrotz ist die Schilderung von Land und Leuten, ja die ganze Tragik der Schicksale der Antagonisten im *Lederstrumpf* – und noch viel mehr im *Letzten Mohikaner* – Scotts braver Schreiberei um Meilen voraus! Nur weil sein Verleger ein Verkaufsgenie ist, sind Scotts Bücher bekannter. Besser sind sie dadurch nicht!«

Tatsächlich konnte er den Kunden, einen älteren Herrn, überzeugen, und Letzterer verließ den Laden mit den gesammelten Werken Mr. Coopers unter dem Arm.

»Und was darf es für Sie sein, junge Dame?«, wandte der Büchernarr sich an Friederike, die, eingeschüchtert von der Menge der den Raum füllenden Bände, an der Ladentür stehen geblieben war. »Gerade eben habe ich eine frische Lieferung aus London bekommen: Der Verlag hat die beliebten Romane von Miss Jane Austen wieder aufgelegt. Unterhaltsame Lektüre für Mußestunden.«

»Nein danke, Mußestunden habe ich kaum«, wehrte Friederike ab. »Was ich bräuchte …« Sie stockte, fuhr dann aber entschlossen fort: »Ich benötige Bücher, die leicht zu lesen sind, aber trotzdem nicht allein zur Unterhaltung gedacht sind. Ich möchte etwas daraus lernen.«

Der alte Mann lächelte zustimmend. »Das ist lobenswert, junge Dame. Äußerst lobenswert.« Die Lachfältchen um seine Augen vertieften sich. »Hatten Sie dabei an Reiseberichte gedacht? Es gibt da einige interessante …« Er brach mitten im Satz ab, holte seine Leiter und kletterte flinker, als man es einem Mann seines Alters zugetraut hätte, zu einem Regal ganz oben. »Hier hätten wir den Bericht eines Herrn Forster, der Kapitän Cook auf seiner zweiten Weltumseglung begleitet hat; oder Herrn von Humboldts Reisen nach Südamerika; oder hier: Herr Gerstäcker schreibt sehr interessant über seine Erlebnisse in Amerika. Gerade aus der Druckerpresse. Von diesem Herrn werden wir sicher noch mehr zu lesen bekommen.«

Den Arm voller Bücher stieg er, vorsichtig seine Last balancierend, wieder herunter, und präsentierte ihr stolz die zum Teil erschreckend dicken Folianten. Das waren weder die Nachschlagewerke noch die leichtere Lektüre, die sie sich vorgestellt hatte! Mutter Weidners Rat befolgend, hatte sie den Bücherschrank im Salon einer kritischen Prüfung unterzogen. Zu ihrer Enttäuschung enthielt er aber hauptsächlich Werke über Weinbau und Landwirtschaft. Ein paar dünnere Bändchen, die sie Daniel hier und da hatte lesen sehen, entpuppten sich als philosophische Schriften und Aphorismensammlungen. Hier würde sie nichts finden, das ihren Zwecken entsprach.

Erschwerend kam hinzu, dass sie gar nicht so genau wusste, wonach sie suchen sollte. Im Dorf konnte zwar jeder lesen und schreiben, aber es galt als unsittlich, etwas anderes lesen zu wollen als die Bibel, fromme Traktate oder allenfalls wissenschaftliche Werke wie das Pflanzenbuch ihres Großvaters. Niemand kam auch nur auf den Gedanken, aus Wissensdurst oder gar zum schieren Vergnügen ein Buch aufzuschlagen.

»Eigentlich hatte ich mehr an ein Kompendium über diese Gestalten aus der Antike gedacht«, sagte Friederike und versuchte, sich genauer an die Unterhaltungen zu erinnern, die Daniel und Fräulein von Rosen geführt hatten. »Jupiter und Zeus und Sisifuss und wie sie alle heißen. Wer sie waren und wodurch sie berühmt wurden.«

Traugott Schneider nickte eifrig: »Da habe ich genau das Richtige für Sie!« Er griff in eine geöffnete Kiste und zog ein Buch heraus, auf dessen Vorderseite ein Mann in goldener Rüstung gerade damit beschäftigt war, ein schlangenartiges Ungeheuer mit seinem Schwert zu erschlagen. »Hier: *Die schönsten Sagen des klassischen Altertums*, mit einem ausführlichen Verzeichnis sämtlicher bekannter Götter der Griechen und Römer.«

Friederike blätterte neugierig ein paar Seiten auf. Georg wäre sicher begeistert von den Abbildungen der Kämpfer in fantasievoller Rüstung und diverser Ungeheuer wie einem Menschen mit Stierkopf oder einem Löwen mit einem Mädchengesicht. Wenn die Geschichten dazu genauso ungewöhnlich waren, musste es großen Spaß machen, sie zu lesen.

»Ich nehme es«, entschied sie, und verspürte tatsächlich so etwas wie Vorfreude auf diese ihr bisher unbekannte Welt, die sie nun entdecken würde wie ein Forscher ein neues Land.

»Eine gute Wahl. Schwabs Bearbeitung zählt zum Besten, was in den letzten Jahren in dieser Richtung veröffentlicht wurde«, bestätigte sie der Buchhändler. »Kann ich Ihnen sonst noch irgendwie zu Diensten sein?«

»Außerdem hätte ich gerne noch diesen *Lederstrumpf* und das andere Buch über Ritter, von dem Sie eben gesprochen haben.« Vielleicht konnte Georg ja dazu gebracht werden, weniger umherzustreifen, wenn diese Geschichten wirklich so spannend waren, wie der Buchhändler behauptet hatte. Sollte sie Charlotte und Marie-Luise ebenfalls Lektüre mitbringen? Nicht, dass sie gekränkt wären, weil sie nicht bedacht wurden. »Und ein Märchenbuch«, entschied sie kurz entschlossen. »Und ein Band mit Stickmustern. Haben Sie so etwas?«

»Selbstverständlich.« Herr Schneider war offenbar nicht so schnell aus der Ruhe zu bringen. *»Die deutschen Kinder- und Hausmärchen der Brüder* Grimm oder Bechsteins *Märchen und Sagen* oder Hauffs Märchen. Hauff ist allerdings mehr für ältere Kinder geeignet, da einige Geschichten doch ziemlich schaurig sind.«

Während sie noch unentschlossen in einem der Bücher blätterte, achtete Friederike nicht darauf, dass die Ladentüre geöffnet und wieder geschlossen wurde. Überrascht fuhr sie herum, als eine vertraute Stimme fröhlich ausrief: »Na so etwas! Friederike, Liebes, ich hätte nicht erwartet, Sie hier zu treffen.« Mrs. Willoughby hatte am Arm eines jungen Mannes die Buchhandlung betreten und löste sich jetzt von ihm, um auf Friederike zuzugehen und sie herzlich in die Arme zu schließen.

»Erinnern Sie sich noch an meinen Neffen?«, fragte sie dann, und winkte ihren Begleiter näher heran. »Michael, komm her. Ich möchte dich Frau Aldenhoff vorstellen.«

Ein einziger Blick in das schöne Gesicht Michael Pembertons genügte, und Friederike fühlte sich sofort wieder wie das ungelenke Landmädchen von damals. Waren wirklich erst drei Jahre vergangen, seit sie ihm in Mrs. Willoughbys Salon gegenübergestanden hatte? Sein Gesicht war nicht mehr vornehm blass, sondern tief gebräunt. Unwillkürlich senkte sie den Blick auf seine Hände. Wie peinlich war ihr damals der Unterschied zwischen seinen gepflegten Fingern mit den polierten Nägeln und ihren eigenen, von der Feldarbeit rauen Händen gewesen! Offenbar hatte er wie alle feinen Herren die Angewohnheit, Handschuhe zu tragen, denn im Vergleich zu seiner Gesichtsfarbe wirkten sie unnatürlich weiß.

Ob er sie wiedererkannte? Sie war jetzt kein ungebildetes Bauernmädchen mehr, das bei seiner Tante putzte, sondern Friederike Aldenhoff, die erfolgreiche Inhaberin von »Thieles Kunstgärtnerei« und als Frau von Daniel Aldenhoff Mitglied der vornehmen Gesellschaft von Adelaide. Sie war sogar zur Weihnachtsparty des Gouverneurs eingeladen gewesen.

»Guten Tag. Wie geht es Ihnen?«, hauchte sie und reichte ihm mit der blasierten Miene einer Dame der Gesellschaft ihre Hand. In den letzten Jahren war sein Bild immer stärker verblasst. Nur gelegentlich hatte sie sich noch an ihn erinnert, wenn sie in ihrem Schatzkästchen gekramt und auf das Taschentuch mit seinen Initialen gestoßen war. Schon lange hatte es seinen Reiz verloren, und so war sie etwas aus der Fassung gebracht, dass ihr Herz plötzlich heftig schlug und ihre Kehle trocken wurde.

»Ich bin entzückt«, murmelte Pemberton, während er sich galant über ihren Handrücken in weißem Ziegenleder beugte. »Helfen Sie mir auf die Sprünge: Wo sind wir uns bereits begegnet? Bei einer der Sitzungen der Gesellschaft?«

»Man sollte nicht glauben, dass du ein Wissenschaftler bist. Deine Beobachtungsgabe lässt stark zu wünschen übrig«, sagte seine Tante amüsiert. »Friederike hat bei mir Englischunterricht genommen. Du hast sie kurz vor deinem Aufbruch zur Känguru-Insel kennengelernt.«

Pemberton sah ihr prüfend ins Gesicht. Offensichtlich suchte er in seiner Erinnerung nach dem passenden Bild.

Plötzlich lächelte er. »Natürlich: die kleine Lutheranerin«, rutschte es ihm heraus. »Haben Sie sich nicht schon damals für Forschungsreisen interessiert? Wie ich sehe, haben Sie diese Neigung aufrechterhalten, Frau Aldenhoff.«

Er deutete auf den Stapel, den Mr. Snyder auf der Theke hatte liegen lassen.

Friederike räusperte sich, weil sie ihrer Stimme nicht ganz traute. »Eigentlich war ich eher auf der Suche nach historischen Romanen«, antwortete sie dann. »Reisebeschreibungen haben oft den Nachteil, dass ihre Verfasser sich für interessanter halten, als sie sind.« Diesen Satz hatte sie neulich erst aus dem Munde einer älteren Dame gehört und sich gemerkt, weil er so beeindruckend weltläufig klang. Tatsächlich verfehlte er seine erhoffte Wirkung nicht.

»Damit haben Sie sicher Recht.« Pemberton lächelte zustimmend. »Darf ich hoffen, dass Sie trotzdem zu meinem Vortrag in der Gesellschaft kommen?«

»Michael wird dort über seine Forschungen in den Wüstenregionen im Norden berichten«, warf Mrs. Willoughby ein. »So abenteuerlich! Stellen Sie sich vor, die Expedition ist sogar von feindlichen Eingeborenen angegriffen worden!«

»Das war weniger dramatisch, als du es jetzt darstellst, liebe Tante«, meinte Pemberton abwehrend. »Mit unseren modernen Flinten war es ein leichtes, sie zu vertreiben. Sie glaubten doch tatsächlich, uns mit Holzspeeren und Beschwörungen einschüchtern zu können, stellen Sie sich das vor!« Er schüttelte immer noch ungläubig den Kopf. »Sie sind wirklich wie die Tiere. Ohne Sinn und Verstand.«

»Konnten Sie etwas Neues über das große Binnenmeer erfahren?«, erkundigte der Buchhändler sich höchst interessiert. »Es müsste doch riesige Ausmaße haben. Haben Sie nicht wenigstens einen Zipfel davon zu sehen bekommen?«

»Nein, mein Guter, da war keine Spur von einem größeren Binnengewässer«, erwiderte Pemberton mit dem sichtlichen Überdruss eines Menschen, der dieselbe Frage immer wieder beantworten muss. »Wir sind sogar drei Tage weit in die Wüste vorgestoßen. Aber es wurde nur immer trockener. Wir mussten umkehren, ehe unsere Pferde an der Hitze zugrunde gingen.«

»Kommen Sie doch auch zu dem Vortrag. Es wird sicher sehr interessant«, ermutigte Mrs. Willoughby den Buchhändler. »Sogar der Gouverneur hat sein Kommen angekündigt. – Aber jetzt sterbe ich vor Hunger. Friederike, würden Sie uns die Freude machen, mit uns den Lunch einzunehmen? Ich habe Sie so lange nicht gesehen, da möchte ich jede Minute ausnutzen, die Sie entbehren können.«

Die beiden hatten einen Tisch im »Adelaide Hotel« auf ein Uhr mittags vorbestellt. Während Friederike kurz entschlossen alle drei Märchenbücher kaufte, schwankte Mrs. Willoughby zwischen *Oliver Twist, die Geschichte eines Waisenjungen* und *Die letzten Tage von Pompeji*. Als die drei schließlich aus dem Laden traten, war Friederike für einen Moment so, als hätte sie an einem der Fenster des gegenüberliegenden Hauses das Gesicht der Gouvernante gesehen. In der entsprechenden Etage befand sich die Praxis eines Kollegen von Doktor Woodforde. Was hatte Fräulein von Rosen bei einem fremden Arzt zu suchen? Sie wusste doch, dass die Aldenhoffs zu Doktor Woodforde gingen. Die Gestalt hatte sich so rasch vom Fenster zurückgezogen, dass sie sie nur schemenhaft hatte wahrnehmen können. War es tatsächlich Fräulein von Rosen gewesen? Vielleicht hatte sie sich ja auch versehen, und die Dame ähnelte der Hauslehrerin nur zufällig.

Michael Pemberton war ein unterhaltsamer Erzähler und

Mrs. Willoughby äußerst interessiert an den neuesten Ereignissen auf Gut Sonnenhof. So war es nicht verwunderlich, dass Friederike fast die Zeit vergessen hätte. Als sie, beladen mit ihren Paketen, in den Hof des Mietstalls eilte, wartete Fräulein von Rosen bereits auf der hölzernen Veranda und sah ziemlich verkniffen drein. Die Heimfahrt verlief dementsprechend genauso wortkarg wie die Hinfahrt, aber Friederike störte das nicht im Geringsten. Wenigstens hatte sie so Gelegenheit, ungestört über einiges nachzudenken.

Dass Michael Pemberton sich tatsächlich noch an ihre kurze Begegnung im Salon seiner Tante erinnerte! Dabei war sie für ihn ganz sicher nicht von solcher Bedeutung gewesen wie für sie. Er hatte damals zumindest kein allzu großes Interesse an ihrer Person gezeigt. Höflich war er gewesen, ja, aber auch ein wenig überheblich.

Heute allerdings war sie von ihm überaus zuvorkommend behandelt worden. Er hatte sich geradezu überschlagen, um ihr jeden Wunsch von den Augen abzulesen. Friederike fühlte sich geschmeichelt. Und sie freute sich schon auf den Vortrag in der Gesellschaft, bei dem er ihr einen Platz in der ersten Reihe versprochen hatte. »Bitte sparen Sie dann nicht mit bewundernden ›Oh‹s und ›Ah‹s«, hatte er scherzhaft gebeten. »Das ist der Lohn eines armen Forschers wie meiner Wenigkeit – wenigstens den Damen Kurzweil zu bieten.«

Friederikes Hochstimmung hielt an. Sie überdauerte das Abendessen, Charlottes langatmige Beschwerde über die Unverschämtheit Mrs. Burketts, die sich geweigert hatte, ihr zum Lunch eine Flasche Wein zu servieren, und Mollys tränenreichen Erklärungsversuch auf die Frage, wieso vom besten Leinen ein Stück fehlte, als sie die Wäsche von der Bleiche hinter dem Eukalyptushain geholt hatte.

Erst das Gespräch unter ihrem Schlafzimmerfenster beendete sie schlagartig. Friederike war an die Fenstertüren getreten, um die Vorhänge gegen das helle Licht des Vollmonds zu schließen, als sie plötzlich Stimmen vernahm. Fräulein von Rosen und Daniel mussten die Fenster vom Salon weit geöffnet haben. Jedes Wort der Unterhaltung drang klar und deutlich an ihre Ohren.

»Haben Sie ihn erkannt?«, fragte Daniel gepresst.

»Nein, woher sollte ich ihn auch kennen? Aber ich habe im Hotel nachgefragt, wo sie gegessen haben. Sein Name ist Michael Pemberton. Sagt Ihnen das etwas?« Friederike traute ihren Ohren kaum. Wieso hatte die Gouvernante ihr nachspioniert?

»Nein, nie gehört«, gab ihr Mann mit kalter Stimme zurück. »Dieser Pemberton muss neu hier in Südaustralien sein. Die länger Ansässigen kenne ich alle.«

»Im Hotel sagte man mir, er sei eben von einer längeren Forschungsreise zurückgekehrt. Ein Abenteurer und, ich muss zugeben, ein sehr gut aussehender junger Mann.«

Die Person hatte also wirklich die Angestellten ausgefragt! Friederike kämpfte mit sich, ob sie hinuntergehen und der Farce ein Ende bereiten sollte. Das war ja geradezu lächerlich. Aber ihre Füße schienen wie festgefroren.

»Wo ist er denn abgestiegen?«, erkundigte sich Daniel.

»Soviel man dort wusste, bei seiner Tante. Einer Mrs. Willoughby. Ist das nicht die Dame, mit der Ihre Frau seit längerem befreundet ist?«

»Sie hat nie einen Mr. Pemberton erwähnt.« Daniels Stimme klang nachdenklich.

»Nun, sie hatte gewiss ihre Gründe. Der Kellner meinte, sie seien überaus vertraulich miteinander umgegangen.«

Friederike an ihrem Lauschplatz schnappte nach Luft.

Das ging wirklich zu weit: Diese verleumderische Schlange bemühte sich doch tatsächlich, einen harmlosen Lunch als Stelldichein hinzustellen. Daniel würde sie doch jetzt bestimmt zurechtweisen?

»Wollen Sie andeuten, dass meine Frau …« Tatsächlich hörte Daniel sich jetzt deutlich verärgert an. Aber unter einer Zurechtweisung verstand Friederike etwas anderes.

»Keineswegs. Ich will überhaupt nichts andeuten«, schnurrte Fräulein von Rosen begütigend. »Machen Sie sich keine Sorgen. Es hat sicher überhaupt nichts zu bedeuten. Aber ich könnte doch – bloß zur Sicherheit – Ihre Frau begleiten, wenn sie nach Adelaide fährt. Was halten Sie davon?«

»Friederike bespitzeln? – Das will ich nicht.« Daniels Stimme klang so abweisend, dass Friederike nicht erwartet hätte, dass Fräulein von Rosen hartnäckig blieb.

»Aber doch nicht bespitzeln! Pfui, was für ein hässliches Wort«, säuselte sie, und man hörte ihrer Stimme an, dass sie lächelte. »Niemals würde ich vorschlagen, Ihre Frau zu überwachen. Nein, nur ihr Gesellschaft leisten. Es ist doch völlig natürlich, dass zwei Damen im gleichen Alter auch ähnliche Interessen haben. Natürlich wäre ihre ältere Schwester passender, aber sie ist ja leider gerade unabkömmlich. Und ich bilde mir ein, ein adäquater Ersatz zu sein.«

Friederike stand wie erstarrt und versuchte zu begreifen, was dort unten vor sich ging. Die Person ging unwahrscheinlich geschickt zu Werk. Hätte sie Friederike offen beschuldigt, die Avancen eines Mannes zu ermutigen, hätte Daniel ihr sofort den Mund verboten. Die fein dosierten Giftpfeile hingegen hatte er offenbar gar nicht als solche erkannt. Trotzdem hoffte sie, er würde das Angebot entrüstet zurückweisen.

Stattdessen sagte ihr Mann zögernd, als könne er sich zu keiner Entscheidung durchringen: »Ich weiß nicht. Ich habe ein ungutes Gefühl dabei. Es sieht ja so aus, als ob ich Friederike misstraute. Und das tue ich nicht. Es ist nur …« Er verstummte, schien nach Worten zu suchen. »Sie ist so wenig welterfahren«, sagte er schließlich mit einem leichten Seufzen. »Sie hält sich zwar für unglaublich raffiniert und geschäftstüchtig, aber ich fürchte, die Tricks eines wirklich erfahrenen Salonlöwen würde sie nicht durchschauen. Ich kann mir allerdings nicht vorstellen, dass Mrs. Willoughbys Neffe ein solcher Mann ist.«

»Oh, ältere Damen pflegen gegenüber den Charakterfehlern charmanter junger Herren erstaunlich blind zu sein!«, wischte Fräulein von Rosen seinen Einwand beiseite. »Speziell Tanten sind oft ganz vernarrt in ihre missratenen Neffen.«

»In Ordnung«, kapitulierte Daniel. Er klang erschöpft. »Begleiten Sie sie.«

Friederikes stille Wut, ihr Ärger über die Hinterhältigkeit der Gouvernante hätte dringend ein Ventil gebraucht. Aber Mutter Weidner meinte nur: »Ach, Herzchen, hast du keine anderen Sorgen? Nicht umsonst heißt es: ›Von Unerzogenheit zeugt es, wenn ein Mensch an der Tür horcht; der Gesittete macht seine Ohren taub.‹[17] – Hilf mir lieber, deinem Vater die Hühnersuppe einzuflößen.«

Christian Thiele bestand nur noch aus Haut und Knochen, doch der Lebensfunke in seinem ausgemergelten Körper wollte einfach nicht erlöschen. Friederike strich ihm über das immer noch volle Haar. Es umrahmte ein Grei-

17 Sirach 21, 24

sengesicht, das ihr von Mal zu Mal fremder wurde. Wo in diesem Organismus war ihr Vater verborgen? Der Vater, an dessen Seite sie über die Felder gestreift war, und der ihr die Geheimnisse der Pflanzen erklärt hatte; der sie in kindlichem Kummer getröstet und der immer so gern gelacht hatte?

»Ihr habt den Kleinen inzwischen doch sicher taufen lassen«, unterbrach Mutter Weidner abrupt ihre Erinnerungen. »Heinrich hat mich neulich beiseitegezogen und danach gefragt. Er macht sich Sorgen, dass der kleine Christian ein Heidenkind bleibt. Ich habe ihm gesagt, dass ihr jetzt Mitglieder der Holy Trinity-Gemeinde seid. Begeistert war er nicht gerade, aber er meinte, wenigstens wärt ihr nicht ganz zu Freigeistern geworden. Wer waren denn die Taufpaten?«

»Daniel und ich. Oder hätten wir Heinrich fragen sollen?« Friederike biss sich auf die Lippen. »Er könnte sich wenigstens einmal auf Gut Sonnenhof blicken lassen, um seinen neuen Neffen kennenzulernen.«

»Das wird er«, sagte Mutter Weidner leise. »Das wird er, Herzchen. Gib ihm noch etwas Zeit, mit allem ins Reine zu kommen. Er ist ein guter Junge, auch wenn er jetzt gerade ziemlich verbiestert ist.«

Am Tag von Michael Pembertons Vortragstermin schien selbst das Wetter die in der Luft liegende Spannung aufzunehmen. Jedenfalls stach die Sonne von einem milchigtrüben Himmel und kein Lufthauch bewegte die Blätter der großen Eukalyptusbäume am Wasserlauf, die normalerweise ständig zitterten.

Am Abend zuvor hatte Fräulein von Rosen mit der unschuldigsten Miene der Welt erklärt: »Dieser Vortrag morgen interessiert mich brennend. Wäre es sehr unverschämt, Sie zu bitten, mich mitzunehmen, Frau Aldenhoff?«

Unwillkürlich suchten Friederikes Augen Daniels Blick. Der aber sah nicht auf, sondern zerlegte mit der konzentrierten Präzision eines Chirurgen seine gebratene Wachtel. Er schien das Gespräch nicht einmal zu verfolgen.

»Keineswegs«, erwiderte Friederike, dank heldenhafter Anstrengung in zuvorkommendem Ton. »Es wird mir eine Freude sein.«

In einem Anflug von trotzigem Zorn hatte sie das neue Kleid aus seegrünem Baumwoll-Voile angezogen. Es betonte aufs Vorteilhafteste ihre Figur, wie Mrs. Taylor ihr versichert hatte, und wirkte dennoch damenhaft zurückhaltend. Der dazu passende Hut mit kokettem Gesichtsschleier, hauchdünne Häkelhandschuhe und Ziegenlederstiefelchen komplettierten ihre modische Erscheinung. Die Stiefel würde sie im Mietstall gegen die für eine vornehme Gesellschaft passenderen Slipper aus dunkelgrüner Seide wechseln, die für eine Kutschfahrt jedoch denkbar ungeeignet waren. Mit stiller Genugtuung musterte sie aus den Augenwinkeln Fräulein von Rosens dunkelblaues Kattunkleid mit dem weißen Leinenkragen, die schwarzen Zwirnhandschuhe und den schlichten Strohhut. Insgeheim hatte sie befürchtet, dass die Gouvernante sie in eleganter Londoner Garderobe überstrahlen könnte.

Dass diese Befürchtung völlig unbegründet war, verriet auch Michael Pembertons strahlendes Gesicht, mit dem er auf sie zueilte, kaum dass sie den Vortragsraum betreten hatten. »Frau Aldenhoff, welche Freude, Sie begrüßen zu dürfen«, rief er schon von weitem. »Wir hatten schon befürchtet, dass Sie das drohende Unwetter abschrecken würde. Darf ich sagen, dass Sie heute Abend wirklich bezaubernd aussehen?« Er sah sich suchend um. »Würden Sie mich Ihrem Mann vorstellen? Ich habe schon einiges von ihm gehört.«

»Er war leider verhindert«, sagte Friederike kurz. »An seiner Stelle ist Fräulein von Rosen mitgekommen.« Während Pemberton die Gouvernante deutlich weniger enthusiastisch begrüßte, warf Friederike einen schnellen Blick in die Runde. Ja, der Vortrag war gut besucht: Die meisten Stuhlreihen waren bereits gefüllt. Einige ältere Damen nickten ihr freundlich zu.

»Bitte, ich habe mir erlaubt, Sie ganz vorne zu platzieren.« Pemberton bat sie mit einer kleinen Verneigung, ihm zu folgen und rückte ihr umständlich den einfachen Holzstuhl neben Mrs. Willoughby zurecht. »Es ist ja so aufregend«, flüsterte die Ältere ihr zu und warf verstohlene Blicke zum Reporter des *Southern Australian*, der einige Plätze weiter mit gezücktem Stift und aufgeschlagenem Notizbuch bereitsaß. »Ich gehe davon aus, dass über Michaels Vortrag morgen auf der ersten Seite berichtet wird. Dann müsste doch selbst Grey einsehen, dass dringend weitere Forschungsexpeditionen ausgerüstet werden müssen!«

Der Gouverneur hatte sich bisher immer gegen die hohen Kosten gesträubt, die seiner Meinung nach in keinem vernünftigen Verhältnis zum Nutzen bloßer wissenschaftlicher Erkenntnis standen. Was nützte es ihnen hier in Südaustralien zu wissen, wie groß der Binnensee war? Die Finanzierung solcher Expeditionen war eine Angelegenheit der Geographischen Gesellschaft in London, nicht der verschuldeten Kolonie.

Als Pemberton ans Rednerpult trat, verstummten die Unterhaltungen abrupt.

»Hochverehrter Herr Gouverneur, meine sehr verehrten

Damen und Herren, ich hoffe, in Ihnen geneigte Zuhörer zu finden für meine Schilderung dieser Expedition, die uns vom Murray River nordwärts in Gebiete führte, die ich als die Hölle auf Erden beschreiben würde.« Pemberton war ein guter Redner. Mit etwas Fantasie konnte man sich sehr lebhaft vorstellen, wie die Gruppe mit den Packpferden, den Ziegen und Schafen, die als lebender Fleischvorrat mitgeführt wurden, sich ihren Weg zuerst durch lichte Eukalyptuswälder gesucht hatte, dann durch spärlich bewachsene Hügel, in denen die Vegetation weder Schatten noch Nahrung für die Pferde bot, um schließlich Felswüsten zu erreichen, wo sich, so weit das Auge blickte, nichts als Salz und Sand erstreckten. An einem der wenigen Wasserlöcher am Rand dieser tödlichen Region hatten sie Rast gemacht, und dort hatte auch ihre Begegnung mit den feindlichen Schwarzen stattgefunden. »Die Sonne war hinter den Felsen versunken wie ein rotglühender Eisenball. In den Büschen hinter uns schrie ein Kookaburra …« Pemberton imitierte so treffend das schrille Lachen des Vogels, dass einige der Damen vor Schreck zusammenzuckten. »Andere Kreaturen der Nacht umschlichen unser Lager. Wir hörten ihren rasselnden Atem, das Rascheln trockener Äste. Nur unser kleines Feuer hielt sie davon ab, sich auf uns zu stürzen. Die Nacht brach herein. Es war Neumond …« Pemberton senkte die Stimme zu einem unheimlichen Raunen. »Nur die Sterne leuchteten am Himmel. Ich war gerade dabei, den halbverhungerten Hasen, den ich ein paar Stunden zuvor geschossen hatte, über dem Feuer zu rösten, als die Pferde plötzlich unruhig wurden. Welches Ungeheuer mochte dort draußen darauf lauern, uns in Stücke zu reißen? Wir packten alle unsere Gewehre fester.« Pemberton machte eine Kunstpause, um die Spannung zu steigern – was völlig überflüssig war, denn jeder einzelne Zuhörer im Saal hing wie gebannt an seinen Lippen.

»Mit einem entsetzlichen Schrei stürzte plötzlich eine geisterhafte Gestalt aus dem Gebüsch. Es war ein ungewöhnlich großer Schwarzer, aber so mit heller Erde bemalt, dass sein Antlitz als solches nicht mehr kenntlich war. Selbst der Körper war mit hellen Schlangenlinien überzogen. Er fixierte uns aus wild rollenden Augen und brabbelte dabei einen unverständlichen Singsang in seiner heidnischen Sprache. Dabei stieß er immerzu seinen Speer in unsere Richtung, als wollte er uns drohen. Wir ließen ihn eine Zeit lang gewähren, weil es uns ganz unterhaltsam dünkte, wie er da so lustig herumsprang. Sicherheitshalber behielt ihn allerdings immer einer von uns im Visier. Schließlich hatte einer meiner Kameraden genug und bedeutete ihm, er solle jetzt verschwinden. Als hätte der Wilde ihn verstanden, sprang er blitzschnell vor, packte den Hasen und war im Unterholz verschwunden, ehe wir uns von unserer Verblüffung erholt hatten. Zwar schickten wir ihm als Abschiedsgruß noch ein paar Gewehrsalven hinterher, aber er dürfte sich unser Abendessen unbeschadet zu Gemüte geführt haben. Uns dagegen blieb nur, hungrig zu Bett zu gehen.«

Über dem allgemeinen Gelächter war deutlich eine spöttische Stimme zu vernehmen: »Da hat der arme Teufel aber ein Riesenglück gehabt! Sicher hätte man Ihnen wie schon *Protector* Moorhouse zugestanden, ihn nur aus Selbstschutz abgeknallt zu haben.«

Das Gelächter verstummte wie abgeschnitten. Mr. Moorhouse, der als *Protector* von Südaustralien für den Schutz der Eingeborenen zuständig war, hatte in letzter Zeit keine gute Figur gemacht. Was genau bei dem dramatischen Aufeinandertreffen der berittenen Truppe des *Protectors* und einer Gruppe Aborigines am Rufus River geschehen war, darüber kursierten unterschiedliche Versionen. Unbestritten war nur, dass eine erschreckend große Anzahl von Aborigines dabei ums Leben gekommen war.

Michael Pemberton fasste sich als Erster: »Ich verbitte mir Ihren Ton, Sir«, schnaubte er. »Wer sind Sie überhaupt, dass Sie mir zu unterstellen wagen, ich würde leichtfertig Eingeborene töten?«

»Alister McPherson vom *Register*«, gab der junge Mann unerschrocken zurück und erhob sich von seinem Platz am Rand der letzten Reihe. »Ganz im Unterschied zum *Southern Australian* sind wir der Ansicht, dass der Schutz der Eingeborenen völlig unzureichend ist. Ihr Vortrag hat unsere Befürchtungen voll und ganz bestätigt: Die Aborigines werden von den meisten Kolonisten als minderwertig betrachtet und auch so behandelt.« Ungeachtet zahlreicher missbilligender Gesichter fuhr er leidenschaftlich fort: »Denken Sie nur an den Rufus River-Zwischenfall: Ich darf Ihnen ins Gedächtnis rufen, dass es der bis an die Zähne bewaffnete Trupp unseres geschätzten *Protectors* war, der dreißig allein mit Speeren bewaffnete Aborigines tötete und die restlichen in den Murray trieb, wo sie ertranken! Und er war noch nicht einmal fähig, die Frauen der getöteten Männer vor den Schafhirten zu beschützen, die sie versklavten und misshandelten.

Ich frage Sie: Ist es da nicht völlig verständlich, dass die Eingeborenen uns Weißen gegenüber Feindseligkeit empfinden, wenn wir lieber Blutbäder anrichten, anstatt uns um eine friedliche Beilegung von Auseinandersetzungen zu bemühen? Schließlich sind die hiesigen Eingeborenen genauso Untertanen der britischen Königin mit den gleichen Rechten wie wir.«

Zorniges Gemurmel machte deutlich, dass seine Ansichten nicht unbedingt geteilt wurden. »Aber, aber, geschätzter Herr Kollege«, mahnte der Reporter des *Southern Australian*. »Als Neuling sollten Sie sich nicht in Dinge einmischen, von denen Sie nichts verstehen. Viele hier sind der Ansicht, dass es ein großer Fehler war, den Eingeborenen aus falsch verstandener Großzügigkeit die englische Staatsbürgerschaft zu geben. Dazu gehören nämlich nicht nur Rechte, sondern auch Pflichten, mein Lieber!« Er sah sich beifallheischend um und wurde nicht enttäuscht. Die meisten Köpfe nickten zustimmend.

»Sehen Sie, zu den Pflichten gehört, sich englischen Sitten und Gebräuchen anzupassen, das englische Gesetz zu befolgen und die Anleitungen der Missionare zu einem gottgefälligen Leben zu beherzigen. Nichts davon tun sie: Statt fleißig zu arbeiten, ziehen sie es vor zu betteln oder zu stehlen. Die Schafhirten in den Außengebieten wissen ein Lied zu singen von dem teuflischen Geschick der Wilden …« Beifälliges Gemurmel wurde laut. »Die Kinder, die kostenlos in Schulen unterrichtet werden, erscheinen nicht oder widersetzen sich den Lehrern. Dabei haben die Herren von der Dresdner Mission sogar extra ihre Sprache studiert, um einen besseren Zugang zu ihnen zu finden. Aber der übrigens von uns allen überaus geschätzte Herr Teichelmann musste zugeben, dass all seine Mühen nichts fruchteten. Wie heißt es doch: ›An ihren Früchten sollt ihr sie erkennen.‹ Finden Sie sich damit ab: Die Schwarzen hier in Australien sind nicht zu zivilisieren. Man wird nicht umhinkommen, sie endlich nach Port Lincoln umzusiedeln, wie wir seit langem fordern, ehe sie hier noch mehr Schaden anrichten. Zufällig habe ich die Petition dabei, die wir morgen in der Zeitung veröffentlichen wollen. Wer möchte, kann gleich seine Unterschrift daruntersetzen.«

»Ich bin der Ansicht, dass es auch für die Aborigines die beste Lösung wäre, in ein Schutzgebiet umzusiedeln, in dem sie ihre angestammte Lebensweise beibehalten können«, meldete sich ein beleibter Gentleman zu Wort. »Unsere und ihre Art passen einfach nicht zusammen. Ich habe gerade Nachricht aus London bekommen, wo das Eingeborenenproblem recht kontrovers diskutiert wird. Die Gesellschaft zum Schutz der Aborigines geht sogar so weit zu fordern, dass man mit ihnen verhandelt und ihnen die gleichen Rechte wie unsereinem zubilligt!« Er lachte verächtlich auf. »Dabei geben sogar diese frommen Spinner zu, dass sie wie Kinder sind, denen man ja auch nicht wichtige Entscheidungen überlässt.«

»Professor Menge ist da anderer Ansicht. Er hält sie für durchaus ernstzunehmende Personen«, widersprach eine nachdenkliche Stimme. »Er hat sie gut kennengelernt und meint, sie hätten nur eine völlig andere Art zu leben. Es ist ihnen unverständlich, dass Vieh einen Besitzer hat. In ihren Augen haben ihre heidnischen Götter diese Tiere geschickt, und sie sehen nicht ein, wieso sie sie nicht jagen und essen dürfen.«

»Inzwischen haben sie ja wohl Zeit genug gehabt einzusehen, dass dem nicht so ist!«, wies der Reporter des *Southern Australian* den Einwurf zurück. »Und wenn sie unsere Gesetze partout nicht respektieren, muss man sie eben deportieren. Auf Van Diemensland hat das bestens funktioniert. Jetzt herrscht dort Ruhe, und die Viehzucht blüht und gedeiht.«

»Wo ist die Liste?«, bellte ein Herr in sandfarbenem Tuch. »Herr Gouverneur, bei allem Respekt, wir haben das Nichtstun satt. Die Wilden müssen endlich deportiert werden oder …«, endete er drohend.

»Oder was?«, fragte McPherson in schneidendem Tonfall, bevor Grey selbst sich zu der Forderung äußern konnte. Der Gouverneur hatte sich den Verlauf des Abends sicherlich auch anders vorgestellt.

In diesem Augenblick tauchte Pemberton vor Friederike und ihren beiden Sitznachbarinnen auf und flüsterte: »Ich fürchte, eine Diskussion über meinen Vortrag findet jetzt nicht mehr statt. Darf ich die Damen auf ein Tässchen Tee in den Nebenraum einladen?«

Friederike war nur zu froh, der aufgeheizten Atmosphäre entfliehen zu können. In Segensthal waren äußerst selten Aborigines aufgetaucht. Wenn welche im Dorf erschienen, erhielten sie die Lebensmittel, um die sie baten und ebenso plötzlich, wie sie aufgetaucht waren, verschwanden sie auch wieder. Hier und da war zwar ein Huhn vermisst worden, aber das kam immer wieder vor. Man hatte dann immer Dingos, Beutelratten oder eines der anderen kleinen Raubtiere verdächtigt, und damit war die Angelegenheit erledigt gewesen. Die Bettler von Adelaide waren ihr niemals furchteinflößend erschienen. Offenbar gab es aber auch andere. Nachdenklich folgte sie Pemberton in den angrenzenden Raum, in dem die Damen der Literarischen Gesellschaft Tee anboten.

»Nach dem eben Gehörten fürchte ich mich direkt ein wenig vor der Heimfahrt«, sagte Fräulein von Rosen nervös auflachend. »Herr Aldenhoff hatte mir versichert, die Eingeborenen hier um Adelaide seien vollkommen harmlos. Aber das scheint ja nicht ganz den Tatsachen zu entsprechen.«

»Nein, nein, seien Sie ganz beruhigt«, sagte Pemberton mit einem Hauch männlicher Überheblichkeit in der Stimme. »Die *Kaurna*, beziehungsweise, was von ihnen noch übrig ist, sind tatsächlich vollkommen harmlos. Anders sieht es im Süden aus. Die Murray River-Stämme sind ziemlich gefährlich. Wenn es Zwischenfälle gibt, dann dort im Gebiet des Murray an der Grenze zu Neusüdwales.«

»Die *Kaurna*, wie Sie sie nennen, sind von den Kolonisten hier dezimiert worden?«, erkundigte Fräulein von Rosen sich und nippte dabei an ihrem Darjeeling.

»Um Gottes willen, nein!«, protestierte eine der Damen hinter dem Büfett. »Sie waren schon fast alle an einer Pockenepidemie gestorben, bevor die ersten Zelte bei Glenelg errichtet wurden. Sie hielten die Krankheit für einen Fluch ihrer Götter, und die Überlebenden waren völlig mesmerisiert. Sie warteten nur noch auf ihren Tod. Und man hat nicht den Eindruck, dass sich da etwas bessert«, fügte sie trocken hinzu.

»Es ist schwer für sie. Schließlich unterscheidet unsere kultivierte Art zu leben sich grundlegend von der dieser Naturkinder«, meinte Mrs. Willoughby, während sie in ihrem Beutel nach etwas suchte. »Ah, da ist es ja. Das wollte ich Ihnen für Ihren Mann mitgeben, Friederike. Ich denke, es könnte ihn interessieren. Er meinte doch, man müsste ihnen nur eine Chance geben.« Damit reichte sie einen säuberlich ausgeschnittenen Zeitungsartikel über den Tisch. Neugierig überflog Friederike den Text. »Das ist ja von Gouverneur Grey höchstpersönlich«, stellte sie überrascht fest. »Über einen Wilden aus Westaustralien, der lange unter Weißen gelebt hat, dann aber aus Liebe zu einem ungebundenen Leben wieder in die Wildnis zurückgekehrt ist.«

»Von dem Artikel habe ich gehört. Wir bekommen aber nicht den *Register*. Würden Sie es vorlesen?«, bat dieselbe Dame, die von der Pockenepidemie gesprochen hatte.

»Miago hatte unter den Weißen niemanden, der wirklich

sein Freund war«, las Friederike. »Sie mochten ihm Krumen von ihrer Tafel geben, aber selbst die niedersten Weißen hätten ihn nicht als ebenbürtig betrachtet. Sie mochten ihn nicht. Er konnte keine weiße Frau heiraten. Er hatte keine Möglichkeit, sich eine Existenz aufzubauen. Niemals konnte er als Ehemann und Vater leben, solange er von seinen eigenen Leuten getrennt lebte. Wo, unter den Weißen, konnte er jemanden finden, der den Platz seiner schwarzen Mutter eingenommen hätte, der er sehr zugetan war? Welcher weiße Mann würde sein Bruder sein? Welche weiße Frau seine Schwester? Er musste sich zwischen zwei Wegen entscheiden: Er konnte alle natürlichen Bande kappen und ein hoffnungsloses, freudloses Leben unter den Weißen führen – stets ein Dienstbote, stets ein Untergeordneter – oder er konnte die Zivilisation verlassen und zurückkehren zu den Freunden seiner Kindheit und zu den Sitten seiner Jugend. Er wählte das Letztere, und ich denke, ich hätte das Gleiche getan.[18]«

»Mit viel Einfühlungsvermögen geschrieben, nicht wahr?«, sagte Mrs. Willoughby und tupfte sich über die Augen. »Ich hätte Grey solche literarischen Qualitäten gar nicht zugetraut.«

Pemberton räusperte sich. »Ein bisschen sehr seelenvoll für meinen Geschmack«, urteilte er. »Aber lassen Sie uns den Abend doch nicht mit einem solch unerfreulichen Thema beenden. Nächsten Donnerstag soll es im Queen's Theatre ein Konzert einer bekannten deutschen Sängerin geben. Schätzen Sie Musik, Frau Aldenhoff?«

18 zitiert und ins Deutsche übersetzt nach Eric Richards, The Flinders History of South Australia 1 (Conwandilla, South Australia: Wakefield Press,1986), S. 299

»Sehr.« Friederike unterschlug die Tatsache, dass ihre Musikkenntnisse sich hauptsächlich auf Kirchenlieder erstreckten. An Michael Pembertons Betragen war nichts auszusetzen, und seine bewundernden Blicke wärmten sie wie die Vormittagssonne an einem kalten Wintertag. Sie hatte nichts dagegen, einen weiteren Abend in seiner Gesellschaft zu verbringen. Schließlich würde Mrs. Willoughby ja dabei sein.

»Haben Sie nicht für den Freitag eine größere Lieferung fertigzustellen?«, erinnerte Fräulein von Rosen sie. »Ich glaube mich zu erinnern, dass Marie-Luise so etwas sagte.«

»Ach, verfl…«, gerade noch rechtzeitig schlug sie die Hand vor den Mund und lächelte Michael Pemberton entschuldigend an. »Es stimmt, ich hatte es ganz vergessen. Ich kann nicht, tut mir leid.« Zu ihrem Bedauern konnte sie beim besten Willen nicht die Zeit dafür erübrigen. Die Girlanden und Buketts für den großen Empfang der neuen Geschäftspartner von der Schiffswerft in Port Adelaide waren ein großer Auftrag, der entsprechend viel Zeit in Anspruch nehmen würde.

»Dürfte ich einen Vorschlag machen?« Überrascht sahen alle Fräulein von Rosen an. Eigentlich schickte es sich nicht für eine Gouvernante, eigenmächtig die Initiative zu ergreifen. Aber Fräulein von Rosen schien sich um solche Feinheiten des Betragens nicht zu scheren. »Wäre es nicht eine gute Idee, Mr. Pemberton nach Gut Sonnenhof einzuladen?«, schlug sie vor. »Dann könnte er dort allen von seinen interessanten Reisen erzählen. Ich bin sicher, Herr Aldenhoff und die Kinder würden sich sehr freuen.«

Kapitel 12

Als Friederike und Fräulein von Rosen den Hof des Mietstalls betraten, hing die erstickende Hitze des Tages immer noch zwischen den Häusern. Der Himmel war mit einem schwefelgelben Dunstschleier überzogen, der im Westen in einen glühendroten Horizont überging. Im Osten, hinter den schwarzen, scherenschnittartigen Silhouetten der Hügelketten, zuckten hier und da Blitze durch die bleierne Atmosphäre, aber die Unwetter waren noch zu weit entfernt, als dass man mehr als ein leises Donnergrollen vernehmen konnte.

»Wollen die Damen nicht doch lieber hierbleiben?«, fragte der Besitzer besorgt, während er die ungewohnt nervöse Daisy anspannte. »Das sieht nach einem ganz gewaltigen Unwetter aus. Wenn das runterkommt, wird es gefährlich.«

»Ach was, ich habe keine Angst vor ein bisschen Wasser und Wind«, wischte Friederike seine Warnung beiseite. »Außerdem bin ich mir sicher, dass wir es noch vorher schaffen.«

»Na, dann eine gute Heimfahrt«, wünschte der Mann kopfschüttelnd.

»Haben Sie sich gut unterhalten?«, erkundigte Friederike sich mit scheinheiliger Freundlichkeit und schnalzte mit der Zunge, um Daisy zu einer flotteren Gangart zu ermutigen.

»Es war durchaus interessant«, erwiderte Fräulein von Rosen nachdenklich. »Mr. Pemberton weiß ungemein anschaulich zu schildern. Und dabei ist er auch noch so charmant …«

Friederike entging der rasche Seitenblick nicht, mit dem

die scharfen Augen der Gouvernante nach Anzeichen einer Gefühlsregung in ihrem Gesicht forschten.

»Finden Sie?«, gab sie so gleichgültig wie möglich zurück. »Nun ja, ich bin in solchen gesellschaftlichen Fragen natürlich nicht so erfahren wie Sie. Vielleicht wollte er einfach nur nett zu den Bekannten seiner Tante sein.«

»Oh nein«, sagte Fräulein von Rosen leise auflachend. »Es war nur allzu deutlich, dass er Sie bewundert, ja verehrt. Er ist ein Gentleman, er würde Sie niemals in Verlegenheit bringen, indem er seine Gefühle offenbart.«

»In dem Fall werden wir natürlich nie erfahren, ob Sie richtig liegen«, gab Friederike schlagfertig zurück. Sie musterte jetzt doch mit einem Anflug von Besorgnis den Himmel, der sich mit erschreckender Schnelligkeit veränderte. Pechschwarze Wolkenformationen wuchsen zu beängstigenden Gebirgen, zwischen denen das diffuse Licht der Abenddämmerung zu unheimlich leuchtenden Pfeilen gebündelt wurde. Der Wind, der die Blätter in den lichten Baumkronen von Minute zu Minute heftiger rascheln ließ und Staubwolken vor sich her trieb, schien stetig an Kraft zuzunehmen.

»Oh, ich bin mir da absolut sicher«, erklärte die Gouvernante selbstzufrieden. »Wer wie ich Gelegenheit hatte, in den oberen Kreisen der englischen Gesellschaft zu verkehren, weiß die Zeichen zu deuten. Ich versichere Ihnen: Mr. Pemberton war geradezu hingerissen von Ihnen. Schmeichelt es Ihnen denn gar nicht, das Interesse eines solchen Mannes gefesselt zu haben?«, fragte die Gouvernante in schmeichlerischem Ton. »Und das haben Sie ganz eindeutig. Er hat ja keine andere Dame auch nur eines Blickes gewürdigt.«

Friederike schwieg und konzentrierte sich darauf, die Zügel fest in den Händen zu behalten. Ja, sie hatte ebenfalls den Eindruck gehabt, dass Michael Pemberton außerordentlich um sie bemüht gewesen war. Aber sie war sich nicht ganz sicher, wie sie sich ihm gegenüber weiterhin verhalten sollte. Natürlich gefiel es ihr, im Fokus seiner Aufmerksamkeit zu stehen. Doch wohin sollte das führen? Dass Fräulein von Rosen sie praktisch zu einer Tändelei ermutigte, verwirrte sie zusätzlich. Was bezweckte sie damit? Friederike hätte nach dem Gespräch zwischen Daniel und ihr eher Vorhaltungen erwartet.

Und was für eine Unverschämtheit, ihr unter die Nase zu reiben, dass Friederike sich mit den Sitten der feinen Gesellschaft nicht auskannte, sie sich aber sehr wohl!

Sollte sie Daniel davon erzählen? Nein, entschied sie. Er misstraute ihr ja offensichtlich sowieso schon. Sonst hätte er ja nicht zugestimmt, dass die Gouvernante sie überwachte. Sie presste die Lippen zusammen und trieb Daisy zu einem scharfen Trab an.

»Können Sie nicht etwas langsamer fahren?«, bat Fräulein von Rosen atemlos und hielt sich krampfhaft an ihrem Sitz fest. »Bei diesem Tempo werden wir uns den Hals brechen, wenn der Wagen kippt.«

»Keine Angst. Ich mag mich vielleicht nicht in den feinen Kreisen auskennen, aber diesen Weg kenne ich inund auswendig«, versicherte Friederike ihr und verspürte Genugtuung über das deutliche Unbehagen der Frau. »Ich möchte nur gerne zu Hause ankommen, bevor es richtig losgeht.«

»Auch ich würde gerne ankommen. Aber heil«, gab die Gouvernante spitz zurück. »Entweder Sie drosseln das Tempo, oder ich steige aus.«

Sie hatte noch kaum ausgesprochen, da zog Friederike

schon die Zügel an und brachte Daisy zum Stehen. »Bitte, wenn Sie lieber zu Fuß gehen wollen, will ich Sie nicht daran hindern. Aber machen Sie schnell, ich weiß nicht, wie lange ich Daisy ruhig halten kann.«

Ehe Fräulein von Rosen einen klaren Gedanken fassen konnte, war sie schon vom Bock geschoben worden, und das *Gig* verschwand in einer Wolke aus Staub und trockenen Blättern. »Na, war das nicht geschickt von mir?«, rief Friederike übermütig dem Pony zu, das mit der nunmehr halben Last deutlich schneller vorankam. »Soll die Ziege doch laufen! Das wird ihr eine Lehre sein.«

Das Hochgefühl darüber, ihrem Impuls nachgegeben zu haben, schwand leider zusehends, je näher sie Gut Sonnenhof kam. Die Blitze zuckten in immer kürzeren Abständen über den Nachthimmel, und das Donnergrollen wuchs zusehends zu bedrohlicher Lautstärke an. Die Sturmböen wirbelten trockene Blätter und Rindenstücke durch die Luft und trieben sie zusammen. Wo sich ein Busch oder ein anderes Hindernis befand, türmten sie sich zu gewaltigen Haufen. Gefährlichen Haufen. Denn wenn es nicht regnete, brannten sie wie Zunder, sobald ein Blitz einschlug. Durch solche Brandnester wurden riesige Buschfeuer ausgelöst, die große Gebiete des ausgetrockneten Landes verwüsteten. Bisher waren sie hier in der Gegend davon verschont geblieben, aber sie hatten Berichte aus Neu-Südwales gehört, wonach solche gigantischen Feuersbrünste innerhalb kürzester Zeit ehemals blühende Landstriche in verkohlte Aschewüsten verwandelt hatten.

Nach einem Jahr spross das Gras wieder, und die Schafherden weideten auf dem dichten Grün, als wäre niemals etwas geschehen. Aber wehe dem, der in diesem Gebiet seinen Besitz gehabt hatte. Selbst wenn er es mit letzter Kraft geschafft hatte, sich selbst in Sicherheit zu bringen – außer rauchenden Trümmern blieb ihm nichts.

So wurden die ersten großen Tropfen, die zu Boden platschten, von Friederike mit Freude und Erleichterung begrüßt. Bedeutete es doch, dass diese Gefahr für sie gebannt war. Außerdem wurden ihre Gemüse- und Blumenfelder wieder einmal gründlich gewässert. Die letzten Wochen war es zunehmend mühsamer geworden, all die durstigen Pflanzen mit dem Wassereimer zu tränken. Marie-Luise und sie hatten jeden Abend über zwei Stunden damit verbracht.

Als sie am Stall vorfuhr, schüttete es wie aus Kübeln. In Sekunden war sie bis auf die Haut durchnässt. Inzwischen plagte sie das schlechte Gewissen über den Streich, den sie der überheblichen Dame gespielt hatte. Sie hatte ganz und gar nicht christlich gehandelt, als sie sie den Elementen überließ. Daniels finstere Miene und der barsche Ton, in dem er sich nach dem Verbleib der Gouvernante erkundigte, ärgerte sie allerdings so sehr, dass sie ihre Gewissensbisse rasch beiseiteschob.

»Fräulein von Rosen zog es vor, zu Fuß zu gehen«, gab sie schnippisch zurück. »Also habe ich sie aussteigen lassen. Sie dürfte im Verlauf der nächsten halben Stunde hier eintreffen.«

»Du hast was?« Sein fassungsloses Gesicht schüchterte sie nun doch ein wenig ein.

»Mein Fahrstil sagte ihr nicht zu. Also habe ich sie aussteigen lassen«, wiederholte Friederike etwas kleinlauter.

»Bist du von allen guten Geistern verlassen? Was hast du dir dabei gedacht? Falls du überhaupt gedacht hast!«

»Wer bin ich, dass ich einer feinen Dame der Gesellschaft vorschreibe, was sie zu tun hat? Sie hat darauf bestanden auszusteigen. Es wird ihr nicht schaden, ein wenig nass zu werden. Ich bin früher oft genug durch noch schlimmeren Matsch nach Adelaide und zurück gegangen«, verteidigte sie sich.

»Das ist doch etwas völlig anderes.«

Es war, als hätte diese Bemerkung in Friederike einen Hebel umgelegt. »Und wieso ist es bei mir etwas anderes«, schrie sie ihn an. »Weil sie etwas Besseres ist? Meinst du das?«

»Jetzt wirst du kindisch!«, schnaubte Daniel und sah kopfschüttelnd auf sie herunter. »Du warst es gewöhnt, dich hier im Busch zu bewegen. Sie ist es nicht. Wir besprechen das später! Jetzt muss ich sie erst einmal aus diesem Unwetter herausholen.« Mit diesen Worten warf er sich einen der Regenumhänge über, die im Vorraum hingen, griff einen zweiten und verschwand in dem nassen Inferno.

Die Regentropfen, die ihr aus den Haaren rannen, vermischten sich mit Friederikes Tränen, während sie Daisy ausspannte und versorgte. »Ach Daisy«, flüsterte sie und vergrub ihr Gesicht in der Mähne der kleinen Stute. »Ich wünsche diese Hexe dorthin, wo der Pfeffer wächst. Wo auch immer das sein mag – Hauptsache weit von hier weg! Dann würde vielleicht alles wieder so wie früher.«

Tatsächlich dauerte es kaum zwanzig Minuten, bis Stimmen auf der Treppe das Eintreffen Fräulein von Rosens und Daniels verkündeten. Die Gouvernante war offenbar gut zu Fuß. Als schwere Schritte sich der Tür zu ihrem Schafzimmer näherten, wappnete Friederike sich innerlich gegen die unvermeidlichen Vorwürfe ihres Mannes. Im Toilettenspiegel sah sie sich, wie er sie sehen musste: Ihre völlig durchnässten Kleider hatte sie ausgezogen. Sie saß nun nur in ein Flanelltuch gehüllt da und versuchte, ihr dichtes Haar trockenzubürsten. Es war noch gar nicht lange her, da wäre er jetzt hinter sie getreten und hätte ihr die Bürste aus der Hand genommen. Sie ließ wie unabsichtlich das Flanelltuch nach unten rutschen, bis ihr Oberkörper unbedeckt war. Vielleicht würde ihn das ablenken?

Es war nicht nur Kalkül, um ihn zu beschwichtigen. Sie sehnte sich mehr als alles andere danach, wieder seinen Körper an ihren gepresst zu spüren, sich ihm wieder so nah wie zu Beginn ihrer Ehe zu fühlen. Als er eintrat, warf er nicht einmal einen Blick in ihre Richtung. Enttäuscht und gekränkt verfolgte sie im Spiegel, wie er zu seiner Seite des Bettes ging, dort schweigend seine nassen Kleider abstreifte und nach der Pyjamahose griff. Sie hasste diesen Pyjama! Aus hauchfeiner chinesischer Seide gefertigt zeichnete er jede Kontur seiner muskulösen Figur nach und trennte sie doch so wirkungsvoll von ihm wie eine Ziegelmauer. Sein Schweigen glich einer wortlosen Zurückweisung. Wollte er sie bestrafen? Zorn wallte in ihr auf über diese Anmaßung. Er hatte sie noch nicht einmal nach den Gründen ihres Handelns gefragt! Waren sie ihm gleichgültig? Zählte nur noch diese englische Ziege?

»Und – hat Fräulein von Rosen sich ordentlich bei dir beklagt?«, fragte sie und unterdrückte den Impuls, die Haarbürste quer durch das Zimmer nach ihm zu schleudern.

»Nein, das hat sie nicht«, erwiderte ihr Mann kalt. »Sie meinte nur, du seiest wohl etwas erregt gewesen nach dem Abend.«

Friederike schnappte nach Luft. Diese Schlange! Hatte sie Daniel erzählt, sie hätte mit Michael Pemberton geschäkert?

»Ich erwarte von dir, dass du dich morgen bei ihr entschuldigst«, fuhr ihr Mann in dem gleichen distanzierten

Tonfall fort, als spräche er zu einer Fremden. »Sie hat versprochen, über den Vorfall Stillschweigen zu bewahren. Ich hoffe, dass du dich in Zukunft nicht noch einmal zu solch kindischem Benehmen hinreißen lässt.« Ohne sie noch eines Blickes zu würdigen, stieg er ins Bett, drehte sich auf die Seite und schloss die Augen, als sei das Thema damit für ihn erledigt.

Fassungslos starrte Friederike auf die reglose Form unter der leichten Decke. Er hatte zu ihr gesprochen wie zu einem Kind! Was bildete er sich eigentlich ein? Seit vielen Jahren hatte niemand sie mehr so behandelt. Unwillkürlich verglich sie Daniels harsche Art mit Michael Pembertons charmantem und respektvollem Benehmen. Ja, sie hoffte wirklich, dass er sein Versprechen wahrmachte und sie hier draußen besuchte. Nachdem ihrem eigenen Ehemann ein angemessenes Verhalten ihr gegenüber offenbar nicht mehr möglich war, wäre es eine willkommene Abwechslung, einmal wieder liebenswürdig und zuvorkommend behandelt zu werden.

Gleich am nächsten Morgen suchte sie Fräulein von Rosen im Unterrichtszimmer auf, um sich bei ihr zu entschuldigen. »Es tut mir leid, wenn ich zu unbeherrscht war«, zwang sie sich zu sagen. »Ich hoffe, Sie tragen mir die Unannehmlichkeiten nicht nach.«

Fräulein von Rosen sah ausdruckslos auf ihre Hände, die gefaltet vor ihr auf dem Lehrerpult lagen. »Ich würde lügen, wenn ich das verneinte«, sagte sie kühl. »Aber ich werde mich bemühen, den Vorfall zu vergessen. Ich gehe davon aus, dass Ihre Erziehung nicht mit der nötigen Sorgfalt erfolgte. Daniel hat mir erzählt, dass Ihre Mutter starb, ehe Sie in Australien eintrafen. An ein gewisses Maß von – wie soll ich sagen – ›Unkultiviertheit‹ werde ich mich in diesem Hause wohl gewöhnen müssen.«

Friederike biss die Zähne zusammen und wandte sich schon zum Gehen, als die Gouvernante sie aufhielt. »Da Sie schon einmal hier sind, wollte ich Ihnen noch etwas zeigen«, sagte sie und legte eine Reihe Kohlezeichnungen vor sich auf die Schreibfläche des Pults. Auf ihnen erkannte man Peter, Karko und Ajax sitzend, laufend und auch Detailstudien wie Ajax' gespitzte Ohren oder das Muskelspiel von Peters Hinterbein. »Marie-Luise zeigt echtes Talent. Deswegen finde ich diese hier ein wenig beunruhigend.« Auf den letzten beiden Blättern starrte ein fratzenartiges Gesicht den Betrachter aus dichtem Buschwerk heraus an. »Zuerst hatte ich den Verdacht, dass die Romane, die Sie den Kindern mitgebracht haben, ihre Fantasie krankhaft angeregt haben. Aber Marie-Luise versicherte mir, keines der Bücher gelesen zu haben. Sie behauptete, sie habe dieses Gesicht von der Veranda aus in den nahen Büschen gesehen.«

»Das habe ich auch. Ich schwöre es«, beteuerte Marie-Luise, die eben durch die Tür trat, mit vor Erregung zitternder Stimme. »Ich saß abends noch draußen und habe an einem meiner Aquarelle gearbeitet, und als ich aufsah, blickte es mich genau an. Ich habe nur gezeichnet, was ich gesehen habe. Ich zeichne immer nur, was ich ganz genau gesehen habe.« Sie war ein Stück vom Pult entfernt stehen geblieben und sah mit aufgewühltem Blick zu ihrer großen Schwester auf.

»Schon gut, Mariechen«, sagte Friederike beruhigend. »Vielleicht bist du einfach eingenickt und hattest einen Alptraum. Danach hat man oft das Gefühl, als wäre der Traum Wirklichkeit gewesen.«

»Das wird es wohl gewesen sein«, stimmte Fräulein von Rosen zu. »Da bist du ja endlich, Georg! Wie oft muss ich dir noch sagen, dass ich von dir erwarte, pünktlich zum Unterricht zu erscheinen? Zur Strafe wirst du nachher einen Aufsatz über die Vorzüge der Pünktlichkeit schreiben.«

Georg entschuldigte sich atemlos, zog aber hinter dem Rücken der Lehrerin eine ganz und gar respektlose Grimasse. Friederike unterdrückte ein Lächeln und verließ den Raum, um mit Mrs. Burkett den Wochenplan zu besprechen.

Die nächsten Tage waren so mit Arbeit ausgefüllt, dass sie nicht mehr an die seltsamen Bilder dachte. Bei Gelegenheit, nahm sie sich vor, würde sie mit Doktor Woodforde darüber sprechen. Bei Mädchen in Marie-Luises Alter kam es manchmal vor, dass sie fantasierten. Meist ging eine solche Phase von selbst vorüber.

Das Unwetter hatte zwar keine Feuersbrunst gebracht, dafür aber große Regenmengen, die speziell den französischen Rosen und den Dahlien nicht bekommen waren. Viele Blüten zeigten hässliche Flecken und waren damit unbrauchbar. Glücklicherweise hatten sie genügend Nelken, um die Ausfälle zu ersetzen. Erschöpft, aber zufrieden konnte Friederike am Freitagnachmittag dem Boten aus Port Adelaide den kompletten Auftrag übergeben.

Während sie der Staubwolke nachsah, die der Ochsenkarren auf der bereits wieder trockenen Straße aufwirbelte, rieb sie sich gedankenverloren die unter der schweißdurchtränkten Bluse juckenden Schultern. Unvermittelt kam ihr das kühle Wasserloch, in dem Georg sich mit seiner Menagerie zu vergnügen pflegte, in den Sinn. Warum nicht? Weit und breit war niemand in der Nähe. Voller Vorfreude machte sie sich auf den Weg flussabwärts. Georgs Badewanne, wie das Wasserloch genannt wurde, lag ziemlich gut versteckt. In der Regenzeit hatte der Flusslauf sich tief in den weichen Boden gegraben, und die natürliche, mit dichtem Buschwerk bewachsene Uferböschung verbarg den kleinen Tümpel vor neugierigen Blicken. Vorsichtig kletterte sie den Pfad, der den Hang hinunterführte, hinab und begann noch im Gehen, das Rockband zu lösen. So verschwitzt wie sie war, konnte sie es kaum abwarten, ihre Kleider abzustreifen und in das klare Wasser zu tauchen. Es war nicht tief, aber frisch und kühler als erwartet. Zufrieden aufseufzend watete sie bis zur Mitte und hockte sich dort auf die Fersen. Mit beiden Händen schöpfte sie Wasser und ließ es über Schultern und Rücken rinnen. Das tat gut! Träge sah sie zum wolkenlosen Himmel auf, an dem einige Raubvögel ihre Kreise zogen. Jetzt gegen Ende der Trockenzeit fanden sie in den Gebieten, in denen die Wasserläufe versiegt waren, reiche Beute.

Unter lautem Gezeter flogen einige Kakadus auf, und schlagartig überkam Friederike das Gefühl, beobachtet zu werden. Ein kleines Raubtier? Oder wurde sie von etwas Gefährlicherem belauert? Sie hatte von Buschräubern gehört, die letzten Monat ein ganzes Ochsengespann entführt und die Tiere in ihrem Versteck geschlachtet hatten. Einer von ihnen war noch nicht gefasst worden. Außerdem war da noch dieser entflohene Sträfling aus Neusüdwales, den sie letzte Woche gesucht hatten. Auf dem Fahndungsplakat hatte gestanden, der Kerl hätte mehrere Morde auf dem Gewissen. Oder könnte sich gar ein Wilder aus dem Norden hierher verirrt haben?

Bis zum Hals untergetaucht, ließ sie ihre Augen über die ledrige, dunkelgrüne Blätterwand der Sträucher gleiten. Ihre Gedanken rasten. Sollte sie um Hilfe rufen? Bis jemand sie hörte und ihr zu Hilfe käme, wäre vermutlich alles zu spät. Der feste Griff der Angst, die sie lähmte, ließ allmählich nach, als nichts geschah. Sosehr sie auch die Ohren spitzte – nicht das leiseste Rascheln verriet die Anwesenheit eines anderen Lebewesens. Hatte sie sich dieses Gefühl der Bedrohung nur eingebildet? Waren ihre Nerven tatsächlich überreizt, wie Fräulein von Rosen angedeutet hatte? Sie hatte wirklich erwartet, jeden Augenblick in das Gesicht des Beobachters zu blicken!

Friederike fröstelte jetzt. Sie warf einen letzten argwöhnischen Blick auf das Gebüsch, aus dem die Kakadus aufgeflogen waren, und verließ fluchtartig den eben noch so friedvollen Tümpel. So rasch es ging, kleidete sie sich mit fahrigen Fingern an und rannte davon. Erst in unmittelbarer Sichtweite des Hauses fühlte sie sich wieder sicher, und jetzt hätte sie beinahe über sich gelacht. Sie war ja schon schlimmer als Marie-Luise!

Im Näherkommen fiel ihr auf, dass nicht nur Charlotte und Fräulein von Rosen im Schatten auf der Veranda saßen, sondern dass sich eine dritte, männliche Person dazugesellt hatte. Im ersten Moment hielt sie sie für Daniel. Dann jedoch fiel ihr das feine graue Tuch des Anzugs auf. So rasch hatte sie nicht mit einem Besuch Michael Pembertons gerechnet!

»Wie siehst du denn wieder aus?«, rief ihr Charlotte schon von weitem vorwurfsvoll entgegen. »Ich habe Mr. Pemberton gerade erzählt, wie fein du geworden bist, und da zeigst du dich in einer Aufmachung, als kämst du gerade von der Feldarbeit.« Sie lachte gekünstelt und warf Pemberton, der höflich aufgesprungen war, einen Seitenblick zu, um sich zu vergewissern, dass er Friederikes schlampiger Erscheinung auch genügend Aufmerksamkeit zollte. Das tat er, und Friederike war sich unangenehm der Tatsache bewusst, dass sie nicht nur barfuß war, sondernd außerdem der dünne Batiststoff der Bluse an ihrem feuchten Körper klebte und ihre Brüste sich deutlich darunter abzeichneten. Der Hitze wegen hatte sie auf ein Mieder verzichtet. Normalerweise sah sie ja niemand.

»Ich werde mich sofort umziehen«, sagte sie und bemühte sich, das unübersehbare Interesse in Pembertons Augen nicht zur Kenntnis zu nehmen. »Wie schön, dass Sie die Zeit gefunden haben, hier vorbeizukommen. Kann ich Ihnen eine Erfrischung anbieten?«

»Ihre Schwester hat Mrs. Burkett schon angewiesen, uns Limonade zu bringen«, warf Fräulein von Rosen ein. »Sie bereitet sie gerade zu.«

»Dann darf ich Sie ja guten Gewissens der Fürsorge meiner Schwester und Fräulein von Rosens überlassen und Sie bitten, mich kurz zu entschuldigen.« Friederike wandte sich ab und verschwand, so schnell es der Anstand zuließ, im Haus. Musste er sich gerade diesen Zeitpunkt für einen Besuch aussuchen? Ihr Rücken schmerzte von der stundenlangen gebückten Haltung, ihre Finger waren zerstochen und harzig, und zusätzlich war sie ganz durcheinander von dem seltsamen Erlebnis am Badetümpel. Wie sollte sie jetzt bloß oberflächliche Konversation betreiben? Fast hätte sie den Flakon mit dem Eau de Toilette fallen lassen, so sehr zitterten ihre Hände immer noch. Es brannte wie Feuer, als sie ihre Finger damit abrieb, und das brachte sie wieder zu sich. Mit zusammengebissenen Zähnen beendete sie die Reinigungsprozedur, steckte ihr Haar zu einem lockeren Knoten im Nacken auf und ging zum Schrank, um ein leichtes Nachmittagskleid auszuwählen. Zu ihrem Ärger musste sie feststellen, dass Charlotte sich offenbar wieder freizügig bedient hatte. Wenn sie sich in ein Schnürmieder zwängte, konnte sie Friederikes Kleider tragen. Seit sie das entdeckt hatte, war Friederikes Garderobe nicht mehr vor Charlottes Raubzügen sicher. Und natürlich fehlte die neueste Kreation von Mrs. Taylor. Resigniert griff Friederike nach ihrem Lieblingskleid aus dem bambusgrünen Musselin. Der Farbton schmeichelte ihrem trotz Strohhut und Schleier sonnengebräunten Teint. Und die duftigen Falten, in die es gelegt war, umspielten bei jeder Bewegung ihren Körper. »Eine äußerst anmutige Kreation«, hatte Mrs. Taylor dazu geäußert. »Es verleiht Ihnen einen Hauch von Elfenhaftigkeit.« Das war natürlich schiere Schmeichelei gewesen, denn Friederike machte sich keine Illusionen darüber, dass die tägliche körperliche Arbeit nicht dazu angetan war, sie dem herrschenden Modeideal entsprechend ätherisch erscheinen zu lassen. Sie hatte das Kleid trotzdem gekauft, weil sie sich darin auf Anhieb wohlgefühlt hatte. Auch jetzt verfehlte es seine Wirkung nicht: Es ging ihr bereits wieder deutlich besser. Friederike griff nach dem zierlichen Fächer aus Sandelholz und ging nach unten.

Ihr Name, der von draußen an ihr Ohr drang, ließ sie im Schatten der Eingangshalle innehalten.

»Meine Schwester war schon immer ein Wildfang«, sagte Charlotte in der näselnden Tonart, die sie sich in letzter Zeit angewöhnt hatte, weil sie sie für vornehm hielt. »Während meine Mutter selig und ich uns die Finger wundnähten, trieb sie sich lieber draußen herum. Und jetzt, wo niemand sie zügelt, wird sie wohl bald anfangen, Hosen zu tragen und zu fluchen.«

»Ich kann mir nicht vorstellen, dass Frau Aldenhoff so weit ginge«, warf Fräulein von Rosen ein. »Es mag ihr ein wenig an Weltläufigkeit fehlen, aber ich bin überzeugt, dass sie die Grenzen der Schicklichkeit nicht überschreiten würde. Wie dem auch sei, Mr. Pemberton wäre sicher nicht hier, wenn er nicht seine Bekanntschaft mit ihr vertiefen wollte. Nicht wahr, Mr. Pemberton?«

Der lauernde Unterton in ihrer Stimme war es wohl, der Michael Pemberton peinlich berührt stottern ließ: »Ja, selbstverständlich, ganz richtig. Ich hatte ihr ja versprochen, von dem Konzert zu berichten, das sie verpassen musste.«

Das war Friederikes Stichwort. Sie trat auf die Veranda hinaus. Kaum hatte er sie erblickt, schoss Pemberton aus dem leichten geflochtenen Rattansessel hoch und rückte ihr einen direkt neben sich zurecht. »Darf ich sagen, dass Sie wieder ganz bezaubernd aussehen?« Er zwinkerte ihr übermütig zu. »Niemand käme bei Ihrem Anblick auf den Gedanken, sie hätten auch nur einen Fuß in etwas so Prosaisches wie eine Gärtnerei gesetzt. Auf mein Wort!«

»Oh, ich pflege mehr als nur einen Fuß hineinzusetzen«, gab sie zurück. »Blumen sind wie Kinder: sie verlangen stete Pflege und Aufmerksamkeit. Und zurzeit vor allen Dingen Wasser …«

Dankend nahm sie das Glas Limonade entgegen, das Fräulein von Rosen ihr reichte, und trank es in durstigen Zügen aus.

»Aber für Ihre Fürsorge werden sie doch reich belohnt, oder? Ich habe gehört, dass Ihre Arrangements in Adelaide höchst begehrt sind«, sagte Pemberton nachdenklich. »Auf die Gefahr hin, schrecklich neugierig zu wirken: Wie haben Sie das geschafft?«

»Die Blumen waren der Teil der Gärtnerei, der mir schon immer der liebste war«, gestand Friederike und sah bescheiden auf ihre damenhaft im Schoß gefalteten Hände. »Es war also nur vernünftig, dass ich mich darauf spezialisiert habe. Gemüse baute schließlich jeder an.«

»Vielleicht sollten Sie Frau Aldenhoff darum bitten, Ihnen ihre Blumenfelder zu zeigen?«, schlug Fräulein von Rosen vor und warf Charlotte, die bereits den Mund öffnete, um zu protestieren, einen warnenden Blick zu. »Später. Wenn es etwas kühler geworden ist …«

Bis dahin verging die Zeit im Nu. Pemberton erwies sich auch als guter Berichterstatter urbaner Ereignisse. Bei seiner Schilderung, wie Mr. Morphett seinen Zylinder nach dem Cellisten geworfen hatte, als der seinen Einsatz verpasste, brach alles in schallendes Gelächter aus.

»Mr. Pemberton, oder täusche ich mich? Lernen wir uns also auch einmal kennen. Sie scheinen die Damen ja brillant zu unterhalten!« Daniel, in Drillichhosen und passendem Hemd, kam die Treppe heraufgeschlendert, wischte sich den Schweiß mit dem Unterarm von der Stirn und bedachte den unerwarteten Gast mit einem kühlen Blick, während er ihm die Hand hinstreckte. »Was hat Sie denn hier zu uns heraus verschlagen, wenn ich fragen darf? Hier ist weder unentdecktes Terrain zu erforschen, noch gibt es Eingeborene, die man in die Flucht schlagen müsste.«

»Ich bin nur gekommen, um den Damen meine Aufwartung zu machen«, erwiderte Michael Pemberton etwas schmallippig und erhob sich höflich, um die ihm angebotene Hand zu schütteln. »Kompliment zu Ihrem Anwesen, Herr Aldenhoff. Außer Mr. Morphetts Haus in Walkerville wüsste ich kein hübscheres Haus hier in Südaustralien.«

»Kein Wunder, sie sind beide von Kingston entworfen worden«, erklärte Daniel und goss sich ein Glas Limonade ein, das er in einem Zug hinunterstürzte. »Bleiben Sie zum Dinner?« Es war mehr als deutlich, dass die beiläufig geäußerte Einladung nicht gerade von Herzen kam. Aber einen

Gast nicht zum Essen einzuladen, wäre hier in Südaustralien einem offenen Affront gleichgekommen. Daniels fehlender Enthusiasmus wurde mehr als wettgemacht durch die Begeisterung anderer.

»Ach bitte, sagen Sie Ja«, bettelte Charlotte.

»Das wäre wundervoll«, stimmte Fräulein von Rosen ein. »Dann könnten Sie uns vielleicht mehr von Ihren Abenteuern erzählen. Das wäre sicher auch sehr lehrreich für die Kinder.«

»Ich weiß nicht ...« Pemberton sah unentschieden zu Friederike hinüber. »Ich möchte mich nicht aufdrängen. Nur wenn es Ihnen keine Umstände macht, Frau Aldenhoff.«

»Keineswegs, im Gegenteil: Auch ich würde mich sehr freuen, wenn Sie zum Essen blieben.« Friederike lächelte ihm herzlich zu, um Daniels Schroffheit abzumildern. Ganz offensichtlich war ihm Michael Pembertons Anwesenheit ein Dorn im Auge. Nun, die letzten Wochen hatte sie sich bei Tisch unwohl gefühlt, es würde ihm nicht schaden, die gleiche Erfahrung zu machen. Und für sie würde es eine nette Abwechslung sein, bei Tisch einen Kavalier neben sich sitzen zu haben. Sie sah Pemberton fragend an: »Soll ich Ihnen dann meine Blumen zeigen?«

»Die Gemüsefelder sind möglichst nahe am Haus angelegt, damit die Köchin es nicht weit hat«, erklärte Friederike. »Die Blumenfelder liegen hinter dem Schuppen da, in dem meine Schwester und ich die Girlanden binden und die Geräte aufbewahrt werden.« Sie hatte sich einen Strohhut aufgesetzt und die große Kattunschürze umgebunden, um das empfindliche Musselinkleid zu schützen. »Wie Sie sehen, haben wir darauf geachtet, dass die Wege zum Wasser möglichst kurz sind. Bei längeren Trockenzeiten müssen wir nämlich ordentlich wässern, damit alles gut gedeiht. – Willkommen in meinem Reich.« Mit diesen Worten öffnete sie das Tor im Zaun, der – bis die französischen Rosenhecken hoch genug wären, um diese Aufgabe zu übernehmen – dazu diente, Wallabys und andere hungrige Mäuler von dem saftigen Grün fernzuhalten.

»Das ist ja ein richtiger Garten Eden«, staunte Michael Pemberton.

»Finden Sie?« In Friederikes Stimme klang offener Stolz auf ihr Werk mit. Tatsächlich war es eine ausgesprochen schweißtreibende Arbeit gewesen, dem harten Boden die von blühenden Pflanzen überquellenden Beete abzuringen. »Wir haben die Einjährigen, wie die Zinnien dort hinten, in die Randbereiche gesetzt«, erläuterte sie. »Die Levkojen stehen hier etwas geschützter zwischen den Kompostmieten. In den Frühbeeten da drüben treibe ich die duftenden, weißen Narzissen, die Ihre Tante besonders schätzt, und die Duftreseden. Die Nachtviolen und der Goldlack wachsen praktisch von selbst, deswegen haben wir sie auch auf den trockensten Fleck gesetzt. Und dort, auf dem kleinen Steinhügel, fühlen sich die Lilien besonders wohl.«

»Was sind das für Pflanzen an dem Stangengerüst in der Mitte? Sie duften so herrlich.« Michael Pemberton trat näher heran, schloss die Augen und sog genießerisch die Luft ein. »Darf ich einen Stängel davon für mein Revers haben?«

»Natürlich.« Friederike brach behutsam einige Zweige voller Blüten ab und reichte sie ihm. »Man nennt sie sizilianische Duftwicken«, sagte sie leise. »Die Lieblingsblumen meiner Mutter. Sie verblühen zu schnell, als dass ich sie für meine Arrangements nutzen könnte. Die Blüten, die morgens aufgehen, sind gegen Abend schon schlaff und welk. Aber ich bringe es nicht übers Herz, die Samen wegzuwerfen.«

»Doch nicht durch und durch die harte Geschäftsfrau«, neckte Pemberton sie, während er das Sträußchen an seiner Brust befestigte. »Dabei sagt man in Adelaide, dass Ihre Geschäftstüchtigkeit Ihrer Kunstfertigkeit in nichts nachstünde!«

Friederike musste lachen. »Nun ja, ich wäre ziemlich töricht, wenn ich nicht den Preis verlangte, den die Leute zu zahlen bereit sind, oder?«

»Und töricht wäre das letzte Attribut, das auf sie passen würde!« Pemberton wurde plötzlich ernst. »Darf ich Ihnen sagen, wie sehr ich Sie bewundere? Meine Tante hat mir erzählt, wie hart Sie für Ihren Erfolg gearbeitet haben.«

»Ja, es war nicht einfach«, gab Friederike zurück, während sie zu entscheiden versuchte, ob der Schatten, den sie gerade hinter einem besonders dichten Teil der Rosenhecke hatte vorüberhuschen sehen, nur Einbildung oder ein Lebewesen gewesen war.

»Wissen Sie zufällig, ob die Eingeborenen schwarze Magie ausüben?«, platzte sie heraus. Das Gefühl, erneut wie vorhin am Tümpel beobachtet zu werden, ließ ihre Haut kribbeln. Seit sie Geschichten wie die von dem Mann mit dem Stierkopf, dem Ungeheuer mit den Schlangenhaaren und dem einäugigen Riesen gelesen hatte, schienen ihr Dinge denkbar, die ihr früher niemals auch nur in den Sinn gekommen wären. Vielleicht hatten die Alten ja Recht, wenn sie meinten, Bücher würden nur die klaren Gedanken vernebeln.

»Wie bitte?« Michael Pemberton starrte sie dermaßen verblüfft an, dass sie leicht beschämt erklärte. »Ich interessiere mich für dergleichen. Georg hat voriges Jahr von einer Schwarzen ein Amulett geschenkt bekommen, und ich frage mich immer, was es damit für eine Bewandtnis hat.«

»Da sollten Sie besser den alten Menge fragen«, riet Pemberton ihr. »Der ist mit den Kerlen vertrauter, als ihm guttut. Ich weiß nicht viel von ihrem sonderbaren Aberglauben. Es soll da so etwas wie eine riesige Schlange geben, die ihrem Glauben nach die Welt erschaffen hat. Regenbogenschlange nennen sie sie, soviel ich weiß. Und manchmal kommen Geister aus der Traumzeit, wie sie diese ominöse Urzeit nennen, um sie zu besuchen.« Er schnaubte verächtlich durch die Nase. »Uns Europäer hielten sie anfangs ebenfalls für Geister ihrer Vorfahren. Unserer weißen Haut wegen. Na ja, was will man von Kreaturen erwarten, die selber fast wie Tiere leben.«

Friederike dachte an Georgs Amulett in Form eines liebevoll geschnitzten Wallabys. Steckte dahinter wirklich nichts als ein mehr oder weniger gelungenes Abbild der Wirklichkeit, wie Pemberton anscheinend glaubte? »Dieser Wilde, der bei Ihnen am Feuer tanzte. Hätte das nicht auch eine Beschwörung sein können?«, fragte sie hartnäckig.

»Nein, nein, Frau Aldenhoff«, er schüttelte lachend den Kopf. »Das war doch nur ein geschickter Schachzug von dem Burschen, um uns abzulenken! Und wen oder was hätte er denn auch beschwören sollen? Der Hase briet ja ganz offensichtlich über dem Feuer.«

Michael Pemberton war wohl nicht der Richtige, um Näheres über die Eingeborenen zu erfahren. Sie hätte nicht zu sagen gewusst, woher sie die Überzeugung nahm, aber sie war sich sicher, dass ihr unheimliches Erlebnis am Badeteich auf irgendeine Art mit ihnen zusammenhing. Schließlich schlichen die Indianer in Mr. Coopers Geschichten auch ungesehen und unbemerkt durch die Wildnis.

Als sich nichts Entsprechendes wiederholte, geriet Friederikes unheimliches Erlebnis nach und nach in Vergessenheit. Sie hatte Wichtigeres zu überdenken: Selbst für sie wurde mit der Zeit immer offensichtlicher, dass Michael Pemberton ihr den Hof machte.

Sehr viel öfter, als es aus bloßer Höflichkeit angemessen gewesen wäre, suchte er ihre Nähe. Inzwischen verging kaum ein Tag, an dem sein Mietpferd nicht zur gewohnten Stunde die Straßenabzweigung zu Gut Sonnenhof hinuntertrabte.

»Wenn es nach ihm ginge, würde er wohl am liebsten ganz hier einziehen«, hatte Daniel einmal säuerlich bemerkt, als sie ihm gemeinsam von der Terrasse aus nachsahen.

Hatten bei seinen ersten Besuchen noch Charlotte und Fräulein von Rosen die Runde vervollständigt, so verstand die Gouvernante es immer geschickter, sich und Charlotte unter einem Vorwand zu entschuldigen und die beiden allein zu lassen. Und obwohl Friederike überaus geschmeichelt von der Bewunderung in Michael Pembertons Augen war, so fühlte sie sich mit ihm alleine doch zunehmend befangener. Zu deutlich zeigte er seine Gefühle für sie.

»Was soll ich nur tun?«, vertraute sie ihrem scharlachroten Tagebuch an. »Mr. Pemberton übertritt niemals die Grenzen der Schicklichkeit, aber seine Blicke und seine Stimme, wenn er mir Gedichte vorliest, sprechen eine deutliche Sprache. Ich glaube, er empfindet etwas für mich. Jedenfalls mehr als Daniel. Der wird immer kälter und abweisender. Ob er es bereut, mich geheiratet zu haben? Vielleicht wäre die Rosen ja wirklich die bessere Ehefrau für ihn? Wo sie doch so viel gemeinsam haben. Mich beachtet er kaum noch. Selbst die ehelichen Pflichten nimmt er nicht mehr wahr.«

Tatsächlich musste sie sich, wenn auch unwillig, eingestehen, dass sie daran eine gehörige Portion Mitschuld trug. Vor einiger Zeit war Daniel spät in der Nacht ins Schlafzimmer gekommen, offensichtlich angetrunken. Jedenfalls hatte sein Poltern sie geweckt, und sie hatte Licht gemacht, weil sie besorgt war, ob es ihm gutginge. Ihr Mann war normalerweise leichtfüßig wie eine Katze. Er starrte sie aus schmalen Augen an und etwas Wildes ging von ihm aus, etwas, das ihr Angst machte. Vielleicht wich sie deshalb vor seiner ausgestreckten Hand zurück und fauchte ihn an: »Lass mich in Ruhe, mir ist nicht danach.« Schon unmittelbar darauf hätte sie die Worte gerne wieder zurückgenommen. Daniels Gesicht erstarrte zu einer Maske.

»Hast du gerade von deinem albernen Mr. Pemberton geträumt?«, fragte er höhnisch und beugte sich bedrohlich über sie. »Hat er dir wieder den Kopf verdreht, ja?«

»Mr. Pemberton ist weder albern, noch versucht er, mir den Kopf zu verdrehen«, gab sie so würdevoll wie möglich zurück, während sie verzweifelt versuchte, die Bettdecke bis unters Kinn hochzuziehen. Sein Gesicht war ganz nah an ihrem, und er verströmte den unverkennbaren Geruch von Brandy. Angeekelt rümpfte sie die Nase: »Du bist betrunken, Daniel. Du solltest dich schämen, dich mir in diesem Zustand zu zeigen.«

»Aber noch habe ich mich dir gar nicht richtig gezeigt, liebstes Eheweib.« Mit diesen Worten streifte er blitzschnell seine Kleidung ab und baute sich in einer Pose wie eine griechische Statue splitterfasernackt vor ihr auf. Die Muskeln spielten unter der glatten Haut, die bis zur Taille tiefgebräunt war. Darunter erschien sie im Kontrast strahlend weiß, als wollte sie sein rötlich angeschwollenes Geschlecht noch hervorheben. Friederikes Kehle wurde trocken vor

Verlangen, während sie wie gebannt auf den schamlosen Anblick starrte. Die Sehnsucht, ihn zu berühren, ihn auf und in sich zu spüren, war beinahe unerträglich. Nur ihr Stolz hielt sie davon zurück, ihn anzuflehen, sie endlich in die Arme zu nehmen.

»Würdest du das auch machen, wenn ich Fräulein von Rosen wäre?«, fuhr sie ihn stattdessen an. »Oder denkst du, bei mir kommt es nicht darauf an?«

Das Flackern in seinen Augen erlosch augenblicklich. Ernüchtert bückte er sich nach seinen Kleidern, zog die Hose über und zischte durch zusammengebissene Zähne: »Keine Angst, ich habe verstanden. Sag Bescheid, wenn du wieder zur Vernunft gekommen bist!« Dann stürmte er aus dem Zimmer. Friederike wartete die halbe Nacht auf seine Rückkehr, ehe sie im Morgengrauen endlich einnickte.

Mrs. Burkett waren die dunklen Schatten unter ihren Augen natürlich nicht entgangen. »Die arme kleine Madam«, hörte Friederike sie am nächsten Morgen halblaut zu Molly sagen. »Das kommt davon, wenn man Schlangen an seinem Busen nährt.« Es war nicht ganz klar gewesen, wen sie damit meinte, denn die Köchin konnte weder Charlotte noch Fräulein von Rosen ausstehen. Immer wieder musste Friederike schlichten, wenn eine der beiden Damen sich über die Köchin beklagte oder umgekehrt. Charlotte kehrte gerne die Hausdame heraus und Fräulein von Rosen hatte eine Art, die Mrs. Burkett verächtlich die Lippen schürzen und Taubheit vortäuschen ließ.

»Manchmal möchte ich mich auch am liebsten verstecken wie du«, sagte Friederike niedergeschlagen zu Marie-Luise, die es sich zur Gewohnheit gemacht hatte, mit ihren Malutensilien in den Blumengarten zu flüchten. Dorthin setzten weder die Gouvernante noch ihre älteste Schwester je einen Fuß, seitdem Friederike sie nachdrücklich vor den giftigen Schlangen gewarnt hatte, die sich dort angeblich gerne zwischen den Beeten aufhielten. In Wahrheit hatte sie noch nie eine dort gesehen, aber die Warnung erfüllte ihren Zweck.

»Warum schläft Daniel jetzt eigentlich im Stall?«, fragte Marie-Luise, ohne aufzusehen, während sie mit der Pinselspitze winzige, scharlachrote Punkte auf die Blütenblätter der Lilie setzte, die sie gerade malte.

»Woher weißt du davon?«, gab Friederike zurück und überlegte fieberhaft, wie sie ihrer Schwester diesen seltsamen Umstand erklären sollte.

»Georg hat erzählt, Daniel hätte sich eine Hängematte in die leere Box neben Brutus gespannt. – Habt ihr euch wegen Mr. Pemberton gestritten?«

»Wie kommst du darauf?« Entgeistert starrte sie ihre überraschend hellsichtige Schwester an.

Sie hatte nicht daran gedacht, dass solche Dinge in einem Haushalt wie diesem kaum lange unbemerkt blieben.

»Och, ich habe so etwas gehört«, meinte Marie-Luise schulterzuckend. »Als ich heute Morgen ins Unterrichtszimmer ging, war ich früh dran. Daniel war bei der Rosen und sagte so etwas wie: Ich weiß nicht, wie lange ich dieser Scharade noch zusehen kann, ohne den Kerl zu fordern.«

»Das hat er wirklich gesagt?« Friederike konnte nicht glauben, dass Daniel eine solch wahnwitzige Drohung tatsächlich geäußert haben sollte. Duelle waren schon seit einigen Jahren strikt verboten, und wer gegen das Gesetz verstieß, wurde streng bestraft. Auch Leute aus gutem Hause. Man erzählte sich in Adelaide, dass Sir John Jeffcott, nach dem die Straße im Nordteil der Stadt benannt worden war, nach Australien hatte auswandern müssen, weil sein Kontrahent an den Folgen eines Duells mit ihm gestorben war. Angeblich war es das letzte Duell mit tödlichem Ausgang gewesen, das in England stattgefunden hatte.

»Ja, genau das waren seine Worte«, beharrte ihre Schwester. »Die Rosen hat auch ganz entsetzt getan und gemeint, das wärest du doch gar nicht wert. Wenn du Mr. Pemberton ihm vorziehen würdest, sollte er dir lieber Glück wünschen.«

»Und was hat er darauf geantwortet?«, fragte Friederike atemlos. Es gehörte sich zwar nicht, anderer Leute Gespräche zu belauschen, aber jetzt war nicht der Moment, ihre Schwester darauf hinzuweisen.

»Gar nichts. – Jedenfalls habe ich nichts gehört«, präzisierte Marie-Luise. »Er ist dann an mir vorübergerannt mit einem so wilden Gesicht, dass ich richtig erschrocken bin.« Sie lächelte listig. »Sicherheitshalber habe ich ein bisschen gewartet, ehe ich ins Schulzimmer ging. Die Rosen hätte nämlich sicher behauptet, ich hätte spioniert, und mir eine Strafarbeit aufgegeben.«

»Das war schlau von dir«, Friederike lächelte etwas gequält zurück. Offenbar besprach Daniel seine Eheprobleme mit der Gouvernante. Wut darüber, dass Daniel derart intime Angelegenheiten dieser Person anvertraute, während er sie, seine Frau, behandelte, als ob sie Luft wäre, stieg in ihr auf. Was für eine Demütigung! Sie musste hier weg!

»Ich fahre schnell nach Segensthal, nach Vater sehen«, sagte sie so ruhig, wie es ihr möglich war. »Übernimmst du das Wässern, falls es später wird?«

Marie-Luise zog ein Gesicht, versprach es aber. »Molly kann mir ja helfen«, meinte sie und senkte den Kopf wieder über das farbenprächtige Bild der chinesischen Lilie. Wenigstens malte sie keine Ungeheuer mehr.

»Du bist allein gekommen?« Befremdet sah Mutter Weidner in den leeren Wagen. Bei ihren letzten Besuchen hatten Marie-Luise und Georg ihre ältere Schwester begleitet, und auch Charlotte hatte angekündigt, ihrem Vater noch vor seinem Tod seinen Enkel zeigen zu wollen. Bisher hatte sie allerdings immer eine Ausrede gefunden, um in letzter Minute doch nicht mitzufahren.

»Mir war nicht nach Gesellschaft«, sagte Friederike mürrisch, während sie Daisy vor dem Haus festband. »Ich kann auch nicht lange bleiben. – Wie geht es ihm?«

Mutter Weidner zuckte mit den rundlichen Schultern. »Was erwartest du zu hören, Herzchen? – Aber geh nur zu ihm. Der Herr Pastor und Heinrich sind bei ihm.«

Diese Nachricht war nicht dazu angetan, Friederikes Laune zu verbessern. Die schwarze Gestalt Pastor Fichtes saß vornübergebeugt auf dem Stuhl neben dem Bett und las halblaut aus der Bibel. Wider alle Vernunft versetzte es ihr einen Stich, als sie die Textstelle erkannte: Es war aus dem Buch Hiob. Heinrich, der dem Vater gerade die Stirn mit einem feuchten Tuch abgetupft hatte, nickte ihr grüßend zu. Pastor Fichte unterbrach abrupt seine Lesung und betrachtete sie mit zusammengekniffenen Augen.

»Du kommst zu spät, fürchte ich, um dich unseren Gebeten noch anschließen zu können«, knurrte er.

Friederikes Herzschlag setzte aus. War eingetreten, worauf sie seit Wochen warteten?

»Ist er tot?«, wisperte sie.

»Nein, er lebt noch«, sagte Heinrich. »Der Pastor wollte damit nur sagen, dass er jetzt zur Bibelstunde muss.«

»Wo ich dich und deine Geschwister auch schon viel zu lange nicht mehr gesehen habe!« Pastor Fichte klappte die Bibel zu und fixierte sie streng. »Welche Entschuldigung hast du dafür vorzubringen? Ein guter Christenmensch bleibt den Gottesdiensten nur aus wichtigen Gründen fern. Willst du etwa das Seelenheil deiner unmündigen Geschwister aufs Spiel setzen? Ich hatte schon immer den Verdacht, dass dieser Herr Aldenhoff mit den Freigeistern sympathisiert.«

»Wir gehen sehr wohl zur Kirche«, sagte Friederike trotzig. »Allerdings besuchen wir aus Rücksicht auf unsere englischen Angestellten, die der deutschen Sprache nicht mächtig sind, die Trinity Church.«

»Ich hoffe, Charlotte begleitet euch?«, warf Heinrich ein. Das tat sie nicht. Sie und Fräulein von Rosen entschuldigten sich stets damit, dass sie es vorzögen, zu Hause in der Heiligen Schrift zu lesen. Friederikes Zögern war ihrem Bruder nicht entgangen. Er warf Pastor Fichte einen ängstlichen Seitenblick zu und sagte hastig: »Es war ein wahrer Akt christlicher Nächstenliebe, dass ihr sie und ihr Kind aufgenommen habt. Ich habe dem Pastor schon vorgeschlagen, sie jetzt, wo sie Witwe ist, wieder in die Gemeinde aufzunehmen.«

»Dazu müsste sie sich erst bußfertig zeigen und ihre Verfehlungen öffentlich bereuen«, wehrte Pastor Fichte seinen Vorstoß ab. »Und dass sie dazu bereit ist, wage ich zu bezweifeln.«

Friederike konnte ihm nur zustimmen. Charlotte hatte bisher kein Interesse daran gezeigt, in den Schoß der alten Gemeinde zurückzukehren. Noch in den einer anderen. Und auch sie selbst fühlte sich bei dem jovialen englischen Geistlichen Gott näher. Er hätte ihrem Vater sicher nicht aus dem Buch Hiob vorgelesen!

»Dieser schreckliche alte Mann!«, entfuhr es ihr, während sie ihm nachsah, wie er mit wehenden Schößen seiner kleinen Kirche zustrebte, um dort den letzten seiner Herde mit Feuer und Schwefel zu drohen. »Wie kannst du ihn nur ertragen?«

»Er hat auch seine guten Seiten«, verteidigte ihr Bruder ihn ein wenig halbherzig.

»Nur sind die gut versteckt!«, murmelte Friederike bissig. »Aber ich bin nicht hergekommen, um mich über den Pastor aufzuregen.«

»Ich weiß. Möchtest du mit Vater ein wenig allein sein?« Überrascht von der unerwarteten Feinfühligkeit sah sie ihren Bruder an. »Ich vermisse ihn schrecklich«, gestand sie ihm und wischte sich die aufsteigenden Tränen aus den Augenwinkeln.

»Ich auch«, gab er leise zurück. »Aber du weißt genauso gut wie ich, dass das Leben für ihn nach dem Tod unserer Mutter nur noch eine lästige Pflicht war. Wir sollten uns für ihn freuen, dass er bald im Paradies wieder mit ihr vereinigt ist.«

Friederike setzte sich auf den Stuhl, den Pastor Fichte gerade geräumt hatte, und griff nach der Hand ihres Vaters. Wie ein welkes Blatt lag sie in ihrer, nur als sie ihm von Klein-Christian erzählte, bildete sie sich ein, ein Zucken wahrzunehmen. Instinktiv vermied sie es, von Dingen zu sprechen, die ihm unerfreulich erschienen wären, aber als sie sich nach einiger Zeit wieder verabschiedete, fühlte sie sich seltsam getröstet.

Kapitel 13

Normalerweise war Friederike eine vorsichtige Fahrerin und Daisy zu träge, um in brisante Situationen zu geraten. Aber heute schien sich alles geradezu gegen sie verschworen zu haben: Die Fliegenschwärme hatten sich aus unerfindlichen Gründen von Schulzes Schweinen ab- und dem Pony zugewandt; der Wind wirbelte so dichte Staubwolken auf, dass man streckenweise kaum die Hand vor Augen sah; und immerzu kreisten ihre Gedanken um ihre verzwickte Situation, so dass es ihr schwerfiel, aufmerksam zu bleiben. Im Vertrauen auf Daisys angeborene Faulheit ließ sie die Zügel schleifen und die kleine Stute ihr Tempo selbst bestimmen. Das Pony war oft genug zwischen Gut Sonnenhof und Segensthal hin- und hergetrottet, um den Weg problemlos zu finden.

Fliegenschwärme waren im Herbst nichts Besonderes. Friederike konnte nicht wissen, dass diese von Blutgeruch angezogene Art den Tieren äußerst schmerzhafte Stiche versetzte. Als Daisy unvermittelt einen heftigen Schmerz an ihrem Auge verspürte, wieherte sie erschrocken und schüttelte wild den Kopf, dass die Mähne nur so flog. Als auch das nichts half, verfiel sie im Versuch, den Plagegeistern zu entkommen, in einen panischen Galopp.

»He, brrr!« Daisys plötzlicher Tempowechsel kam so überraschend, dass Friederike fast vom Bock gefallen wäre. Verzweifelt versuchte sie, das durchgehende Pony zu stoppen. Vergeblich.

Nahezu blind wegen des dichten ockerfarbenen Staubs, den Daisys Hufe aufwirbelten, zog sie krampfhaft die Zügel an. Aber nichts konnte Daisy dazu bringen, ihre Geschwindigkeit zu vermindern. Gerade nahm Friederike all ihren Mut zusammen, um in letzter Not abzuspringen, als eines der Räder gegen einen großen Steinbrocken stieß. Ehe sie einen klaren Gedanken fassen konnte, fühlte sie sich in die Höhe katapultiert, mehrere Meter durch die Luft geschleudert – und dann war da nichts mehr. Samtige Schwärze verschluckte sie, als sie am Wegrand aufkam und ihr Kopf gegen ein morsches Stück Holz prallte.

Später glaubte sie, sich an ein dunkles Augenpaar, an ein fremdartiges Gesicht zu erinnern, das auf sie herabblickte. Doch als sie zu sich kam, war sie allein. Keine Spur von Daisy oder dem Wagen. Stöhnend kontrollierte sie, ob sie noch alle Glieder bewegen konnte. Ihre Schulter schmerzte teuflisch, und sie würde später sicherlich am ganzen Körper von blauen Flecken übersät sein, aber Blut entdeckte sie nirgends, nicht einmal an ihrem Kopf. Zu ihrer Überraschung stießen ihre tastenden Finger auf eine Art Moospolster unter ihrem Hinterkopf, und als sie sich aufzurichten versuchte, bemerkte sie, dass sie halb an die Böschung gelehnt dalag, als hätte jemand versucht, sie bequemer zu lagern. Wo war dieser Jemand hin verschwunden? »Hallo …?«, rief sie versuchsweise. Keine Antwort, außer dem empörten Kreischen zweier von ihrer Stimme aufgescheuchter Kakadus. Irritiert sah sie sich um. Wer auch immer ihr geholfen hatte, hatte es offenbar nicht für nötig gehalten, bei ihr zu bleiben, bis sie das Bewusstsein wiedererlangte.

Nun gut, dann blieb ihr jetzt wohl nichts anderes übrig, als sich zu Fuß auf den Weg zurück nach Gut Sonnenhof zu machen. Das war nicht tragisch, sie war es früher gewöhnt gewesen, ganz andere Strecken zurückzulegen. Allerdings war sie damals nicht gerade eben vom Kutschbock geflogen. Langsam und vorsichtig bemühte sie sich, auf die Beine zu kommen, doch ein stechender Schmerz in ihrem rechten Knöchel ließ sie zurücksinken. Das hatte ihr gerade noch gefehlt!

Sollte sie warten, bis man sie vermisste und suchte, oder sollte sie versuchen, sich, so weit es möglich war, selbst zu helfen? Ihr Blick fiel auf ein Holzstück, das sich von seiner Form her als Krückstock eignen würde. Als sie gerade auf allen vieren darauf zu kriechen wollte, ließ das unverkennbare Geräusch trommelnder Pferdehufe sie innehalten. Jemand ritt in gestrecktem Galopp vom Gut her in ihre Richtung. Also war Daisy wohl inzwischen einigermaßen wohlbehalten dort angekommen. Erleichterung, dass die kleine Stute sich nicht wie befürchtet ein Bein gebrochen hatte, machte sich in ihr breit.

Der Reiter kam in Sicht, und sie erkannte das Mietpferd von Michael Pemberton. Vage enttäuscht, dass es nicht Daniel auf Brutus war, sah sie ihm entgegen. Pemberton brachte sein Reittier so grob zum Stehen, dass es sich aufbäumte, sprang aus dem Sattel und stürzte auf sie zu. »Frau Aldenhoff, sind Sie verletzt? Was ist geschehen?« Er fiel neben ihr auf die Knie, ohne einen Gedanken an seine feine Reithose aus hellem Tuch zu verschwenden.

»Daisy ging durch, und ich fiel vom Wagen«, erwiderte sie brüsk. »Oder dachten Sie, ich läge zum Spaß hier?«

»Soll ich Ihnen eine Trage kommen lassen?« Unsicher musterte er ihre mitgenommene Erscheinung: den zerfetzten Rock; die zerschrammten bloßen Arme; die aufgelösten Flechten, die ihr auf die Schultern hingen.

»Ich bin doch nicht invalide! Wenn Sie mir aufs Pferd helfen, kann ich sehr gut reiten. Ich glaube, ich habe mir den Knöchel verstaucht.« Sie verzog das Gesicht, als sie versuchsweise den Fuß aufsetzte. »Verflixt, tut das weh!«

»Am besten hole ich das Pferd her und helfe Ihnen dann in den Sattel«, entschied Pemberton. Der Plan hatte seine Tücken. Zwar konnte Friederike einen Fuß in den Steigbügel stellen, aber das Pferd trug natürlich einen Herrensattel, der völlig ungeeignet als Sitzgelegenheit für eine Dame war.

»Halten Sie das Tier gut fest und drehen Sie sich um«, befahl Friederike kurz entschlossen. Sobald er ihr den Rücken zuwandte, raffte sie mit einer Hand ihre Röcke bis zum Knie, packte mit der anderen den Sattelknauf, stemmte sich im Bügel hoch und schob das verletzte Bein über den Pferderücken. Zwar war es ein ungewohntes Gefühl, aber sie saß sicher. So gut es ging, zupfte sie ihren Rock zurecht. Natürlich zeigte sie unanständig viel Bein. Ihre Strümpfe und sogar die Spitzenborte der Unterhosen waren zu sehen, aber das war jetzt nicht zu ändern. Taktvoll, wie es sich für einen wohlerzogenen Mann gehörte, vermied es Pemberton, sich zu ihr umzudrehen, während er das Pferd am Zügel zurück nach Gut Sonnenhof führte.

»Gott sei Dank, dass Ihnen nichts Ernsthaftes zugestoßen ist«, rief Fräulein von Rosen schon von weitem und lief ihnen entgegen. »Als Ihr Pony mit dem zertrümmerten Wagen hier antrabte, befürchteten wir schon das Schlimmste! Ihre Schwester war ganz außer sich. Sie musste sich hinlegen. Hoffentlich wird sie nicht krank …«

»Wie hat Daisy es überstanden?«, war Friederikes erste und dringendste Frage. Charlottes hysterische Zustände waren für ihre Familie nichts Neues.

»Schadlos, soweit ich es beurteilen kann. Georg hat sie gleich in den Stall gebracht. Deshalb musste ich Marie-Luise schicken, um nach Herrn Aldenhoff zu suchen. Niemand wusste, wo er sich aufhielt. Glücklicherweise war Mr. Pemberton gerade hier eingetroffen, und er hat sich sofort bereiterklärt, nach Ihnen zu suchen.« Fräulein von Rosen sah bewundernd zu Friederikes Retter in der Not auf.

»Ich fürchte, das Absteigen wird etwas schwierig werden«, wechselte Friederike das Thema. »Wenn Sie so freundlich wären, das Pferd an den großen Stein dort drüben zu führen, Mr. Pemberton, und mir Ihre Hand zu reichen …«

Noch bevor Pemberton ihrer Bitte Folge leisten konnte, kam Daniel mit langen Schritten quer über den Hof auf die kleine Gruppe zu. »Marie-Luise sagte mir, du hättest einen Unfall gehabt?«, fragte er atemlos. »Bist du verletzt?«

»Nicht der Rede wert. Nur ein verstauchter Knöchel und ein paar blaue Flecken«, sagte Friederike wegwerfend.

»Dann werde ich dich besser tragen. Komm«, befahl er und streckte ihr beide Arme entgegen. Ohne nachzudenken, ließ sie sich vom Pferd gleiten. Daniel fing sie auf und sah sie dabei mit einem äußerst seltsamen Ausdruck an. Friederike überlief es heiß. Er hatte sie schon einmal ins Haus getragen, damals zu ihrer Hochzeit. Die Erinnerungen, die prompt in ihr aufstiegen, ließen sie die Augen niederschlagen.

»Wir sind Ihnen zu großem Dank verpflichtet, Mr. Pemberton«, sagte Daniel förmlich. »Aber Sie haben sicher Verständnis dafür, dass wir uns nun als Erstes um das Befinden meiner Frau kümmern müssen. Entschuldigen Sie uns also bitte. – Guten Tag.« Damit drehte er sich um und begann, Friederike auf den Armen, die Freitreppe hinaufzusteigen.

»Vielen Dank, Mr. Pemberton«, rief diese dem solcherart abgefertigten Mann über Daniels Schulter hinweg zu. »Es war überaus nett von Ihnen, mich zu retten.«

Daniel setzte sie behutsam auf der Bettkante ab. »Lass mich zuerst deinen Knöchel abtasten«, sagte er. »Ich will sichergehen, dass nichts gebrochen ist.« Geschickt öffnete er den Stiefel und zog ihn mitsamt dem Strumpf von ihrem Fuß. Obwohl er so vorsichtig wie möglich zu Werk ging, zog Friederike dabei scharf die Luft ein. In Windeseile begann ihr Fußgelenk anzuschwellen. Es sah unheimlich aus, wie es dicker und dicker wurde, bis die Haut darüber schmerzhaft spannte. Stumm, mit zusammengebissenen Zähnen, ertrug sie die Untersuchung. Was, wenn es gebrochen wäre? Würde sie dann so erbärmlich hinken müssen wie die Bettlerin in Krossen, deren Fortbewegung so an das Gezappel eines Hampelmanns erinnerte, dass die Gassenbuben gar nicht genug davon bekommen konnten, sie zu verspotten?

»Es scheint nichts gebrochen zu sein«, konstatierte ihr Mann, und Friederike atmete erleichtert durch. »Aber du wirst einige Tage nicht auftreten können. Kalte Wickel und strikte Schonung! – Wo schmerzt es sonst noch?«

»Meine Schulter. Ich glaube, ich bin damit gegen einen Stein gefallen«, sagte sie unsicher, weil seine Stimme so barsch geklungen hatte. War er verärgert, dass sie diesen dummen Unfall gehabt hatte?

»Lass sehen.«

Gehorsam nestelte sie das Band auf und streifte die Bluse über die Schultern herunter.

»Kannst du den Arm bewegen? – Tu so, als ob du Äpfel pflücken wolltest.«

»Es tut höllisch weh«, klagte sie, sobald sie die Bewegung imitierte.

»Wahrscheinlich hast du dir tüchtig die Schulter geprellt. Aber weder ist das Schlüsselbein gebrochen, was äußerst schnell passiert, noch hast du dir das Gelenk ausgekugelt. Wenn du den Arm in einer Schlinge trägst, wird es weniger schmerzen.« Er stand von der Bettkante auf und sah stirnrunzelnd auf sie herunter. »Du bist mit ein paar Schrammen davongekommen, aber es hätte übel ausgehen können. Kannst du mir erklären, wie das passieren konnte? Daisy ist das letzte unserer Pferde, dem ich zugetraut hätte, durchzugehen.«

»Ich weiß es auch nicht.« Friederike zuckte ratlos die Achseln und verzog gleich darauf das Gesicht, als sich die verletzte Schulter schmerzlich in Erinnerung brachte. »Daisy war ein bisschen nervös, aber normalerweise ist sie an die Fliegen gewöhnt. Irgendetwas muss sie in Panik versetzt haben.«

»Du hast nichts bemerkt?«

»Was hätte ich denn bemerken sollen?« Kurz streifte sie ein Erinnerungsfetzen, und sie sah flüchtig ein dunkles Gesicht, das sich über sie beugte, aber das war zu lächerlich, um es Daniel zu erzählen.

Daniel entschuldigte sich, um nach Daisy zu sehen, und im nächsten Moment kam Charlotte mit Leinwandstreifen und Essigwasser ins Zimmer.

»Meine Güte, Rieke! Du hast uns einen schönen Schrecken eingejagt«, rief sie, kaum dass sie den Raum betreten hatte, anklagend. »Als Daisy hier ganz alleine ankam, dachten wir schon, du lägest mit gebrochenem Genick im Straßengraben. Wie hast du das nur wieder fertiggebracht?«

»Ganz einfach: Ich habe mich aus purem Übermut und zum Spaß vom Wagen fallen lassen«, gab Friederike patzig zurück. Wie kam Charlotte dazu, ihr als Erstes Vorwürfe zu machen? Ihre Schwester zeichnete sich nicht gerade durch ein übergroßes Maß an Mitgefühl für andere aus, aber in diesem Fall hätte Friederike doch ein wenig mehr Besorgnis erwartet.

»Nun, so etwas Ähnliches hat Fräulein von Rosen zumindest angedeutet«, sagte ihre Schwester spitz. »Sie meinte jedenfalls, dass es dir sicher zupasskäme, dich von Mr. Pemberton retten zu lassen.«

Sprachlos starrte Friederike sie an.

»Und Mr. Pemberton war ja auch sofort bereit, den Retter zu spielen«, fuhr Charlotte ungerührt fort. Sie tauchte eines der Tücher ins Essigwasser, wrang es oberflächlich aus und legte es auf Friederikes geschwollenen Knöchel. »Ich weiß nicht, ob ich mich getraut hätte, so schamlos zu reiten. Hat er wenigstens hingeschaut?«

»Das hat er nicht!«, presste Friederike mit vor Wut halb erstickter Stimme hervor. »Und ich habe es keineswegs darauf angelegt. Dann hätte ich mich nämlich geschickter angestellt und läge jetzt nicht hier mit einem verstauchten Knöchel und müsste mir von dir solchen hirnverbrannten Unsinn anhören. Raus!«

»Wirklich? Du möchtest nicht, dass ich dir Kompressen auf die Schulter lege?« Charlotte zog fragend die Augenbrauen hoch und erhob sich dann so rasch, als hätte sie nur auf ihren Hinauswurf gewartet. Marie-Luise und Georg hatten offenbar draußen vor der Tür gestanden, denn kaum war Charlotte davongerauscht, da drängten sie sich auch schon an ihrer Stelle ins Zimmer.

»Wollt ihr mir jetzt auch erzählen, wie dumm ich mich angestellt habe?«, fragte Friederike resigniert. »Ich weiß nicht, was in Daisy gefahren ist. Sie war wie von Sinnen, und ich konnte sie nicht mehr zügeln.«

»Kein Wunder, sie muss ziemliche Schmerzen gehabt haben. Schau mal!« Georg hielt ihr einen mit hässlichen, braunrot gefärbten Dornen gespickten Zweig unter die Nase. »Das da hat Daniel unter dem Deichselgeschirr gefunden. Es hat bei jedem Schritt ihre Haut aufgeritzt, und der Geruch muss jede Menge Blutfliegen angezogen haben.«

»Mein Gott, wie ist das möglich?« Entsetzt sah Friederike auf die blutgetränkten Dornen. »Ich bin solchen Büschen doch gar nicht nahe gekommen.«

»Jemand muss es dorthin gesteckt haben, meint Daniel. Vielleicht wollte einer von den Segensthalern dir einen Streich spielen?«

Friederike schüttelte den Kopf. »Nein, niemand dort würde so etwas tun.« Nicht einmal Pastor Fichte, der dank seines verbitterten und fanatischen Auftretens in ihrem Ansehen stetig gesunken war, wäre zu einer solchen Perfidie imstande. Oder etwa doch?

»Es war sicher bloß ein dummer Zufall«, sagte sie entschieden. »Ich bin nur froh, dass weder Daisy noch ich ernsthaft Schaden genommen haben.«

»Ich auch, Rieke!« Georg umarmte sie linkisch, ehe er wieder aus dem Zimmer stürmte. Marie-Luise schloss die Tür hinter ihm und setzte sich schüchtern auf die Bettkante. »Ich muss dir auch etwas zeigen«, sagte sie leise und zog einen seltsamen Gegenstand aus ihrer Schürzentasche. »Das hier habe ich bei Mutters Wicken gefunden.« Sie hielt ein aus Gras geflochtenes Basttäschchen an einem schmalen Lederband hoch. »Es hing an einer der Stangen, als hätte jemand es extra so hingehängt, dass man es sehen muss.«

»Was ist das?« Friederike griff danach. »So etwas habe ich noch nie gesehen.« Ratlos wendete sie es hin und her. In dem Behälter befanden sich ein paar verschrumpelte, haselnussgroße Gegenstände sowie eine Handvoll getrockneter Blätter und Blüten. »Wozu das wohl gut sein soll?«

Mit spitzen Fingern nahm sie eine der nussähnlichen Formen auf und schnupperte daran. »Irgendwie muffig«, stellte sie fest und verzog angewidert das Gesicht. »Die Blätter riechen wenigstens angenehm, aber zwischen mein Leinen würde ich es nicht legen wollen.« Die beiden Schwestern tauschten ein Lächeln.

»Soll ich es auf den Abfall werfen?«, schlug Marie-Luise vor.

»Nein, ich bewahre es lieber auf«, meinte Friederike nachdenklich. »Es könnte für jemanden wichtig sein. Schau, was für eine feine Flechtarbeit: Das ist mit Sorgfalt angefertigt worden. Ich möchte es nicht achtlos behandeln.« Sie öffnete die Tür des Nachtschränkchens neben dem Bett und schob das Täschchen ganz nach hinten, noch hinter den Nachttopf aus Porzellan. »So, da stört es nicht«, lachte sie, während sie ihrer jüngeren Schwester verschwörerisch zublinzelte. »Dieses … Ding bleibt unser Geheimnis, Mariechen. Einverstanden?«

In den folgenden Tagen musste Friederike ihren Aktionsradius stark einschränken, da sie sich nur humpelnd fortbewegen konnte. Meistens lag sie, ihren schmerzenden Knöchel hochgelagert, auf ihrem Bett. Die erzwungene Untätigkeit ließ sie zunehmend ungeduldiger werden. Sie konnte doch nicht den ganzen Tag ihre Nase in Bücher stecken! Zwar hatte sie auf diese Art bald sämtliche neu erstandenen Bücher gelesen und verwundert festgestellt, dass die von Pastor Fichte als unsittlich geschmähten Unterhaltungsromane ihr ungeahnte neue Kenntnisse vermittelt hatten; doch sie konnte es kaum erwarten, endlich wieder nach ihren Pflanzen zu sehen. Marie-Luise und Molly hatten die nötigen Pflegearbeiten übernommen, aber es war ein Glück, dass gerade keine Aufträge anstanden.

Daniel hatte sein Nachtlager in den Ställen beibehalten.

Nicht einmal zum Umkleiden kam er mehr in ihr gemeinsames Zimmer, sondern hatte sich eine Auswahl an Kleidung in sein Privatkontor gehängt. Charlotte schmollte wohl immer noch, jedenfalls ließ sie sich auch nicht blicken. Auf Fräulein von Rosens Gesellschaft verzichtete sie gern. Ja, sie war der Frau geradezu dankbar, dass sie ihr nicht ihre Gegenwart aufdrängte. Ihre jüngeren Geschwister schauten häufig vorbei, hielten sich aber nie lange im Haus auf. Georg verbrachte jede Minute seiner Freizeit im Busch, und Marie-Luise nahm die Verantwortung für Friederikes Blumen sehr ernst.

So begrüßte Friederike Michael Pembertons Besuche vielleicht herzlicher, als sie es unter anderen Umständen getan hätte. Gleich am Tag nach ihrem Unfall war er das erste Mal erschienen, samt einer kleinen Schachtel Konfekt und den besten Genesungswünschen seiner Tante. Anfangs war es Friederike unpassend erschienen, ihn in ihrem Schlafzimmer zu empfangen, und sie hatte Marie-Luise gebeten, ihnen Gesellschaft zu leisten. Doch nach einigen Tagen schien es geradezu eine Selbstverständlichkeit zu sein, dass Molly Michael Pemberton Hut und Reitgerte abnahm und ihn umgehend nach oben führte. Stets blieb er nur die für einen Krankenbesuch als schicklich geltende Zeit. Dann verabschiedete er sich von Friederike und pflegte meist noch auf der Veranda ein Glas Limonade mit Fräulein von Rosen und Charlotte zu trinken, bevor er wieder nach Adelaide zurückritt.

Pembertons Erzähltalent kam Friederike in ihrer aufgezwungenen Untätigkeit gerade recht. Doch er war offenbar auch ein guter Beobachter. Und es war ihm nicht verborgen geblieben, dass auf Gut Sonnenhof nicht gerade eitel Sonnenschein herrschte, wie er beiläufig bemerkte.

»Es geht mich natürlich nicht das Geringste an«, entschuldigte er sich sofort. »Sicher nur eine vorübergehende Verstimmung. Aber Ihre traurigen Augen verfolgen mich bis in den Schlaf! Wenn ich irgendetwas tun kann, um sie wieder strahlen zu lassen – bitte zögern Sie nicht, es mir zu sagen.«

Friederike war bei seinen Worten erschrocken. Merkte man ihr so deutlich an, dass sie unter Daniels abweisendem Verhalten litt?

»Ich glaube, mich als Ihren Freund betrachten zu dürfen«, sagte er mit sanfter Stimme. »Wollen Sie mir Ihren Kummer nicht anvertrauen? Manchmal hilft es schon, mit jemandem darüber zu reden.«

»Sie bilden sich meine traurigen Augen doch nur ein, weil Melancholie gerade in Mode ist, Mr. Pemberton«, erwiderte sie, wobei sie sich bemühte, den neckischen Tonfall zu imitieren, den die jungen Ladies ihren Kavalieren gegenüber anschlugen. »Ich bin bloß ein wenig trüber Stimmung, weil es mich grässlich langweilt, so hilflos daliegen zu müssen. Können Sie mir nicht zur Ablenkung Gedichte vorlesen? Es würde mich sehr interessieren, englische Gedichte kennenzulernen. Sie sind sicher ganz anders als *Die Glocke* oder dieses schaurige Gedicht über den Moorgeist, der kleine Jungen frisst.«

»Wenn Sie es wünschen, wird es mir ein Vergnügen sein«, sagte er höflich und neigte den Kopf. »Bitte verzeihen Sie, wenn ich Ihnen zu nahe getreten sein sollte.«

»Heute habe ich Ihnen Shakespeares Sonette mitgebracht«, verkündete er einige Tage später, als er auf dem Sessel neben ihrem Bett Platz nahm.

»Hoffentlich sind sie unterhaltsamer als die Gedichte, die Sie mir gestern vorgetragen haben«, sagte Friederike und zog eine Grimasse. » Ich wäre um ein Haar eingeschlafen!«

Pemberton lachte, und sein Gesicht wirkte auf einmal richtig jungenhaft. »Sie mögen Wordsworth nicht? – Nun ja, zugegeben, er hat sich ein bisschen sehr ausführlich mit den Reizen der Narzissen auseinandergesetzt.«

Immer noch lachend, öffnete er das schmale Bändchen und fing an zu lesen. Für Friederikes Geschmack waren die Verse befremdlich. Bei den meisten war ihr nicht einmal klar, worum es ging.

»In wildem Streit sind Herz und Auge mir
Um deines Anblicks Eigentum entbrannt;
Dem Herzen hat mein Aug ein Bild von dir
Mein Herz dem Aug ein Vorrecht aberkannt«,

deklamierte Mr. Pemberton voller Inbrunst, während sie nur noch vorgab, ihm zuzuhören. Dieser Shakespeare mochte ja ein großer Dichter gewesen sein, aber sie fand ihn ziemlich albern. Gerade wollte sie Mr. Pemberton bitten, es gut sein zu lassen und das Buch beiseitezulegen, da seufzte er laut auf, fiel neben dem Bett auf die Knie und rief: »Oh, hören Sie, ist das nicht wunderbar? Diese Kraft der Sprache:

Cupidos Fackel sank. Der Gott schlief ein.
Da griff nach seiner Liebesflamme schnell
Der Jungfraun eine aus Dianas Reihn
Und tauchte sie in einen kalten Quell.
Der lieh sich von dem heil'gen Liebesbrand
Lebend'ge Hitze, die nun ewig währt;
er ward ein siedend Bad, noch jetzt bekannt
Und gegen selt'ne Bresten wohlbewährt.

An meiner Herrin Blick hat neue Helle
der Gott entfacht und sie an mir versucht.
Erkrankt begehrt ich Hilfe von der Quelle,
zu ihr lenkt ich gepeinigt meine Flucht;
doch half sie nicht: zu meiner Heilung taugen
bloß Amors Feuerquellen – ihre Augen.[19]

Friederike, meine Diana, meine Herrin …« Das Buch fiel zu Boden und zu Friederikes Entsetzen packte Michael Pemberton ihre Hand und bedeckte sie mit Küssen. »Bitte, Mr. Pemberton, Sie vergessen sich!«, stammelte sie, während sie verzweifelt versuchte, ihre Finger aus seinem Griff zu befreien.

»Spiel nicht mit mir!«, brach es aus ihm heraus, und sein Griff um ihr Handgelenk verkrampfte sich so, dass es schmerzte. »Mein Gott, spürst du denn nicht, wie mich die Sehnsucht nach dir verzehrt? Wir sind füreinander geschaffen, sträube dich nicht gegen deine Gefühle!« Heiße Lippen pressten sich auf ihren Handrücken und ließen sie in panischem Schrecken vor ihm zurückweichen. »Mr. Pemberton, jetzt ist es aber wirklich genug!«, rief sie und bemühte sich, ihrer zitternden Stimme Autorität zu verleihen. War der Mann verrückt geworden? Was sollte das?

»Ich gebe meiner Frau Recht«, sagte eine ruhige Stimme von der Tür her. »Es ist genug. Sie hören besser schleunigst damit auf, sich zum Narren zu machen.« Daniel lehnte lässig, mit verschränkten Armen, am Türrahmen und betrachtete die Szene so distanziert, als handelte es sich um ein Theaterstück.

19 William Shakespeare: Die Sonette, Nr. 153 (Zürich: Manesse Bibliothek, 1983)

Pembertons Kopf fuhr hoch, ohne dass er seinen Griff gelockert hätte. »Steigen Sie besser von Ihrem hohen Ross herunter, Aldenhoff!«, fuhr er den anderen Mann an. »Ihre Frau verdient Besseres als einen Mann, der sie nur unglücklich macht. Ich werde sie anbeten und auf Händen tragen, denn ich liebe sie wahrhaftig.«

Der harte Ausdruck in den grauen Augen wurde eine winzige Spur weicher. »Und was schlagen Sie jetzt vor, Pemberton? Sie wissen ja, Duelle sind streng verboten. Wie sollen wir es austragen?«

»Daniel!«, keuchte Friederike entsetzt. War ihr Mann jetzt ebenfalls übergeschnappt?

»Ganz ruhig, Liebes«, sagte er und warf ihr einen überraschend zärtlichen Blick zu. »Ich versuche doch nur, zu einer vernünftigen Lösung dieses Problems zu kommen.«

»Sie machen sich über mich lustig!«, knurrte Michael Pemberton durch zusammengepresste Zähne. »Sie Mistkerl!« Er sprang auf, die Hände zu Fäusten geballt.

Zitternd vor Wut brannte er sichtlich darauf, sich auf den Rivalen zu stürzen. Daniel hatte sich kaum bewegt. Immer noch stand er völlig entspannt an den Türrahmen gelehnt, nur seine Arme hingen jetzt locker herunter. Dennoch strahlte er etwas aus, das Pemberton innehalten ließ. Niemand riskierte eine Schlägerei, wenn er damit rechnen musste, der Unterlegene zu sein.

»Lassen Sie uns die Sache doch friedlich regeln«, schlug er vor. »Ich bringe Friederike erst einmal zu meiner Tante …«

»Vielleicht sollten wir die Dame auch selber zu Wort kommen lassen, über die Sie hier so selbstherrlich verfügen«, entgegnete Daniel sarkastisch. »Hat sie Ihrem Vorschlag denn schon zugestimmt?«

»Nein, das habe ich natürlich nicht!« In dem Maße, in dem sie sich von dem Schock der unerwarteten Liebeserklärung erholte, wuchs Friederikes Ärger über Michael Pembertons Anmaßung. »Ich weiß nicht, wieso Mr. Pemberton glaubt, ich würde ihn heiraten wollen.«

Pemberton erblasste sichtlich. »Aber, liebste Friederike …«, stammelte er, um Fassung ringend. »Ich hatte den Eindruck, dass mein Werben dir alles andere als unangenehm war. Warum hättest du mich sonst hier in deinem Schlafzimmer empfangen?«

»Jedenfalls nicht, weil ich Sie zu irgendetwas ermutigen wollte«, zischte sie, wütend auf ihn, wütend auf sich und auf Daniel. »Ihre Besuche habe ich als die Besuche eines Freundes aufgefasst – mehr nicht!« Ihr Zorn steigerte sich noch bei dem Gedanken daran, dass Daniel gerade Zeuge dieser peinlichen Situation geworden war. »Gehen Sie – und ich möchte Sie nicht wiedersehen.«

»Mir scheint, Sie haben da etwas ganz gewaltig missverstanden, Pemberton«, bemerkte Daniel süffisant. »Ganz offensichtlich erwidert meine Frau Ihre Gefühle nicht im Mindesten. – Ihr Diener!« Mit einer spöttischen Verbeugung öffnete er ihm die Tür. »Ich gehe davon aus, dass wir uns in der nächsten Zeit nicht mehr über den Weg laufen.«

»Ganz sicher nicht!«, entgegnete Pemberton mit aller Würde, die er aufbringen konnte. »Leben Sie wohl, Frau Aldenhoff. – Herr Aldenhoff.« Eine knappe Verneigung, und er stolzierte erhobenen Hauptes aus dem Zimmer.

»Fast könnte er mir leidtun«, bemerkte Daniel gleichmütig und schlenderte zum Fenster, um dem unglücklichen Verehrer nachzusehen, der geradezu fluchtartig die Stätte seiner Niederlage verließ. »Was hast du da nur wieder angerichtet, Kleines?«

»Wieso soll ich schuld daran sein?«, rief Friederike empört. »Ich habe ihn nur gebeten, mir englische Gedichte vorzulesen. Wie hätte ich ahnen können, dass er das als Ermutigung auffasst? – Und dazu waren sie noch sterbenslangweilig!«, fügte sie hinzu. »Ich verstehe wirklich nicht, warum man so viel Aufhebens um Poeten macht.«

Daniel warf den Kopf in den Nacken und lachte schallend. Erstaunt sah Friederike zu ihm hinüber. Sie hatte erwartet, dass er von ihr zumindest eine Rechtfertigung für diese Episode fordern würde. Seine Heiterkeit kam überraschend, aber sie war ansteckend. Nach kurzem Zögern fiel sie erleichtert in sein Gelächter ein. »Es war ein Bild für Götter!«, prustete Daniel. »Wie er da vor dir auf den Knien lag und flehte, du mögest ihn erhören, und du . …« Von Lachen geschüttelt wischte er sich über die Augen. »Du hast ihn angeschaut, als ob er den Verstand verloren hätte. – So hat der arme Mann sich das sicher nicht vorgestellt!«

»Dachte er wirklich, er bräuchte mir nur seine Liebe zu erklären und ich würde dich verlassen?«

»Ganz offensichtlich! Der Gute leidet jedenfalls nicht an Selbstzweifeln.« Sein Lachen versiegte und machte einem anderen Ausdruck Platz, der Friederikes Herz vor Freude hüpfen ließ. »Aber ich muss ihm zugestehen: das mit Amors Feuerquellen – das hatte Stil.« Langsam trat er auf das Bett zu. Die Matratze sank unter seinem Gewicht ein, als er ein Knie auf den Rand stellte und eine Hand ausstreckte, um Friederikes Hals und Schulter zu liebkosen. »Tut es noch weh?«, fragte er heiser.

»Kein bisschen«, log sie und legte ihre Hand auf seine. Sehnsüchtig hob sie ihm ihr Gesicht entgegen. Eine stumme Aufforderung, der er nur zu gerne nachkam. Seine Lippen fanden ihre. Fieberhaft fuhren Friederikes Hände über seinen Rücken, begierig, wieder seine glatte Haut, die harten Muskeln darunter zu spüren. Ungeduldig rissen sie sich gegenseitig die Kleider herunter, bis ihre nackten Körper sich aneinanderpressten. Keinem von beiden war nach verspielter Zärtlichkeit zumute.

Als er sie in die Kissen drückte und in sie eindrang, schlang sie ihre Schenkel um seine Hüften, warf den Kopf zurück und feuerte ihn, ohne jegliche Scham oder Zurückhaltung, zu noch größerer Heftigkeit an. Mit einem gutturalen Aufstöhnen brach er auf ihr zusammen, im selben Moment, in dem sie mit einem lauten Aufschrei ihren Höhepunkt erreichte.

Einige Augenblicke lagen sie beide reglos. Eng aneinandergeschmiegt, als wären sie nicht zwei Leiber, sondern ein einziger. Dann hob Daniel den Kopf und murmelte mit einem schiefen Lächeln: »Mein Gott, du hast mir gefehlt!«

»Niemand hat dich gezwungen, in den Stall zu ziehen«, gab sie zurück, strich ihm aber dabei liebevoll durchs Haar.

»Ich war ein Idiot, das meinst du doch?« Er stemmte sich hoch und rollte sich neben ihr auf die Seite, wo er, auf einen Ellenbogen gestützt, zärtlich auf sie herabsah. »Ich weiß, du brauchst gar nicht so mit den Augen zu rollen. Aber manchmal gibt es Zeiten, da …« Er verstummte, und der verspielte Ausdruck wich einem eher düsteren.

»Hatte es etwas mit Fräulein von Rosen zu tun?«, wisperte Friederike ängstlich, aber entschlossen, die Gunst der Stunde zu nutzen und zumindest ein paar Antworten auf die Fragen zu erhalten, die sie seit so langer Zeit quälten. »Warst du in sie verliebt?«

»Wie kommst du denn darauf?« Vollkommen entgeistert starrte er sie an.

Friederike fixierte den linken Bettpfosten, um ihn nicht

ansehen zu müssen. »Weil du so abweisend mir gegenüber warst. Ich hatte schon Angst, dass du mich plötzlich abstoßend finden könntest.«

»Soll ich dir das Gegenteil beweisen?«, fragte er mit laszivem Lächeln. »Du kannst mir ruhig glauben: Ich möchte mit keiner anderen Frau als mit dir verheiratet sein.« Er beugte sich herunter und küsste sie auf die Nasenspitze. »Meine wundervolle, wunderschöne Ehefrau.« Seine Lippen wanderten verführerisch langsam über ihre Kehle, ihren Brustansatz …

Friederike stemmte beide Hände gegen seine Schultern. »Wenn du nicht in die Rosen verliebt bist, warum können wir sie nicht dahin zurückschicken, wo sie hergekommen ist?«, wollte sie wissen.

Ruckartig zog er sich von ihr zurück und ließ sich auf den Rücken fallen. »Das ist leider nicht so einfach«, sagte er mit flacher Stimme.

»Warum?«, beharrte Friederike. »Es muss doch möglich sein, jemanden wieder zu entlassen. Von mir aus kannst du ihr auch eine erstklassige Referenz mitgeben.«

»Wie gesagt, so einfach geht das leider nicht«, sagte er und seufzte tief auf. »Es ist eine verfahrene Situation.«

»Willst du sie mir denn nicht wenigstens erklären?«, drang sie weiter in ihn. Er schüttelte abweisend den Kopf. »Bitte, besteh nicht darauf. Wenn es nur um mich ginge, hätte ich dir schon längst alles erzählt. Aber ich bin nicht frei in meiner Entscheidung.«

Und mehr war aus ihm nicht herauszubringen. Aus Furcht, die gerade wieder aufgeflammte eheliche Harmonie erneut zu stören, hielt Friederike sich mit weiteren Nachforschungen zurück. Aber es fiel ihr zunehmend schwerer, Fräulein von Rosen mit dem Anschein von Unbefangenheit zu begegnen.

Welche Macht konnte diese Frau über Daniel haben? Nachdem er ihre Sorge, er könnte sich in sie verliebt haben, zerstreut hatte, schien es ihr nur umso rätselhafter. Zumindest war das tägliche Leben wieder bedeutend angenehmer, seitdem sie und Daniel zu ihrem alten vertrauten Umgang miteinander zurückgefunden hatten. Dass das nicht jedem passte, machte der hasserfüllte Blick der Gouvernante deutlich, den Friederike einmal bemerkte, als sie zufällig in deren Richtung schaute. Er hätte ihr vielleicht Angst einjagen sollen, aber stattdessen erfüllte er sie mit einem Gefühl des Triumphs. Nicht das weltgewandte, gebildete Fräulein von Rosen war Herrin von Gut Sonnenhof, sondern sie, Friederike, geborene Thiele. Und sie war es, die ihrem Mann Daniel in offener Vertraulichkeit die Hand auf den Arm legen durfte.

Glücklicherweise ließ ihr Knöchel sich schon bald wieder belasten. Einer ihrer ersten Gänge, noch mithilfe eines geschnitzten Spazierstocks, führte in den Stall zu Daisy. »Na, mein Mädchen«, sagte sie und streichelte dem Pony über den Hals, wo eine verschorfte Wunde noch an den niederträchtigen Dornenzweig erinnerte. »Hast du dich von dem Schrecken gut erholt?« Aus den Augenwinkeln nahm sie eine flüchtige Bewegung hinter der Bretterwand wahr. Es hätte ein im Wind schwankender Ast gewesen sein können, dennoch überlief es sie eiskalt. Genauso war es an Georgs Badeteich gewesen, und als sie Michael Pemberton ihren Garten gezeigt hatte. Auch damals hatte sie sich von etwas Unsichtbarem beobachtet gefühlt. Allmählich glaubte sie nicht mehr, dass es bloße Einbildung war. Wer verfolgte sie?

Auch Daisy schien etwas bemerkt zu haben. Sie legte plötzlich die Ohren an, schnaubte und stampfte nervös mit den Hufen. »Ist da jemand?«, rief Friederike mit zitternder Stimme und presste sich wie schutzsuchend gegen Daisys Hals. Doch da war nur das vertraute Geräusch trockener Blätter, die im Wind aneinanderrieben. Und ein plötzlicher starker Geruch nach Eukalyptus.

»Rieke? Bist du hier?« Marie-Luises Stimme riss sie aus ihrer Erstarrung. »Du wirst nicht glauben, was Charlotte sich wieder herausgenommen hat!«, stieß sie, keuchend vom Laufen, hervor.

»Am liebsten würde ich es gar nicht erfahren«, seufzte Friederike, tätschelte Daisy ein letztes Mal den Hals und wandte sich ihrer Schwester zu. »Muss ich bei Mrs. Burkett wieder um gut Wetter betteln?« Das Privileg der stillenden Mutter, jederzeit, sobald ihr danach war, über die Speisekammer verfügen zu dürfen, hatte dazu geführt, dass es zu ständigen Auseinandersetzungen zwischen Charlotte und Mrs. Burkett kam. Dass diese meist auf die Rücksichtslosigkeit ihrer Schwester zurückgingen, ließ Friederike zunehmend ärgerlicher werden. Musste Charlotte sich auch ausgerechnet die aufwändige Creme, die die Köchin als Dessert für das Sonntagsessen vorbereitet hatte, nehmen? Natürlich war Mrs. Burkett zutiefst empört gewesen, als sie die halb geleerte Schale entdeckt hatte!

»Na, sag schon: Was ist es diesmal?«

»Nichts mit Mrs. Burkett«, sagte Marie-Luise ernst. »Wir haben doch für nächste Woche einen Auftrag über mehrere Rosenbuketts, erinnerst du dich?«

Friederike nickte. »Ja, natürlich. Die Greshams wollen für die Verlobungsfeier ihrer Tochter zwanzig Stück. Aber was hat Charlotte damit zu tun?«

»Viel!« erwiderte die Jüngere grimmig. »Komm mal mit.«

So schnell es ging, humpelte Friederike hinter ihr her zum Garten. »Da!« Marie-Luise wies auf die Rosenhecke. »Sie hat ganze Arbeit geleistet. Wenn sie wenigstens nur die obersten Blüten genommen hätte!«

Vor Entsetzen sprachlos stand Friederike vor der Katastrophe. Charlotte hatte sorgfältig alle Blütenstiele herausgeschnitten. Bis die verbliebenen, winzigen Knospen an den unteren Trieben so weit waren, dass sie geschnitten werden konnten, würden Wochen vergehen. Wochen, in denen sie keine Rosen liefern konnte. Dabei waren sie gerade der letzte Schrei und jeder verlangte nach ihnen. Ein geschäftliches Desaster!

»Ihr steht da wie zwei begossene Pudel«, bemerkte eine so ahnungslose wie muntere Stimme hinter ihnen. »Was ist denn los?« Daniel kam vom Haus herangeschlendert, die Hände in den Hosentaschen.

»Das da!« Verzweifelt wies Friederike auf die Rosenhecke, die in sattem Dunkelgrün glänzte, und vergrub das Gesicht in den Händen, um den traurigen Anblick nicht mehr sehen zu müssen.

»Charlotte hat alle Blütenstiele bis ganz unten abgeschnitten«, erläuterte Marie-Luise ihrem Schwager bereitwillig das Geschehen. »Dabei hätten wir nächste Woche einen großen Auftrag für Rosenbuketts gehabt.«

»Die Greshams bringen mich um«, stöhnte Friederike, den Tränen nahe. »Mrs. Gresham hat die gesamte Dekoration für die Verlobungsfeier auf die Rosen abgestimmt.«

Daniels Arm legte sich um ihre Schultern. »Kannst du nicht etwas anderes nehmen? Hier wächst doch noch so viel.«

»Aber keine Rosen!« Verzweifelt lehnte sie den Kopf an die tröstende Schulter neben sich. »Das verzeihe ich Charlotte nie!«

Sobald sie das Haus betraten, umfing sie eine Wolke aus Rosenduft, die Friederike erneut mit den Zähnen knirschen ließ. Charlotte war im Esszimmer eifrig damit beschäftigt, die Berge von Blumenstielen in entsprechenden Behältern zu arrangieren. Als sie die drei sah, lächelte sie selbstzufrieden und meinte: »Seht ihr, ich kann das genauso gut wie Rieke! Sieht das nicht hübsch aus? Wie auf einem der großen Feste in Adelaide.«

»Dafür waren die Rosen auch bestimmt!«, sagte Friederike tonlos und wandte sich mit hängenden Schultern ab. Angesichts der verschwenderischen Blütenfülle wahrte sie nur mühsam die Beherrschung. Um dem Anblick zu entfliehen, humpelte sie in die Küche.

»Sie hätte sich ruhig ein bisschen freuen können, wo ich mir solche Mühe für sie gegeben habe!« Charlotte klang ausgesprochen beleidigt.

»Soll sie sich etwa noch darüber freuen, dass du nur so zum Spaß all ihre Rosen abgeschnitten hast? Was sollen wir denn jetzt bloß mit dem Auftrag machen?« Marie-Luises Frage blieb unbeantwortet, denn Daniel kam mit kalter Stimme jeder Erwiderung zuvor.

»Schwägerin, darf ich dich kurz in mein Kontor bitten?« Der Tonfall ließ keinen Zweifel daran zu, dass die Bitte in Wirklichkeit ein Befehl war.

»Er hat sie ganz schön heruntergeputzt«, berichtete Marie-Luise später beim Wässern der Dahlien und Zinnien.

»Man lauscht nicht an Türen«, wies Friederike sie automatisch zurecht und leerte ihren Eimer in die Bewässerungsrinne zwischen den Pflanzenreihen.

»Natürlich nicht. Aber wenn man es nicht tut, erfährt man auch nichts«, gab Marie-Luise unbeeindruckt zurück. »So kleinlaut habe ich Charlotte noch nie erlebt. Daniel hat ihr erklärt, wenn sie weiter auf dem Gut leben wolle, dann erwarte er, dass sie sich im Hause nützlich mache, da sie ja offenbar wieder gut bei Kräften sei. Ab sofort wäre die Hauswäsche ihre Aufgabe. Und wenn ihr das nicht passe, dann dürfe sie sich gerne in Adelaide nach einer Stellung umsehen.«

»Was hat Charlotte dazu gesagt?« Friederike konnte sich nicht vorstellen, dass Daniel diese Drohung je wahrgemacht hätte. Schon um des kleinen Christians willen nicht.

»Nichts.« Marie-Luise klang ausgesprochen zufrieden. »Was hätte sie auch sagen sollen? Aber sie sah ziemlich finster drein, als sie aus dem Zimmer kam. Ich habe allerdings so meine Zweifel, dass wir uns zum letzten Mal über sie geärgert haben.«

Kapitel 14

Einige Tage später bat Mrs. Burkett Friederike um ein Gespräch unter vier Augen. In der Annahme, die Köchin würde sich wieder über eine von Charlottes Eigenmächtigkeiten oder Fräulein von Rosen beklagen wollen, forderte Friederike sie, nicht allzu begeistert, auf, in ihr Kontor mitzukommen. Dort würden sie ungestört sein. Auf ihrem Schreibtisch lag seit vorgestern ein Brief Michael Pembertons mit einer anmutig formulierten Entschuldigung und der Ankündigung, sich baldmöglichst einer längeren Forschungsexpedition ins Landesinnere anschließen zu wollen. »Ich verleihe der Hoffnung Ausdruck, dass Sie meine Tante weiterhin als Ihre Freundin betrachten«, hatte er im Postscriptum geschrieben. »Sie war bezüglich meiner, wie mir nun klar ist, unrealistischen Hoffnungen ahnungslos (ich hatte ihrer Vermutung, ich gedächte Ihrer Angestellten Fräulein von Rosen den Hof zu machen, nicht widersprochen) und würde sehr unter einer Entfremdung leiden.«

Friederike hatte sich vorgenommen, Mrs. Willoughby zu besuchen, sobald ihr zu Ohren kam, dass Pemberton abgereist war. Ihr verstauchter Knöchel müsste bis dahin als Begründung ausreichen, dass sie sich nicht in der Stadt blicken ließ.

»Also, was hat meine Schwester jetzt wieder angerichtet?«, fragte sie die Köchin und bat sie mit einer Handbewegung, auf dem Sessel mit dem gestickten Bezug Platz zu nehmen. Mrs. Burkett raffte umständlich ihre Röcke, ehe sie sich bedächtig auf die Kante des zierlichen Möbelstücks setzte.

»In diesem Fall glaube ich nicht, dass sie es war, Madam«, erwiderte sie. »Ich kann mir jedenfalls nicht vorstellen, dass Ihre Schwester eine ganze Lammkeule vertilgt hat.«

»Wie bitte?« Verblüfft sah Friederike von dem Stapel Rechnungen, den sie gerade beiseiteschieben wollte, auf.

»Jawohl, eine ganze Lammkeule!«, bestätigte Mrs. Burkett grimmig. »Wegen Kleinigkeiten wie einem Stück Braten oder einem halben Brot würde ich Sie nicht belästigen.«

»Es ist schon öfter Derartiges weggekommen?«, forschte Friederike nach. Charlotte war im Allgemeinen nur an Süßspeisen und Kuchen interessiert.

»Oh ja!« Die Köchin hob die Hand und zählte an den Fingern ab. »Vorgestern war es ein fertig gerupfter und ausgenommener Fasan, am Tag davor eine Fleischpastete, davor …«

»Ich sehe, es handelt sich um mehr als nur gelegentliche Übergriffe auf die Speisekammer«, unterbrach Friederike die Köchin, ehe diese richtig in Rage geriet. »Haben Sie einen Verdacht? Könnten es Eingeborene gewesen sein?«

»Ich weiß nicht«, sagte Mrs. Burkett zweifelnd. »Das Eisengitter vor dem Fenster war unbeschädigt. Wenn es nicht so verrückt wäre, würde ich meinen, es war jemand aus dem Haus. Aber warum sollte jemand Essen stehlen, wenn er doch nur darum zu bitten braucht?«

Die Frage stellte Friederike sich ebenfalls. Unvermittelt musste sie daran denken, wie sie vor ein paar Tagen zufällig Georg in den Busch hatte schleichen sehen. Ihr war sein sonderbar verstohlenes Gehabe aufgefallen. Immer wieder hatte er sich umgesehen, als wollte er sich vergewissern, dass niemand ihn beobachtete. Und er hatte definitiv etwas unter seiner Jacke versteckt gehabt. Sie hatte angenommen, er spiele eine Begebenheit aus einem der neuen Bücher nach. Entschlossen, ihn zur Rede zu stellen, sobald er sich wieder blicken ließ, versuchte sie, sich auf die Rechnungen und das Rechnungsbuch zu konzentrieren, aber ihre Gedanken schweiften ständig ab. Schließlich gab sie es auf. Genauso gut konnte sie auch nach Daisy sehen. Die Verletzungen der kleinen Stute schienen gut zu verheilen. Immer noch grübelte sie darüber, wie dieser Dornenzweig unter das Geschirr gekommen sein mochte.

Das ängstliche Wiehern, das durch die Stalltür drang, ließ sie die letzten Meter im Laufschritt zurücklegen. Die aufgerissenen Augen, der Schaum, der von ihren Lefzen tropfte und der rasselnde, keuchende Atem des Tieres ließen auf den ersten Blick erkennen, dass Daisy krank war, schwer krank. Halb betäubt vor Entsetzen starrte Friederike auf das Pony. Wie konnte das sein? Heute Morgen war sie noch vollkommen gesund gewesen. »Ganz ruhig, Daisy«, sagte sie mit zitternder Stimme. »Ich hole Hilfe. Daniel macht dich wieder gesund!«

Ohne nachzudenken, raffte sie ihre Röcke bis übers Knie und rannte los zu der Baustelle, an der sie ihren Mann vermutete. Die Arbeiter, die gerade damit beschäftigt waren, die hölzerne *Torkel* zusammenzufügen, sahen verblüfft auf, als sie, »Daniel, Daniel!« rufend, angelaufen kam.

»Was ist los? Ist etwas passiert?« Daniel Aldenhoff kam, die Hände an seinem ledernen Arbeitsschurz abstreifend, aus der Scheune, wo er dem Küfer und seinem Gesellen geholfen hatte, die Dauben der neuen Weinfässer zu vernieten.

»Daisy … Es ist Daisy. Es geht ihr furchtbar schlecht«, brachte Friederike, den Tränen nahe, heraus.

Daniel runzelte irritiert die Stirn. »Heute Morgen war sie doch noch putzmunter.« Ohne ein weiteres Wort stürmte er ihr in Richtung Stall voraus.

»Was hat sie?«, stieß Friederike hervor, kaum, dass sie neben ihn getreten war. Sein ratloser Gesichtsausdruck war eigentlich Antwort genug. »Ich kann es mir nicht erklären«, sagte er langsam, während seine Hände tastend über die zitternden Flanken des Tieres glitten. »Auf den ersten Blick würde ich sagen, es ist ihr Herz. Es schlägt viel zu schnell. Aber wieso?« Ohne von Daisys Seite zu weichen, fixierte er kritisch das Heu in der Raufe, den noch halb gefüllten Blecheimer, in dem das Wasser zweimal täglich erneuert wurde. »Da sie bisher nicht die leisesten Anzeichen eines schwachen Herzens gezeigt hat, muss sie etwas Giftiges gefressen haben«, sagte er halblaut. »Zu Hause hätte ich auf Fingerhut getippt, aber den gibt es hier nicht. Und ich habe auch von keinem anderen giftigen Kraut hier in Australien gehört, das solche Symptome erzeugen könnte.«

»Kannst du ihr nicht helfen?«, flehte Friederike. Sie spürte, wie ihr die Kehle eng wurde. Daisy wieherte schwach und knickte mit den Hinterläufen ein. Als spürte sie, dass es zu Ende mit ihr ging, versuchte sie verzweifelt, wieder auf die Beine zu kommen, aber es gelang ihr nicht. Mit einem erschöpften Keuchen sank sie auf die Seite. Ihre schweißnasse Flanke hob und senkte sich unter dem Trommelfeuer des viel zu schnellen Herzschlags. Ihre großen, feuchten Augen hingen an Friederike, als erwarte sie von ihr die Rettung.

»Ich fürchte, es ist zu spät«, sagte Daniel leise und traurig. »Selbst wenn ich wüsste, welches Antidot ich anwenden müsste – wir könnten es niemals rechtzeitig nach Adelaide und hierher zurück schaffen.«

Stumm sank Friederike neben ihrer kleinen Stute auf die Knie und streichelte hilflos ihren Hals, während die Tränen begannen, ihr über die Wangen zu laufen. Sie achtete nicht auf das Rascheln gestärkter Unterröcke. Erst als Daniel mit gedämpfter Stimme »Lassen Sie uns bitte allein«, sagte, blickte sie auf und sah in das kalte, beherrschte Gesicht Fräulein von Rosens. »Ist das Tier krank?« Es klang eher interessiert als besorgt. »Seltsam, vorhin schien es mir noch völlig gesund.«

»Wann waren Sie hier im Stall?«, erkundigte Daniel sich scharf. »Haben Sie irgendetwas Ungewöhnliches bemerkt?«

»Vor etwa einer Stunde«, gab sie ungerührt zurück. »Und nein, ich habe nicht das Geringste bemerkt.«

Daisy begann plötzlich krampfhaft zu zucken und mit den Vorderbeinen auszuschlagen, als versuche sie mit letzter Kraft, dem Tod davonzugaloppieren. Ehe Friederike reagieren konnte, hatte Daniel sie schon beiseitegerissen. »Es geht zu Ende«, sagte er düster und hielt Friederike fest an seine Brust gedrückt, um ihr den Anblick ihres sterbenden Ponys zu ersparen. Erst als das Rascheln im Stroh aufgehört hatte, ließ er sie wieder los. Verstört blickte sie auf die nunmehr schlaff daliegende Daisy. Ihr Kopf war zur Seite gesunken, das Maul halboffen. Immer noch quoll Schaum zwischen den gelblichen Pferdezähnen hervor. Ihre ehemals so wachen Augen begannen schon, sich mit einem silbernen Schleier zu überziehen. Bald würden sie ganz stumpf sein. Automatisch verscheuchte sie die allgegenwärtigen Fliegen, die aufgeregt summend den Kadaver umschwirrten. »Verschwindet!«, schrie sie und brach dann in hemmungsloses Schluchzen aus. Dankbar registrierte sie, wie Daniel eine Decke holte und das Pony damit bedeckte. Dann zog er sie an sich und führte sie sanft, aber bestimmt aus dem Stall.

»Es tut mir sehr leid«, murmelte er. »Aber solche Dinge passieren, das weißt du doch.«

»Warum gerade Daisy?«

»Ich weiß es nicht, mein Herz«, sagte er zärtlich. »Doch wenn es einen Pferdehimmel gibt, ist deine Daisy sicher dort.«

Friederike musste ungeachtet ihres Kummers lächeln. Ein Pferdehimmel? Was für eine seltsame Vorstellung!

»Ich werde mich so bald wie möglich nach einem neuen Pony für dich umsehen«, versprach Daniel. »So traurig es ist: Du brauchst schleunigst wieder ein Kutschpferd.«

Das fand auch Fräulein von Rosen, die sich beim Dinner höflich nach den weiteren diesbezüglichen Plänen erkundigte. »Vielleicht eines mit ein wenig mehr Feuer«, schlug sie vor. »Ohne Peitsche war Daisy ja kaum zu einem Galopp zu bewegen.«

»Sie haben sie mit der Peitsche geschlagen?« Friederike erhob sich halb von ihrem Platz und starrte die Gouvernante fassungslos an.

»Selbstverständlich. Faule Pferde müssen angetrieben werden«, gab Fräulein von Rosen kalt zurück. »Und ich habe selten ein so faules, eigensinniges Pony erlebt wie dieses.«

Zorn wallte in Friederike auf, hilfloser Zorn auf die Frau, die ihre geliebte Daisy noch im Tod schlechtmachte. »Sie war ein sanftes, freundliches Tier«, sagte sie mit bebender Stimme. »Mir hat sie niemals irgendwelche Probleme bereitet.« Sie schob ihren Stuhl zurück und stand auf. Keinen Augenblick länger wollte sie mit dieser Person in einem Raum zusammen sein. »Ich habe keinen Hunger. Bitte entschuldigt mich.«

Mit stocksteifem Rücken ging sie langsam zur Tür, wobei

sie es sorgsam vermied, in die bedrückten Gesichter ihrer Geschwister zu blicken, um nicht doch noch vor der Gouvernante in Tränen auszubrechen. Georgs gerötete Augen und sein gelegentliches verstohlenes Schniefen zeigten an, dass der unerwartete Tod des Ponys ihn ähnlich schwer getroffen hatte wie sie. Marie-Luise war von Natur aus mitfühlend, und selbst Charlotte hatte sich seit dem Vorfall die Klagen über ihre neue Wascharbeit verkniffen. Ob aus Taktgefühl oder aus der Einsicht heraus, dass ihr sowieso niemand zugehört hätte, war unklar. Um sich von ihrem Kummer abzulenken, versuchte Friederike, sich das Gespräch, das sie kürzlich beim Wässern mit Marie-Luise geführt hatte, nochmals zu vergegenwärtigen. Irgendwie hatte sie das Gefühl, dabei etwas Wichtiges überhört zu haben.

Sie hatte sich bei ihrer Schwester erkundigt, ob diese wisse, was eigentlich mit Molly los sei. Das Mädchen wirkte in letzter Zeit wieder fast so verschreckt wie bei ihrer Ankunft. »Ich dachte, sie hätte Freude daran, uns in der Gärtnerei ein wenig zur Hand zu gehen. Aber als ich sie eben bat, ob sie uns beim Wässern helfen würde, ist sie leichenblass geworden und in Tränen ausgebrochen. Angeblich hätte sie draußen Gespenster umherschleichen sehen. Weißt du etwas darüber?« Sie musterte Marie-Luise streng. Insgeheim hegte sie den Verdacht, diese hätte Molly ihre fantasievollen Zeichnungen gezeigt und ihr damit Angst eingejagt.

»Vermutlich hat sie das gleiche Gespenst wie ich gesehen«, antwortete Marie-Luise in so selbstverständlichem Ton, dass Friederike ihren Ohren nicht traute. »Ich glaube nicht, dass es böse ist, aber Molly ist solch ein Angsthase!«

»Wie oft glaubst du, es gesehen zu haben?«

»Ich glaube nicht nur, es gesehen zu haben: Ich habe es

tatsächlich gesehen!«, beharrte ihre Schwester. »Zweimal: damals, als ich es gezeichnet habe, und noch einmal vor ein paar Tagen. Da habe ich es allerdings nur undeutlich erkannt, weil es nicht so nahe am Haus war.«

»War es nachts?«

»Nein. Eher kurz nach Sonnenaufgang. Aber ich bin mir sicher, es ist dort hinter dem großen Eukalyptusbaum verschwunden.«

Friederike spürte, wie ein Schauder sie überlief. Konnte es tatsächlich sein, dass es hier auf Gut Sonnenhof spukte? Pastor Fichte hatte zwar immer behauptet, es gebe keine Gespenster, aber wenn nun doch? War es vorstellbar, dass ein Geist Daisy getötet hatte? Sie rieb sich über die Gänsehaut auf den Unterarmen und wünschte plötzlich, sie hätte sich nicht von Herrn Schneider zum Kauf dieses schaurigen Buchs von einem Amerikaner namens Edgar Allen Poe überreden lassen. Daniel hatte wieder einmal Recht gehabt, als er sie gewarnt hatte, eine derartige Lektüre sei geradezu eine Garantie für schlechte Träume!

Als ihr Mann kurz danach zu ihr kam und sie tröstend an sich zog, schmiegte sie sich dankbar in seine Arme, verschwieg ihre Befürchtungen jedoch vor ihm. Etwas hielt sie davor zurück, solch unheimliche Überlegungen laut auszusprechen. Es kam ihr vor, als ob sie dadurch erst wahr werden könnten.

❖

Der Dämon hatte es auf ihre Lieblingsschwester abgesehen. Das war Kartanya klargeworden, als sie gesehen hatte, wie die schwarze Frau diese mit hasserfüllten Augen durchbohrt hatte, als sie sich unbeobachtet geglaubt hatte. Seitdem hielt sie sich so oft es ging in der Nähe auf, um ein Auge auf ihre Schwester zu haben. Fasziniert hatte sie ihre helle Haut bewundert, als sie in dem Wasserloch gebadet hatte. Dabei war sie wohl unvorsichtig gewesen, denn ihre weiße Schwester war davongelaufen wie ein aufgescheuchtes Känguru. Sie hatte sie nicht erschrecken wollen, und so bemühte sie sich, vorsichtiger zu werden.

Kartanya hatte einen Schutzzauber versucht. Leider hatte die kleine Schwester das Amulett entfernt. Vermutlich hatten sie es vernichtet, denn sonst wäre es ja kaum zu dem Unfall gekommen. Wie der böse Geist ihn bewerkstelligt hatte, war ihr unklar. Keork hatte nur von einem Dornenzweig gesprochen. Wenigstens hatte die Macht des Dämons nicht ausgereicht, ihrer Schwester ernste Verletzungen zuzufügen oder ihr gar das Leben zu nehmen!

Dafür hatte sie das kleine Pferd, an dem ihre Schwester so hing, getötet. Kartanya war sicher, dass sein Tod etwas mit dem Inhalt des Fläschchens zu tun hatte, das die schwarze Frau in seinen Wassereimer gekippt hatte. Leider hatte das Tier daraus getrunken, bevor sie den Eimer hatte ausleeren können. Sie machte sich Vorwürfe, dass sie so langsam und ungeschickt geworden war. Jeden Morgen fühlte sie sich krank, und auch tagsüber schienen ihre Glieder zunehmend schwerfälliger zu werden. Sie hatte sich nicht mehr anders zu helfen gewusst, als Keork um Essen zu bitten. Seitdem musste sie sich wenigstens keine Gedanken mehr um ihre Ernährung machen.

Kartanya hoffte, dass sie bald wieder zu Kräften käme. Wie sollte sie ihre Schwester vor dem Dämon beschützen, wenn sie immer schwächer wurde?

Die Angst um ihre weiße Sippe wuchs von Tag zu Tag. Gestern hatte sie einen beunruhigenden Traum gehabt: Sie hatte die Regenbogenschlange gesehen, wie sie durch ein breites Tal glitt und alles verschlang, was sich ihr in den Weg stellte.

Ein sehr schlechtes Zeichen.

Von der Regenbogenschlange träumte man nur, wenn es um Leben und Tod ging.

❖

Das Ereignis, das Friederike zwei Tage später um ein Haar das Leben gekostet hätte, rückte die Frage nach der möglichen Existenz von Gespenstern weit in den Hintergrund. Weil Charlotte die Rosen geplündert hatte, war sie gezwungen, die Buketts für die Verlobungsfeier der Greshams von Grund auf neu zu planen. Dazu wollte sie einen Vormittag nutzen, an dem sie davon ausging, dass niemand sie stören würde. Mrs. Burkett, Molly und Daniel waren gerade nach Adelaide aufgebrochen, um neue Vorräte einzukaufen; Charlotte hatte mit einer Grimasse in Daniels Richtung erklärt, heute die Leinenwäsche bügeln zu müssen; und Fräulein von Rosen hatte sich mit ihren Zöglingen ins Schulzimmer zurückgezogen.

Auf dem Weg zu ihrem Garten fiel Friederike die ungewöhnliche Stille auf. Nach Abschluss der Arbeiten waren die Männer in die Stadt zurückgekehrt oder weitergezogen. Nun standen die Hütten bis zur Traubenlese leer, und ihr wurde auf einmal bewusst, wie sehr sie an die lauten Stimmen gewöhnt war, die das Tal mit Leben erfüllt hatten. Die Stille wurde jäh unterbrochen, als ein Schwarm Kakadus über dem Gut auftauchte, um sodann zielsicher an Georgs Wasserloch zu landen. Die zartgelben Vögel verursachten einen ohrenbetäubenden Lärm, während sie sich um die besten Plätze im Geäst zankten. Wie konnten so anmutige Tiere derart grässliche Stimmen haben? Rasch schlüpfte Friederike in die Scheune und zog die schwere Tür hinter sich zu. Augenblicklich war das Gekreische nur noch gedämpft zu hören. Mit einem erleichterten Aufatmen griff sie zu Metermaß, Stift und Schreibblock, um die Anzahl der benötigten Blütenköpfe für die Buketts zu berechnen.

Das Trägergerüst würde sie aus Zweigen der Büsche flechten, die in so großer Zahl um das Wasserloch wuchsen. Die Blätter dieser Sträucher blieben lange grün, ohne zu welken, und die Zweige waren biegsam genug zum Flechten. Nicht wie die der anderen Büsche am oberen Wasserlauf, die einem unter den Fingern zerbrachen. In dieses Grün wollte sie dann die Blüten einfügen, die ihr noch geblieben waren: Dahlien, Zinnien, Levkojen, Nelken und die afrikanischen Geranien. Die hatten sich, obwohl erst vor drei Monaten ausgesät, überraschend gut entwickelt. Lilien, Goldlack und Nachtviolen waren längst verblüht, und auch die Reseden, deren überwältigender Duft so gar nicht zu ihren unscheinbaren Blüten passen wollte, standen nicht mehr im Saft.

Sie beschloss, das englische Buch zurate zu ziehen, das ihr zusammen mit den Geraniensamen geschickt worden war. Angeblich waren darin die neuesten Muster und Ornamente der Blumenkunst abgebildet. Wenn sie schon nicht die bestellten Rosengirlanden liefern konnte, hoffte sie, ihre Auftraggeber mit ganz besonders exquisiten Gebinden zu versöhnen. Die Abbildungen in dem Buch waren tatsächlich so ungewöhnlich, dass sie sie völlig in ihren Bann zogen. Die Idee, bunte Federn und Seidenblumen mit einzubeziehen, eröffnete völlig neue Möglichkeiten in den Monaten, in denen kaum Blüten zur Verfügung standen. Im Geiste entwarf sie bereits Kränze und Girlanden, die von exotischen Federblumen geschmückt waren. Das seltsame Rascheln nahm sie zuerst kaum wahr. Irgendetwas raschelte immer – vor allem, wenn wie jetzt im australischen Herbst sämtliche Pflanzen staubtrocken waren.

Doch etwas war anders an diesem Rascheln. Es war so … gleichmäßig.

Friederike ließ das Buch sinken und sah in die Richtung, aus der das Geräusch kam. Ein dunkler, walzenförmiger Körper schlängelte sich an der gegenüberliegenden Wand entlang. Im ersten Augenblick glaubte sie an eine Sinnestäuschung. Wie gelähmt starrte sie auf das Tier, das dem Wandverlauf folgend mit schicksalhafter Unausweichlichkeit immer näher kam. In der alten Heimat war das Gefährlichste, was einem passieren konnte, von einer Kreuzotter gebissen zu werden. Das war zwar äußerst unangenehm, für gesunde Erwachsene jedoch nur selten tödlich. Hier in Australien waren Schlangen ungleich gefährlicher. Zwar musste man in Südaustralien nicht befürchten, einem schwarzen Taipan zu begegnen, nach dessen Biss man nicht einmal mehr ein Vaterunser zu Ende sprechen konnte. Doch auch die hiesigen Braunschlangen und Todesottern waren schon für so manchen Todesfall verantwortlich gewesen.

Dieses armdicke Exemplar schien ihr eine Braunschlange zu sein: Der im Dämmerlicht des Schuppens dunkel schimmernde Leib und der plumpe Kopf ähnelten frappierend einer Zeichnung, die Michael Pemberton ihnen auf der Terrasse einmal gezeigt hatte. Damals hatte er auch erzählt, wie sie im Auftrag der naturwissenschaftlichen Gesellschaft solche Schlangen gefangen hatten. Er hatte ihnen sogar die Methode vorgeführt, mit der die Tiere bewegungsunfähig gemacht und danach betäubt wurden. Mit einem gegabelten Stock wurde ihr Kopf auf dem Boden festgehalten, und dann wurde ihnen ein mit Äther getränktes Tuch übergeworfen. Dabei musste man schnell und geschickt vorgehen, denn die Braunschlangen galten als äußerst angriffslustig. All das schoss ihr blitzschnell durch den Kopf; nur nützte es ihr herzlich wenig. Weder gab es hier einen gegabelten Stock, noch stand ihr Äther zur Verfügung. Ihr blieb nur die Flucht. So schnell wie möglich.

Gerade hatte die Schlange die Schmalseite mit der Tür erreicht. Reglos wartete Friederike ab. Das Tier verharrte kurz am Türspalt, richtete sich ein wenig auf und züngelte. Dabei wendete es den Kopf hin und her, und Friederike konnte einen Blick auf seine Augen werfen. Es waren schreckliche Augen: Die starren Pupillen schienen sie gnadenlos zu taxieren, als wollten sie sie an ihrem Platz festnageln. Plötzlich verstand sie die Geschichten von den Kaninchen, die unter dem Blick der Schlange erstarrt sitzen blieben, anstatt das Weite zu suchen. Friederike spürte, wie sich auf ihrer Oberlippe und Stirn ein feiner Schweißfilm bildete. »Geh da weg«, formte sie stumm mit den Lippen, als könnte sie allein mit der Kraft ihres Willens das Tier dazu bewegen, die rettende Tür freizugeben.

Vor Erleichterung hätte sie fast aufgestöhnt, als die Schlange sich tatsächlich träge weiterbewegte. Die Zähne in die Unterlippe gegraben, zwang sie sich zu warten, bis die Braunschlange die am weitesten entfernte Ecke erreicht hatte. Ohne die bedrohliche dunkle Form aus den Augen zu lassen, näherte Friederike sich mit angehaltenem Atem Schritt für Schritt der Tür. Die Schlange schien sie mit ihren kalten Augen zu beobachten, machte aber keine Anstalten, sich auf Friederike zuzubewegen. Mit einem erleichterten Aufstöhnen packte sie den Türgriff, um die Tür aufzustoßen. Die massive Holztür war ziemlich schwer, daher dauerte es einige Augenblicke, ehe sie begriff, dass sie umsonst daran zog. Noch einmal setzte sie all ihre Kräfte ein. Es nützte nichts: Die Tür bewegte sich keinen Zentimeter.

Wie konnte das sein? Schiere Panik drohte sie zu überwältigen, als ihr klarwurde, dass sie hier im Schuppen eingesperrt war. Eingesperrt mit einer der schnellsten und mörderischsten Schlangen, die es in Südaustralien gab …

Unter Aufbietung ihrer ganzen Selbstbeherrschung unterdrückte sie den Impuls, an die Tür zu hämmern und um Hilfe zu rufen. Sie wollte die Schlange nicht aufschrecken, und wer hätte sie auch hören sollen? Der Wirtschaftsraum, in dem Charlotte vermutlich eben in aller Gemütsruhe bügelte, lag, ebenso wie der Unterrichtsraum, auf der hinteren Seite des Hauses. Bei dem Lärm, den die Kakadus verursachten, war es unmöglich, dort ihre Stimme zu hören. Einen Fuß vor den anderen setzend, zog sie sich langsam und so behutsam wie möglich zurück zum Tisch, raffte ihre Röcke und kletterte hinauf. Das war zwar nicht absolut sicher, denn Braunschlangen konnten enorm hoch springen, aber sie musste Zeit gewinnen. Ihre Arme um die Knie geschlungen versuchte sie zu erkennen, was die Schlange wohl als Nächstes zu tun beabsichtigte. Immer noch schlängelte sie wie eine Wachpatrouille an der Wand entlang. Bald schon war sie wieder am Türspalt angelangt und verharrte dort, als suche sie nach einer Möglichkeit, ihrem Gefängnis zu entkommen. Aber ihr Kopf passte nicht durch die Ritzen, so beharrlich sie es auch versuchte. Schließlich gab sie auf, rollte sich zusammen und rührte sich nicht mehr.

Friederikes Herzschlag normalisierte sich allmählich wieder. Bemüht, sich so wenig wie möglich zu bewegen, musterte sie den Raum. Befand sich etwas darin, womit sie die Schlange töten konnte? Bevor sie auch nur daran denken konnte, die Tür mithilfe der Eisenstange, die normalerweise dazu benutzt wurde, Steine aus dem Boden zu hebeln, aufzubrechen, musste sie unbedingt das gefährliche Tier unschädlich machen. Braunschlangen durfte man nicht reizen. Sobald sie sich gestört fühlten, sei es durch einen Menschen oder durch ein Tier, bissen sie wie tollwütig nach allem, was den Fehler begangen hatte, ihnen zu nahe gekommen zu sein.

Ihre Lederschürze hing leider gleich neben der Tür. Sie wäre ein guter Schutz vor den Giftzähnen gewesen. Bedauernd sah Friederike auf ihre leichten Stoffslipper. Was hätte sie jetzt für feste Lederstiefel gegeben! Der Grabspaten knapp außerhalb ihrer Griffweite wäre perfekt, um die Schlange damit zu töten – wenn sie nahe genug an sie herankäme. Irgendwie musste sie das Reptil von sich ablenken. Lange genug, dass sie den Spaten packen und auf das Tier herabsausen lassen konnte. Ihr Blick fiel auf das Buch, in dem sie vorhin geblättert hatte: Ein schweres, in dickes Schweinsleder gebundenes Buch. Es wäre einen Versuch wert. Zwar war es Jahre her, dass sie zuletzt eine Krähe mit einem gut gezielten Steinwurf erlegt hatte, aber so etwas verlernte man doch wohl nicht? Sie zwang sich zur Ruhe. Jede falsche Bewegung konnte tödlich sein. Die Braunschlange hatte sich die ganze Zeit nicht gerührt, aber Friederike beging nicht den Fehler, sie zu unterschätzen. Langsam, so langsam, wie ihre zitternden Hände es fertigbrachten, griff sie nach dem Buch und rutschte auf dem Tisch näher an die Braunschlange heran. Dabei blieb sie immer wieder minutenlang absolut reglos, um die Schlange nicht zu beunruhigen. Deren Augenlider blieben geschlossen, doch die gespaltene Zungenspitze, die aus ihrem geschlossenen Maul hervorlugte, zuckte leise wie die Gerte eines Wünschelrutengängers.

Schließlich, nach schier endlosen Minuten, erschien Friederike ihre Position günstig. Sorgsam schätzte sie die Entfernung und das Gewicht des Buchs ab, zielte und schleuderte es mit aller Kraft auf das Reptil.

Schneller, als ihre Augen der Bewegung folgen konnten, schoss der Schlangenkopf vor und die langen Giftzähne bohrten sich in den ledernen Einband. Wie insgeheim erhofft, hatte das Tier wild vor Schreck und Wut zugebissen. Jedenfalls steckten die Zähne fest. Wie lange, wollte sie nicht abwarten. Blitzschnell packte sie den scharfen Eisenspaten und stieß zu. Als sie den Körper von dem am Buch festsitzenden Kopf abhackte, schoss ein Schwall von dicklichem Blut aus den beiden Stümpfen, und der schuppige Körper fiel schlaff in sich zusammen.

Nur der Kopf schien immer noch zu leben. Mit Grausen beobachtete Friederike, wie die zu schmalen Schlitzen zusammengezogenen Pupillen ihr zu folgen schienen. Es dauerte eine Ewigkeit, bis sie endlich erstarrten und die Zunge zu zucken aufhörte.

Friederikes Knie gaben nach, als endlich die Anspannung von ihr abfiel. Der Spaten polterte zu Boden, und sie selber sank neben den blutigen Resten des Tieres auf die gestampfte Erde. Ein unkontrollierbares Zittern erfasste sie, ihre Zähne schlugen klappernd aufeinander, und sie spürte, wie ihr entsetzlich übel wurde. Mit einem leisen Aufschluchzen übergab sie sich neben dem Kadaver.

»Rieke, bist du hier?«, rief Marie-Luises fröhliche Stimme, und leichte Schritte näherten sich dem Schuppen. »Du wirst nicht glauben …« Die Schritte stockten. »Seltsam, die Tür ist verriegelt. Hatte sie nicht gesagt, sie wollte die Girlanden umplanen?«

»Vielleicht ist sie zwischen den Beeten«, schlug Georg vor. »Such sie, Karko!«

»Ich bin hier eingesperrt«, krächzte Friederike mit rauem Hals. »Untersteh dich, Karko in den Garten zu lassen!«

Ihre Geschwister zogen den Riegel zurück und ihre schockierten Gesichter zeigten ihr nur zu deutlich, wie erschreckend das Szenario wirken musste.

»Was ist denn hier passiert?«, brachte Georg schließlich, sich als Erster fassend, heraus. »Hast du die Schlange zerhackt, Rieke? Warum war der Riegel vorgeschoben?«

»Das wüsste ich auch gerne!« Friederike kämpfte sich auf die Füße und klopfte ihren Rock ab. »Wenn das ein Scherz gewesen sein soll, war es ein ausgesprochen törichter. Ich könnte tot sein!«

»Das war eine ziemlich große Schlange.« Georg sah zu, wie der Dingo den kopflosen Körper hin und her zerrte und dabei triumphierend knurrte, als wäre es seine Jagdbeute. »Wie hast du es geschafft, sie zu erschlagen?«

»Mit dem Buch über Blumenornamente.« Friederike sah schaudernd auf den Band herunter, der ihr das Leben gerettet hatte. Die im dicken Leder verhakten Giftzähne hielten den körperlosen Kopf darauf festgesteckt wie eine perverse Dekoration. »Als sie festhing, habe ich ihr mit der Schaufel den Kopf abgetrennt.« Sie erschauerte bei der Erinnerung. Nur zu gut war ihr bewusst, dass sie um Haaresbreite einem schrecklichen Tod entgangen war.

Und es konnte kein tragischer Unfall gewesen sein, wie sie Daniel abends, sobald sie beide allein in ihrem Schlafzimmer waren, versicherte. »Jemand muss absichtlich den Riegel vorgeschoben haben!«, sagte sie entschieden. »Seit einiger Zeit schon habe ich das Gefühl, von jemandem belauert zu werden. Manchmal höre ich es in meiner Nähe rascheln, manchmal rieche ich Eukalyptus. Ich war schon so weit, ein Gespenst in Betracht zu ziehen!« Sie lachte unsicher auf. »Ja, ich weiß, du denkst, ich ließe mich zu stark von den Schauergeschichten beeinflussen. Aber ich neige nicht dazu, mir verrückte Dinge einzubilden. Wirklich nicht.«

»Liebchen, das würde ich nie zu denken wagen«, lachte Daniel und zog sie eng an sich. Er drückte sie so fest an seine Brust, dass sie kaum noch Luft bekam. »Ich danke Gott, dass du so eine vernünftige, nervenstarke Frau bist! Neunzig von hundert wären in Hysterie verfallen und gebissen worden! Ich kann verstehen, dass du nach einer Erklärung suchst, aber ich bin ganz sicher, dass dich kein geheimnisvoller Unhold verfolgt. Ajax und Karko würden jeden Fremden, der sich auch nur in die Nähe wagt, aufspüren und verjagen. Zurzeit raschelt es doch überall, und der Eukalyptus harzt fürchterlich. Wir werden einen anderen Riegel anbringen, aber es ist mehr als unwahrscheinlich, dass sich so etwas wiederholt.«

Friederike schwieg und schmiegte ihre Wange an sein dichtes Brusthaar. Hatte Daniel Recht? Vielleicht waren ihre Nerven tatsächlich ein wenig überreizt. Daisys Tod hatte sie sehr mitgenommen. Konnte es sein, dass sie nicht darauf geachtet hatte, den Riegel ordentlich einschnappen zu lassen und er wieder zugefallen war? Es war ein englisches Modell, das nicht horizontal geschoben wurde, wie sie es gewöhnt war, sondern in geöffnetem Zustand senkrecht stand, und zum Verschließen einfach hinter einer Führungsschiene heruntergeklappt wurde. Es wäre also möglich, dass er von selbst zugefallen war. Aber was war mit der Schlange?

»Ich habe noch etwas anderes mit dir zu besprechen.« Daniels Hände glitten zärtlich über ihre Schultern und ihren Rücken.

»Was denn?« Friederike erschauerte, diesmal vor Vorfreude. Nach dem Kampf mit der Schlange hatte sie sich zuerst einfach nur schrecklich gefühlt, aber jetzt strömte eine Art Lebenshunger durch ihre Adern, der sie gierig Daniels Duft einsaugen ließ. Sie wollte ihn spüren, sein festes Fleisch unter ihren Fingern, lebendig und warm.

»Meinst du, die Segensthaler würden bei uns Trauben lesen?«

Verdutzt über die unerwartete Frage sah sie zu ihm auf. »Warum nicht?«, gab sie zurück und rieb aufreizend die Hüften an ihm, um ihn auf ihre augenblicklichen Wünsche hinzuweisen. Er lachte über ihre unverfrorene Art und zog sie mit sich zum Bett, ließ das Thema aber nicht fallen.

»Ich hatte gedacht, dass sie am nächsten sind und, wenn die Ernte abgeschlossen ist, auch Zeit hätten«, erklärte er. »Aber dann fiel mir ein, dass die Konifere vielleicht etwas dagegen haben könnte.«

»Warum sollte Pastor Fichte denn dagegen sein?«

»Weil aus dem Traubensaft Wein gemacht wird. Und außer beim Abendmahl schien der mir bei euch nicht gerade verbreitet zu sein.«

»Wein ist ja auch schrecklich teuer!«, erklärte Friederike ernsthaft. »Wenn du ihnen einen guten Lohn zahlst, sehe ich keinen Grund, warum sie ablehnen sollten. – Warum verknotest du den Gürtel von deiner Pyjamahose eigentlich immer so fest?«

Friederikes Zuversicht erwies sich als zu optimistisch. Sie hatte Daniel nach Segensthal begleitet. Um möglichst alle anzutreffen, hatten sie die Zeit so gewählt, dass sie kurz nach dem Ende der Bibelstunde ankamen. Tatsächlich saßen die Männer noch in der Kirche beisammen, während die Frauen schon auf dem Heimweg waren, um zu Hause das Nachtmahl zu richten. Auch Mutter Weidner winkte ihnen nur kurz von weitem zu, ehe sie die Dorfstraße hinuntereilte.

»Wir können jede kräftige Hand gebrauchen«, wandte Daniel sich an die Runde, nachdem er die Situation geschildert hatte. »Ich zahle gut, und die Arbeit ist nicht schwerer als die, die ihr gewohnt seid.«

»Wann soll es denn losgehen?«, erkundigte sich Schmied Wenzel sichtlich interessiert. Mit seiner zahlreichen Kinderschar war er einem zusätzlichen Einkommen alles andere als abgeneigt. »Ich könnte noch den Andreas und die Else mitbringen. Beide sind anstellig und flink.«

»Ich schätze, in zwei, drei Wochen ist es so weit.« Daniels Stimme klang erleichtert. Derzeit waren Hilfskräfte für die Landarbeit in Adelaide nur schwer zu bekommen. Die tüchtigen unter ihnen waren zu einem großen Teil in Richtung der neu erschlossenen Landstriche nordwärts gewandert.

»Halt, liebe Brüder!« Pastor Fichtes Einwurf ließ alle die Köpfe wenden. Unter finster zusammengezogenen Brauen schoss er giftige Blicke auf Daniel und Friederike. »Niemand kann zwei Herren dienen: ›Ihr könnt nicht Gott dienen und dem Mammon.‹ Dieser Mann, den ich mich nicht scheue, einen Freigeist zu nennen, bietet euch Geld, um die Früchte seiner heidnischen Weinfelder zu ernten. Wollt ihr euch mitschuldig machen an dem geistigen Elend der Unseligen, die diesen Wein zum schieren Genuss trinken wollen? Nicht in Erinnerung an das Opfer unseres Herrn Jesus Christus – nein, zum schnöden Vergnügen! Wollt ihr diese Schuld tatsächlich auf eure unsterblichen Seelen laden?«

Mit betretenen Mienen senkten sich die Köpfe, und abgearbeitete Hände zerrten an plötzlich zu engen Halstüchern.

»Aber Herr Pastor, es kann doch nicht so schlecht sein,

etwas, das Gott wachsen lässt, auch zu ernten«, wandte der Schmied ein, der ungern auf den unverhofften Mehrverdienst verzichten wollte. »Und das Keltern – das geht uns doch nichts an.«

Pastor Fichte richtete sich kerzengerade auf. »Paulus sagt: ›Lasst uns ehrbar leben, nicht in Fressen und Saufen, nicht in Unzucht und Ausschweifungen.‹ – Willst du deine Hand reichen zur Unterstützung wüsten, unordentlichen Treibens?«

Schmied Wenzel senkte kleinlaut den Kopf. »Nein, natürlich nicht, Herr Pastor«, flüsterte er und vermied es, zu Daniel und Friederike hinzusehen.

Einer nach dem anderen schlich sich betreten davon, bis nur noch Pastor Fichte mit triumphierend glitzernden Augen vor dem Altar stand. Daniel musterte ihn voller Verachtung. »›Versucht nicht, die euch anvertraut sind, zu beherrschen‹«, schleuderte er ihm entgegen. »Ihre Überheblichkeit und Selbstgerechtigkeit werden Ihre Gemeinde noch zerstören.« Ohne ihn eines weiteren Blickes zu würdigen, stürmte er hinaus. Friederike folgte ihm auf dem Fuß. »Dieser bigotte Pfaffe!« Daniel schäumte geradezu vor Wut. »Warum hat er das gemacht? Sie wären alle gerne gekommen, das hat man doch gemerkt – bis er mit diesem absolut lächerlichen Vorwand kam. Was hat der Mann eigentlich gegen mich? Er tat ja geradezu, als wäre ich der Teufel in Person.«

»Ich glaube, Pastor Fichte erträgt es nicht, wenn jemand ihm widerspricht«, sagte Friederike nachdenklich und schob ihren Arm unter seinen. »Weißt du, früher wäre mir das nie aufgefallen, weil niemand von uns es gewagt hätte, ihm die Stirn zu bieten.« Sie lächelte in Erinnerung an das Bibelzitate-Duell anlässlich des Traugesprächs. »Du warst der Erste, der es mit ihm aufnehmen konnte. Und das verzeiht er dir nicht. – Komm, lass uns noch kurz bei Vater vorbeischauen.«

Neben der Bettstatt Christian Thieles saß Heinrich und begrüßte sie mit einem traurigen Lächeln. »Ich fürchte, Charlotte hat zu lange gewartet«, sagte er leise. Der Körper unter dem weißen Laken sah aus wie immer, aber Friederike verstand auch so, was ihr Bruder meinte.

»Ist er …?«

Heinrich nickte. »Vor etwa einer halben Stunde. Ich war bei ihm, als er zu atmen aufhörte. Er hat einfach aufgehört zu atmen.« Seine Stimme klang immer noch verwundert, als könne er nicht fassen, was sie doch alle seit langem erwartet hatten.

»Das ist oft so in diesem Stadium.« Daniel trat vor und drückte mitfühlend die Schulter des Jungen. »Freu dich für ihn, dass er jetzt dort ist, wo es ihn seit langem hinzog. Er hat allen Schmerz hinter sich gelassen.«

Friederike musste schwer schlucken. Sie trat neben das Bett und sah auf das stille Gesicht hinunter. Impulsiv griff sie nach seiner Hand, wie sie es in letzter Zeit so oft getan hatte, wenn sie bei ihm stummen Trost gesucht hatte. Die Berührung seiner schlaffen, schon kühlen Finger, die wie die einer Puppe in ihren lagen, machte ihr bewusst, dass ihr Vater jetzt wirklich und unwiederbringlich in eine andere Welt übergetreten war. Seinen Körper hatte er zurückgelassen wie überflüssiges Gepäck. »Leb wohl, Vater«, flüsterte sie fast unhörbar und beugte sich über ihn, um ihn sanft auf die Stirn zu küssen. »Danke für alles. Und sag Mama alles Liebe von uns.«

Ein Teil von ihr freute sich für ihn, dass er jetzt im Paradies bei seiner geliebten Frau war. Seit sie verheiratet war, konnte sie den Schmerz, den ihr Verlust ihm verursacht haben musste, noch besser nachempfinden. Trotzdem tat es weh, ihn so aufgebahrt daliegen zu sehen. Sie wischte sich ein paar Tränen aus den Augenwinkeln, richtete sich auf und sah Heinrich fragend an. »Hast du schon wegen der Beerdigung mit dem Pastor gesprochen? Wird er Vater hier auf dem Friedhof bestatten oder müssen wir ihn nach Adelaide bringen lassen?«

Ihr Bruder sah fast erschrocken aus. »Natürlich wird Vater hier seine letzte Ruhe finden. Du willst ihn doch nicht im Ernst unter Fremden in die Erde bringen wollen. Er gehört doch hierher!«

»Deine Schwester hat nur Bedenken, dass Pastor Fichte ihn vielleicht nicht mehr als Mitglied seiner Gemeinde betrachten könnte«, mischte Daniel sich begütigend ein. »Aber ich denke, wir können davon ausgehen, dass er das tut. – Kann ich dir irgendwie behilflich sein, Heinrich?«

Heinrich warf ihm einen dankbaren Blick zu. »Es ist bereits alles geregelt. Nachbar Schulze hat schon vor Wochen einen Sarg vorbereitet. Danke trotzdem, Schwager. – Könntet ihr Mutter Weidner Bescheid geben, dass sie mir hilft, ihn zu waschen und ihm seinen Sonntagsanzug anzuziehen? Wir werden ihn so rasch wie möglich bestatten müssen.«

Jedem war klar, dass bei den herrschenden Temperaturen und zahllosen Insekten eine mehrtägige Aufbahrung nicht infrage kam, aber Friederike verspürte trotzdem eine Art inneren Widerstand, ihren Vater so unziemlich hastig unter die Erde zu bringen. Es war ja fast, als hätten alle nur darauf gewartet. Vermutlich lag sogar die Totenrede von Pastor Fichte fix und fertig in der Schublade seines Sekretärs.

»Und was wäre so schlimm daran?«, fragte Daniel ruhig, als sie ihm ihre Gedanken unterbreitete. »Jeder einzelne Tag der letzten Monate hätte der letzte Tag deines Vaters sein können. Warum soll man nicht darauf vorbereitet sein? Auf diese Art ist sein Sarg nicht hastig zusammengenagelt, sondern mit aller Sorgfalt hergerichtet worden, und ich denke, auch Pastor Fichte wird sich Mühe gegeben haben, seine Grabrede passend zu formulieren.«

Die Beerdigung fand bereits am nächsten Nachmittag statt. Charlotte hatte sich unter dem Vorwand, dem kleinen Christian ginge es nicht gut, entschuldigt, und da Fräulein von Rosen Christian Thiele nie kennengelernt hatte, gab es für sie keinen Anlass, sich der Trauergemeinde anzuschließen. Also fuhren Daniel, Friederike, Georg und Marie-Luise zu viert im großen *Tandem-Gig*. Die beiden Mädchen hatten den Vormittag damit verbracht, ein wunderschönes Grabgesteck aus Duftwicken anzufertigen.

Christian Thiele war in der Kirche aufgebahrt worden. Mutter Weidner hatte sich alle Mühe gegeben. Die Bibel zwischen den über der Brust gekreuzten Armen lag er in seinem besten Anzug, ein gestärktes Halstuch umgebunden, friedlich im glänzend polierten Sarg. Fast hätte man denken können, er schliefe nur. Heinrich erwartete sie bereits und nahm Georg an die Hand, als der sichtlich zögernd an den Katafalk trat. »Ich habe darum gebeten, ihn noch nicht zu schließen, damit ihr euch von Vater verabschieden könnt«, erklärte er leise und feierlich. »Die anderen warten draußen, bis ihr so weit seid.«

Stumm umstanden sie den offenen Sarg, jeder in seinen ganz eigenen Gedanken und Erinnerungen versunken, bis das blecherne Gebimmel der Glocke im Turm anzeigte, dass die Zeit gekommen war, Christian Thiele zu Grabe zu tragen. So respektvoll und leise wie möglich schloss Stellmacher Schulze den Deckel und hämmerte die Nägel ins Holz. Dennoch ließ jeder Schlag Friederike zusammenzucken.

Während sie die vertrauten Lieder sang und die Gebete sprach, sah sie in Gedanken den Vater vor sich: als übermächtigen, freundlichen Riesen in ihrer frühen Kindheit; als gutmütigen Lehrer, während ihr erstes Interesse für Pflanzen in ihr aufkeimte; als besorgten Haushaltsvorstand und Ehemann in der Zeit, als sie alle zitterten, wann ihnen endlich die Auswanderung gestattet werden würde; und als gebrochenen Mann, der ohne seine geliebte Frau jeden Lebensmut verloren hatte.

Heinrich und Daniel trugen zusammen mit zwei Nachbarn den Sarg zu der ausgehobenen Grabstätte. Friederike und die anderen Geschwister folgten ihnen als Erste, dahinter die Nachbarn. Der winzige Gottesacker bot kaum genügend Raum für all diejenigen, die Christian Thiele zur letzten Ruhe geleiten wollten. Pastor Fichte sprach noch einen Segen und nickte dann Schmied Wenzel zu, das Grab zu schließen. Die ersten Erdschollen fielen mit einem dumpfen Geräusch auf den Sarg. In der Stille klang es erschreckend laut, bis die Umstehenden den Choral »So nimm denn meine Hände und führe mich« anstimmten. Friederikes Finger verkrampften sich um das Gesteck in ihrer Hand, während sie mit den Tränen kämpfte. Endlich legte der Schmied die Schaufel beiseite und machte Stellmacher Schulze Platz, damit der das vorbereitete Holzkreuz einschlagen konnte.

Christian Thiele
geboren am 5. Juli 1792
gestorben am 20. Juni 1844

Friederike und Marie-Luise traten vor und legten behutsam die Duftwicken direkt vor das Kreuz, ehe sie sich neben Heinrich und Daniel stellten, um die Beileidsbekundungen der Nachbarn entgegenzunehmen. Auf unerklärliche Art fühlte Friederike sich getröstet, als der kahle Erdhügel nach und nach unter den Blumen verschwand, die darauf niedergelegt wurden. Als letzten Gruß hatten die Frauen alle Blüten gesammelt, die in der Umgebung zu finden waren. Ein passendes Lebewohl für einen Gärtner.

Kapitel 15

Nach der Beerdigung, während des bescheidenen Totenmahls im Thieleschen Haus, hatte Heinrich in seiner neuen Rolle als Familienoberhaupt für die nächsten Tage einen Besuch auf Gut Sonnenhof angekündigt, um »alles zu besprechen«. Daniel hatte zustimmend genickt und gemeint, er sei ganz seiner Meinung, und er freue sich, dass Heinrich seine Verantwortung so tatkräftig in Angriff nehme.

Es müssten jetzt einige Entscheidungen getroffen werden, die sie bisher vor sich hergeschoben hatten, erklärte er Friederike abends unter vier Augen. Beispielsweise, auf welche Schule Georg geschickt werden sollte. Er war zu alt, um immer noch zu Hause unterrichtet zu werden. Die Knabenschule in Adelaide genoss einen ausgezeichneten Ruf. Daniel wäre gerne bereit, das Schulgeld zu bezahlen, hatte sich aber aus Rücksicht auf Heinrichs Empfindsamkeit zurückgehalten, es ihm vorzuschlagen. Auch Marie-Luise hätte er gerne in einem Institut für junge Damen gesehen.

Die Schulpläne waren beim Dinner zur Sprache gekommen, als Marie-Luise in aller Harmlosigkeit fragte, was denn nun mit dem Thiele-Haus in Segensthal geschehen würde. »Heinrich kann doch nicht ganz alleine dort wohnen, oder?«

»Ich vermute, dein Bruder wird versuchen, es zu verkaufen«, meinte Daniel. »Für einen jungen Mann, der mehr an theologischen Studien interessiert ist als an der Landwirtschaft, ist es eher nutzlos.«

Charlotte sah auf, ein gieriges Glitzern in den Augen. »Ist es viel wert?«

»Ich fürchte, nein«, erwiderte ihr Schwager. »Es dürfte gerade dazu reichen, Heinrich das Studium im theologischen Seminar von Lobethal zu ermöglichen. Er hat mir gesagt, dass es sein Herzenswunsch wäre, dort eine Ausbildung zum Pastor und Missionar zu erhalten.«

»Und wir?« Charlottes Stimme klang schrill vor Empörung. »Sollen wir leer ausgehen?«

»Was würdest du denn mit den Reichtümern, die du zu erwarten scheinst, anfangen, Schwägerin?«, fragte Daniel scharf und musterte sie kühl. Selten zeigte er ihr so offen seine Abneigung.

»Ich weiß nicht …«, erwiderte Charlotte verunsichert. Als ihr Blick auf ihre jüngeren Geschwister fiel, fasste sie sich und sagte trotzig. »Es geht ja nicht nur um mich. Was ist mit Marie-Luise und Georg? Sollen die auch bis an ihr Lebensende hier als eure Dienstboten leben?«

»Es ist mir neu, dass Dienstboten teure Kleider von Mrs. Taylor tragen und mit der Herrschaft zusammen am Tisch sitzen«, gab Daniel kalt zurück. »Es wird nur von dir erwartet, dass du einen angemessenen Anteil an der allgemeinen Arbeit übernimmst. Nicht mehr und nicht weniger. Wenn dir das nicht passt – du bist nicht unsere Gefangene. Du kannst jederzeit gehen.«

Charlotte kniff erbost die Lippen zusammen.

In dem Versuch, die angespannte Atmosphäre zu lockern, sagte Friederike fröhlich: »Um die beiden Kleinen musst du dir keine Sorgen machen. Daniel wollte Heinrich vorschlagen, Georg einen Platz in der englischen Knabenschule in Adelaide zu verschaffen und Marie-Luise nach Melbourne zu schicken, wo sie bei Bekannten seiner Familie Zeichenunterricht erhalten kann.«

Ihre Geschwister starrten sie alle stumm vor Überraschung an. Georg fasste sich als Erster. Die Stunden im Schulzimmer mit Fräulein von Rosen hatten wohl dazu geführt, dass er die öffentliche Schule in hellerem Licht betrachtete. Jedenfalls protestierte er nicht vehement. »Und wer kümmert sich dann um Karko und Peter?«, war sein einziger Einwand.

»Dafür werden wir eine Lösung finden, wenn es so weit ist«, sagte Daniel fest. »Ich denke, Molly wird gerne bereit sein, die Sorge um sie zu übernehmen, und falls nicht …« Ein dumpfes Knirschen unterbrach ihn. Alle Köpfe wandten sich der Gouvernante zu.

Der helle Teint, auf den sie so stolz war und den sie so sorgsam vor der Sonneneinstrahlung schützte, war einer fahlen Leichenblässe gewichen. Ihre Hände umkrampften immer noch den zerbrochenen Stiel ihres Weinglases, und sie starrte auf die Lache aus blutrotem Burgunder, der sich auf ihren Schoß und das Tischtuch ergossen hatte. Für einen Augenblick trafen sich die Blicke der beiden Frauen, und Friederike schrak vor dem unverhüllten Hass in den Augen der Gouvernante zurück. Im nächsten Moment hatte sie blitzschnell die Lider gesenkt.

»Wie ungeschickt von mir«, bemerkte sie mit beherrschter Stimme. »Entschuldigen Sie mich bitte.« Damit erhob sie sich und verließ das Esszimmer. Friederike sah ihr bestürzt nach. Was für eine heftige Reaktion! Traf es sie wirklich so, dass ihre Dienste nicht mehr benötigt würden? Wieso hasste die Gouvernante sie, Friederike, nur so sehr?

Hellauf begeistert von dem in Aussicht gestellten Malunterricht, bombardierte Marie-Luise ihren Schwager mit Fragen und bestritt das Tischgespräch fast allein, bis das Dessert aufgetragen wurde. Fräulein von Rosen erschien nicht wieder. Stattdessen kam Molly und überbrachte die Bitte, ob

Herr Aldenhoff der Hauslehrerin wohl eine Viertelstunde seiner Zeit opfern könne. Sie warte im Schulzimmer auf ihn.

»Für Mathilde war diese Eröffnung eine unliebsame Überraschung«, sagte Charlotte nachdenklich, während sie ihrem Schwager hinterhersah und sich dabei eine ordentliche Portion von ihrer Lieblingscreme nahm.

»Wovon sprichst du gerade?« Friederike war ganz in Gedanken versunken gewesen.

»Jetzt weggeschickt zu werden natürlich. Sie hat mir anvertraut, dass sie hoffte, hier einen Ehemann zu finden.«

»Sie hat dir ihr Herz ausgeschüttet?« Friederike betrachtete ihre Schwester verblüfft. Vielleicht konnte sie das Rätsel aufklären. »Worüber habt ihr sonst gesprochen?«

»Ach, dies und das«, antwortete Charlotte ausweichend und schob sich einen weiteren Löffel in den Mund. »Eine Plaudertasche ist sie nicht gerade. Eigentlich hat sie eher mich ausgefragt. Wie Daniel und du euch kennengelernt habt und so. Sie findet, dass ihr gar nicht zusammenpasst.«

Friederike unterdrückte eine scharfe Antwort.

»Mathilde hält mich für deutlich kultivierter als dich«, setzte ihre Schwester selbstgefällig hinzu und strich über die neuen Volants, mit der sie die schlichte Kreation Mrs. Taylors aufgeputzt hatte. »Wie nannte sie dich noch einmal? Ach ja: so bodenständig.«

»Ihr seid beide doch nur neidisch auf Rieke, weil die Daniel und ihr Blumengeschäft hat!«, sagte Marie-Luise ehrlich erbost. »Ich werde jedenfalls heilfroh sein, wenn die Rosen endlich verschwindet.«

»Mariechen, du vergreifst dich im Ton«, ermahnte Friederike sie pflichtschuldig, auch wenn sie die Loyalität ihrer jüngeren Schwester insgeheim rührte. »Außerdem wissen wir doch noch gar nicht, was Heinrich entscheiden wird.«

»Heinrich wird entscheiden, was du und Daniel ihm vorschlagt«, meinte Marie-Luise zuversichtlich. »Ich für meinen Teil würde sehr gerne nach Melbourne gehen. Und Georg wird es auch guttun, wenn er nicht mehr ständig im Busch umherstreift. Gestern ist er mitten in der Nacht zurückgekommen!«

»Du alte Petze!«, fauchte ihr Bruder sie an. »Kannst du nicht einmal etwas für dich behalten?«

»Stimmt das etwa, Georg?«, fragte Friederike streng. »Geisterst du nachts umher?«

Ein schrecklicher Donnerschlag ließ sie alle zusammenfahren. Dass sich ein gewaltiges Unwetter zusammenbraute, hatte sich bereits den ganzen Tag über abgezeichnet. Heute Morgen hatten sie schon vermutet, das Barometer wäre aus irgendeinem Grunde ausgefallen, weil die Nadel praktisch nichts mehr anzeigte. Kein Luftzug hatte sich gerührt, und der Himmel hatte sich immer dichter mit gelblichen Schleierwolken überzogen, als ob eine riesige Spinne dabei wäre, das Firmament mit ihrem Netz zu bedecken. Das seltsame diffuse Licht und die unheimliche Stimmung rings umher hatten alle immer wieder nervös nach schwarzen Gewitterwolken Ausschau halten lassen. Es war nicht ungewöhnlich, dass die Regenzeit mit einem heftigen Gewitter einsetzte. Die Vorboten dieses Unwetters allerdings deuteten auf ein äußerst schweres hin.

Ein zweiter Donnerschlag folgte, beinahe zeitgleich ein Blitz, der den Raum taghell erleuchtete. Dann ein dritter, vierter.

»Charlotte, Marie-Luise, schnell, helft mir, alle Fenster zu schließen!«, befahl Friederike und stürmte schon voran in den Oberstock, wo sie von Zimmer zu Zimmer eilten. Zur Sicherheit legten sie auch die hölzernen Läden vor. Vom

Sturm mitgerissene Äste waren eine nicht zu unterschätzende Gefahr für das zerbrechliche Fensterglas. Vor dem Schulzimmer hielt sie kurz inne. Fräulein von Rosens Stimme drang schrill durch die massive Tür.

»Aber ich sage dir, du machst einen Fehler, Daniel!«

Mit diesen Worten riss sie die Tür auf und stand Auge in Auge mit Friederike.

»Sie!«, zischte sie sie an. So viel Bösartigkeit und Gift lag in ihrem Blick, dass Friederike für einen Moment fast erwartete, eine gespaltene Zungenspitze zwischen ihren verkniffenen Lippen hervorzüngeln zu sehen. Ohne ein weiteres Wort fegte sie so dicht an ihr vorbei, dass ihre Röcke sich streiften, und verschwand in ihrem Zimmer am anderen Ende des Flurs. Daniel stand mit schneeweißem Gesicht am Katheder. Friederike hätte ihn gerne gefragt, worum es bei der Auseinandersetzung gegangen war, aber die Vorbereitungen auf den Sturm waren jetzt dringlicher.

»Daniel, das Unwetter«, drängte sie. »Sollen wir die Pferde nicht besser hinauslassen?«

Manchmal, wenn die Gefahr zu groß war, dass die Tiere sich in ihrer Panik während eines Gewitters selbst verletzten, ließ man sie lieber frei. Meist kehrten sie dann am nächsten Tag freiwillig wieder zum Stall zurück.

»Ich komme«, sagte Daniel mit abwesendem Gesichtsausdruck. Inzwischen war ein unheimliches Brausen zu hören. Es klang, als ob man sich einem Wasserfall näherte: Das tosende Geräusch wurde immer lauter, dazu heulte der Sturm wie ein hungriges Raubtier.

Besorgt verfolgte Friederike, wie Daniel mit langen Sätzen zum Stall hinüberrannte und drinnen verschwand. Gleich darauf galoppierten die beiden Kutschpferde hinter Brutus aus dem offenen Stalltor. Das Wallaby Peter und der Dingo waren als einheimische Wildtiere vermutlich seit Stunden in ihren Verstecken. Sie erinnerte sich, dass Georg schon am Vormittag vergeblich nach Karko gerufen hatte. Ajax hatte als Einziger ausgeharrt und sprang nun dankbar neben Daniel her in Richtung Haus. Noch ehe die beiden Gestalten die Treppe erreichten, schienen sie von einer Wasserwand verschluckt zu werden. So blitzschnell sauste sie herab, dass Friederike nur einen kurzen Augenblick verblüfft auf den heranrasenden, schwarzen Vorhang starren konnte, ehe auch sie plötzlich nur noch peitschende Wassertropfen um sich wahrnahm. Orientierungslos tastete sie sich in Richtung Haustür. Eine Hand packte sie und zog sie weiter, hinein ins Haus. Mit einem dumpfen Schlag flog die schwere Tür hinter ihnen zu.

»Uff, ein solches Unwetter habe ich nicht einmal in Indien erlebt«, schnaufte Daniel und klopfte Ajax besänftigend die Flanken. Der große Hund schmiegte sich völlig verängstigt an seine Wade. »Dabei ist der Monsun dort auch nicht von schlechten Eltern.« Ajax schüttelte sich, dass die Wassertropfen in alle Richtungen stoben und sah leise winselnd zu ihm auf. »Schon gut, mein Alter. Heute Nacht darfst du im Haus bleiben. – Ich bin gespannt, wie lange diese Sintflut anhält!«, sagte er und sah mit gerunzelter Stirn auf die Wasserlachen, die sich um seine Füße gebildet hatten. »Wir sollten uns umziehen.«

Die Gewalt des Unwetters schien geradezu unerschöpflich. Der Sturm heulte um das Haus, dass man an Heerscharen von böswilligen Geistern hätte glauben können. Gleichzeitig prasselte der Regen gegen die Fensterläden und auf das Dach, als ob jemand ununterbrochen eine Schrotflinte darauf abfeuerte. An Schlaf war nicht zu denken.

Charlotte hatte sich trotzdem mit dem kleinen Christian

in ihr Zimmer zurückgezogen, wobei sie mit schwacher Stimme geklagt hatte, von ihrer Tagesarbeit so erschöpft zu sein, dass sie sich hinlegen müsse. Daniel hatte erklärt, liegengebliebene Geschäftskorrespondenz erledigen zu wollen. Mit Ajax auf den Fersen war er in seinem Kontor verschwunden. Marie-Luise war auf eine Tasse Tee, wie sie sagte, zu Molly und Mrs. Burkett in die Küche gegangen, und Georg hatte so lange gebettelt, bis sie ihm erlaubt hatte, in einer viel zu großen Öljacke, die von den Arbeitern zurückgelassen worden war, auf der Veranda das Unwetter zu beobachten.

Fräulein von Rosen war nicht wieder aufgetaucht, und Friederike lächelte zufrieden beim Gedanken, die Frau bald wieder aus ihrem Leben verschwinden zu sehen. Inzwischen glaubte sie zwar nicht mehr, in ihr eine Nebenbuhlerin fürchten zu müssen. Daniels und ihre ehelichen Beziehungen waren nach der kurzen Krise inniger denn je. Aber es war nicht zu übersehen, dass die Frau eine Macht über Daniel ausübte, die geradezu unheimlich war. Womit hatte sie ihn in der Hand?

Dieser Frage würde sie nachgehen, sobald Fräulein von Rosen abgereist war, nahm sie sich vor. Und dann würde sie keine Ausflüchte mehr akzeptieren! Aber nicht heute Nacht. Da sie sowieso keinen Schlaf finden würde, konnte sie genauso gut auch die etwas weitschweifige Geschichte von diesem italienischen Räuberhauptmann Rinaldo Rinaldini weiterlesen.

❖

Etwas rief Kartanya. Obwohl sie durch das Heulen des Sturms und das ohrenbetäubende Prasseln des Regens ihr eigenes Wort nicht verstanden hätte, vernahm sie klar und deutlich die Stimme in ihrem Kopf, die ihr befahl, sofort zum Haus ihrer weißen Familie zu gehen. Sie waren in Gefahr.

Obwohl Kartanya vor Angst zitterte, gehorchte sie. Allerdings nicht, ohne sich vorher mit unsicheren Fingern die Ockerzeichen aufzumalen. Es wäre Selbstmord, sich schutzlos dem schwarzen Dämon zu stellen. Er würde sie vernichten. Vielleicht würde ihm das auch trotz des Schutzes ihrer Ahnengeister gelingen, aber darüber nachzudenken half jetzt nicht weiter.

Als sie etwa die Hälfte des Weges zurückgelegt hatte, ließ der Regen nach. Sie erschrak bis ins Mark, als sie die brodelnden Wassermassen sah, die sich das Tal entlangwälzten. Schlagartig kam ihr der Traum von der Regenbogenschlange wieder in den Sinn. Angesichts der entfesselten Naturgewalt stockte ihr der Atem. Wenn die Regenbogenschlange ihre Familie verschlang, konnte Kartanya nicht das Geringste dagegen ausrichten. Aber die Stimme in ihrem Kopf sagte ihr, dass die größte Gefahr nicht vom Wasser, sondern vom Dämon ausging. Wo war die schwarze Frau?

Kartanya spürte die Panik in sich aufsteigen. Wenn sie nun zu spät käme? Wie sollte sie ihrer Schwester zu Hilfe kommen, wenn sie hilflos in diesem Inferno umherstolperte? »*Kammammi*, hilf mir!«, rief sie den Geist ihrer Großmutter an.

❖

Irgendwann musste Friederike über der nicht gerade anregenden Lektüre doch tatsächlich eingenickt sein, denn als Georg sie schüttelte und schrie: »Rieke, wach auf, wir müssen fliehen!«, glaubte sie zuerst, sich in einem Traum zu befinden.

»Warum?«, gab sie verschlafen zurück und bückte sich nach dem Buch, das ihr aus den Fingern geglitten war, um es ordentlich zuzuklappen und auf das Tischchen neben dem Sofa zu legen. Sie richtete sich auf und musterte Georg genauer. Der Junge war völlig außer sich. Die Augen waren weit aufgerissen, das regennasse Haar stand zerzaust vom Kopf ab. Dazu keuchte er, als wäre er eine große Strecke gerannt. »Bist du krank?«, fragte sie besorgt und streckte die Hand aus, um seine Stirn zu fühlen.

»Ich habe kein Fieber!« Ungeduldig wischte er ihre Hand beiseite. »Wir müssen sofort alle aus dem Haus. Es wird jeden Moment weggespült werden!«

Friederikes Herzschlag stockte. Erst jetzt bemerkte sie, dass der Sturm verstummt war. Nichts war mehr zu hören außer einem seltsamen Brodeln und Schmatzen. Sie sprang auf und stürzte ans Fenster. Durch die Lamellen der Holzläden sah sie im diffusen Licht des Mondes, das durch die Wolkenlücken drang, auf eine gigantische glitzernde Fläche! Wo sich tagsüber noch ein liebliches Tal befunden hatte, erstreckte sich jetzt eine Wasserwüste. Nein, keine Wüste – ein Mahlstrom aus wirbelnden Wassermassen und Pflanzenteilen wälzte sich zwischen den Hügeln hindurch.

Bedrohlich gurgelnd stieg er mit erschreckender Geschwindigkeit an den Hängen hinauf.

Friederike zögerte keinen Moment länger. »Hol Mrs. Burkett und die Mädchen aus der Küche und führe sie hoch auf den Berg. Weit genug, dass es sicher ist. Ich sage den anderen Bescheid.«

Daniel sah erstaunt auf, als sie wie von Furien gehetzt in sein Kontor stürzte. »Der Fluss – er ist zu einem reißenden Strom geworden«, erklärte sie hastig. »Wir müssen uns in

Sicherheit bringen, ehe das Haus weggeschwemmt wird. Ich hole Charlotte, übernimm du die Rosen.« Ohne abzuwarten, ob er ihr folgte, rannte sie schon die Treppe hinauf und riss die Tür zu Charlottes Zimmer auf.

Vollauf damit beschäftigt, ihre Schwester zu größtmöglicher Eile anzutreiben, blieb ihr keine Zeit, sich um die anderen zu kümmern. Es bedurfte einiger Mühe, der schläfrigen Charlotte den Ernst der Lage klarzumachen. Erst, als sie sich ein großes Stück Wegs den Berg hinaufgekämpft hatten, sah Friederike sich suchend um. Nirgends eine Spur von Daniel oder Fräulein von Rosen.

»Hier, nimm ihn. Ich muss zurück.« Mit diesen Worten drückte sie ihrer Schwester das Steckkissen mit dem weinenden Christian in die Arme.

»Bist du verrückt geworden? Du kannst mich doch hier nicht allein lassen!«, protestierte Charlotte empört.

»Du bist hier in Sicherheit«, versuchte Friederike sie zu beruhigen. »Georg, Mrs. Burkett und die Mädchen sind inzwischen sicher schon oben. Du wirst gleich auf sie stoßen, wenn du einfach weitergehst. Ich muss mich vergewissern, dass es Daniel gutgeht.«

»Er ist ein erwachsener Mann!«, wandte Charlotte ein.

Sie hatte Recht. Natürlich. Friederike hätte auch nicht zu sagen gewusst, womit ihre Sorge um Daniel begründet war. Aber ein unbestimmtes Gefühl drängte sie zurückzugehen.

❖

Je näher sie dem Haus kam, desto stärker wurde das Gefühl, dass ihre Schwester in großer Gefahr schwebte. Verzweifelt hielt sie Ausschau nach einem Zeichen. Irgendeinem Hinweis, der sie leiten würde. Warum halfen die Geister ihr nicht? Sie mussten doch spüren, dass Kartanya ihre Hilfe brauchte …

Und dann sah sie sie: Im fahlen Mondlicht gingen die beiden hintereinander auf die Wassermassen zu. Ihrer Schwester schien nicht bewusst zu sein, dass der Dämon ihr auf den Fersen war. Kartanya schrie laut, um sie zu warnen, aber ihre Stimme ging in dem Brausen der Wassermassen unter. In einer letzten verzweifelten Kraftanstrengung stürzte sie ihnen hinterher, ohne auf die Zweige zu achten, die ihr ins Gesicht schlugen, oder die scharfen Steine, die sich in ihre Fußsohlen bohrten.

Sie musste sie erreichen, bevor es zu spät war!

❖

»Ich gehe nur ein Stück den Weg zurück, um nachzusehen, wo sie bleiben«, sagte Friederike hastig und drehte sich um, ehe Charlotte noch weitere Einwände vorbringen konnte. Sie musste sehr aufpassen, um auf dem rutschigen Boden nicht auszugleiten. Zeitweise kam es ihr vor, als ob sie versuchte, auf Schmierseife zu gehen. Ihre unterschwellige Angst verstärkte sich, je näher sie dem Haus kam, ohne auf die beiden Vermissten zu stoßen. Sie hätten Charlotte und sie schon längst eingeholt haben müssen. Schließlich wurden sie nicht von einem Säugling behindert. Nach ihnen zu rufen war sinnlos. Zwar hatte der Sturm sich gelegt, doch keine menschliche Stimme konnte gegen das Tosen des Wassers, das sich durch das Tal in Richtung Meer wälzte, anschreien. Ihre Nervosität wuchs mit jedem Schritt. Fast wäre sie vor Schreck ausgeglitten, als eine Gestalt plötzlich von der Seite auf sie zuschoss und sie am Ärmel packte. Das weiße Gesicht von Fräulein von Rosen wirkte sonderbar verzerrt, als sie ihr zuschrie: »Daniel – er ist hingefallen. Ich kann ihn allein nicht hochziehen, er ist zu schwer. Kommen Sie rasch!«

Friederike folgte ihr, ohne auch nur einen Lidschlag lang nachzudenken. Die Frau führte sie zurück an die Flutlinie, wo der über die Ufer getretene Fluss am Hang entlangrauschte und dabei alles, was nicht fest verwurzelt war, mit sich riss.

»Dort! Hinter dem Busch!«, schrie Fräulein von Rosen und zeigte dabei auf eine Stelle unmittelbar vor ihnen. Gerade war die Wolkendecke großflächig aufgerissen und das helle Mondlicht beleuchtete den Abschnitt vor ihr bis in den letzten Winkel. Außer dürrem Gras war nichts zu erkennen.

»Hier ist niemand …«, setzte Friederike an, als sie unvermittelt einen kraftvollen Schlag ins Kreuz erhielt, nach vorne taumelte und ins gurgelnde Wasser stürzte. Instinktiv krallte sie sich an einem der herabhängenden Äste fest, während sie verzweifelt versuchte, mit den Füßen festen Untergrund zu finden. Lange würde sie sich nicht halten können. Dann würden die Wassermassen sie mit sich reißen und sie würde in den Strudeln verschwinden, als hätte sie niemals existiert. Blitzartig erfasste sie, dass die angebliche Gefahr, in der Daniel schwebte, bloß ein Vorwand gewesen war, um sie an diese abgelegene Stelle zu locken und hier unbeobachtet zu beseitigen. Wie teuflisch geschickt: Niemand würde später auch nur den geringsten Verdacht schöpfen, wenn sie bei dem Unwetter ums Leben gekommen wäre.

»Warum?«, schrie sie in das maskenartige Gesicht über sich. »Was haben Sie mit Daniel gemacht?«

»Nur einen kleinen Schlag auf den Hinterkopf. – Bald werde ich neben Daniel liegen!« Offener Triumph glänzte in den irren Augen. »Dich armseliges Nichts wird er bald vergessen haben, wenn wir erst einmal zusammen sind. Ich wollte ihn schon immer haben. Wir gehören zusammen, seit wir als Kinder die Ringe getauscht haben.« Sie bleckte die Zähne zu einem grotesken Lächeln. »Ja, er hat es schon einmal vergessen, dass er mir ewige Treue versprochen hat. Auch damals musste ich eingreifen und ein dummes Ding aus dem Weg räumen.« Sie verzog verächtlich die Lippen. »Wer hätte gedacht, dass Daniel sich ihren Tod so zu Herzen nimmt, dass er ans Ende der Welt flüchtet?« Ihre Augen verengten sich zornig. »Und dort auch noch ein anderes dummes Ding findet und heiratet. Sie sind selbst schuld, warum sind Sie nicht mit Pemberton weggegangen?«

»Waren Sie das mit der Schlange?« Friederike bohrte ihre Fußspitzen in den aufgeweichten Hang. Sie musste unbedingt Zeit gewinnen. Vielleicht kam Daniel ja noch rechtzeitig zu sich, um sie zu retten. Es war ihre einzige, wenn auch winzige Chance.

»Natürlich.« Fräulein von Rosen genoss offenbar die Erinnerung. »Wobei ich sagen muss, dass dieses Tier ein unverhoffter Glücksfall war.« Sie sah verächtlich auf Friederike herab. »Wer hätte gedacht, dass Mr. Pembertons Ausführungen über die Schlangenjagd sich als so nützlich erweisen würden? Als ich das Reptil zufällig bei einem Spaziergang entdeckte, habe ich es genau nach seiner Methode eingefangen, betäubt und musste nur noch auf eine günstige Gelegenheit warten. Wenn Sie nicht so ein unglaubliches Glück gehabt hätten, wäre es ein wunderschöner tragischer Unfall gewesen.«

Und sie hätte bereitgestanden, den Witwer zu trösten. Vor Wut knirschte Friederike mit den Zähnen. Wie hatte sie nur so unbedarft sein können, die Frau dermaßen zu unterschätzen? Der Zorn auf sich selbst verlieh ihr neue Energie. Sie würde nicht kampflos aufgeben. Ihr rechter Fuß stand jetzt relativ fest auf einer Wurzel oder etwas Ähnlichem. Mit dem linken tastete sie vorsichtig nach einem Halt, in der Hoffnung, sich so weit aus dem Wasser schieben zu können, dass sie sich gegen die Frau zur Wehr setzen konnte. Gerade hob diese wieder den dicken Eukalyptusast, mit dem sie Friederike in den Fluss gestoßen hatte. Sie musste sie dringend ablenken!

»Daniel!«, rief sie, wobei sie einen Punkt hinter der Gouvernante fixierte.

Fräulein von Rosen drehte sich erschrocken um, aber die Zeit reichte nicht, um ans Ufer zu gelangen. Schon schwang die Gouvernante den Ast erneut hoch über ihren Kopf. Hilflos starrte Friederike auf das Stück Holz, das gleich mit aller Wucht auf sie herabsausen und ihrem Leben ein Ende setzen würde. Sie hatte es nicht geschafft, auch mit dem linken Fuß Halt zu finden; immer noch hing der größte Teil ihres Gewichts allein an ihren Händen, und deren Kräfte versagten allmählich. Selbst wenn sie hätte schwimmen können – die vollgesogenen Röcke würden auch eine geübte Schwimmerin nach unten ziehen. So oder so: Niemand konnte es überleben, von diesem Inferno mitgerissen zu werden. Friederike schickte sich zu einem stummen letzten Stoßgebet an, als sich plötzlich der Mund Fräulein von Rosens zu einem Schrei öffnete. Ihre Arme, die gerade noch den Ast gehalten hatten, sanken kraftlos herab, und sie taumelte vorwärts, an Friederike vorbei, in die Strömung. Das schlammige Wasser spritzte hoch auf, als sie darin versank; einmal noch tauchte ihr Kopf zwischen Wasserwirbeln auf, dann verschwand er in der Dunkelheit.

Verstört schaute Friederike hoch und hätte um ein Haar

den rettenden Ast losgelassen: Direkt über sich erblickte sie ein Gesicht, das ihr seltsam bekannt vorkam: Es ähnelte frappierend Marie-Luises Zeichnung von dem Geist, den sie gesehen haben wollte.

Vor dem Schwarz der Haut wirkten die weißen Umrandungen der Augen und des Mundes erschreckend fratzenhaft. Die offensichtlich weibliche Gestalt streckte ihr eine Hand entgegen, und Friederike ergriff sie ohne Zögern. Es war zweifellos eine menschliche Hand: zwar kalt und nass, aber nicht aus einer anderen Welt. Halb am Ast hängend, halb gezogen von ihrer rätselhaften Retterin schaffte Friederike es ans Ufer, wo sie erschöpft zusammensank. »Danke«, keuchte sie und versuchte die Gesichtszüge hinter der Bemalung zu erkennen.

»Es war mir bestimmt, dich zu retten«, erwiderte eine gutturale, weiche Stimme in einwandfreiem Englisch. »Schwester.« Die furchterregende Maske sah sich um, schien auf etwas zu lauschen – und war im nächsten Augenblick im Gebüsch verschwunden.

Friederike zwinkerte, während sie entgeistert auf die wippenden Zweige stierte. War das eben tatsächlich geschehen, oder war sie vor Angst und Aufregung verrückt geworden? Eine kräftige Brise ließ sie erschauern und erinnerte sie daran, dass sie bis auf die Haut durchnässt war. Der mit Wasser vollgesogene Rock schien steinschwer. Mit zitternden Fingern löste sie die Bänder und streifte ihn ab. Der dünne Batistunterrock klebte an ihrer Haut, aber sie achtete nicht darauf – sie musste Daniel finden!

Entschlossen stapfte sie den Weg, den sie vorhin gekommen waren, zurück. Wenn die Rosen nun zu fest zugeschlagen hatte? Mit wachsender Angst hielt sie nach einer Spur von ihm Ausschau. Ein lautes, gebieterisches Bellen ließ sie erleichtert aufatmen. Der gute Ajax! Noch während sie im Laufschritt dem Geräusch folgte, hörte sie jemanden schmerzlich aufstöhnen und dann die vertraute Stimme ihres Mannes: »Mein Kopf! – Verdammt!«

Er saß, den Kopf in die Hände gestützt, neben dem Pfad, und schien zumindest nicht allzu schwer verletzt.

»Daniel! Geht es dir gut?« Vor Erleichterung wäre Friederike am liebsten in Tränen ausgebrochen, aber sie riss sich zusammen. Ungläubig sah er zu ihr auf. »Friederike? Was machst du denn hier? Warum bist du nicht bei den anderen auf dem Berg?«

Halb lachend, halb weinend fiel sie neben ihm auf die Knie. »Ich erkläre dir alles später. Meinst du, du kannst gehen, wenn du dich auf mich stützt?«, fragte sie besorgt. Sie mussten höher hinauf. Wenn die Flut weiterstieg, würde es hier unten gefährlich werden.

»Ich sehe immer noch Sterne.« Vorsichtig betastete er seinen Hinterkopf. »Autsch!« Zu ihrer Erleichterung waren keine Blutspuren an seinen Fingern, als er sie ins Mondlicht hielt. Er stand schwankend auf, griff nach ihrer Schulter und begann, unsicher neben ihr her zu gehen. »Mein Kopf schmerzt höllisch. Ich kann überhaupt nicht klar denken«, beklagte er sich. »Ich weiß nur noch, dass ich euch folgen wollte. Mathilde war dicht hinter mir. Und dann – nichts.« Er blieb abrupt stehen. »Wo ist Mathilde eigentlich? Was ist geschehen?«

»Bitte, Daniel, komm weiter. Wir müssen hier weg!«, brachte Friederike zwischen zusammengebissenen Zähnen heraus und zog ihn mit aller Kraft voran. Es gelang ihr, ihn noch ein Stück den Berg hinaufzuzerren, dann blieb er stocksteif stehen und weigerte sich weiterzugehen: »Friederike, ich verlange jetzt eine Erklärung!«

»Nun –«, setzte sie an, unsicher, wie sie die unglaublichen Ereignisse in Worte fassen sollte. Dann entschied sie sich für die kurze, knappe Wahrheit: »Fräulein von Rosen hat eben versucht, mich in den Fluss zu stoßen, und ist dabei selbst ins Wasser gefallen. Niemand kann ihr mehr helfen.«

Ihr Mann sah sie entsetzt und ungläubig an. »Was sagst du da? Du musst dich irren. So etwas würde Mathilde doch niemals tun.«

»Sie hat es aber getan. Und sie hat mir sogar ihre Gründe genannt«, sagte Friederike und erschauerte bei der Erinnerung. »Daniel, stimmt es, dass ihr euch als Kinder ewige Treue gelobt habt?«

»Wie bitte? Das war doch nur ein Spiel!«

»Ihr war es absolut ernst damit. Sie hat schon einmal jemanden getötet, der ihr im Wege stand. Hattest du in England eine Verlobte?«

Daniel wurde plötzlich kreidebleich. »Oh mein Gott!«, stöhnte er und suchte an einem nahen Rebstock Halt. »Lucy! Sie hat Lucy ermordet?«

Friederike umschlang ihn rasch mit beiden Armen. »Ich weiß nicht, wie sie hieß. Sie hat nur gesagt, dass sie ihr im Wege gestanden hätte.«

Er sah sie mit einem seltsam gequälten Ausdruck in den Augen an. »Lucy ist ins Wasser gegangen. Das war jedenfalls das offizielle Ergebnis der Untersuchung. Ich geriet in Verdacht, etwas damit zu tun zu haben, weil mein Rock am Ufer gefunden wurde. Mathilde hat dann erklärt, die Nacht mit mir verbracht zu haben.« Er schluckte angestrengt. »Es war ein schrecklicher Skandal. Natürlich hätte ich Mathilde heiraten müssen. Aber ich konnte nicht!« Daniel vergrub sein Gesicht in den Händen und schüttelte verzweifelt den Kopf. »Gott vergib mir, ich konnte es einfach nicht!«, stöhnte er mit erstickter Stimme. »Ich täuschte ein schweres Nervenfieber vor und verließ England heimlich.«

Schweigend wartete Friederike darauf, dass er weitersprach.

»Bevor ich eine Stellung bei den Kolonialbehörden in Indien annahm, hatte ich für Mathilde ein ausreichend großes Vermögen hinterlegt. Groß genug, um einen potenziellen Ehemann über einen nicht ganz fleckenlosen Ruf hinwegsehen zu lassen. Und einen Brief, in dem ich ihr erklärte, dass ich ihr sehr, sehr dankbar wäre, mir aber nicht vorstellen könnte, mehr in ihr zu sehen als eine gute Freundin.« Er verzog reuig das Gesicht. »Es war feige. Ich bin alles andere als stolz darauf, aber damals erschien es mir für alle die beste Lösung. Ich redete mir ein, Mathilde würde über ihre Vernarrtheit in mich hinwegkommen, wenn ich nicht mehr in ihrer Nähe wäre.«

»Warum ist sie dir nicht schon nach Indien hinterhergereist?«, fragte Friederike. »Wieso erst jetzt?«

Ihr Mann zuckte ratlos mit den Achseln. »Vielleicht hat sie gedacht, ich käme schon wieder zurück. Aber dann muss sie von unserer Heirat erfahren haben ...«

Kein Wunder, dass die Frau sie dermaßen gehasst hatte! Friederike überlief es immer noch kalt bei der Erinnerung an das verzerrte Gesicht über ihr, als Fräulein von Rosen den Ast gehoben hatte, um ihn auf sie niedersausen zu lassen. Sie war dem Tod nur um Haaresbreite entronnen!

Ohne die Eingeborene wäre es jetzt ihr lebloser Körper, den die Fluten ins Meer mitrissen. Unwillkürlich erschauerte sie und schmiegte sich an Daniels Seite. Der zog sie fest an sich und flüsterte rau: »Wenn dir etwas geschehen wäre, hätte ich nicht mehr weiterleben wollen. Ohne dich hat mein Leben keinen Sinn. Ich liebe dich so sehr, mein Herz.«

Von dem tiefen Gefühl in seiner Stimme überwältigt, erwiderte Friederike die Umarmung mit aller Kraft und hob ihm ihr Gesicht entgegen. Als ihre Lippen sich fanden, wusste sie, dass von nun an nichts und niemand mehr zwischen sie treten würde.

Kapitel 16

Als in der Morgendämmerung die Konturen der Landschaft allmählich wieder sichtbar wurden, blickten alle sprachlos auf das Bild der Verwüstung unter ihnen. Georg war es trotz der widrigen Umstände gelungen, ein Feuer zu entzünden. Sein Schein hatte Friederike und Daniel geleitet, als sie sich endlich den anderen angeschlossen hatten. Eng um die Wärmequelle gedrängt, hatten sie die Nachtstunden abgewartet. Auf Mrs. Burketts Frage nach Fräulein von Rosen hatte Friederike nur erklärt, dass sie, ebenso wie sie selbst, ins Wasser gestürzt war. Die Fluten hätten sie mitgerissen, ehe irgendjemand ihr zu Hilfe hatte kommen können. Auf den Mordanschlag wollte sie jetzt nicht zu sprechen kommen. Das musste warten.

Der nächtliche See war verschwunden. Zwar führte der Fluss mehr Wasser, als sie es jemals erlebt hatten, aber er hatte sich wieder in sein Bett zurückgezogen. An den Ablagerungen der Flutlinie, die sich die Hänge entlangzog, war noch gut zu erkennen, wie hoch alles überschwemmt gewesen war. Gewaltige Wassermassen mussten sich von den Berghängen im Nordosten meerwärts gewälzt haben. Alles unterhalb der bräunlichen Streifen war von der Kraft der Flutwelle aus dem Boden gerissen und mitgeschwemmt worden. Als hätte die Faust eines Riesen Büsche und Bäume wie Unkraut gejätet. Nur die alten Eukalyptusbäume um das Haus hatten standgehalten. Allerdings waren sie traurig anzusehen mit ihren frischen Stümpfen, wo der Sturm große Äste abgerissen hatte. Die vertrocknete Vegetation an den Hängen bot einen seltsamen Anblick. »Als hätte man alles ordentlich in eine Richtung gekämmt«, fand Marie-Luise.

Friederikes Schuppen und der Stall mit der Remise waren verschwunden. Wie durch ein Wunder war das Wohnhaus weitgehend unbeschädigt geblieben. Da es deutlich höher lag als der Rest des Anwesens, hatte es sich nur gegen den Sturm, nicht aber gegen die gewaltige Flut behaupten müssen. Eine Handbreit unterhalb der Bodendielen der Veranda zeigten die Schlammspuren auf der obersten Treppenstufe, wie knapp es der Zerstörung entgangen war. Die Gemüsebeete und Friederikes Garten hingegen waren von der Lawine aus Wasser, Geröll und Baumteilen plattgewalzt worden.

»Im Großen und Ganzen sind wir mit einem blauen Auge davongekommen!«, stellte Daniel abschließend fest. »Der Stall und deine Scheune sind rasch wieder aufgebaut. Die Wagen kann man ohne Schwierigkeiten ersetzen. – Nur gut, dass die Weinpresse so weit oben am Hang liegt. Zumindest den Teil der Trauben, der noch gelesen werden kann, können wir also verwerten. In ein paar Monaten sieht alles wieder so aus wie vorher.« Er legte tröstend einen Arm um Friederikes Schultern. »Wenn du möchtest, lasse ich einen Gärtner kommen, der deinen Garten wieder anlegt. Was meinst du?«

Friederike betrachtete das Durcheinander aus Zweigen, zerdrückten Blättern und vereinzelten Blüten, die in den grünlich-bräunlichen Teppich aus niedergewalzten Pflanzenresten und dem Sediment aus Schlamm und Staub vereinzelte Farbtupfer setzten. Die Flutwelle hatte den größten Teil der oberirdischen Pflanzenteile mitgerissen. Der Rest war unbrauchbar. Die Dahlien, die gestern noch kraftstrotzend ihre leuchtenden Blütenköpfe gen Himmel gestreckt hatten, waren nur noch eine schleimige, dunkelgrüne Masse. Der Anblick war niederschmetternd, obwohl sie wusste, dass zumindest die Knollen und Zwiebeln unterhalb der Erdoberfläche unbeschädigt geblieben waren. Sie würden, ebenso wie die entblätterte, kahle Rosenhecke, bald wieder austreiben. Vor einigen Tagen hatte sie alle Samenvorräte in ihr Kontor gebracht, um sie dort zu katalogisieren. Das erwies sich jetzt als Glücksfall. Ihre Verluste hielten sich also in Grenzen.

»Ich denke, das wird nicht nötig sein«, entschied sie zuversichtlich. »Es sieht schlimmer aus, als es ist.«

Sobald alle beschäftigt waren und niemand auf sie achtete, zog Friederike Georg zur Seite. »Georg, ich muss mit dir reden«, sagte sie. »Als ich um ein Haar ertrunken wäre, hat mich jemand gerettet. Jemand sehr Seltsames.«

Georg nickte. »Kartanya hat gesagt, dass sie auf dich aufpassen würde«, sagte er ernst. »Sie hat geträumt, dass dir Gefahr droht.«

Friederike spürte, wie ihre Nackenhaare sich sträubten, als ihr ein Verdacht kam: »Du kennst diese Kartanya schon länger?«, fragte sie. »Ist es etwa die gleiche Person, die Marie-Luise und Molly erschreckt hat?«

»Das hat sie nicht mit Absicht getan«, verteidigte ihr Bruder seine Freundin. »Sie wollte sie doch nur anschauen.«

»Wie lange triffst du sie schon? Wie habt ihr euch überhaupt kennengelernt?«

»Das ist schon ewig lange her«, erklärte Georg mit einer wegwerfenden Handbewegung. »Seit Daniel mich damals im Wald fand, treffen wir uns im Busch. Sie hat mir alles beigebracht, was sie weiß, und ich habe sie gelehrt, Englisch zu sprechen.«

»Und warum die Heimlichtuerei? Warum hast du uns nie

von ihr erzählt?« Wenn Georg jedes Mal, wenn er in den Busch verschwunden war, diese Kartanya getroffen hatte, mussten sie inzwischen sehr vertraut miteinander sein.

»Sie wollte nicht. Meinte, die Zeit wäre noch nicht reif dafür.« Ihr Bruder zuckte die Schultern.

»Und das Essen? Die verschwundene Lammkeule, über die Mrs. Burkett so erbost war – hast du das für sie gestohlen?«

»Sie war krank. Sie brauchte es.« Georg zeigte keine Spur von Reue.

»Du hättest zumindest fragen können. Ich nehme an, das nicht mehr auffindbare Betttuch war auch für sie?«

Georg nickte. »Sie wollte sich europäische Kleider nähen. Damit sie zu uns passt.«

»Ihre schreckliche Bemalung passt jedenfalls nicht«, entfuhr es Friederike, und das fratzenhafte Gesicht, das sie so erschreckt hatte, stand ihr wieder vor Augen.

»Die macht sie nur, wenn die Geister zu ihr sprechen sollen«, erklärte Georg. »Sonst sieht sie ganz normal aus.«

»Kannst du mich zu ihr führen?« Friederike war entschlossen, dieser seltsamen Frau zu danken. Was auch immer sie bewogen haben mochte, zur rechten Zeit aufzutauchen – sie verdankte ihr ihr Leben.

»Ich weiß nicht, ob ihr das recht wäre«, sagte Georg zögernd. »In letzter Zeit geht es ihr nicht gut. Manchmal schickt sie sogar mich weg.«

»Wenn es ihr nicht gutgeht, ist es noch wichtiger, dass du mich zu ihr bringst. Ich würde ihr gerne danken und ihr meine Hilfe anbieten.« Friederike hatte gehört, dass viele der Eingeborenenfrauen krank waren. Als er sie außer Hörweite geglaubt hatte, hatte Dr. Woodforde sich ziemlich erregt darüber ausgelassen, wie sie behandelt wurden. Nicht nur von den eigenen Männern, sondern auch von den Hirten, zu denen sie als Dirnen geschickt wurden.

Georg ließ sich überzeugen, und eine halbe Stunde später machten die beiden sich auf den Weg. Friederike hatte Mrs. Burkett gebeten, ihr ein Lunchpaket zurechtzumachen, und vorgegeben, mit Georg im Busch nach den freigelassenen Tieren suchen zu wollen. »Als ob es nichts Wichtigeres zu tun gäbe«, hatte die Köchin gemurrt. »›Da du genug zu tun hast, kümmere dich nicht um Nebendinge.‹[20]« Sie hatte sich jedoch nicht lumpen lassen. Der Leinensack hing schwer über Friederikes Schulter, während sie sich bemühte, mit Georg Schritt zu halten. Man merkte, dass der Junge im Busch zu Hause war. Ohne nach rechts oder links zu sehen, fand er seinen Weg mit schlafwandlerischer Sicherheit. Erst als ein uralter Eukalyptusstamm in Sichtweite kam, blieb er zögernd stehen und zeigte darauf. »Dort wohnt sie. Warte hier, ich werde nachsehen …«

Friederike wischte sich den Schweiß von der Stirn. »Ist sie überhaupt da? Es sieht alles so unbewohnt aus.«

Tatsächlich wies nichts darauf hin, dass jemand hier sein Lager aufgeschlagen hatte. Bis Georg leise pfiff. Auf einmal raschelte es im Unterholz. Zuerst stürzte Karko auf ihn zu und leckte seine Hände. Er hatte ihn offenbar schmerzlich vermisst. Nur Augenblicke später hoppelte Peter heran und suchte in Georgs Taschen nach den gewohnten Leckerbissen. Georg nahm sich die Zeit, seine Tiere zu begrüßen, ehe er in einer fremden Sprache ein paar Worte an jemand Unsichtbares richtete. Die Antwort verstand Friederike nicht, aber ihr Bruder winkte ihr zu, näher zu kommen. Neugierig spähte sie in die dunkle Höhlung des Stammes. Das Erste,

20 Sirach 3, 22

das ihr ins Auge stach, waren die ungewöhnlichen Zeichnungen. In hellem Ockergelb bedeckten Darstellungen von Tieren und Menschen die Innenwände. Dann erst sah sie die Gestalt, die in der Mitte vor einem glimmenden Feuer saß und ihr aufmerksam entgegenblickte.

Ja, es war das Gesicht vom Flussufer. Jetzt, wo sie es in Ruhe betrachten konnte, fiel ihr auf, dass es sehr jung war. Fast ein Kind noch, wenn nicht der gewölbte Leib auf eine Schwangerschaft hingewiesen hätte.

»Guten Tag, Schwester«, sagte die junge Frau und lächelte, dass man ihre Zähne blitzen sah. »Sei willkommen in meinem Camp. Bitte, nimm Platz an meinem Feuer.« Sie trug eine Art Hemd aus weißem Leinen, das sie offensichtlich gerade erst übergezogen hatte, denn es wies nicht das kleinste Fleckchen auf.

Friederike folgte der Aufforderung und sagte leise: »Ich wollte dir von Herzen danken, Kartanya. Du hast mir das Leben gerettet. Ohne dich wäre ich jetzt tot.«

»Danke nicht mir, danke den Geistern«, erwiderte die junge Frau sehr ernst. »Ich habe nur über dich gewacht, wie sie es mir aufgetragen haben.« Sie lächelte erneut. »Es war nicht immer einfach. Besonders, als ich so ungeschickt wurde, dass ich mich kaum noch anschleichen konnte.«

»Das warst also du?« Friederike erinnerte sich an das unheimliche Gefühl am Badeteich und ein paar Tage später im Stall. »Du hast mich beobachtet?«

»Das musste ich doch. Wie sollte ich dich sonst beschützen?«

Das dunkle Gesicht über ihr, als sie den Unfall mit Daisy hatte … Daisy! Wenn die junge Eingeborene ständig in ihrer Nähe gewesen war, dann konnte sie ihr vielleicht eine Frage beantworten, die sie sich immer wieder gestellt hatte.

»Mein Pony. Hast du gesehen, was es gefressen hat, bevor es starb?«

»Die schwarze Frau hat ihm etwas aus einer kleinen Glasflasche gegeben. Bald darauf wurde es krank.« Kartanya sah betrübt zu Boden. »Mit den Zaubermitteln der Weißen kenne ich mich nicht aus. Ich wusste, dass die Frau eine dunkle Hexe ist. Aber was hätte ich tun sollen?«

»Das wusste auch niemand von uns«, sagte Friederike. »Dann hast du mir das Amulett in den Garten gehängt?«

Kartanya nickte nur stumm.

»Warum?«

»Es war ein Schutzzauber«, erklärte sie. »Ich habe geträumt, dass dir dort große Gefahr droht.« Sie lächelte zufrieden. »Und er hat geholfen. Keork hat mir von der Schlange erzählt, die du besiegt hast.«

Friederike überlief es kalt, als sie an die fürchterliche, endlos scheinende Zeitspanne zurückdachte, die sie mit der Braunschlange im Schuppen allein gewesen war.

»An dem Tag war ich zu schwach, um selbst auf dich achtzugeben. Ich war hier.« Sie sah zu Boden, als sei ihr ihr schlechter Gesundheitszustand peinlich. Friederike erinnerte sich an Charlottes ständige Klagen über die Beschwerden der Schwangerschaft. Dabei waren die Wangen ihrer Schwester stets rosig und rund, ihr Appetit unvermindert gewesen. Kartanyas Wangen hingegen wirkten eingefallen und fahl, die Gliedmaßen abgezehrt. Ihr schien die Schwangerschaft deutlich mehr zuzusetzen. Das selbst genähte Leinenhemd verbarg ihren zierlichen Körper weitgehend, so dass Friederike es schwierig fand abzuschätzen, wie fortgeschritten die Schwangerschaft war.

»Wie lange bist du schon in diesem Zustand?« Als Kartanya sie erstaunt ansah, deutete sie mit der rechten Hand einen runden Bauch an. Kartanya lächelte. »Der *Kindgeist* hat mich erwählt, als die Akazien blühten«, sagte sie stolz. »Mein Kind wird in der Mitte der Regenzeit zur Welt kommen.« Fast schüchtern legte sie eine Hand auf Friederikes flachen Bauch. »Auch du bist erwählt worden, Schwester. Ich freue mich für dich.«

»Woher weißt du das?« Friederike selbst verspürte noch nichts, das darauf hingewiesen hätte, dass ihr Körper sich verändert hätte. »Bist du sicher?«

»Ich bin sicher. Der *Kindgeist* strahlt aus deinen Augen.«

Friederikes Herz schlug plötzlich rascher. Wie wunderbar, wenn sie tatsächlich ein Kind von Daniel unter dem Herzen trüge! Wenn die Aborigine Recht behalten sollte, würde es im nächsten Sommer auf die Welt kommen. In einer unbewussten Geste legte sie beide Hände auf ihren Bauch. Versuchte sich vorzustellen, wie es sein würde, wenn das Kind in ihr wuchs, ihr Bauch sich wölbte wie Kartanyas. Aber sie würde wohlbehütet auf Gut Sonnenhof die Geburt erwarten, umsorgt von Mrs. Burkett und ihrem Mann. Nicht wie Kartanya …

»Kartanya, was ist mit deinen Leuten? Wo sind sie?« Normalerweise war der Zusammenhalt unter den Einheimischen ausgesprochen stark. Der *Protector* hatte oft genug geklagt, dass die Kinder aus der Schule wegliefen, weil sie ihren Stamm vermissten. Friederike konnte sich nicht vorstellen, dass die junge Frau sich nicht wenigstens von Zeit zu Zeit Verwandten anschloss.

Über Kartanyas Gesicht glitt ein Schatten. »Sie sind alle bei den Ahnen«, sagte sie leise und stieß mit einem Stock ins Feuer, dass die Funken stieben. »Nur ihr Geist ist noch bei mir.«

»Sie sind alle tot, meinst du?«

Kartanya nickte und griff wie haltsuchend nach dem glänzenden, dunklen Anhänger, den sie um den Hals trug. »Großmutter sagte, ich würde eine neue Familie finden. Ich müsste nur warten, die Geister würden sie mir zeigen.«

Und während sie wartete, hatte sie hier mutterseelenallein im Busch gehaust. Mitleid mit der jungen Frau wallte in Friederike auf.

»Wie lange ist das her?«

Kartanya hob eine Hand und spreizte vier Finger ab. »So viele Regenzeiten.« Sie spreizte einen weiteren Finger. »So viele Trockenzeiten.«

Viereinhalb Jahre! Friederike konnte es kaum glauben. »Und die ganze Zeit hast du dich in unserer Nähe versteckt gehalten?«, fragte sie bestürzt. »Warum hast du dich nicht schon damals gezeigt? Wir waren dir sehr dankbar, dass du dich so gut um meinen Bruder gekümmert hast.«

»Es war zu früh«, erklärte die Aborigine ernsthaft. »Ihr wusstet nichts von uns, und ich konnte eure Sprache nicht. Aber jetzt hat Keork mich alles gelehrt.« Stolz wies sie auf das mit ungeschickten Stichen zusammengeheftete Hemd. »Ich trage Kleidung wie ihr, ich spreche wie ihr – ich bin bereit, mit euch in euer Haus zu kommen.« Ihre dunklen Augen leuchteten erwartungsvoll. Eine Mischung aus Mitleid, Dankbarkeit und Zuneigung ließ Friederike nach ihrer schmalen Hand greifen: »Dann pack alles zusammen, was du mitnehmen willst und lass uns gehen«, sagte sie.

Auf Gut Sonnenhof wurde die neue Mitbewohnerin nicht nur freudig begrüßt.

»Ich bin ja einiges gewohnt, aber mit einer schwarzen Heidin unter einem Dach zu leben …«, murmelte Mrs. Burkett, als Friederike ihr Kartanya vorstellte, und baute sich demonstrativ vor der Tür zur Speisekammer auf. »Haben Sie sich das auch gut überlegt, Mrs. Aldenhoff? Sie wissen doch, dass die Schwarzen stehlen wie die Raben.«

»Was ist eine Heidin?« Kartanyas unschuldige Frage ließ sie puterrot anlaufen.

»Sie spricht ja Englisch!« Das klang so vorwurfsvoll, dass Friederike lächeln musste.

»Ein Heide ist jemand, der kein Christ ist«, sagte sie zu Kartanya gewandt. »Und ja, Mrs. Burkett, ich habe es mir gut überlegt. Ohne Kartanya wäre ich elend ertrunken. Sie war es, die mich in der Nacht der Überschwemmung gerettet hat.«

Daniel und sie waren übereingekommen, dass es niemandem nützen würde, Mathilde von Rosens Wahnsinnstaten publik zu machen. Die Frau war tot. Außer Friederike hatte niemand ihr Geständnis gehört. Eine gerichtliche Untersuchung hätte nur die Sensationsgier bedient. Die Version, dass die Gouvernante auf der Flucht vor den Wassermassen ums Leben gekommen war, würde von niemandem angezweifelt werden und ihnen allen den sonst unvermeidlichen Klatsch ersparen.

Mrs. Burketts rundes Gesicht verzog sich zu einem leicht verlegenen Grinsen, als sie Kartanyas Hände packte und sagte: »Nichts für ungut. Ich wollte dich nicht beleidigen. Du hast das Herz anscheinend auf dem rechten Fleck, Mädchen. Wenn du Lust auf eine Tasse Tee oder ein Schwätzchen hast, kannst du jederzeit zu mir in die Küche kommen. – Aber jetzt sollten Sie ihr schleunigst etwas Anständiges zum Anziehen heraussuchen, Madam. So kann sie unter Christenmenschen doch nicht herumlaufen. Was ist mit den Kleidern, die Ihre Schwester sich genäht hat? Sie braucht sie ja erstmal nicht mehr.«

Wahrscheinlich wäre Charlotte nicht allzu begeistert davon, ihre Umstandskleider Kartanya zu geben, aber Mrs. Burketts Vorschlag war nur vernünftig.

Kartanya folgte Friederike stumm die Treppe hinauf. Dabei fuhr sie mit den Fingerspitzen immer wieder bewundernd über Gardinenstoffe oder den Putz an den Wänden; wie ein Kind, das alles mit den Händen berühren muss, um es zu begreifen.

»Charlotte?« Friederike klopfte leise und öffnete die Tür zum Zimmer ihrer Schwester einen Spaltbreit. Falls der kleine Christian gerade schlief, wollte sie ihn nicht aufwecken. Auf den ersten Blick sah der dämmrige Raum wie immer aus. Charlotte pflegte tagsüber die Läden zu schließen, weil das grelle Sonnenlicht ihr angeblich Kopfschmerzen verursachte. Irgendetwas allerdings war heute anders. Vorsichtig tastete Friederike sich weiter und stieß die Fensterläden auf. Als sie sich umdrehte, sah sie sofort, was nicht stimmte: Der Raum war leer. Keine Spur von ihrer Schwester oder ihrem Neffen.

Aus den halb herausgezogenen Schubladen hingen diverse Kleidungsstücke. Es sah aus, als seien sie hastig durchwühlt worden. Die Schranktüren standen offen. Der größte Teil von Charlottes Kleidern darin fehlte. Alles wirkte, als sei sie in großer Hast aufgebrochen.

Aber wohin? Die meisten Wege waren noch unpassierbar für jede Kutsche.

Und vor allem wieso? Friederike ließ sich auf die Bettkante sinken.

»Sie ist nicht da?«, fragte Kartanya unsicher von der Tür her.

»Nein«, gab Friederike tonlos zurück und versuchte, sich einen Reim auf die überstürzte Flucht zu machen. Gut,

Charlotte war in letzter Zeit auffallend schlecht gelaunt gewesen. Und es war kein Geheimnis, dass sie unzufrieden mit ihrem Leben auf Gut Sonnenhof war. Friederike hatte schon überlegt, ihr das Geld für eine kleine Schneiderei zur Verfügung zu stellen – nicht, dass Charlotte sich diese Großzügigkeit verdient hätte, aber sie selbst hatte in ihrem Leben so viel Glück gehabt, dass sie auch die Menschen um sich herum gerne zufrieden gesehen hätte. Und wenn dadurch Charlottes ständiger Nörgelei und Unzufriedenheit ein Ende gesetzt worden wäre, wäre ja auch den anderen Bewohnern von Gut Sonnenhof damit geholfen gewesen. Aber dann hatten sich die Ereignisse überschlagen, und sie war nicht dazu gekommen, mit ihrer Schwester darüber zu reden.

»Rieke?« Marie-Luises Stimme klang ein wenig atemlos. »Daniel schickt mich, ich soll dir sagen … – Was ist denn mit Charlottes Zimmer geschehen? – Ist sie das?« Sie musterte Kartanya neugierig von der Seite. Dann streckte sie ihr spontan die Hand entgegen. »Guten Tag, ich bin Marie-Luise. Ich hoffe, wir werden Freundinnen.«

»Bestimmt«, sagte Kartanya und erwiderte die ihr fremde Begrüßung vorsichtig. »Keork hat mir viel von dir erzählt. Er sagt, du bist sehr geschickt darin, Bilder zu malen.«

»Was sollst du mir von Daniel sagen?«, fragte Friederike, während sie versuchte, das Gedankenchaos in ihrem Kopf zu ordnen.

»Sieh mal hinaus«, sagte ihre Schwester übermütig grinsend. »Du wirst deinen Augen nicht trauen!«

Tatsächlich musste Friederike heftig zwinkern, weil ihr das, was sie sah, zu unwahrscheinlich erschien, um wahr zu sein. Dort unten, am Fuß der Treppe, inmitten des angeschwemmten Treibguts, standen ihr Mann Daniel und eine größere Gesellschaft. Sie erkannte die füllige Figur Mutter Weidners, die unverwechselbar breiten Schultern von Schmied Wenzel und das verschlissene, rote Band am Sonntagshut von Schuhmacher Krüger. Halb Segensthal drängte sich dort unten um ihren Mann und die schmale Gestalt ihres Bruders Heinrich.

»Kümmerst du dich bitte um Kartanya«, bat sie Marie-Luise hastig. »Ich wollte ihr gerade ein paar alte Kleider von Charlotte heraussuchen. Du weißt schon, die für die letzten Monate.«

Als sie die Gruppe der Segensthaler um Daniel und Heinrich erreichte, erklärte ihr Bruder gerade, was sie zu dem Überraschungsbesuch bewogen hatte. »Segensthal ist von Überschwemmungen verschont geblieben. Dank sei dem Herrn«, hörte sie ihn sagen. »Das Wasser ist nur wenig über die Ufer gestiegen. Aber wir waren in großer Sorge um euch. Der Jüngste von Kuchels wollte heute Morgen nach seinen Fallen sehen und berichtete von schweren Verwüstungen hier in eurem Tal. Seid ihr alle wohlauf?«

»Leider nicht alle«, sagte Friederike, trat neben ihren Mann und nickte allen in der Runde zur Begrüßung zu. »Ihr seht ja selbst, wie hoch das Wasser stand. Als wir aus dem Haus flüchteten, weil wir befürchteten, es könnte jeden Moment unterspült werden, ist Fräulein von Rosen ins Wasser gestürzt und mitgerissen worden. Ihr war nicht mehr zu helfen.«

Jedes Mal, wenn sie die Lüge erneut erzählte, ging sie ihr leichter von den Lippen, stellte Friederike fest und empfand so etwas wie Beschämung darüber.

»Gott sei ihrer Seele gnädig«, murmelte ihr Bruder erschüttert. »Wir werden für sie beten. Die arme Frau!« Er sah seine Schwester an. »Es muss schrecklich für euch gewesen sein.«

»Das war es«, bestätigte Daniel und legte Friederike einen Arm um die Schultern, um sie enger an sich zu ziehen. »Ich kann mich nicht erinnern, jemals ein solches Unwetter erlebt zu haben.« Er wies auf die Überreste von Friederikes ehemaliger Gärtnerei. »Von den Stallungen ist nicht der geringste Rest stehen geblieben. Die Flut hat alles mitgenommen. Nur gut, dass wir die Pferde gerade noch rechtzeitig freigelassen hatten.«

»Es sieht stark danach aus, als könntet ihr ein paar helfende Hände gut gebrauchen«, sagte Mutter Weidner und rieb sich besagte Hände voller Tatendrang. »Wo sollen wir anfangen?«

»Ich bin euch allen wirklich sehr dankbar.« Daniel war deutlich anzusehen, wie gerührt er war. »Aber was sagt denn Pastor Fichte dazu?« Er sah Heinrich fragend an. »Ich möchte nicht, dass es unseretwegen in Segensthal mit ihm zu Streit und Unfrieden kommt.«

»›Lebt so, wie es sich für Menschen gehört, die Gott zu seinem Volk berufen hat‹«, erwiderte Heinrich gelassen. »Paulus konnte Pastor Fichte ja nicht gut widersprechen.«

»So ist es: ›Der Mensch wird durch die Werke gerecht und nicht durch den Glauben allein‹«, setzte Mutter Weidner triumphierend hinzu. »Und mit dem Werk würde ich jetzt ganz gerne beginnen. – Friederike, Herzchen, kann ich vorher noch den Kleinen sehen?«

Friederike erstarrte. Dann holte sie tief Luft und flüsterte so leise, dass nur die nächst Stehenden sie hören konnten: »Das wird leider nicht möglich sein. Charlotte ist nicht im Haus.«

»Wie meinst du das?« Ihr Bruder runzelte verständnislos die Stirn. »Sie ist doch heil und gesund geblieben?«

»Sie hat die Nacht unbeschadet überstanden. Ja. Aber vorhin war sie nicht in ihrem Zimmer. Es sieht aus, als hätte sie in großer Hast ihre Kleider zusammengesucht.«

Abrupt drehte Daniel sich um und ging mit eiligen Schritten auf das Haus zu. Heinrich, Mutter Weidner und Friederike folgten ihm. Zu viert standen sie stumm vor den Zeugnissen des übereilten Aufbruchs. Daniel fasste sich zuerst. »Es sieht tatsächlich so aus, als ob sie uns fluchtartig verlassen hätte«, sagte er mit flacher Stimme.

»Gab es einen Grund dafür?«, fragte Heinrich. »Ohne Not würde Charlotte doch niemals ein so bequemes Leben aufgeben.«

»Wir hatten ein paar Auseinandersetzungen«, sagte Friederike bedrückt. »Nichts Ernstes. Aber sie war schon seit längerem unzufrieden hier.«

»Dann hätte sie doch schon vorher jederzeit gehen können. Warum gerade jetzt? Und auf diese Art!«

»Ich weiß es nicht.« Friederike sah Daniel fragend an. »Sollen wir sie suchen?«

»Auf keinen Fall!« Ihrem Mann war deutlich die Erleichterung über Charlottes Verschwinden anzumerken. »Sie ist schließlich erwachsen und kann ihre eigenen Entscheidungen treffen. Wenn sie alleine nicht zurechtkommt, wird sie schon wieder auftauchen.«

»Das denke ich auch«, stimmte Heinrich ihm zu. »Mach dir keine Sorgen, Rieke. Du weißt doch, dass Charlotte sich noch nie gerne angepasst hat. Aber sie fällt wie eine Katze immer auf die Füße!«

Er tätschelte ihr unbeholfen den Arm, ehe er mit Daniel das Zimmer wieder verließ.

»Er hat Recht, Herzchen.« Mutter Weidner zog Friederike an sich und wiegte sie tröstend hin und her, als wäre sie ein kleines Kind. »Ich sage es ungern, aber deine Schwester kommt überall zurecht, wo es Männer gibt. Es ist also unnötig, sich um sie zu sorgen. Männer gibt es hier im Überfluss!«

Friederike war ehrlich genug, sich ebenfalls eine gewisse Erleichterung einzugestehen. Mit Charlotte unter einem Dach zu leben, war zunehmend unerfreulicher geworden. Wenn sie genauer darüber nachdachte, sollte sie ihr vielleicht sogar dankbar dafür sein, die Initiative ergriffen zu haben.

Als die Sonne hinter neuen dunklen Wolkenbänken im Westen unterging, waren die gröbsten Spuren der Zerstörung beseitigt. Die Männer um Schmied Wenzel hatten die neuen Standorte für Stall, Remise und Arbeitsschuppen vorbereitet. Zukünftig würden sie höher liegen. Friederike, Mutter Weidner, Marie-Luise und die beiden Töchter von Kuchels hatten das Gartengelände gesäubert und alle noch brauchbaren Knollen und Zwiebeln aus dem Boden geborgen. Die Rosenhecke hatte bereits wieder begonnen, sich aufzurichten. Rosen wurzelten tief, die waren nicht so einfach wegzuschwemmen.

Der größte Teil der Gemüsebeete war nicht mehr zu retten, aber Mutter Weidner und die Kucheltöchter hatten angeboten auszuhelfen. »Das hätte ich nicht erwartet«, sagte Daniel nachdenklich zu Friederike, nachdem sie sich von den Segensthalern bis zum nächsten Tag verabschiedet hatten. »Ist es nicht seltsam, dass eine so schreckliche Nacht so viel Gutes nach sich gezogen hat?« Arm in Arm standen sie auf der Veranda und sahen ihnen nach. »Sogar die Pferde sind wieder da.« Mit Ajax' Unterstützung hatte Georg sie aufgespürt, und sie waren ihm nur zu willig gefolgt.

»Und deine neue Freundin Kartanya scheint eine ganz erstaunliche Person zu sein. Eine Frau in diesem Zustand allein im Busch!«

»Wenn sie Recht behält, bin ich auch schon in diesem Zustand«, sagte Friederike und errötete leicht, als er sie an den Schultern packte und mit vor Aufregung heiserer Stimme fragte: »Bist du sicher? Soll ich Doktor Woodforde kommen lassen?«

»Ja. Nein.« Sie musste lachen. »Kartanya war sich völlig sicher. Und ich vertraue ihr. Warum sollte ich einen Doktor brauchen?« Sie hob eine Hand und strich ihm liebevoll über die von Bartstoppeln raue Wange. Hoffentlich entpuppte sich Daniel nicht als einer jener überbesorgten Ehemänner, die ihre schwangeren Frauen am liebsten in Watte packen würden. Das würde sie ihm auszureden wissen. Sie hatte nicht die geringste Absicht, während der nächsten Monate auf die Vergnügungen des Ehebetts zu verzichten! »Mir geht es ausgezeichnet.« Ihre Hände fuhren sehnsüchtig über seinen Brustkorb, zeichneten die harten Muskeln nach, glitten tiefer. »Lass uns zu Bett gehen.«

»Dein Wunsch ist mir Befehl«, sagte er mit dem gewissen Stunden vorbehaltenen Lächeln, das Friederikes Knie weich wie Gelee werden ließ. Es war ein wunderbares Gefühl, geliebt zu werden, dachte sie, als sie den anderen Hausbewohnern gute Nacht wünschten.

Die Wolke, auf der sie nach oben zum Schlafzimmer geschwebt war, löste sich allerdings ziemlich unsanft auf, als sie die Tür öffnete: Auch bei ihr waren Schubladen rücksichtslos herausgezogen, teilweise sogar auf den Boden ausgeleert worden. Sprachlos stand sie vor ihren leeren Schmuckschatullen und der aufgebrochenen Kassette mit dem Bargeld, das sie für eventuelle Notfälle bereitgehalten hatte.

Deshalb war Charlotte so überstürzt und heimlich verschwunden! Sie hatte das allgemeine Chaos nach dem Sturm nicht nur genutzt, um sich unauffällig aus dem Staub zu machen, sondern auch, um sich vorher noch ordentlich zu bereichern. Friederike war fassungslos über so viel Hinterhältigkeit und Niedertracht. Ihre eigene Schwester!

Die Tränen stiegen ihr in die Augen, als sie die schwarze Samtschachtel aufhob, in der sich die Smaragde befunden hatten. Die Smaragde, die Daniel ihr zu ihrem ersten gemeinsamen Weihnachtsfest geschenkt hatte und die sie auf dem Ball des Gouverneurs getragen hatte. Nicht nur vom materiellen Wert her ihr kostbarster Besitz.

»Weine nicht, mein Herz. Ich werde dir ein neues Collier anfertigen lassen«, versprach Daniel und zog sie sanft in seine Arme. »Du wirst den Unterschied gar nicht bemerken.«

»Es wäre aber nicht mehr das, das du mir damals geschenkt hast«, beharrte Friederike. Durch einen Tränenschleier sah sie zu ihm auf. »Wie konnte sie mir das antun? Sie musste doch wissen, was es mir bedeutet hat!«

»Ich hatte nicht den Eindruck, dass deine Schwester sich jemals auch nur einen Deut um die Gefühle anderer geschert hätte«, sagte Daniel finster. »Ich kann nicht behaupten, sie zu vermissen. Wenigstens sind wir sie jetzt los.« Er seufzte auf, und seine Züge glätteten sich. »Was sie dir gestohlen hat, ist alles ersetzbar.« Er neigte den Kopf und hauchte spielerische Küsse auf ihre Schläfe, ihre Wange, ihren Mundwinkel. »Das Wichtigste ist doch, dass wir gesund und zusammen sind.« Während er sie mit sanftem Nachdruck zum Bett zog, begann er bereits, die Bänder ihres Mieders zu lösen. »Ich liebe dich, mein Herz«, murmelte er an ihrem Hals. »Ich liebe dein Lächeln, wenn du morgens die Augen aufschlägst; die Art, wie du die Nase krausziehst, wenn du nachdenkst; deine Hände, die zupacken und gleichzeitig so zärtlich sein können. Ein Leben ohne dich kann ich mir nicht mehr vorstellen.« Er lächelte ein wenig schief. »Ich glaube, es ist an der Zeit, dass ich dir etwas gestehe: Wenn du mir damals nicht vorgeschlagen hättest, eine Vernunftehe einzugehen, dann hätte ich in aller Form um dich geworben. Du bist mir mit deiner Überrumpelungstaktik nur zuvorgekommen.«

»Was? Meinst du das ernst? – Wenn ich daran denke, welche Überwindung es mich gekostet hat, derart gegen Sitte und Anstand zu verstoßen!«

»Du warst so rührend bemüht, dich als gute Partie hinzustellen. Dabei war ich schon längst bis über beide Ohren in dich verliebt.« Daniel zog sie an sich. »Meine mutige, geschäftstüchtige, patente Ehefrau!«

Friederike stockte der Atem vor Glück. »Ich liebe dich auch«, wisperte sie. »Du …« Weiter kam sie nicht, denn seine Lippen senkten sich leidenschaftlich auf ihre. Hingebungsvoll erwiderte sie seinen Kuss. Manche Dinge waren eben ohne Worte besser auszudrücken.

Literaturliste

Folgende Buchkopien sind vermutlich nur schwer zu erhalten. Sie wurden mir von Herrn Arnold Beuke freundlicherweise zur Verfügung gestellt:

Harmstorf, Ian / Schwerdtfeger, Peter, *The German Experience of Australia 1833–1938* (Adelaide 1988).

Gibbs, R. M., *A History Of South Australia.* Southern Heritage (Kent Town, South Australia, 1984).

Kaulvers, Ernst, *Seereise nach Südaustralien am 15. August 1848* (Bautzen [1854]).

Heising, Albert, *Die Deutschen in Australien.* Verlag von Justus August Wohlgemuth (Berlin 1853).

Iwan, Wilhelm, *Um des Glaubens willen nach Australien.* Luth. Bücherverein (Breslau 1931).

Kavel, August, *Berichte deutscher Ansiedler in Süd-Australien* (Bremen 1845).

Richards, Eric, *The Flinders History of South Australia 1.* Wakefield Press (Conwandilla, South Australia, 1986).

Schubert, David, *Kavel's People.* Lutheran Publishing House (Adelaide 1985).

Im Handel erhältlich sind:

Beuke, Arnold, *Die Australien-Auswanderung altlutheranischer Glaubensflüchtlinge aus Ost-Brandenburg und Niederschlesien, Berichte und Forschungen* 4 (1996). S. 175–189

Beuke, Arnold, *Werbung und Warnung. Australien als Ziel deutscher Auswanderer im 19. Jahrhundert.* Peter Lang Verlag (Bern 1999)

Harmstorf, Ian / Cigler, Michael, *Deutsche Siedler in Australien.* Weidler Buchverlag (Berlin 1988).

Krausch, Heinz-Dieter, *»Kaiserkron und Päonien rot …« Entdeckung und Einführung unserer Gartenblumen.* Dölling & Galitz (München – Hamburg 2003).

Seymour, John, *Vergessene Haushaltstechniken.* Weltbild (Stuttgart 2005).

Voigt, H. Johannes, *Australien und Deutschland – 200 Jahre Begegnungen, Beziehungen und Verbindungen.* Institut für Asienkunde (Hamburg 1988).

Folgende Internetseiten habe ich herangezogen (Frühjahr 2009):

http://www.teachers.ash.org.au/dnutting/germanaustralia/… (Hintergrund und Primärquellen)
http://hahndorf.soho.on.net/hahnwiki/Hahndorf/… (Hintergrund und Primärquellen, englisch)
http://historysouthaustralia.net/… (Karte und Straßennamenverzeichnis von Adelaide, englisch)

http://www.poineerssa.org.au/… (Ereignisse von öffentl. Interesse 1834–1857, Schiffslisten, englisch)

http://kudnarto.tripod.com/… (Geschichte einer Kaurna, die 1844 einen Weißen heiratete, englisch)

http://archivemaps.com/… (Katasterpläne des Umlands von 1838 und Port Adelaides 1839)

http://kaurna.tripod.com/… (Wörterbuch Kaurna-Englisch)

CORROBOREE traditionelle Zeremonie der australischen Aborigines; sie wird aus einer Vielfalt von Anlässen abgehalten und beinhaltet Tanz, Musik, Gesang und Körperbemalung. Der Begriff wird heutzutage in Australien auch oft für Festveranstaltungen mit Tanz und Theaterdarbietungen verwendet.

GIG zweirädrige, offene Kutsche, die von einem Pferd gezogen wird. Bei einem Tandem-Gig werden zwei Pferde hintereinandergespannt; die Sitzbänke des Wagens sind hier Rücken an Rücken angeordnet.

KAMMAMMI Großmutter mütterlicherseits

KARKO roter Ocker

KARTANYA Bezeichnung für die erstgeborene Tochter. Die Kaurna benannten Kinder nach der Geburtsfolge. Einen individuellen Namen erhielten sie erst später, und auch er wurde nicht mehr benutzt, wenn irgendein anderer Träger des gleichen Namens starb. Dann griff man wieder auf den Geburtsfolgenamen zurück.

KATTA Grabstock der Frauen, mit dem Knollen und Wurzeln ausgegraben werden

KAURNA Aboriginestamm, der im Gebiet der Adelaide Hills ansässig war. Bereits in der zweiten Hälfte des 19. Jahrhunderts galten sie als ausgestorben. Gegenwärtig wird versucht, Kultur und Sprache wieder aufleben zu lassen.

KINDGEIST Nach der Vorstellung der Aborigines suchen körperlose Kinderseelen sich eine Frau als Mutter aus. Bei der Kopulation »bahnt« der Mann ihnen den Weg in das Körperinnere ihrer zukünftigen Mutter, wo sie dann heranwachsen. Da die sexuellen Aktivitäten kaum reglementiert waren, wurde mit dieser Erklärung die Empfängnis aus dem banalen Bereich herausgehoben.

Kuinyo Geist mit riesigem aufgeblähten Bauch, tagsüber ungefährlich, nachts jedoch braucht man ein Feuer, um sich vor ihm zu schützen; auch Bezeichnung für Skelett.

Maiimpi »Möchtest du etwas essen?«

Moiety Heiratskreis; eine Gruppe der Kaurna besteht immer aus zwei Moietys (Kararu und Matheri), deren Mitglieder nur Mitglieder der jeweils anderen Moiety heiraten dürfen.

Ngai ich

Ninna du

Nokunna Geist, der in der Gestalt eines Kaurna umherschleicht und Opfer sucht; wird meist mit Schwirrhölzern verjagt

Pangkarra ererbtes Jagd- und Sammelgebiet entlang eines Wasserlaufs

Padlo er, sie, es

Protector Beamter in Südaustralien, der für den Schutz und die Sorge um die Aborigines zuständig war. Der Rufus-River-Zwischenfall, auf den im Text angespielt wird, gilt als dunkler Fleck auf der ansonsten weißen Weste des Protectors Moorhouse.

Torkel Weinpresse, in der mithilfe einer riesigen Schraubenkonstruktion der Saft aus den Trauben gepresst wird.

Warooyoo zweitgeborene Tochter

Warrukadli Bezeichnung für Dingo

Wirri Schwirrholz zum Jagen von Vögeln

Yammaru Tragnetz aus Grasfasern, in dem u. a. gesammelte Nahrung befördert wird.